오 월 문 학 총 서 4

평론

| 일러두기 |

이 평론집은 1부 총론, 2부 시, 3부 소설에 대한 글을 수록했으며 4부는 신작으로 이번에
총서로 발간된 시, 소설, 희곡, 평론에 대한 각각의 해설과 〈5월시〉 동인 운동에 대한 글을
수록했다.

오월문학총서 2024

오월문학총서간행위원회 엮음

4

평론

5·18기념재단
The May 18 Foundation

문학들

오월문학이 추구한 간절한 소망

5월, 그날이 다시 우리에게 찾아왔습니다. 한국 현대사에서 1980년 5월, 이른바 '5·18민주화운동'은 특별한 의미를 지니고 있습니다. '5·18'은 광주시민들이 겪어야 했던 참담한 고통을 연상시키며, 이 땅의 민주주의를 위해 투쟁을 멈추지 않았던 한국인들의 역사가 오롯이 담겨 있기 때문입니다.

돌이켜 보면 그해 5월이 '광주사태'에서 '광주민중항쟁'으로 그리고 '5·18민주화운동'으로 규정되어 오늘에 이르고 있지만, 5·18은 여전히 '미완의 항쟁'입니다. 5월 18일이 '국가기념일'로 지정되고, 오월 영령들이 잠들어 있는 곳이 '국립5·18민주묘지'로 명명되고 있지만, 우리는 '광주학살'의 최고 책임자, 발포 명령자를 사법적 심판대에서 단죄하지 못했고, 암매장 행방불명자 등에 대한 진상규명이 여전히 미완의 숙제로 남아 있기 때문입니다.

더구나 2021년에는 '광주학살의 전리품'으로 '대통령'이란 자리에 오른 전두환─노태우가 사망하고 말았습니다. 두 전직 대통령은 자신의 죄과에 대해 단 한 번도 참회하지 않은 채, 진정한 사과 한 마디 없이 이승을 떠남으로써 우리들에게 통한의 마음을 안겨준 바 있습니다.

혹자는 '오월광주'에 대해 40년도 더 지난 과거의 일이니, 이제 그만 잊어버리자고 말하기도 합니다. 하지만 우리가 역사를 배우는 까닭은 현재를 이해하고 미래를 전망하기 위해서입니다. 산 자들이 국가폭력에 의해 억울하게 죽어간 사람들을 기억할 때 그들이 살아 있는 역사로 온전하게 존재하게 됩니다. 역사가 산 자에게 부여한 임무는 덕행의 망각을 방지하고, 악행에 가담한 자들에게 불명예를 안겨주는 것이라고 생각합니다.

 그동안 〈5·18기념재단〉은 '절대공동체', '불멸의 공동체'라고 명명된 '오월광주'를 참답게 계승하고자 제반 노력과 여러 기념사업을 수행해 왔습니다. 특히 지난 2011년 5월에 '5·18민주화운동기록물'이 〈유네스코 세계기록문화유산〉에 선정된 것을 기억합니다. '5·18기록물'이 광주와 대한민국을 넘어서 전 인류의 소중한 문화유산이 된 것입니다. 이를 기념하여 〈5·18기념재단〉은 2012년과 2013년에 『오월문학총서』 1차분으로 전 4권을 발행한 바 있습니다. 그리하여 올해 5·18항쟁 44주년과 〈5·18기념재단〉 창립 30주년을 맞아 시, 소설, 희곡, 평론, 아동·청소년 부문 등 전 5권으로 『오월문학총서』 2차분을 출간하게 되었습니다.

 '오월문학'은 한국문학의 '영혼'으로 존재해 왔습니다. '오월문학'은 민주주의를 위해 죽음을 두려워하지 않았던 위대한 '시민정신'을 기억했고, '절대공동체'라는 아름다운 '대동세상'을 소환했으며, 오월의 비극이 '분단체제'에서 비롯된 것임을 깨닫게 했습니다. '광주학살'이라는 참담한 비극과 '해방광주'라는 환희의 영광 속에서 탄생한 '오월문학'은 좌절된 희망과 슬픔을 계승하는 데 그치지 않았습니다. 삼라만상의 뭇 생명들의 소중함, 분단이데올로기의 타파와 평화적 삶에 대한 간절한 소망으로 나아갔던 것입니다.

 그토록 뼈아픈 오월의 고통, 그토록 아름다운 오월을 문학적으로 형상화한 작품들은 광주시민들과 이 땅의 국민들에게 '역사 정의 실현'이라는 새 희망을 안겨줄 것입니다. 끝으로 『오월문학총서』 간행에 참여해주신 작가와 문학인, 관계자 여러분께 감사의 말씀을 전합니다.

2024년 5월

원순석 5·18기념재단 이사장, 오월문학총서간행위원장

차례

3부

4부

1부

오월정신과 아시아 민주주의
- 참여민주주의와 세계시민주의

김동춘

1. 머리말 : 아시아 민주주의의 위기

　미얀마에서 군부의 학살이 계속되고 있다. 홍콩에서 국가보안법으로 많은 민주화운동 인사들이 속속 체포되고 있다. 태국에서 군주제 개혁을 외치는 민주화운동이 전개되었으나 정부는 심각한 탄압을 자행했다. 미국에 맞서는 패권국가로 부상하는 중국의 시진핑 체제가 노골적으로 권위주의, 국가주의 지향을 드러내고 있다. 과거 군부독재를 붕괴시키고 인민의 힘(People's Power)을 과시했던 아시아 각국에서의 민주화는 위기를 맞고 있다. 군부독재의 청산에는 어느 정도 성공했을지 모르지만, 민주주의의 공고화로 이르지는 못하고 있다. 이들 나라에서 민주화 세력의 힘은 매우 취약하고 군부, 자본의 힘은 막강하다.

　대체로 아시아 각 나라에서 민중들이 실질적으로 정치적 의사결정의 주체로 등장하기보다는 구 지배엘리트의 단순한 교체로 민주화가 제한된다. 대중들의 실질적인 삶은 개선되지 않고 제도정치권의 사회적 대표성은 취약하다. 각종 부패 스캔들에 연루되어 민주화된 정부의 정치적 정당성이 크게 훼손되기도 했다. 한국의 경우 촛불시위에도 불구하고 경제권력과 지역사회의 토착권력은 거의 흔들리지 않고 있다. 아시아 각국은 코로나19 위기를 비교적 잘 대처하고 있으나 대중국 포위 정책에 미국과 보조를 맞추고 있는 인도 극우 정부는 국민의 생명을 거의 포기한 상태다.

미국·중국과의 경제전쟁의 본격화 등으로 인한 국제 환경이 아시아 각국의 민주주의에 부정적으로 작용하고 있다. 북한 핵개발과 중·일의 보수주의, 민족주의는 이 지역 각 국가의 민주주의를 크게 위협하고 있다. IMF 개입 이후 아시아 각국에서 추진된 노골적인 경제개방과 신자유주의 경제정책은 각 나라 내부의 경제적 양극화를 더욱 심화시켰으며, 저임금 무권리 상태에 있는 비정규직 노동자와 빈곤층의 확대는 민주주의의 사회적 기반을 크게 침식하고 있다. 중국과 인도가 표방하는 경제 지상주의는 국가 내 약자의 정치 경제적 권리를 크게 위협하고 있으며, 빈곤과 양극화는 노동자나 빈곤층으로 하여금 민족주의, 인종주의, 권위주의의 호소력을 증대시키는 경향이 있고, 정치적 냉소주의를 만연시키는 경향이 있다.

미얀마 저항 세력은 민주화운동의 형님격인 한국의 지원을 절실히 호소한다. 한국의 역할이 더 커졌다. 문재인 정부가 미얀마 군부와 연결된 경제지원을 중단하는 조치를 취한 것은 매우 잘한 일이다. 그러나 한국의 민주화운동, 한국의 민주주의 역시 큰 한계를 안고 있다. 그래서 이 시점에서 광주 5·18 민주화운동에 대한 성찰, 5월정신의 의미와 그것이 갖는 한계에 대한 성찰은 더 중요하고 필요하다.

그래서 우리는 광주 5·18을 '민주화운동'이라는 공식 명칭에 가두지 말고, 심층적으로는 인간 존엄성 보장을 주창한 주체(agency)들의 형성, 이러한 인권보장 투쟁에 의해 재조명되는 민주주의의 질적 심화 (O'Donnell et al, 2004), 그리고 민주화가 시민권(citizenship)의 확장에 갖는 세계적, 지구정치적(geopolitical) 함의도 새롭게 천착할 필요가 있다.[1] 한국을 비롯한 과거 후발국가에서의 반독재 민주화는 국가폭력에 대한 저항에서 시작했고, 19세기 선진국이 쟁취했던 자유권으로서 인권, 시민권 보장을 포함하되, 그것을 넘어서는 20세기적 민주주의와 세계시민권(global citizenship) 문제를 동시에 제기하기 때문이다.[2]

2. 5·18 이전의 민주화 '운동'과 5·18 이후 '항쟁'과 자치

5·17 비상계엄이 전국적으로 확대되기 이전까지 광주에서의 민주화운동은 서울 등 다른 지역과 크게 다르지 않았으나, 각종 사회단체와 학생들과의 연계가 다른 지역에 비해서는 높았다. 1980년 4월 이후의 시위는 학생들이 주도했으며, 구호는 '비상계엄 해제', '2원집정부제 반대' 등 정치적 민주화를 촉구하는 것들이었다. 서울에서 이러한 시위는 5월 14~15일의 서울역 집회로 정점에 이르렀다. 광주 지역에서도 5월 14~15일 전남대, 조선대 학생들 중심의 대규모 집회가 열렸고, 서울 지역 등 다른 지역과의 큰 차별성은 없었지만, 5월 16일 광주에서의

---

1) O'Donnell(2004) 등의 작업은 바로 남미의 민주화 과정을 태도로 해서 인권과 시민권, 혹은 민주주의를 결합하여 민주주의를 단순히 체제(regime)로 정의하는 미국 주류 정치학의 민주주의론의 한계를 넘어서서 민주주의를 질적 심화의 차원에서 접근한다.
2) 시민권은 근대 자본주의의 진화론적 발전에 따라 단계적으로 확대되어 왔지만 (Marshall, 1950)이기도 하지만, 개별국가의 시민권 확장은 국내 계급관계, 국제정치와 연결되어 있다(Giddens, 1987).

횃불시위는 이후의 격렬한 충돌을 예고해주는 하나의 사건이었다. 5월 14~15일 이틀간의 서울역 집회에서 일반 시민의 참여는 거의 없었다. 서울 전 지역의 학생들이 행진을 해서 서울역에 집결했을 때 시민들은 구경하는 입장이었지, 학생들과 깊은 공감을 하거나 지지를 하는 분위기는 아니었다. 그것은 시민들이 박정희 사망으로 민주화, 즉 선거 정치가 부활될 것이라는 기대를 갖고 있었기 때문이다.

5월 15일 광주에서 발표된 '제2시국 선언문'은 당시 학생들 주도의 '민주화' 운동 세력의 의지가 집약되어 있는데, 그것은 '유신잔당의 국민주권 찬탈'에 대한 분쇄, '반민주, 반민족 세력과의 성전'을 선포한 것이었다(김양오, 1988, 72~75). 이 역시 서울 등 다른 지역 학생들의 시국 인식과 근본적인 차이가 없었으며, 광주만의 특별한 구호나 요구가 포함되지 않은 일반적인 것이었다. 그러나 5·18 당일 전남대 등 학생들의 시위가 서울 등지와 달리 매우 격하게 진행된 것은 비상계엄 선포, 김대중 체포로 민주화가 좌절된 것뿐 아니라 호남의 정치적 구심점이 탄압을 받게 된 것에 대한 지역적 분노가 작용했다. 호남 사람들이 갖고 있었던 응어리진 차별의식과 소외감은 박정희 정권 이후 호남 차별의 귀결이었다. 이들은 "내 고장에서도 큰 인물이 나와서 지역개발 등의 한을 풀어주길 바라는 간절한 염원"을 갖고 있었는데, 이것이 지역을 대표하는 상징적 인물인 김대중이 체포되자 격한 좌절감을 갖게 되었고, 경상도 군인들이 광주사람 씨를 말린다는 루머에 분노했다. 계엄군의 만행에 맞서 이들이 '가족적인 군은 결속력'을 보여줄 수 있었던 것은 '도민성'이 바탕에 깔려 있었기 때문이다(김양오, 1988, 63).

1980년 5·18 당시 광주에 공수여단으로 구성된 계엄군이 투입되었는데 이들은 '과감히 타격하라', '끝까지 추적 검거하라', '분할 점령하라'라는 지침을 하달받았다(김양오, 1988, 72~75). 그런데 광주에 게릴라

전을 전문으로 하는 공수부대를 진압부대로 투입한 것도 특별하지만, "끝까지 추적 검거하라"는 것 역시 서울 등 다른 지역과는 달리 광주에서만 발동한 명령으로 보인다.[3] 계엄군은 유신체제 붕괴로 기득권 유지에 위협을 느낀 세력의 근위병 역할을 했으며, 그 지배세력의 위기의식이 계엄군의 무자비한 폭력행사와 인과관계를 갖고 있었다고 볼 수 있다. 시위대나 행인의 옷을 벗겨서 구타를 하고 원산폭격을 시키거나 칼로 죽이는 행위는 시민들에게 엄청난 모멸감과 분노를 안겨주었고, 시민들이 적극적으로 시위대에 합류하는 계기가 되었다. 군인들은 '국토수호라는 본래의 목적을 버리고' 국민, 광주시민들을 적으로 간주하였다. 그들은 '국민의 군대'가 아니었다.

틸리(Tilly)가 말했듯이 국가는 사설 폭력집단과 유사성을 갖고 있지만(Tilly, 1986), 가장 다른 점은 국가는 그 폭력을 법의 이름으로 정당화할 수 있다는 점에 있다. 정당화되지 않는 권력은 곧 폭력인데, 당시 계엄군으로 대표되는 집권 신군부는 국가의 이름으로 진압을 하기는 했으나 실제로는 사실상 광주시민들에게는 '빨갱이보다 더한 놈들'로 간주될 정도로 사실상 공권력 집행 주체가 아니라 폭력 세력이었고, 그들이 행사하는 권력은 국민이 위임한, 국민을 대표한 권력이라고는 볼 수 없는 것이었다.

운수노동자들의 차량시위를 전환점으로 하여 저항세력은 강력한 연대의식으로 화염병 제작, 파출소 방화, 방송사 공격, 시가전의 양상으로 전개되었다. 진압 폭력과 저항폭력이 전면적으로 충돌하여 '민주화'

---

3) 여기서 그 전해인 1979년 10월의 부마항쟁의 진압과 광주 5·18 진압작전 간의 군부 내부의 판단과 평가가 확인된다. 즉 부산과 마산에서는 초동 단계에서 이러한 진압작전을 펴지 않았기 때문에 시위가 확산되었다는 군부 내부의 평가가 나온 것이다(김양오, 1988, 216).

는 내전으로 비화되었다. 계엄군의 폭력적인 진압작전에 분노하여 무장을 했던 시민들이 자위적으로 무기를 든 이유는 무엇인가?

> "너무나 무자비한 만행을 더 이상 보고 있을 수만 없어서 너도 나도 총을 들고 나섰던 것입니다."(전남사회문제연구소, 1988, 133)
> "우리 모두의 친구와 형제들의 원수를 갚아야 한다."(광주민주화운동기념사업회, 2017, 113)
> "지금 언니 오빠들이 군인들에게 죽어가고 있다는 얘기를 듣고 가만히 앉아 수업을 할 수 없었어요. 우리도 나가서 싸워야 한다고 생각했어요."(김양오, 1997, 45)

즉 5월 18일의 시위는 민주화가 좌절되고 김대중의 체포 등에 대한 분노에서 시작되었지만, 19일 이후, 특히 20일 이후의 시민들은 계엄군의 과잉진압에 대한 격분, 그들의 무자비한 만행을 보면서 모른 체하고 차마 도망갈 수 없었기 때문에, 항쟁세력을 폭도로 몰아간 계엄사령관의 담화[4]와 "단 한 명의 사상자도 없다"는 신문과 방송의 허위보도를 보고 도저히 '인간으로서 외면할 수 없었기 때문에' 시민들이 시위에 참여하였다.

시위대가 무장하기 시작하면서 시위대 내부에서 대학생들의 비중은 축소되고 시내의 소상인들, 가게 종업원들, 일반 주민들과 부녀자들도

---

[4] 이희성의 담화(1980. 5. 21.)에서는 "이들은 대부분 이번 사태를 악화시키기 위한 불순분자 및 이에 동조하는 깡패 등 불량배로서 급기야는 예비군 및 경찰의 무기와 폭약을 탈취하여 난동을 자행하기에 이르렀으며……. 계획적으로 지역감정을 자극 선동하고 난동행위를 선동…"했다고 발표했다.

합세하였다. "잘나고 똑똑한 사람들은 미꾸라지 빠져나가듯이 잘도 빠져나갔는데 우매하여 강직하고 피가 있어 의를 찾던 광주의 못난이들이 죽어갔다."(김양오, 1988, 51). 역사의 주체가 민중이라고 생각했던 학생운동가들도 하층민들이 계엄군의 총부리를 뚫고 일어선 사실을 상상할 수 없었다(김상윤·정현애·김상집, 2019, 221). 그런데 참여 주체가 변하자 구호도 변했다. 즉 민주쟁취, 독재타도 등의 구호는 사라져갔다. '계엄해제'라는 구호는 이제 '전두환 타도', '광주시를 구하자'로 바뀌었다. 진압군은 이제 시민들에게는 '원수'가 되었다. 시민들은 곡괭이, 삽, 몽둥이로 무장했다. KBS, MBC 방송국이 불탔고, 세무서가 불탔다. 시민들에게 방송사와 군대는 적대세력을 대표하는 상징이었다. 통제되지 않는 무질서가 연출되었다.

5월 22일 계엄군이 물러간 다음은 최정운이 말한 '국가 없는 사회', 절대공동체가 형성되었다(최정운, 1999, 2007). 이 시간 동안 총을 든 사람들은 많았으나 은행이나 양곡상 등에 전혀 피해가 없었고 공공기관을 파괴하는 행위를 만류하는 시민 학생들의 가두방송이 있은 후에는 일체의 건물 파괴도 없었다. 간간이 있던 좀도둑을 학생들이 붙들어 치안대에게 인계하는 일도 있었다. 신군부로 대표되는 국가는 이것을 극렬분자들이 일으킨 난동사태, 무정부상태라 보았으나, 광주에서는 국가 공권력의 부재가 토론과 대화를 통한 의사소통, 새로운 공론장과 자발성, 자치 등 일종의 해방 공동체가 형성되었다. "그들을 위한 납세도 거부한다"는 선언은 국민에게 무자비한 폭력을 행사는 정부를 부인하고 저항 행동 자체가 정당한 것이며 인간의 존엄성을 지키려는 자위행위임을 선포한 것이었다.

계엄군이 물러간 이후의 시민궐기대회, 그리고 수습위원회의 제안, 항쟁 지도부 내부의 무기반납을 둘러싼 격렬한 대립과 논쟁은 민주주의의 실천으로서 광주 5·18의 성격을 잘 보여준다. 그러나 '살인마 전두환 공개처단'을 요구한 5월 25일 민주투쟁위원회의 주장과 무력진압을 계획한 계엄군과의 협상의 여지는 없었다. 시민군 측은 무기를 반납하고 항복할 경우 아무것도 얻어낼 수 없을 것이고, '이래도 죽고 저래도 죽을 것이고', 군부가 더 많은 사람을 죽이기도 어려울 것이기 때문에, 국제여론이 우호적으로 돌아서고, 시민군이 계엄군이 들어오지 못하도록 방어를 하면서 항쟁을 하면… '설령 진다고 해도 영원히 패배하지는 않을 수 있다'[5]고 보았다.

5월 19일부터 27일까지의 시민 측 사망자의 직업별 분포를 보면 노동자가 35명, 무직이 23명, 불명이 17명인데 비해 학생이 30명이고, 노동자들도 대체로는 일용직 노동자들이었기 때문에 사실상 도시의 반프로레타리아 층에 속하는 바닥 청년들이 학생들보다 훨씬 많이 사망했다(최정기, 2007, 86~89). 이들은 흔히 '민중'이라고 호명된 사람들이지만, 계급적으로는 조직노동자들은 아니었고 룸펜프로레타리아에 속한 사람들이었다. 당시 상황에서는 시민군의 일원이 되는 것은 죽음을 각오한 행동이었다. 항쟁의 주역이 된 시민군의 정신과 행동, 그것이 바로 광주 5·18에 대해 우리가 설명해야 할 가장 중요한 지점이다.

물론 신군부도 광주시민들이 그렇게 강력하게 저항할지 예상하지 못했다. 그들은 그 이전 '부마사태'의 교훈만을 참고하여 강경 진압하면 시위가 가라앉을 것이라고 잘못 판단하였다.[6] 즉 진압군 측이나 광주의 민주화운동 세력 모두가 5·18 이후 어떤 상황이 발생할지, 시민들이 그

---

5) 5월 26일 기자회견에서 윤상원의 마무리 발언(광주민주화운동기념사업회, 2017, 390).
6) '안부웅 11공수 특전여단 61대대장 진술조서', 1996. 1. 4. (월간조선, 1999, 394)

렇게 무장해서 끝까지 저항할지 전혀 예상하지 못했다.

3. 5·18과 '보편 인권' – 국가폭력과 인간의 존엄성

1980년 광주 5·18 당시 전두환 신군부는 시위대에 폭력과 학살을 자행함으로써 광주, 호남 사람을 잠재적인 적으로 간주하고 저항세력을 '폭도', '불순분자'로 지목하였다. 시위대를 무장하게 만든 가장 결정적인 동기는 계엄군으로 대표되는 군부의 반국민성, 반국가성, 반인륜성이었다. 진압군은 거의 '짐승'이고 악의 화신이었다. 군대의 행태는 인간으로서 눈을 뜨고 그냥 지나갈 수 없는 패륜적인 것이었고, 인간의 가장 기본적인 양심을 건드리는 것이었다. "폭동은 시민이 아니라 사실 군인이 일으켰다"[7]고 보는 사람들에게 그것을 방관하는 것은 인간성과 시민성이 부인하는 것이었다. 즉 계엄군의 폭력은 이를 인간으로 살 것인가, 비겁하게 도피할 것인가를 시험하게 만들었다.

통상 권력은 위기에 처하면 자신의 발톱을 드러낸다. 공수부대의 투입, 충정작전의 개념은 이미 어느 정도의 무차별적인 폭력행사를 예비한 것이다.[8] 중립성을 표방하던 국가, 혹은 군대의 모습은 사라지고 그 정반대의 상황이 연출되었다. 그 이전 유신체제 하에서 인혁당 관련자

---

7) AP 통신의 테리 앤더슨(Terry Anderson) 기자는 광주 현장은 '군인들에 의한 폭동'이었다고 말했다(광주민주화운동기념사업회, 2017, 99).

8) 5·18 당시 전두환 씨가 계엄군 지휘부로부터 광주 유혈진압 작전계획을 보고받은 뒤 '굿 아이디어'라고 칭찬했다는 내용이 담긴 군 문건이 처음으로 발견됐다("전두환, 광주진압계획에 '굿 아이디어'", 〈경향신문〉, 2019. 5. 15.).

의 즉각 처형, 전향 공작, 반체제 인사들에 대한 고문과 테러 등 저항 지식인이나 학생들에게 조용하고 비밀스럽게 가해진 국가의 폭력은 이제 백주에 보통의 시민을 향했다. 바로 그전 수십 년 동안 반독새민주화 세력에게 가했던 권력의 반인권적인 폭력이 저항하는 시민들을 향한 것이었다. 그래서 자신은 정치와 무관하다고 생각했던 평범한 '양민'들이 계엄군 폭력의 희생자가 되었다.

광주 5·18 당시 신군부가 자행한 학살과 폭력은 1965년 인도네시아 수하르토정권 등장기의 학살, 1980년대 니카라과 소모사정권 등장 이후의 우익 테러와 학살, 과테말라의 학살, 남아공화국 아파르트 헤이트 하의 인종 차별, 학살 등과 유사한 성격을 지니고 있다. 이 모든 학살은 1950년 한국전쟁 전후의 학살과 마찬가지로 냉전 극우반공주의체제라는 국제정치적 환경의 산물이었다. 1960년 4·19 시위 당시 경찰의 발포로 인한 학살, 광주 5·18 당시의 학살을 제외한다면 1960년대 이후 한국 군사정권이 저지른 국가폭력과 학살의 규모는 남미, 남아공화국 등에 비해서는 상대적으로 적었다. 그러나 이것은 한국의 군부정권이 다른 나라의 극우독재정권에 비해 더 민주적이었거나 인권친화적이었기 때문이라기보다는 6·25한국전쟁을 겪으면서 내부의 '위험 세력'은 거의 제거했기 때문일 것이다.

제주 4·3사건, 6·25한국전쟁 당시의 학살과 광주 5·18 당시의 학살의 양상은 거의 다르지 않았다. 왜 다른 민족이나 인종이 아닌 동포 시민들에게 한국 군대는 이렇게 폭력적이었나? 결국 구조적인 폭력적 지배체제인 일제 식민주의가 청산되지 않은 점, 식민통치의 기반인 경찰지배, 인종주의가 냉전 분단체제 하의 남한의 국가로 이전되었기 때문일 것이다. 식민주의와 인종주의가 폭력 그 자체인 것처럼, 유사인종주의체제인 반공주의 하에서 빨갱이로 분류된 사람들에 대한 진압은 폭력 그 자체다. 이것은 한국이 일제 강점기 이후 만성적인 전쟁, 즉 '전쟁정치' 하에 있다는 사실에서 기인한다(김동춘, 2013). 비시민인 존재, 즉 식민지 '백성'이나 분단 하의 '빨갱이'는 모두 시민, 혹은 인간으로 취급되지 않았다.

군과 경찰의 폭력행사가 너무나 압도적이었던 6·25 한국전쟁 전후의 상황에서는 '좌익'으로 지목된 주민들이 그러한 폭력을 당해도 그것은 은밀하게 진행되었으며, 설사 현장에서 그것을 목격한 사람이 있어도 달리 저항할 수 없었다. 그러나 1980년 당시에는 진압군은 무장했지만 거대한 시민사회 속에 투입된 소수였고, 시민들 모두는 군의 모든 행태를 뚜렷하게 목격할 수 있었다. 시민들은 공포에 질렸으나, '죄가 없다'는 것을 너무나 명백하게 알고 있었기 때문에 무조건 항복할 수는 없었다. 학교나 국가로부터 민주주의 교육을 받은 당시의 광주시민들은 자신이 주권을 가진 인간이고 국민임을 행동으로 입증하지 않을 수 없다고 생각했는데, 당시 국면에서 그것에 저항하지 않고서는 인간임을 입증할 방법이 없었다.

여기서 군의 반인륜적 살인 행태를 눈으로 목격한 사람들의 정신 세계에서 엄청난 비약과 반전이 일어난다. 며칠 전까지 이들 광주의 보통 시민들 특히 바닥 청년들은 학생들의 시위에 대해서 "공부도 안 하고 데모만 하는" 자신과는 다른 부류의 사람들로 보았다. 그런데 경상도 군인으로 소문난 계엄군이 백주에 고향 사람, 친구와 친척, 그리고 동료 시민을 살해하는 것을 보았을 때 이들은 그냥 방관할 수는 없었다. 계엄군이 자행한 무자비한 국가폭력은 잠재되어 있던 민중의 원초적인 생존본능의 뇌관을 건드렸는데, 민중은 자신들의 심연에 숨겨져 있던 이 생존본능의 무한한 힘을 자각하기 시작하였다(광주민주화운동기념사업회, 2017, 102). 폭력에 대한 저항, 무고한 시민에게 향해진 폭력을 두고 볼 수 없었던 인간 본원적 공감과 연대는 인간의 존엄성을 지키기 위한 저항이었다. 광주의 하층 청년들은 이미 그 이전부터 지역주의와 같은 계급적 멸시와 차별로 이중삼중으로 구조화된 폭력에 시달리고 있었으며, 계엄군의 가시적 폭력을 목격한 다음에는 별로 잃을 것이 없었기에 그들에 대항하여 비인간화된 자신의 존재조건을 온몸으로 돌파하려 했다.

내전과 같은 예외적인 상황에서 권력의 희생양이 된 피해자들의 연대성과 공동체 의식이 무장 저항의 정신적 기반이었다. 여기서의 일체감과 연대의식은 흔히 근대 인권의 기초라 말하는 '자유', '주체성'(벨덴펠즈, 2003, 107~110)과는 다른 것이다. 대의제 정치나 법치가 정상적으로 작동하지 않는 상황에서 개인주의적인 자유와 주체성은 작동하지 못한다. 폭력이라는 진압군의 '언어'에 대해서 폭력으로 맞서는 것은 당연한 문법이며, 이들에게 저항은 인권보장의 가장 높은 단계, 단결과 '연대의 권리'를 주장하는 것이었다.[9] 학생, 보통 시민, 그리고 바닥 청년들로 구성된 무장 시민군을 숨겨주고 먹여주던 광주의 보통 여성들의 행동 역시 권리보장, 법 개념으로서 인권, 혹은 최소한의 규범을 파괴하는 행위를 법으로 금지하는 서양의 근대 자유주의 국가 개념과는 다른 것이었다(최정운, 2007, 281).

광주 5·18 당시 시위나 무장 항쟁에 가담한 세력들의 정신의 심연에는 폭압적 권력에 대한 분노, 비인간화된 자신의 존재를 떨쳐버리고 인간의 존엄성을 지키려는 열망, 그리고 남의 고통을 외면하지 않고 함께

---

9) 바락의 인간권리 3단계 중 1단계는 '자유'라고 하는 국민의 정치적 권리에 관한 것이고, 2단계는 '평등'의 경제·사회·문화적 권리를 말하며, 3단계는 '우애'라고 하는 단결 또는 연대에 대한 권리를 말한다(바락, 1986).

하려는 연대의 정신과 공동체 지향이 있었다. 이 점에서 5·18 폭력진압에 대한 무장 항거가 인권 실현의 측면에서 갖는 보편적 의의가 있다. 당시 투쟁에 나선 사람들에게는 투쟁 자체가 자기 해방, 인간 존엄성 확인의 의미가 있었다. 생명권, 자기결정권, 사상과 양심의 자유 등이 보장되지 않고서는 아주 초보적인 민주주의도 성립할 수 없기 때문에 (조효제, 2007, 279), 시민들의 무장 저항은 이제 5·18 직전까지의 민주화운동보다 훨씬 근본적인 인권보장의 문제를 건드린 것이다. "광주 시민의 용기는 인권운동사상 영원히 기록될 것이다."라는 목격자의 진단도 그 점을 지적한 것이다.[10]

한편 5·18 당시 신군부가 시위대를 고립화하려는 가장 중요한 명분은 좌익으로 낙인찍기, 즉 익숙한 반공주의였다. 신군부가 시민들을 폭도, 빨갱이로 몰고 탄압을 했다는 점, 즉 대북적대와 국가안보 논리, 국가보안법 체제가 저항세력에 대한 학살을 정당화했기 때문에 한국에서 반공주의는 인권 보장과 양립하기 어렵다는 점이 다시 드러났다(박홍규, 1999). 비록 저항세력은 자신이 폭도, 빨갱이가 아니라고 주장했고, 그러한 낙인을 피하기 위해서 적극적으로 태극기를 흔들고 애국가를 불렀지만, 이들의 인간성 보장 투쟁은 한국의 안보체제, 그리고 미국 주도의 냉전체제와 결합된 동아시아 안보체제와 충돌하였다. 결국 냉전, 혹은 전쟁과 보편적인 인권이 양립할 수 없다는 사실이 확인되었다.

광주 5·18 당시 군의 학살은 1950년 6·25 한국전쟁 전후 군과 경찰이 저지른 학살이 30년 만에 재연된 것이다. 시위대의 선언문에는 군이 '공산당보다도 더 심한' 폭력을 행사했다는 말이 자주 나오는데, 당시의 광주 대다수 시민들은 공산당의 학살에 대해 많이 듣고 배웠고 그러

---

10) '이 로사리오가 본 광주사태'(김양오, 1988, 276)

한 반공주의 정당성의 기반 위에서 저항을 했다. 그러나 그들의 부모세대 호남 사람들의 상당수는 사실 전쟁 전후 군인들이 자행한 학살을 겪어 보았고 내용을 알고 있었지만 그것을 말하지 않았다. 왜냐하면 그것은 '말해질 수 없는 것'이기 때문이다. 6·25 한국전쟁 당시 군과 경찰의 학살과 폭력의 피해를 가장 심각하게 당했던 광주와 전남 일대의 피해목격 주민들은 이승만, 박정희 정권 내내 그러한 사실을 오직 가슴에만 묻고서, 침묵하며 살 수밖에 없었다. 그런데 5·18 당시 그러한 악몽이 재연되었고, 전쟁과 학살의 역사를 겪지 않았던 새로운 세대가 부모의 만류를 뿌리치고 '겁 없이' 저항을 하였다.

광주 5·18 당시 냉전논리, 국가안보 전쟁의 논리와 인간성 실현 주장이 첨예하게 충돌하였다. 6·25 한국전쟁의 트라우마를 갖고 있었던 광주의 전쟁 세대는 저항할 수 없었지만, 한국전쟁기의 폭력과 학살의 기억이 없는 '신선한 피', 즉 청년들이 신군부의 적이 되었다. 분단 냉전, 지역주의, 계급적 차별을 받고 있던 학생—바닥 청년들이 인간의 이름으로 이 모든 억압과 맞선 것이 광주 5·18이었다. 이 점에서 시민군은 인권 일반의 주창자였다.

4. 광주 5·18과 참여민주주의

광주 5·18은 저항을 통해서 신군부의 권력 장악에 맞섰다. 신군부는 국민들의 민주화 기대를 폭력으로 억눌렀으며, 국가보위입법회의 등을 설치해서 의회와 선거를 무력화시켰고, 국민들의 정치참여의 기회를 봉쇄하였다. 당시의 조건에서 민주화를 성취할 방법은 이러한 신군부의 행동에 대해 저항을 하는 것뿐이었다. 즉 정치적 의사 결정이 의회와 정당은 물론 노동조합, 자발적인 결사체나 여론 등을 거의 무시하면서 진행되는 상황에서 선거는 물론이거니와 정당이나 시민사회, 어떤 공조직을 통한 정치 참여도 무의미하게 된다. 이 경우 시민의 의견 개진과 정치 참여의 요구는 오직 저항으로 나타날 수밖에 없게 된다. 1980년 광주 5·18에 이르는 기간 동안 정치가 사실상 의회 밖 정치, 특히 학생 데모와 지식인의 비판적 활동에 더 결정적으로 좌우된 것도 여기에 기인하고 있다.

5월 20일의 차량시위, 그들을 따르던 시위대가 각목, 쇠파이프 등을 들고 행진할 때부터 무장의 필요는 제기되었다. 5월 21일 계엄군이 발포를 시작하자 시민들은 예비군 무기고 등을 털어서 무장하기 시작했다. 무장 시민군이 등장한 때부터의 광주 5·18은 무장항쟁으로 전개되었다. 체계적인 조직이나 지휘부 없이, M1과 카빈으로 무장한 시민군이 M16 등 중화기로 무장한 계엄군과는 도저히 맞수가 될 수 없었다. 그렇다면 무장봉기는 민주화운동의 연장인가? 학생과 지식인들은 광주의 일반 시민들이 항쟁에 가담하게 된 이유는 '진정한 민주정부의 수립'을 요구했기 때문이라고 말한다.[11] 그런데 '진정한' 민주정부란 무엇인가?

70, 80년대 후후발자본주의(Late late capitalism) 국가에서의 군부 정권에 대한 저항, 봉기는 선거 민주주의, 의회와 정당기능의 활성화, 법치를 내걸고 진행되고 여기서 군부 혹은 독재정권은 물론 그들과 함께 박정희 정권 시기 기득권을 누려온 세력을 크게 위협한다. 여기서 일반 시민 혹은 인민들의 단순한 선거 민주주의 회복 요구조차도 군부 독재정권의 지속을 통해 자신의 지위를 유지하려는 구집권 세력과의 물

11) '80만 광주시민의 결의' 1980. 5. 25.(김양오, 1988, 275)

리적 충돌을 야기하기 쉽다. '인민의 힘(people power)'과 집권 기득권 세력이 충돌하는 이 역사적 국면에서 정당이나 기성 정치의 역할은 매우 제한적이고, 대중들은 직접 행동을 통해 정치과정에 개입하기 때문에, 이 경우의 저항은 일종의 '참여민주주의'의 성격을 지닐 수밖에 없다. 그런데 20세기 중반 각국에서 나타난 '인민의 힘'은 참여 주체나 전개 양상, 그리고 요구와 목표에서 19세기 말의 파리콤뮌이나 20세기 초의 러시아혁명과는 달라졌다(Katsiaficas, 2013, 14). 그것은 20세기형 직접민주주의의 특징을 지니고 있었는데,[12] 광주 5·18도 그런 맥락에서 이해할 수 있다.

광주 5·18 당일의 시위는 계엄 상태, 즉 '군이 모든 정치일정을 원점으로 돌리려는' 조치를 종식시키자는 '민주화' 운동으로 시작했다. 보통·평등 선거권에 의한 대표의 정기적이고 자유롭고 공정한 선출이 민주주의의 출발점이라고 한다면, 5·18 당일의 시위는 이러한 출발점 정도에 위치해 있다. 민주주의란 바로 모든 사람이 여러 가지 방식으로 권력의 행사에 참여하는 것을 의미하고, 헬드(Held) 등이 주장하는 것처럼 참여는 기회와 자원의 균등한 분배 속에서만 현실화될 수 있다고 본다면(Held & McGrew, 2013), 학생과 민주화운동 세력은 신군부가 계엄선포 등으로 국민의 참여의 기회를 막고 모든 정치적 자원을 독점하려는 것을 비판했다. 그런데 시위가 항쟁으로 전화한 것은 단순히 참여의 기회를 달라는 정도가 아닌 신군부가 국가권력을 장악하려는 시도 자체를 거부하는 것이었다. 광주시민의 행동은 혁명은 아니었으나 반혁명에 대한 거부였다.

---

12) 대의제 민주주의 대안으로 참여민주주의를 제시한 페이트만(Pateman)은 주로 작업장이나 지역공동체의 참여를 강조한다(헬드, 1988, 292~293).

무장항쟁을 통해 계엄군과 맞선 시민들은 투쟁과 자치를 통해 '그들만의 대항국가를 만들어가고 있었다.'(김성국, 2007). 즉 대형 태극기를 들고 도청을 향해 질주한 청년들의 행동, '군은 38선으로 복귀하라'는 구호들, 애국가를 부른 시민들의 행동은 이제 계엄군이 아니라 광주의 시민이 곧 국가라고 자임한 것이었다. 22일, 계엄군이 물러가자 광주는 곧 자치공동체로 변화되었다. 즉 국가권력 공백상태에서의 광주시민은 소극적인 자기방위를 넘어서는 저항권, 자기결정권, 통치권의 문제를 제기하였다(박홍규, 1999, 354). 이 점에서 5·18항쟁은 19세기 동학농민군의 집강소 설치 운영과 마찬가지로 며칠 동안의 국가권력의 공백 상태에서 참여민주주의, 더 나아가 초보적인 대안 국가를 만들었다. 물론 그 기간은 매우 짧았고, 항쟁이 진압된 이후 참여민주주의를 일상화할 기회는 없었으나, 며칠 동안의 해방 공동체에서의 자치는 인민의 힘에 기초한 새로운 민주주의의 실험이라는 의미를 갖고 있었으며, 주민의 자기결정, 자기통치라는 점에서 가장 적극적 형태의 참여민주주의였다.

민주주의의 질적 심화의 가장 중요한 지표라 할 수 있는 '주체의 권리주장'(O'Donnell et al, 2004) 혹은 시민의 직접참여 등의 기준에서 본다면 5·18 당시의 저항과 자치공동체 실험은 민주주의의 질적 심화에서 매우 중요한 의미를 갖고 있다. 즉 군부가 모든 국가의 의사 결정권을 갖고 대통령이나 의회는 물론 정부나 언론의 정상 활동을 정지시킨 '비상사태' 하에서 시민의 의견 개진과 참여는 오직 계엄, 즉 반혁명을 저지하기 위한 물리적 저항으로밖에 표현될 수 없었다. 사실 비상계엄 확대조치가 이루어진 5월 17일까지의 정치 상황이 주로 정부와 의회밖에서 학생 데모대와 지식인의 비판적 활동으로 채워진 것도 거시적으로 보면 향후의 국가권력을 둘러싼 내전이 시작된 것을 의미했다.

아직 대의제 민주주의조차 제대로 수립하지 못한 당시의 한국에서 시민들의 직접행동은 대의 민주주의의 수준을 건너뛰었다. 대의제 민주주의의 한계는 한국처럼 제도로서 그것을 수입한 나라는 물론이고, 원초적으로 그러한 제도를 발전시켜온 나라에서도 나타난다(Katsiaficas, 2013, 9~13). 미국과 유럽의 68혁명이 그런 것이라면, 후후발국에서는 인민의 봉기나 무장저항이 그것이다. 여기서 비정치적이었던 학생, 시민이 정당을 대신하여 급작스럽게 주체로 등장한다. 서유럽에서 20세기 후반 이후 정당정치와 대표성의 위기, 계급정치의 위기의 징후로 거론되는 이러한 포스트 민주주의(크라우치, 2005)의 현상은 사실 후발국 한국에서는 1960년 4·19 혁명 이후의 만성적인 특징이었다. 이 모든 경우 대의제 민주주의의 위기는 정당정치의 정상화로 진화론적으로 발전되지는 않는다. 서구에서의 탈계급화와 관련된 새로운 사회적 정체성의 형성이 포스트 민주주의의 징후라고 이야기하지만, 광주 5·18 당시 동원의 중요한 기반이 된 애초의 학생 시위, 그리고 광주 호남들의 소외, 룸펜프로레타리아층의 좌절감에 기초한 무장항쟁의 양상은 4·19혁명 아니 그 이전인 대구 10월항쟁 등 현대 한국의 정치사에서는 훨씬 일반적인 현상이었다.

대의제나 정당정치가 아직 정착되지 않은 상황, 군부쿠데타나 도시 시위나 봉기가 일상화된 상황에서 대중의 직접행동은 개인의 권리의식보다는 '형제애'에 기초한 연대의식과 친밀감, 공동체성에 기초하는 경우가 많다.[13] 광주 5·18 당시 무장시위대를 조직하거나 차량시위를 주도한 7개 지역의 시위대 구성원들을 보면 평소에 같은 지역에 거주하면서 밀접한 네트워크를 형성한 사람들이었다. 즉 학연과 근린 공동체처

---

13) 김정한은 무장 시민의 연대감은 가족적 연대의 거부와 형제적 우애의 형성이라고 말한다(김정한, 2013).

럼 일상생활을 공유한 사람들의 연대가 중요한 시위 참여의 기반이 되었다(최정기, 2007, 224~225).

한편 광주 5·18 '민주화' 시위와 항쟁, 그리고 시민대표들의 사태 수습 제안이 신군부에게 받아들여지지 않은 또 하나의 이유는 분단 이후 한국의 지배집단의 이해와 더불어 한국이라는 주권 국가 위에는 신군부의 재집권을 지지한 미국이 버티고 있었기 때문이다. 결국 시민군은 군부를 근위병으로 하는 한국 내의 지배세력과는 물론 미국이라는 거대한 패권 국가와 마주하게 되었다. 항쟁 지도부는 이미 학살 책임자로 지목된 '전두환과는 협상하지 않겠다'면서 대변인 윤상원은 글라이스틴(William H. Gleysteen Jr) 주한미대사와의 연결을 요청했다. 이것은 당시 항쟁의 지도부가 광주에서 신군부의 폭력진압 문제 해결의 열쇠를 미국이 쥐고 있다는 판단에 따른 것이다. 즉 1980년 5·18 민주화운동, 그리고 무장 항쟁은 한국 내의 사건이었지만, 거시적으로 봐서는 미국의 한국과 제3세계 우익 군부정권 지지와 직결된 문제였다. 글라이스틴은 시민군 측의 중재요청을 무시했다. 미국의 입장에서 그것은 동북아시아에서 균형을 유지하려는 미국의 국익에 관한 문제였기 때문이다.[14] 광주 5·18은 아시아에서의 인민 권력의 가장 중심적인 부분을 차지하고, 한국 민주화운동의 생명력을 보여주었다. 국제적으로 보면 광주 5·18은 미국이 지지하는 군사독재의 순환고리에서 이탈할 가능성을 보여주었다(Katsiaficas, 2013). 한국의 민주주의는 냉전, 미국패권과 연동되어 있다.

1960년 4·19 혁명과 1980년 광주 5·18로 대표되는 한국 현대사의 두 결정적인 정치변동은 제도정치권 내의 갈등과 투쟁, 혹은 법과 제도의 도입으로 진척된 것이 아니라, 시민들의 봉기나 항쟁에 의해 이루어

---

14) 〈워싱턴 포스트〉의 기사. 광주민주화운동 392쪽에서 재인용.

진 점을 주목할 필요가 있다. 분단 전쟁체제 하에서 군 경찰, 억압적 국가기구는 독재정권에 저항하는 시민을 '잠재적 적'으로 대했으나 보통의 시민은 군과 경찰, 그리고 미국을 적이라 생각하지 않았다. 그런데 군으로 대표되는 국가는 폭력기구로서의 모습을 드러냈다. 그래서 광주 5·18항쟁에 대한 진압과 학살은 1981년 이후의 반독재투쟁의 방식과 이념을 더 급진하였다. 그래서 1981년 이후 학생시위에서 화염병과 반미주의는 더 보편화, 일상화되었다. 즉 폭력적 진압과 학살은 저항운동을 더욱 폭력화 급진화하였고, 그것을 진압하려는 권력은 또다시 폭력에 호소했다.

결국 광주 5·18 후 7년이 지난 1987년 6월항쟁 역시 각종 의문사, 분신, 고문치사 사건 등을 겪은 다음 '항쟁'이라는 가장 극단적 참여민주주의로 표출될 수밖에 없었다. 광주 5·18 이후 인천 5·3사태나 6월항쟁도 그러한 봉기 양상의 민주화운동이었다. 결국 신군부 집권 과정의 근원적인 정당성 부재는 항쟁을 통한 군부의 퇴진으로 귀결되었다.

5. 시민성과 세계시민주의

광주 5·18 당시 '시민군'의 탄생은 저항주체로서 '시민'의 탄생을 알리는 엄청난 사건이었다(정상호, 2013, 199). 그런데 시민군의 존재는 출발부터 한 국가 내의 인권과 시민권 보장 투쟁을 넘어서는 동아시아 민주화, 혹은 세계시민주의의 의제였다.

광주 5·18 당시 시위 참가자나 무장항쟁에 참가한 사람들은 일차적으로는 군사독재의 연장에 반대하기 위해 그리고 나아가 자신과 이웃,

고향이자 삶의 터전인 광주와 호남 지역을 지키기 위해 나섰다. 그들에게 계엄군으로 표상되는 국가는 '폭력세력'이었고, 그래서 국민 혹은 인간임을 주장하기 위해서는 그 폭력과 맞서야 했고, 스스로 자위적 연대를 해야 한다고 생각했다. 5월 21일 무장항쟁 이후 시위대는 모든 성명서에서 스스로를 '시민', '시민의거', 혹은 '민주시민'임을 강조했다. 그런데 이들의 자위적 저항에서 과연 시민다움, 시민성, 더 나아가 세계 시민주의의 정신을 읽을 수 있을까? 만약 자위적 방어적 항쟁에서 우리가 세계시민주의를 읽을 수 있다면 그 내용은 무엇일까?

국민은 주권국가의 구성원을 말하지만 시민은 주로 소유권, 선거 참여권, 재판을 받을 권리와 여타 의무를 견지한 법적 사회적 구성원을 지칭한다. 시민권 혹은 시민성(citizenship), 즉 특정 국가의 구성원으로 얻게 되는 '권리와 의무의 묶음'(Turner, 1994, 13~26), 혹은 권리와 책임을 쟁취하려는 행동을 지칭한다. 즉 시민권·시민성이란 국가 정치공동체 내에서 시민권을 얻으려 투쟁하거나, 시민임을 자각하고 행동하려는 정치의식화 과정을 의미한다. 국가는 시민의 경계를 설정한 다음 그들을 포섭하고, 이등 시민, 비시민으로 분류한 사람들에 대해서는 편입, 동화, 전향, 배제, 추방, 학살 등의 조치들을 시행하는데(Heater, 1990, 37~89), 분단국가 한국은 '반공국민'을 시민으로 인정하여 포섭해 내면서, 저항 시민은 '빨갱이'로 분류하여 배제하거나 심지어 학살까지 해 왔다. 그런데 분단 하 한국식 시민권인 '반공국민'은 지구적 냉전체제가 만들어낸 지위 혹은 정체성이었기 때문에, 한국에서 '국민'이 온전한 시민권을 쟁취하려 할 때, 그것은 내적으로는 분단, 계급 질서와의 충돌을 수반하게 되고, 외적으로는 지구적인 냉전체제를 건드리게 된다.[15]

국가가 법적으로는 '시민'이나 사회적으로는 '비시민'의 경계로 내몰리는 집단을 단순히 배제하는 정도를 넘어서 탄압과 폭력 행사의 대상으로 삼으려 할 경우, 통상적으로 비시민으로서의 굴욕과 콤플렉스를 가진 사람들은 시민권·시민성을 인정받기 위해 자신은 위험하지 않은 사람, 시민의 사격이 있는 사람이라고 주장하게 된다. 5·18 당시 광주 시민들이 '북한은 사태를 오판하지 말라'고 경고하면서 자신들은 결코 친북적이지 않다고 계속 강조한 것도 이런 이유였다.

자신을 살해하려는 폭력 앞에서 인간됨 혹은 시민됨을 주창하는 것, 즉 항쟁의 주체화는 일상 정치과정에서의 시민적 참여와는 전혀 다른 양상으로 나타나는데, 그것은 구성원을 가족의 틀 내로 가두어 가족 공동체에 충실한 존재가 되라는 압력을 벗어나 국가와 사회 속에서 자신을 위치 짓는 '확대된 자아' 획득과정이다.[16] 이때의 시민성은 국가와 법, 가족, 그리고 경제적 이해 추구의 범주를 벗어나는 우애(friendship) 공동체 구성원이다.[17]

군의 폭력에 맞서는 것은 목숨을 잃을 수도 있는 일이다. 그런데 목숨 잃을 것까지 각오해야 하는 시민성은 없다. 목숨까지 잃을 것을 각오하는 정신이란 이미 국가 사회, 가족이라는 삶의 단위를 넘어서는 것, 즉 '절해고도가 된' 광주에서 '모든 것이 초월되는 순수하고 뜨거운 사랑', '지고의 사랑'(전남사회문제연구소, 1988, 189)을 갖는 일일 것이다. 그래서 그것은 타협이 불가능한, 개체성을 초월한 '절대적인 것'(최정운,

---

15) 시민권은 국가 내의 계급갈등의 결과로 보장되는 것이다(Mann, 1987). 한국에서 헌법상 자유권적 요소의 도입은 국제적 냉전이 한국에서 부여한 조숙한 시민권 인정이며, 이후의 민주화운동은 법과 실제 현실의 괴리를 극복하는 운동이었다.
16) 여기서 '우리'는 단순히 '나'들의 결합이 아니다. 전태일이 "나를 아는 모든 나여"라고 부르짖을 때 자아는 '우리'로 확대되는데 이 경우 나의 '실종'과 나의 '확대'가 동시에 발생한다(김동춘, 2006).
17) 공동체는 통상적, 위계적 질서가 수평적 질서로 변화되는 과정에서 형성된다. 우애는 물리적 정서적 근접성, 구성원의 완전한 동질성에서 형성된다(Adams and Ueno, 2007, 193~210).

1999)이 된다. 그것은 같은 운명 공동체 내의 동료에 대한 무한 책임의식, 이웃과 자신의 완전한 일체화다. 극도의 고립과 위기상황이 이러한 절대적 참여를 요구하고, 또 그렇게 행동하는 사람을 만들어 낸다. 그것은 인간으로서의 존재를 인정받기 위한 투쟁에서 출발했지만, 그러한 폭력을 행사하는 국가 일반을 넘어서는 새로운 공동체를 염두에 둔다.[18]

광주 5·18 당시 20일 이후에 시민군으로 참가한 사람은 물론, 이들을 물심양면으로 지원했던 지하의 활동가, 그리고 여성들은 "지역사회를 지키고, 억울하게 죽은 사람들의 고통을 외면할 수 없었던 정의감과 책임의식 때문에" 행동했다(광주전남여성단체연합, 2012). 시민군은 부당한 억압에 분노했지만, 수치심과 부채의식 혹은 인간존엄성 존중이라는 정신을 바닥에 깔고 있다. 이 경우의 시민성은 책임감, 공공성, 이웃과 공동체에 대한 무한대의 애정에 기초한 매우 비정치적인 것(강정인, 2000)이다. 광주 5·18 당시 바닥 청년들은 평소 정치 사회문제에 관심을 갖거나 정치적 민주화를 위해 행동하지도 않았던 사람들이었고, 가족의 틀에서 자유로운 사람도 있고, 체계적인 학습이나 의식화의 경험도 없었다. 학생들이건, 바닥 사람들이건 이들을 움직인 동기는 불의를 외면할 수 없는 마음, 인간의 도리를 다해야 한다는 생각들이었다. 당시의 군부와 언론은 이들을 폭도, 빨갱이, 불온한 사람들로 지목했지만, 실제 이들은 "사랑은 사람들의 편안한 집이요 정의는 사람들이 가야할 바른 길이다(仁人之安宅也, 義人之正路也)"라는 맹자의 말, 혹

---

18) 여기서 '절대'의 개념은 최정운이 광주 5·18 민주화운동 당시 시민군과 광주시민들 사이에 형성된 '절대 공동체'에서 따온 것이다(최정운, 1999, 140). 그가 말하는 절대공동체란 '폭력에 대한 공포와 자신에 대한 수치를 이성과 용기로 극복하고 목숨을 걸고 싸우는 시민들이 만나 서로가 진정한 인간임을 이성 있는 시민임을 축하하고 결합한 공동체'를 지칭한다.

은 내면화된 분노로서 수치심을 혁명적 실천으로 승화시켰다(이상민, 1996, 180~192). 그들은 사건 이전에 '시민'으로 과잉 정치화된, 한국 사회에서 특별한 시민이 될 자격이 있었던 대학생들과 지식인들이 도피 한 '공동체'의 공간에 들어섰다.

우리는 광주 5·18에서 저항권 행사, 반역의 권리 행사로서 시민권, 지역사회를 지키자는 애향심으로서의 시민성, 그리고 자신의 불행한 처 지에 눈을 뜨고 핍박받는 동료들과 한 몸이 되어 부정의에 항거하는 투 쟁으로서의 시민성을 확인할 수 있는데, 이것은 개인주의적 시민성과 도 다른 것이지만, 민중주의, 혹은 계급의식과도 다른 것이었다. 근대 이후 한국의 저항세력은 개인적 권리 의식에 기초한 시민성을 추구하지 않았으며, 주로 부패한 관리, 폭력적인 식민권력과 경찰력, 독재 등에 분노해서 들고 일어났고, 민족주의나 애국심도 매우 중요한 정신적 기 반이었다. 광주 5·18도 그 연장 속에 있었다. 그러나 이러한 시민성은 예외적인 상황에서 만들어진 것이기 때문에 한시적이고 비정치적일 가 능성이 크다(강정인, 2000).

19세기 유럽에서의 농민과 노동자의 항쟁도 그러했지만 20세기 식 민지 지역에서의 봉기와 반란, 그리고 1960년대 이후 제3세계에서의 민주화는 언제나 강자의 폭력에 맞선 자위적 저항의 양상을 지닌 경우 가 많았다. 이 경우 시민권 확대는 자본주의 시장질서와 충돌하였다 (Turner, 1994). 그것은 자본주의 시장, 제국주의의 식민화 과정에서 인간으로서 인정받기 위한 투쟁이었고, 그 결과 이들은 국민, 시민의 자 격을 얻었다. 이들 투쟁은 자신의 생존의 터전을 지키려는 방어적인 것 이고, 가족과 지역을 지키자는 것이었지만 약자의 자기방어는 시민성의 중요한 출발점이고, 거시역사적으로 보면 강자의 전횡에 제동을 걸고, 시민권을 확장시키는 계기가 된다는 점에서 보편적 의의를 갖고 있다.

5·18 학살을 목격하거나 들은 학생 청년들이 사건 이후 책임자 처벌을 요구하면서 분신 항거한 일이 많았는데, 그것 역시 시민권 인정 투쟁의 일환이었다. 1981년 이후 1987년 이전 모든 학생시위에서는 '광주를 기억하라'가 단골메뉴로 등장한 것도 학살의 기억을 끊임없이 확인함으로써, 민주화된 국가의 시민성을 인정받으려는 것이었다. 5·18의 기억은 민주화운동에 적극적으로 참가하지 않는 사람에게도 강한 영향을 미쳐 하나의 세대적 책임감과 수치심의 공감대를 만들어 냈다. 이것은 8·15 이후 한국사회에 최초로 형성된 공공(public)의 윤리, 집단적 도덕성, 혹은 공화주의 정신이라고 평가할 수 있을 것이다(신진욱, 2011, 58~90). 5·18 이후 운동권 학생들이 주장한 것은 정치혁명의 구호였지만, 실제 행동은 철저한 공동체적 정서에 기초해 있었다. 광주항쟁과 이후의 민주화운동은 "인간이 되려면 어떻게 해야 하는가", "국가가 왜 존재해야 하는가"라는 질문에 기초한 것이었고, 그것은 국가 이상의 그 무엇, 즉 헤겔이 말한 국가와 법의 목표 즉 인륜성의 실현이라는 가치를 깔고 있었다(헤겔, 2008, 303~319). 이 점에서 '지역'과 나라를 지키자는 광주의 보통 시민들의 항쟁은 세계시민주의의 가장 중요한 내용을 구성한다.

제국주의, 세계체제, 냉전과 식민주의의 영향권 하에 있었던 대부분의 나라에서 시민권 보장은 개별 국가 내에서만 충분히 실현될 수 없다. 즉 국제적인 평화가 수립되지 않는다면 한 나라 내의 생존권은 물론 시민권도 제대로 보장되지 않는다. 그리고 이런 시민권을 확보하기 위해서는 국가 내 법적 주체로서의 '시민'의 한계를 넘어설 수밖에 없다. 즉 국가 간 관계, 민족문제는 일국 내 시민권과 결합되어 있다. 광주 5·18 당시 도청에서 끝까지 항쟁을 해야 한다고 주장한 사람들은 광주항쟁이 광주만 살리는 것이 아니라 한국 민주주의를 살릴 수 있다고 보았다. 더 나아가 그것은 미국의 제3세계 독재정권 지원 정책 자체를 흔들 수 있는 저항의 거점이 될 수 있다고 보았다. 그래서 당시 무장 시민군의 의지와는 무관하게 그들의 투쟁은 아시아나 제3세계 시민과의 연대 가능성을 갖고 있었다.

계엄군의 학살에 맞서 지역사회를 지키자는 생각 자체가 세계시민성과 통하는 점이 있다. 오늘날 신자유주의 질서는 사회적 불평등을 심화시키고 노동자, 여성, 노인 등을 포함한 대다수 구성원의 삶을 불안정하게 하고, 모든 공동체적 가치나 덕목을 적나라한 시장논리로 대체한다. 신자유주의의 세계화에 따라 개인은 시장 질서에 더 종속되었고, 국가의 규제력 약화로 정치가 괴리되고 국가의 문제해결 능력이 축소됨으로써 대의제 민주주의의 기반은 침식되고 있다. 그러나 이러한 변화는 그간 대의제로 대표되어온 제도정치의 한계를 더욱 적나라하게 드러내줌으로써 새로운 세계적 시민성의 필요성을 제기한다(Dower& Williams, 2002). 오늘 시점에서 '사회의 자기방어'는 60, 70년대 유럽처럼 일국 내의 국가의 시장개입이나 계급간의 타협으로 보장되지는 않을 것이다. 그것은 국가질서에서 소외되어온 주변노동자, 소수민족, 저개발국의 빈민과 여성에 대한 착취구조를 넘어서는 새로운 지구적인, 지방 차원의 풀뿌리 사회운동, 참여적 민주주의로 나타나게 될 것이다.

시민성, 혹은 세계시민주의는 중산층 지식인이 참여하는 학술 토론 자리에서 거론되는 추상적이고 고상한 가치라기보다는 폭력과 내전 상황, 권력 관계가 극도로 기울어진 상황을 저항을 통해 교정하려는 작업이다. 기존의 정치경제 질서에서 혜택을 누릴 가능성이 큰 고학력 중산층은 이러한 시민성 투쟁을 포기할 가능성이 있다. 물론 극히 예외적 상황에서 만들어진 자기방어로서 시민성이 참여적 주체화로 연결되기는 어려운 점이 있지만, 5·18 당사자들은 물론 이 사건을 교훈으로 삼게 된 청년 학생들은 '참다운 민주주의'를 위해 투쟁에 나섰다고 자임했다.[19] 우애나 공동체성은 이후 5·18 시민항쟁의 역사를 배운 아시아 청년들의 공감의 연대는 확대된 세계시민주의의 길을 만들어 주었다.

6. 맺음말

광주 5·18 당시 민주화라는 가치나 이념을 의식하지 않았던 바닥 청년들의 우발적 참여와 투쟁이야말로 말로는 민주주의를 외쳤으나 행동으로는 독재권력에 굴복했던 학생운동 출신 지식인과 중간층의 노력에 비해 인권, 민주화에 큰 기여를 했다. 5·18 당시 마지막까지 항거한 사람들은 그 이후 어떤 상처를 입고 어떻게 살아왔는지, 그들에 대한 사회적 예우는 그들이 인간다운 삶을 살아가기에 충분했는지, 가족과 가까운 친척들은 어떻게 되었는지, 우리 국민들은 알지 못하고 있다. 이에 대한 무지는 민주주의, 인권 그리고 시민성의 미완성을 웅변적으로 보여준다. 광주학살에 대한 노골적 부인과 폄훼 발언은 바로 이러한 사회적 무지의 결과이고 항쟁의 주체들이 이후의 정치과정에 적극적으로 주체화되지 못한 데 기인한다.

인요한은 이러한 부인행동이 노골화된 것이 운동진영에 책임이 있다고 강조한다.

---

19) 광주 5·18 이전과 이후에 만들어진 수많은 단체들, 송백회, 전남사회운동협의회, 전남민주청년협의회, 5·18광주의거청년동지회, 구속자가족회 등 단체 활동과 각종 성명에서 확대된 시민성을 확인할 수 있다(김양오, 1988, 313~316).

"노동계와 시민운동 학생운동이 변질이 돼서 그런다. 존경을 못 받는다. 민주화운동의 후대들이 높은 도덕을 지키지 못해 실망을 준 때문이다. 김대중 노무현 정권 때 그 성향 사람들이 더 잘할 거 다 믿었는데 똑같이 권력남용하고 그랬다. 진보세력들이 지난 15년간 높은 도덕성을 보여주지 못했다. 그래서 광주를 비하시키고 싶어하는 사람들에게 빌미를 준 것이다."(인요한, 2013)

5·18 시위와 이후 무장항쟁의 주역들은 이러한 지속적인 폄훼에 대해 방어적으로 대처해 왔다. 그러나 인요한이 말한 것처럼 항쟁의 의미를 인권실현, 민주화, 인간존엄 수호의 가치 속에서 자리매김하고 적극적으로 선양하기 위해서는 모든 주역들은 민주화라는 담론에 안주하여 타성적인 기념행사를 반복하거나, 유공자로서 제도적 인정에 안주하기보다는 무장항쟁의 의미를 보다 보편화하는 작업을 해야 한다. 그리고 5·18 광주에서 진행된 모든 일을 기억으로 공유하는 사람들은 광주항쟁의 의미를 현재화하는 작업에 나서야 한다.

광주 5·18 당시 계엄군의 가해폭력과 시민군의 대항폭력은 남북한 분단과 전쟁이라는 거시역사적 조건 하에서 발생한 것이다. 따라서 남북한과 동아시아의 평화실현은 시위대를 '빨갱이'로 몰아 적을 섬멸하듯이 저항세력을 진압해온 이러한 역사도 종식시킬 것이다. 5·18 시위와 항쟁은 이후 6월항쟁, 그리고 선거정치의 부활을 통한 정치참여, 두 번의 민주정부의 수립, 그리고 법, 제도의 개선과 시민들의 새로운 참여와 주체화로 연결되었다고 볼 수 있을 것이다. 그러나 5·18 당시의 주체들은 이러한 준전쟁 예외상태에서 형성된 시민성을 이후 지역사회와 중앙정치의 민주화와 인권 신장에 개입해 왔다.

5·18 항쟁은 한시적이고 국지적이고 방어적인 투쟁이었으나, 그 과정의 미시정치를 뜯어보면 아시아 저항운동의 일반성, 더 나아가 보편적이고 세계사적인 함의를 발견할 수 있다. 그 항쟁은 대의제 민주주의가 갖는 결정적인 결함을 들추어냈으며 직접행동과 참여의 필요성을 제기하였다. 이후 한국과 아시아 각국에서 정치권력 교체, 권력 감시, 시민사회의 비판적 활동은 여전히 국제체제나 지구적 자본주의의 흐름에 의해 제약을 받고 있지만, 5·18항쟁, 그리고 그 이후의 5·18기억투쟁의 과정은 한 나라의 민주화가 어떻게 국내적인 계급관계와 국제정치 질서와 맞물려 있는지를 드러내주었다. 그리고 지역사회가 어떻게 중앙정부뿐만 아니라 인간의 삶의 단위로서 중요한 공간인지도 보여주었다. 신자유질서에서 룸펜프로레타리아화 된 청년과 노동자들은 여전히 사회적 시민권을 갖지 못하고 있지만, 이들에게 온전한 인권과 시민권을 부여하는 일이야말로 국민국가의 민주주의에서 가장 핵심적인 의제임을 보여주고 있다. 이 점에서 광주 5·18은 여전히 현재진행형이며, 그 과정의 의미는 여전히 숙고할 가치가 있다.

우리는 앵글로 색슨(Anglo-saxon)적인 민주주의 개념에서부터 벗어나야 한다. 즉 군부독재의 청산 혹은 선거를 통한 정치적 대표의 선출을 민주주의로 간주하는 미국식 민주주의의 개념을 재고해 볼 필요가 있다. 민주주의란 과거 반인권 반민주 독재정권의 기둥이었던 토착 지주, 자본가 세력을 선거라는 절차를 통해서 선출하는 것은 아니다. 민주주의는 민중의 생존과 운명을 절대권력이나 독재자는 물론 거대자본, 다국적 기업도 마음대로 좌우하지 않도록 하면서 그들이 권력의 행사과정에 직, 간접으로 참여할 수 있는 제도의 정착을 의미한다. 오늘날 중국은 물론 상대적으로 민주주의의 전통이 길다고 간주되는 인도에서도 정부는 외국자본의 유치를 위해 주민의 생존권과 의견을 완전히 무시하고 있다. 여타 아시아 모든 나라에서 정부는 외국 자본의 유치와 일자리 창출을 죽느냐 사느냐의 문제라고 보면서, 자본에 대한 모든 부담을 면제해 주고 있다. 정부가 투자유치를 위해서 수단과 방법을 가리지 않고 대자본의 투자유치에 사활을 걸게 되면 주민의 생존권과 존엄성은 크게 위협을 받지 않을 수 없다. 따라서 권력자의 자유로운 교체 가능성이라는 좁은 민주주의 개념에서 벗어나 민중의 참여가 보장되는 적극적인 민주주의의 개념을 수립할 필요가 있다.

사회경제적 양극화와 빈곤층의 증대는 이 점에서 민주주의를 위협하는 가장 심각한 국내적인 요인이기 때문에 빈곤층, 노동자 조직화 등을 포함한 민중들의 동원과 참여는 시민사회의 역량을 강화시키고, 나아가 정치적 민주주의도 보장할 수 있는 담보가 된다. 노동시장에서 매우 불안정한 상태에 놓인 중산층과 약자들 모두는 이러한 고용확대를 동반하지 않는 성장주의의 피해자이기 때문에, 자본의 편의를 보장하기 위한 무차별적인 개방 정책과 기업가적 정부에 맞서서 '사회'의 견제력을 복원하는 것만이 아시아 각국의 굴절된 민주주의를 바로잡을 수 있다. 러시아, 중국도 그러하지만, 아시아 거의 모든 나라에서 구 독재권력과 관료세력은 세계화, 신자유주의 질서에 편승하는 신 지배세력으로 완벽하게 부활하였기 때문에 사회경제적 민주주의만이 정치적 민주주의를 지탱시킬 수 있다.

– 광주전남작가회의 〈오월문학 심포지엄〉 자료집, 2021.

▪ **김동춘** 1959년 경북 영주 출생. 사회학자. 서울대학교 사범대를 졸업, 동 대학 사회학과에서 「한국 노동자의 사회적 고립」이라는 논문으로 박사학위를 받음. 저서로 『반공자유주의』, 『대한민국은 왜?』, 『사회학자 시대에 응답하다』, 『이것은 기억과의 전쟁이다』, 『분단과 한국사회』, 『한국 사회과학의 새로운 모색』, 『한국사회 노동자 연구』 등. 단재상, 송건호언론상 등 수상. 현 성공회대학교 사회융합자율학부 교수.

총과 노래 :
2000년대 이후 오월 소설에 대한 단상들[1]

- 김경욱의 『야구란 무엇인가』[2]와
공선옥의 『그 노래는 어디서 왔을까』[3]를 중심으로

김형중

1. 총에 대하여

총은 이전의 시민들이 사용하던 무기와는 분명히 다른 것이었다.

— 최정운, 『오월의 사회과학』에서

1) '복수'의 등장

2008년 출간(발표는 2007년)된 손홍규의 단편 「최후의 테러리스트」

---

1) 이 글은 평론집 『후르비네크의 혀』(문학과지성사, 2016)에 실린 「총과 노래」 연작 두 편
   을 한 편의 글로 다시 구성해 재수록한 것임을 밝혀 둔다.
2) 김경욱, 『야구란 무엇인가』, 문학동네, 2013. 이하 『야구』라고 하고 인용할 경우 본문에
   쪽수만 표기.
3) 공선옥, 『그 노래는 어디서 왔을까』, 창비, 2013. 이하 『노래』라고 하고 인용할 경우 본
   문에 쪽수만 표기.

4)에서 주인공 '박노인'은 80년 5월 이후 평생에 걸쳐 태권도와 선무술과 젓가락 던지기를 수련한다. 어리석은 일이지만, 전두환을 죽이기 위해서다. 이 작품의 연작인 「최초의 테러리스트」[5]에서 '정수'가 쥔 것은 무모하게도 권총이었고, 2012년 개봉된 영화 〈26년〉(감독 조근현, 원작 강풀 웹툰 〈26년〉)에서 '오월 2세대'[6]들이 거리낌 없이 어깨에 들쳐멨던 것은 저격용 장총이었다. 역시 전두환을 죽이기 위해서였다. 2013년, 이해경의 『사슴 사냥꾼의 당겨지지 않은 방아쇠』[7]에서는 주인공 '한수'가 전두환을 죽이기 위해 군용 대검을 갈고, 김경욱의 『야구란 무엇인가』에서는 '종배'가 동생의 살해자 '염소'(80년 5월 당시 계엄군)를 죽이기 위해 가슴에 칼과 청산가리를 품고 다닌다. 공선옥의 『그 노래는 어디서 왔을까』에서 '정애'와 '묘자'가 고통스러울 때마다 흥얼거리는 '노래'도 빼놓을 수는 없는데, 이제 살펴보겠지만 이 소설에서 여성들의 노래가 발휘하는 위력은 남성들이 쥔 총칼의 위력을 훌쩍 뛰어넘는다. 노래를 얕잡아봐서는 곤란하다. 공선옥의 노래도 복수를 위한 무기다. 그렇다면 손홍규가 「테러리스트」 연작을 발표하던 2007년 이후부터 현재까지, 80년 5월을 다루고 있는 소설들에 어떤 변화가 일어나고 있음은 분명해 보인다.[8] 간단히 말해 '복수'가 등장했다. 법의 판결이나 역사의 평가에 호소하지 않고 학살자를 직접 물리적으로 단죄하려는 주체들의

---

4) 손홍규, 「최후의 테러리스트」, 『봉섭이 가라사대』, 창비, 2008. 발표된 것은 『작가세계』, 2007년 봄호.
5) 손홍규, 「최초의 테러리스트」, 같은 책. 발표된 것은 『너머』, 2007년 여름호.
6) 손홍규의 「테러리스트」 연작과 영화 〈26년〉에 등장하는 사적 복수의 문제를 '오월 2세대'의 정념과 관련지어 살핀 글로는 졸고 「33년」(『문학들』, 2013년 봄호)을 참조.
7) 이해경, 『사슴 사냥꾼의 당겨지지 않은 방아쇠』, 문학동네, 2013.
8) 직접 복수를 다루고 있지는 않지만 80년 5월을 다룬 권여선의 『레가토』(창비)가 출간된 것은 2012년이었고, 박솔뫼의 「그럼 무얼 부르지」가 발표된 것은 2011년(『작가세계』, 2011년 가을호)이었다.

서사, 곧 공적 처벌이 아닌 사적 복수가 이즈음 오월 소설의 중요한 소재가 되고 있다. 이는 상당히 문제적인 현상인데, 서영채도 지적하듯이[9] 오월 소설의 정념이 '죄의식'에서 '복수심'으로 급격하게 이행해 가는 데에는 어떤 시대적(혹은 세대적) 감수성의 단절적 변화가 개입하고 있는 듯 보이기 때문이다. 이 글은 그 총과 노래, 그리고 그것들의 가능성과 실패에 대한 기록이다.

2) 전두환이 살아 있다

서영채의 경우 이 같은 정념상의 변화 원인을 "이명박 정부를 거쳐 박근혜 정부에 이른 우리 시대 마음의 현실"[10]에서 찾는다. 조연정 역시 최근 80년 5월을 소재로 한 소설들이 많아지고 있는 이유를 "현재 한국사회의 민주주의가 심각한 지경으로 역행하고 있는 현실"[11] 때문이라고 말한다.[12] 정확하지만 점잖은 이 말들의 속뜻은 아마도 급격히 퇴행하는 정치 상황에 대한 작가들의 문제의식이 '역사 돌아보기'의 유행과 함께 복수의 정념 또한 낳았을 것이라는 의미로 읽힌다. 충분히 근거 있는 해석이거니와, 거기에 덧붙여 막강해진 대중 서사물들 특유의 영웅주의(복수하는 영웅은 대중 서사의 가장 인기 있는 인물 유형이다)가 소설에도 영향을 미쳤으리라는 점 역시 추론 가능하다. 그러나 나로서는 그 어떤 이유도 아주 단순한 한 가지 사실보다 더 명확하게 오월

---

9) 서영채, 「광주의 복수를 꿈꾸는 일」, 『문학동네』, 2014년 봄호.
10) 서영채, 위의 글, p. 228.
11) 조연정, 「광주를 현재화하는 일」, 『대중서사연구』 20권 3호, 2014, p. 113.
12) 참고로 서영채와 조연정의 글이 쓰인 것은 박근혜 정부 시절이다.

소설에 있어 '사적 복수'의 등장을 설명할 수는 없다고 생각하는데, 그 것은 바로 '전두환이 아직 살아 있다'는 사실이다. 더 정확히 말해 그가 이제 곧 죽음을 맞을 만큼 '늙은 채로' 아직 살아 있다는 사실, 복수심 은 아무래도 그로부터 비롯되는 듯하다. 종종 대중 앞에 등장하는 그의 모습에서 노쇠함을 발견하게 될 때, 게다가 아무런 정신적 물질적 충격 도 받지 않은 듯 태연자약한 표정을 보건대 이대로라면 그가 그 어떤 반 성도 없이 자연사하게 될 것임이 자명하다 싶어질 때, 복수심은 증가한 다. 사죄도 복수도 이루어지지 않았단 사실, 그리고 영영 이루어지지 않게 될 것이란 사실이 명백하게 환기되기 때문이다. 법은 주권자들(바 로 우리들이다)이 위임한 복수에 실패했다. 벤야민이 말하듯 법이란 개 개의 주권자들이 국가에 위임한 폭력에 다름 아니다. 국가는 항상 연쇄 대응을 불러일으키게 마련인 (그래서 항상 과할 수밖에 없는) 사적 복수 를 금하는 대신, 등가교환의 원칙에 따라 공정한 법적 처벌을 행사하도 록 폭력을 위임받는다. 그런데 국가가 그렇게 위임받은 폭력을 그에게 는 행사하지 않았다. 이유는 간단하다. 국가의 수장이 바로 학살자 자 신이었고, 이후로는 그의 일파였고, 또 그 이후로는 그의 추종자이거나 최소한 심정적 동조자이자 방관자일 때, 법은 공적 복수의 기능을 완전 히 상실한다. 피의자, 그가 바로 최고 주권자이고 법의 집행자일 때, 공 적 복수로서의 법은 실효성이 전혀 없다. 그런 의미에서 학살자에 대한 증가하는 복수심은 실은 법에 대한 배신감에 다름 아니다. 그를 저대로 자연사하게 내버려둘 수 없다는 조바심과 억울함이 사적 복수를 정당화 한다. 그리고 작가들이라고 해서 복수심에서 자유로워야 할 이유는 없 다.

3) 복수하지 못하는 '법'

그런데, 이제 와서 법 대신 총을 드는 이는 누구인가? 『야구』의 주인공 종배의 아버지를 보건대 오월 1세대들은 아닌 듯하다.

> 아버지는 얼마 안 되는 땅뙈기를 처분하고 법원 앞에 담뱃가게를 열었다. 어머니가 동생의 억울함을 부처님께 호소했다면 아버지는 법에 호소했다. M16에는 부처가 아니라 법, 대검에도 부처가 아니라 법, 박달나무 몽둥이에도 부처가 아니라 법.(『야구』, p. 182)

M16에 대해서도 법, 대검에 대해서도 법, 진압봉에 대해서도 법으로 대응하고자 했던 것이 종배 아버지의 태도다. 기실 이런 태도는 영화 〈26년〉의 오월 1세대들에게서도 나타나는데, 극 중 마상렬과 김갑세가 그들이다. 와신상담하던 중 정작 '그 사람'을 사살할 수 있는 상황이 오자 "제발, 용서를 빌어!"라는 말로 복수를 유예할 때, 김갑세는 아무래도 대타자(법은 그것의 다른 이름들 중 하나다)에 대해 아직 기대하는 게 남아 있었던 듯하다. 가차 없이 방아쇠를 당기는 2세대들과 비교해 보면 이 점은 더 명확해진다. 적절한 비유인지는 모르겠으나 집을 떠날 생각은 없는 채로 아버지에게 대들거나 뭔가를 요구하는 아들은 결코 아버지의 권위를 부인하는 것이 아니다. 아버지를 없애고 그 자리에 오르려는 자, 혹은 전혀 다른 집을 지어 스스로 아버지가 되려는 자가 진정한 의미에서 아버지의 권위를 부인하는 자다. 국가의 권위에 바로 그 국가를 보존하는 법으로 대응하는 자는 결코 국가의 권위를 부인하는 것이 아닌 셈이다. 종배의 아버지 세대는 끝내 법이라는 대타자의 그늘

에서 벗어나 본 적이 없다. '법으로' 법에 대항하려 했고, 실제로 '보상법'을 얻어냈으며, '합법적으로' 열리는 도청 앞 광장에서의 기념식을 쟁취했고, 폭도들의 '사태'를 시민들의 '민주화운동'으로 '합법화'해 냈으며, 망월묘지를 '국립'묘지로 승격시키는 데에도 성공했다. 그러나 정작 학살자 본인에 대한 복수에는 성공하지 못했는데, 그 사이에도 학살자의 머리카락은 그 어떤 손상도 입지 않은 채로, 여느 노인들과 진배없이 하얗고 차분하게 바래가고 있었던 것이다.

4) 야구란 무엇인가?

그러나 그들이 기댔던 것이 딱히 법뿐이었을까? 이상한 말이지만 그들은 법에 기대듯 야구에도 기댔다.

> 아버지는 화병으로 죽었다.
> 야구 중계를 보다 뒷목을 잡고 쓰러져 병원에 실려 간 아버지는 반짝 정신이 들자마자 대뜸 물었다. 해태는? 사내는 무심코 사실대로 말했다. 7대 4로 깨져부렀어요. 아버지의 얼굴이 검붉게 일그러졌다.(『야구』, p. 87)

80년 오월을 겪은 광주시민들에게 야구란 무엇이었을까? 학살자가 선심 쓰듯 만들고 허용한 것이 프로야구였고, 또 모든 스포츠가 그렇듯이 야구 역시 오래된 전투의 흔적을 간직하고 있다면, 그것은 반드시 이겨야 하는 또 하나의 상징적 싸움이었을 것이다. 아니나 다를까 종배의 아버지는 법 앞에서의 굴욕을 야구에서의 승리로 보상받고자 한다. 그들에게 '해태'는 제과회사나 프로야구 구단의 명칭이 아니었다. 그것은 '광주'의 다른 이름이었다. 죽음의 순간까지 종배의 아버지가 야구 결과에 집착하는 데에는 말하자면 일종의 '정치적 무의식'이 작동하고 있었던 것인데, 그는 80년 오월의 숭고했던 그 며칠을 '겪은' 주체였던 것이다. 실제로 그 며칠을 몸소 겪은 광주시민들은 대개 그렇게 살았을 것이다. 법에 탄원하고 호소하고 절망하고 우롱당하면서, 그래서 민주당에 한없이 몰표를 던지고, 김대중에게 시민군 지휘관의 면모를 상상적으로 투사하면서, 한 게임 한 게임 야구의 승패에 울분을 토하고 연연하면서, 그렇게 살았을 것이다. 만약 지금 광주라는 도시가 어딘가 고립적이고 배타적이면서, 한편으로 진보적인 듯하지만 한편으로는 고루해 보이고, 잘 울거나 화를 잘 내고 머리보다는 가슴으로 생각하는 사람들이 많은 도시로 비친다면 다 이런 이유 때문이다.

5) 광주란 무엇인가?

그런데 '겪었다'라고 했거니와, 그들은 도대체 무엇을 겪었단 말인가? 그들이 겪은 그 '무엇'을 해석하거나 전유하려는 여러 노력들이 있었지만(특히 그 명칭을 둘러싼 기억투쟁, 그리고 그 성격을 둘러싼 각종 변혁이론들 간의 상징투쟁), 최정운의 말마따나 그것을 사회학이나 계급론으로 온전히 설명할 수는 없었다. 최정운이 묘사한 바, '해방광주'는 이런 것이었다.

당연히 이곳에는 모든 개인이 지고의 존엄성을 인정받는 이상 계급도 없었다. 나아가서 이곳에는 개인이 죽음의 공포로부터 자유로운 이상 유한성이 극복되고 시간이 아무런 의미를 갖지 않는 영원의 공간이었다. 또한 죽음의 공포를 절대공동체로 극복하는 경험은 모든 세속적 감각과 번뇌로부터의 해방이었다. 여기에는 우리의 일상생활의 모든 욕망과 이상은 아무런 의미가 없는 전체적인 삶, 그 자체만이 있을 뿐이었다.[13]

모든 인간이 존엄성을 획득하고 계급이 없고 죽음의 공포도 없는 시공, 인간의 유한성이 극복되고 따라서 시간이 의미를 갖지 않는 시공, 어떤 희귀한 열정[마르쿠제 식으로 말하자면 '에로스 이펙트(eros effect')]이 있어 일단 그것이 주체들을 장악해버리고 나면 세속적 감각과 번뇌마저 사라지게 되는 시공, 그것을 최정운은 '절대공동체'라고 명명한다. 그러고는 "유물론은 결코 5·18이 이루어낸 절대공동체의 정신에 접근할 수 없다"[14]라고 덧붙인다. 만약 우리가 이제 저 말들이 지시하는 어떤 상태를 도저히 상상해낼 수 없다면, 그것은 저런 일이 일어난 적이 없어서가 아니라 저런 일들이 너무도 잠시, 순간적으로 일어났다가 흔적도 없이 사라져버렸기 때문이다. 흔히 알려진 바와 다르게 최정운에 따르면 저와 같은 일종의 도취 상태는 항쟁 열흘 중 일주일이나 열흘 내내가 아니라 단 하루 동안만 지속되었다고 한다. 도청을 점령하던 1980년 5월 20일에서 다음 날인 21일까지. 그러나 그 경험은 너무도 강렬해서, 그 하루를 겪은 이는 결코 이전의 삶으로 돌아갈 수 없게 될 것이었다. 오월문학에 있어서는 가장 탁월한 걸작을 쓴 두 소설가가 다음과 같은 말을 하는 데에는 이유가 있었던 것이다.

---

13) 최정운, 『오월의 사회과학』, 오월의 봄, 2012.(초판은 풀빛, 1999), p. 186.
14) 최정운, 같은 책, p. 198.

그 여름 이전으로 돌아갈 길은 끊어졌다. 학살 이전, 고문 이전의 세계로 돌아갈 방법은 없다.[15]

그날 밤, 그곳에는 신과 악마, 인간과 짐승이 한꺼번에 뒤엉켜 있었던 거다. 그것이 내가 말하는 5·18 초반 3일의 참된 비밀, 핵심 중의 핵심이다. 인간성이라는 그 엄청난 불가사의, 그 신비가 그야말로 일순간에 우리 눈앞에 현현한 거다. 그걸 목격했는데, 내 눈으로 똑똑히 봤는데 어떻게 예전의 나로 돌아갈 수 있겠나. 그 순간만 생각하면 지금도 막 눈물이 솟구친다.[16]

그것을 겪은 이상 "이전의 세계"로, "예전의 나로" 돌아갈 수는 없다. 그런데 아이러니하게도 절대공동체는 그것이 '절대적'인 것이라는 바로 그 이유 때문에, 또한 결코 오래 가지 못한다. 유물론으로는 설명조차 할 수 없을 만큼의 강렬함, 그러나 다시 체험할 수 없는 우발성과 일회성, 그 사이에 이제 틈이 생긴다. 그리고 짧은 충만 후의 아주 긴 상실, 그 사이에서 발생한 틈이 바로 1980년 이후 우리에게 전수된 기호로서의 '광주'다. 광주는 틈이다. 누군가 '광주란 무엇인가'라고 묻는다면 그렇게 말할 수밖에 없다. 순간적이었던 절대공동체의 경험과 이후의 긴 상실감 사이에 벌어진 틈, 그것이 광주라는 기호의 의미다. 바로 그 틈을 메우기 위해 80년 5월을 겪은 광주사람들은 야구에 미치고, 법에 매달리고, 민주당(그 이름이 어떻게 바뀌어 왔건)에 집착하고, 김

---

15) 한강, 『소년이 온다』, 창비, 2014, p. 174.
16) 임철우, 「절대공동체의 안과 밖」(최정운, 정문영과의 좌담), 『문학과사회』 2014년 여름호, p. 340.

대중을 우러르고, 노무현에게 투표했다. 물론 애초에 그런 식으로 메워질 틈은 아니었다. 정당이나 정치인 혹은 스포츠나 기념일로 대신할 수 있는 성질의 것이었다면 '절대'라는 수식어는 아무런 의미도 없었을 것이다. 비유컨대 광주시민들에게는 민주당도 김대중도 노무현도 야구도 모두 다 일종의 '대상 a'(라깡) 같은 것들이었고, 바로 그것들이 80년 이후의 광주를 구성했다. 광주는 '자신 안의 더 자신 같은 어떤 것', 80년 5월의 그 하루 자신들이 겪었거나 겪었다고 여겼던 그 '무엇', 그것을 다른 것들에 투사하면서 지금의 광주가 되었던 것이다.

6) 총에 대하여

그런데 절대공동체는 어떻게 와해되었던 것일까? 앞서 '절대공동체'라 불리는 이 기이한 시공과 상태에 어떤 '집단적 도취'가 작용했을 것이라고 말한 바 있거니와, 돌아가야 할 일상의 무게는 항상 도취 상태를 순간적이게 한다. 완벽한 향유는 항상 불안을 촉발하게 마련인 법이다. 그러나 그런 일반적인 추측에 더해 이런 질문을 던져 볼 수는 있겠다. 절대공동체의 일원들을 일상적 시민들로 재호명한 계기는 무엇이었던가? 언뜻 이상한 말처럼 들리겠지만 그것은 '총'이었다. 역설적이게도 바로 그 절대공동체를 가능하게 했던 총이 다시 그 절대공동체를 와해시키는 계기가 되었다.

이전까지 광주시민들은 자신과 다르다고 생각했던 사람들이 모두 존엄한 인간으로 하나임을 느끼고 감격스러웠다면, 이제는 시민들이 살인 무기를 잡은 순간 서로가 다름을 보고 몸 한 구석이

싸늘하게 식어가고 있음을 느꼈다. 총은 이전의 시민들이 사용하던 무기와는 분명히 다른 것이었다. …… 이러한 기계가 시민들 손에 쥐어진 순간, 그것을 잡은 시민들이 국가의 힘을 느끼고 '시민군'으로 태어나는 순간, 많은 사람들은 한편으로는 승리를 기대하면서도 홉스적 살인 능력의 보편적 평등과 자연 상태의 악몽을 보았다. 이어 다시 그들은 서로가 다른 삶을 사는 집단, 다른 계급에 속해 있다는 것을 느꼈다. 절대공동체가 국가로 변환되어 그의 무력을 갖추어 완성되었을 때 공동체는 금이 가기 시작한 것이다. 이제는 '누구 총에 맞아죽을지 모르는' 상황이었다. 5·18의 '계급론'과 '민중론'은 바로 여기에서 시작되었고 후일 5·18의 역사를 처음부터 다시 쓰게 되었다.[17]

손에 총이 쥐어지자 절대공동체는 그것을 정당하게 사용하려는 자와 그것을 꺼려하는 자로 나뉜다. 물론 전자에는 이후 사회과학적 연구들의 설명대로 '기층 민중'이 주로 속해 있었을 것이고, 후자에는 '중상계급'이 속해 있었을 것이다. 나아가 이 분리는 수습파와 항쟁파의 갈등으로 이어지고, 더 멀게는 '민주화운동론'과 '민중항쟁론'(혹은 '민중봉기론')의 갈등으로도 이어지게 될 것이다. 총의 소지를 수락한다는 것은 국가 전체를 부인한다는 의미이고, 그것을 거부한다는 것은 설사 시민을 학살한 국가라 하더라도 그 국가의 권위를 어떻게든 인정한다는 의미이다. 왜냐하면 폭력은 국가에게 위임해야 하는 것이었고, 총은 당시 국가에 대항할 유일한 폭력 수단이었기 때문이다. 총이라는 무기가 그리 호락호락한 물건은 아니었던 것이다. 해방광주 기간 내내 총기 반환

---

17) 최정운, 앞의 책, pp. 187~188.

이 시민군 간 내부 갈등의 가장 중요한 쟁점이었다는 사실은 그런 의미에서 의미심장하다. 절대공동체는 확실히 총 때문에 성립 가능했고, 동시에 바로 그 총 때문에 최초의 위기를 맞았던 셈이다. 만약 『오월의 사회과학』을 쓰던 당시의 최정운이 라캉에 대해 알았다면, 이와 같은 상황을 정신분석학적으로 재구성해 볼 수도 있었을 것이다. 총(칼도 마찬가지다)이야말로 정신분석학에서는 유례가 없을 정도로 권위적인 물건이기 때문이다. 프로이트가 『꿈의 해석』에서 기다랗고 공격적인 물체들 모두를 '팔루스(phallus)'의 상징으로 설명한 이후로, 정신분석학에서 무기들(불을 뿜고 몸을 쑤시는)이 누려온 상징적 지위는 아주 확고하다. 그리고 물론 팔루스는 라캉적 의미에서 상징적 대타자(아버지, 법)의 '특권적 기표'(실은 텅 비어 있다지만)다. 그렇게 해석할 때 총을 둘러싼 갈등은 '대타자-아버지'의 '남근-기표'를 어떻게 이해할 것인가를 두고 벌어진 두 아들들 사이의 갈등으로 치환 가능해진다. 총을 내 것으로 만든다는 것은 대타자가 설계한 상징적 질서의 권위를 전혀 인정하지 않겠다는 의미일 것이고, 따라서 법의 바깥에서 새로운 법을 창설하겠다는 의지의 표명으로 읽힐 수 있다. 항쟁파와 수습파는 정신분석적 견지에서 이렇게 완전히 갈리는 두 주체들이었던 셈인데, 이후 사태의 추이는 알려진 바와 같다. 전자에게는 죽음과 투옥이, 후자에게는 끊임없는 죄의식이……. 물론 아버지는 자신의 무대로 귀환했고, 아직도 살아 있다.

7) 다시 총을 든다는 것

이와 같은 사태를 김경욱은 이렇게 극화한다.

법원에 출근하는 날은 그나마 나았다. 법원이 쉬는 날이면 새벽부터 술 냄새를 풍기며 주정뱅이 하느님처럼 소리쳤다. 종배야, 니 동상은 어딨다냐? 사내는 카인처럼 항변했다. 몰러라. 나가 동상을 지키는 사람이다요? 주정뱅이 하느님이 노발대발했다. 니 동상은 어딨냐고? 사내는 먼지처럼 소리 없이 외친다. 오매 아부지, 나는 동상을 안 죽였어라. 나는 동생을 안 죽였단 말이오. 나도 죽은 목숨이오. 아부지가 거시기 사망진단선가 확인선가 하는 종이 쪼가리에 실수로 내 이름을 올렸을 때 나도 죽었당계. 동상 곁으로 가부렀당계. 그것도 모자라 아부지는 술에 찌든 밤마다 왜 동상이 아니라 나가 살아 있느냐는 눈빛으로 나를 죽여부렀소. 아부지, 아부지가 나를 죽였소.(『야구』, pp. 182~183)

아버지-법이 종배에게 묻는다. '네 동생은 어디 있느냐'. 아버지 야훼가 아벨을 죽인 카인에게 던졌던 물음, 결코 빠져나올 수 없는 죄의식 속에 살아남은 자를 옭아매고야 마는 이 물음, 그러나 이 물음을 종배만 들었던 것은 아니다. 저 물음은 살아남은 광주시민들 모두가 들었던 물음이다. 또 작가 최윤이 들었고, 임철우가 들었고, 한강이 들었고, 송기숙, 정찬, 황지우, 문순태, 홍희담, 황석영, 권여선 등등이 다 들었던 환청 속의 질문이다. 그런 의미에서 그간 오월의 문학사가 '죄의식'의 문학사였다는 서영채의 지적[18]은 지극히 타당하다. 다만 한 가지 상기해야 할 사실은 남아 있는데, 지금 합법주의자 종배의 아버지는 죽었고, 종배 가슴에는 죽은 동생의 주사위와 자신의 생명을 앗아갈 청산가

18) 서영채, 앞의 글, p. 239.

리가 들어 있다. 그리고 '염소'를 죽이는 데 사용될 칼이, 법원으로 출근하다시피 했던 아버지는 감히 품어 보지 못했던 바로 그 칼이 들어 있다. 33년이 지나 이제 더 이상 아버지의 법이 무용하다는 사실이 증명되었을 때, 그 아들이 33년 전 시민군들 손을 떠났던 무기를, 그 특권적인 기표를 다시 쥔다. 물론 그의 복수가 성공할 수 있을지에 대해서는 장담할 수 없다. 그러나 2007년 손홍규의 소설에서 시작된 이 유형의 인물들이 오월 소설에 있어서는 상당히 새롭고 돌연한 변이형이라는 사실에 대해서는 다시 한 번 강조할 필요가 있어 보인다.

8) 다시, 전두환이 살아 있다

그런데, 종배의 복수는 성공했을까? 충분히 예상할 수 있는 일이지만, 그러지 못했다.

> 청산가리를 빠뜨렸다고 발길을 돌린 게 실수였다. 청산가리 없이도 동대문에서 결판냈어야 했다. 잠자는 심장에 칼을 들이대지 못해 기회를 날려버린 의정부는 또 어땠는가?
> 후회의 꼬리를 물고 회한이 밀려온다. 아버지의 실망하는 표정, 타이거즈가 질 때면 짓던 표정이 보인다. 아버지를 어떻게 볼까? 마지막 순간까지 웃는 얼굴로 무서워한 동생. 동생에게 면목이 없다. (『야구』, p. 212)

소설 말미에 이르면 종배가 이전에도 두어 차례 염소를 죽일 기회를 얻은 적이 있었다는 사실이 드러난다. 그러나 그는 청산가리를 빠뜨렸다는 이유로 발을 돌렸고, 마치 햄릿이 숙부에게 그랬던 것처럼 염소가 잠들어 있다는 이유로, 그 몸에 칼을 꽂지 못했다. 실제에 있어 그는 복수의 자발적 유예를 행하고 있었던 것이다. 이 점에 대해서라면 손홍규의 주인공들도 마찬가지고, 이해경의 주인공도 마찬가지다. 박 노인(「최후의 테러리스트」)은 젓가락을 던져 본 적조차 없고, 정수(「최초의 테러리스트」)는 탄알을 장전하지 않는 실수를 저지르고, 한수(『사슴 사냥꾼의 당겨지지 않은 방아쇠』)의 군용 대검은 단 한 번 요리하는 데에만 사용될 뿐이다. 무의식적으로 그들은 모두 복수를 미룬다. 게다가 소설은 말미에 이르면 항상 용서를 준비한다. 복수담은 실은 모두 다 복수의 실패담이었던 셈이다. 무슨 이유일까? 우선은 장르적인 고려가 있었을 법하다. 가령 성공한 복수담은 필연코 소설을 대중 서사 장르에 가깝게 하고, 실패함 복수담은 소설을 '비극'의 일종이 되게 한다. 「햄릿」은 그 가장 고전적인 예이다. 만약 덴마크의 유약한 왕자가 (아버지를 죽인 또 다른 아버지에게) 확고하고 신속하게 복수를 감행했다면, 「햄릿」은 고전의 반열에 오르지 못했을 것이다. 엉뚱한 말이지만 생물학적인 이유도 있었을 법하다. 인간을 포함해 사회를 이루고 사는 동물들에게는 복수의 DNA만 있는 것이 아니다. 용서도 DNA 수준에서 각인되어 있는 것이 사회적 동물들의 유전적 특징이다. 복수는 사회에 협조적이지 않거나 위협적인 개체들에 대한 '본보기'로서 필요하지만, 용서 또한 그 사회를 이루는 개체들이 서로 악무한의 파괴 충동(복수는 물질적 정신적으로 엄청난 비용을 지불하게 한다)에 휩싸이지 않도록 하기 위해 반드시 필요한 역량이다.[19] 나아가 서영채가 지적하듯이 복수 자체의 근원적 불가능성을 이유로 들 수도 있을 것이다.[20] 그에 따르면 사적인 복수란 폭력의 일종이어서 항상 부족하거나 너무 과하다. 그러나 나로서는 복수의 실패 이유에 대해서도 또한 자명한 한 가지 사실을 다시 상기시키고 싶다. 그것은 역시 '전두환이 살아 있다'는 사실 그 자체이다. 실제 인물로서의 전두환이 살아 있는데, 실명이나 대명사로, 혹은 알레고리나 상징으로 전두환을 지시하는 인물이 소설 속에서 죽을 수는 없다. 애초에 복수의 대상이 소설적 허구 속에서 창조된 인물이 아니라 실존 인물이었고, 그 실존 인물이 살아 있다면, 그를 소설 속에서 죽일 수는 없는 노릇이다. 아이러니하고도 억울한 결론이기는 하지만 전두환의 생존 자체가 그를 복수의 대상으로 삼은 소설 속 인물들의 실패에 대한 이유이기도 하다. 그러나 이 또한 가장 큰 이유는 아니다.

9) 홈 플레이트의 진실

한편으로 어떤 오해가 있었다고 말해도 무방하겠다. 가령 이런 질문이 가능하지 않을까? 사실로서의 복수와 문학적 복수는 같은 것인가? 소설 속에서 실제 인물을 지시하는 어떤 인물이 죽으면 복수는 저절로 실현되는가? 소설 내에서 어떤 인물에게 행해지는 복수의 실패는 혹시 사실로서의 복수와 '문학적 복수'를 구분하지 않았기 때문에 생기는 것

19) "『베니스의 상인』이 샤일록의 경우가 보여주듯이, 보복의 폭력은 언제나 너무 많거나 너무 적어서 등가화라는 것 자체가 불가능하다. 아버지의 원수 앞에서 머뭇거리고 주저하는 햄릿의 경우도 마찬가지였다. 아버지의 원수인 백부에게 아버지가 겪은 것과 정확하게 같은 양의 고통과 불행을 되돌려주는 것은 불가능에 가깝다. 그러니까 그런 의미에서의 복수라면 원천적으로 불가능한 것이다. 따라서 한번 감행된 복수는 또 다른 불균형을 만들어내고 이로 인해 그 어떤 초월적인 균형점(거기에 도달하는 것은 불가능하다)을 향해 가는 흐름이 만들어진다. 그리고 그 흐름은 어떤 윤리적 결단에 의해 중단되지 않는 한 어느 한쪽의 힘이 완전히 소진될 때까지 무한 반복을 향해 나아갈 수밖에 없다. 이것이 복수의 속성이다."(서영채, 앞의 글, p. 238)
20) '복수'와 '용서'의 진화론적 해석에 대해서는 『복수의 심리학』(마이클 맥컬러프, 김정희 옮김, 살림, 2009) 3~6장 참조.

은 아닌가? 그렇다면 '문학적 복수'란 무엇일까? 종배(박 노인의, 정수의, 한수)의 예정된 실패는 이 질문들에 치열하게 응답하지 않았기 때문에 빚어진 결과일지도 모른다. 『야구』의 마지막 장면은 이렇다.

집에 가.

아이가 홈 플레이트 쪽을 쳐다보며 중얼거린다.

뭐?

집에 돌아가.

아이가 홈 플레이트에게 또박또박 말한다.

지금?

집에 돌아가.

조명등이 하나둘 꺼진다. 하얗게 빛나던 홈 플레이트가 일요일 밤의 어둠 속으로 녹아든다. 순간, 사내의 두개골 아래에 고인 어둠이 번쩍 밝아온다. 빛나던 홈 플레이트가 머릿속에 들어앉는다. 희미해진 파울라인이, 집으로 돌아가는 길이 부챗살처럼 펼쳐진다. 머릿속에 펼쳐진 새하얀 길이 사내의 눈초리를 팽팽하게 잡아당겨 놀란 표정을 만들어낸다. 사내는 방금 머릿속에 떠오른 생각에, 아이가 들춘 야구의 진실에 부르르 몸을 떤다.(『야구』, p. 249)

자폐를 앓는 종배의 아들 손에는 '나침반'이 들려 있다. 결국 자신의 손으로 죽이지 못한 염소의 시신을 장사지낸 종배는 그간 어떤 불안 때문에 볼 수 없었던 '9회말'을 아이와 함께 막 보고 난 참이다. 연장까지 점수는 나지 않았고, 경기는 무승부였다. 염소와 종배의 전쟁이 그랬듯이 항상 유예되었던 야구의 9회말은 그렇게 마무리되었다. 그때 아이가 말한다. '집에 가'. 물론 아이가 들고 서 있는 나침반이 가리키는 곳은 홈 플레이트, 곧 집일 것이다. 종배는 이제 아이가 들춘 '야구의 진실'을 깨달았다고 생각한다. 야구란 결국 홈플레이트로 돌아오는 게임이었던 것이다. 이 말은 곧 복수 대신 용서를 택한 종배가 이제서야 아버지가 되었다는 말이기도 한데, 아이와 야구를 보고 집으로 돌아가는 성인 남자를 부르는 명칭이 '아버지' 말고 달리는 없을 것이기 때문이다. 이것은 지나치게 낯익은 구조의 서사다. 아버지에게 반항하며 혹은 새로운 아버지를 찾아 길을 떠난 영웅이 결국 그 길의 끝에서 스스로 아버지가 되는 서사, 아비를 죽인 자에 대한 복수심에 총을 들었던 사내가 결국 원수를 용서하고 원한의 부질없음을 깨닫는 서사, 유구한 역사를 가진 '아비 되기'의 서사다. 당겨 말하건대, 문학적 복수, 특히 소설의 복수란 '형식의 복수'다. 현실에서 불가능한 복수를 소설은 새로운 '상징 형식'의 창출을 통해 가능하게 한다. 합당한 언어를 찾을 수 없어 보이는 '재현 불가능한 것'조차도 소설은 언어를 통해 '재현'한다. 복수는 따라서 소설 속 인물이나 서사의 전개에 의해 이루어지는 것이 아니라, 소설 자체의 형식을 통해 이루어진다. 종배의 실패는 그런 의미에서 실은 형식의 실패다. 오월문학에 있어 복수하는 자들의 등장은 실로 도발적인 변이임에 틀림없다. 그러나 그들의 복수심에 합당한 말의 형식을 작가가 찾아내지 못할 때, 인물의 실패는 그대로 소설의 실패가 된다. 『야구』를 비롯한 복수의 남성 서사들이 그 도발적인 문제제기에도 불구하고 최윤의 「저기 소리 없이 한 점 꽃잎이 지고」나 한강의 『소년이 온다』, 공선옥의 『노래』에 비해 그 성취에 있어 미치지 못한다는 평가를 받을 수밖에 없는 이유가 여기에 있다. 모레티의 문장을 약간 비틀어 옮기자면, '작가나 인물보다 형식이 더 강하다'.[21] 그리고 오월 소설에 관한 한 여성들이 부르는 '노래'야말로, 그 강한 형식들 중 하나다.

2. 노래에 대하여

말은 이미 빼앗긴 사상에서조차 멀어져 있고
의미는 원래의 말에서 완전히 박리된다.
의식이 눈여겨보는 것은
바야흐로 이때부터이다.

― 김시종, 「입 다문 말 ― 박관현에게」 부분

1) 형식의 복수

문학적 복수란 '형식의 복수'다. 상징적 질서를 훌쩍 초과할 만큼 거대한 트라우마여서(아우슈비츠나 5·18처럼) 그에 합당한 언어를 도저히 찾을 수 없어 보이는, 그래서 흔히들 '재현 불가능한 것'의 범주에 넣고 마는 사건조차도 '말로써' 재현(하려고 시도)해야 하는 것이 문학의 아이러니이자 운명이다. 복수심에 가득 찬 인물이나 그가 쥔 총이 아니라 말만이, 오로지 말만이 문학의 유일한 무기이기 때문이다. 말할 수 없는 것을 말해야 한다는 이 역설적 상황은 말의 새로운 형식을 고안함으로써만 돌파가 가능하다. 복수는 따라서 소설 속 인물에 의해 이루어지는 것이 아니라, 소설 자체의 형식을 통해 이루어진다. 종배의 실패는 그런 의미에서 실은 형식의 실패다. 다시 강조하지만 오월문학에 있어 복수하는 자들의 등장은 실로 도발적인 변이임에 틀림없다. 그러나

---

21) "인간은 약했지만 형식은 강했던 것이다"(프랑코 모레티, 『근대의 서사시』, 조형준 옮김, 새물결, 2001, p. 352.)

작가가 인물의 복수심에 합당한 말의 형식을 찾지 못한 채 낯익은 서사 구조(가령 아비 되기의 서사)에 말을 기탁할 때, 인물의 실패는 그대로 소설의 실패가 된다. 어떤 사건이 언어적으로는 도저히 재현 불가능한 것에 가까워질수록, 작가는 그것을 언어화할 형식을 고안해야 한다. 모레티의 말을 약간 비틀어 말하자면, '작가나 인물보다 형식이 더 강하기 때문이다'. 더 오래 살아남은 것은 괴테와 그의 주인공 파우스트가 아니라, 그가 (부지불식간에) 고안한 '형식'(세계 텍스트)이었다.

2) 재현 불가능한 것은 없다

그런데 '재현 불가능한 것이 있는가?'[22] 랑시에르는 우리 시대에(플로베르가 출범시킨 미학적 체제의 성립 이후) 재현 불가능한 것 따위는 없다고 말한다. 영화 〈쇼아〉에서처럼, 아우슈비츠에서 죽은 자는 텅 빈 숲의 과장된 공허를 통해서라도 재현된다. 말하자면 재현 불가능한 것의 모습으로 재현된다. 타자는 절대적 외부에 속하고 우리는 그를 '환대'할 수 있을 뿐 그의 고통을 이해할 수도 대신 겪을 수도 없다는 지극히 윤리적인 태도가, 실은 재현 불가능성의 근거다. 이때 타인의 고통은 '환기'될 수는 있으되 재현될 수는 없는 것이 된다.[23] 그런데 "재현이 아닌 환기의 방식이란 재현의 불가능성에서 비롯된 처절한 고통의 산물일 것이다. 그리하여 '재현의 위기 자체를 즐기는 것'과는 분명히 구분

---

22) 자크 랑시에르, 『이미지의 운명』, 김상운 옮김, 현실문화, 2014. p. 197.
23) 나는 그런 식의 지나치게 염결한(이 염결성은 분명 모종의 심리적 위안이나 보상을 가져다준다) 절대적 '타자 윤리'에 조건 없이 동의하던 시절을 반성한다.

되지만, 결과적으로는 그 대상을 미지의 대상으로 남겨둘 수밖에 없다. 그때 나타나는 현상은 그 가려진 대상이 함부로 범접할 수조차 없는 차원으로 신성화되거나 패륜에 가까운 온갖 악의적 상상력으로 왜곡되는 것이다."[24] 재현 불가능한 것은 없다. 다만 재현 불가능해 보이는 영역으로부터 재현을 요구하며 출현하는 무언가가 있을 뿐이다.

3) 공백과 증언

도미야마 이치로의 명명에 따라 이렇게 '재현 불가능한' 것의 영역에 있는 것으로 치부되던 어떤 것이 출현하는 지점을 '공백'이라고 불러 보자. 그 공백은 어떤 방식으로 출현하는가?

전장의 체험을 녹취하는 작업을 할 때, 종종 어떤 이야기가 기묘한 울림을 자아내는 경우와 맞닥뜨린다. 전장에 떨어져 있던 반합, 눈앞에서 작렬하는 포탄, 달빛이 쏟아지는 정글, 이런 이야기를 활자화해 버리면 전장은 아주 개별적이고 구체적이며 신체적인 요소로 구성된 체험기 이외에는 아무것도 아닌 양 묘사되고 말 것이다. 그러나 이야기하던 사람이 반합의 모양을 말하다가 갑자기 허공을 응시하며 울부짖었다면 어찌할 것인가? 애통해하는 이유가 반합에 숨겨져 있다고는 생각할 수 없을 것이다. 구체적으로 말하면 말할수록 이야기된 담론으로는 구성될 수 없는 의미의 영

24) 이경재, 「광주를 통해 바라본 우리 시대 리얼리즘」, 『자음과 모음』, 2014년 여름호. p. 338.

역이 떠오른다. 그러한 이야기의 불안정성, 바로 그것이 그 울부
짖음에서 우리가 간파하지 않으면 안 되는 점이다. 체험을 말하면
말할수록, 그 구체적 체험이 구성하는 의미의 연관을 모두 소멸시
켜 버리는 영역이 그 배후에 다가오는 것이다. 이 영역이 바로 야
스다가 말한 그 '공백'이리라.[25]

활자화할 수 없는 야스다의 '울부짖음', 말하면 말할수록 의미 연관
이 모두 소멸되어 버리고 마는 이야기의 불안정성, 그 배후에서 어떤
영역이 모습을 드러낸다. 거기가 '공백'이다. 이 '공백'을 침묵이라고 할
수는 없다. 왜냐하면 증언하는 자의 입에서는 분명 무언가가 발화되고
있기 때문이다. 그러나 그것을 말이라고 할 수도 없다. 왜냐하면 의미
에서 박리되어 있기 때문이다. 참된 '증언'은 항상 이런 식으로 침묵과
말 사이에서 이접되어 있다. '증언'의 사전적 의미는 두 가지다. '사실事
實을 증명證明하는 말' 혹은 '증인證人의 진술陳述'. 증인은 항상 제3자이
게 마련이고, 그가 만약 무언가를 증명하고자 한다면 그는 항상 사실에
입각해 말해야 한다. 그런데 증언해야 할 사건의 당사자가 시신으로 누
웠고, 그 사건의 크기 역시 상징화가 불가능할 만큼 외상적일 경우에는
어떨까? 이 경우 사전적인 의미에서의 증언은 완전히 불가능해진다. 침
묵이야말로 죽은 자의 언어일진대 누가 있어 죽은 자를 대신해 말할 수
있는가? 증인은 침묵을 진술할 수 없다. 말할 수 있는 방식으로 상징화
된 경험들의 집합을 '사실'이라고 부를진대 상징화를 초과하는 사건을
누가 있어 말로 발화할 수 있는가? 사실 너머의 것은 말에 의한 증명의
대상일 수 없다. 그래서 아감벤은 "증언이란 증언함의 두 가지 가능성

---

25) 도미야마 이치로, 『전장의 기억』, 임성모 옮김, 이산, 2002. p. 102.

사이의 이접"이라고 말한다. "증언을 하기 위해서는 언어가 비언어가 되어야 하며 (즉 비언어에 자리를 내주어야 하며), 언어는 비언어가 됨으로써 증언함의 불가능성을 보여준다".[26] 그러나 "의식이 눈여겨보는 것은 바야흐로 이때부터이다"(김시종). 말도 침묵도 아닌 그 비식별역으로부터 엄밀한 의미에서의 '증언' 가능성이 열린다. 나오느니 울부짖음뿐이다. 그런데 울부짖음이란 상징화 이전 상태, 곧 그 어떤 국가주의 서사나(오키나와의 경우) 그 어떤 사회과학적 담론에 의해서도(5·18의 경우) 회수당하지 않은 상태의 '공백'이 내는 소리이기도 하다. 언어의 공백이 바로 참된 '증언의 영역'인 것이다. 그 공백이 보존되지 않은 채 기록된 모든 증언은 황국 신민화 서사의 일부가 되거나 오키나와 저항 서사의 일부가 된다. 폭도들에 의한 반란 진압 서사가 되거나 의향 광주의 영웅주의 서사가 된다. 문학이 시작되는 것은 바야흐로 이때부터이다. '공백' 그 자체를 보존한 채 그토록 기이한 침묵의 언어에 형식을 부여하는 것, 그것이 문학의 일이다. 그런 의미에서 "유물론은 결코 5·18이 이루어낸 절대공동체의 정신에 접근할 수 없다"[27]라고 쓸 때 최정운은 다분히 문학적이었다. 문학은 언어 너머의 공백을 보존하면서 증언의 영역을 열어 놓는 불가능한 언어의 형식이다.

4) 최윤과 한강

5·18의 기억에 관한 한 그 불가능한 언어의 형식은 '노래'다. 이 형식

---

26) 조르조 아감벤, 『아우슈비츠의 남은 자들』, 정문영 역, 새물결, 2012, p. 58.
27) 최정운, 앞의 책, p. 198.

은 최초에 작가 최윤이 고안했다. 「저기 소리 없이 한 점 꽃잎이 지고」의 돌림노래 형식이 그것이다.[28] 기억상실과 실어증에 걸린 소녀는 악곡의 주제부다. 그러나 소녀에겐 기억도 없고 언어도 없으므로 이 주제부는 '공백'이다. 차마 입에 담지 못할 오월의 기억은 바로 그 공백 속에서 오히려 생생하게 보존된다.

> 아, 그리고 갑자기……그렇게……빨리……한꺼번에……파도가 더 빨리 사방으로 몰리고……흩어졌다가……다시 모이고……그리고는 또 검은 장막. 그 이후는 아무것도 보이지 않아. 손톱으로 아무리 찢어내리려 해 봐야 다시 휘덮는 휘장. 매순간 뇌를 휘감는 이 뱀 같은 휘장.[29]

이렇듯 뱀 같은 휘장에 휘감긴 소녀의 기억은 언어 이전의 형태로만 발화될 수 있으므로, 그 어떤 사후 서사도 그것을 상징화할 수 없다. 그러나 소녀가 길을 잃은 꽃잎처럼 산하 곳곳을 무작위적으로 누비고 다닐 때, 5·18은 공백의 형태로 재현되고, 공백이므로 또한 아주 잘 전염된다. 누구나 그 공백 앞에서는 속수무책이다. '장씨'도 '우리'도 심지어 독자들조차 감염을 피할 수 없는데, 돌림노래 형식은 원리적으로 종결을 모르기 때문이다. 감염은 무한대로 계속된다. 소녀가 아직 돌아왔다는 소문은 없으므로, 매일매일 소녀는 5·18이라는 이름의 전염병을 몰고 다닌다. 이 소설이 마련한 공간이야말로 도미야마 이치로가 말한 바로 그 '증언의 영역'이다. 언어와 비언어가 이접되는 장소, 재현 불가능

---

28) 이에 대해서는 졸고, 「세 겹의 저주」, 『켄타우로스의 비평』, 문학동네, 2004. 참조.
29) 최윤, 『저기 소리 없이 한 점 꽃잎이 지고』, 문학과지성사, 1992. p. 220.

한 것이 재현되는 장소가 바로 거기다. 한강의 『소년이 온다』에 대해서도 비슷한 말을 할 수 있을 것이다. 화자를 달리하는 총 7개의 장으로 이루어진 돌림노래의 형식, 그중 '밤의 눈동자' 에피소드의 화자 임선주의 화법은 이렇다.

> 기억해달라고 윤은 말했다. 직면하고 증언해달라고 말했다.
>
> 그러나 그것이 어떻게 가능한가.
>
> *삼십 센티 나무 자가 자궁 끝까지 수십번 후벼들어왔다고 증언할 수 있는가? 소총 개머리판이 자궁 입구를 찢고 짓이겼다고 증언할 수 있는가? 하혈이 멈추지 않아 쇼크를 일으킨 당신을 그들이 통합병원에 데려가 수혈받게 했다고 증언할 수 있는가? 이 년 동안 그 하혈이 계속되었다고, 혈전이 나팔관을 막아 영구히 아이를 가질 수 없게 되었다고 증언할 수 있는가? 타인과, 특히 남자와 접촉하는 일을 견딜 수 없게 됐다고 증언할 수 있는가? 짧은 입맞춤, 뺨을 어루만지는 손길, 여름에 팔과 종아리를 내놓아 누군가의 시선이 머무는 일조차 고통스러웠다고 증언할 수 있는가? 몸을 증오하게 되었다고, 모든 따뜻함과 지극한 사랑을 스스로 부숴뜨리며 도망쳤다고 증언할 수 있는가? 더 추운 곳, 더 안전한 곳으로. 오직 살아남기 위하여.*[30]

이탤릭체로 표기된 부분은 발화되지 않은 부분이다. 너무나도 고통스러워 차마 증언조차 하지 못한 말들이다. 그러나 아이러니하게도 그 발화되지 않은 문장들 안에 증언이 자리한다. 증언할 수 없는 것, 도저

---

30) 한강, 『소년이 온다』, 창비, 2014. pp. 166~167.

히 말로 할 수 없는 고통이, 증언되지 않았으나 기록된 문자의 형태로 5·18을 증언한다. 죽은 동호는 말할 수 없다. 그러므로 이 작품의 중심에도 증언 불가능한 영역으로서의 공백이 있다. 그 공백 주위에서 복수의 화자들이 순서를 바꿔가며 부르는 돌림노래, 그것이 『소년이 온다』의 형식[31]이다.

5) 노래의 복수

공선옥의 『그 노래는 어디서 왔을까』도 정애와 묘자가 번갈아 부르는 돌림노래다. 형식만 그런 것이 아니라 그들은 실제로도 자주 노래를 부른다. 이런 노래다. "석균이 오목가슴에 가슴에 피는 누가 알아를 주까 박샌 바짓 가랑이에 핏자국은 누가 시쳐를 주까……"(『노래』, p. 172). 정애만 아니라 아빠도 노래하고("융구쇼바 슝가 아리따 슈바 슈하가리 차리차리 파파") 엄마도 노래한다("흥응ㅇㅇㅇㅇㅇㅇ 흥응ㅇㅇㅇㅇㅇㅇ"). 의미로부터 완전히 박리되어 버려 주문처럼 변해 버린 말, 그러나 주문과 달리 그 어떤 마술적 힘도 가지지 못한 말, 그것이 이들의 노래다. 그런데 이 노래의 기원은 어디인가?

어디서 배웠다기보다 그것은 내 마음속 깊은 데서 나오는 소리인데 그 소리들을 나는 아주 오래전부터 알고 있었지요. 그 말은 사람이 말로는 더 어떻게 해 볼 수 없을 때 터져나오는 소리인

---

31) 한강의 작품에 대한 보다 자세한 논의는 졸고 「우리가 감당할 수 있을까? — 트라우마와 문학」, 『문학과사회』, 2014년 겨울호, 참조.

데 보통의 사람들은 그 말을 알아먹을 수 없는 것이 당연한 것이고 그 소리를 하는 사람의 마음속은 하늘에 닿을 만큼 높아서……(『노래』, p. 184)

"말로는 더 어떻게 해 볼 수 없을 때", 발화된다기보다는 "터져나오는" 소리가 노래다. 정애들의 노래는 야스다의 울부짖음과 등가다. 증언의 영역을 열어 놓는 공백의 언어다. 그런데 노래를 증언의 형식으로 택한 세 작가가 모두 여성이라는 점은 우연일까? 노래에는 성별이 있는 것도 같다. 여기 두 종류의 노래가 있다.

> 헥켁켁켁꾸억꾸억꾸억꾸억우커커커…… 아버지는 밤새 알아먹을 수 없는 소리의 웃음을 웃고 어머니는 알아먹을 수 있는 분명한 소리로 울었다. 어머니는 이렇게 울었다.
> 흥응ㅇㅇㅇㅇㅇ 흥응ㅇㅇㅇㅇㅇ.
> 어머니가 내는 소리는 말이었다. 어머니는 울음소리로 말을 대신했다.(『노래』, p. 10)

정애에게 공격적인 된소리와 거센소리로 이루어진 아버지의 노래는 알아들을 수 없는 '소리'에 불과하다. 그러나 둥그런 모음과 비음으로 이루어진 어머니의 노래는 알아들을 수 있는 '말'이다. 성별은 이렇게 음소 수준에서도 각인된다. 노래는 여성적일 때 증언의 영역을 열어 놓는 말이 된다. 박정희의 분신으로 보이는 '박샌'이 정애의 노래 앞에서 보이는 두려움에도 이유는 있었던 것이다. 마을의 대표이자, 새마을운동의 주도자, 온 마을 여성들의 겁탈자 박샌이 한갓 소녀의 노래 앞에서 공포에 떤다.

박샌이 덜덜 떨었다. 떨면서 뇌까렸다.

조용히 하랑게 쳐 노래를 하네 이. 노래를 해, 노래를…… 그러면서 박샌이 웃었다. 웃으면서 박샌은 울었다. 아아, 씹할년 쳐 노래를 해, 노래를.

박샌은 욕을 하면서 갔다. 박샌이 가고 나서도 한참 동안 정애는 노래했다.

석균이 오목가슴에 가슴에 피는 누가 알아를 주까 박샌 바짓 가랑이에 핏자국은 누가 시처를 주까……(『노래』, p. 172)

박샌의 공포는 노래에 의해 열리는 증언의 영역 앞에서의 공포다. 자신의 악행들, 그러니까 1970년대 한국의 개발독재가 은폐하고 묻어버린 온갖 저주받을 악행들이 그 노래 속에서 출현한다. 노래는 확실히 복수의 형식이다. 정애는 훗날 산 채로 육탈하여 바람이 되고 노래가 된다. 원리적으로 정애의 노래가 도달하지 못할 곳은 없다. "장에 갔다 온 누군가"는 "장터에서 정애를 봤다고" 하고, "산에 갔다 온 누군가는 또, 산에서 정애를 봤다고" 하게 될 것이다. "도시 번화가 한복판에서 정애를 봤다"고 하는 이도 생길 것이고 "비가 오는 날 빗속에서 정애 소리를 들었다는 사람도" 생길 것이다. 육탈하여 바람이 된 노래는 도처에 편재하기 때문이다. 도처에 정애가 있고, 도처에 노래가 있다면, 도처에서 박샌들은 공포에 떨고, 증언의 영역은 도처에서 기필코 열린다.

6) 언어 이후의 노래

혹자는 공선옥의 소설을 두고 '마술적 리얼리즘'을 거론하기도[32] 했거니와, 저 결말은 필시 마술 같은 데가 있다. 말하는 짐승들이 있는 세계, 꽃구름을 타고 오는 남편이 있는 세계, 사람이 산 채로 육탈하여 바람이 되는 세계는 분명 마술적 세계다. 그러나 굶어 죽고, 찔려 죽고, 미쳐 죽고, 겁탈당해 죽는 사람들이 넘쳐나는 세계도 마술적이긴 마찬가지다. 현실이 마치 마귀들의 세계처럼 잔인하다면 그 현실은 마술적이다. 만약 공선옥의 소설이 마술적 리얼리즘을 닮았다면 그것은 이 작가가 마술적 리얼리즘에 영향을 받아서라기보다는 마귀들이 들끓는 것처럼 극악한 현실에 영향을 받아서일 것이다. 게다가 한국에서 '마술적 리얼리즘'이란 말은 언젠가부터 '가장 민족적이면서도 세계적인' 작품이 노벨문학상 후보로 자주 거론된다는 사실을 간파한 대가들의 전유물이 되어 버렸지 않던가? 모레티는 언젠가 마술적 리얼리즘(마르케스의 『백년의 고독』)을 두고 '희생자로부터 서구에 주어진 사면권'이란 취지의 말[33]을 한 적이 있다. 한때는 식민지였으나 이제는 마술로 가득 찬 마꼰도에 누구나 한번쯤 가 보고 싶을 것이다. 그러나 말로는 차

---

32) "찰스 디킨스의 장편에서 흔히 맛보는 민중의 낙천적인 생명감각 같은 것이 감지되는데, 다른 한편 가르시아 마르께스의 '마술적 사실주의'를 연상케 하는 대목도 여럿 있다. 하지만 그런 외국 작가들을 떠올리면서도 더 주목하고 싶은 점은, 한의 정서가 짙게 스민, 남도 특유의 '구전문화'를 작가가 서사에 활용하는 방식이다." 유희석, 「문학의 실험과 증언」, 『창작과비평』, 2014년 겨울호. p. 103.

33) "앞서 『파우스트』에 결백의 수사학이 구사되고 있음을 살펴보았다. 물론 피고 본인에 의해 사면권이 주어진다면 효력이 의심스러운 수사학이 될 것이다. 하지만 사면권이 희생자로부터 주어진다면……. 60년대. 포함(砲艦)과 군사적 폭력이 아프리카로부터 철수하면서 공개적인 식민지 정복 단계는 종말을 고하게 되었다. 그리고 이러한 백 년의 역사를 마술로 가득 찬 모험으로 이야기하는 소설이 유럽으로 건너왔다. 혹시 이것이 『백 년의 고독』의 비밀은 아닐까?" 프랑코 모레티, 앞의 책, p. 382.

마 할 수 없어서 노래로 울부짖음을 대신하는 공선옥 소설 속 한국의 1970~1980년대에 가 보고 싶어 하는 이는 없을 줄 안다. 그곳에 구전 문화의 전통이 살아 있다거나, 언어 이전의 노래를 가능하게 하는 공동체가 살아 있다는 말들은 박정희가 독립운동가였다는 말만큼이나 거짓말이다. 공선옥의 노래는 언어 이전의 노래가 아니라 언어 이후의 노래이고, 공동체의 노래가 아니라 그것이 파괴되어 버린 뒤에 완전히 의미로부터 박리되어 버린 노래이기 때문이다. 오월문학에 있어 '노래'는 언어 너머의 공백을 보존하면서 증언의 영역을 열어 놓는 불가능한 언어의 형식이다. 그리고 형식이 사람보다 강한 법이다. 더 많은 형식들이 복수하게 하라.

– 김형중 평론집 『후르비네크의 혀』(문학과지성사, 2016)/
『무한텍스트로서의 5·18』(문학과지성사, 2020) 재수록

■ **김형중** 1968년 광주 출생. 전남대학교 영문과를 졸업. 동 대학원 국문과에서 박사학위를 받음. 2000년 『문학동네』 신인상 평론 부문 당선. 비평집 『켄타우로스의 비평』, 『변장한 유토피아』, 『단한 권의 책』, 『살아 있는 시체들의 밤』, 『후르비네크의 혀』 등. 산문집 『평론가 K는 광주에서만 살았다』 등. 소천비평문학상, 팔봉비평문학상 수상. 현 조선대학교 국문과 교수.

1980년대 시 동인지 운동과 〈5월시〉

심선옥

1. 머리말

1980년대 문학에서 주목할 현상으로 시의 번성, 부정기 간행물 MOOK의 발간, 문학동인 활동의 증가, 지역문학운동의 확산, 다른 장르와 매체 간의 연대를 통한 문학 외연의 확장 등을 들 수 있다. "문학은 삶의 총체"라는 표현이 보편적으로 사용될 만큼 1980년대 문학은 개인적인 삶의 영역을 포함하여 당대의 문화와 사회운동 전반을 결정하는 중요한 위치를 갖고 있었다. 소집단문학운동으로서 동인지와 무크는 1980년대 문학의 한 축을 담당하였으며, 새로운 문학적 실험을 감행할 수 있는 열린 공간이자 젊은 문인들의 연대를 형성하는 기반으로서, 그리고 지역문학운동의 거점으로서 역할을 하였다.

1980년대 동인지와 무크에 대한 연구는 이제 시작단계에 있으며, 지금까지의 연구는 개별 동인지와 무크지의 활동에 대한 실증적인 작업이 중심을 이루고 있다. 또한 동인지와 무크의 성격을 규명하기 위한 근거로서, 1980년대 초반에 동인지와 무크지가 활성화되었던 원인에 대한 여러 이론들이 제기되었다.[1] 기존의 연구들에서는, 1980년 신군부에 의한 정기간행물의 대량 폐간과 언론출판에 대한 억압적인 통제정책에 대응하여, 현장성과 기동성을 가진 대안적인 출판매체로서 동인지와 무크가 활성화되었다고 보는 견해가 일반적이었다. 특히, 1970년대를 대표하는 문예지『창작과비평』과『문학과지성』의 폐간이 동인지와 무크지의 발간을 촉진했던 주요 사건으로 지목되었다.[2] 이와 다른 관점에서, 당대 문학 장과 문화운동의 내부적 분화·변화과정으로서 동인지와 무크의 성격을 규정하는 연구들이 최근 들어 나타나고 있다. 이 연구들은 무크『실천문학』의 발간이 1979년부터 준비되었다는 사실과 "80년대 무크지 운동의 주요 경향이 기왕의 문학적 범주로 환원되지 않는 다양한 문화적 응전을 보이고 있다."[3]는 점에 근거하여, 1980년대 동인지와

---

1) 1980년대 동인지와 무크의 문학사적 의의를 다룬 논문으로는 김성수,「1980년대 동인지·무크 문학의 운동성」, 국제어문학회 학술대회 자료집, 2004; 박윤우,「80년대 시의 상황과 리얼리즘의 성취」, 국제어문학회 학술대회 자료집, 2004; 김대성,「제도의 해체와 확산, 그리고 문학의 정치」,『동서인문학』45, 계명대학교 인문과학연구소, 2011; 김문주,「1980년대 무크지 운동과 문학장의 변화」,『한국시학연구37』, 한국시학회, 2013; 김예리,「80년대 '무크문학'의 언어 풍경과 문학의 윤리 – "시와경제"와 "시운동"을 중심으로」,『국어국문학』169, 국어국문학회, 2014; 김문주,「무크지 출현의 배경과 맥락」,『한국근대문학연구』30, 한국근대문학회, 2014; 임시현,「1980년대 광주지역 무크지의 실제」,『한국언어문학』99, 한국언어문학회, 2016 등이 있다.
2) 이 견해는 1980년대부터 꾸준히 제기되어 왔다. 이은봉은 대전 지역의 무크지『삶의 문학』의 발간과 관련하여『창작과비평』,『문학과지성』의 폐간이 "역설적으로는 운동성을 획득한 문화가 민중 속에 파고드는 데 큰 역할"을 했다고 설명하였다(좌담,「80년대와 지방문화운동」,『실천문학』, 1984. 10, 255~256쪽). 구모룡도『창작과비평』과『문학과지성』의 강제 폐간을 부산 지역의 무크지 운동과 연결시키면서 "신군부라는 불법적인 권력이 폭력적으로 문화적 중심을 해체한 것이 지역주의의 공간을 열었다는 것은 하나의 기이한 역설"이라고 주장하였다(구모룡,「주변부 지역문학의 위상」,『오늘의 문예비평』, 2003. 8, 23~24쪽). 주로 지역문학 주체들에 의해 이 견해가 제기된 것은 흥미로운 부분이다.

무크의 성격을 "주류문학에 대한 비판적 대안운동의 일환"[4]으로 규정하고 있다. 이 연구들은, 정부의 언론탄압과 주요 문예지의 폐간이라는 외부적인 계기가 아니라 당대 문학 장과 문화운동의 관점에서 동인지와 무크활동의 독자적인 성격을 규명하고 있다는 점에서 의의가 있다. 다만, 이 연구들이 1980년대 동인지와 무크활동의 의의로 규정하고 있는 '문학의 유언비어화',[5] '문학 제도 바깥의 타자들의 욕망의 개진',[6] '제도의 반성적 해체, 자기반성적인 윤리'[7] 등이 당대의 문학 상황을 적절하게 설명하는 개념인가에 대해서는 여전히 의문이 남는다. 이처럼 문학 제도의 관점이 강조될 경우, 1980년대 문학의 핵심 개념이었던 '운동으로서의 문학', '문학의 민중성', '리얼리즘론' 등이 당대의 동인지와 무크 활동에서 어떻게 현실화되고 있는지, 또 1980년대 사회문화적 배경 속에서 시 동인지 활동이 갖고 있던 내적 동력과 복합적인 성격을 충분히 드러내지 못할 우려가 있다.

이 논문은 '운동으로서의 시 동인활동'이라는 관점에서, 1980년대 시 동인지의 성격과 활동내용을 분석해 보고자 한다. 먼저 1980년대 사회·문화적 배경이었던 '운동으로서의 문학'이 제기된 과정을 살펴보고, 1980년대 시의 번성 및 시 동인지 활성화의 원인으로 1970년대 후반부터 이루어진 시의 대중화 현상을 살펴볼 것이다. 그리고 1980년대 시

---

3) 김대성, 「제도의 해체와 확산, 그리고 문학의 정치」, 『동서인문학』 45, 계명대학교 인문과학연구소, 2011, 38쪽.
4) 김문주, 「1980년대 무크지 운동과 문학 장의 변화」, 『한국시학연구』 37, 한국시학회, 2013, 86쪽.
5) 김대성, 앞의 글, 45쪽.
6) 김문주, 앞의 글, 98쪽.
7) 김예리, 「'80년대 '무크문학'의 언어 풍경과 문학의 윤리 – "시와 경제"와 "시운동"을 중심으로」, 『국어국문학』 169, 국어국문학회, 2014, 216~217쪽.

동인지운동의 특징으로 시에서 민중성을 구현하는 문제, 시 동인지와 무크의 연대, 지역문화운동에서 시 동인지의 위치, 다양한 형식 실험 등을 살펴보게 될 것이다. 다음으로, 1980년대 시 동인지운동을 대표하는 〈5월시〉 동인의 이념과 시세계를 분석하고자 한다. 〈5월시〉 동인이 주장했던 리얼리즘시론과 지역문화론의 의미, 광주항쟁을 기억하고 증언하는 방법으로 시 쓰기, 새로운 양식으로서 판화시집과 서사적 장시의 창작 등에 초점을 맞추어 살펴보게 될 것이다. 이러한 분석을 통해 1980년대 시 동인지운동이 당대 문학운동·문화운동 속에서 갖는 위치와 의미를 드러낼 수 있기를 기대한다.

2. 1980년대 시 동인지 운동의 성격

1980년대 무크 활동의 시작은 '운동으로서의 문학'에 대한 필요성에서 비롯되었다. 박태순은 무크『실천문학』을 발간하게 된 배경으로, "이제는 소설 쓰고 시 쓰고 문학성이 어떻고 예술성이 어떻고 하면서 따지는 것은 도저히 의미가 없다. 문학도 어떤 운동으로서의 문학, 즉 문학이 어떤 참여를 하는 게 아니라 역사를 실천하는 것으로서의 문학이 아니면 안 된다."라는 자각, 그리고 "결국은 민중 속에서 민중과 호흡을 같이 해야 하지 않는가."라는 확신이 그 바탕에 있었다고 설명하였다.[8] 박태순의 이러한 설명은, 1980년대 문학이 개인적인 감수성이나 문학적 재능에 기초했던 이전의 문학 개념과 단절하고, 역사를 실천하는 '운

---

8) 좌담, 「민중시대와 실천문학」, 『실천문학』 1, 1980, 6~9쪽 참조.

동으로서의 문학' 개념과 민중성을 자신의 새로운 근거로 삼아 출발하였음을 보여주고 있다.

이러한 '운동으로서의 문학' 개념과 '민중성'이 강조되는 현상은, 1980년 광주항쟁을 계기로 급격히 확산된 것이었다. 신경림은 "70년대 초 중엽까지만 해도 사실 민중문학이라는 말조차 문단에서는 낯설었고 또 실제로 우리 문학에서 차지하는 비중이라는 것이 아주 작았"는데, 1980년대 들어와서 민중문학이 엄청나게 활성화되었으며 "특히 광주항쟁을 계기로 해가지고 민중문학이 우리 문학의 주류를 이루다시피"했다고 설명하였다.[9] 실제로 1980년대 사회운동·문화운동에서 광주항쟁의 영향은 근본적인 것이었으며, 광주항쟁은 "80년대 전체에 걸친 운동의 문화를 길어올린 민주화운동의 문화적 원천"[10]으로 작용하고 있었다. 1980년 5월 광주에서 지배 권력이 자행한 충격적인 폭력의 실상은 1980년대 저항운동에 정당성을 부여해주었고, 국가체제 또는 지배권력 자체에 대한 급진적인 변혁운동으로 이어졌다. 또한 광주항쟁 기간에 나타났던 '해방 광주'의 경험과 "기층 민중들을 중심으로 항쟁을 통해 형성되었던 평등과 형제애"[11]는 역사 변혁의 주체로서 민중의 실체를 확인하는 계기가 되었다. 광주항쟁의 경험과 영향으로 인해, 1980년대 문학은 사회변혁운동과 문학의 실천적 결합을 모색하고, 문학에서 민중

---

9) 좌담, 「새로운 년대의 문학을 위하여」, 『창작과비평』 18, 1990, 7쪽.
10) 조대엽, 「광주항쟁과 80년대의 사회운동문화 ─ 이념 및 가치를 중심으로」, 『민주주의와 인권』 3-1, 전남대학교 5·18연구소, 2003, 205쪽.
11) 김두식, 「광주항쟁, 5월운동, 다중적 집단정체성」, 『민주주의와 인권』 3-1, 전남대학교 5·18연구소, 2003, 110쪽. 이 글은 '해방광주'의 정체성이 형성되는 과정을, 기존의 운동조직과 연관된 운동가와 재야인사들을 중심으로 하는 '민주화 프레임'과 기층 민중들을 중심으로 항쟁을 통해 형성되었던 '평등과 형제애의 프레임'의 분화와 갈등으로 설명하였다.

성을 강화하는 방향으로 그 전망을 수립해 나갔다.

1980년대가 시의 시대, 동인지와 무크의 시대였다는 사실은 잘 알려졌거니와, '운동으로서의 동인활동'을 표방한 시 동인들이 다수 출현한 것도 주목할 현상이다. 이에 해당하는 대표적인 시 동인으로 〈시와경제〉(1981~1982), 〈5월시〉(1981~1986), 〈분단시대〉(1984·1988)와, 1970년대부터 동인활동을 시작했던 〈반시〉(1976~1983), 〈삶의문학〉(1978~1988),[12] 〈목요시〉(1979~1986) 등이 있다. 이들의 활동은, 이전까지 시 동인지의 주요 성격이었던 "창작활동을 지속하기 위한 토대로서 안정적인 발표지면의 확보라는 내적인 필요를 충족하고, 문학인구의 저변 확대와 분위기 조성이라는 외적 효과에 기여"[13]한다는 차원을 넘어서 있었다. 이들은 당대의 사회 변혁운동 및 문화운동과의 연관 속에 새로운 시의 개념과 창작방법을 실천해나갔다는 점에서, 1970년대 시 동인 활동과 구분되는 '운동으로서의 시 동인'의 성격을 보여주었다.

1980년대 시 동인지의 활동과 의미를 검토하기에 앞서, 1980년대가 시의 시대로 불릴 정도로 시의 창작과 유통이 활성화되었던 이유를 먼저 살펴보고자 한다. 지금까지는 이에 대해서 주로 시의 장르적 특성에 근거한 설명이 이루어져 왔다. 김성수는, 1980년대 무크운동에서 시 동인 무크가 앞장선 것은 "문학이야말로 시대의 상처를 먼저 아파하는 동

---

12) 〈삶의문학〉은 1978년 '창 그리고 벽' 동인으로 시작했다가 1983년 〈삶의문학〉으로 이름을 바꾸면서 무크로 전환하였다. 초기의 동인 구성에서 시의 비중이 컸기 때문에 시 동인지로 분류하였다. 〈삶의문학〉의 성격과 변화양상에 대해서는 김정숙, 「대전문학의 정체성 연구—1980년대 '삶의문학'의 해제와 특이성」(『인문학연구』 94, 충남대인문과학연구소, 2014) 참조.

13) 심선옥, 「1970년대 문학 장과 시 동인지—신감각 동인을 중심으로」, 『한국문학 이론과 비평』 67, 한국문학이론과 비평학회, 2015, 223쪽.

시에 새로운 시대의 징후를 먼저 파악하는 양식이며, 시가 산문보다 현실의 고통을 감각적 직관적으로 담아낸다는 점에서 자연스러운 것이었다."[14]라고 설명하였다. 이러한 설명은, 대상에 대한 서사적 거리를 필요로 하는 소설에 비해, 시가 급변하는 현실을 표현하기에 적합한 장르이며, 또한 시가 정서적 고양을 통해 문학의 운동성을 강화할 수 있는 장르라는 인식에 근거해 있다. 하지만 1980년대 시가 번성했던 이유를 장르적인 특성으로만 설명하는 것은 제한적인 시각이다. 여기에는 시집의 상업 출판과 그에 따른 시의 독자 및 유통경로가 충분히 형성되어 있었던 당시의 사회·문화적인 배경이 중요하게 작용하였다. 1970년대 중반에 '오늘의 시인 총서', '창비시선', '문학과지성사 시인선' 등 시집을 고정적으로 기획하여 발간하는 출판사들이 생겨나면서 시집 출판이 양적으로 늘어났고, 시집의 상업적 측면이 본격화되었다. 1980년의 집계에 따르면, 김수영의 『거대한 뿌리』와 김춘수의 『처용』은 판매부수가 2만 부에 달했고, 신경림의 『농무』도 1만 5천 부를 판매하였다.[15] 또한 1960년대부터 시작된 '쉬운 시'의 확산, 시 동인과 단체들이 주도하는 대중적인 시 낭독회와 시 토론회, 시화전, 아마추어 동인시집 발간, 작품 교환과 합평회 등의 활동은 시의 대중화를 실현하는 토대가 되었다. 이처럼 1980년대 초반은 늘어난 독자시장을 근거로 시의 영향력이 확대되고 그 재생산 동력이 고양되어 있는 상태였다. 시 동인지와 무크는 선명한 문학이념과 새로운 창작경향이라는 전략으로, 독자시장에서

---

14) 김성수, 「1980년대 동인지·무크 문학의 운동성」, 국제어문학회 학술대회 자료집, 2004, 44쪽.

15) 「시집 출판이 활기 띤다」, 〈경향신문〉, 1980. 6. 5. 이 밖에도 독자들의 인기를 끌었던 개인 시집으로는 김현승의 『마지막 지상에서』, 김광섭의 『겨울날』, 황동규의 『나는 바퀴를 보면 굴리고 싶다』, 정현종의 『나는 별 아저씨』 등이 1만 부 정도를 기록했으며 강은교, 이시영의 시집은 3판 이상을 발간하였다.

자신들만의 고유한 위치를 확보해 나갔다.[16]

또한 출판운동과 시 동인지의 연대도 특징적인 현상이었다. 출판을 통해 문화운동에 기여하고 있던 출판사들의 지원은 시 동인지와 무크의 중요한 물질적 기반이었다.[17] 특히, 시 동인지와 무크의 상호연대는 1980년대 소집단문학운동의 기초가 되었다. 시 동인지와 무크는 문학운동의 관점에서 새로운 문학 개념과 활동의 장을 모색한다는 공통의 지향을 바탕으로, 서로의 필요에 따라 상호 연대하고 추동하는 역할을 하였다. 시 동인에게 무크는 작품을 발표하고 당대의 문학운동과 교류하며 새로운 문학 의제를 제기하는 장으로 기능하였으며, 무크는 좌담회와 작품코너 등에 동인을 참여시킴으로써 자신들의 문학이념과 구체적인 창작현장을 소통시키는 매개로 삼았다.[18]

1980년대 '운동으로서의 시 동인활동'의 핵심은 무엇보다 사회변혁운동의 실천으로서 새로운 시의 개념과 창작방법의 모색에 있었다. 당대 사회현실과의 연관 속에서 시 동인의 역할 문제를 제기한 것은 1970년대 후반 〈반시〉와 〈자유시〉 동인에서 시작되었다. 〈반시〉 동인은 "새로

---

16) 1970년대는 대부분의 시 동인지들이 자비로 출판하고 개별적으로 판매하는 형태였지만, 1980년대는 출판사에서 동인지를 납본하고 배포하는 역할을 맡아서 진행하였다. 이처럼 상업적인 유통회로에 포함되면서 시 동인지는 과거의 자족적인 형태에서 벗어나, 서점의 가판에 동등하게 배치된 일반 시집들과 경쟁관계에 놓이게 되었다. 이제 시 동인지가 독자들에 의해 자신들의 이념과 문학적 성취를 검증받는 입장이 된 것이다.

17) 대표적인 사례로, 실천문학사는 『자유시선집』(1983), 『목요시선집』(1983), 『삶의문학 시선집』(1985), 『반시선집』(1987) 등을 발간했으며, 육문사는 『시와경제』 1~2집, 〈반시〉 동인 8집 『반시주의』를 발간했다. 1980년에 시작한 청하출판사는 『시운동』, 『오늘의 시』, 『열린시』, 『목요시』, 『자유시』, 『시와해방』, 『시힘』, 『국시』 등의 시 동인지 발간에 관여하였고 무크 『언어의세계』, 『현대시』를 출판하였다. 창작과비평사도 1981~1984년까지 연 1회 발간했던 공동 신작시집에 반시, 목요시, 5월시, 시와경제, 삶의문학, 분단시대, 자유시 등의 주요 시 동인에서 활동하는 시인들을 대거 참여시켰다. 1984년에 발간된 17인 신작시집 『마침내 시인이여』는 10주 동안 베스트셀러 1위를 차지하는 이례적인 기록을 보이며 대중들의 큰 인기를 얻었다.

운 동인지 시대를 선언"[19]하면서, 시 동인지의 새로운 방향으로 '시=삶'이라는 등식을 제기하고, '삶의 표현 및 삶을 위한 기도로서의 시'를 실현하기 위한 최소 조건으로 역사적·민중적인 시의 언어를 주장하였다.[20] 〈자유시〉 동인은 모든 것으로부터의 자유를 주장하면서, 개인의 자유를 억압하고 인간 소외를 유발하는 산업사회의 모순, 도시화·관료화·소비화·주변화 등의 문제로 시의 영역을 확장시켜 나갔다. 이처럼 1970년대부터 1980년대까지 동인활동을 지속하면서 자신들의 이념과 창작을 확장시키고 있던 〈반시〉와 〈자유시〉 동인은, 1980년대 시 동인지운동의 모델이 되었다.

1981년 창간된 동인지『시와경제』는, 앞서 〈반시〉 동인이 선언했던 새로운 시 동인지의 이념이 당대 현실 속에서 실현될 수 있는 방법들을 구체적으로 모색하고 있다. 『시와경제』 1~2집의 발간사들은 1980년대 초반의 사회·문화운동에 대한 종합적인 인식과 이후 전망에 대한 날카로운 통찰을 담고 있다.

> 시와 일상 삶과의 거리를 없애자는 것은 〈시와경제〉 동인들이
> 당면한 제일의 과제이다. (…중략…) 〈시와경제〉 동인들은 이 땅에

---

18) 예를 들면, 『시인』 창간호(1983)의 좌담 「1980년대 시, 어떻게 나아갈 것인가−70년대와 80년대 시」에는 사회자 김흥규, 김정환(시와경제), 채광석(시와경제), 김진경(5월시), 박덕규(시운동)가 참여하였고, 『실천문학』 4(1984)의 좌담 「80년대와 지방문화운동」에는 김정환(시와경제), 박명윤(마산문화), 이은봉(삶의문학), 하영권(토박이)이 참석하였다. 『우리세대의 문학』 2(문학과지성사, 1983)는 '우리에게 문학이란 무엇인가'라는 주제로 고정희(목요시), 박몽구(5월시), 이동순(반시), 하재봉(시운동), 황지우(시와경제)의 글을 실었다.
19) 〈반시〉 동인, 「새로운 동인지 시대를 선언함」, 『반시』 3, 광동서관, 1978.
20) 정혜진, 「동인지 "반시" 연구−1970년대 김명인·김창완·정호승의 시를 중심으로」, 『반교어문연구』 44, 반교어문학회, 2016, 412쪽.

대한 책임, 오늘의 80년대 현실에 대한 역사적 책임을 느낀다. 이 시대의 가난은 이 땅에 발을 딛고 사는 누구나가 벗어나야 할 공통의 질곡이다. 〈시와경제〉 동인들은 우리의 가난이 민족사의 전개 과정에서 빚어낸 분단시대라는 특수성에서 비롯됨에 합의한다.[21]

운동개념으로서의 문학, 보다 효과적인 문화전술의 하나로서 창작방법론상의 집단성 문제를 생각해본다. 80년대 초의 역사적 소용돌이를 겪으면서 한동안 혼미를 거듭하던 이 땅의 문화계는 최근 들어 일부에서나마 괄목할 조짐이 나타나고 있다. 여러 경향의 소집단운동, 무크(MOOK) 형태의 부정기간행물 증가, 지방문화운동의 자생적 성장과 현장문화운동의 움직임이 그것이다. (…중략…) 문화운동의 담당자가 지식인 중심에서 자각된 민중이 대단한 비중을 가지고 참여하는 것이 70년대 문화운동의 한 단계 발전된 형태로서 주목된다.[22]

〈시와경제〉 동인은 "80년대의 보다 심화된 문화혁명을 예감"하면서, 시의 귀족화 비판, 시와 삶의 일치, 분단시대에 대한 역사적 책임, 집단창작과 문학의 영역 확장[23] 등을 주장하고 있다. 이들의 주장은 '시에서 민중성을 어떻게 구현할 것인가'라는 문제, 다시 말해 시에서 민중주체를 실현하는 문제로 그 초점이 모아져 있다.[24] 〈시와경제〉 동인은

21) 김도연, 「언어 질서의 변혁을 바라며」, 『시와경제』 1, 육문사, 1981, 2~4쪽.
22) 〈시와경제〉 동인, 「문학에서의 집단성 문제」, 『시와경제』 2, 육문사, 1983, 1~2쪽.
23) 〈시와경제〉 동인의 이론가였던 김도연은 르포, 수기, 심지어 전단과 벽보까지 주변 장르로서 문학에 수용해야 한다는 급진적인 장르 확산론을 주장하였다(김도연, 「장르 확산을 위하여」, 백낙청·염무웅 편, 『한국문학의 현단계』 3, 창작과비평사, 1984).

민중의 삶과 언어를 시로 재현하는 단계를 넘어서 민중이 스스로 자신의 삶을 자신의 언어로 표현하는 시의 창작에까지 밀고 나갔다는 점에서, 1980년대 민중문학의 선도적인 위치에 있었다.[25]

한편, 광주항쟁에 대한 기록과 증언을 목표로 활동을 시작했던 〈5월시〉 동인은, 광주라는 "민중항쟁의 상징적 장소"[26]에 기반을 둔 특수성으로 인하여 1980년대 시 동인지 운동에서 독자적인 위상을 갖고 있었다. 동인 활동의 초기에 광주항쟁에서 민중의 형상은 국가권력에 의한 피해자, 희생자로서의 성격이 강하게 나타났으며, 이후 "우리가 서 있었던 시간에 바쳐진 희생들이 우리 민족, 민중이 역사의 주체로 서기 위한 기나긴 싸움에 새롭게 바쳐진 성스러운 희생임을 확인"[27]하는 인

---

24) 허준행은 〈시와경제〉를 분석하면서, "지배계층의 언어로 상징화된 세계를 근본적으로 변화시키려는 〈시와경제〉 동인의 방법은 간명하다. 언어의 내밀한 결정인 시를 피지배계층이 향유하고 더 나아가 직접 창작할 수 있게 하는 것이다."라고 하여 피지배계층이 문학 향유자이면서 동시에 창작자가 되는 것을 〈시와경제〉의 목표로 설명하고 있다 (허준행, 「1980년대 초 '시와 정치', '시의 정치'라는 사건의 단면 – 동인지 "시와경제" 연구」, 『상허학보』 49, 상허학회, 2017, 355쪽).

25) 『시와경제』 2집에서 '새로운 시인'으로 세상에 알려진 노동자 시인 박노해의 존재는 1980년대 민중문학을 질적으로 변화시키는 계기가 되었다. 박노해의 시를 통해 표현된 노동자들의 언어와 감각은, 〈시와경제〉 동인을 포함하여 1980년대 민중문학운동이 설정했던 단계와 방법들을 단번에 넘어서 버렸다. 천정환이 적확하게 지적했듯이, 1960년대부터 시작된 노동자들의 글쓰기가 "1980년대 이르러 그 폭발적인 힘은 지식인의 개입과 역할을 초과해 버"린 것이다.(천정환, 「서발턴은 쓸 수 있는가 – 1970~1980년대 민중의 자기 재현과 '민중문학'의 재평가를 위한 일고」, 『민족문학사연구』 47, 민족문학사연구소, 2011, 247쪽)

26) 권명아, 「기념의 정치와 지역의 문화정체성 – 저항과 글로벌마케팅의 사이」, 『인문연구』 53, 영남대인문과학연구소, 2007, 12쪽. 이 글은, 한국에서 지역문화가 단순한 지리적 위치로서의 의미를 넘어 저항의 의미로 또, 지역들 간의 경쟁적 갈등을 조장하는 지배적 이념에 대항하여 상호연대를 구축하는 거점으로 제시된 데에는 '광주'라는 상징이 중요한 역할을 하였다고 설명한다.

27) 〈5월시〉 동인, 「책머리에」, 〈5월시〉 동인지 제4집 『다시는 절망을 노래할 수 없다』, 청사, 1984, 3쪽.

식의 전환을 보여주고 있다. 역사 주체로서 민중에 대한 이러한 인식의 전환은 집단의식의 형성을 추동하는 리얼리즘 시와 서사적 장시의 창작 및 지역문화운동과의 연대로 이어졌다. 〈5월시〉 동인의 이념과 시세계에 대해서는 3장에서 자세하게 살펴볼 것이다.

1980년대 시 동인지와 무크활동은 '운동으로서의 문학'이라는 자장 안에 있었다. 광주항쟁을 계기로 사회변혁운동과 문학의 실천적 결합이 강조되었고, 그것은 구체적으로 문학에서 민중성이 강화되는 경향으로 나타났다. 1970년대부터 활동을 시작했던 〈반시〉, 〈자유시〉, 〈삶의문학〉 동인들과 1980년대 새롭게 출현한 〈시와경제〉, 〈5월시〉, 〈분단시대〉 동인 등은 '운동으로서의 동인활동'을 표방했던 대표적인 시 동인들이다. 이들은 전통적인 서정시의 개념을 해체하고, 시에서 민중성을 실현하는 방법으로 시와 삶의 통합을 지향하며, 다양한 형식 실험 및 외부 양식과의 결합을 통해 시의 영역을 확장해 나갔다. 또한 출판운동과 연대하여 시의 독자시장을 확장하고, 무크지를 통해 문학운동의 주요 의제들을 제기함으로써 1980년대 문학운동의 새로운 주체로 부상하였다.

3. 〈5월시〉 동인의 이념

〈5월시〉 동인은 김진경, 이영진, 나종영, 박몽구, 박주관, 곽재구가 결성하여 1981년 7월에 동인지 창간호 『이 땅에 태어나서』를 발간하였다. 2집에 새로운 동인으로 윤재철, 나해철, 최두석이 들어왔고, 5집에 고광헌이 합류하였다. 〈5월시〉 동인은 광주 지역의 시인들과 서울대학교 사범대학 국어교육과 출신의 교사들로 구성되어 있었다. 〈5월시〉 동인지 1~2집은 발간사 없이 출판되었고, 3집부터 발간사와 평론을 실으면서 동인 활동에 대한 이론적인 체계화를 시도하였다.

〈5월시〉가 창간될 당시, 광주에는 〈원탁시〉 동인과 〈목요시〉 동인이 활동하고 있었다. 〈원탁시〉 동인은 서울 중심의 문단 풍토를 비판하고 수준 높은 지역문학을 창조하는 것을 목적으로 광주의 중견 시인들과 젊은 시인들이 한데 모여 1967년에 결성했으며, 시 동인보다는 지역 문학단체로서의 성격이 강했다.[28] 이후 원탁시 동인에 소속되어 있던 젊은 시인들이 분화하여 〈목요시〉 동인(1979~1986)을 결성하였다. 강인한, 국효문, 김종, 허형만, 고정희가 창간 동인이며 『목요시』 제2집(1980)부터 김준태, 송수권이, 『목요시선집』(1983)에 장효문이 동인으로 참여했다. 〈목요시〉 동인은 창간호에서 "시인은 가수도 정치가도 아니다. 시인은 다만 운율 있는 언어로 자기의 성을 구축하는 언어의 주인일 뿐"이며 "올바른 주제와 올바른 아름다움이 있는 참다운 시를 지향"하겠다고 선언하였다.[29] 이들은 '현실에 동떨어진 노래로서 시'와 '정치적 편향을 표현하는 시'를 모두 비판하고, 시 자체로서 올바름과 아름다움을 추구하였다. 하지만 광주항쟁을 계기로 "시인의 사명과 시의 존재 가치 앞에서 우리는 과연 지금 이 땅에서 무엇을 해야 하는가 하는 물음"[30]에 직면하게 되었다. 이후 〈목요시〉 동인은, 전통적인 서정시의 언어와 형식으로는 온전하게 드러낼 수 없었던 광주항쟁의 고통과 역사적 의미를 연작시, 장시, 살풀이시, 마당 굿시 등의 다양한 시

---

28) 〈원탁시〉 동인은 1966년 '원탁문학회'로 시작하여 1967년 '원탁시'로 이름을 바꾸었다. 동인의 이념적·조직적 결속력은 느슨한 편이지만 문병란, 범대순 등의 중견 시인들이 광주 지역 젊은 시인들의 후원자 역할을 하였다. 지금까지 활동하는 최장수 시 동인으로 꼽힌다.
29) 〈목요시〉 동인, 「첫번째 선언」, 『목요시』 1, 광주, 현대문화사, 1979, 1쪽.
30) 〈목요시〉 동인, 「후기」, 『목요시』 3, 광주, 믿음출판사, 1981, 79쪽.

형식과 장르 혼합을 통해 표현하였다.[31]

1980년대 〈목요시〉와 〈5월시〉 동인은, 광주 지역의 시인으로서 광주항쟁에 대한 기록과 증언이라는 책임을 공통적으로 안고 있었다.[32] 〈목요시〉 동인이 매호마다 새로운 시 형식을 실험하면서 광주항쟁의 진실을 표현하기 위해 시도했다면, 〈5월시〉 동인은 당대의 사회운동·문학운동과의 연관 속에서 광주항쟁 이후 변화된 새로운 시의 개념과 창작방법을 이론적으로 체계화하고 그에 맞는 시의 창작을 병행해 나갔다. 〈5월시〉 동인이 주장하는 새로운 시의 방법과 시 동인지운동의 방향은 '리얼리즘 시'와 '지역문화론'을 핵심으로 한다.

> 시가 어떻게 전체 현실과 긴밀히 관련될 것인가는 리얼리즘의 중요개념인 총체성 문제에 연결된다. (…중략…) 총체성의 획득 문제에서 단시보다는 장시가 유리하며 장시는 총체성의 면에서의 성과를 생명으로 한다고 보여진다. 그렇지만 사회의 총체를 완벽하게 작품화하는 것은 불가능하기 마련이고 얼마만큼 가까이 접근하는가가 중요하다. 리얼리즘 시가 추구하는 사회현실이란 끊임없이 변화하는 것이기 때문에 더욱 그렇다. 여기에서 선택의 문제가 생기고 선택의 대상은 전형성을 지닌 상황이나 사물이나 인물이다. 그리고 이러한 선택에 중요한 역할을 하는 것은 바로 전망이

---

31) 대표적인 작품으로 『목요시』 제3집에 김준태의 장시 「살풀이」, 강인한의 장시 「전라도여, 전라도여」, 송수권의 장시 「새야 새야 파랑새야— 마지막 노을」이 있고 『목요시』 제4집(광주, 세종출판사, 1982)에 고정희의 마당굿시 「사람 돌아오는 난장판」이 있다.
32) 황하택은 "광주정신을 모색과 갈망으로 드러낸 〈목요시〉의 진행 선상에서 〈오월시〉가 성장했던 것은 소중한 문학적 성과"라고 하여, 광주정신의 표현이라는 차원에서 〈5월시〉 동인이 〈목요시〉 동인의 계기적 발전 과정에 있는 것으로 평가하였다(황하택, 『광주·전남 현대 시문학연구』, 조선대 박사논문, 2009, 18쪽).

다.[33]

우선 지역문화가 자신을 세계의 중심으로 세움으로써 정보를 받아들이기만 하는 피동적인 위치에서 벗어나 스스로의 가치 있는 정보를 창출해내고 그것을 전파하는 능동적 위치로 나아가는 것이다. 이러한 능동성의 확보는 물론 지역의 삶에 뿌리내린 다양한 운동을 통해 가능하다. (…중략…) 이제까지 민중문화를 민족문화로 늘 거론해 왔지만 민중문화와 민족문화 개념 사이에 극복되지 않는 이론적 틈이 있어 왔음도 사실이다. 앞에서 살펴보았듯이 민중문화가 지역단위로 형성되어야 할 단계에 와 있고, 민족문화가 어느 정도 지역적 의미를 지닌다면 지역문화 개념이야말로 민중문화를 민족문화로 완성시킬수 있는 절대의 매개항일 것이다.[34]

최두석의 「시와 리얼리즘」에서 리얼리즘은 "현실인식을 바탕으로 하는 창작태도이면서 동시에 역사 진보를 전제하는 세계관"[35]으로 규정되어 있다. 리얼리즘을 단순히 창작방법이나 문예사조의 차원이 아니라 세계관과 창작태도를 포괄하는 상위 개념으로 정의하는 것은, 1980년대 민족문학·민중문학·제3세계문학의 일반적인 경향이었다. 당시 리얼리즘은 사회변혁운동의 과제를 문학작품의 창작과 결합시키는 방법으로 제기되었으며, 창작 주체의 경험을 바탕으로 현실의 구조적 진실을 표현하여 현실에 대한 올바른 인식에 이르는 것을 목표로 하고 있었다. 최두

33) 최두석, 「시와 리얼리즘」, 〈5월시〉 동인지 제4집 『다시는 절망을 노래할 수 없다』, 청사, 1984, 213~214쪽.
34) 김진경, 「지역문화론」, 〈5월시〉 동인지 제5집 『5월』, 청사, 1985, 315~317쪽.
35) 최두석, 앞의 글, 208쪽.

석의 리얼리즘 시론은, 그 이론적 기초를 루카치(Georg Lukács)가 제기했던 총체성과 전형, 전망 등의 개념에 두고, 그 실천적 성격은 채광석이 주장했던 '민중적 민족문학론'에 두고 있었다.[36] 그의 리얼리즘 시론은 서사적인 장시가 총체성을 드러내기에 적합한 양식이며, 이러한 총체성을 구현하기 위해서는 역사 주체인 민중의 전망에 입각하여 전형적인 상황이나 인물을 그려내는 것이 필요하다고 주장하였다. 이에 근거하여, 〈5월시〉 동인은 4집과 5집에서 서사적 장시의 창작에 주력하고 있다.

김진경이 〈5월시〉 동인지 5집에 발표한 '지역문화론'은 이후 〈5월시〉 동인의 활동방향을 "지역으로 내려가 지역문화의 매체로서 뿌리를 내리는 것"[37]이라고 규정하였다. 그는 지역문화론이 "구조적 싸움을 위한 전략적 개념",[38] 즉 민중 에너지의 자연스러운 흐름을 가로막는 중앙집권적 문화구조를 깨뜨리고 민주적 문화구조를 확보하기 위해서 전략적으로 제안된 개념이라고 설명하였다. 1980년대 문화운동의 민주화와 민중성의 강조는 지역문화운동이 확산되는 계기가 되었다. 1980년대 중반에 지역문화운동의 성격에 변화가 나타나는데, 초기의 그것은 젊은 문화예술인들을 주축으로 '중앙' 중심의 문화에 대한 비판과 독자적인 지역문화의 건설을 목표로 하였다. 이후 지역문화운동은 제국주의와 신식민주의, 제3세계이론 등과 결합하면서, 그 이론적인 토대

---

36) 김명인은 1980년대 리얼리즘의 이론적 원천으로 첫째, 『창작과비평』 1980년 여름호에 실린 리얼리즘 특집에서 이동렬, 반성완, 임철규가 세계문예사적 관점에서 설명한 리얼리즘 이론, 둘째, 백낙청이 정의한 '시적 창조를 통한 현실의 올바른 인식'으로서 리얼리즘 이론, 셋째, 채광석이 주장한 '구체적 현장성과 실천적 운동성의 변증법적 통일'로서의 리얼리즘 이론을 들고 있다(김명인, 「실천적 리얼리즘론을 위하여- 80, 90년대 리얼리즘론의 반성」, 『실천문학』, 1993 봄, 246~247쪽).

37) 김진경, 앞의 글, 311쪽.

38) 위의 글, 324쪽.

를 확장해 나갔다. 이때 지역문화의 의미는 "중앙문화의 병폐를 지방문화의 건강성으로 커버할 뿐만 아니라 또 다른 차원, 즉, 미국이 제국주의라 하면 서울이 제국주의의 변두리가 되고, 지방이 또 서울의 변두리가 되는 제국주의 침략의 경로와는 정반대가 되는 방향으로 지방문화가 이루어지는 제3세계적 운동의 차원"[39]을 갖는 것으로 새롭게 정의되었다. 김진경의 지역문화론도, 서구적 지배문화에 종속된 신식민지의 문제, 외세의 힘에 의한 분단에서 벗어나 자주적인 평화통일 문제를 제기하고 있다. 그는 "민중문화를 민족문화로 완성시킬 수 있는 절대의 매개항"으로 지역문화 개념을 제안함으로써, 지배문화에 대한 종속의 탈피와 분단 문제 해결을 모색하고 있다.

〈5월시〉 동인이 주장한 '리얼리즘 시론'과 '지역문화론'은 1980년대 중반 민중문학운동의 이론적 모색 및 분화와 연결되어 있었다.[40] 〈5월시〉 동인이 이론적 체계화의 과정에서 견지했던 핵심 주제는, 광주항쟁을 통해 표출된 이슈들—역사 주체로서 민중의 세력화, 제국주의 비판과 분단문제 해결, 변혁운동의 상징적 거점으로서 '광주'의 의미 등을 시에서 어떻게 표현할 수 있는가 하는 것이었다. 하지만 〈5월시〉 동인의 이념은 이러한 문제의식의 정당성에도 불구하고, 몇 가지의 문제점을 안고 있다. 총체성과 전망, 전형성 등을 중시한 리얼리즘 시론에서 나타나듯이 지식인 중심의 문학이론[41]에 초점이 맞추어져 있으며, 창작 주체로서 민중에 대한 고려가 부족하다는 점이다. '서사적 장시' 양식의

---

39) 좌담, 「1980년대와 지방문화운동」, 『실천문학』, 1984. 10, 242쪽.
40) 1980년대 민중문학론의 이론적 분화에 대해서는 정과리, 「민중문학론의 인식구조」, 『문학과사회』 1, 1988; 김명인, 「80년대 민중·민족문학론이 걸어온 길」, 『불을 찾아서』, 소명출판, 2000; 전승주, 「1980년대 문학(운동)론에 대한 반성적 고찰」, 『민족문학사연구』 53, 민족문학사연구소, 2013 등 참고.

애매함도 문제이다. 사회 현실의 총체성을 실현할 수 있는 장르라는 선언 외에 서사적 장시의 기본 원리가 서사시의 구성에 있는지, 또는 시와 이야기를 결합[42]한 자유로운 긴 형식에 있는지 분명하지 않다. 이러한 양식 규정의 애매함은 실제로 서사적 장시의 창작과 평가에서 혼란을 초래하고 있다.

4. 〈5월시〉 동인의 시세계

1) 기억과 증언으로서의 시 쓰기

1980년대 중반까지 광주항쟁의 진실은 공안권력에 의해 철저하게 차단되고 왜곡되어 있었다. 때문에 〈5월시〉 동인의 초기 활동은 광주항쟁의 실상을 기록하고 전파하는 데 모아졌다. 〈5월시〉 동인의 초기 작품들은 그리움, 부끄러움, 희망, 분노 등의 정서를 매개로 하여 '5월광주'를 기억하고 있다. "꿈속의 맨발로 광주에 간다/캄캄한 밤에는 하나의 별/가시밭길 속에는 저 하나/기꺼이 상처 안고 누워서 돌파구가 되

---

41) 이 문제와 관련하여, '민중의 문학'이 계급주의와 결합하여 리얼리즘론의 새로운 전성기를 열게 했지만 "과연 지식인의 리얼리즘문학과 그 문예이론(민족문학론)이 '민중의 문학'을 받아 안을 수 있는 그릇이었을까"라는 천정환의 질문은 시사해 주는 바가 많다 (천정환, 앞의 글, 250쪽).

42) 최두석은 〈5월시〉 동인지 3집에 수록한 시 「노래와 이야기」에서 "노래는 심장에, 이야기는 뇌수에 박힌다."고 선언하였다. 처용이 부른 노래에서 목청을 떼어낸 가사는 무력하지만 처용의 이야기는 살아남아 새로운 노래와 풍속을 짓고 유전해 가는 상황을 예로 들어, 이야기로 시를 쓰면서 "뇌수와 심장이 가장 긴밀히 결합"되는 시의 경지를 주장하고 있다.

는/무등의 형제들을 생각한다"[박상태(박몽구), 「무등 혹은 우리들 마음의 기둥」(1-20)[43] 부분]. 부끄러움은 광주항쟁에 직면한 양심적인 사람들이 공통적으로 느꼈던 정서였다. 광주항쟁의 참상을 뒤늦게 알게 된 사람들은 부끄러움과 부채의식으로 괴로워했다. 항쟁의 현장에 있었던 광주 지역의 사람들에게도 "5·18은 야수적 폭력에 대한 공포 체험이었고, 그 공포를 물리치고 하나가 되었지만 끝까지 하나이지는 못한 부끄러움의 체험"[44]이었다.

광주항쟁을 공공연하게 발화할 수 없던 1980년대에 그것은 '5월', '그날', '꽃잎', '무등산', '금남로', '망월동' 등의 은어隱語와 기호들로 소통되었다. 사람들은 이 기호들을 통해 광주항쟁을 계속 호명함으로써 억압적인 지배권력에 저항하고 시간의 망각에 대응하였다. 또한 1980년대 검열과 탄압이 광범위하게 자행되는 현실은 시에서 알레고리의 만개를 불러왔으며, 대놓고 발화할 수 없던 5월 광주는 '숨은 기표'로 작용하였다.[45] 〈5월시〉 동인도 광주항쟁을 기억하고 의미화하기 위해 알레고리와 장소성의 방법을 사용하고 있다. 〈5월시〉 동인의 시에서 바람, 꽃, 풀, 봄 등의 형상이 전통적인 서정시의 자연 표상을 넘어 역사적 상상력으로 확장되는 것을 하나의 사례로 들 수 있다.[46]

---

43) 이하 〈5월시〉 동인지에 수록된 시의 출처는 (동인지 호수- 쪽수)의 형태로 본문 내에 표기할 것임.

44) 은우근, 「부끄러움 또는 질문하는 역사의식 - 5월 민중항쟁과 광주·전남 가톨릭교회」, 『신학전망』 179, 광주가톨릭대신학연구소, 2012, 196쪽. 이 글은 "공포, 부끄러움, 죄책감, 부채의식과 자부심. 긍지 등 서로 모순되면서도 연관된 심리와 정서가 5월민중항쟁을 이해하는 데 중요한 요소"(196~197쪽)라고 설명하였다.

45) 권혁웅, 「1980년대 시의 알레고리 연구 - '광주'의 시적 형상화를 중심으로」, 『한국근대문학연구』 19, 한국근대문학회, 2009, 258쪽.

너는 지금 어느 벌판에 떠돌고 있느냐

눈 쌓인 망월동 홀로 떨며 서 있는

마른 억새풀 솜털 가지 끝에 묻어 있느냐

봄 너는 어디쯤 앉은뱅이 걸음으로

기어오느라 우리를 기다림으로 지치게 하고

춥고 깊은 밤 가위 눌린 칼잠으로 설치게 하느냐

(…중략…)

진달래꽃 타는 사월에도 창포꽃 핀 오월에도

왔다가 피투성이 찢긴 몸으로 떠나간 너

어디 있느냐 이제 내가 가겠다

상처투성이 올 수 없는 너를 찾아

뻘밭 너머 가시덤불 너머 어디

성한 몸으로 내가 가겠다

앉은뱅이 걸음으로 새벽안개 헤쳐 오느라 애만 태우는

너는 어느 밭두렁 물오른 버들개지 품에

아픈 몸 기대고 있느냐

누군가 살아나는 넋으로

끝내는 이 땅을 덮고 말 봄이여.

                                – 나종영, 「봄」(4-109, 110) 부분

〈5월시〉 동인의 시에서 '봄'은 추운 겨울의 고통을 이겨내고 생명과

---

46) 전동진은 〈5월시〉 동인의 작품 중에서 '풀'을 주제로 한 작품이 많다는 것을 특징으로
    지적하고, 김진경의 '바람'과 김수영의 '풀'에 나타난 유사성에 주목하고 있다(전동진,
    「문학의 정치성 연구–'오월시 동인'을 중심으로」, 『한국언어문학』 70, 한국언어문학회,
    2009, 386~387쪽).

환희의 시대가 도래할 것이라는 역사적 낙관주의를 지시하는 기호이다. 다른 한편으로 '봄'은 매년 반복해서 광주항쟁의 비극을 되살려 내는 현실이기도 하다. 위의 시에서 찢긴 몸, 앉은뱅이 걸음으로 기어서 가시덤불을 헤치고 와 "끝내는 이 땅을 덮고 말 봄"의 형상은, 역사적 낙관주의와 현실적 비극이 공존하는 '봄'의 복합적인 성격을 표현하고 있다.

한편 〈5월시〉 동인은 무등산, 금남로, 망월동, 충장로, 대인동, 광주천 등 광주항쟁과 관련된 특별한 장소들의 목록을 생성하였다.[47] 이 장소들이 갖는 아우라는 동일한 체험과 기억을 공유한 사람들에게 집단적 정체성과 연대를 형성하는 바탕이 되었다. "네가 가고 금남로는 변함 없지만/네가 가고 교문 앞은 변함 없지만//그날 이후 사람들은 목이 막혀 말이 없었다/서로가 서로를 바라보면/말이 없었다/아비와 무등산은 말이 없었다."(이영진, 「성묘」(3-93) 부분) 또한 '광주'는 광주항쟁의 기억을 내장한 역사적인 장소일 뿐 아니라 일상의 삶이 이어지고 있는 '지금 여기'의 장소이기도 하였다. '광주'의 특수성은 '80년 5월' 이후 평범한 일상을 회복하는 일의 어려움에서부터 시작되었다. 평범하게 보이는 일상의 틈을 조금만 들춰내도 아물지 않은 상처와 고통과 분노가 되살아났다. 평화로워 보이는 일상의 표면에 감추어진 미세한 상처와 고통의 흔적을 함께 포착해내는 일이야말로 지역의 시인으로서 〈5월시〉 동인들이 감당해야 할 몫이었다.

---

47) 광주 지역을 제재로 한 대표적인 작품으로 박상태(박몽구)의 「무등 혹은 우리들 마음의 기둥」, 곽재구의 「북광주역」(이상 1집), 박주관의 「남광주」, 이영진의 「나주평야」, 박상태(박몽구)의 「고향」, 나해철의 「영산포 연작」(이상 2집), 곽재구의 「그리운 남쪽」, 박주관의 「광주」 연작, 나해철의 「광주」(이상 3집), 나해철의 「광주천」 연작(4집), 박주관의 「내가 살던 광주」(5집) 등이 있다.

남광주의 아침은 아욱 냄새가 난다
시장 바닥에 앉은 아이 업은 아낙의 풍경은
멀리서 바라보면 용서를 빌고 싶지만
가까이서 눈뜨고 보라 그것은 눈물이다
(…중략…)
어젯밤엔 밤하늘에 외상으로 악을 쓰고
바락 바락 노래 부르기도 한 여자들과
오늘 아침 화순 방면에서 온
아낙들의 눈물이 남광주의 설움이다
움직이지 않는 장면들이
진보되지 않은 사실들이
퇴약볕 아래서 종일 계속되고
물건 파는 사내의 악다귀만이
방금 도착한 여수발 열차에 실려간다
광주의 남쪽 변두리는
우리가 가벼운 마음으로 떠났다가
무작정 내려 버리는 어떤 읍내의 풍경 그대로다
남광주의 저녁은 누룩 냄새가 난다
삼교대에 들어가는 계집애가 촐랑촐랑 뛰어가고 있다
거대한 산
무등이 지배하는 밤은 계속된다.

- 박주관, 「남광주」(2-23, 24) 부분

  이 시는 이른 아침부터 밤까지 남광주역 주변의 풍경을 마치 시네카
메라(cinecamera)로 찍듯이 생생하게 보여준다. "가벼운 마음"으로 마

주할 수 있는 "어떤 읍내의 풍경"으로 되돌아가고 싶다는 간절함과 다시는 그렇게 될 수 없을 것이라는 막막함 사이의 갈등이 낮과 밤의 상반된 풍경을 통해 그려지고 있다. 낮의 시간이 지나면 "거대한 산/무등이 지배하는 밤이 계속"되는 이 시의 상황은, 일상의 삶이 지속되지만 항쟁의 기억과 정신의 지배를 벗어날 수 없는 '광주'의 현실을 잘 보여주고 있다.

초기의 〈5월시〉 동인들 대부분이 서정시의 창작에 집중한 것과 달리, 이영진은 광주항쟁의 처참한 상황을 증언하고 기록하기 위해 강렬하고 대비적인 언어와 선명한 이미지들을 활용하고 있다.

> 과열된 전등불 밑에선 도살장, 그 그림의 피가 흐른다
> 흰 가아제, 핀셋, 가위, 메스……
> 두 눈 감김, 두 귀 막힘, 입 막힘,
> 우리는 모두 수술대 위에서 아픔을 도둑질 당하고 있다
>
> — 이영진, 「마취사」(1-41) 부분

> 그러고 보니 이 땅은 당신과 나 사이의 비밀이군요
> 아무도 알아서는 안 되는 비밀이 되었군요
> 히히힛, 세상에 온통 소문 같은 바람이 불어와요
> 그대들의 붉은 혓토막같이 뜨거운 총탄이
> 내 목구멍을 뚫고 가네요
> 그 구멍으로 쉭쉭 바람이 잘도 새나가네요
> 아! 피묻은 주정을 구경만 하시는 사내들이여
>
> — 이영진, 「그로테스크한 시」(1-50) 부분

이 시들은 도살장, 피, 붉은 횟토막, 총탄 등의 기괴한 언어와 충격적인 장면들의 배치, 부조리한 이미지들의 충돌, 반어적인 표현 등을 통해 '80년 5월 광주'의 그로테스크한 현실을 드러내고 있다. 이것은 "아무도 알아서는 안 되는 비밀", "온통 소문 같은 바람"으로만 말해지는 광주항쟁의 진실을 표현하기 위해 시인이 선택한 방법이었다. 또한 이 시들이 등뼈 조각, 모가지, 찢긴 살, 횟토막, 목구멍과 같은 몸의 언어를 사용하고 있는 점도 주목된다. 이러한 몸의 언어는 폭력적으로 각인된 트라우마(trauma)를 기억하기 위한 것이다. 트라우마의 경험은 서사가 불가능[48]하며, 언어는 몸에 새겨진 트라우마의 기억과 상처를 온전하게 재현하지 못한다. 위의 시들은, 일반적인 언어의 형식과 이야기의 맥락을 파괴하고 이질적인 언어와 이미지를 충격적으로 배열하는 콜라주(collage)의 형식을 통해 의미의 잉여를 생성해냄으로써 광주항쟁이라는 트라우마에 대한 기록을 시도하고 있다.

언론에 대한 공권력의 검열과 탄압이 공공연하게 이루어지고 있던 1980년대의 상황에서 광주항쟁을 언어와 문자로 기록하고 표현하는 것은 복합적인 의미를 갖고 있었다. 첫째, 시간의 흐름에 따른 망각에 맞서 기억을 보존하기 위한 것이었다. 언어는 기억의 가장 강력한 안전장치[49]이며, 언어와 문자에 의해 기억은 안정되고 사회화된다. 또한 문자로 기록되고 출판된 것은 기억을 보존할 뿐 아니라 독자의 공감과 해석을 통해 새로운 의미와 생명력을 얻을 수 있다는 점에서 광주항쟁의 문학적 형상화는 의미가 있었다. 둘째, 공식적인 차원에서 배제되고 말살

---

48) 알라이다 아스만, 『기억의 공간 - 문화적 기억의 형식과 변천』, 변학수·채연숙 옮김, 그린비, 2011, 359쪽.
49) 위의 책, 339쪽.

된 사건을 기록하고 기억한다는 것은 억압적인 권력구조의 정통성에 대한 위협이자 저항 행위로서 의미가 있다. 광주항쟁에 대한 기록과 기억은 그 '불온성'으로 인해 명백히 정치적인 의미와 효과를 갖고 있었다.[50] 셋째, 광주항쟁을 언어와 문자로 표현하는 것은 치유적인 의미가 있었다. 프로이드는 정신분석치료를 통해 '언어화'가 생활감정, 정서, 충동 등을 행동화하지 않고 말로 전달함으로써 더 깊은 탐색과 통찰, 통합을 가능케 하며, 일차적 충동 등을 지연시킬 수 있어 자아기능을 강화한다는 것을 발견하였다. 자신의 경험이 언어로 표현되면, 그 경험을 더 잘 이해할 수 있고 궁극적으로 그 경험을 극복할 수 있기 때문이다.

광주항쟁의 경험과 기억을 시로 표현하는 〈5월시〉 동인의 초기 작업은, 서정시의 장르적 특성을 바탕으로 광주항쟁에 대한 정서적 공감과 이해를 높이는 한편, 부당한 지배 권력에 대한 비판과 저항행위로서 그 의미가 있었다. 또한 파괴적인 언술구조와 충격적인 이미지를 통해 광주항쟁 이후 동인들 자신을 포함하여 광주시민들이 감당해야 했던 트라우마를 표현하고자 시도하였다.

2) 새로운 양식의 모색 – 판화시집과 서사적 장시

〈5월시〉 동인은 두 권의 판화시집 『가슴마다 꽃으로 피어 있어라』

---

50) 알라이다 아스만은 이것을 '반기억'이라고 부르며, 패자와 억압 받는 자들의 이야기를 담고 있는 반기억의 모티프는 억압적이라고 여겨진 권력구조의 정통성 소멸에 기여하기 때문에 공적 기억과 마찬가지로 정치적이라고 설명하였다. 이 경우 선택되고 보존되는 기억은 현재에 존립하는 권력 구도가 붕괴한 이후 미래의 기반을 구축하는 데 쓰인다고 보았다(알라이다 아스만, 앞의 책, 187쪽).

(한마당, 1983)와『빼앗길 수 없는 노래』(시인사, 1986)를 발간하였다. 판화와 시를 결합한 양식은 〈5월시〉 동인에 의해 처음 시도된 것이었으며,『가슴마다 꽃으로 피어 있어라』[51]는 광주 지역에서 활동하는 판화가와 시인들의 만남이라는 점에서도 의미가 있었다. 이것은 1980년대 지역문화운동의 부분으로서 민중미술운동과 민중문학운동의 연대 가능성을 실제로 보여준 것이었다. 김진경은 이 판화시집의 서문에서 "시는 판화의 순수하고 날카로운 선에 많은 의미관련을 맺어줄 것이며, 판화는 시의 많은 의미관련을 날카로운 선에 집약시켜 응집된 힘이 되게 할 것"[52]이라고 하여, 판화와 시의 결합이 고정된 장르 의식에 충격을 주고 장르 간의 연대를 통해 새로운 차원의 예술적 성취와 운동을 실현할 것으로 기대하였다.

1980년대 민중미술 분야에서 가장 활발한 매체로 등장했던 목판화는 흑백의 뚜렷한 대비로 메시지를 쉽게 전달할 수 있는 장점을 갖고 있었다. 이러한 특성을 바탕으로, 당시 목판화 작품들은 격정적이고 비극적인 표현이 두드러졌다. 이것은 광주항쟁의 기억과 비극적 정서를 주조로 하는 〈5월시〉 동인의 시가 판화양식과 결합할 수 있는 미학적 근거가 되었다.

　　　한 평의 땅도 가질 수 없었고

---

51) 『가슴마다 꽃으로 피어 있어라』는 1편의 시와 같은 제목의 판화 1편이 결합하는 형식으로 구성되었으며, 9명의 동인들이 각 5편의 시를 제출하여 전체 45편의 시와 45편의 판화 작품이 수록되어 있다. 서두에 김진경의 「동인을 대신하여」와 판화가 조진호의 「시, 판화 작업을 마치고」, 김경주의 「시와 판화의 새로운 통로를 위하여」를 싣고, 마지막에 황지우의 해설 「시와 판화, 그 '판'의 이중충돌에 대하여」를 붙였다.
52) 김진경, 「동인을 대신하여」, 〈5월시〉 판화집 『가슴마다 꽃으로 피어 있어라』, 한마당, 1983, 3쪽.

김경주, 「아버지의 저녁」[53]

힘없는 주먹만 하늘을 향해 올렸다가 내리던

피난 이후의 남쪽 생활 숱한 나날 속에서도

당신의 저녁은 언제든 눈뜨고 있었어요

(…중략…)

당신은 반도 전체를 떠민 채

한 생애를 떠돌아다녔어요

당신이 부려먹은 아내와

배워도 망설이는 자식들만 눈감으려는

우리내 부서지지 않는 아버지 앞에서

무엇을 해야 합니까.

– 박주관, 「아버지의 저녁」[54] 부분

「아버지의 저녁」이라는 같은 제목의 두 작품을 보자. 임종을 앞둔 아

---

53) 김경주, 「아버지의 저녁」, 위의 책, 18쪽.
54) 박주관, 「아버지의 저녁」, 위의 책, 19쪽.

버지에 대한 시적 화자의 비통한 진술과 원망을, 판화에서는 어두워지는 들판에 지친 표정으로 삼발괭이를 치켜든 아버지와 어깨를 웅크린 어머니로 시각화하고 있다. 이 작품들은, 세세한 삶의 이야기와 정서를 표현하는 시의 언어와 판화의 단순하고 격정적인 시각적 형상이 결합함으로써 복합적인 미디어 효과와 독자의 공감을 불러일으키고 있다.

하지만 판화시집에 수록된 모든 시들이 고른 성취를 보여준 것은 아니었다. 판화시집에 수록된 작품 중에서 시의 주제와 판화가 긴밀하게 관련되어 있는 작품은 전체 30% 정도이며, 판화와 시의 내용에서 상호 관련성을 찾기 어려운 경우도 적지 않았다. 황지우는 시와 판화의 이러한 내적 연계성의 결여를 지적하고, 그 원인을 "표현매체의 상이함이 아니라 표현 이전에 시 쓰는 사람과 판화 만드는 사람이 각각 현실을 보는 인식의 차이"[55]에 있다고 평가하였다. 이에 대해 판화작업에 참여한 김경주는, "시가 갖는 내용과 상황에 적확하게 부합되어지기를 바라기보다는 시는 시대로 판화는 판화 나름으로 자율적인 질서를 갖더라도 대상을 바라보는 시각 자체가 동질성을 지닐 때 (이를테면 아픔을 어루만진다든가 우리들의 삶에 희망, 애정들을 쏟아 넣고 싶다든가……) 그러한 어려움은 극복되지 않을까."[56]라는 견해를 제시하면서, 판화가 시에 종속되지 않고 상호 자율적인 위치를 갖는 문제에 초점을 맞추고 있다. 황지우와 김경주의 이러한 차이는, 판화시라는 장르 혼합과 새로운 양식의 실험 과정에서 직면하게 되는 문제들을 드러낸 것이다.

〈5월시〉 동인이 후기 활동에서 주력한 부분은 서사적 장시의 창작이다. 동학농민혁명의 역사와 전개과정을 서술한 윤재철의 「난민가亂民

---

55) 황지우, 「시와 판화, 그 '판'의 이중충돌에 대하여」, 『5월시 동인시집 판화시집』, 130쪽.
56) 김경주, 「시와 판화의 새로운 통로를 위하여」, 위의 책, 5쪽.

歌」, 광주항쟁에 참여한 사람들의 이야기를 서술한 박몽구의 「십자가의 꿈」과 전남대 비나리패의 「들불야학」, 그리고 특정 인물의 전기를 서술한 최두석의 「임진강」이 있다.

윤재철의 「난민가」는 고려 말기 만적의 난에서부터 전봉준과 동학농민혁명으로 이어지는 민중항쟁의 역사를 재구성한 장시이다. 민중이 역사의 주체로서 저항운동의 전면에 나서게 된 시점을 동학농민혁명으로부터 설정하는 것은 당시 민중운동의 일반적인 관점이었다. 특히 광주 지역의 시인들은 광주와 전라도 지역을 민중저항의 중심으로 세우기 위한 시도로 민중항쟁의 역사를 서사적으로 형상화한 장시들을 다수 창작하였다. 『목요시』 3집(광주, 믿음출판사, 1981)에 수록된 강인한의 장시 「전라도여 전라도여」와 송수권의 장시 「새야 새야 파랑새야」도, 백제시대부터 동학농민혁명을 거쳐 현재에 이르기까지 광주와 전라도 지역을 항쟁과 고통의 공간으로 서사화하고 있다. 이 시들은 광주를 역사의 모순이 집약된 공간으로 규정하고, 광주항쟁을 그 모순의 해결을 위한 민중 주도의 저항운동·사회변혁운동으로서 의미화하고 있다.

윤재철의 「난민가」도 이러한 장시 계열에 속하는 작품이다. 「난민가」는 '만적의 난'과 '동학농민혁명'의 시간적 간극을 메우기 위해 '애기장수 설화'를 배치시킨 점이 독특하며, 시의 결말에서 차별과 불의에 맞선 민중저항의 역사가 완결되지 않고 지속되는 현실을 그려내고 있다. "키 작은 불꽃들/안으로 불씨를 잠재우다, 바람 불면/산맥으로 일어서서 달려나가는 작은 불꽃들/이월에서 삼월로, 삼월에서 사월로/사월에서 오월로, 불꽃에서 산맥으로/달려나가는 키 작은 불꽃들을 보았다."[윤재철, 「난민가」 (4-170) 부분]

박몽구는 5월시 동인지 4~5집에 광주민주화운동에 참여한 사람들의 이야기를 담은 장시 「십자가의 꿈」을 연재하였다. 전체 50개의 장으로 구성된 이 시는, 1부 1장의 서시를 제외하고 모두 일련번호로 표기되어 있으며 각 장은 독립된 제재와 내용을 갖고 있다. 1970년대 후반 광주 지역 청년 운동가들의 이야기에서부터 시작하여 각 장마다 광주항쟁 당시의 사건과 사람들의 이야기를 담아내고 있는데, 시인의 체험을 바탕으로 하고 있어 시의 사실성과 정서적 공감을 높이고 있다.

> 온땅의 사지를 꼼짝 못 하도록 누르고 있는
> 저 긴밤의 사슬들도
> 서슬이 시퍼런 채 흙발로 마루에 올라선 워커들도
> 교정에 파릇파릇 벙그는 새싹들을 뭉개고 있는
> 이방인들의 억센 손길도
> 우리들이 뿌리는 한 줄기 봄볕을
> 죄다 가로막기에는 너무도 미약했음인가
> 너 하나의 조그만 봄 손길은
> 갈망의 손, 손들을 모아 영산강 노도가 되어
> 금남로에 얼어붙은 질긴 얼음덩이를 녹여냈고
> 한낮에도 앞길 캄캄해 눈뜰 수 없는
> 사람들의 눈을 열어
> 캐터필러가 몰고 온 적의를 뿌리쳤었다
> 우리들 가슴 깊이 꼬나박힌 황무지에
> 삽을 들이댔었다 광주의 친구여
>
> ― 박몽구, 「서시」(4-175)

「십자가의 꿈」의 1부는 광주항쟁의 현장을 재현하는 데 집중하고 있으며, 2부는 광주항쟁 이후의 이야기(광주항쟁 때 부상당한 사람들, 구속된 사람과 그 가족들, 진압군 등), 친일 비판, 반미와 분단 문제,[57] 그리고 대중매체와 스포츠 등의 상업주의에 미혹되는 1980년대 중반의 현실까지 다양한 제재들을 다루고 있다.

「십자가의 꿈」은 각 장마다 독립적인 구성과 현재적인 서술방법을 사용하고 있으며, 서술된 등장인물과 사건들에 일관된 내러티브가 없고, 인과율에 따른 연대기적 구성이 없는 것이 특징이다. 이러한 특징은 서사시로서 이 시의 한계로 지적되기도 하였다.[58] 하지만 「십자가의 꿈」의 각 장은 독립된 사건·인물·정서를 서술하는 한 편의 서정시로 기능하고 있으며, 이러한 독립된 부분들이 모여서 광주민중항쟁에 대한 전체적인 의미를 만들어내고 있다. 또한 이 시는, 기억을 재현할 때 통일된 관점이나 이야기의 맥락, 고정된 내러티브가 없이도 시에서 총체성을 실현할 수 있는 방법을 보여주었다는 의의가 있다.

1983년 말 정부의 학원자율화 조치를 계기로 언론출판에 대한 탄압이 약화되고 사회·문화운동의 공간이 확장되면서, 〈5월시〉 동인은 광주항쟁에 대한 기억과 증언이라는 초기 활동을 넘어 새로운 동인활동의 방향을 모색하게 되었다. 〈5월시〉 동인의 이념으로서 제3세계문학론, 리얼리즘시론, 지역문화론 등을 이론적으로 체계화하는 작업과 병행하

---

57) 반미와 분단, 통일 문제는 〈5월시〉 동인이 지속적으로 제기해온 주제였다. 〈5월시〉는 3집부터 분단 문제를 주요 모순으로 규정하면서 분단 상황의 극복을 민족문학의 과제로 설정하였다. 분단 문제를 다룬 시로는 미군 비행기사격장 농섬의 비참한 현실을 고발한 김진경의 「꼽추」(2집), 분단된 현실의 슬픔과 통일의 필요성을 제기한 최두석의 「고라니」(3집), 이영진의 「어느 고지에서」(2집), 「휴전선」(3집), 「우리 함께 가는 길」(4집), 고광헌의 「통일로」 연작(5집) 등이 있다.

58) 「십자가의 꿈」의 한계로는 "시들이 포괄적으로 나열되어 있다는 느낌 (…중략…) 시편들이 일관된 이야기나 생각을 공유하지 않아서 나타나는 현상"(김태현, 「광주민중항쟁과 문학」, 『그리움의 비평』, 민음사, 1991, 334쪽), "광주 5월이 너무 산만하게 처리되는가 하면 때로는 시적 체험의 범주에 머무르고 있다는 점"(강형철, 「변혁기의 문학적 대응양상」, 『시인의 길 사람의 길』, 예하, 1994, 240쪽) 등이 지적되었다.

여, 새로운 문학양식으로 판화시집과 서사적 장시의 창작을 시도하였다. 판화시집은 지역문화운동의 부분인 민중미술운동과 민중문학운동의 연대를 실현한 것으로, 표현 양식이 다른 장르 혼합의 가능성을 보여주었다는 점에서 의미가 있다. 서사적 장시의 창작에서는 민중항쟁의 역사를 서사적으로 재구성한 「난민가」와, 독립적인 구성과 현재적 시점을 사용한 새로운 형식의 장시 「십자가의 꿈」을 그 성과로 들 수 있다.

5. 맺음말

1980년대 소집단문학운동으로서 동인지와 무크는, 새로운 문학적 실험을 감행할 수 있는 열린 공간이자 젊은 문인들의 연대를 형성하는 기반으로서, 그리고 지역문학운동의 거점으로서 역할을 하였다. 1970년대 후반부터 시작된 시집의 상업적 출판과 시의 독자 및 유통경로의 확대, 시의 대중화 현상은 1980년대 시의 번성을 가져오는 물질적 토대가 되었다. 광주항쟁을 계기로, 1980년대 문학은 사회변혁운동과 문학의 실천적 결합을 모색하고, 문학에서 민중성을 강화하는 방향으로 그 전망을 수립해 나갔다. 이러한 흐름 속에서 '운동으로서의 동인활동'을 표방한 시 동인지들이 다수 등장하였다. 〈분단시대〉 동인과, 1970년대부터 동인활동을 시작했던 〈반시〉, 〈삶의문학〉, 〈목요시〉 동인 등이 대표적이다. 이들은 전통적인 서정시의 개념을 해체하고, 시에서 민중성을 실현하는 방법으로 시와 삶의 통합을 지향하며, 다양한 형식 실험 및 외부 양식과의 결합을 통해 시의 영역을 확장해나갔다. 또한 출판운동과 연대하여 시의 독자시장을 확장하고, 무크지를 통해 문학운동의 주요 의

제들을 제기함으로써 1980년대 문학운동의 새로운 주체로 부상하였다.

광주항쟁에 대한 기록과 증언을 목표로 활동을 시작했던 〈5월시〉 동인은, '민중항쟁의 상징적 장소'라는 광주의 특수성으로 인해 1980년대 시동인지 운동에서 독자적인 위상을 갖고 있었다. 〈5월시〉 동인의 주요 활동은, 당대의 사회운동·문학운동과의 연관 속에서 광주항쟁 이후 변화된 새로운 시의 개념과 창작방법을 이론적으로 체계화하고 그것을 실제 작품의 창작으로 연결시키는 것이었다. 〈5월시〉 동인의 초기 작업은, 서정시의 장르적 특성을 바탕으로 광주항쟁에 대한 정서적 공감과 이해를 높이는 한편 부당한 지배권력에 대한 비판과 저항행위로서 그 의미가 있었다. 또한 파괴적인 언술구조와 충격적인 이미지를 통해 광주시민들이 감당해야 했던 항쟁의 트라우마를 표현하였다. 1980년대 중반 사회·문화운동의 변화 속에서 〈5월시〉 동인도 새로운 활동을 위한 이론적 체계화를 시도하였다. 이 과정에서 〈5월시〉 동인이 견지했던 핵심 주제는 광주항쟁을 통해 표출된 이슈들 즉, 역사 주체로서 민중의 세력화, 제국주의 비판과 분단문제 해결, 변혁운동의 상징적 거점으로서 '광주'의 의미 등을 시에서 어떻게 표현할 수 있는가 하는 것이었다. 그것은 리얼리즘시론과 지역문화론으로 구체화되었으며, 새로운 문학 양식의 실험으로 서사적 장시의 창작과 판화시집의 출판으로 나타났다.

〈5월시〉 동인의 활동은, 1980년대 사회·문화운동에서 중요한 국면 전환의 계기가 되었던 광주항쟁을 정면으로 마주하고, 그것의 시적 표현과 의미화를 시도했다는 점에서 주목된다. 〈5월시〉 동인의 이념과 그 문학적 실천은 1980년대 문학운동의 성과 및 한계와 연결되어 있었다. 이들이 결론으로 도달한 지역문화론은, 신식민지이론과 분단극복이론의 급진성에도 불구하고, 생활현장에 근거한 부문 운동의 실천적 기능과 연대의 필요성을 강조했다는 점에서, 1980년대 문학운동의 민중적 기반을 확장했다는 의의가 있다.

—『상허학보』50, 상허학회, 2017.

참고문헌

1. 기본 자료

5월시 동인지 제1집『이 땅에 태어나서』, 광주, 대호출판국, 1981.
5월시 동인지 제2집『그 산 그 하늘이 그립거든』, 한국, 1982.
5월시 동인지 제3집『땅들아 하늘아 많은 사람아』, 청사, 1983.
5월시 동인지 제4집『다시는 절망을 노래할 수 없다』, 청사, 1984.
5월시 동인지 제5집『5월』, 청사, 1985.
5월시 판화시집『가슴마다 꽃으로 피어 있어라』, 한마당, 1983.
5월시 판화시집『빼앗길 수 없는 노래』, 시인사, 1986.

2. 논문

구모룡, 「주변부 지역문학의 위상」, 『오늘의 문예비평』, 2003. 8.
권명아, 「기념의 정치와 지역의 문화정체성 — 저항과 글로벌마케팅의 사이」, 『인문
　　연구』53, 영남대 인문과학연구소, 2007.
권혁웅, 「1980년대 시의 알레고리 연구 — '광주'의 시적 형상화를 중심으로」, 『한
　　국근대문학연구』19, 한국근대문학회, 2009.
김대성, 「제도의 해체와 확산, 그리고 문학의 정치」, 『동서인문학』45, 계명대학교
　　인문과학연구소, 2011.

김명인, 「실천적 리얼리즘론을 위하여 - 80, 90년대 리얼리즘론의 반성」, 『실천문학』, 1993 봄.

김문주, 「1980년대 무크지 운동과 문학장의 변화」, 『한국시학연구』 37, 한국시학회, 2013.

김성수, 「1980년대 동인지·무크문학의 운동성」, 국제어문학회학술대회자료집, 2004.

김예리, 「80년대 '무크문학'의 언어 풍경과 문학의 윤리 - 〈시와경제〉와 〈시운동〉을 중심으로」, 『국어국문학』 169, 국어국문학회, 2014.

김태현, 「광주민중항쟁과 문학」, 『그리움의 비평』, 민음사, 1991.

심선옥, 「1970년대 문학장과 시 동인지 - 신감각 동인을 중심으로」, 『한국문학이론과 비평』 67, 한국문학이론과 비평학회, 2015.

정혜진, 「동인지 〈반시〉 연구 - 1970년대 김명인·김창완·정호승의 시를 중심으로」, 『반교어문연구』 44, 반교어문학회, 2016.

전동진, 「문학의 정치성 연구 - '오월시 동인'을 중심으로」, 『한국언어문학』 70, 한국언어문학회, 2009.

천정환, 「서발턴은 쓸 수 있는가 - 1970~80년대 민중의 자기재현과 '민중문학'의 재평가를 위한 일고」, 『민족문학사연구』 47, 민족문학사연구소, 2011.

허준행, 「1980년대 초 '시와 정치', '시의 정치'라는 사건의 단면 - 동인지 〈시와경제〉 연구」, 『상허학보』 49, 상허학회, 2017.

황하택, 『광주·전남 현대시문학연구』, 조선대 박사논문, 2009.

3. 단행본

알라이다 아스만, 『기억의 공간 - 문화적 기억의 형식과 변천』, 변학수·채연숙 옮김, 그린비, 2011.

■ **심선옥** 1965년 경북 안강 출생. 성균관대학교 국어국문학과 졸업. 동 대학원 졸업. 가톨릭대학교 상담심리대학원 졸업. 논문으로 「김소월 시의 근대적 성격 연구」 등. 현 성균관대학교 학부대학 초빙교수.

2부

오월 시문학의 흐름과 전망

– 오월에서 사월로

이성혁

1.

남도에서 꽃샘바람에 흔들리던 잎새에

보이지 않는 신음 소리가 날 때마다

피같이 새붉은 꽃송이가 벙글어

우리는 인간의 크고 곧은 목소리를 들었다

갖가지 꽃들 함께 꽃가루 나눠 살려고

향기 내어 나비 떼 부르기도 했지만

너와 나는 씨앗을 맺지 못했다.

이 봄을 아는 사람은 이 암유도 안다

여름의 눈부신 녹음을 위해

우리는 못다 핀 꽃술로 남아 있다

– 하종오, 「사월에서 오월로」 부분[1]

하종오 시인은 1980년대 초 5·18 광주민중항쟁을 1960년 4월혁명과 연결하여 의미화한 바 있다. 그는 '암유'를 통해 광주민중항쟁에 미완의 시민혁명인 4·19를 잇고 있는, 역시 미완의 혁명이라는 역사적인 의미를 부여한다. 그런데 5·18은 시민혁명의 반복은 아니다. 항쟁의 핵심 주체가 시민에서 민중으로 옮겨졌기 때문이다. 항쟁의 주체가 시민에서 민중으로 변화되었다는 사실은 항쟁의 전망 역시 좀 더 근본적인 데에까지 미치게 될 것임을 암시한다(하종오 시인이 '사월에서 오월로'라는 제목을 위의 시에 붙였을 때, 그 제목이 가질 수 있는 이러한 함축적인 의미를 염두에 두고 있었으리라고 짐작된다). 또한 4·19는 일시적인 승리를 이루었지만 5·18은 당시 군부에 의해 철저하게 패배—장기적으로는 승리를 잉태한 패배—당한 사건이라는 점에서 차이가 있다. 어쩌면 4·19와는 달리 광주민중항쟁은 무자비하게 진압되었기 때문에 4·19보다 더욱 지속적으로 역사적인 영향력을 끼쳤을지도 모른다. 광주민중항쟁은 1980년대 중반에서 1990년대 중반까지 지속되는, 4·19 때보다 더 근본적인 사회 변화를 이끌어내고자 하는 여러 급진적 운동에 일종의 정신적 지반을 제공했다. 한국사회 운동의 전망이 '사월에서 오월로' 변화할 것이라는 하종오 시인의 예감은 실제로 이루어졌다. 광주민중항쟁에 의해 촉발된 시문학—'오월 시문학'이라고 하자—도 이러한 과정과 연동되어 써졌다.

1980년 광주에서 일어난 학살과 마주해야 했던 시인들은 처절한 마음과 죄책감으로 이 사건을 시로 써야 했다. 그들은 어떻게 저 가공할 사건을 시로 쓸 수 있을지 길을 찾지 못했을 것이다. 그러나 광주항쟁

---

1) 이하 시의 인용은 5·18문학상 수상작을 제외하고는 모두 5월문학총서간행위원회 엮음, 『5월문학총서 1– 시』(문학들, 2012)에서 했다.

직후 진실의 말이 유언비어로 둔갑되어 단죄되고 항쟁 주체가 폭도로 매도당하는 상황에서, 처음으로 광주항쟁의 비극적 의미와 그 실상을 알린 것은 시였다. 그 유명한 김준태의 「아아 광주여! 우리나라의 십자가여!」가 그것이다. 학살이 일어난 직후의 도시에서, 김준태는 "광주여 무등산이여/아아, 우리들의 영원한 깃발이여/꿈이여 십자가여/세월이 흐르면 흐를수록/더욱 젊어갈 청춘의 도시여"라고 썼다. 광주는 영원히 부활할 것이며, 그래서 언제나 젊은 청춘의 도시가 될 것이다. 이 역시 예언적인 성격을 가진 말인데, 이 예언은 어느 정도 들어맞았다. 광주항쟁에 대한 기억은 근본적인 데로 우리를 다시 이끌어서, 자칫 부패해 버리곤 하는 삶을 젊게 만드는 힘이 있다. 쿠데타 군의 탱크에 맞서 민주주의를 지키기 위해 끝까지 저항했던 도시. 김준태는 광주항쟁에 대한 이 기념비적인 시에서 이 도시에 대해 최대의 찬사를 부여했다. 그리고 광주가 광주민중항쟁의 정신을 이어나갈 때 계속 부활하는 청춘의 도시로 존재할 것임을 밝혔다.

하지만 이 가공할 학살 앞에서 깊이 상처받았던 사람들은, 1980년대 초에 발표된 이영진의 「단 한 줄의 시도 쓸 수가 없다」라는 시에 크게 공감했을 것이다. 학살을 목도한 사람은 분노로 치떨었고 친구와 애인이 죽어가는 데도 어쩌지 못했던 사람은 깊은 죄책감에 시달렸다. 이영진은 이 시의 후반부에서 이렇게 썼다.

죽음으로 던져지는 순한 친구들의 머리통 앞에서

도대체 우리는 무슨 말을 할 수 있는가
써야 될 무슨 진실이 남아 있단 말인가

사자死者들이여, 내 어진 친구들이여

지금 막 죽어가고 있는 자들이여

한 송이 백합마저 마주 쳐다볼 수 없는 이 슬픈 아침에

그대들이 흘린 피가 스며든

젖은 땅 위에 서면

발부리를 따라 전신으로 치밀어오르는

그대들의 분노와 슬픔으로

온몸이 뜨겁게 타오를 뿐, 타는 가슴일 뿐

오직 칼의 빚은 칼로 갚을 뿐

나는 이제 단 한 줄의 시도 쓸 수가 없다

그런데 위의 시는 그 가공할 사건 앞에서 시인으로서의 무력감을 표
명한 것이 아님을 읽어야 한다. 한 줄의 시를 쓸 수 없는 것은 "써야 될
무슨 진실이 남아 있"지 않기 때문이다. 즉, 광주에서 일어난 학살은 너
무나 명확한 일이어서 저 학살에 대해 가려진 진실을 드러내고 말고는
문제가 되지 않는다는 것이다. 게다가 이제 백합을 마주 볼 수도 없기
때문에 꽃을 보고 서정시를 쓰는 일은 불가능하다. 친구들이 무참하게
학살당한 상황에서 살아남은 자에게 남아 있는 것은 "그대들의 분노와

슬픔으로" 함께 "타는 가슴일 뿐"이다. 이 분한을 풀기 위해서는 '칼의 빚'을 갚아야 하는데, 그 빚은 "칼로 갚을 뿐"인 것이다. 다시 말하면, 저 극악한 전두환 독재정부를 실제로 갈아엎고 학살 주동자를 단죄하는 길만이 시인을 포함한 모든 이의 앞에 남아 있는 것이다. 그것은 학살당한 사람들, 특히 도청을 사수한 이들이 쟁취하고자 했던 민주주의를 쟁취하는 길이기도 하다. 시가 써질 수 있고 또 그 존재 의미를 가질 수 있는 것은, 그러한 투쟁의 길에 시가 함께 갈 때뿐이다.

2.

1980년대 초중반, 많은 시인들은 광주민중항쟁의 의미를 시화하면서 그 사건을 자신의 삶으로 받아 안고 투쟁의 길에 헌신할 것임을 다짐했다. 그러한 시편들은 분노로 충전된 단호한 어조를 보여주곤 했다. 김정환은 다음과 같이 썼다.

> 자유여 가난이여 목숨이여 공동체여
> 무엇을 보았는가 이 골목 저 신작로에 쌓인 시체더미
> 그 위로 치솟는
> 반역이며 총칼의 이빨이며 웃음소리며
> 보았는가 어둠의 얼굴을 어둠의 정체를
> 어둠의 개백정을 어둠의 양민학살을
> 찬란함이여 비린내여 펄펄 살아 뛰는 목숨의 비명 소리여

지치고 지친 목숨의 끝

죽음이 끝내 한 줌 남은 목숨보다 위대한 시간

쓰러짐이 인산인해로 나뒹구는 피비린내 끓는 학살의 끝

그렇다 우리는

결코 더 이상은 물러설 수 없는

우리들 가난의 힘이 스스로 죽창으로 치솟아

푸르디푸른 하늘을 이루는 것 보았다

우리들 쓰러짐이

정의와 간사한 도배들 확연히 갈라놓는 것 보았다

─「오월곡(五月哭)」 부분

이 숨 가쁜 리듬과 단호한 어조는 확연하게 드러난 참혹한 진실 앞에서 분노로 떨고 투쟁의 다짐으로 숨 막히는 서정적 주체의 정동을 드러낸다. 나아가 "가난의 힘이 스스로 죽창으로 치솟아/푸르디푸른 하늘을" 이룬다는 이미지는 이제 광주민중항쟁에서 죽어야 했던 이들을 희생자로서 의미화하는 것이 아니라 역사의 '하늘'을 형성하는 엄연한 저항의 주체로서 의미화한다. 죽창은 한국 역사에서 가난한 자들이 들어야 했던 저항 무기의 대표적인 이미지다. 즉, 치솟은 죽창의 이미지는 광주민중항쟁이 바로 한국 역사에 흐르고 있는 민중 저항의 전통을 잇고 있다는 의미를 함축하고 있는 것이다.

이렇듯 1980년대 중반을 거치면서 점차 '오월시문학'은 강렬한 표현과 단호한 어조, 선명한 이미지를 통해 80년 5월 광주를 시화詩化해 나갔다. 특히 1980년대 중후반에 발표되기 시작한 김남주의 옥중 시는 '오월시문학' 중에서 최고도로 강력하고 선명하게 80년 5월 광주를 시화했다. 그는 시 「바람에 지는 풀잎으로 오월을 노래하지 말아라」에서,

시의 제목 그대로 말하면서 "풀잎은 학살에 저항하는 피의 전투에는 어울리지 않는 시의 어법이다"라고 하고, "피의 학살과 무기의 저항 그 사이에는/서정이 들어설 자리가 없다 자격도 없다"고 일갈했다. 김남주의 80년 5월 광주에 대한 시편들은 문단뿐만 아니라 문단 바깥에도 강력한 영향을 끼쳤는데, 이는 그의 시가 1980년대 후반 점차 급진화되어 갔던 사회운동의 융기와 호응하면서 이루어졌다.

1980년대 말에는 노동해방문학의 입장에서 광주민중항쟁의 시화가 이루어지도 했다. 광주민중항쟁에 끝까지 가장 열성적으로 참여했던 이들은 지식인 그룹이 아니었다. 조정환은 "계엄군과 직접 맞서는 시민군의 다수가 부르주아 사회와 지역공동체에서 낮은 지위에 있거나 배제되었던 여러 형태의 가난한 사람들로 조직되었"으며 "항쟁의 후기에 조직된, 살아남을 가망성이 거의 없었던 기동타격대는 더욱더 가난한 사람들을 중심으로 꾸려진 잡색부대였다"(조정환, 『공통도시』, 갈무리, 2010, 76~77쪽)고 말하고 있다. 그들은 노동자들, 막노동꾼들, 운전수들, 식당 종업원들, 중국집 배달부들, 실업자들, 건달들, 여성들, 가정주부들 등이었다. 일찍이 김형수는 「오리발과 빨간 나비넥타이」라는 시에서 도청에서 마지막까지 총을 들었다가 사살된 '빠의 뽀이' 출신의 "그의 죽음을 먼 발치로 구경한/수천 명의 인파보다 그가 훨씬 소중한/민중의 아들이요 전사戰士"라고 인상 깊게 진술한 바 있다. 이처럼 마지막까지 목숨 걸고 민주주의를 지키고자 한 이 '잡색부대'가 '기층민중' 또는 '서발턴'이라는 사실은, 앞으로 도래할 변혁의 중심적 주체가 누구인지 미리 예시하는 것처럼 보였다.

하여, 노동계급을 변혁의 핵심 주체라고 판단하는 '노동해방문학'은 80년 5월 광주에서 민중권력의 선취와 그 비극적 패배를 읽어냈다. 노동자 시인 박노해는 「최후의 만찬」에서 사수대가 도청에서의 마지막 밤을 보내는 장면을 재현하면서 시의 후반부를 다음과 같이 썼다.

동지여 숟가락을 들어라
지상의 마지막 밥을 먹어야 한다
먹어도 먹어도 배가 고픈 사람들
허기지고 쓰라린 민중의 위장으로
처절하게 타오르는 민주의 허기로
목숨을 주고 민중권력을 먹어야 한다

이제 잠시 후 조명탄이 오르면
너와 나의 시체를 넘고 넘어
민중의 피바다를 철벅이면서
우리들의 새벽은 올 것이다
살아 동터오는 저 푸르른 새벽
피투성이로 밝아오는 민중의 나라
그 처절한 갈망의 새벽은 올 것이다
자 총을 들어라
총을 들어 학살의 밤을 찢어야 한다

지상 위의 마지막 밥
영원한 생명의 밥
미치게 허기진 민중의 위장으로
우리 최후의 만찬을 나누자
마지막 지상의 밥을 나누자
먹어도 먹어도 배가 고픈 우리들

목숨을 주고 민중권력을 먹기 위하여

　　허기진 밤을 찢는 결사항전을 위하여

　　1989년 『노동해방문학』 제5권에 발표된 위의 시는, 광주민중항쟁을 민중권력 쟁취의 전망과 선명하게 연결한다. 위의 시에 새겨진 '새벽'이라는 시어는 이중적인 의미를 갖고 있다. 축자적으로 그것은 저 사수대가 죽음을 맞이할 새벽이며 상징적으로는 민중권력을 위한 투쟁의 시작을 여는 여명을 의미한다. 하여, 그 새벽은 "피투성이로 밝아오는 민중의 나라"를 여는 새벽이다. 저러한 전망은 광주민중항쟁을 모든 민중권력 쟁취 투쟁의 서막으로서 자리매김하는 것이다. 그 쟁취투쟁의 주체는 분명하다. 이들은 "먹어도 먹어도 배가 고픈 우리들"이다. 가난한 사람들, 언제나 허기졌던 사람들. 그런데 이들의 허기는 물질적인 빈곤뿐만 아니라 사회로부터 온전한 사람으로 취급되지 못했던 것이 그 원인이기도 하다. 쓰다가 버려도 좋은 쓰레기처럼 취급된 사람들, 사회로부터 삶의 존엄을 인정받지 못한 사람들. 그래서 그들은 살아 있음의 의미에 대해 허기져 있었으며, 목숨을 걸고 광주민중항쟁을 지키고자 했던 것도 그 때문이다. 이 항쟁이 그들의 삶이 존엄하다는 것을 깨닫게 해주었으므로, "허기진 밤을 찢는" 항쟁이야말로 그들에게는 새로운 삶이었으며, 그들을 살게 해주는 밥이었던 것이다. 역시 사회 주류로부터 소모품 정도로 취급되었던 경험을 갖고 있는 노동자 박노해는 저들이 왜 마지막까지 총을 들었는지 직감했을 것이다.

　　'민중권력 쟁취'라는 전망 속에서 광주민중항쟁이 그 선도적인 사건으로서 자리매김할 때, 5·18과 그 이후의 민중투쟁의 연속성은 선명하게 부각된다. 모든 민중권력 쟁취 투쟁은 광주항쟁을 모태로 삼게 되는 것이다. 이와 함께 5·18은 4·19와 완전히 차별화된 위상을 갖게 된다.

물론 이러한 자리매김이 여전히 유의미한가는 다시 생각해 보아야 한다. 박노해가 생각했던 민중권력 쟁취는 물론 사회주의 국가의 건설로 가는 도정에 있는 것이었다. 그렇기에 광주민중항쟁도 그 사회주의 국가로의 도정에 있는 사건으로서 자리매김된다. 그러나 이러한 의미화에는 과연 광주민중항쟁을 그렇게 역사의 필연적인 진행과정의 한 정거장으로서만 볼 수 있는가의 문제가 있다.[2] 사회주의 국가 건설이라는 전망 역시도, 쉽게 기각할 수 없는 전망이긴 하지만 재고되어야 한다. 하지만 광주민중항쟁이 현재에도 가혹하게 진행되고 있는 배제와 착취, 차별에 대한 '잡색부대'의 삶, 정치적 저항에서 현재화되고 있다고 할 때, 박노해가 광주민중항쟁의 사건적 의미화와 그 현재적 연속성을 그리려 했다는 점은 여전히 의미 있다고 할 수 있을 것이다.

3.

1980년 광주의 5월 18일은 이제 역사 속의 기념일이 되었는가? 광주학살을 주도한 세력의 괴수 전두환은 한때 법정에서 사형선고를 받았지만 얼마 안 가 풀려났다. 그러나 그는 여전히 떵떵거리며 잘 살고 있다고 해도 권력 잃은 이빨 빠진 호랑이가 되었다. 신군부에 의해 구속됨으로써 광주민중항쟁을 촉발하게 된 당사자인 김대중은 대통령이 되

---

[2] 가령 최정운은 『5월의 사회과학』(오월의 봄, 2012)에 실린 「폭력과 사랑의 변증법」이란 글에서, 광주민중항쟁 과정에서 나타난 지역공동체에서 절대공동체로의 이행에 주목한다.

었고 노벨평화상까지 수상했다. 광주시민들의 한은 이제 풀어진 것일까? 1990년대 중후반에서 2000년대에 이르는 '오월시문학'에서는 묘한 긴장이 느껴진다. 80년 5월 광주는 지금도 지속되고 있으며 현재화되어야 한다는 입장과 회고하고 기릴 대상으로 80년 5월 광주를 바라보는 입장 사이의 긴장이다. 이 두 입장은 한 명의 시인 내부에서도 부딪치고 갈등하는 듯이 보인다. 80년 5월 광주를 겪었던 시인들, 도청에서 광주와 민주주의를 지키고자 한 이들이 보았던 새벽을 자신의 삶으로 받아들여 독재정권과 투쟁하고자 했던 시인들은 광주민중항쟁을 이제 어떻게 시화해야 할지 고뇌에 빠지게 될 것이다.

황지우의 「성聖 오월」은 이제 잘 치장된 망월동 묘역에서 시인이 느끼게 되는 고뇌를 잘 드러냈다. 1990년대 후반, 그는 "커다란 거품인 무덤들 둘레를/명함 돌리기 좋아하는 사람들이 둘러"싸는 것을 보면서 어떤 "낯뜨거"움으로 "멀찍이서 묘역을 대"한다. 그에 의하면, 국가에 의해 '커다란 거품'처럼 기념화된 묘역은 정치적 야망을 가진 사람들이 들러서 자기를 알리는 장으로 변해버렸다. 이승철은 2000년대에 "살아, 욕된 눈빛만 남은 자들이 모여/팔뚝 없는 주먹으로 저 먼 길을 가리킬 때/누가 지금 오뉴월 보리밭처럼 흔들리는가."(「오월」)라고 썼다. 그에 따르면, 현재 살아남은 자들은 부끄러움도 모르고 '욕된 눈빛만 남'아 '팔뚝 없는 주먹'을 흔들고 있다. 80년 오월의 주인공인 죽은 자들은 "오뉴월 보리밭처럼 흔들"릴 뿐이다. 그는 "어서 오라, 오월의 젊은 벗들아"라며 죽은 자들을 부른다. 그것은 80년 5월을 들먹이지만 노회해가는 이 세계에 저 죽은 자들이 신선한 젊음을 불러들일 수 있으리라는 시인의 염원을 보여준다. 그 염원은 김준태가 노래한 광주, 아니 한국의 모든 도시들이 "더욱 젊어갈 청춘의 도시"가 되기 위해서는, 80년 5월에 끝까지 저항하다 살해되었던 젊은 벗들의 영혼이 되살아나야 한다는 인식에 따른 것일 테다.

　1990년대 중반부터 시에서도 광주민중항쟁의 기념비화가 이루어진 것은 아닌지 생각해 보아야 한다. 그러한 기념비화는 광주민중항쟁의 미화에 의해 이루어질 것이다. 그렇다고 광주의 원한이 펄펄하게 살아 있었던 1980년대 당시의 시처럼 80년 5월 광주를 써야 한다고는 말할 수 없을 것이다. 가령, 서정시로 80년 5월 광주를 재현한다는 것은 불가능하다는 주장을 지금은 강요하기는 힘들다. 80년 5월 광주는 오랜 세월을 거치면서 사람들의 내면과 융화되었으며 그래서 시인의 마음에 80년 5월 광주가 차분히 용해되어 있을 수 있기 때문이다. 이제 상황은 많이 변했고, 이 변화된 상황 속에서 광주민중항쟁의 의미를 사유하고 그 시적 현재화를 어떻게 해야 하는지 고민해야 할 것이다. 하지만 변화된 상황이 광주민중항쟁의 본질을 변화시킬 수는 없으며, 현재의 상황 변화가 80년 5월이 보여주었던 새로운 사회의 가능성과 인간의 존엄성을 개화한 것은 아니라고 할 때, 광주민중항쟁이 지니고 있는 핵심적인 가치는 여전히 현재성이 있다고 해야 할 것이다. 광주민중항쟁의 핵심을 변화된 상황-어떤 면으로는 더욱 악화된 상황-에서 어떠한 방식으로 변용하여 현재화할 것인가가 문제인 것이다.

　그래서 80년 5월과 그 이후 군부독재정권의 폭력을 처절하게 경험해 보지 못한 세대들이 광주민중항쟁을 어떻게 시화하고 있는지에 대해서도 관심을 가지게 된다. 이 세대들은 전두환 시대에 청춘을 보내기보다는, 광주항쟁의 정신이 부활함으로써 일정한 성과로 얻어낸 이른바 '87년 체제' 아래에서 청춘을 보냈다. 이들 젊은 시인들은 1990년대 중반에서 2000년대에 걸쳐 시작詩作 활동을 시작했다. 이들 세대에서 광주민중항쟁에 대해 시작詩作으로 접근하는 경우는 점차 줄어들었던 것이 사실이다. 그러나 이들 중에서 드물게나마 광주를 재의미화하고 현재화하고자 하는 시도가 있었다. 그 중에서 두 편을 소개해 보기로 한다.

어느 해 많고 많은 백성들이 제 몸에 불을 질렀사온데

한 번 붙은 불은 여간은 꺼지지를 않고 온 나라로 번졌사온데

소신은 행여 소신의 몸에 불의 혓바닥 끝이라도 닿을까 벌벌벌

떨면서 불구경이나 실컷 하면서 그 광경을 서책에 기록하였사

옵는데

급하게 휘갈긴 글자들이 타닥타닥 소리를 지르며 타오르다 못

해 기세등등 불의 아가리가 두 겹으로 엮은 서책의 낱장들을 야금

야금 삼켜들더니

마침내는 족제비 꼬리털 뽑아 만든 붓마저 집어 삼켜들어서는

그만 얼른 붓도 서책도 놓아버리고 날아 붙은 불티에 재빨리 소매

도 잘라버리고 그 길로 타지로 도망을 하였사온데

도망에 도망을 보태도 도망이 되지를 아니 하였거니와 훨훨훨

끝없이 타오르는 백성들 소신의 몸을 뚫고 지글지글거리는 얼굴

내밀고 터져 쪼그라든 눈알 부라리고 시커먼 혓바닥 날름날름거리

고 그 모양으로 세상천지 불타기 전 못다 부른 노래를 죄다 지어

부르고 부르고 하지를 않았겠사옵나이까

그들이 소신의 몸을 빌려 부르는 노래는 어느 이부耳部에 당도

하나이까

결코 재 되어 없어지지는 않고 평생 불타오르기만 하는 이 몸

을, 이제 몸이라고도 할 수 없는 이 불덩이를, 전하,

— 김근, 「분서(焚書) 2」 전문

알레고리 형식을 빌린 이 시는 80년 5월 광주라는 사건이 시인에게 주체성의 변화를 어떻게 강제하는지 기록하고 있어서 주목된다. 시에 등장하는 기록자가 시인을 지칭하리라는 것은 쉽게 짐작할 수 있다. 그는 기록자에서 나중에 노래 부르는 자가 되고 있으니 말이다. "많고 많은 백성들이 제 몸에 불을" 지른 사건은 80년 5월 광주의 민중들을 지칭할 것이다. 여기서 '불'은 분노를 삭이지 않고 봉기하여 공수부대를 몰아낸 그 저항의 영혼을 의미할 테다. 제 몸에 불을 붙였다는 것은 그러므로 자해의 의미가 아니다. 하지만 한편으로 그것은 극도로 고통받는 영혼을 의미하기도 한다. 온 나라로 불이 번졌다는 것은 이 저항과 고통의 영혼이 번졌다는 것을 의미한다(80년 5월 당시 광주는 고립되어 있었다).

그런데 위의 시에서 흥미로운 점은 기록자가 저 불을 두려워하면서 멀찍이 불구경이나 하고자 하다가 그만 감염되듯이 불에 휩싸여버렸다는 것이다. 사건을 객관적으로 기록하고자 했던 이가 저 불타는 영혼에 사로잡혀버렸다는 것, 이때 그는 노래 부르는 시인이 된다. 이렇게 김근은 "평생 불타오르기만 하는" 시인의 이상(Idea)을 제시한다. 이때 불타오르면서 부르는 노래는 시인의 개성이나 주관에 의해 창조되는 것이 아니다. 그것은 백성들의 고통과 분노가 "소신의 몸을 빌려" 내지르는 노래다. 그러한 일이 가능했던 것은 저 불타는 백성들의 "지글지글거리는 얼굴"과 "터져 쪼그라든 눈알"과 "시커먼 혓바닥 날름날름거리"는 형상들이 기록자의 몸을 뚫고 들어갔기 때문이다.

위의 시에는 상대적으로 젊은 세대가 80년 5월 광주를 어떻게 의미화하는지 하나의 예를 보여준다. 위의 시에서 광주민중항쟁은 낯설게 하기를 통해 제시된다. 그와 함께 그 항쟁이 시인에게 어떻게 심대한 주체적 변화를 일으켰으며, 그의 시작 자세를 근본적으로 변화시켰음을

보여준다. 또한 위의 시는 '미래파 세대'가 광주민중항쟁을 어떻게 전유
하여 시화하고자 하는지 보여주는 흥미로운 사례다. 하지만 김근 시인
은 광주민중항쟁을 시적인 재료로서만 접근한 것은 아니었다. 저 항쟁
이 시인인 자신에게 어떻게 심대한 영향을 주는지 겸손한 자세로 기록
하고자 하는 모습을 보여주고 있기 때문이다. 그 겸손한 자세라 함은,
시적 주체가 주관적으로 역사적 사건을 받아들인 후 미학적으로 변형하
는 것이 아니라 사건이 시적 주체의 주체성을 변모시킴에 따라서 노래
가 불리고 있다는 것을 가리킨다. 그러나 80년 5월 광주를 알레고리로
제시한다는 시인의 의도는 과연 적합한 것이었는지, 그 의도에 따라 시
가 과연 성공했는지는 따져 물어볼 문제로 남아 있다. 또 달리 소개할
시는 노동시의 전통을 잇고 있는 문동만 시인의 시다.

나는 무덤보다 더 좋은 곳이

무덤 밖이란 것도 알고 있지

나는 빗물이 아니라 빗방울을

느끼고 싶었지 어둠은 여전히

익숙하지 않아 뼈는 살 속에

있어야지 내게 살을 줘

거죽을 입혀줘 내 머리엔 총

구멍이 아니라 어릴 적 놀다

부딪친 그 흉터만 있으면 돼

내 나이는 지금도 스물셋 애인, 애인

이란 얼마나 황홀한 거야

난 기록을 위해 죽을 수 없지

그걸 참을 수 있는 사람은

아무도 없지 아무도, 소리 없는

죽음, 순간의 죽음이 얼마나

억울한지 대검의 길이는 왜 그리

길었지 일 밀리미터씩 일 밀리미

터씩 밀려왔지, 아니 사실은 그렇게

계측할 수 없었어

백년의 아픔이 빛의 속도로 저며

왔지 사르르 저며왔지

내 뼈가 보이니 내 퇴색된 뼈

부서진 머리, 어딘가로 사라진

내 머리 한 조각

― 문동만, 「오월, 뼈의 이름으로」 전문

나는 2000년대 발표된 '오월시문학' 중에서 이 시를 높이 평가하고
싶다. 광주민중항쟁이 점차 회고와 기념의 대상이 되는 경향이 있다고
한다면, 위의 시는 살해당하는 그 순간을, 그리고 살해당하는 이의 절
절한 비통을 다시 현재화함으로써 회고와 기념의 경향에서 벗어나 국가
폭력의 잔혹성을 강하게 환기하고 있기 때문이다. 그렇기 때문에 위의
시는 일반적인 '기념시'에서 훌쩍 벗어나고 있다. 80년 5월 광주는 저항
의 상징이기도 하지만 실제로 국가폭력에 의한 살해라는, 머리가 부서
지고 대검이 "일 밀리미터씩 일 밀리미/터씩" 몸속으로 찔러 들어오는
육체의 극심한 고통을 겪은 자들―죽은 자들―의 '실재'이기도 한 것이
다(이 국가폭력은 백남기 님의 경우에서도 볼 수 있듯이 여전히 계속되
고 있기 때문에, 광주에서의 잔혹한 폭력을 다시 끄집어내어 시로 재현
하는 것은 여전히 현재적인 의미가 있다). 위의 시는 이 실재를 소름끼

치게 재현하면서 살해당한 자들의 고통과 분한을 강렬하게 현재화한다. 다시 말해 위의 시는 살해당한 자들의 무덤에 대한 어떠한 숭고한 상징화도 꾀하지 않으면서, 저들이 살고 사랑하며 욕망하는 몸을 가진 이들이었다는 것, 살을 가진 이들이었다는 것을 우리로 하여금 다시 깨닫게 한다. 저 살해당한 자들은 무덤에 갇혀 기념되는 것을 원하지 않는다. 저들은 "기록을 위해 죽을 수" 없는 이들이다. 그들은 오로지 무덤 밖으로 나와 다시 뼈 위에 살을 입고 대검에 의해 중단된 삶을 애인과 함께 황홀하게 다시 잇고 싶을 뿐이다.

살아남은 자들은 저들의 죽음을 대상화하고 상징화하고자 하지만, 그 죽음은 어떻게든 상징화될 수 없는 '실재'라는 것을 위의 시는 보여주고 있다. 저 여전히 살고자 욕망하는 죽은 자들은 우리에게 대답하기 힘든 질문을 끊임없이 던지며, 그리하여 우리가 그 질문에 조금이라도 대답할 수 있도록 우리의 삶을 이끈다.

4.

1960년대 말, 1970년대 초반 세대인 문동만이나 김근보다 더 젊은 세대는 광주민중항쟁을 어떻게 시화詩化하고 있을까? 필자는 2006년 이후의 5·18문학상 시 부문 수상작을 그러한 관심을 가지고 읽었다. 그런데 수상작은 5·18을 주제로 하지 않은 시들도 많았다. 아마 주최 측에서 꼭 5·18을 주제로 삼지 않았더라도 5·18정신을 계승하는 우수한 시편이라면 수상작으로 뽑았던 모양이다. 수상작들은 2000년대 젊은 시의 경향이기도 한 모호성을 보이는 시편들도 있었다. 주제 상으로는

2000년대 한국 자본주의에서 착취받고 배제되며 결국 자살에 이끌리기까지 하는 이들을 그린 작품들이 적지 않았다.

2006년 수상작인 「동면하지 않는 도마뱀」은 IMF 이후 절벽으로 몰려 죽어도 잠들 수 없는 '페인트 공'을 은유로 사용하여 묘사했다. 2007년 수상자 송기역 역시 「신용불량자」에서 '호모 사케르'가 된 신용불량자를 인상 깊게 묘사했다. 2008년 수상작인 「지구가 둥근 이유」에서 하기정은 라면 박스를 모으고 있는 할머니의 "나아간다는 것은 제자리로 돌아오는" 삶을 그렸다. 2009년 수상자인 명서영은 「외각지대 3」에서 회사를 그만둔 노인의 "수심 깊은" 삶을 그가 하고 있는 낚시질과 교차하면서 드러냈다. 2010년 수상자인 최일걸은 수상작 「반 지하식물의 겨울눈」에서 반지하에서 살아가고 있는 가난한 일가족이 연탄가스를 마시고 "고요한 식물의 꿈이 되"는 모습을 기록했다. 2011년 수상자인 김성태는 좀 독특한데, 수상작 「아름다운 테러리스트」에서 사회의 비참한 현실의 묘사보다는 시적 화자의 주체성을 강하게 전면에 내세우고 있다. 그것은 "촛불의 원리로/혁명이라는 한 점을 향하여 한 점을 저격"하고 있는 시인으로서의 주체성이다. 2012년 이병일의 수상작들도 서정적 주체의 주체성을 내세우고 있는 특성이 있는데, 그의 시는 5·18 광주민중항쟁을 직접적으로 시의 주제로 삼으면서 새로운 방식으로 시화하고 있어서 주목된다. 김태인의 2013년 수상작인 「서소문 밖」 역시 '광주민주화운동'을 주제로 삼고 있는데, 죽은 자들과 그들의 어머니의 슬프고 '거룩한 진실'—여전히 현재적인 진실로 남아 있는—을 탑과 노송의 상징을 통해 제시했다. 김완수의 2014년 수상작인 「반디의 시위」는 '반디'로 상징화된 배제되고 힘없는 사람들의 저항을 시화한다(아마 조르주 디디—위베르만의 『반딧불의 잔존』이라는 책에서 영향을 받은 것 같다). 2008년 이후 숱한 저항 행동이 있었는데도 불구하고 5·18문학상 수상작에 그러한 저항의 시화가 의외로 적어서, 반가운 마음까지 든 시였다. 2015년 수상작인 김성일의 「검은 물 밑에서」는 홍수 이후 물이 들어찬 지하를 청소하다가 사라진 할머니를 묘사했다. 할머니가 애완동물보다도 더 하찮게 취급되는 현 세태를 잘 포착하여 인상 깊게 제시한 시편이었다.

이 글의 주제에 맞춰 논해 보고 싶은 시는 송기역과 이병일의 시편들이다. 송기역의 시는 가난한 이들의 입장에서 일관된 주제의식으로 일정한 개성적인 문체를 보여주고 있어서 '송기역이라는 어떤 시인'을 느끼게 한다. 특히 「바보 전태일」은 광주민중항쟁과 전태일의 정신이 무관하지 않다는 것을 새삼 상기하게 해준다. 이 시는 목숨을 바쳐 도청을 끝까지 사수한 가난하고 배제된 이들의 영혼이, 광주민중항쟁이 직접적으로 다루어지지 않고 있음에도 불구하고, 전태일의 영혼과 맞닿아 있다는 것을 깨닫게 해준다. 그리고 그 영혼은 지금 힘겹게 살면서 싸워야 하는 '이주노동자들'이나 '비정규 시민들'의 영혼과 공명하고 있음을 보여준다. 후반부를 인용해 본다.

> 그리고 나를 건너 평화시장 골목길을 걸어가 보아라
> 나는 지금도 그곳에서 너를 기다린다
> 실밥 먼지 풀풀 날리고 다리를 저는 평화
> 기계 소리에 갇혀 신음하는 평화가 그곳에 있다
> 그곳은 지금도 평화롭다
>
> 도시 기슭까지 차오른 밤이 청계천 개울물을 재촉한다
> 커지는 한 줄기 등대 불빛
> 나는 너를 본다.
> 너를 비춘다

여공과 이주 노동자와 어제 또는 오늘 또는 내일의 비정규 시민들
작은 공을 들고 머나먼 대륙을 찾아
노 저어 가는, 노 저어가는 난장이들을 본다
네 살던 바닷가까지 흘러들 청계천 개울물

발원지는 여기다

전태일의 영혼은 청계천을 거쳐 바닷가까지 나아간다. 전태일이라는 발원지. 고된 노동과 생활에 대한 불안으로 여전히 신음하는 사람들을 비추는 등대 같은 영혼. 젊은 시인이 이 영혼을 되살리고 시화하는 것은 '오월시문학' 개념에 들 수는 없을지 모르지만 바로 '오월시문학'의 시정신과 직통할 수 있다는 것이 나의 생각이다. 다시 말하면 '오월시문학'의 현재화는 저렇게 전태일 정신의 현재화, 고통 받고 있는 사람들을 주체화로 이끄는 정신의 현재화와의 공명을 통해 이루어질 수 있다. 한편, 80년 5월 광주를 깊이 내면화하여 시를 쓰고 있는 이병일의 시편은 어떠한가? 이병일은 1981년생이다. 그는 80년 광주의 5월이 일어난 후 그 다음 해에 태어났다. 자신이 태어나기도 전에 일어난 그 사건을 그는 어떻게 자신의 삶으로 받아들이고 있는가? 「오월」이나 「저승으로 가는 유서」는 80년 5월 광주를 직접적으로 주제화한 시편들이다. 그중에서 「오월」의 전문을 읽어보도록 한다.

누이야, 혁명을 절규나 침묵으로 해석하지 말자 군인들 팔뚝에
돋은 힘줄이 도드라진 오월, 죽음을 탁발하는 누이들의 행렬이 길
을 메웠다 그때 나는 돌부리에 걸려 넘어지고, 무릎은 깨져 피가
별처럼 고이고, 군화는 내 머리통을 밟고 지나가는데

구름이 해를 가리던 낮에 큰길 바깥에 있는 사람들이 목적 없이 와불이 되었다. 돌멩이와 풀은 어둠과 햇빛과 상관없이 어둑어둑 해지고 죽음은 살덩어리로 발견되었다 커튼이 쳐진 방 안의 귀머거리들은 큰 죽음을 모른다 작은 죽음도 잘 모른다

지평선의 목구멍에 걸린 해는 극락강 수면에 일몰의 저녁을 토해낸다, 알 수 없는 곡소리가 들리고, 구불구불한 강을 따라 노 젓는 시간만이 국화 한 송이를 들고 이름 없는 무덤을 찾아간다 큰 느티나무 그늘 아래, 작은 팽나무 아래의 새들이 퍼덕거리지 않는다 군인들은 계속 행군 중이고, 저녁의 낮이 새파랗게 질려간다

그러나 더 이상 밀려가는 벼랑이 없는 나는, 뱀눈그늘나비의 춤을 빌려와서 꿈을 꾸고 있는 세상이 있다고 믿기로 했다 내 몸에서 그림자가 엎질러진 날이기도 했고 꿈을 벗으려고 하면 총 맞은 자리에서 묽은 피가 왈칵 쏟아지는 오월이기도 했다.

위의 시는 '오월시문학'의 한 성과라고 할 만큼 역작이라고 생각한다. 80년대생 세대가 가지고 있는 나름의 미학적 감수성을 통해 5월의 비극을 시화했다. 각 세대 특유의 감성에 의해 80년 오월 광주를 시화하게 된다는 것을 우리는 긍정할 수 있어야 한다.[3] 위의 시는 오월의 '심미화'의 혐의가 있지만 그 심미화는 깊은 고통을 빨아들이면서 이루

---

3) IMF를 사춘기 시절과 청년 시절에 겪어야 했던 80년대 초반생 세대의 시편들은, 그 세대 특유의 비관적이면서도 어떤 분노 어린 열정을 시에 담아내고 있다. 물론 시인마다 매우 다른 방식의 표현들과 내용을 가지고 있음에도 불구하고 말이다.

어지고 있어서 오월의 미화를 통한 기념비화와는 거리가 있다. 그리고 오월의 참혹한 실재에 접근하는 표현들, "군화는 내 머리통을 밟고 지나가는데"나 "죽음은 살덩어리로 발견되었다"와 같은 표현들은 심미화로부터 벗어나서 오월의 실재를 드러내려는 시인의 의도를 보여준다.

위의 시에 등장하는 '나'는 80년 오월에 죽은 자들 전체 또는 그때 살해당한 광주를 의미할 것이다. 그리고 80년 광주의 오월은 혁명 자체는 아닐지라도, 혁명과 연결되어 사고된다. 그 혁명은 벼랑 끝까지 밀려갔을 때 꾸게 된 "뱀눈그늘나비의 춤"의 꿈과 같은 것일 게다. 그렇다면 그 벼랑에서 꾼 꿈을 믿는 것, 혁명의 "꿈을 꾸고 있는 세상이 있다고 믿"는 것, 그것이 오월의 정신이라고 시인은 말하고자 한 것이리라. 이 꿈을 벗으려고 할 때 희생자들의 "총 맞은 자리", 광주에 뚫린 총구멍에서는 "피가 왈칵 쏟아"질 것이라고 시인은 말한다. 혁명의 꿈을 잃어버릴 때 희생자들의 광주는 다시 피를 흘리며 죽게 된다는 의미일까. 위의 시는 이러한 질문을 가지게 한다. 80년 5월 광주는 이렇게 질문하게 만드는 힘을 잃어버리지 않을 때 현재와 미래에 지속될 수 있을 것이다. 그 질문을 던지는 일은 시를 포함한 문학의 몫이다.

과연 '오월시문학'의 전망은 무엇일까? 그 전망은 80년 5월 광주를, 현재 배제된 자들, 고통 받는 자들, 희생된 자들의 고통과 분노, 저항의 목소리와 연결함으로써 현재화하는 것에서 찾을 수 있지 않을까. 나아가 국가를 넘어 새로운 공통체-절대적 공동체-를 만들어나간 80년 5월 '광주 코뮌'의 제헌적 역량과 지금 신자유주의 지배체제에 저항하면서 생성되고 있는 공통체의 역량을 연결하여 사유하고 그 형상을 찾아내는 작업 역시 '오월시문학'의 전망 중 하나라고도 말할 수 있다. 이 역량에 대해 '오월시문학'은 그다지 주목하지 않았고 그만큼 시화되지 못했다고 생각한다.

　최근 이러한 공통체 형성의 역량을 보여주고 있는 사례는 무엇이었는가? 세월호 유가족의 투쟁이 바로 그러한 사례라고 생각한다. 그 유가족의 투쟁은 많은 이로 하여금 한국사회 전반에 대해 다시 사고하도록 만들었으며, 신자유주의 지배체제의 근본부터 바꾸어야 한다는 움직임의 공통체를 형성했다. 2014년 4월은 그야말로 죽음의 달이었다. 세월호에 수장당한 아이들, 부패할 대로 부패한 한국사회에 의해 죽임을 당해야 했던 아이들을 우리 모두는 대책 없이 바라만 보아야 했다. 사월은 우리가 외면해왔던 한국사회의 민낯이 그대로 드러난 사건이었다. 그래서 아이들의 죽음은 우리 어른들 모두의 책임이기도 한 것이다. 나아가 그 사건은 죽음死을 넘어서越도록 사월을 변화시켜야 한다는 진리를 우리에게 제시했다. 유가족과 함께, 그리고 모든 죽어가는 이들과 함께 이 진리의 실현을 향해 나아가는 것, 그것이야말로 '오월시문학'의 정신을 계승하면서 '오월시문학'의 전망 역시 새로이 가시화하게 될 것이라고 생각한다. 1980년대에는 '사월에서 오월로' 나아가는 길이 과제로 주어졌다면, 지금 2010년대에는 '오월에서 사월로' 나아가는 길이 우리에게 과제로 주어져 있는 것이다. 그것은 이윤 추구를 원리로 삼는 죽임의 사회를 넘어 생명을 살리는 '절대적 공동체'—'공통체'—를 구축하는 사회로 나아가는 길인 것이다.

－ 광주전남작가회의 〈오월문학 심포지엄〉 자료집, 2016.

■ **이성혁** 1967년 서울 출생. 2003년 〈대한매일신문〉(현 〈서울신문〉) 신춘문예(평론)로 등단. 평론집으로 『불꽃과 트임』, 『불화의 상상력과 기억의 시학』, 『서정시와 실재』, 『미래의 시를 향하여』, 『모더니티에 대항하는 역린』, 『사랑은 왜 가능한가』, 『시적인 것과 정치적인 것』, 『시, 사건, 역사』, 『이상 시문학의 미적 근대성과 한국 근대문학의 자장들』 등.

오월 기억투쟁, 슬픔의 힘

조진태

1. 기억과 역사

"모두에게 속해 있으나 아무에게도 속하지 않은"

상실은 슬픔을 부른다. 몸을 슬픔에 잠기게 한다. 어떠어떠한 가치를 잃어버린 것도 상실이기에 도덕이나 윤리를 잃어버리는 것도 슬픔을 불러일으킨다. 도덕이나 윤리가 사라진 사회에서 정의를 부르짖는다는 것은 우스운 일이 된다. 부도덕하고 비윤리적인 공동체에서 그것은 스스로 바보임을 자처하는 것과 다를 바 없다. 사람들의 슬픔은 깊어졌을 것이고 이중 삼중으로 중첩되어 어언간에 사람들의 심리를 장악하면서 한이 되었을 것이다. 이런 사회에서는 살아남는 것 자체가 존엄한 게 된다. 대한민국의 시공간은 끈질기게 살아남은 사람들이 이룬 현대사의 숱한 장면을 웅변하고 있다. 반면 살아남는다는 것은 그 자체로 무한한 무기력의 학습을 반복했다는 것과 상통한다. 아우슈비츠 생존 이후의 기록자 프리모 레비의 어법을 따르자면 "오히려 최악의 사람들, 이기주의자들, 폭력자들, 무감각한 자들, 회색지대 협력자들, 스파이들이 살아남았다. …… 최악의 사람들, 즉 적자들이 생존했다. 최고의 사람들은 죽었다."(프리모 레비, 『가라앉은 자와 구조된 자』) 그악한 인간 생물 공동체에서 살아남은 것은 적자인 셈이다. 그리고 이런 적자본능이 문화적으로 무기력을 체질화했을 것이다. 이런 무기력이 친일 청산에 관대하고 학살 만행을 적당하게 버무리는 정서를 길러왔는지도 모르겠다.

누구나 다 알고 있고 명명백백하지만 누구도 얘기를 꺼내지 않으려는 것 중의 하나가 시인 서정주의 일이다. 그는 끝끝내 자신의 친일 행각에 대해서 반성하지 않았다. 민족공동체가 지녀야 할 가치를 말살한 죄업을 스스로 묵살하였다. 서정주는 해방 이후 전개되는 한국 현대사 속에서 생명을 부지하고 명예를 누리며 사는 방법을 감각적으로 체득하였을 것이다. 이승만을 거쳤고 6·25전쟁에서 살아남았으며 박정희를 겪었다. 그리고 그는 마침내 전두환을 찬양한다. '우리'는 그를 기억하면서 깊은 상실의 슬픔을 느낀다. 또 다른 '우리'는 망각을 통해 그의 언어 재능을 숭배한다. 반성하지 않고 사과하지 않음으로써 그는 "모두에게 속해 있으나 아무에게도 속하지 않은 역사"(피에르 노라 ; 알라이다 아스만의 『기억의 공간』에서 재인용)의 장에 저장되기를 거부한 셈이 된다. 역설적이다. 수치심은 분노를 유발한다. 연민은 슬픔에로 향한다. 이 슬픔은 '나'라는 존재를 '관계'의 영역으로 인도한다. '나'에게 민족은 무엇인가. '나'에게 삶은 어떠해야 하는가. 그가 찬양한 전두환은 역경을 건너면서 체득한 생의 진실을 보란 듯이 증명하고 있으니 1980년 5월, 광주 현장에서 벌어진 일들에 대한 자신의 무고함을 강변하고 있는 일이 그러하다. 서정주와 달리 전두환은 법정에서 징벌을 받았다. 그러나 똑같이 반성하지 않았을 뿐만 아니라 사죄하지도 않았다. 용서를 구하지도 않았는데 사면되었다. 법은 공동체를 대신하여 합법적으로 복수를 끝내 버렸다. "법은 주권자들(바로 우리들이다)이 위임한 복수에 실패했다."(김형중, 「총과 노래 : 최근 오월 소설에 대한 단상들 1」 중에서, 『문학들』 2015년 가을호) 그리고 과녁을 잃은 화해는 무기력의 문화화에 기여했다. 그러나 역사를 학습한 후세대들은 어떤 식으로든지 복수에 가담하고 싶어 한다. 왜 그런가. 세대는 교체되고 앞선 물결은 퇴장하기 마련이다. 신록은 지난 계절의 화려함과 더불어 낡고 병든 가지를 기억한다. 기억은 생동하는 것이다. 지구라는 행성에서 가장 탁월한 생물로 진화한 인류가 지닌 특장이 기억일 것이며 그것의 이름이 역사이다. 역사는 다양한 방식으로 재등장한다. 다양한 방식을 추동하는 것이 기억이다. 망각이 자행한 사태의 단면을 기억은 사태의 전면화로 응답한다. 그들이 반성하지 않고 사죄하지 않음으로써 역사는 특별하게 그들을 호명하며 기억 공동체에게 성찰적 질문을 던진다. 이 성찰적 질문에 응답하는 것이 역사를 나의 기억으로 감각하는 일이다. 내면의 감각은 감정을 수반하면서 그 1차적 감정, 즉 오월의 역사를 자기화하는 감정을 끌어낸다. 더군다나 '그'는 아직 당대에 머물러 있지 않은가.

> 종종 대중 앞에 등장하는 그의 모습에서 노쇠함을 발견하게 될 때, 게다가 그 아무런 정신적 물질적 충격도 받지 않은 듯 태연자약한 표정을 보건대 이대로라면 그가 그 어떤 반성도 없이 자연사하게 될 것임이 자명하다 싶어질 때, 복수심은 증가한다. 복수가 이뤄지지 않았다는 사실, 그리고 영영 이루어지지 않게 될 것이란 사실이 명백하게 환기되기 때문이다.
>
> – 김형중, 앞의 글

그러나 어떻게 복수할 것인가. 공동체가 위임한 법은 '그'를 놓아주었지만 위법한 복수는 '우리'를 놓아두지 않을 것이다. 그러므로 우리는 오래도록 끈질기게 기억과 역사에서 '그'의 호적을 공개하고 수시 때때로 호명하고 공동체의 도덕과 윤리로 단죄하는 방법을 택할 필요가 있다. 이 단죄는 공동체가 입은 참상을 회상하고 초혼하는 것에서부터 시작될 것이다. 그리고 감정의 유로는 슬픔을 격동한다. 경악의 현장과 참담한 시공간이 분노와 더불어 처연한 슬픔으로 환생한다. 이 슬픔은 어떤 계시로 이어질 것이다.

김상봉은 함석헌의 글을 인용하면서 "눈에 눈물이 어리면 그 눈물의 렌즈를 통해 하늘나라가 보이"며 "눈물과 슬픔은 언제나 진리로 통하는 문"(5·18민주화운동기록관 주최 시민토론회 「광주정신의 미래를 말한다」 발표문)이라고 말한다. 그리고 "슬픔은 오직 스스로에게 돌아올 때, 곧 자기반성적일 때 진리로 통하는 문"이 된다고 덧붙인다. 자기반성을 수반하지 않으면 사건은 일규에 지나지 않는다. 고통과 상처의 기억은 타인에 대한 분노와 원한 감정으로만 남을 것이기 때문이다. 그러므로 그들이 반성하지 않는 것을 굳이 타박할 필요는 없다.

지속적인 내상으로 인해 슬픔과 한의 정서가 지배적인 민주공화국의 국민들은 부지불식간에 솟구치는 연민으로 간혹 역사의 진보를 망쳐 왔다. 참회하지 않아서 죽음의 언저리를 배회하는 그들의 영혼을 직시하며 참상의 진실을 바로잡도록 하는 일을 두고두고 후세대들의 과업으로 남기는 것이 섣부른 용서와 화해보다 오히려 역사적이라 할 것이다. 한편, 커진 몸집을 감당하지 못해서 좌충우돌 곳곳에 심각한 폐허를 양산하고 있는 대한민국 시민들의 뒤처진 교양을 현실적으로 양해하는 방편이기도 할 것이다.

단죄는 예기치 않은 방향에서 역설적으로 온다. 감각화한 기억이 복수의 칼날을 벼릴 것이며 그 칼날을 매개로 사죄가 없는 자들의 연보와 영혼을 특별한 시간과 방법으로 끊임없이 호출할 것이다. 그것이 역사의 이름이다. 몸으로 기록한 기억의 역사는 격정으로 내면에서 꿈틀거린다. 복수란 그렇게 이뤄질 것이 아닌가. 그리고 반성이 없는 과거와 그 역사는 이렇게 한 편의 시에 담긴 표현과 함께 우리들의 기억 감정을 자극할 것이다.

> 나에게는
> 광주의 사기史記, 책 한 권이 있습니다
> 1980년 5월 광주항쟁 이후
> 1990년에 간행된 책,
> 아, 『광주5월민중항쟁사료전집』 말입니다
> 나는 그 첫 장에
> 한 줄의 별행으로 씌어진
> 리영희 선생의 등대지기 같은 글
> "피로 씌어진 역사를 잉크로 쓴 역사로 가릴 수 없다"를 되뇌이
> 며
> 광주항쟁으로 희생된 영령들
> 그 영웅들의 혼이 담긴 책,
> 이 한 권의 책 앞에서
> 해마다 5월마다 고개 숙입니다
> 흑!
> 흑!
> — 서정춘, 「울면서」 전문, 『오월문학총서 1— 시』, 5·18기념재단, 2012

2. 기억 장소의 아우라

"다리와 팔은 잠들어 있는 기억으로 가득하다"

갑자기 발포가 시작되었다. 깜짝 놀란 나는 뒤로 몸을 돌려 도망치기 시작했다. 총을 쏠 것이라고는 생각지도 않았기 때문에 사람들은 순간적으로 그 총성이 공포인 줄 알았다. 그래도 총소리가 나니까 사람들은 순식간에 흩어졌다. 군인들은 도청에서 계속 총을 쏘아대고 있었다. 나는 총소리를 듣고 무조건 금남로를 보고 뛰었다. 그런데 막 수협 앞에 가니 뭔가 둔탁한 것이 내 어깨를 강하게 후려쳤다. 나는 그 순간 내 뒤에 오는 시민 한 사람이 빨리 도망가라고 나를 몽둥이로 후려치는 줄 알았다. 순간적으로 그 충격 때문에 넘어졌던 나는 내가 총에 맞았다는 생각은 못 하고 벌떡 일어나 앞만 보고 달렸다. 내가 넘어짐과 동시에 내 앞에 달려가던 사람도 푹 고꾸라지더니 다시 일어날 줄 몰랐다.

– 이수범의 구술 중에서, 『광주5월민중항쟁사료전집』(풀빛, 1990)

한국현대사사료연구소가 1990년에 펴낸 『광주5월민중항쟁사료전집』은 1980년 오월 현장 기록 중에서 단연코 압도적이다. 10여 년의 시간이 흐른 뒤의 당사자들 구술은 자서전이 지니고 있는 약점과 마찬가지로 자기 행위에 대한 과장, 축소, 은폐 등의 약점이 따르지만 증언은 구체적이다. 500명을 대상으로 2만 5천 매에 이르는 방대한 구술은 주요 사건 현장의 교차 증언을 포함하고 있다. 그래서 더욱 생생하다. 1980년 오월 기억의 신체는 이로써 생동해졌다. 한편 당시의 간행사도 더불어서 공감된다.

> 항쟁 이후 10년간 전개되어 온 우리의 정치현실은 광주민중항
> 쟁의 위대한 정신에 대한 끊임없는 배신이었다. …… 그러나 정치
> 가 아무리 민중항쟁정신을 배신한다 하더라도, 항쟁정신 자체의
> 빛이 바래지는 것은 아니며 훼손되는 것도 아니다.

시간은 흐르고 공간은 변화한다. 2016년의 오월 공간은 그 흔적을 찾기가 쉽지 않을 정도로 바뀌었다. 가해자의 범죄를 공공연하게 처벌하는 것이 과거 청산이라면 참상과 숭고를 기억하는 것은 과거 보존에 근거한다. 장소는 과거 보존의 몸이다. 그런데 인간의 신체가 세월이 흐르면 노쇠해지는 것과 마찬가지로 기억 장소 역시 변화는 필연적이다. 5월 27일, 박용준이 끝까지 지켰던 광주 YWCA는 철거되고 사라졌다. 옛 전남도청을 중심으로 분수대를 축으로 해서 금남로와 충장로, 동명동과 황금동을 잇던 도로는 너무도 많이 변해 버려서 옛 흔적을 찾는다는 것은 불가능하다. 가까스로 옛 도청 본관과 별관 일부, 민원실, 경찰청 본관과 민원실, 상무관 등은 보존되었지만 그 일대는 문화전당이라는 이름으로 재구성되었다. 기억 장소로서 원형은 상실한 셈이다. 변화를 어떻게 견디고 수용할 것인가가 기억 장소의 생명력과 직결된다면 이제 어떻게 과거를 보존할 것인가. 기념물과 박물관의 모습으로 세대를 이어 계승되는 것이 기억 장소가 갖는 숙명인데 이때 당시의 경험 기억이 세대 계승의 혈관을 흐르는 피돌기의 역할을 할 수밖에 없게 된다. 그런데 경험 기억은 '말'로서의 한계를 지니면서 '말'을 초월하는 아우라를 내포한다. 감각의 직접성보다 상상의 원근성과 환상성으로부터 아우라가 파생되는 것이라면 아우라는 경험 기억의 장소를 사람들의 망각에서 구해낼 것이다. 기억 장소는 잊어서는 안 된다는 망각에 대한

자각으로부터 현재화한다. 광기 어린 폭력과 학살이 벌어진 광주의 금남로 거리는 기억의 몸체로서 절멸할 수 없는 공간이다. 다양한 영상으로 남은 금남로와 옛 전남도청 앞 분수대 광장은 사라질 수 없다. '대한민국에서 그런 일이 일어났을 수가 없다, 좁은 땅에서 백주대낮에!'라는 증언이나, "수십만 명이 손에 태극기를 들고 아리랑과 애국가를 부르며 금남로 거리에 쏟아져 나와 밤이 새도록 시위를 전개하였다."는 이야기는 마술적이다. 오월의 아우라는 해체되고 비틀어져 버렸지만 결코 없앨 수 없는 기억 장소와 구술 증언의 회상 기억과 함께 언제든지 절대공동체의 이름으로 다시 불려 나올 것이다. 비장하거나 신화처럼 기억 장소들은 시의 벗으로 초대된다. 금남로와 분수대 광장, 망월묘지, 그리고 무등산과 영산강에 광주를 상징하는 영혼의 이름을 달아 준다. 그리고 초혼한다. 불타 버린 방송국과 세무서 앞에 나무처럼 서서 "아무도 살아 있지 않은 세기"를 "까맣게 타버린 눈물"을 안고 "백 년이 단 며칠 사이에 흘러가는 것을"(이영진, 「백 년이 단 며칠 사이에 흘러가는 것을 보았다」) 보는 것이다. 읽는 이로 하여금 나란히 옆에 서서 오월의 풍경을 지켜보도록 하는 것이다. 신록으로 푸르게 달려가야 할 소년을 불러내서 금남로의 플라타너스를 그리워하고 멈춰 버린 탁상시계의 시간을 영원한 시간으로 돌려놓는다. 『광주5월민중항쟁사료전집』이 담고 있는 구술 증언과 현장 감정을 새삼스럽게 재현하고 있는 시라는 매체가 하는 일이기도 하다.

어머니, 지금은 오전 8시 20분 학교에 갈 시간이 되었어요.
어머니, 오늘 저의 도시락 반찬은 무엇입니까? 제가 좋아하는
노란 단무지와 감자조림을 넣어주세요. 아, 오늘은 화요일 체육복
을 내주셔야겠네요. 흰 라인이 그어진 운동장으로 어서 뛰어나가

고 싶어요. 그리고 어머니, 제 일기장에 날짜와 날씨를 꼭 적어 놓으세요. 그 동안의 내용은 모두 비워 두셔야 합니다. 제가 돌아가는 날 제 작은 손으로 일기장의 빈칸을 모두 채우겠습니다. 어머니, 제가 신던 13문짜리 그 검정색 흰 줄무늬 운동화도 버리지 마세요. 저의 발은 더 자라지 않았습니다. 십 년이 지났어도, 아니 이십 년 오십 년이 지나도 그 검정색 흰 줄무늬 운동화는 제 것이 될 것입니다.

어머니, 제 책상 위 탁상시계 초침도 돌려 놓지 마세요. 그날 그 정지된 시간에 그대로 놓아 두셔야 합니다. 제가 돌아가는 날 저의 탁상시계의 바늘도 잃었던 시간을 찾아 다시 돌아갈 것입니다.

그런데 어머니, 친구들과 금남로의 그 플라타너스는 너무 많이 자라 있겠지요. 그러나 어머니, 슬퍼하지 마십시오. 저는 소년으로 더 오래오래 어머니 곁에서 살 수 있으니까요.

– 유재영, 「어머니에게 보내는 망월동 소년의 편지」 전문,
『오월문학총서 1– 시』, 5·18기념재단, 2012

금남로 거리 어디쯤 혼비백산으로 벗겨졌을 소년의 신발은 눈물 어리게 한다. 눈물 어린 눈은 고통이면서 평화이고 망각을 지켜보는 위로이자 참상의 기억이기도 하다. 그래서 '하늘나라'의 '그'를 보게 한다.

그가 보이지 않으니
가슴의 화상火傷 또한 보이지 않았다

동쪽 창으로 멀리 보이던 무등無等,

갈매빛 눈매는 성글고 그윽하였으나
그 기억의 분화구를 들여다보기 두려워
한 번도 가까이 가지 못했다
너무도 큰 죽음을 보아버린 눈동자가
저리도 평화로울 수 있다니,
진물 흐르는 가슴이 저리도 푸르다니,
그러나 오늘은 그가 먹구름 속에 들어계셨다

그는 보이지 않았지만
아주 가까운 숨소리에 잠이 깨었다

밤마다 그의 겨드랑이께 숨은 마을로 돌아와
상처 입은 짐승처럼 잠이 들면
그는 조금씩 걸어 내려와
어지러운 내 잠머리를 지키다 가곤 했으니
그를 보지 않은 듯 나는 너무 많이 보아온 것이다
먹구름이 걷히자
천천히 걸어 올라가는 그의 등이 보였다

무등에게로 돌아가는 무등,
녹음 속의 화상은 보이지 않았지만
내 손에는 거기서 흘러내린 진물이 묻어 있었다
그의 겨드랑이께에서 깨어났다

– 나희덕, 「그는 먹구름 속에 들어계셨다」 전문
『오월문학총서 1– 시』, 5·18기념재단, 2012

회상 기억은 당시 〈국제신문〉 김양우 기자의 현장 증언에서 더욱 절실하게 눈물짓게 할 것이다.

5월 21일 계엄군이 금남로 거리와 옛 전남도청에서 외곽으로 철수한 뒤 분수대 광장에 모인 군중은 가족의 안녕이 무엇보다 궁금했다. 그리고 상무관은 희생당한 시신들이 안치되어 있었다. 분수대 광장과 상무관 사이는 통곡의 광장이었다.

> 시체의 신원이 확인되면서 광장은 통곡의 광장으로 바뀌어 갔다. 여기저기서 끼리끼리 모여 울던 것이 어느 틈에 광장 전체로 번져 엉엉 우는 소리, 사설을 늘어놓으면서 통곡하는 소리, 마구 욕설을 퍼부어 대면서 화풀이를 하는 사람들로 소란스러워졌다. 어느 누구라도 이같이 한스런 광경을 보고 울지 않을 사람은 없을 것이다. 광장 전체가 통곡의 광장으로 변해 두 시간도 더 계속되었다. 하늘이 새까만 비구름으로 뒤덮이면서 빗방울이 후둑후둑 떨어지기 시작했다.
>
> – 김양우, 『시민군 계엄군』 중에서

> 한 줄에 묶인 넷 중 양쪽 끝 둘은 이미 숨이 끊어져 머리가 푹 꺾여져 시멘트 바닥으로 처박혀 있었다. …… 스무 살쯤 됐을까. 얼핏 봐도 대학생인 듯싶은 젊은이의 눈빛이 초롱초롱했다. 묶인 채 당하는 고통은 어디로 사라졌을까. 그렇게 맑을 수가 없었다. 그처럼 맑고 순진한 눈빛을 이후에도 본 일이 없다.
>
> – 김양우, 『시민군 계엄군』 중에서

3. 동심원의 패러독스

"나는 이제 너에게도 슬픔을 주겠다"

실패한 복수를 역사가 수행토록 하려면 숨을 불어넣을 기억 장소와 기록(언어−말)은 필수다. 반성과 사죄가 없는 가해자에게 응징을 가하는 것은 생물학적 숨을 멈추게 하는 것만큼이나 그들이 저지른 행적과 참혹한 (정신적−문화적) 야만을 낱낱이 기록하는 것이다. 그리고 지속적으로 말해져야 하며 경계를 넘어서 널리 전파되어야 한다. 참상의 현장 상황과 참상을 저지른 자들의 구체적이고 실제적인 행위를 후세대들이 느끼(이해)도록 해야 한다. 그러나 그들은 한사코 반성하지 않을 것이며 자신이 저지른 일들을 재구성하여 참상의 덫에서 빠져나가려 시도할 것이다.

이때 역사를 계승한 후세대에게 필요한 것은 무엇인가. 어떻게 해야 참상은 반복되지 않을 수 있을까. 답은 뻔하다. 생동하는 상상력으로 참상에 대해 공감하는 일이다. 기억 장소를 체험하고 간접적으로 회상 기억을 도와줄 증언과 구술을 듣고 읽어야 하며 학습해야 한다. 참상의 증언과 구술은 정념을 혼란스럽게 할 것이다. 기억 장소는 부지불식간에 슬픔의 감정을 촉발할 것이다. 그리고 슬픔은 처연하게 가슴 아래께에서부터 눈물 나게 할 것이다. 이로써 우리는 자기를 성찰할 기회를 얻는다. 오월의 참상과 관련해 나의 현재의 위치와 생각, 그리고 취해야 할 행동은 어떠해야 하는가, '절대공동체는 어떻게 가능한가'라는 사유는 성찰의 순간에 자기 앞에 등장한다. 성찰이란 무엇인가.

인간은 자신의 영혼의 힘이 자유로울 때 성찰을 하게 된다. 그러면 영혼의 힘은 모든 오감을 통해 흐르는 감성의 대양 속에서, 꼭 말하자면 하나의 흐름을 분리하여 그것을 잡고 그에 대해 정신을 집중하고 그것을 기억하도록 의식한다. 자신의 감성을 스쳐지나가는 부유하는 꿈의 이미지들에서 각성의 순간에 집중하게 되고 특정한 심상에 머물러서 그것을 밝고도 평온한 의식 속에 담아 어떤 기호를 부여하여 특별히 저장하여 이 대상물이 다른 것과는 구별될 수 있도록 하면서 성찰하는 것이다.

– 헤르더, 『언어의 기원에 관하여』 ; 알라이다 아스만의
『기억의 공간』에서 재인용

성찰은 다음과 같은 심적 동인을 포괄해야 하는데 "피해(참상)의 진원지에서 멀리 떨어진 사람일수록 피해(참상)의 진실에 스스로 상상력을 발휘하려고 노력하고, 피해(참상)의 진원지에서 가까운 이들일수록 용기를 내어 가혹한 진실을 직시해야"(서경식, 「증언불가능성의 현재」, 『시의 힘』) 하기 때문이다. 왜 그럴까. 동의하든 부인하든 '광주'에서 '오월'의 시공간에서 멀리 떨어진 사람들일수록 부인하고 싶은 심리적 동인이 크게 작용하기 때문이다. 동심원의 패러독스가 작동되는 것이다. 서경식의 통찰을 더 들어 보자.

홀로코스트를 처음 알았을 때, 믿기지 않는다고 느꼈던 '문명인'이 사용한 심리적 메커니즘으로 다음의 3가지가 있다. 첫째, 이러한 학대와 대량학살은 소수의 제정신이 아닌 사람들이나 집단에 의해 행해졌다고 주장한다. 둘째, 그 사건에 관한 보고는 과장된 것이며 선동이라고 부정한다. 셋째, 보고는 믿는다고 하더라도 공포에 관한 지식은 가능한 한 빨리 억압해 버리는 것이다.

– 서경식, 「증언불가능성의 현재」, 『시의 힘』

그러므로 우리는 성찰을 통해서 슬픔의 힘을 내면화하는 것이 필요하다. 정신의 강인함을 발달시켜 주는 것은 슬픔이기 때문이다. 강한 정신적 힘을 통해서 참상을 기억하고 계승하는 데 노력해야 한다. 망각과 더불어 무기력한 관습의 순환열차에 탑승하고 있지나 않은지 숙고해야 한다. 무기력한 관습을 통해 가해자의 위치에 서 있거나 그 시스템에 동참하는 방관자가 되어 있지는 않은지 사려할 줄 알아야 한다.

오월의 학살자를 응징하고 보복을 가하는 것은 이제 역사의 몫이 되어 버렸다. 역사를 당대화하고자 하는 후세대들의 기억투쟁 역량에 의존할 수밖에 없게 되었다. 후세대는 무엇을 기억의 신체로 하여 오월 역사를 당대화할 것인가.

4. 오월의 역사에 눈을 뜨는 방법

"시의 거울로 비추라"

오월 현장이 던진 충격은 가공할 폭력과 참담하게 찢겨나간 인간적 수치에서 기인한다. 이 수치는 온갖 울음을 그대로 쏟아내게 하였다. 망연하게 줄줄 흐르는 눈물, 돌아서서 흑흑거리면서 흘리는 눈물, 아무것도 하지 못한 자책에서 비롯된 울음, 분노에 가득 차 몸을 떠는 울음들은 고스란히 집단적, 공동체적 슬픔으로 나아갔다. 세대를 전승해서 내면화한 자기 부정과 스스로 은폐시킨 수치심은 통곡으로 격동되었다. 집단적 울음은 동시에 '하늘나라'를 보게 만들었다. 머리가 깨지고 대검에 찔렸고 온몸이 벗겨져서 시뻘겋게 피투성이가 되어 나뒹구는 이웃을 눈과 귀로 목도하면서 광주시민은 군중이 되었다. 5월 20일 밤 수십만 명의 시민들은 마치 '가족 소풍'(임철우) 나오는 것처럼 손에 손을 잡고 금남로의 거리로 쏟아져 나왔다.

이때의 집단적 기쁨과 환희는 절대공동체의 현현으로 이어졌고 짧은 순간에 보아 버린 '하늘나라'의 경이로움은 목숨을 던져서라도 지켜야 할 가치가 되었다. 동일한 시공간에서 이웃과 더불어 일거에 겪은 참담한 슬픔은 세대를 거쳐 내면화한 무기력과 굴종을 일거에 정화해 버렸다. 그러나 눈앞의 경이는 오래가지 못한다. 심상을 자극하고 기억의 창고에 기억될 따름이다. 찰나적으로 정화를 거친 공동체적 슬픔은 경이로움을 내장한 채 일군의 청년들을 제단에 바침으로써 불굴의 공동체적 슬픔으로 승화되어 봉인된다. 이 봉인을 누가 언제 풀 것인가.

시대는 오래 가지 않았다. '고립'시킨(고립을 방관한) 광주로부터 어마어마하게 내장된 슬픔의 에너지(극단의 참상)를 얻은(알게 된) 한국인은 민주주의의 군중으로 재탄생하게 된다. 그리고 우리는 드디어 질기고도 질긴 무기력의 학습 과정을 끊게 된다. 참상과 숭고를 통해서 배제와 고립의 '광주'가 민족의 일원이고 공동체적 가치를 구현한 도시라는 것을 대한민국은 알았다. 그런데 어쩌랴. 역사는 일직선이 아니질 않은가. 삶은 성찰해야 하고 발 딛고 살아가는 사회는 항상 긴장하며 숙고해야만 하는 것이 인류 본연의 업보인 것을. 가해자들의 실체와 죄과는 구체적이고 자세하게 추적됐어야 했다. 이것은 반성과 용서 이전의 문제이다. 잘못을 바로잡는 일은 복수와 함께 화해까지 포함해야 할 일이지만 무엇을 어떻게 잘못하였는가를 추궁하고 기록에 남기는 일은 역사를 위한 몫이다. 일군의 무리들이 권력을 장악하기 위해 어느 정도로 포악하며 반인륜적이고 야만적 폭력을 저지를 수 있는지를 밝혀야 한다. 두 명의 대통령은 역사와 화해라는 이름을 차용하여 그것을 덮어 버렸다. 식민지 시대를 거쳐 고착된 분단체제에서 국가폭력이 어느 정도로 시스템 속에 내재되어 있는가를 밝혔어야 했다. 빨갱이라는 명명 아래 자행한 야만적인 폭력이 베트남전쟁을 거치고 국가권력의 지배 이데올로기 속에서 한 인간에게 얼마나 내면화했는가를 밝히는 것은 1980년 오월 광주에서 자행한 한 공수특전대 병사의 만행이 어디에서 기인한지를 밝히는 것과도 같은 일이었다. 그런데 그것을 모두 삭제해 버린 것이다. 우두머리들을 법적으로 응징하였으나 이 단죄가 우리 사회의 문화적 도덕률로 자리 잡지 못하게 된 원인 중 하나로 이 혐의를 거둘 수가 없다. 인류를 향해 끔찍한 범죄를 저지른 가해자들은 자신의 행위를 반성하지 않는다. 아우슈비츠는 그것을 적나라하게 드러내 주었다. 오죽했으면 홀로코스트의 범죄자들을 지금까지도 추적하여 법정에 세우겠는가. 제대로 성장한 민족공동체 문화인들의 관습이라면 학살자들을 공동체에서 유리시키는 것이 마땅하다. 그러하지 못한 연유로 오월의 기억은 아직도 역사라는 이름의 저장기억소를 배회하고 있는 것인지도 모르겠다. 특별할 때 떠올려야 할 오월의 기억이 여전히 참상과 함께 회상될 수밖에 없는 까닭이다. 역설적이게도 우리는 "유사한 시련이 다시 닥칠 때 우리의 영혼을 방어"(프리모 레비)할 수 있는 징조와 예후를 끔찍하게도 지난 시절의 비극적 참상에서 학습하고 감성을 훈련하고 있는 셈이다. 그리고 참담한 슬픔은 특별한 눈물과 함께 회상될 수밖에 없다.

> 목련이 지는 것을 슬퍼하지 말자
> 피었다 지는 것이 목련뿐이랴
> 기쁨으로 피어나 눈물로 지는 것이

어디 목련뿐이랴
우리네 오월에는 목련보다
더 희고 정갈한 순백의 영혼들이
꽃잎처럼 떨어졌던 것을

해마다 오월은 다시 오고
겨우내 얼어붙었던 이 땅에 봄이 오면
소리 없이 스러졌던 영혼들이
흰빛 꽃잎이 되어
우리네 가슴속에 또 하나의
목련을 피우는 것을

그것은
기쁨처럼 환한 아침을 열던
설레임의 꽃이 아니요
오월의 슬픈 함성으로
한 닢 한 닢 떨어져
우리들의 가슴에 아픔으로 피어나는
순결한 꽃인 것을

눈부신 흰빛으로 다시 피어
살아 있는 사람을 부끄럽게 하고
마냥 푸른 하늘도 눈물짓는
우리들 오월의 꽃이
아직도 애처로운 눈빛을 하는데

한낱 목련이 진들

무예 그리 슬프랴

– 박용주, 「목련이 진들」 전문

　오월을 애도하면서 진행된 제의(제도화한 오월)에서 전남 고흥의 한 중학생이었던 박용주는 1997년에 이 시를 썼다. 부모들의 이야기를 듣고 상상력은 오롯이 그날의 슬픔으로 날아갔다. 오월이 오기 전, 4월의 봄은 목련을 환하게 피운다. 박용주는 겨울을 지나 봄에 환하게 꽃 피우는 목련으로 오월의 희고 정갈한 순백의 영혼들을 상상한다. 상상은 곧 오월의 슬픔과 맞닿는다. 목련은 시련을 이겨 낸 오월의 이야기를 불러내 당대를 호흡하게 한다. 기억의 정치적 효과가 쇠잔해지고 힘을 발휘하지 못하게 될 때 시(예술작품)는 심미적으로 텍스트 영역에서 그 가치를 발휘하게 된다. 그러므로 아무리 세월이 변해도 목련은 박용주와 독자를 불러낼 것이다. 오월의 역사가 한낱 쓰잘데없는 옛 이야기로서 그저 기억 저장소에 안치되어 있기만을 소망하더라도 '목련'은 오월을 구체적인 어떤 것으로 회상하게 할 것이다. 시의 형식을 빌어 재소환되는 오월은 후세대의 상상력 속에서 복수와 화해를 아우르는 절대공동체의 문화적 유전자를 잉태하고 성장한다.

　그리고 뒤이어 2007년 5월에 한 소녀 시인이 등장한다. 오월 현장, 한 인간의 수치와 그 수치의 기억은 깊은 내상을 남기고 그것을 지켜보는 우리는 참담하다. 가슴을 벌렁거리게 한다. 피부는 전율로 따갑다. 이렇듯 당대의 공동체가 실패한 복수를 후세대 시인은 가차없이 우리들의 감성을 자극한다. 이것은 기억 장소의 보존과 구술 증언의 힘과 더불어 끊임없이 '그들'과 '우리'를 호출함으로써 재생하는 새로운 버전의 복수에 다름 아니다. 아우라에 깃든 '그날'은 민낯으로 거울 앞에 서게 된다. 그리고 이 거울은 역사로서의 오월을 통증으로 눈뜨게 한다. 그렇다. 쇠약해져 가는 기억 장소와 구술 증언의 신체를 시의 거울로 다시 깨어나게 하자. 맑고 초롱한 눈을 뜨게 하자.

나가 자전거 끌고잉 출근허고 있었시야

근디 갑재기 어떤 놈이 떡 하니 뒤에 올라 타블더라고. 난 뉘요 혔더니, 고 어린 놈이 같이 좀 갑시다 허잖어. 가잔께 갔재. 가다 본께 누가 뒤에서 자꾸 부르는 거 같어. 그라서 멈췄재. 근디 내 뒤에 고놈이 갑시다 갑시다 그라데. 아까부텀 머리에 피도 안 마른 놈이 어른한티 말을 놓는거이 우째 생겨먹은 놈인가 볼라고 뒤엘 봤시야. 근디 눈물 반 콧물 반 된 고놈 얼굴보담도 저짝에 총구녕이 먼저 뵈데.

총구녕이 점점 가까이와. 아따 지금 생각혀도…… 그땐 참말 오줌 지릴 뻔했시야. 그때 나가 떤건지 나 옷자락 붙든 고놈이 떤건지 암튼 겁나 떨려불데. 고놈이 목이 다 쇠갔고 갑시다 갑시다 그라는데잉 발이 안 떨어져브냐. 총구녕이 날 쿡 찔러. 무슨 관계요? 하는디 말이 안 나와. 근디 내 뒤에 고놈이 얼굴이 허어애 갔고서는 우리 사촌 형님이오 허드랑께. 아깐 떨어지도 않던 나 입에서 아니오 요 말이 떡 나오데.

고놈은 총구녕이 델꼬가고, 난 뒤도 안 돌아보고 허벌나게 달렸재. 심장이 쿵쾅쿵쾅 허더라고. 저 짝 언덕까정 달려 가 그쟈서 뒤를 본께 아까 고놈이 교복을 입고 있데. 어린놈이……

그라고 보내놓고 나가 테레비도 안 보고야, 라디오도 안 틀었시
야. 근디 맨날 매칠이 지나도 누가 자꼬 뒤에서 갑시다 갑시다 해
브냐.

아직꺼정 고놈 뒷모습이 그라고 아른거린다잉……

– 정민경, 「그날」[1] 전문

–『오월의 감정학』, 문학들, 2022.

---

1) 2007년 5·18민중항쟁기념 서울 청소년백일장 당선 시. 정민경은 당시 경기여고 3학년
    이었다.

■ **조진태** 1984년 시 무크지 『민중시』 1집에 「어머니」, 「우리들이 살아가는 것은」 등을 발표하며 등
단. 시집으로 『다시 새벽길』, 『희망은 왔다』 등. 광주전남작가회의 회장, 한국작가회의 이사, 5·18
기념재단 상임이사 등을 역임.

80년 광주 5월, 문학적 범주와 위의

– 〈5월시〉 동인 9권의 시집을 중심으로

박철영

문학이나 정치는 과거나 현실을 통해 미래를 말하려 한다. 그러기 위해 먼저 과거의 역사적인 사건들에 대하여 사회적으로 타당한 국가적 합의를 이뤄내야 하는 것은 당연하다. 현대사에 엄청난 상처를 안겨준 '1980년 광주의 5월'을 외면하고서는 미래를 향해 한 발짝도 나아갈 수 없다는 것은 누구나 아는 사실이다. 사실 오랜 세월 불온한 오명을 쓰고 억눌려 살아왔던 사람들의 삶은 참혹했다. 그나마 정권이 바뀌면서 조금은 나아졌다지만, 당한 사람들의 피멍 든 가슴속 원한과 울분이 치유된 것은 아니다. 그나마 다행스럽게도 80년 5월은 '광주폭동'이라거나 '광주사태'라는 불온한 프레임에서 벗어나 '광주민주화운동'으로 정명正名하게 된다.

80년 광주 5월을 기점으로 죽음에 필적할 얼어붙은 사회 분위기와 더불어 문인들의 눈과 입이 철저히 사전검열을 통해 봉인되는 일이 비일비재했다. 그와 더불어 신군부에 의해 1980년 7월 하순 『창작과비평』, 『문학과지성』이 강제 폐간되어 언로가 차단된 절망의 시기가 이어진다. 가장 처절한 참화를 겪은 '80년 광주'는 군부에 의해 광기로 가득한 죽음의 공포와 치욕의 트라우마가 분노로 심화된다. 만에 하나 '80년 광주'의 진실을 글로 썼다가는 쥐도 새도 모르게 끌려가 고문을 당해야 하는 것은 불을 보듯 뻔한 상황이다. 실제 사례가 광주(김준태, 조진태)와 서울(황지우) 등지에서 발생했고, 많은 문인이 비애감과 자괴감에 사로잡혀 아예 펜을 놓거나 활동이 위축되었다. 암흑의 시기에도 동트는 새벽을 모색하는 의식 있는 시인들은 '광주'와 '금남로', '충장로'로 상징되는 금기어를 발언하기 시작했다. 문인들은 '80년 광주 5월'의 진실을 가린 군부의 민낯을 소상히 알려야 한다는 사명감을 잊지 않았다. 그것은 곧 우리 사회가 나아가야 할 시대의식에 대한 각성이다. 그처럼 엄혹한 동토에서도 문학적 기여를 모색해 온 이영진·김진경·박주관 시인의 주도하에 '80년 광주 5월'의 실체적 진실을 향한 문인들의 비의에 찬 결사의식으로 1980년 7월 광주에서 〈5월시〉 발기를 결의한다. 〈5월시〉의 태동은 80년대 한국문학사에 있어 동인지 활동의 서막으로 이후 많은 동인지 출현의 기폭제가 된다. 이에 그치지 않고 동인 1집에서의 '집단 자각'을 통해 발간 횟수를 거듭하면서 '공적차원'까지로 문학성을 향상, 진전시켰다. 암담한 현실 속에서 올바른 시대의식을 문학적으로 확장해 왔다는 것을 설파한 김종철 문학평론가는 "〈5월시〉 동인의 역사적 작업은 '민중문학사'에서 응분의 평가를 받아야 함은 물론이고, 공포와 침체의 국면을 돌파하도록 많은 사람들에게 용기와 희망을 주었다는 점에서 '민중운동사'에서도 한 장을 차지하게 될 것이다."라고 말한다. 그런 평가를 증명하듯 80년대 사회 전반에 많은 영향을 끼쳐 여러 동인지가 출현하고 문인 활동이 활발해졌다. 그중 『민중교육』지 태동과 전교조 창립에 〈5월시〉 동인 다수가 참여하여 결정적인 역할을 수행한다. 이외에도 많은 사회인식 변화의 변동체로 충격한 것을 부정할 수 없다.

다시 〈5월시〉 동인의 태동으로 돌아가 보자. 엄혹한 사회 환경에서 뜻있는 사람들이 자유와 정의를 구현하는 데 있어 문학을 통해 참된 '80년 광주 정신'을 실현하고자 한 〈5월시〉는 순차적으로 동인들(나종영, 김진경, 박몽구, 박주관, 곽재구, 윤재철, 최두석, 나해철, 고광헌, 이영진, 강형철)이 활동함으로써 현재의 모습을 갖춘다. 1981년 뜻을 모아 세상에 조그만 빛과 희망이 되고자 했던 사람들! 그들은 광주 안팎에서 발생한 잔혹한 학살과 처절한 항쟁을 눈과 몸으로 겪었고 긴박한 상황의 기억들을 선명한 진실로 가슴에서 끄집어내길 주저하지 않았다. 사실 '광주민주항쟁'은 전두환 군부 세력이 정치 세력화를 통해 집권을 획책한 사건이란 것은 이미 밝혀진 진실이다. '군부 실세'인 그들이 곧 역사의 '불온한 실체'란 것을 철저히 기만한 우리 시대의 참담한 불행의 시기였음을 말해준다. 그들은 국민과 나라를 수호해야 할 군 병력을 동원해 일방적으로 광주시민에게 참혹한 폭력과 끔찍한 학살을 가했다. 그 암담한 시간을 겪은 광주시민들의 자유에 대한 열망이 진정한 민주주의의 회복이었기에 군부독재에 대한 항쟁 의지가 〈5월시〉에 의해 의롭게 발현한 것이다. 광주시민들은 대한민국의 미래는 '자유 민주주의'의 올바른 실천이란 것을 뼈저리게 깨닫게 된다. '80년 광주'의 민중적 심혼을 계승한 〈5월시〉 동인들은 40여 년 한결같은 의지로 작금까지 이르렀다. 그동안 일곱 권의 동인 시집과 두 권의 '오월시 판화시집' 발간을 통해 지속적인 공동체 의식의 회복과 사회 변화의 계기를 도모하는 데 있어 추동적 역할을 감당했다. 그들은 문학을 통해 세상을 바꾸고자 했지만, 워낙 견고하게 구축된 군부 학살 세력들로 인해 세상은 쉽게 바뀌는 것이 아니란 것을 알았다. 그 모순적 근원을 변화시키기 위해서는 대한민국을 구성하고 있는 국민의 '의식'에 있다는 것을 통감하였다. 〈5월시〉 동인들은 무엇을 어떻게 해야 하는가에 대한 문학적 물음으로 "우리가 이 땅에 내렸다고 생각하는 삶의 뿌리는 도대체 누구의 뿌리이며 누구의 삶인가? 분단을 수락한 상태에서 우리가 이룩하는 삶이란 근본적으로 뿌리 뽑힌 것이 아닌가?"(김진경, 「제3문학론」, 『땅들아 하늘아 많은 사람들아』)에 대한 결론에 도달한다. 나아가야 할 길이 험난하다 해도 진정한 미래를 위한 문학적인 감당을 기꺼이 하겠다는 사명감도 작용했을 것이다. 그러한 노력으로 〈5월시〉 동인들의 애써 쓴 시집 전체를 전반적으로 다룰 수 없다는 안타까움이 크다. 1집부터 7집까지 발간된 시집 속 일부를 통해 부족하지만, 우리가 살아가는 시대에 〈5월시〉 문학의 위중한 의미와 위치를 살펴보고자 한다.

> 바람은 어디서 태어나는지도 모르는데
> 절망한 줄을 모르고
> 꽃에서 꽃으로 불어간다.
>
> 시궁창에서 시궁창으로
> 쥐구멍에서 쥐구멍으로
> 멈추었다가 다시 불어가고
>
> 다 잊은 듯이 그친 뒤에도 다시 불어간다.
>
> 바람은 절망할 줄을 모르고
> 바람은 쓰러질 줄을 모르고
> 낮은 곳에서 낮은 곳으로
> 다시 낮은 곳에서 낮은 곳으로 불어간다.

바람은 불면서 탑만 보이고

바람은 불면서 흙만 보이고

보이지 않는 곳에서 보이지 않는 곳으로 바람이 분다.

보이지 않는 것들을 흔들면서 바람이 분다

바람은 절망할 줄을 모르고

꽃에서 꽃으로 불어 간다

바람은 쓰러질 줄을 모르고

— 김진경, 「바람」 전문, 동인지 1집 『이 땅에 태어나서』에서

　　김진경 시인의 「바람」이란 시는 〈5월시〉 동인지 제1집 『이 땅에 태어나서』의 첫 장을 여는 시다. 이 시집이 나온 시기는 '광주민주항쟁'이 발발한 지 일 년 뒤인 1981년 7월이다. 시기적으로 '5월'이란 말만 꺼내도 살벌한 군부독재 세력에게는 극도의 경계이자 감시 대상이 되던 시절이다. 시집을 펴내기 위해 군부 세력의 검열을 피해야 했고, 은밀한 행동이 요구된 상황이었다. 발간된 동인지마저 정상적으로 유통시킬 수 없어 광주와 서울 등에 거주하는 일부 문인들에게 책을 증정하는 형식을 통해 세상에 내보여야 할 만큼 살벌한 통제와 삼엄한 감시, 언론 검열이 일반화된 시대였다. 그러한 시대환경에 비춰 볼 때 이 시는 극도의 은유적인 이면을 갖고 형상화된 시임을 직감할 수 있다. 여기서 '바람'은 광주시민들이 잠시나마 쟁취한 '자유와 민주주의'로 피 흘려 얻은 너무나 값진 상징임은 당연하다. 그 '바람'은 헌법에서 보장된 인간의 기본적인 삶을 유지할 수 있어야 한다는 인간 존엄에 기초한다. 그것을 열망한 "바람은 어디서 태어나는지도 모르는데/절망한 줄을 모르고/꽃에서 꽃으로 불어간다."며 민중의 살아 있는 의식은 들불처럼 끝

없이 자유와 민주 세상을 향해 번져간다. 시인은 시대에 대한 변화 의지를 "모르고"란 시어의 반복을 통해 강하게 암시하고 있다. 그 바람은 아무도 알 수 없는 이 땅의 주인인 민중들의 응어리진 가슴에서 충동된 것이기 때문이다. 민중이 열망한 참된 '자유'와 '민주주의'라는 '바람'은 좌절을 모른다. 군부의 일방적인 총칼 앞에 살육당하면서도 사그라지지 않는 '광주민주항쟁'의 의지는 더 뜨거워져 견고하다. "꽃에서 꽃으로"라는 말 속에 함의된 사람과 사람 간의 연대의식은 끝없이 이어지는 생명성을 근거로 한다. '민주항쟁' 정신과 항상성恒常性의 "바람은 절망할 줄을 모르고/바람은 쓰러질 줄을 모르고/낮은 곳에서 낮은 곳으로/다시 낮은 곳에서 낮은 곳으로 불어간다."라며 잡초의 근성을 닮았고, 흔들리지 않기 위해서 민중의 뿌리는 이 땅 깊숙한 곳까지 내릴 수밖에 없다. 그 '바람'을 위해 쓰러져간 광주의 영령들을 김진경 시인은 같은 시집에 실린 「진혼鎭魂」에서 "피도 스미지 않는 바닥/찢어진 깃폭처럼 비둘기는 떨어져 내려/까마득한 현기증,/목마름만이 우리의 것일 뿐,//저 푸르게 엉크러진 봄도, 햇빛도/끝내 우리의 것은 아니었네/오, 저기 싸늘하게 날 선 칼날들/우리의 젊음에 파수 서고"에서 시인은 암울한 현실에 대한 목마름과 감당해야 할 시대정신에 괴로워하고 있다. 그 간절한 '바람'은 시 「풀」에서 다른 모습으로 우리에게 다가온다. 어릴 적 각인된 '풀'의 이미지가 나이 들어 새롭게 시적 사유로 확장, 변주된다. 6·25전쟁의 참화가 쓸고 간 곳곳에 파헤쳐진 곳까지 "오포가 울고/뻘겋게 파헤쳐진 참호들이 꿈틀거리며 살아"나 현실처럼 데자뷔 된다. 그 참호 속에 숨어 엎드린 사람들이 곧 "나는 한 줄기 풀잎이었다"는 것을 깨닫는다. 산하를 물들인 사람의 피를 빨아들이듯 "한낮의 땡볕을 모두 빨아들인 풀잎./열병을 앓았어 기나긴 열병을/그대 가슴을 꿰뚫었을 감촉처럼 뜨거운 피의 열병"이 상징하는 의미를 비로소 깨닫게 된다. 그

피는 적과 아군이 아닌 우리라는 민족 공동체인 동시에 이웃인 힘없는 이 땅의 민중인 것이다. 그 참호 속에서 세상을 원망하며 죽음을 맞이한 참담한 눈빛의 순한 표정들을 떠올렸다. 그토록 순한 눈빛을 본 기억은 다름 아닌 80년 광주 금남로를 뜨거운 가슴으로 메운 사람들의 것이었다. 시인은 이어 "배암이고 싶었지 뻘겋게 들끓는 황토를 기어가는/몸서리치게 차가운 배암이고 싶었지/그대 여기 저기 거적에 덮여 누웠다는 골짜기/바위 틈서리를 기어서 풀딸기도 빨갛게 피고 있었지"라며 유년기 체험을 통해 의식의 전환과 진전을 이뤄낸다. 그것은 김진경 시인의 시적 근원이 어디에서 출발했는가를 극명하게 드러내는 사건인 동시에 문학적 지향이 어디인가를 보여준다. '풀'들이 누웠다가 다시 일어서는 곳이 억압받는 이 땅이라면 영령들은 '풀'처럼 분연히 일어설 것이다.

수유리 4·19 묘지에 내리는 눈은
돌아누우라고 한다.
먼 하늘은 소리 없이 달려와
쌓인 눈을 다시 덮으며
돌아누우라고 한다.

너무도 조용해
그렇게 내리는 것은 사랑인가
그렇게 덮이는 것은 황홀인가
그렇게 눈 감아도 입술에 닿아 녹으며
돌아누우라고 한다.

그러나 돌아누우며 내리는 눈은
팔이 없다.
어깨를 덮으며 온몸을 덮으며
내리는 눈인데도 팔이 없다.
연못에서는 아이들이 스케이트를 타고
환호성을 올리는 사이에도 눈은 내리고
묘지를 덮으며 아이들을 덮으며
내리는 눈인데도 팔이 없다.

그렇게 눈 감아도
눈은 입술에 닿아 녹으며
돌아누우라고 한다.
수유리 4·19 묘지에 내리는 눈은

     – 윤재철, 「수유리에서」 전문, 동인지 2집 『그 산 그 하늘이 그립거든』에서

    윤재철 시인은 '수유리'를 찾아갔을 것이다. 그것도 흰 눈이 쏟아지는 날, 사연이 없는 사람도 그런 날씨라면 가슴속 황망한 삶에 대한 만감이 교차할 것이다. 그렇지만 시인은 무료한 시간을 달래려 찾아간 것이 아니다. '수유리 4·19 묘지'는 3·15 부정 선거를 반독재로 규정해 이땅에서 인간답게 살게 해달라고 항쟁하다 희생당한 민주 영령들이 잠든 곳이다. 시인은 어느 묘지 앞에 '팔'이 잘려 없는 죽은 자의 비문을 보며 숙연해졌다. 잘린 팔로 총칼에도 아랑곳하지 않고 사람과 사람들을 부둥켜안고 자유와 민주주의를 목메어 외쳤을 것이다. 최루탄이 박혀 마산 앞바다에서 주검으로 떠오른 김주열의 죽음과 이승만 자유당 정권의 3·15 부정선거에 대한 규탄과 하야를 외친 함성도 들렸을 것이다. 묘

지 앞에서 윤재철 시인은 아직도 변한 것이 없는 세상에 분연히 일어서라는 듯 "수유리 4·19 묘지에 내리는 눈은/돌아누우라고 한다./먼 하늘은 소리 없이 달려와/쌓인 눈을 다시 덮으며/돌아누우라고 한다."는 전언을 가슴에 새기고 있다. 넋만 남은 고인의 묘지 앞에서 시인은 삶에 대한 무상감보다 더한 비장감을 읽는다. 이 땅에서 살아간다는 것에 대한 진정한 가치는 무엇인가를 고민하고 스스로에게 고통스런 자문을 한다. 같은 동인지에 실린 「이장移葬 그 후 2」는 현실을 바라보는 시인의 고통스러운 심정을 드러낸다. "밤이면 꿈속을 붉은 깃발이 달리고/인부들은 껄껄거리며 무덤을 뽑아낸다./삽자루가 이리 저리 엇갈리며 부딪치고/붉은 흙더미 속에 허옇게 잘려나간 풀뿌리들,/척척 삽자국이 사방 벽을 찍어 내리고/연탄재 쌓인 회색의 텅 빈 공지 속/사자死者는 신발만 남아 빗물을 가득 담고" 있다는 장소성은 그냥 죽은 자가 묻힌 무덤이 아니다. 그 무덤은 살아 있는 사람이 살던 열악한 삶의 처소다. 그 처소가 세상의 개발 논리에 처참하게 파괴되는 것을 보며 불의에 찬 사회를 고발한 시다. 파헤쳐진 그곳을 지키기 위해 그 땅에서 붙박이처럼 살다 죽음을 맞이한 민중이다. 이 땅에서 보호받아야 할 힘없는 백성의 삶이 광기에 찬 눈먼 자들에 의해 파헤쳐지고 있다. 그들을 지탱하게 한 풀뿌리 같은 삶이 가진 자들을 위해 무참히 파괴되고 있다. 민중의 삶에 대한 절절한 심정과 설움 깊은 격정을 시인은 「꽃」을 통해 토로한다. "가난한 나라의 꽃은 설움이다/가난한 나라의 꽃은 악다귀/가난한 나라의 꽃은 입으로 삼키는 꽃일다"라며 '꽃'이 갖는 상징성을 민중으로 환기하면서 참담한 마음을 놓지 못한다. 기어이 꽃은 '씨'를 만들고 다시 대궁을 올려 꽃으로 살아난다. 그 꽃은 자신을 지키기 위해 철저하게 무장한 '가시'가 된다. 여기에서 시적으로 상징한 '꽃'의 의미는 또 다른 의미로 변주된다. 그것은 우리가 그토록 소중하게 지켜온 인간다운 삶의 근간인 자유에 대한 열망이자 이 땅의 진정한 주인인 풀뿌리 민중이 피워낸 인간 존엄에 대한 국가의 의무를 묻고 있다.

> 남광주의 아침은 아욱 냄새가 난다.
> 시장 바닥에 앉은 아이 업은 아낙의 풍경은
> 멀리서 바라보면 용서를 빌고 싶지만
> 가까이서 눈뜨고 보라 그것은 눈물이다
> 건널목에서 여자 몇이서 깔깔거리고 있다
> 간수는 쌍껏들이라 욕해대고
> 공중목욕탕에 가는 꼬마들도 헤헤거린다
> 중고 자전거를 타고 가는
> 다리에 털 많은 쌀집 아저씨는
> 아들놈의 예비군복을 입고 있다
> 댓가지가 꽂혀 있는 곳으로
> 다리지도 못한 옷을 입고
> 부인네 둘이서 쌀 몇 되와 몇 푼을 가져간다
> 어젯밤엔 밤하늘에 외상으로 악을 쓰고
> 바락 바락 노래 부르기도 한 여자들과
> 오늘 아침 화순 방면에서 온
> 아낙들의 눈물이 남광주의 설움이다
> 움직이지 않은 장면들이
> 진보되지 않은 사실들이
> 뙤약볕 아래서 종일 계속되고
> 물건 파는 사내의 악다귀만이
> 방금 도착한 여수발 열차에 실려간다

남광주 남쪽 변두리는

우리가 가벼운 마음으로 떠났다가

무작정 내려버리는 어떤 읍내의 풍경 그대로다

남광주의 저녁은 누룩 냄새가 난다

삼교대에 들어가는 계집애가 촐랑촐랑 뛰어가고 있다

거대한 산

무등이 지배하는 밤은 계속된다.

– 박주관, 「남광주」 전문, 동인지 2집 『그 산 그 하늘이 그립거든』에서

　시인의 내면에 자리 잡은 복잡한 생각의 말미가 '남광주'에서 멈춰버렸다. 그곳의 풍경은 어찌 보면 박주관 시인이 일상처럼 보아온 소싯적 그대로일 수 있다. 그런데 풍경 속 사람들을 통해 드러내는 이미지가 예전 모습처럼 인정 넘치고 활기찬 모습이 아니다. 어딘가 모르게 무겁게 짓눌린 듯 삶의 전경이 몹시 어둡다. 어느 곳이든 아침 풍경은 주린 배를 자극하는 음식 냄새가 진동하기 마련이다. '남광주'의 아침 둥근 밥상에 올려질 아욱국은 그곳의 향토 국거리로 서민들이 즐겨 먹던 푸성귀 중 하나다. 그곳 특유의 아욱국 맛을 떠올리며 "시장 바닥에 앉은 아이 업은 아낙의 풍경은/멀리서 바라보면 용서를 빌고 싶지만/가까이서 눈뜨고 보라 그것은 눈물이다"라며 무언가 내막을 알고 있는 듯한 여운을 남긴다. 이어서 '깔깔거리'는 여자 몇을 가리키며 내뱉은 간수의 '쌍껏들'이라는 욕말도 아랑곳하지 않고, 아이들이 "헤헤"거리며 공중목욕탕에 가는데 그 모습도 정상이 아님을 알 수 있다. 잘못되어버린 아들의 예비군 복장을 하고 쌀 배달을 위해 중고 자전거를 탄 아저씨와 신내림 받은 무당집으로 운세를 보러 가는 아낙들의 모습도 정상적이지 않다. 밤이 되면 가슴속의 응어리진 무언가를 풀려는 듯 악을 쓰며

노래를 불러대는 사람들이 살아가는 '남광주'다. 그곳도 여느 사람 사는 곳과 다르지 않지만, 그들만이 기억하는 80년 광주의 시간이 트라우마가 되어 불안해진 것이다. 봄이 가고 여름이 온다. 계절의 순환처럼 아침이 오듯 때가 지나면 저녁이 온다. 시인은 「여름 저녁」에서 지루하게 펼쳐지는 시간을 관통하는 삶의 모습을 포획한다. 아무런 불평 하나 하지 못한 채 감당했던 시간을 위로하며 우리는 지나간 시간들이 허망한 것만은 아니었음을 알게 된다. 그 시간은 엄연히 우리 모두의 것이었고 아직도 가슴 깊숙이 존재한 것들이기에 그렇다. "다리 밑으로/돼지 곱창 삶는 풍경이 흐르면/개 몇 마리/빨래터에서 서성거리고/아랫도리를 벗은 여자들이/늘비한 하꼬방에 모여 있었다.//방화가 동시 상영되는/과부집 골목의 극장 앞에/사내들이 기웃거리고/바다로 흘러가는/밤새내 젖은 여관이 몇 개 흔들리고 있었다.//여름 저녁/도시를 관통하는 바람난 강을/시민의 양심이라 이름 붙이면서/성욕의 꿈들을 흘러보내고 있었다."(박주관의 시, 「여름 저녁」 중에서)고 하는 여름날의 저녁 풍경은 후덥지근한 습도를 더해 끈적이지만, 마냥 소모해버릴 시간만은 아니다. 아무것도 할 수 없는 여름날의 습한 기후처럼 무력감에 빠진 사람들이 할 수 있는 것이라고 인간적인 욕망을 감춘 본능에 충실하는 것이 최상의 방법임을 안다. 잠시나마 무기력한 마음의 극심한 반동으로 "돌 몇 개를 주워/하늘로 하늘로 날려 보아도/우리는 아무것도 맞힐 수가 없었다"며 시인은 80년대라는 상처의 통증을 봉인한 상실감을 토로하고 만다. 그러면서도 시인은 격한 표정으로 세상을 불편하게 하지 않는다. 다만 세상을 관통하는 민중의 삶이 공허감에 빠져 피폐해질 것을 우려하고 있다. 박주관 시인은 표면에 드러난 도시의 피로감을 보여주며 사회의 단면으로 실재한 풍경조차 우리의 시간으로 환기시킨다. 시에서 보여주는 소모적인 삶의 권태로움도 80년대 한국사회의 암울한 분위기에 비춰 본다면 여름날의 저녁은 유쾌한 시간일 수 없다.

어디가서 못 오나
산이라면 넘어오고 강이라면 건너오지
장타령 한 가락에 술밥 말아 먹고
보리밭 질러 쉬엄쉬엄 달려오지
돌투성이 황톳길 어디 묻혀 못 오나

호남쌀 실어내던 목포항
나라 잃은 설움 깊어 부두파업 일으켰네
피맺힌 두 주먹 떨며 쫓겨온 몸
물고구마 함평장 돼지풀이 석곡장
각설이 먹설이로 허리풀고 떠돌았네
이 땅 저 하늘 내 사랑 데울 곳 어디
뚜울뚜울 돌아와 이 세상 가는 길
너울너울 흰 꽃 뿌려주던 김작은이

셈평 밝은 지주놈들 앞다투어 이름 갈 때
대문대문 찾아가 굿거리에 빗대어
논어 맹자 읽었는지 돈 한 푼에 팔려서
뜨물통이나 먹었는지 나라 팔고 지조 팔고
얼씨구나 잘한다 품바나 잘한다
매부 좋고 누이 좋고 끼리끼리 잘 논다
드렁조 어깻짓에 한 잔 술 받쳐 먹고
날가리 덕석마당 침 퉥 뱉고 나온 내 사람아

어디 가서 못 오나 애고애고 못 오나

오월 하늘 푸르른데

물길이면 건너 뛰고 산길이면 헤쳐오지

찔레꽃 돌밭길 큰 산 넘어 어디 갔나

천사마을 밤 깊어 새벽별 찬데

– 나종영, 「천사마을의 김작은이」 전문,
동인지 3집 『땅들아 하늘아 많은 사람아』에서

나종영 시인은 사람을 한번 알고 나면 제풀에 가슴 뜨거워져 열병처럼 홀로 가슴앓이를 한다. 시인은 〈품바〉를 이끈 각설이 대장 '김작은이'란 사람을 떠올리며 가슴앓이를 시작했다. 본명은 '천장근'으로 일본의 수탈이 본격화되던 1920년 목포에서 부두 노동자 파업을 주도하다 쫓기는 신세가 된다. 먹고살기 위해 장터를 유랑하는 장타령꾼이 되어 고달픈 생계를 이어 간다. '김작은이'가 즐겨 불렀던 "작년에 왔던 각설이가 죽지도 않고 또 왔네"라는 가락을 들으면 누구든 금방 '품바'가 생각날 것이다. '품바'로 유명한 각설이 대장이 바로 '김작은이'다. 낭만적인 유랑 생활도 알고 보면 어쩔 수 없이 살기 위한 생계수단인 것이다. 앞서 밝힌 대로 "호남쌀 실어내던 목포항/나라 잃은 설움 깊어 부두파업 일으켰네"라며 일제의 식량 반출이 활발했던 목포항에서 노동자 파업을 주도한다. 그것을 계기로 갖게 된 민족의식에 대한 각성은 민중의식으로 심화되어 인간의 존엄과 실존에 대한 자각에 이른다. 그 활동 무대는 무안을 기점으로 "물고구마 함평장 돼지풀이 석곡장" 등 주변의 장터를 무수히 떠돌게 된다. 그렇게 돌아다녔지만, 이 땅에서 자신을 한 등속으로 품어줄 곳은 어디에도 없어 유랑은 끝이 없는 정처가 되었다. 그렇지만 가슴속에 싹튼 민중에 대한 사랑은 끝없이 깊어진다. 김작은이는 잘못된 세상에 대한 조롱과 풍자에 '품바'의 애환적인 정서까지 곁들여 민중 속으로 깊숙이 파고든다. "드렁조 어깻짓에 한 잔 술 받쳐 먹고/낟가리 덕석마당 침 튁 뱉고 나온 내 사람아"라며 지주 계층을 희롱하는 수작을 은근한 반감으로 드러낸다. 이어 자연스럽게 품바의 장단에 민중의 애환과 사회상을 노랫말로 올려 신랄한 풍자로 발화된다. 그런 투철한 민중의식으로 살다 생애를 마친 '김작은이'에 대한 인간적인 그리움이 사뭇 깊어 안타까운 것이다. 나종영 시인의 심정적인 연민은 아래 시구로 고스란히 더해진다. 1연에서 "어디가서 못 오나/산이라면 넘어오고 강이라면 건너오지"라는 그리움의 정조에 희망이 담겨 있다면, 마지막 연 "찔레꽃 돌밭길 큰 산 넘어 어디 갔나"에서는 다시는 만날 수 없다는 격동의 절망을 드러내고 있다. 시인은 '김작은이'의 처절한 생애사를 통해 평범한 부두 노동자의 삶이 곤궁으로 추락하면서 황폐화에 이른 원인을 알아간다. 이 땅에서 다시는 볼 수 없는 그 사람(김작은이)이 간절하게 부르던 가락처럼 우리는 세상이 바뀌도록 노력해야 한다. 잘못된 세상에 대한 비판은 혼자가 아니라 힘을 보태야 한다. 시인도 하고 민중도 하고 세상에 눈뜬 자들은 다 나서야 한다는 각성은 우리 몫이다. 같은 시집에 실린 「공옥진 1」은 온몸으로 그렇게 해야 한다는 각오를 실천하듯 기괴한 춤사위로 세상 사람들에게 몸말을 풀어냈다. "앞산은 나더러 허튼춤 추라 하고/뒷산은 나더러 곱사춤 추라 하네/설움 마음 깊어 망초꽃 딱지꽃/머리에 꽂고 옴죽옴죽 넘는 갈재마루/내 무얼 넘지 못해 눈물이 앞을 막나/내 사랑 눈물로 져 그믐달이 되었구나"라며 공옥진 선생님의 한 깊은 가슴속 노랫가락을 따라 몸을 둠칫 흠칫거려 본다. 공옥진은 몸짓으로 우리 사회가 강요하고 있는 다양한 억압들을 상징적인 춤사위로 읊어간다. 올바로 보고 싶지만 보아서도 안 되고 말과 행동을 사실대로 표현할 수 없는 세상이었다고 말해준다. 공옥진은 민속무용의 한 유형인 '병신춤'을 통해 윤리의식의 실종과 부패한 사회상에 대한 강한 반동을 남긴 채 우리 곁을 떠나고 말았다. 오만 가지의 표정과 몸짓으로 관객을 사로잡은 그 이면에는 소외된 사람들에 대한 깊은 애정과 연민이 민중 공동체란 의식으로 구현된 것이다. 사랑은 가슴과 행동이 일치해야 온전한 모습을 드러낸다. 그것이 진정으로 사람을 사랑하는 것이다. 나종영 시인은 「땅끝에 서서」 그리운 사람을 애타게 찾고 있다. 하지만, 그 사람은 "이제는 만날 수 없는 그대/크게 외쳐 부르고 싶다/그대 불러, 멍든 사랑 부둥켜 안고/그대가 치던 쇳소리 들려주고 싶다"는 시인은 땅끝까지 찾아가 애타게 불러보지만, 순정한 마음으로 세상을 살아보자던 그 사람은 우리 곁에 없다. 그 사람은 사람답게 사는 세상을 이루려다 죽어 흙이 되었거나 저 바다를 가로질러 하얗게 밀려오는 파도가 된 채 가슴에만 존재한다.

추석달이 밝은데
비인 거리에 너는 그림자를 띄웠느냐
코울타르 먹인 전신주 아래
다리 꼬고 턱 바치고 꼭 그렇게
눈물나는 모습으로 서서 너는 다시
이 거리의 슬픔으로 가을 달맞이꽃이 되려느냐
부평에서 반월에서 구로동에서
이름도 얼굴도 때 묻은 젖 큰 가시내들은
고향이라고 명절이라고 다들 밀려 오는데
전세버스의 차창마다 깨꽃 같은 그리움은 피었는데

네가 설 땅이 꼭 한 곳뿐이라고

너는 그 전주 아래 슬픔의 뿌리를 내리고 굳었느냐

그 무슨 한 맺힌 기다림의 씨앗이라도 뿌렸느냐

어색하게 스타킹을 신고 원피스를 입고

사과 광주리 설탕 한 포 입어 보지 못한

어머니의 겨울내복을 사들고

아버지의 소주와 동생의 운동화와 그림물감을 사들고

저렇듯 돌아오는 때절은

가시내의 웃음소리가 그리웁지 않느냐

추석 달빛은 찬데

대인동 골목마다 찬 달빛은 출렁이는데

굳어버린 너의 몸 위에 누가

창녀라고 낙인을 찍겠느냐

누가 한 오리 저주의 그림자를 드리우겠느냐

가까운 고향도 눈에 두고 갈 수 없어서

마음만은 언제나 고향 식구들 생각이 뜨거워서

홀로 들이킨 수면제 가슴 젖어오는데

추석 달빛은 차고 어머니는 웃고

너는 뜬 두 눈으로 달맞이꽃으로

대인동 골목마다 죽어서 살아 있는 눈물이 되었구나

– 곽재구, 「대인동 부르스」 전문,
동인지 3집 『땅들아 하늘아 많은 사람아』에서

곽재구 시인이 바라본 풍경도 우리가 마주하는 일상과 다르지 않다.
도시의 삭막한 풍경을 심혼으로 호명해 시적 세계로 이입한다. 시각도 감각적 전위에서 심상으로 심화한다면 기어이 닿고자 하는 서정이라는 범주에 당도하고 만다. 이 시는 시적인 상상력보다 사실성을 담보하여 구조화된 사회의 암울한 현실을 드러낸 서정시의 전형이다. 그 안에서 이루어지고 있는 사람 사는 방법과 사회의식으로 규범화된 현상들에 대하여 재현되는 1982년의 '대인동'은 광주에 있다. 그 도시의 실재적인 이미지를 지워버린 현재는 흔적만 남은 창녀촌을 배경으로 한다. '대인동 부르스'는 2박자 아니면 4박자다. 시시각각 변하는 날씨만큼 변화무쌍한 것이 사람 마음이다. 그만큼 슬픔과 기쁨이 매일을 교차하지만, 밤이 깊어질수록 짙어지는 일교차는 클 수밖에 없다. 몸을 파는 여성들도 각각의 사연을 안고 그곳을 터전 삼아 살아가지만, 실상은 화려한 것에 비해 정반대일 것이다. 이 시에서 한 여성의 삶이 처한 환경을 낮달의 형해처럼 언뜻언뜻 비춰준다. 불우한 여성의 인생 유전은 슬픔 그 자체다. 열악한 환경이야 비슷하다 치더라도 박봉의 공단 노동자로서는 도저히 해소할 수 없는 곤궁 깊은 가족사를 떠안고 있다. "추석달이 밝은데/비인 거리에 너는 그림자를 띄웠느냐"라며 묻는 대상은 이 땅에 살아가는 한 여성이자 사회의 어두운 그림자다. 우리의 슬픔을 안고 사는 대인동의 밤 그림자로 서성이는 '누이'는 남이 아닌 이 땅의 소중한 피붙이다. 그것은 추석 명절을 통해 확연하게 삶의 실루엣으로 드러난다. 남들이 노는 추석날, 사람들은 가족을 만나 기쁨을 함께한다. 특별한 명절마저 함께하지 못한 여성의 아픈 가슴을 어루만지는 '달맞이꽃'의 슬픈 변주는 기어이 수면제를 먹어야 끝을 본다는 비애를 끌어안고 잠이 든다. '대인동 부르스'는 사회의 양면처럼 기쁨과 슬픔이 교차하는 곳이다. 처연함을 상징하는 '달맞이꽃'은 몸을 파는 '창녀'로 환기된다. 반대로 기쁨처럼 핀 '깨꽃'과 공단에서 일하는 '가시내'는 동일한 존재로 충족되어 시적 상상력을 공명시킨다. 하지만, 그 사람들(공단의 아가씨와 창녀)이나 '깨꽃'과 '달맞이꽃'도 다르지 않다는 공동체적 태생의 한계를 안고 있다. 어디서나 흔하게 볼 수 있는 꽃이듯 공단에서 일하던 아가씨들이나 대인동의 '창녀'나 귀향할 수 있는 처소는 그리움만 가득한 가난뿐이다. 사람이 살던 땅에서 그리운 것이 어찌 사람뿐이겠는가. 사람보다 더 깊이 흙에 뿌리박고 살아가는 '소국小菊'도 사람을 바라보며 피고 진다. 「소국」은 사람처럼 속마음이 깊다. "그리운 이 땅의/한 필 황포로 살아나/그리운 이 땅의/서러운 가을하늘 한 자락을/끌어안고 우는 키 작은 너는/아느냐 이 땅의 제일 후진/너와지붕 아래서도 그리움은 새 새끼를 치고/이 땅의 제일 추운/삼동의 칼바람 속에서도/봄꽃 뜨거운 산 돌갗 한 송이/청산 속에 낫 갈고 숨어 살고 있음을" 보며 은둔적 삶을 살며 세상에 대한 불평 하나 맘 놓고 툴툴 대지 못한 순박한 심성을 닮았다. 어쩌다 태어나 보니 이 땅에 살게 된 우리와 다를 바 없는 '소국'은 꽃이자 사람이다. 갖은 고통을 마다치 않고 견뎌내는 이 땅의 주인이자 민중이다. 제 스스로 목숨 부지하겠다고 몸부림치며 애지중지 제 새끼 키워가는 우리의 아버지의 아버지다. 비뚤어진 세상을 향해 언제든지 조선 삽날 쳐들고 들이댈 가슴 억누르며 살아가는 거리에 핀 꽃처럼 웅크리고 있는 사람이다. 그 사람이 몽매한 곳이 어디일까. 「그리운 남쪽」에는 누가 사는지 궁금하다. "우리가 매듭 굵은 손을 모아/여어이 여어이 부르면/어어이 어어이 눈물 섞인 구름으로/피맺힌 울음들이 되살아나는 그곳은" 다른 곳이 아니다. 바로 "우리 쓰러진 가슴 위에 피어나고 있음을" 질긴 생명성으로 확인할 수 있다. 남쪽은 언제쯤이면 쓰러진 꽃들이 다시 일어나 환한 꽃을 피울 것인가 자문해 본다.

　　그해 겨울 형들은 모두 감방에서 풀려나와
　　눈이 부신 햇빛을 보았다

따가운 눈보라도 차라리 반가웠고

오랫동안 그리던 얼굴을 만나

소주잔 바닥 마를 날이 없었지만

이내 시들해졌다

카프카서점에 모여 밤새 벌이는 개추렴에도 지쳐서

욱씰거리는 근육을 펼 일자리를 찾아나섰지만

받아주는 데는 아무 데도 없었다

학원 강사 자리도 끼어들기 힘이 들었고

막노동 일터에까지 낯선 얼굴들은 따라다녔다

몇 사람만 모여 있어도 서에서 불러들였다

발 하나 제대로 뗄 수 없으면서

왜 그리들 힘이 났던지

포장마차를 열고 월부 책장사를 나섰지만

내노라 하는 가난통에도 서로들 자신을 퍼주기에 바빴다

비정의 세월은 이내 그것도 허물어버리기 일쑤였다

이듬해 봄 몇은 어디론가 흘러가고

몇몇은 다시 감방으로 떠밀려갔다

아직 천사가 날개를 펼 때가 아니었다

— 박몽구, 「십자가의 꿈·2」 전문,
동인지 4집 『다시는 절망을 노래할 수 없다』에서

이승철 시인은 『광주의 문학정신과 그 뿌리를 찾아서』에서 박몽구 시인에 대하여 이렇게 말한다. "1980년 5월 광주항쟁이 끝나자 '현상금 300만 원'으로 지명수배가 된 박몽구 시인은 〈5월시〉 동인 중 유일하게 광주항쟁의 전 과정에 참여했다"라며 〈5월시〉에 대한 상징성을 담보

한다고 보았다. 박몽구 시인은 연작 장시 「십자가의 꿈」을 통해 억압받은 시간의 말들을 발설하고 있다. 트라우마처럼 존재하는 '80년 광주 5월'은 생애의 고통으로 남았다. 시인은 잊고 싶은 기억을 종종 소환하여 상기해야 한다. 문학에 앞서 소시민으로 살며 시를 생각하고 하루 세 끼를 걱정하며 사는 것도 버거운 현실이다. 그런데 '국가'는 국민으로부터 부여받은 권력으로 오히려 사는 것마저 힘들게 한다고 시인은 말한다. 이런 유형의 시는 80년 광주를 경험한 사람들에게는 낯설지 않은 상황들이다. 아슬아슬한 시대를 살아간다는 것이 백척간두에 올라선 형국이다. 언제든지 더 낮은 곳으로 추락할 상황이 상존하기 때문이다. 그러나 그의 삶을 떠받치고 있는 힘은 험난한 시대를 극복하려 한 의지와 그 희망을 부단하게 추구한다는 것에 있다. "그해 겨울 형들은 모두 감방에서 풀려나와"서 "눈이 부신 햇빛을 보"는 것만으로도 즐거움이 되었고, 눈보라 치는 차가운 겨울에도 아랑곳하지 않은 혈기로 받아넘겼다. 그러나 마냥 그렇게만 살 수 있는 것은 아니다. 먹고살기 위해 일자리가 필요했지만, '감방'에 다녀온 사람의 이력을 쉽게 받아줄 리가 없다. 그 사람들은 사회 밑바닥으로 추락할 수밖에 없는 참담함을 느끼면서도 차가운 눈빛을 회피할 수 없다. "막노동 일터에까지 낯선 얼굴들은 따라다녔다/몇 사람만 모여 있어도 서에서 불러들"이는 국가에 의한 감시몰이는 계속된다. 그래도 아직은 고통을 나눌 그들과 함께할 수 있기에 힘들지 않다. 포장마차를 열고 책 장사로 버티는 힘든 나날이지만, 그것마저 각박한 "비정의 세월은 이내 그것도 허물어버리기 일쑤였다"라며 그마저 그들을 위한 시간은 길지 않았다. '봄'은 시인에게 트라우마의 반복을 강제하는 계절인지 모른다. 누군가 "몇몇은 다시 감방으로 떠밀려" 그들 곁을 떠나야 했다. 분방한 시인의 사유를 강제하는 현실에서 앞으로 더 많은 미래의 시간을 제약하는 압력을 견뎌야 한다.

그것이 감수할 수 있는 것은 과거 80년 광주 5월의 혹독한 시간을 건너왔기 때문이다. 지금의 고통보다 더한 과거의 시간을 「십자가의 꿈·1-서시」를 통해 말한다. "너 하나의 조그만 봄 손길은/갈망의 손, 손들을 모아 영산강 노도가 되어/금남로에 얼어붙은 질긴 얼음덩이를 녹여냈고/한낮에도 앞길 캄캄해 눈뜰 수 없는/사람들의 눈을 열어/캐터필러가 몰고 온 적의를 뿌리쳤"던 기억은 무대에서의 실연을 펼친 주역처럼 실재했다. 그것은 문학적 사유 안에서 있을 법한 상상력이 아닌 역사의 시간으로 자행된 모든 일들을 기억하고 있다. 그들이 당한 육체적인 고통보다 80년 광주 오월이 남긴 본질적인 것, '자유'와 '민주주의'에 더 골몰하였고 그것의 온전한 실현을 고대하는 것은 너무 이를지 모른다. 「십자가의 꿈·3」의 시에서 "네 그림자는 우리에게 새 하늘 새땅을 가리킨다/그을린 네 그림자를 들고 입성하는 아침/이 조그만 나의 안녕은/너의 선물이다/역사 밖의 역사가 될 승리의 확신"을 희망처럼 간직하고 있다. 삶의 원형질로 굳어버린 과거는 되돌릴 수 없는 영원의 시간으로 존재한다. 감각으로 경험한 존재의 시간은 우리가 나아가야 할 언어적 관념을 넘어선 민중적인 희망의 시간으로 극복해야 한다.

날이 흐리면
나 달지 여기 가오 나 달지 여기 가오
강암 당숙 목소리로 강은 울고,
황혼 무렵 묶이어
공산면 원수골 큰 웅덩이로 가시며 외치던
형님의 음성으로 아버님은
삼십 년 가슴 치는 물결 소리 듣는다.
흰 옷으로 들에 엎드려 계실 때

먹장구름처럼 멀리 사람들이 이리저리 몰릴 때

유난히 숨죽인 강물 소리에

아버님은 동구로 뛰어가셨네.

구장이셨던 형님은 풍산댁

끌려간 아들을 위해 읍내로 가시고

하늘엔 가득한 거센 바람,

쇠붙이 화약 냄새, 흉흉한 소식.

사람 좋고 글 잘하고 일 잘하고

존경받던 형님은 오시지 않고

신음처럼 소리하며 뒤척이던 영산강.

트럭에 태워져 흙구덩이로 가실 때

나서 자라 삽질하던 새끼네를 지나시며

나 달지 여기 가오 나 달지 여기 가오

강물은 삽십 년 물소리로 흐르고

아버님이 듣는

가슴 치는 강울음.

    – 나해철, 「영산포 9」 전문, 동인지 4집 『다시는 절망을 노래할 수 없다』에서

    영산포는 영산강을 젖줄처럼 빨며 긴 세월을 놓지 않고 견뎌왔다. 강에서 바다로 흘러가기 전 며칠을 묵어 가더라도 누구도 탓하지 않는다. 넉넉해서 인심 좋은 '영산포'는 오고 가는 사람들로 항상 복작거렸다. 그래도 사람들은 바다로 육지로 나서려고 채비를 서두르지 않는다. 강물이 흘러온 시간과 바다로 나가야 할 시간은 항상 제때를 맞출 수 없기 때문이다. 그러다 여의치 않으면 눌러살다 아예 영산포 포구 사람이 되었다. 그 사람들이 농사일도 도왔다가 여의치 않으면 바닷일도 거들

다, 농부가 되거나 뱃일을 하다가 토박이를 닮아 터줏대감이 된 사람들이다.

영산강은 내륙의 강이다. 담양 용추봉 가마골에서 발원하여 담양과 광주를 질러 나주평야와 영암을 적시며 영산강 하구를 마지막으로 황해로 흘러드는 강이다. 그렇게 흘러온 세월만큼 광주천과 황룡강의 지류에 사는 사람들은 강과 밀접할 수밖에 없다. 그 사람들의 소식이 샛강으로 흘러들어 강물을 따라 소식을 전한다. 때로는 잔잔한 말소리로, 그러다 분노의 시절에는 북정 물을 튕기듯 격한 토로도 마다치 않는다. 강은 슬픈 소리를 내지 못하지만, 해 질 녘이면 강물은 노을의 아랫도리부터 촉촉이 젖시며 애절하게 끌어안는다. 햇살 좋은 날보다 흐린 날이면 사람 눈을 피해 오래된 슬픔을 기억한 강물이 한 맺힌 속울음을 기어이 풀어놓고 만다. "나 달지 여기 가오 나 달지 여기 가오/강암 당숙 목소리로 강은 울고,/황혼 무렵 묶이어/공산면 원수골 큰 웅덩이로 가시며 외치던/형님의 음성으로 아버님은/삼십 년 가슴 치는 물결 소리 듣는다"는데 그 소리는 스러질 듯하여 환청 같아 가만 들어 보면 '달지' 형님 목소리가 분명하다.

현실에 존재하지 않는 것들을 기억하는 것은 사람만이 아니다. 강가에 살던 사람들은 강을 사람처럼 섬기며 살아왔다. 강을 보며 하루를 시작했고 전해 들은 말을 서로 기억하고 있다. 그런 강이 '달지' 형님이 죽게 된 곡절한 사연을 모를 리 없다. 강이 사람 사는 불빛을 지나치며 해 줄 수 있는 위로는 격한 물길로 안고 흘러가는 것뿐이다. 잊을 만하면 아버지가 기억하는 아들의 목소리를 들려주는 것, 그 강은 우리의 슬픔까지 마다하지 않는 든든한 이웃이다. 즐거움보다 어려운 일을 당했을 때 만사 제쳐두고 달려간 형님이었다. 그날도 풍산댁 아들이 읍내에서 잘못되었다는 소식에 한걸음에 달려간다. 그렇지만, 그 길로 "쇠붙이

화약 냄새, 흉흉한 소식./사람 좋고 글 잘하고 일 잘하고/존경받던 형님"은 이미 세상 사람이 아니었다. '영산포'는 그것이 더 서럽다. 흘러온 세월 속 흘러간 강물이 되돌아올 수 없듯 포구에서 사람으로 살 수 있는 시간을 허락하지 않는 세상이 원망스럽다. 그래서 영산강은 이 땅의 서럽도록 억울한 사람들에게 만장을 적신 위로의 강물이 된다. 사람이 살다 눈이 뒤집히는 일을 당하면 곡기를 끊어 세상과 단절하려 한다.

나해철 시인의 「단식」에서 보여주는 시적 세계는 흐트러진 의식의 전복을 통해 본성을 회복하려 한 진실의 깊이를 더해주는 시다. 상식을 전복하는 것은 또 다른 폭력일 수 있다. 시인의 사상이 깃든 서정의 공간은 그것을 배제한 세계의 전복이 아니라 엄밀하게 논한다면 행동의 전환인 것이다. 그것은 과거 "너는 웃고 있지만/셀 수 없는 우리는 모두 울었다/죽음으로 네가 말하고자 하는 것을/우리가 알았으므로"에서 출발한다. 죽음을 맞이하면서도 "너는 웃"음을 잃지 않았다. 사건이 발생한 그때 "어머니 혼을 잃고 남루한 너의 누님/기절하여 포대기처럼 업혀져갔"던 선명한 기억은 그리 먼 과거가 아니다. '남루'한 삶을 운명처럼 알고 살던 사람들에게 가해진 폭력들이 더는 없는 세상을 염원한다. 그런 세상은 "잡초와 억새, 엉겅퀴와 강아지풀/남생이 풀밭만 남는/구원의 날이 곧 오고야 말겠구나"라며 민중의 소박한 꿈이 이뤄지는 날이 곧 도래할 것이라는 확신을 갖고 있다. 그것은 어느 순간에도 멈추지 않고 흐르는 강물을 보며 알게 된 삶의 지혜이다.

나해철의 「광주천 2」는 "우기에도 물이 넘치지 않았고/집과 아이들을 쓸어가지 않았다/아무것도 다치지 않았다"는 유순한 강과 사람이 어우러져 살아가는 풍경 자체가 상생하는 일상이다. 「광주천 4」에서는 어느 날 그 착한 강물 속으로 질펀하게 흘러가는 물 자락이 "길 위에/물 위에 떨어지는 것들은 꽃"이 아니라 몹쓸 세상 만나 내몰린 사람이란

것을 환기한다. '꽃'처럼 강물 따라 흘러간 사람들의 아찔한 시간이 무
장 없이 흘렀지만, 아직도 그때의 순간을 기억한 강은 아픈 설움의 흔
적이 선연하다. 그 앞에 서서 우리가 할 수 있는 것은 아무것도 없었다
는 자괴감만 깊다. 「광주천 7」에서 "흐르는 것들을 위하여 우리는/공원
망월동에 있었고/역사의 묘역에서/자진했다 소문난 친구의 묘비" 앞에
서 절망을 말할 수 없다. "가슴엔 꽃일까 노래일까/죽지 않는 무엇일까
이슬처럼 맺히고/흐르는 것들을 위하여/오래도록 우리는 해 뜨는 쪽에
있었다"지만, 그것은 우리가 할 수 있는 궁색한 변명이다. 해 뜨는 쪽은
언제나 동쪽이다. 자연의 순명한 질서마저 한낮이 되면 어느 쪽이 동쪽
인지 혼란스럽다. 서쪽으로 노을이 번지듯 가슴이 슬퍼지는 쪽이 아픈
곳이란 것을 우리는 말을 안 해도 안다.

혹시 밤 두시나 세 시경 이태원異胎院에 가보았나
불야성이 어떤 곳인지
치외법권이 어떤 것인지
산발한 반토막 꿈 어지럽게 흩어지고
이 지상
희고 검은 씨앗, 누워 받는 곳
이태원異胎院, 식민지 일번지 혹시 가보았나

사십여 년 섬사람 채찍 맞고
사십여 년 흰손의 채찍 아래 뭇매맞은 나라에
이제는 죽고 못사는 혈맹의 나라
시궁창 문화가 제일 먼저 상륙하여
동방예의지국, 환장해 내맡긴 몸뚱아리와

간음이 이루어지는 곳

두개골 가득 찬 식민지의 어린 아들딸
저 오색 네온사인 절망의 빛으로 부서지고
이 땅 거대한 감옥
덩치 큰 열쇠는 무서운 흰 손아귀 속으로 철렁이고
힘센 논리로 내 조국을 사수한다는
동맹의 나라
꽃잎처럼 아름다운 아들딸에게
종살이를 가르치고
피로 맹세한 우방의 병사와 뒹굴던
잠자리는 동반자적 호혜평등이었을까

혹시 밤 두시나 세 시경 이태원異胎院에 가보았나
가보게,
순결한 조국의 처녀성이
조선주둔군 사령부 철조망 아래
배꽃처럼 떨어지는
식민지 일번지, 이태원異胎院에 가보게나

— 고광헌, 「이태원」 전문, 동인지 5집 『5월』에서

　이태원은 대한민국 서울에 있다. 다 아는 사실을 말할 때 예외라는
것이 있다. 우리가 알지 못한 무엇인가가 그것을 말해준다. 고광헌 시
인이 찾았다는 '이태원異胎院'은 새벽 두 시나 세 시에 가 봐야 그 뜻을
알게 된다. 이태원은 과연 우리의 대한민국이라는 국가 안에 존재하는

도시인가를 의문한다. 여기에서 아름다운 나라와 우리가 그토록 자랑으로 여긴 단일한 민족이란 말은 사라진 지 오래다. 그곳은 나를 빨리 버리고 국가를 잊고 살아가는 사람들만이 활개치며 사는 치외법권 지대다. 그러나 언젠가는 모두의 아픔으로 돌아온다는 사실을 망각해선 안 된다. 국가라는 정체성을 망각한 시대의 반복은 항상 미래의 시기에 재현되었기 때문이다. 과다한 욕망의 노출과 충족 사이에서 미래를 흥정할 수는 없다. 육체의 근원인 정신까지 거래를 위한 흥정의 대상이 되어서 안 된다. 순간은 눈앞의 이익을 얻은 것 같지만, 종내엔 모든 것을 잃게 된다. 오이디푸스가 자신의 눈을 찌르고 나서야 후회할 때는 이미 늦은 것이다. 눈먼 오이디푸스가 테베로 향할 때는 마침 부축해 줄 딸들이라도 존재했지만, 국가라는 정체성이 훼손된 어느 시점에는 신화와 달리 상상할 수 없는 막대한 저항의 대가를 치르게 된다. 그것은 우리의 역사와 세계의 역사에서 익히 보아왔다. 고광헌 시인이 우려한 것은 단순히 이태원만의 문제가 아닐 것이다. 우리 사회가 안고 있는 부조리한 모든 것을 망라해서겠지만, 단지 이태원을 예로 든 것에 불과하다. "사십여 년 섬사람 채찍 맞고/사십여 년 흰손의 채찍 아래 뭇매맞은 나라" 안에 존재한다는 '이태원異胎院'을 그렇게 방기한 것도 국가다. 국가에 의해서 훼절을 방임하고 있는 현실에서 끝내 아름다운 나라로 존재할 수 있는가에 대한 우려가 심히 깊다.

일본에 의해 통치당한 40년의 식민지 대가를 톡톡히 치른 우리다. 일본 그들은 아직도 영광스런 대동아론의 망상을 잊지 않고 있다. 그에 맞춰 잊을 만하면 그들의 말로 익숙한 노래를 귀에 앵기도록 친절하게 불러주는 가수도 있다. 시인은 그런 우려가 사실이라면서 「유명 가수에게」란 시에서 국민적 각성을 주문하고 있다. "일제시대, 내 부모의 고혈을 빨던 마름의 아들로/대동아전쟁 때는 주옥같은 시를 천황께 바치고/

광복 이후 지금까지 상전 수시로 바꾸며/원로 대가가 된 늙은 시인과/아시아는 하나라는 공연 이야기를 하며" 자랑스러워하던 그날처럼 "그대가 얼마 전 그들의 나라에 건너가/그들의 말로 「돌아와요 부산항에」를 부르고" 왔을 때 일본 사람들 반응이 "네, 부산항은 우리가 언젠가는 돌아가야 할 고향처럼 향수를 갖게 하는 곳 아니겠어요"라고 환호했다니 큰일 아니겠는가 싶다. 그렇게 말하는 일본인들에게 잘못이 있는 것이 아니라 의식 없이 행동하는 저명인사란 사람들이 문제인 것이다. 한 예를 들어보자. 「신중산층 교실에서 6─한·일 신시대」는 청산되지 못한 부끄러운 과거를 훈장처럼 자랑스럽게 여긴다. 그 부류들은 민족적인 양심과는 멀어 언행에서 거리낌이 없다. "번쩍이는 체육관 마루처럼/매끄러운 우리 교장 선생님의 일본말/일본말을 우리말보다 더 잘하시는/우리 교장 선생님"의 교육적 가치는 일제 강점기를 통해 습득한 그대로를 좇는 "언제나 완벽한 일렬종대를 좋아하시는/우리 교장 선생님" 같은 사람들이 아무렇지 않게 잘 살아가는 세상에 우리가 살고 있다. 그런 반면에 「낙골 산동네 101번 종점」에 사는 사람들은 배에 기름 다 빠져 오르기도 힘든 산동네라 종점 버스도 빌빌거리며 올라간다. 그 사람들 "더러는 일당을 손에 쥐고/더러는 하루 종일 일자리를 찾아 헤매다가/빈 손 가득/어둠을 쥐고 돌아오는 밤" 피곤한 표정이 죄스럽다. 눈빛만은 바꿀 수 없어 "아랫도리를 적시며 비포장 도로 양 옆/값싼 우산의 행렬/값비싼 마음을 기다리는/사랑의 도열을 보았는가"라고 묻지만, 시적인 것보다 절박한 하루하루를 살아가는 것이 더 화급하다. 아직은 "저 아래 평지의 불빛"보다 마음만은 순정해서 하루를 채울 수 있는 끼니가 아니라도 좋다. "그대의 질긴 노동의 불빛이/몸살나 뒤척이는 땅/정직하게 갈아 뉘는 것이다"라며 오지 않을 미륵을 기다리듯 희망을 놓지 못한다.

5월은 내게 유행가를 부르게 한다

부끄러움만 남긴 그 계절은,

아카시아 독한 향기보다 더 진하게 나를 엄습한다.

잠들 때나 노래할 때나 봉급 봉투를 받을 때나

다리를 건널 때나, 아이들 햄버거를 사 줄 때, 남 몰래 양담배를

피울 때, 핵사찰 그 오묘한 방정식에 관한

신문 기사를 읽을 때

의식과 무의식, 의지와 무의지, 그 어느 쪽이든

그것은 언제나 기습이거나, 테러다.

성욕까지 가시게 하는,

봉급 받는 손끝까지 절망스럽게 하는

아, 사라지지 않는 환영,

피나 시간으로도 지워지지 않는

가지 끝에서 가지 끝으로 따뜻하게 불어가는 바람으로도

아, 사라지지 않는다.

아무런 각성도 없는, 사실 부끄러움조차

잊고 사는 내게 5월은 사라지지 않는다.

사라지지 않아.

하늘을 폭음으로 가르는 폭격기.

한순간 사라지는 물체에서조차

생일날 사 드는 반 돈짜리 금가락지 무게에서

조차, 5월 그 아카시아 향내는

사라지지 않는다.

유행가조차 어색하게 만드는 5월

너 끝나지 않는 시간이며

시간 밖의 시간이여.

내 이 끝간 데 없는 매춘을 큰 눈으로

큰 눈으로 응시하는 눈빛이여.

– 이영진, 「5월은 내게」 전문,

〈5월시〉 6집 『그리움이 끝나면 다시 길 떠날 수 있을까』에서

계절의 이면에 숨은 향기는 같은 느낌으로 다가오지 않는다. 이영진 시인과 마찬가지로 우리가 알고 있는 '5월'은 아름다운 신춘의 격정이 가팔라지는 지점에 있다. 사람들은 짧은 봄을 아쉬워하며 남은 시간을 기다린다. '5월'이 터트린 신록처럼 꽃잎을 하얗게 터뜨리는 아카시아꽃은 으슥한 거리를 가리지 않고 향기를 드리운다. 어디서 온 향기일까를 생각하기보다 자극적인 향기가 곧 자유인 양 마음껏 들이켜 보지만 '5월'이면 도진 알레르기처럼 시인의 가슴을 아프게 한다. 예고 없이 찾아오는 봄은 불안한 과거의 바깥으로 숨어버린 사람들을 용케도 찾아내는 그들처럼 "의식과 무의식, 의지와 무의지, 그 어느 쪽이든/그것은 언제나 기습이거나, 테러"처럼 감행해 온다. 어느 순간에도 불안한 마음을 편히 쉴 수 없는 현실의 강박은 과거의 아카시아꽃 향기 진동하던 봄에 시작되었고, 모든 것은 "~사라지지 않는" 기억에서 비롯되었다. 그것은 시간이 계절을 따라 공전하듯 시인의 주변을 끊임없이 감시하며 맴돌고 있다. 모호한 '5월'의 계절 속으로 은폐되어버린 시간은 모두의 기억에 각인되어 봄을 편하게 맞을 수 없다. "유행가조차 어색하게 만드는 5월/너 끝나지 않는 시간이며/시간 밖의 시간이여./내 이 끝간 데 없는 매춘을 큰 눈으로/큰 눈으로 응시하는 눈빛"은 소중한 청춘의 순간을 기만해버린 데 대하여 결코 용서하지 못할 것이다.

살며 우리가 보았던 것과 볼 수 없는 것들이 마치 불필요했던 것처럼 한 곳으로 잠긴 곳이 '저수지'다. 시인은 전남 화순군 한천면에 있는 호남 탄좌를 찾았다. 버려져 오래된 것들이 그 안에 고스란히 가라앉아서일까? "고인 물이 무겁다"는 「한천寒泉 저수지」에서 과거와 현재의 풍경 뒤로 어슴프레 잠겨 있을 모습들을 만나게 된다. "산들은 늙은 몸안에서 끝없이 꽃들을 토해 내고 꽃들이 떨어져 시간이 곪"아도 무뎌져서 더는 아프지 않다는 나이 사십 줄, 불혹의 의미를 깨닫게 된다. 그것은 살아온 시간을 더해가면서 터득한 세상의 순리란 것을 알았다. 호남탄좌 막장에서라도 살아보겠다고 찾아왔다 제대로 된 삶을 살지 못한 채 죽어간 사람들을 생각한다. 아직은 살아 있기에 자신만의 시간은 남아 있다. 누구도 영원할 수 없는 "마지막 생의 끝 시간, 그 끝에 앰불런스가 와 멎고 아직은 빈 채인 무덤가에 개나리 피어 호남탄좌 가는 길가에 한순간 세상이 밝았다"는 찰나를 삶의 무게로 환기한다. 그 시간은 어디서건 누구에게나 똑같이 작용한다.

「밤 7시 20분 전. 5월 16일. 광화문」은 어떤 모습일까. 때를 가리키는 시간과 계절을 구분하고 시선을 집중하게 한 장소까지를 나타내는 시제가 이채롭다. '광화문'은 정치와 사회를 망라해 모든 분야에서 가장 민감한 신경추이자 대한민국을 상징하는 장소이다. 광화문을 관통한 시간은 지구상에서 가장 빠른 "속도가 맹렬하게 교직되는 지점"으로 본 것이다. 어차피 광고도 시간 싸움이다. 짧은 시간을 통해 사람들에게 전달하려는 수단이 광고이기 때문이다. 재미있는 것은 사람에 대한 호기심을 자극하기 위해 앞선 배려로 충동을 조장한다. 도대체 감정이라고는 없을 것 같은 광고판에도 인정머리가 묻어난다는 것이니 "대형 사인 보드에서 쏟아지는 뉴스와 광고들/눈이 빠르지 못한 놈, 뉴스의 내용을 곰삭여 생각해/보는 놈들을 위해 뉴스는 반복"까지도 마다치 않는 것으로 '광화문'은 광고판을 통해 의식을 기만하려는 데 혈안이다. 그것은 국가로부터 대리 행사권을 부여받은 자본주의의 무한 집착일지 모른다. 더 많은 소비(사랑)를 위해 자본주의의 수렁으로 깊숙이 빠져들도록 유혹하는 스크린이 버젓이 작동된다. 그것은 자본주의의 심화된 경쟁에서 살아남는 방법으로 알고 있지만, 죽음에 이르는 길이다.

서릿발 쪼는 놈을 본 적이 있다
살얼음 치고 날아오르는 놈을 본 적이 있다

공릉천에서 보는 멧비둘기는
잽싸고 날렵하기가
도시의 공원에서 뒤뚱대는 놈들과는 사뭇 다르다
날갯짓마다 가볍게
힘이 맺힌 듯한 느낌이라고나 할까

나는 이런 느낌의 이유를
가까운 장명산에서 찾은 적이 있다
공릉천을 굽어보는
수리부엉이가 자주 머무는 소나무 아래에는
멧비둘기의 깃털이 흩어져 있었고
수리부엉이의 펠릿에는
멧비둘기의 뼈가 뭉쳐져 있었다

밤이면 소리없이 다가오는 죽음
죽음이 늘

멧비둘기들의 삶을 단련하고 있다.

— 최두석, 「공릉천 멧비둘기」 전문, 〈5월시〉 7집 『깨끗한 새벽』에서

잽싸다는 것이 약삭스럽다는 의미와 가까우니 썩 좋은 말은 아니다. 천박 떠는 것과 비슷한 의미의 재빠른 속성을 아는 '공릉천의 멧비둘기'는 자본주의의 속성을 제대로 학습한 것이다. 그런 새들의 행동을 면밀히 살핀 시인의 눈도 새의 날갯짓보다 더 빠르게 움직였을 것이다. 한 알의 옥수수를 얻기 위해 부리보다 작은 발로 세상을 딛고 자칫 끝나버릴 마감 시간에 쫓기듯 고속 질주를 했을 것이다. 이참에 배를 채우지 못하면 내일을 기약할 수 없다는 무서운 세상을 알아버린 듯 멧비둘기는 부리부리한 작은 눈으로 땅바닥의 먹을 것과 주변의 위험한 것들을 부단히 찾으며 경계했을 것이다. '공릉천 멧비둘기'가 유달리 날렵한 것은 잰걸음과 작은 머리로 변화된 환경에서 살아남기 위한 단련을 게을리하지 않았기 때문이다. 그것마저 현대인의 몸과 머리가 따로 노는 습성을 판박이 했다. 그중 뒤처진 놈은 죽음에 내몰릴 수 있다는 것까지 터득한 것이다. 그런 일상의 결말은 부지런보다는 약삭빠른 놈이 잘 사는 세상이란 것을 아는 것도 시간문제다. 어눌한 밤을 지키지 못해 몽땅 다 털려버린 사람처럼 멧비둘기의 무리들이 하나씩 사라졌다. 처음엔 설마 하다 바로 옆의 이웃이 당했을 때서야 무서운 세상이란 것을 깨닫는다. 멧비둘기보다 위태롭게 하루하루를 영위해 가는 사람들도 많다. 시인은 달을 가리키며 달까지 도달하는 방향에 있는 모든 위험 요인을 한꺼번에 보여주려 한다. 달과 우리 사이에 알 수 없는 일들이 훨씬 많다는 것을 말하고 싶어한다.

〈5월시〉 동인지 7집에 실린 「새를 본다」에서 최두석 시인의 시적 대상은 하늘을 날아다니는 '새'다. 그 '새'는 습성을 통해 자기만족의 시

간을 찾으려는 것이겠지만, '새를 본다'는 것은 생명에 대한 존중과 공존하는 생명체로 인정한다는 데서 출발한다. '잡는 것'과 바라'본다'라는 관점은 완연한 차이를 갖고 있다. 시인은 "종마다 서로 다른 부리를 확인하는 것/그 부리로 무얼 먹나 궁금해 하는 것" 그리고 "먹어야 사는 생명이/팔 대신 날개를 달고서/얼마나 더 자유로울 수 있나 살펴보는 것"의 관찰을 실행하면서 깨달아가는, 아껴둔 사랑을 나누려고 한다. 사랑은 마음속 측은지심에서 비롯된다. 상대방의 행위를 바라볼 때 그 행위 이전의 마음을 간절하게 다독여 발원하는 것이 사랑이다. 그러한 마음 없이는 좋아하는 마음뿐만이 아니라 사랑하는 마음이 생길 리가 없다. 「곤줄박이」란 시는 그런 시인의 마음을 잘 드러낸다. "좋아하는 때죽나무 열매를 받들 듯이 쥐고" 주변을 쉴 새 없이 두리번거리는 '곤줄박이'의 행동을 보며 사람 사는 것과 다르지 않다는 것이다. 한눈을 잠시라도 팔다가는 누군가에게 날개를 부러뜨려 자유를 빼앗길 수 있다.

형은 면회할 때면
내가 형을 만나러 온 것인지
형이 나를 만나러 온 것인지
자꾸 헷갈려 웃음이 나옵니다

오른손인지 왼손인지 힘을 주어 뻗다가
얼굴을 붉히며 느닷없이 껄껄껄 웃으며
예전 형님으로 돌아오는 모습
예나 지금이나 전혀 변하지 않았습니다

면회실 투명 유리 구멍 몇 개 사이로

지나간 5년 국가 보안의 세월이

어수룩한 말과 함께 들락이고

마포 철길 옆 '정집' 마담의

「만년필 하나」 구성진 노랫가락에

탁자를 두드려 흥을 돋우던

형의 웃음소리가

잔뜩 흐린 포일리 산 몇 번지에 걸려

넘어졌다 불뚝 일어서서 달려옵니다

하얀 옷의 수인이 된 형은 여전한데

생선살 튀김, 무말랭이, 조미 멸치, 고추 참치

김, 오징어젓, 봉다리 봉다리 사식을 차입하여

형의 건강을 비는 정 많은 사무국장 이승철 옆에서

나는 아무 말 생각이 안 나

그저 빙긋이 웃다 남태령 넘어옵니다

– 강형철, 「포일리에서– 황석영 님께」 전문,

〈5월시〉 6집 『그리움이 끝나면 다시 길 떠날 수 있을까』에서

단순한 교통 신호만 안 지켜도 단번에 주소지를 타고 며칠 후면 고지서가 날아오는 대한민국은 촘촘한 정보망이 잘 구축되어 살기 좋은 나라라고 말한다. 그런 하찮은 것도 그러하거니와 하물며 '국가보안법'은 대한민국에서 초법적인 것으로 대항이 불가한 무서운 법이다. 황석영 소설가가 국가보안법에 엮여 의왕시 '포일리'의 서울구치소에서 감내한 고통은 매우 컸을 것이다. 강형철 시인의 시를 통해 쉽게 알 수 없는

80년대의 삼엄함을 더한 추억이 아련하게 다가온다. '포일리'에 위치한 서울교도소로 면회를 간 이승철, 강형철 시인과 면회 창구로 건너온 황석영 소설가의 유머에 찬 표정을 상기시켜 준다. 황석영 선생님께서 그 곳에서 갇힌 심사가 순간순간 불콰하게 뒤틀려 올라와 그랬을까? "오른 손인지 왼손인지 힘을 주어 뻗다가/얼굴을 붉히며 느닷없이 껄껄껄 웃"음을 보였지만, 속마음은 얼마나 힘들었을까 싶다. 살벌한 '국가보안법'의 시간도 되돌아보면 피식 웃고 말 추억이 되어버렸다. 어찌 되었던 황석영 소설가께서 감옥에 갇히게 되자 후배들은 가난한 마음을 털어 그가 좋아했다는 "생선살 튀김, 무말랭이, 조미 멸치, 고추 참치/김, 오징어젓" 등등의 사식을 차입했을 것이다.

여하튼 「아현시장」을 돌아다니는 것이 시인에게는 행복한 시간이었을 것이다. 이것저것 즐비하게 늘어선 좌판대를 훑어보는 것도 즐거운 일이지만, 뭐니 뭐니 해도 장터에서 쌈 구경하는 것만은 못할 것이다. "지나간 5년 국가 보안의 세월이/어수룩한 말과 함께 들락이고/마포 철길 옆 '정집' 마담의/「만년필 하나」 구성진 노랫가락에/탁자를 두드려 흥을 돋우던/형의 웃음소리가/잔뜩 흐린 포일리 산 몇 번지에 걸려/넘어졌다 불뚝 일어서서 달려"온다는 국가 기밀을 강형철 시인이 앞서 풀어버렸다. 어차피 국가보안법을 수호하는 것은 국가의 몫이 맞다. 그러나 그것을 허무는 것은 이 땅을 사랑하는 민중의 몫이다. 민중은 국가권력처럼 모가지에 핏대를 세우며 힘을 과시할 필요도 없다. 사는 데 불편해서가 아니라 국민을 옥죄는 법이기에 당장 이 한 몸 겪는 고통의 문제가 아니다. 그런 시절 조심조심 호기심이 발동하여 세상에 첫발을 내딛던 그 시기를 흔히들 청춘이라 말한다. 그런데 청춘을 즐길 짬도 없이 고단한 문학이 먼저 가슴 깊숙하게 들어와버린 「소격동에서」에서 문청 시절을 생생하게 들려준다. 경복궁 옆 장미 넝쿨보다 더 붉은 가슴을 가진 사내의 통증을 달랠 길 없어 "담장에 등을 대고 숨을 몰아쉬던 은행원 시절"을 회고한다. 그 골목 어딘가에 있을 하숙집 할머니가 차려준 "밥상을 책상 삼아 형광램프 아래 톨스토이『인생독본』을 읽으며 인생은 성실한 자의 것이라는 말에 밑줄을 긋고 가슴 벅차던 날들"을 즐겼던 경복궁 옆 소격동 그 길에서 마흔 살 시인의 닳고 해져버린 가슴이 "넝쿨 장미 가시에 찔려도 피" 한 방울 나올 수 없는 지독한 세월을 겪으며 살아남은 것이다. 흘러간 세월은 시간의 정예로 무장한 뒤 잘못된 역사를 향해 예봉을 겨눈다. 강형철 시인이 문학을 통해 지켜내려 한 사회관계에 대한 문제들은 우리의 불편한 현실이었기 때문이다.

'80년 광주 5월'의 참담한 자괴감에서 벗어나기 위한 몸부림들이 자괴감을 더해 무기력에 빠져버린 현실이다. 동인들은 문학을 통해 시대적 양심을 향한 일말의 빛이 되겠다며 의기 투합해 7권의 동인시집을 출간했다. 그 시집에 실린 소중한 시들을 일별하는 기회를 얻었다. 시인 개개인의 사유 너머에 존재하는 시적인 것과 국가를 기반으로 한 사회변화의 주체가 어떻게 문학을 통해 작동하는가에 주목했다. 특히 참혹한 과거에 대한 기억을 시라는 장르로 소환하여 무표정한 국가권력과 사회의식을 표정 있는 문학으로 변화시키는 데 주저하지 않았다는 것은 분명한 성과이다.

어차피 문학이 감당해야 할 범주는 사회의 모든 행위를 수반한 규범에 해당된다고 볼 때 가장 중요한 염치와 도덕에 기반한 윤리의식의 회복까지라면 〈5월시〉 동인 개개인의 시적 허용도 그 범주로 억압하지 않아야 한다. 결국은 국가나 사회 제반 현상들을 통해 결여된 윤리의식으로 인한 대립과 갈등으로 촉발된 것이란 견해이기도 하다. 올바른 사회의식의 회복이야말로 건강한 사회로의 더딘 변화지만, 머지않은 미래의 진전될 희망이란 것을 부인할 수 없다.

〈5월시〉 동인들이 추구한 시 정신은 1980년 광주의 오월에 머무르지 않고, 우리 정치 사회가 안고 있는 전반적인 불합리에서 비롯된 부당한 적폐까지도 외면하지 않았다. 그 부분의 문학적 참여는 크거나 작거나의 문제가 아니라 '광주민주항쟁' 정신을 계승해야 할 참다운 모습이기 때문이다.

이제 〈5월시〉 동인들의 피 끓는 가슴에도 세월은 어김없이 내려앉아 당시 이십 대 중후반 문청의 혈기에 40년 세월을 얹어버렸다. 삶이 유한하다지만, 그 숭고한 의기가 헛되지 않았다면 그들이 품었던 진정한 문학정신은 의미 있는 것이다. 그렇게 쓰인 참된 문장을 접하면서 시적 맥락이 지시하는 위의에 많이 다가가지 못한 점도 있었다는 것을 밝힌다.

— 『해체와 순응의 시학』, 인간과문학사, 2020.

■ **박철영** 1961년 전북 남원 식정리 출생. 2002년 『현대시문학』(시), 2016년 『인간과문학』(평론) 등단. 시집으로 『비 오는 날이면 빗방울로 다시 일어서고 싶다』, 『월선리의 달』, 『꽃을 전정하다』, 산문집으로 『식정리 1961』, 평론집으로 『해체와 순응의 시학』, 『층위의 시학』 등. '더좋은 문학상' 수상. 순천작가회의 회장 역임. 현 『시와사람』 편집위원, 『현대시문학』 부주간, 한국작가회의 회원, 〈숲속시〉 동인.

5월문학의 흐름과 전망

이승철

한국문학에서 '5·18'의 의미

한국현대사에서 1980년 5월, 이른바 '5·18'이라고 불리는 '광주민주화운동'은 특별한 의미를 지니고 있다. '5·18'은 광주시민들이 겪어야 했던 참담한 고통과 트라우마를 연상시키며, 민주주의를 위해 투쟁을 멈추지 않았던 한국인들의 역사가 오롯이 담겨 있기 때문이다.

5·18을 체험한 한국문학은 과거와 다른 '작가정신'을 요구했다. '광주'라는 도시가 겪은 전율과 참상, 상처는 살아남은 문학인들에게 부끄러움과 죄책감으로 작동하여 '광주'가 요구하는 실천적 삶을 견인했다. 그해 5월을 통과하면서 한국의 문인들은 국가폭력의 실상과 정치군인들의 반민주적, 반도덕적 행태를 통찰의 눈으로 직시할 수 있었다. 아울러 그간 한국인들이 믿어 의심치 않았던 '미국 민주주의'의 실체를 새롭게 재인식할 수 있었다.

한국문학에서 5·18은 1980년대 문학의 주류를 '반독재 민족문학'으로 이끌었다. 5·18의 정당성은 한국문단을 진보적으로 변화시키는 데 기여했음은 물론, '운동으로서의 문학'에 투신하도록 요구했다. 그 결과 1980년대 한국문학의 영혼으로서 '5월문학'이 출현할 수 있었다. '5월문학'은 민주주의를 위해 죽음을 두려워하지 않았던 위대한 '시민정신'을 기억했다. 그리고 '절대공동체'라는 아름다운 '대동세상'을 소환했으며, 5월의 비극이 다름 아닌 '분단체제'에서 비롯된 것임을 깨닫게 했다.

'광주학살'이라는 참담한 비극과 '해방광주'라는 영광 속에서 탄생한 '5월문학'은 좌절된 희망과 슬픔을 계승하는 데 그치지 않았다. 삼라만상의 뭇 생명들의 소중함, 분단이데올로기의 타파와 평화적인 삶에 대한 간절한 소망으로 나아갔다. '불의'에 대한 저항과 '역사정의'의 실천이라는 '5·18정신'은 오늘의 한국문학에도 중요한 에너지로 작동하고 있다.

광주문학의 뿌리와 반독재 민족문학의 형성

1980년 5월의 광주는 전두환, 노태우 등 '신군부 세력'이 자행한 전대미문의 학살로 돌이킬 수 없는 참화를 겪게 된다. 그것은 누구나 단 한 번도 상상해 보지 못했던, 말하자면 문학적 상상력 속에서조차 존재하지 않았던 최초의 사건이자, 참극이었다. 이영진 시인이 언급했듯이 "5월은 이 땅에 살아가는 모든 존재의 당위를 한꺼번에 지워버린 거대한 테러"였던 것이다. 그해 5월에 간신히 목숨을 부지하며 살아남은 사람들은 존재가 지워져버린 수백, 수천의 사람들에 대해 죄책감과 굴욕감, 부끄러움을 감출 수가 없었다.

1980년 5월 이후 광주사람들과 이 땅의 뜻있는 국민들은 그저 타는 가슴을 억누르며 살아가야 했다. 역사적 부채 앞에서 참회의 마음을 감출 수 없었던 것이다. 그리하여 그해 5월에 살아남은 사람들은 점차 깨닫게 되었다. 정작 소멸된 것은 타인이 아니라 바로 자기 자신의 본체임을 체득하게 된 것이다. 김형수 시인이 언급한 것처럼 5·18의 양대 정신으로 일컬어지는 '불의에 대한 저항'과 '대동세상'은 1980년 5월 어느 날에 불쑥 태어난 것이 아니라, 그 이전 '광주'라는 한 도시의 지성과 문화적 양식으로 이미 존재해오고 있었다.

일제치하 식민지 시대를 돌파하기 위해 광주·전남이 낳은 근대적 지성들, 민족의 선각자들은 문학을 통한 반제 항일투쟁에 적극 앞장섰다.

3·1만세운동을 주도하고, 1924년 『조선문단』으로 등단한 영광 출신의 조운 시인은 광주·전남문학의 효시이자, 아버지라고 할 수 있다. 조운 시인은 「선죽교」, 「고매」, 「석류」 등의 시조작품으로 압제에 굴하지 않는 의인의 삶을 추앙했고, 일제의 잔혹성을 부각시켰다. 아울러 고향 영광에서 민족혼을 고취하는 제반 문화운동과 '영광체육단' 활동을 전개했다. 조운 선생은 일제가 조작한 '영광체육단사건'에 연루되어 1년 6개월간 옥고를 치르는 등 애국지사이자, 민족의 선각자였다. 조운 시인의 영향 아래 광주·전남의 근현대문학은 자존을 지켜낼 수가 있었다.

또한 목포 출신으로 근현대 여성문학의 대모인 박화성 작가, 목포 출신으로 최초의 근대적 희곡작가이며 신극운동을 주도한 김우진, 1930년대 한국 현대시를 이끈 〈시문학파〉 시인들을 기억하지 않을 수 없다. 광주 광산 출신의 용아 박용철, 전남 강진 출신의 영랑 김윤식과 현구 김현구는 한국시가 근대에서 현대로 넘어가는 가교 역할을 수행했다. 박용철 시인의 주도로 『시문학』이 창간될 수 있었다. 그리고 1930년대 말 일제에 의해 모국어가 빼앗기고, 일본식 성명으로 강요당하는 현실에서 김영랑 시인은 「독을 차고」, 「거문고」, 「춘향」 등 저항정신이 깃든 시편으로 문학적 지조를 끝까지 지켜냈다.

1939년 10월, 〈조선문인회〉가 결성된 후 이광수, 김동인, 김동환, 모윤숙, 서정주, 백철, 조연현 등이 친일문학의 대열에 적극 가담하면서 일제를 찬양하거나 협조하는 등 훼절의 길을 걸어갔을 때 조운, 김우진, 박용철, 김영랑, 김현구, 김현승 시인과 박화성, 이석성(이창신) 작가 등은 민족적 자존과 자신의 이름자를 올곧게 지켜냄으로써 '광주문학정신'의 옹골찬 뿌리가 되었다.

광주 현대시문학을 이야기할 때 그 미학적 좌장은 다형茶兄 김현승 金顯承(1913~1975년) 시인이다. 한국시단에서 가장 뛰어난 지성시인이자, 한 점 부끄러움이 없을 정도로 지조와 절개를 지켜낸 다형은 광주문학의 정신적 지주로 존재했다.

김현승 시인은 1951년부터 10년 동안 조선대학교 국문과 교수로 재직하면서 여러 후배 시인들을 길러냈다. 숭실대 교수와 전북대 대학원 강사, 연세대 대학원 강사로 재직하는 동안에도 서울과 광주를 부지런히 오가면서 광주 지역 후배 문인들의 든든한 당산나무 역할을 했다. 김현승 시인의 문학적 제자들인 박봉우, 박종원, 임보, 랑승만, 문병란, 권영진, 정재완, 손광은, 진헌성, 이성부, 조태일, 문순태, 양성우, 김준태, 정현웅, 오규원, 이운룡, 이생진, 윤재걸, 한옥근 등은 한국문단과 광주전남문단에서 중추적 역할을 수행했다.

1970년대 유신독재 시절, 한국문단과 광주전남의 현대문학사에서 '반독재 민족문학'이라는 새로운 문학적 기류 형성에 떨쳐나선 문인들을 주목하지 않을 수 없다. 1974년 11월 18일 오전 10시경, 서울 광화문 의사회관(현, 교보빌딩) 앞에서 〈자유실천문인협의회〉(약칭: 자실, '민족문학작가회의ー 한국작가회의' 전신)가 공식 출범했을 때 엄혹한 정치현실 속에서도 광주, 전남의 상당수 문인들이 여기에 동참했다.

1974년 11월 18일, '자실'이 창립될 무렵 광주, 전남문단은 〈한국문인협회〉(약칭: 문협, 이사장: 조연현) 산하의 문협 전남지부(지부장: 허연)에 소속된 78명의 문인들이 회원으로 활동했다. 그즈음 문협 전남지부 회원으로 자실 창립에 참가한 문인들은 김준태, 문병란, 문순태, 송기숙, 양성우, 이한성, 한승원 등 7명(김남주 시인은 광주에서 '자실'에 가입했으나, '문협 전남지부' 회원은 아님)이었다. 그리고 출향 문인으로 강태열, 김성종, 박건한, 박봉우, 박화성, 송영, 오세영, 오인문, 이성부, 이시영, 이청준, 조태일, 천승세, 최하림 등 14명이 '자실' 회원으로 참가했다. 말하자면 자실 창립 당시 '101인 선언'에 동참한 광주·전남 문인들은 모두 22명이었다.

돌이켜 보면 1970년대 문학운동은 수난과 고통의 연속이었다. 민청학련사건과 〈동아일보〉에 연재한 「고행… 1974」 필화사건으로 구속된 목포 출신의 김지하 시인은 1970년대 자실운동을 촉발시킨 상징이었다. 그와 함께 함평 출신의 양성우 시인은 1970년대 민족문학운동의 한복판에서 투쟁했다.

특히 양성우 시인은 문학작품이 문제가 되어 직장에서 파면당하고, 중형을 선고받은 유일한 사례였다. 광주 중앙여고 국어교사로 재직 중이던 1975년 2월 12일, 광주YWCA 시국기도회 모임에서 자작시 「겨울공화국」을 낭독한 것이 문제되어 중앙정보부의 압력으로 학교에서 파면당했다. 중앙여고 교사직에서 쫓겨난 양성우 시인은 구례 천은사에서 6개월간 유폐 생활을 하다가 고은 시인과 함께 상경했다. 문익환 목사의 도움으로 서울 종로의 '대한성서공회'에서 근무했던 그는 일본의 저명잡지 『세카이世界』 1977년 6월호에 장시 「노예수첩」을 발표하고, 시 「우리는 열 번이고 책을 던졌다」를 유인물로 만들어 주변에 배포했다는 이유로 1977년 6월 13일, 정보부에 연행되었다. 이 사건으로 그는 '국가모독죄', '긴급조치 9호위반' 혐의로 징역 3년형에 추가 2년형을 선고받고, 복역했다.

전남 곡성 출신의 조태일 시인은 양성우 제3시집『겨울공화국』의 출판에 관련했다는 혐의로 1977년 9월 28일, 고은 시인과 함께 '긴급조치 9호위반'으로 구속되었다. 이른바 '겨울공화국 출판사건'이다.

1978년 6월 27일에는 〈우리의 교육지표〉 선언사건을 주도한 장흥 출신의 전남대 송기숙 교수(소설가)는 전남대 교수 10명과 함께 대학에서 강제해직되었고, 징역 4년형을 선고받았다. 광주 송정리 출신 박몽구 시인은 전남대에서 〈우리의 교육지표〉 선언사건에 동조하는 시위를 주도한 혐의로 구속되었다.

1979년 2월 5일, '자실' 주최로 광주YWCA 강당(소심당)에서 〈양심범을 위한 문학의 밤〉이 열렸다. 수많은 문인들이 그날 광주로 집결했고, 구속 문인 4인(송기숙 작가, 양성우·문익환·김지하 시인)의 석방을 촉구하는 행사를 가졌다. 마침내 1979년 7월 17일, 제헌절 특사로 양성우 시인과 송기숙 교수 등 긴급조치 9호위반 시국사범 86명이 석방될 수 있었다. 양성우 시인은 투옥 2년 1개월 만에 영등포교도소에서, 송기숙 교수는 투옥 1년 1개월 만에 청주교도소에서 각각 석방될 수 있었다. 두 사람은 석방되자마자 일약 한국문단의 중심으로 복귀했다.

광주·전남의 현대문학사에서 '반독재 민족문학'이라는 문학적 기류 형성에 이바지한 전남 화순 출신의 문병란 시인은 시집『문병란 시집』,『정당성』,『죽순 밭에서』를 통해 현실 문제에 정면으로 대응했고, 우리 사회의 부조리를 풍자, 비판하는 등 광주문단의 장형長兄으로 존재했다.

『창작과비평』 1974년 여름호로 문단에 데뷔한 김남주 시인은 1975

년 11월경 광주 최초의 사회과학서점 '카프카'를 2년간 운영함으로써 광주·전남 지역 운동권의 사랑방 역할을 수행했다. 박석무, 황석영, 문병란, 송기숙, 김준태, 송기원, 박몽구, 이영진, 황지우, 황병하 등 문단 선후배들과 윤한봉, 김상윤, 이강, 김정길, 최권행, 노준현, 안길정 등 전남대 학생운동권 선후배, 동료들과 소통하면서 유신독재 타파를 모색했다. 그는 넉넉한 품성 때문에 '물봉'이라는 별명으로 통했다.

김남주 시인은 유신체제 후반, 가장 강력한 '반유신투쟁'을 전개했던 〈남민전 준비위〉에 가입해 '전사戰士'로 활동하다가 1979년 10월 4일, 서울 잠실에서 체포되었다. 유신체제 종말 3주 전에 발생한 이 '남민전 사건'은 중앙정보부에 의해 최대의 시국공안사건으로 조작되었다. 그는 이 사건으로 징역 15년형을 선고받아 9년 3개월 동안 수형생활을 해야 했다.

문병란 시인의 바로 아랫세대로서 다형 김현승 시인의 제자이기도 했던 해남 화산 출신 김준태 시인은 1969년 『시인』 11월호에 「머슴」, 「시작을 그렇게 하면 되나」, 「서울역」 등 5편의 시로 등단했다. 첫 시집 『참깨를 털면서』를 출간해 새로운 감수성을 지닌 시인으로 그 이름을 중앙 문단에 알렸다. 아울러 그는 대학 시절부터 '자실'의 문학운동에 투신하는 등 일찍부터 광주·전남 문단의 중추적 역할을 수행했다.

김준태 시인은 선후배 문인들과 교류하면서 한국문단, 광주문단의 체질을 변화시키고자 많은 노력을 했다. 박효선, 이영진, 박몽구, 박주관, 곽재구, 나종영, 임철우, 박호재, 나해철, 최두석 등과 그 아랫세대인 김하늬, 전용호, 고재종, 박선욱, 조진태, 정삼수, 장주섭, 박정열, 박정모, 박학봉, 고규태, 임동확, 김형수, 이형권, 정봉희, 김수, 이승철 등 후생들에게 교과서와 전혀 다른 새로운 문학적 세례를 안겨주었다. 1980년대 초반까지 광주문단은 보수적인 색채를 벗어나지 못하고 있었는데, 그는 이를 일신하고자 수고를 아끼지 않았다.

1980년 전후, 광주 문인들의 활약

1980년 정초부터 한국사회는 민주주의에 대한 열망으로 가득 차 있었다. 박정희 대통령이 김재규 중앙정보부장에 의해 피살되는 10·26사태가 돌연 발생하자 문병란 시인과 '양서협동조합'의 장두석 선생은 무등산에 올라 "민주주의 만세!"를 외쳤다. 군사독재가 끝나고 민주시대가 오리라고 생각했던 것이다.

1980년을 전후로 광주·전남 출신 중견문인들의 활약상을 살펴보면 다음과 같다.

전남 나주 봉황면 출신의 소설가 이명한은 1979년 첫 소설집 『효녀무孝女舞』를 조태일 시인이 운영하던 '시인사'에서 출간한 후 본격적인 작품 활동에 나섰다. 이명한 소설가는 1970년에 광주에서 결성된 〈소설문학동인회〉의 일원으로 활동하면서 한승원, 송기숙, 문순태, 주동후, 이삼교, 주길순, 김신운, 김만옥, 이계홍, 이지흔, 김제복, 백시종, 설제록 작가 등과 함께 『소설문학』 동인으로 참여했다. 비록 늦깎이로 등단했지만 항상 넉넉한 인품으로 광주문단의 구심체 역할을 했다. 이명한 작가의 부친 이창신(1914~1948년, 필명: 이석성) 선생은 일제치하인 1929년 11월 27일과 1930년 2월 10일에 발생한 '나주만세시위사건(나주학생독립운동)'을 두 차례나 주도한 독립운동가였다. 그는 1934년 월간 『신동아』의 현상공모에 '이석성李石成'이라는 필명으로 장편 『제방공사』를 응모해 입선되었고, 1935년 〈동아일보〉 신춘문예에 응모한

「홍수전후」가 최종심에 오를 정도로 능력 있는 작가였으나, 일제의 가혹한 검열조치로 그 뜻을 펼치지 못하고 생을 마감한 비운의 작가였다.

소설가 송기숙은 청주교도소에서 복역 중일 때 교도소장의 배려로 옥중에서 초고를 쓴 장편소설 『암태도』의 집필에 본격적으로 착수했고, 『창작과비평』 1979년 겨울호부터 연재를 시작해 독자와 평단의 호평을 받았다.

문병란 시인은 1980년 4월 중순, 『벼들의 속삭임』이라는 '농민문고' 형식의 시집을 '양서협동조합' 장두석 선생의 도움으로 재출간했다. 비록 팸플릿 형식으로 출간했으나 그 내용은 날카로운 현실인식이 돋보였다. '유신벼'와 '통일벼'를 등장시켜 박정희 유신체제를 신랄하게 비판한 장시 「벼들의 속삭임」과 「땅의 연가」 등 대표작, 그리고 공무원들의 파렴치한 행태를 풍자한 「고급공무원 K씨의 하루」 등이 이 시집에 실려 있다. 판권에는 '비매품'이라고 적혀 있으나, 시집 『죽순 밭에서』가 판금 조치된 이후 또다시 판금을 당할까 염려하여 그리 표시했던 것이다.

장시 「노예수첩」 필화사건으로 구속된 양성우 시인은 1979년 7월 17일 제헌절 특사로 석방된 후 8월 25일, 서울 명동 YWCA강당에서 결혼식을 올리고 서울서 신접살림을 차렸다. 그는 1980년 4월 하순, 감옥에서 쓴 옥중시를 묶어 '창작과비평사'에서 제4시집 『북치는 앉은뱅이』를 출간했다. 하지만 '반체제시인'으로 낙인이 찍힌 터라 이 시집은 출간되자마자 계엄사에 의해 '판금조치'가 내려졌다. 제3시집 『겨울공화국』마저 판금된 터라 그의 문학적 불운은 계속되었다.

1980년 3월, '서울의 봄'에 전혀 새로운 형식의 문예지가 출간되어 문단의 비상한 관심을 불러모았다. 전예원에서 출간된 무크 『실천문학』 창간호였다. '자유실천문인협의회'의 기관지로 출간된 이 책은 '역사에 던지는 목소리'라는 슬로건을 내걸었다. 선명한 황토색 표지로 독자들의 눈길을 잡아끌었다. 계엄사의 검열조치로 본문의 여러 군데가 삭제 처리돼 몇 행씩 잘려 나간 경우도 있었다. 문병란의 시 「함평고구마」와 최하림의 시 「희망 없는 땅」은 5행씩이 삭제되기도 했다. 『실천문학』을 통해 광주, 전남 출신의 여러 시인, 작가들이 작품활동을 전개했다.

1980년 4월 하순, 곡성 출신 조태일 시인이 시집 『국토』를 출간한 후 첫 시론집으로 『고여 있는 시와 움직이는 시』를 전예원에서 출간했다. 경희대 2학년 때 〈경향신문〉 신춘문예로 등단한 조태일 시인은 스물여 덟의 나이로 월간 시전문지 『시인詩人』 창간을 주도하여 한국시단에 신 선한 충격파를 안겨준 강골의 시인이었다. 조태일 시인의 이 시론집은 장차 한국시가 나아가야 할 방향을 제시해준 역저였으나, 계엄사는 『국 토』에 이어 이 책마저 판금조치를 했다.

광주민중항쟁과 「투사회보」, 시민들이 쓴 5월시

1980년 5월이 오자, 광주의 대학가는 학내민주화투쟁을 마무리하고 사회민주화투쟁으로 전환했다. 전남대 박관현 총학생회장은 1980년 5 월 14일부터 전남도청 앞 광장에서 수많은 학생들과 시민들이 참가한 가운데 〈민족·민주화 성회〉를 갖고 시국선언문을 발표했다. 15일에는 송기숙, 김동원 등 전남대 교수 50~60여 명이 대형 태극기를 앞세우고 학생들과 함께 금남로 일대를 행진했다.

5월 16일 오후 2시경부터 〈민족·민주화를 위한 횃불 대성회〉가 열 렸다. 이날 광주·전남 지역 18개 대학의 학생과 시민 등 5만 명이 운집 했다. 박관현 총학생회장은 도청 앞 집회에서 횃불대행진의 의의를 밝히며 열변을 토했다. 이날 밤 10시경 시위대는 민주화의 의지를 모은 횃불로 '반민족, 반민주 5·16쿠데타에 대한 화형식'을 거행한 후 피날레로 〈우리의 소원은 통일〉을 목청껏 불렀다. 만약 계엄당국에 의해 휴교령이 내려질 경우 다음 날 오전 10시 전남대 정문에서 만나기로 하고 모두들 질서정연하게 뿔뿔이 헤어졌다.

그런데 1980년 5월 17일, 밤 10시를 기화로 전두환 신군부의 '5·17 쿠데타'가 시작되었다. 동교동의 김대중 선생은 총으로 무장한 군인들에 의해 체포되었고, 서울과 광주 등 전국의 주요 재야인사들과 대학 총학생회의 간부들에 대한 예비검속이 시작되었다. 다음 날 18일부터 전국의 모든 대학에 휴교령이 내려졌고, 언론은 보안사의 강경한 검열 조치로 재갈이 물려 있었다.

1980년 5월 18일부터 27일까지 열흘 동안 광주에서 벌어진 공수부대의 만행은 너무나 끔찍했다. 말로는 이루 다 표현할 수 없는 참혹한 광경이 백주 대낮 중인환시리에 광주 시내 한복판에서 벌어졌다. 5월 18일 오전 10시 30분부터 광주 시내 일원에 공수대원들이 투입되었다. 그들은 시위 여부를 불문하고 학생과 시민들을 무자비하게 타격, 살상했다. 22일부터 26일까지 시민군들의 항쟁에 힘입어 '해방광주'를 맞이했지만, 5월 27일 새벽에 공수대원들의 무자비한 무력진압작전이 전개되었다. 중화기로 무장한 계엄군 5천명이 불과 200~300명도 안 되는 시민군들을 진압하고자 무차별 총격을 가했다. 전남도청 안에서 옥쇄를 각오한 항쟁을 결심한 시민군 대변인 윤상원도 이날 새벽 계엄군의 흉탄에 맞아 절명했다.

1980년 5월항쟁 기간 중 광주는 마치 절해의 고도처럼 홀로 떠 있었다. 국민들의 눈과 귀, 입이 되어야 할 신문과 방송은 침묵으로 일관했다. 1980년 5·18민주화운동 기간 중 신군부에 의해 '광주의 진실'은 철저히 은폐되고, 조작되었다. 신군부는 모든 신문과 방송을 사전 검열했다. 5·18과 관련된 보도는 신군부의 의도대로 축소되거나 확대, 혹은 삭제되었다. 그 때문에 광주의 지역신문인 〈전남매일신문〉과 〈전남일보〉의 기자들은 5월 20일, 집단사표를 내고 제작 거부에 들어갔다. 5월 20일 밤, 정부 발표만을 앵무새처럼 방송하던 광주의 KBS와 MBC 방송국은 시민들에 의해 방화될 정도로 언론은 불신받고 있었다.

서울의 일간지의 경우 5월 21일자의 〈동아일보〉만이 "광주사태 대책강구"라는 제목의 몇 줄짜리 기사를 보도했을 뿐이다. 그러다가 시민군들에 의해 '해방광주'가 시작되자, 계엄사령부는 〈광주 소요사태〉라는 보도자료를 언론에 대대적으로 발표했다. 신군부는 광주에서 실제 벌어진 일들을 모두 유언비어라고 발표했다. 그에 비해 미국의 〈뉴욕타임스〉, 〈워싱턴스타〉, 〈타임〉 등의 언론과 독일의 제1공영방송(위르겐 힌츠페터 기자) 등은 톱기사로 '광주봉기'의 진실을 신속히 보도했다. 허나 신군부는 이러한 외신보도가 한국에 유입되는 것을 철저히 차단하고 있었다.

광주는 5월 21일부터 시외전화가 불통되고 버스와 기차 등 교통수단이 두절돼 고립무원의 상태였다. 그때 광주시민의 입장을 대변하는 대안언론이 등장했다. 시민군 대변인 윤상원과 전남대생 전용호 등의 참여로 5월 21일부터 발간된 「투사회보」(25일 밤부터 '민주시민회보'라고 제호를 바꿔 10호까지 발간되었다. 11호도 제작되었지만, 27일 새벽에 진주한 계엄군들에 의해 전량이 압수되었다)와 시민군 홍보팀과 광주지역 여성운동권 모임인 〈송백회〉 회원들의 참여로 제작하여 거리에 부착한 대자보는 광주시민의 눈과 귀, 입이 되었다. 광주시민들이 '무장폭도'가 아니라 '민주화'를 열망하는 선량한 사람들임을 증명해 준 것이다.

특히 5월 19일부터 혜성같이 등장한 전옥주, 차명숙, 김선옥, 박영순 등이 가두방송에 참여하여 광주시민들의 심금을 울리고 투쟁을 독려했다. 또한 5월항쟁 기간과 그 후에 황지우, 김건남 시인, 김현장 르포 작가 등이 유인물과 육성녹음 테이프의 제작에 참여하여 광주의 진상을 알렸다. 가두방송에 참여한 여성들과 황지우 시인 등은 구속돼 모진 고통을 겪었다.

현재까지 알려진 '5월시'의 첫 출발은 무명의 광주시민이 쓴 「민주의 나라」라는 작품이다. 이 시는 1980년 5월 16일 〈민족민주화 대성회〉 때 시민 한 명이 전남도청 앞 분수대 위에서 낭송해 호응을 얻었던 작품이다. 해방광주 기간에 도청 앞 광장에서 열린 '민주수호 범시민궐기대회' 때에도 이 시가 낭송되어 시민들의 박수갈채를 받았다.

그리고 5월 24일 오후 3시에 열린 제2차 범시민궐기대회 때 이윤정(당시 광주YWCA의 간사)이 쓴 「민주화여!」라는 시가 임영희, 최인선에 의해 번갈아 낭송돼 시민들의 뜨거운 큰 호응을 얻었다.

민주화여, 영원한 우리 민족의 소망이여!/피와 땀이 아니곤 거둘 수 없는 거룩한 열매여!/그 이름을 부르기에 목마른 젊음이었기에/우리는 총칼에 부딪치며 여기 왔노라!/우리는 끝까지 싸우노라!/우리는 마침내 쟁취하리라!(중략) 전두환이 살인마냐! 광주시민 폭도냐!/삼천만을 수호하고 전두환을 배격한다!/폭군정부 격퇴하고 민주정부 건설하자!/방위세가 둔갑하여 최루탄과 총알이냐!/미끼 던져 사냥 말고 역사 알고 자결하라!/대통령이 앵무새냐 시킨대로 잘도 한다.(중략)/미친개들 풀어놓고 민주시민 물어가네/민주시민 협상하여 미친개를 쫓아내니/간첩깡패 운운하며 똥권놈이 성내더라(중략)/자유당 때에 속았고, 5.16쿠데타에 속았고 유신에 속았다/그러나 이젠, 이젠, 이젠/안 속는다! 안 속아!/너무도 속았드라!/안 속는다! 안 속아!/절대로 안 속는다!

절규와 풍자가 적절히 가미되고 민요조 형식으로 써내려간 60여 행
의 이 시는 광주시민들의 마음을 오롯이 표현하여 사람들을 울렸다. 시
낭송이 끝나자 여기저기서 앙코르 요청과 박수갈채가 쏟아졌다.

아울러 5월 25일에 열린 범시민궐기대회 때 주최 측은 시민들에게
자신의 생각을 쓰도록 했고, 그것을 모아 「계엄군과 광주시민」이라는 4
언 절구 형식의 투박한 시가 발표되기도 했다. 또한 '광주시민학생구국
위원회(구, 수습대책위원회)'라는 이름으로 발표된 「광주시민 장송곡」이
라는 시도 있다.

광주시민이 5월 투쟁현장에서 직접 창작한 이들 작품들은 시적 완결
성 여부를 떠나 시민들에게 감동과 호응을 안겨준 것이기에 주목할 만
한 '5월시'라고 아니할 수 없다. 그러기에 훗날 발간된 『5월광주항쟁 시
선집』 등에 이들 작품이 대부분 수록돼 있다.

1980년대 필화사건의 시작, 김준태- 조진태의 5월시

1980년 5·18 직후에 '광주의 진실'은 전두환 정권에 의해 금기시되
고, 왜곡되었다. 그럼에도 불구하고 문학인들은 시, 소설, 르포, 희곡
등 다양한 장르로 수많은 작품을 창작했다. 언론이 제구실을 못할 때
문학이 5월의 진실을 알리는 데 공헌했다.

광주항쟁 직후에 언론에 최초로 발표된 5월시는 김준태 시인이 쓴
「아아, 光州여 우리나라의 十字架여!」라는 시이다. 1980년 6월 2일 오

전 10시경 〈전남매일신문〉의 편집부국장인 문순태 작가로부터 원고청탁을 받은 김준태 시인은 1시간 만에 신들린 듯 이 작품을 썼다. 자신도 모르게 시의 첫 줄이 저절로 써졌다고 회고한 바 있다.

> 아아 광주여 무등산이여/죽음과 죽음 사이에/피눈물을 흘리는/
> 우리들의 영원한 청춘의 도시여

김준태 시인은 광주의 참상과 진실, 광주항쟁의 모든 과정을 압축적으로 형상화하면서 광주가 죽음의 통곡 속에서도 끝내 다시 불사조처럼 일어날 수 있다는, 부활과 청춘의 도시로서의 광주를 형상화했다. 이 시의 마지막에 이르러서는 모든 상처와 죽음을 딛고 광주시민이 반드시 일어설 수 있다는, 신생新生의 희망과 용기를 노래했다.

> 광주여 무등산이여/아아, 우리들의 영원한 깃발이여/꿈이여 십
> 자가여/세월이 흐르면 흐를수록/더욱 젊어져 갈 청춘의 도시여/
> 지금 우리들은 확실히/굳게 뭉쳐 있다 확실히/굳게 손잡고 일어선
> 다.

시가 완성되자마자 김준태 시인은 곧바로 택시를 타고 전남매일신문사로 갔다. 시를 완성할 당시 109행이 되는 장시였으나, 신문사 편집국에서 김준태 시인에게 양해를 구하며 몇 곳을 수정한 탓에 시 원문은 106행이 되었다. 그런데 전남도청에 상주하던 보안사의 검열반원은 인쇄 직전 이 신문의 '게라지'를 꼼꼼히 검열하더니 「아아, 光州여 우리나라의 十字架여!」라는 시 제목을 「아아, 光州여!」만 허용했고, 시 본문을 총 105행에서 2/3를 삭제하여 34행만 허용했다. 보안사 검열반원은 검

열에 지적된 부분을 모두 걷어내도록 빨간색 사인펜으로 '삭'이라고 표시해 놓았다. 6월 2일자 저녁에 발간된 〈전남매일신문〉의 좌측면 중앙에 김준태 시인의 시가 실렸다. 비록 삭제되어 34행만 실렸지만 독자들의 심금을 울려주기에 충분했다.

그런데 전남매일신문사의 한쪽에서 누군가에 의해 김준태 시의 전문이 실린 유인물이 다량 인쇄되어 광주 안팎에 유포되기 시작했다. '광주항쟁(Gwangju Upring)'의 참상을 알리기 위해 외신은 김준태 시인의 「아아, 광주여 우리나라의 십자가여!」를 번역해 타전하기 시작했다. 일본의 『세카이世界』지 1980년 7월호에 시 전문이 실렸으며, 미국의 데이비드 맥켄 하버드대 교수에 의해 영어로 번역돼 여러 나라에 소개되기도 했다 .

김준태의 시가 발표된 후 〈전남매일신문〉 편집국 간부와 기자 4~5명이 보안사로 연행되었고, 김준태 시인은 곧바로 수배조치되었다. 23일 동안 긴 잠행 끝에 김준태 시인은 6월 25일 귀가했고, 광주 신안동 자택에서 연행되었다. 그는 화정동의 '505보안대'로 끌려가 20일 동안 가혹한 조사를 받은 후 재직 중인 전남고교에서 강제해직되었다.

김준태 시인은 「아아, 광주여 우리나라의 십자가여!」라는 시로 인해 필화를 당했지만, 이 한 편의 시는 1980년대 한국문학의 새로운 출발점이자, 장차 다가올 '5월문학'의 신호탄이 되었다.

김준태 시인에 이어 두 번째 필화사건이 광주에서 발생했다. 당사자는 김준태 시인으로부터 문학적 세례를 받은 '조진태'라는 문학청년이었다.

돌이켜 보면 그해 5월에 살아남은 광주의 청년들은 저마다의 방식으로 자기 자신과 힘겨운 싸움을 벌이고 있었다. 조선대 국문과에 다니던 조진태 역시 그랬다. 그는 7월 하순에 한 편의 시를 남몰래 창작했다. 8

절지 갱지에 '조지형'이라는 필명으로 광주의 아픔을 형상화한 37행의
시 「일어서라 꽃들아」를 썼던 것이다.

> 병든 자는 누구냐/피를 흘리며/쓰러지며/울부짖다가 이곳을/살
> 덩이 형제들만 남아 있는 이곳을/이름 없이 떠나간 자는 누구냐/
> 누구더냐(…)/5월의 하늘 아래 빛 꺼진 잎들아/바람아 불어라, 불
> 어 올라라/병든 가슴들 말끔히 씻어가고/끊임없이 피어나는 꽃씨
> 들을 뿌려라(…)/전라도야, 삼천리 잎들의 가슴들아/우리 꽃을 부
> 둥켜안고/가슴을 잇는 푸른 몸뚱이들 맞잡고/우리의 부서짐 없는
> 흙벽을 쌓자.

조진태는 이 시를 광주 송정리 '현대인쇄소'에서 마스터인쇄로 2천
장을 찍었다. 그런 다음 8월 하순 2학기 개강하던 날에, 조선대 본관 강
당과 각 강의실에 이 시가 실린 유인물을 살포한 다음 광주 시내 중심가
로 갔다. 충장로 인근의 학생회관과 다방, 무등극장 옆의 주점과 운동
권 학생들이 드나들던 '통나무집' 등을 순회하면서 그날 하루에 유인물
2천 장을 모조리 살포했다.

「일어서라 꽃들아」라는 시가 인쇄된 '불온 유인물'을 발견한 광주경
찰서 정보과 형사들은 '조지형'이라는 범인을 찾기 위해 혈안이 되었다.
형사들은 '조대 학생'이라는 것을 착안하고서 조대 입학원서를 일일이
필적 대조했다. 마침내 그들은 유인물과 똑같은 필체의 학생, '조진태'
를 찾아냈다.

1980년 9월 13일, 아침 일찍 검은 짚차를 타고 온 3명의 형사들에
의해 조진태는 송정리 자택에서 체포돼 광주경찰서 정보과로 압송되었
다. 그는 상당한 고초를 겪었고, 배후를 댈 것을 강요받았다. 그는 505

보안대에서 사상 검증과 함께 '불온시' 살포 경위에 대해 강도 높은 조사를 받았다. 조진태는 「일어서라 꽃들아」 살포사건으로 광주경찰서 유치장에서 74일을 보냈다. 대학 1학년생이고, 작고한 친형이 '월남전 유공자'라는 것이 참작되어 석방될 수 있었지만, '계엄포고령 위반'과 '불법유인물 배포 혐의'로 그는 조선대에서 제적을 당했다.

1980년대 문학운동을 선도한 〈5월시〉 동인

5·18 직후 '광주'를 작품화할 경우 수배와 체포, 고문과 구속, 파면 등의 조치를 피할 수 없었다. 그러나 자유로운 영혼의 소유자인 시인들은 신변의 위협과 불이익을 무릅쓰고, 5월광주에 대한 권력의 가이드라인을 돌파하고자 행동했다. '5월문학'은 1980년대 군사독재정권과 맞서 싸운 문학적 저항의 상징이었다.

1980년 5월은 한국문학의 새로운 출발점으로 작동했다. 지난 2013년 황현산 평론가가 「광주 5월시의 문학적 위상」(『5월문학총서4- 평론』)에서 다음과 같이 설파한 바 있다.

> 광주는 불행하였다. 그러나 이 불행이 아름다운 말로 지시되는 모든 것은 마음속에만 있다고 믿는 불행한 의식으로부터 한국시를 해방시켰다. 광주는 세상으로부터 단절되어 풍편으로만 소식을 전하는 폐쇄된 울타리였지만, 우리 시대가 요구하는 온갖 말들을 그 안에 끌어모아 확대 재생산하였다. 정치적으로건 미학적으로건 두려움을 모르는 한국시의 언어가 그 튼튼한 체력을 그 죽음과 삶의

경계에서 얻었다. 광주 이후 한국 땅에서 시를 쓰는 사람들은, 그가 민중시인이건 탐미주의자이건 간에, 사실주의자이건 모더니트스이건 간에, 시 쓰는 자아의 정체성과 인간의 한계에 대한 예민한 질문에서 결코 자유로울 수 없었다. 시인들은 역사 속에서 시적 자아의 자리를 정립해야 했으며, 한 사회의 가장 깊은 곳과 자아의 가장 내밀한 곳이 어떤 목소리를 지녔는가를 끊임없이 물어야 했다. 그리고 이 질문은 여전히 계속된다.

그렇다. 1980년대의 모든 문학과 시는 5월에서 비롯되었고 해도 과언이 아니다. 이은봉(전 광주대 교수) 시인이 지적했듯이 광주항쟁을 통과하면서 한국문학은 주제와 내용, 형식과 기법, 사유와 통찰의 작가정신에 변혁을 몰고 왔다. 5월 경험이 직접적이든 간접적이든 5월을 통해 한국문학의 깊이와 넓이가 달라졌다. 그 5월을 자양분 삼아 1980년 한국사회에 '시의 시대'가 꽃필 수 있었던 것이다.

하지만 전두환 정권의 중반까지만 하더라도 광주는 일체의 외부집회가 통제되고, 경찰과 정보요원이 다방이나 주점, 캠퍼스 곳곳에 진을 치고 있었다. 그들은 시내 찻집과 대학가에서 시민학생들의 일거수일투족을 감시했다. '광주'를 이야기하거나 글로 쓴다는 것은 구속과 투옥 등 신변의 위협을 감수해야 했다. 그리고 '5월', '무등산', '금남로', '충장로', '광주천'이라는 말은 권력의 '금기어'였다.

또한 '보도지침'의 굴레 하에 놓인 5공 치하의 언론은 정권의 발표만을 앵무새처럼 보도했고, '광주'에 대해선 침묵의 묵비권을 행사했다. 그 참담한 역사적 사실을 세월 속에 그냥 파묻어버리려고 했다. 인쇄소와 복사집도 감시 하에 놓여 있어 광주와 5월을 외부로 이야기한다는 것은 결코 쉬운 일이 아니었다. 그러한 일은 1987년 6월항쟁 이후에도 한동안 지속되었다.

1980년 5월 직후의 한국문학은 가장 엄혹한 빙하기에 놓여 있었지만, 어느 날부터 20대 젊은 문인들과 문청들을 중심으로 조심스럽게 '5월'과 '광주'가 이야기되기 시작했다. 그들은 5월이 민족 전체에게로 되돌려져 새롭게 완성되어야 하며, 그 완성이 이루어지기 전까지 현재형으로 남아 있어야 한다고 생각했던 것이다.

1981년 7월, 광주에서 〈5월시〉 동인이 출범하여 활동을 시작했다. 뒤이어 그 아랫세대로서 젊은 문학청년들이 1982년 12월, 〈광주 젊은 벗들〉을 결성하여 시낭송운동을 펼쳤다. 시를 통해 '광주 진실 알리기 투쟁'을 전개한 것이다.

〈5월시〉 동인은 5월항쟁의 전과정에 참여했고, 항쟁의 주역 중의 한 사람으로 투옥되었던 박몽구 시인이 동인 중의 한 명으로 참여함으로써 그 정당성을 부여받았다. 〈5월시〉 제1집(『이 땅에 태어나서』)은 경찰에 의해 압수되기 직전, 이영진, 고규태 시인에 의해 책의 일부가 빼돌려져 세상에 빛을 보게 된다. 1981년 7월 10일자로 대호출판국에서 자비로 출간된 이 동인지에는 등단한 시인 6인(김진경, 박상태, 나종영, 이영진, 박주관, 곽재구)의 52편의 시가 게재돼 있다. 그러나 1집을 보면 '5월시'라는 명칭을 제외하고 '5월 광주'에 대한 직접적인 언급이나 구체적인 상황 묘사는 찾아보기 힘들다. 대부분 상징적인 모습으로 드러나 있을 뿐이다. 김진경 시인의 「진혼」, 박상태(당시 '박몽구' 시인이 경찰에 수배 중인 관계로 이 필명을 썼다) 시인의 「무등 혹은 우리들 마음의 기둥」, 나종영 시인의 「봄밤」, 이영진 시인의 「마취사」 정도가 명징한 5월시편에 속한다. 1982년 3월, 〈5월시〉는 나해철, 윤재철, 최두석 시인을 새로운 동인으로 받아들여 제2집 『그 산 그 하늘이 그립거든』(도서출판 한국)을 출간했다. 5월에 대한 좀 더 근원적인 탐구와 함께 곳곳에

'죽음'에 대한 형상화가 엿보인다.

〈5월시〉 동인은 1982년 12월에 출간된 제3집 『땅들아 하늘아 많은 사람아』를 통해서 비로소 '에꼴'을 형성했다고 생각한다. '청사'라는 서울의 유명 출판사에서 출간해 1, 2집과 달리 전국 서점에 유통될 수 있었고, 문단 안팎에 상당한 호응을 불러왔다. 그리고 이 3집에 최초로 동인의 입장이 실렸다. 김진경의 평론 「제3문학론」은 〈5월시〉의 방향성을 제시한 장문의 '서문'인 셈이다.

> 5월은 이러한 진정한 모험과 귀향에로 우리를 부르는 목소리이다. …시를 쓰는 자의 말이 우리에게 의미 있는 것은 그의 말이 자신의 말이면서 동시에 모두의 말일 수 있을 때이다. 시를 쓰는 자의 고난이 의미 있는 것은 그의 삶이 자신의 삶이면서 모두의 삶일 때이다. 그 시대의 어둠을 명명하도록 부름을 받아 그 순수한 구속을 기꺼이 받아들일 때 비로소 시를 쓰는 자는 진정한 시인일 수 있다.

3집 이후 〈5월시〉는 1983년 8월, 시와 판화의 만남을 통해 문학의 대중화작업에 나섰다. 김경주, 조진호 화가와 결합하여 광주 '아카데미 미술관'에서 '시판화전'을 열었고, 9월에 한마당출판사에서 '5월시 판화집' 『가슴마다 꽃으로 피어 있어라』를 출간하여 신선한 화제를 몰고 왔다.

그리고 제4집 『다시는 절망을 노래할 수 없다』는 5월항쟁을 사실적으로 형상화한 박몽구의 연작장시 「십자가의 꿈」, 최두석의 평론 「시와 리얼리즘」을 실었다. 5월에 대한 본격적인 천착과 함께 그 형상화 작업이 이루어진 것이다. 그리고 분단의 책임자로서 미국을 새롭게 인식하는 시적 모티브가 등장했다. 고광헌 시인을 새로운 동인으로 맞아들인 가운데 1985년 4월에는 제5집 『5월』을 출간했다. 〈5월시〉는 이 5집에서 문학운동의 방향을 지역문화의 매체로서 뿌리내릴 것을 천명했다. 전남대 〈비나리패〉의 공동창작 장시 「들불야학」(전남대 '비나리패' 공동 창작, 윤정현 대표집필)을 지역문화 특집으로 게재했으며, 시의 서사구조의 확립에 역점을 두었다. 최두석의 장시 「임진강」, 박몽구의 연작장시 「십자가의 꿈」에 동인지 지면을 대폭 할애했다.

1981년 7월에 첫선을 보인 〈5월시〉는 〈시와경제〉 동인과 함께 1980년대 민족문학 진영의 동인운동을 선도했다. 〈5월시〉 이후에 〈시와경제〉(1981. 12), 〈삶의문학〉(1983년 봄), 〈분단시대〉(1984. 5), 〈남민시〉(1985) 등이 출현할 수 있었다. 아울러 〈5월시〉 동인 중 김진경, 고광헌, 윤재철 시인이 교육운동에 적극 뛰어들어 전교조 탄생에 일조하기도 했다. 아울러 청사출판사를 매개로 출판운동을 전개했고, '자유실천문인협의회'를 통한 문학운동에 적극 앞장선 것도 우리가 기억해야 한다.

5월의 시민 속으로- 〈광주 '젊은벗들'〉의 시낭송운동

〈5월시〉 동인의 아랫세대로서 〈광주 '젊은벗들'〉은 1982년 12월 23일부터 이듬해 1983년 10월 22일까지 10개월 동안 광주 시내 한복판에서 '시낭송'과 '시화전', '벽시-노래마당' 등의 행사를 펼쳐 '광주 진실 알리기 투쟁'에 동참했다. 〈5월시〉 동인이 '동인지' 출판을 통한 '정적靜的운동'에 치중했다면 〈광주 '젊은벗들'〉은 시낭송운동을 통한 '동적動的운동'에 적극 나섰다. 5공정권의 초반, 엄혹한 시대적 상황을 뚫고 광주시민들 속으로 뛰어 들어가 침묵에 빠진 광주문학에 새바람을 불어넣고자 했다. 〈광주 '젊은벗들'〉은 1980년 5월항쟁의 현장을 목격했거나 그 '5월 현장'에 살아남은 자로서 '광주 진실 알리기 투쟁'에 동참하다가 고초를 겪은 사람들이 주축을 이루었다. 박선욱 시인을 제외한 주요 멤버들은 미등단 상태의 문청들이었으나, 〈광주 '젊은벗들'〉 활동이 계기가 되어 이승철, 정삼수, 조진태, 장주섭, 박정열, 이형권, 박정모, 김수 등이 등단하게 된다. 그리고 이 운동에 함께했던 박선정, 정봉희는 광주에서 문화운동, 노동운동을 펼치기도 했다.

1982년 12월 23일 오후 6시 전남도청 앞의 남도예술회관 2층 다목적실에서 〈제1회 광주 '젊은벗들' 시낭송의 밤〉이 개최되었다. 초대강연에 김준태 시인, 초대시 낭송에 〈5월시〉 동인 곽재구, 나해철, 나종영, 이영진 시인이 참여했다. 아울러 민요공연에 정봉희, 시낭송에 참가한 '젊은벗들'은 박선욱, 이승철, 손용석, 이영림, 조진태, 이형권, 정삼수, 장주섭이었다. 그때 '아들사건'으로 석방된 지 얼마 안 된 정삼수는 집행유예 기간이었기 때문에 '한경식'으로, 그리고 장주섭은 '장방림'으로, 노동운동에 뛰어들어 '블랙리스트'에 오른 정봉희는 '김봉이'라는 가명을 써서 혹시 있을지도 모르는 사태에 대비했다.

이날 김준태 시인은 「아아, 광주여 우리나라의 십자가여!」를 발표한 이후 처음으로 광주시민들 앞에서 문학강연을 하여 주목을 받았다. 김준태 시인은 이날 독일의 비평가 헤르더의 말을 인용해 "붓끝이 세상을 변화시킬 수 있고, 시인이 세계를 변모시킬 수 있다."고 주장했다. 그날의 행사는 1982년 12월 27일자의 〈광주일보〉 문화면 박스기사로 보도되기도 했다.

〈광주 '젊은벗들'〉은 첫 행사를 가진 3개월 후에 YMCA 백제실에서 초대강연자로 문병란 시인을 모시고 두 번째 시낭송의 밤을 가졌고, 1983년 5월에는 「붉은산 아아 저 흰옷들」이라는 소책자를 발간하여 시낭송 운동의 성과를 되돌아보고, 향후 나아갈 방향을 제시했다. 이때부터 〈광주 '젊은벗들'〉은 정삼수의 제안으로 그 명칭을 〈광주젊은벗들 시낭송기획실〉로 변경했다.

〈광주젊은벗들 시낭송기획실〉이 3개월간의 준비기간을 거쳐 1983년 7월 10일부터 1주일 동안 광주 시내 '대한투자신탁' 전시실에서 시화전을 가졌다. '젊은벗들'의 신작시와 함께 문병란, 김준태, 곽재구, 나종영, 나해철, 박몽구, 이영진의 초대시를 화가 홍성담, 〈토말그룹〉의 홍성민, 변재호, 박광수, 윤철현, 정광훈 화가가 참여하여 시화전을 열었다. 기존 시화전과 달리 캔버스의 틀을 과감히 탈피했고, 만화와 콜라주 등 다양한 형식으로 시의 테마를 시각화했다. 〈광주 '젊은벗들'〉의 시화전이 개최되고 나서 한 달 후에 〈5월시〉 동인과 김경주, 조진호 화가가 참여한 〈5월시 시판화전〉이 광주 아카데미미술관에서 개최되었다.

〈광주젊은벗들 시낭송기획실〉은 1983년 10월 22일, YMCA 2층 백제실에서 제4회 행사로 '벽시- 노래마당'을 개최했다. 행사장 안은 여전히 많은 시민학생들이 찾아와 북적거렸다. 이날 조태일 시인이 오랜만에 광주를 찾아와 초대강연을 했고, 백기완 시인이 초대 서시로 「민중과 하나되는 그날까지」를 보내주셨다. 김민기의 금지곡이 공연되었고, 서울대 〈메아리〉 팀의 민요공연도 펼쳐졌다. 장주섭, 이승철, 박선욱, 김경의, 장헌권, 박학봉, 이형권, 신상록, 정삼수 등이 광주항쟁을 본격적으로 형상화한 시편들을 선보였고, 특별기획시 낭송으로 '민족통일을 노래하는 시들'이 낭송되었다. 문익환, 백기완, 고은, 조태일, 양성우의 통일시가 낭송됨은 물론, 서울에서 살던 박몽구 시인이 초대시인으로 참석하여 시낭송을 했다.

〈광주 '젊은벗들'〉은 불과 10개월 사이에 세 차례의 시낭송과 한 차례의 시화전을 연속 개최하여 침체에 빠진 광주문학에 새로운 활력을 불어넣었다. 5월 이후 실의에 빠진 광주시민들 속으로 직접 뛰어들어 대중과 함께 호흡하는 시낭송운동을 펼침으로써 열린 공간에서 상호 교감을 획득했다. 그리고 민요와 노래 그리고 미술과 연계하는 등 장르와의 결합, 장르통합의 효과로 판을 넓히고 행사에 노래와 춤이 어우러져 긴장감과 활력을 불어넣었다. 그 당시 광주시민들은 누군가가 간절히 진실을 말해주고 외쳐주기를 원했고, 그러한 갈망의 눈빛을 읽은 문인들과 〈광주 '젊은벗들'〉은 더욱더 자신을 가다듬으면서 '5월'의 진실을 자기화하기 위해 몸부림쳤다.

부도덕한 정치권력의 금기에 도전한 5월문학

앞에서 잠시 언급한 것처럼 1980년 5월 이후 그리고 1987년 6월항쟁 직후까지만 하더라도 '5월'은 정치적 금기어에서 완전히 해방된 것이 아니었다. 5월에 관한 기록물을 발표하거나 증언록을 출판하는 것은 그때까지도 매우 은밀히 이루어졌다.

풀빛출판사 나병식 대표는 1985년 5월을 맞아 5월항쟁의 진상과 광주의 진실을 최초로 조명한 '광주 5월 민중항쟁의 기록'『죽음을 넘어 시대의 어둠을 넘어』를 출간하고자 했다. 5월 16일, 인쇄를 끝마치고 제본 중이던 책자 2만 부가 서울 중부경찰서에 의해 전량이 압수되는 사태가 발생했다. 경찰은 풀빛출판사 대표 나병식, 유한정판사 대표 김상기, 영신제책소 대표 박종옥을 연행하고, 이 책을 감수한 황석영 작가를 수배 조치했다. 허나 출판사 측은 마스터 인쇄로 이 책을 비밀리에 재출간하여 독자들로부터 큰 관심과 호응을 받았다.

1980년대 내내 5월광주의 진실은 5공정권에 의해 철저히 금기시되고 있었다. 예컨대 광주출판사가 〈5·18광주의거청년동지회〉 편으로 『5·18광주민중항쟁증언록』을 출판한 것은 1987년 11월의 일이었다. 그리고 윤재걸 시인이 쓴 『작전명령 화려한 휴가- 광주민중항쟁의 기록!』이 출간된 것은 1987년 12월의 대선 무렵이었다. 또한 〈5·18광주민중항쟁유족회〉에서 출간한 『광주민중항쟁비망록』(항쟁 희생자들에 대한 기록)은 1989년 5월, 여소야대 국면 때 비로소 출판될 수 있었다. 말하자면 5공 전두환정권 말기까지 권력은 '5월'을 정치적 금기사항으로 철저히 묶어 놓았다. 5월의 진상을 밝히려 하는 국민들의 눈과 귀, 입을 철저히 틀어막았던 것이다.

문학과 시 또한 마찬가지였다. 1980년 5월항쟁 직후 5월시 1편으로 김준태 시인은 잘 다니던 직장에서 졸지에 쫓겨났고, 조진태 시인은 대학에서 제적조치를 당했다. 바로 이런 현실은 창작자인 시인, 작가들에게 엄청난 자기검열로 다가왔다. 송수권 시인의 경우 1980년 6월 4일자 〈전남일보〉(현, 〈광주일보〉)에 시 「젊은 광장에서」를 발표한 후 당시 광주여고 교사인 그에게 광주경찰서 담당형사가 따라붙어 그의 일거수일투족을 감시했다. 아울러 광주항쟁 2주기를 맞아 5월문학행사를 단독으로 준비하던 김하늬 시인은 경찰에 연행되었고, 광주교도소에서 2년간 옥고를 치러야 했다.

김준태, 조진태 시인의 필화사건이 있고 나서 '5월시'의 발표 상황을 살펴보면 다음과 같다.

1981년 5월 30일, 문병란 시인의 시선집 『땅의 연가』(창작과비평사)가 출판되었다. 이 시집에 미약하나마 5월 광주의 아픔을 형상화한 「구두닭이 철이」, 「화정동의 저녁노을」, 「전라도 뻐꾸기」 등이 게재되었는데, 시집은 이내 판금조치를 당했다.

1981년 11월 10일에 발간된 무크 『실천문학』 제2권을 살펴보면 김정환 시인의 「몸통에서 분리된 모가지의 노래」, 「다시 쓰는 추도시」 등이 있으나 '황색예수전'이라는 제목으로 가려져 있어 그 은유적 화법을 일반 독자들이 체득하기 어려웠다. 문병란의 「새벽의 서」, 강은교의 「소리 VII」, 김준태의 「밤거리 샹송」, 「달이 뜨면 그대가 그리웠다」, 양성우의 「이 땅에 살기 위하여」 등이 5월시로서의 색채를 은연중에 보여주었다. 1982년 11월에 무크 『실천문학』 제3권이 출간되었다. 그 잡지의 1호 신인으로 등장한 박선욱 시인의 「누이야」, 「그때 이후로」, 하종오 시인의 「오월생에게」, 「오월에 대하여」, 「그곳 오월」을 실을 수 있는 건 행운이었다.

그런 후 1983년 12월 20일에 출간된 시 무크 『민의』 제2집 '시와현실'(일월서각)에는 문병란의 「광주소식」, 박주관의 「그 마을에 가서」, 「봄밤의 꿈」, 고형렬의 「연표」, 선명한의 「광주의 예수」, 박몽구의 「사람을 기다리며」, 박선욱의 「꽃으로 머물고 싶은 오월」, 이승철(신인)의 「용봉동의 삶」, 「절망 속에서도」, 「당신을 위하여」, 「그 사내」, 「재기」 등 5월시 편이 게재되었다.

1984년부터 무크시대의 유격전이 본격화되었다. 『민중시』 제1집(청사)에 문익환, 양성우, 김준태, 윤재걸, 박몽구, 박선욱, 고규태, 조진태의 5월시가 발표되었다.

1985년 당시 가장 강력한 문학운동을 전개하던 '자유실천문인협의회(약칭: 자실)'의 경우 기관지 4집 특집으로 『5월의 노래 5월의 문학』을 출간했다. 여기에 문병란, 김준태, 하종오, 박몽구, 박노해 시인의 5월시를 수록했다.

1980년 5월에 광주 현장을 취재했다가 보안사에 의해 A급 문제 언론인으로 낙인찍혀 동아일보사에서 쫓겨났다가 복직한 『신동아』 기자 윤재걸(시인)이 한국 공식언론 사상 최초로 광주 문제를 정면으로 다룬 「다큐멘타리─광주, 그 비극의 10일간」이라는 기사를 월간 『신동아』 1985년 7월호에 발표하여 초판 30만 3천 부가 일거에 매진되는 일이 벌어졌다(『월간조선』에서도 조갑제 기자의 광주 관련 기사가 실렸지만 왜곡된 내용으로 광주에서 불매운동이 벌어졌다). 이 『신동아』 기사에는 최근 화제가 된 '헬기 기총소사' 사건이 언급돼 있어 큰 반향을 불러일으켰다. 보안사는 윤재걸 기자, 〈동아일보〉 남시욱 출판국장, 이정윤 출판부장을 6월 20일 보안사로 연행해 온몸이 피멍이 들 정도로 상당한 매타작을 가했다. 다행히 풀려날 수 있었지만, 매진된 잡지는 더 이상 재판을 찍을 수 없었다.

『신동아』의 발표가 있고 나서 1985년 7월 전두환 정권은 국방부의 명의로 『광주사태의 실상』이란 소책자 발간해 배포했다. 거기엔 계엄군 집단발포 사실을 부정하면서 광주를 무장폭도의 소행이라고 기술했다. 국방부는 이 왜곡된 소책자를 국군과 예비군의 정신교육 자료로 만들어 대량 배포했다.

광주항쟁 시선집 출간과 김남주 시인의 옥중시

1985년 12월에 광주출판사는 『민족현실과 지역운동』을 출간하면서 '5월기획'으로 「5월과 문화항쟁」, 서평으로 「광주 오월의 젊은 시인들」, 그리고 신작시로 박봉우, 문병란, 김준태, 김희수, 나해철, 고광헌, 이

재무, 이승철, 조진태 등의 5월시를 수록했다. 광주의 〈민문연〉의 주도로 창간한 첫 종합무크로서 문단 안팎의 주목을 받았는데, 초판 전량이 광주에서 제본 중 경찰에 의해 압수되자 비밀리에 서울서 재출간했다. 문화기획 「5월과 문화항쟁」 부분을 보면 5월항쟁 당시 미술패의 수기(「총탄 속의 프랭카드」)를 게재하면서 5월 당시 시민군의 구호인 "살인마 전두환을 찢어 죽이자"의 '전두환을' '×××을'로 표기한 것은 지금 생각해도 아쉬운 대목이다.

1986년 2월에 박몽구 시인은 〈5월시〉 동인지 4, 5집에 발표했던 연작장시를 묶어 시집 『십자가의 꿈』을 풀빛 판화시선으로 출간했다. 광주항쟁의 직접 참여자가 5월항쟁의 과정을 형상화한 것은 매우 뜻깊은 작업으로 평가되었다. 그는 1988년 6월, 전예원에서 출간한 시집 『끝내 물러서지 않고』에서 연작장시 「남은 사람들」 등 5월항쟁을 형상화한 43편의 시를 발표하여 5월문학의 확산에 기여했다.

그리하여 마침내 1987년 7월, 1980년 5월 이후 개인 시집과 각종 문예지, 동인지 등에 발표된 80인(시인 76명, 작자미상 4인)의 5월시를 한데 묶은 '5월 광주항쟁 시선집' 『누가 그대 큰 이름 지우랴』가 문병란, 이영진 엮음으로 인동출판사(대표: 이영옥)에서 출간될 수 있었다(이 시선집에 수록된 5월시의 원고 수합과 출판 작업은 인동출판사 편집장인 이승철 시인이 필자도 모르게 극비리에 진행했다). 1987년 6월항쟁의 승리가 광주 5월시편들을 세상 밖으로 출현할 수 있게 만들었다. 이 시선집에 204편의 5월시와 함께 임헌영의 해설 「5월문학의 역사적 의의」, 채광석, 김진경, 강형철, 고규태의 좌담 「5월의 문학적 수용과 전망」을 수록했다. 이 시선집은 1980년 5월 이후 7년 동안 발표된 5월시의 문학적 성과물을 처음으로 정리한 시선집이어서 문단 안팎에 커다란 화제를 불러 모았다.

1987년 11월에는 '남민전' 사건으로 전주교도소에서 8년째 수형생활을 하고 있는 김남주 시인 제2시집 『나의 칼 나의 피』가 인동출판사에서 출간되었다. 감옥 밖으로 비밀리에 유출된 옥중시편을 묶어낸 것이었다. 광주항쟁에 대한 매우 즉정적이고 본질적인 시편들이 실려 있었으나, 출판사 측에선 만약의 사태를 염려하여 '고은, 양성우'라는 명망가의 이름으로 편하여 이 책을 출간해야 했다. 『나의 칼 나의 피』가 출간되자마자 언론과 독자들의 반응은 매우 뜨거웠고, 대학가 서점에서 베스트셀러가 되었다. 김남주의 시집은 『농부의 밤』이라는 제목으로 지하에서 수만 부가 팔리기도 했다. 일본에서도 출간되었고, 김남주 시인은 일본PEN클럽 명예회원으로 추대되었다.

1988년 8월 25일에는 옥중시편을 총망라한 김남주 제3시집 『조국은 하나다』가 광주의 남풍출판사(대표: 정진백)에서 출간됨으로써 '5월시'의 금기 영역을 깨뜨리는 데 크게 기여했다. 9월 1일, 『김남주론』이 광주출판사에서 출간되었다. 마침내 김남주 시인이 국내외 석방운동에 힘입어 1988년 12월 21일 오전 10시 〈남민전〉 사건으로 투옥된 지 9년 3개월 만에 전주교도소에서 석방될 수 있었다.

1990년 광주항쟁 10주년을 맞아 3권의 5월시선집이 대거 출판되었다. 4월에 고은, 문병란, 김준태, 김남주, 김초혜, 고정희, 박노해 등 시인 66명의 시와 망월동 제3묘역 묘비명, 5월노래 악보 등이 수록된 '5·18광주민중항쟁 10주년 기념시집' 『하늘이여 땅이여 아아, 광주여』가 이승철 책임편집으로 황토출판사에서 출간되었다.

이어 5월 초에 문익환, 고정희, 이시영, 하종오, 나종영, 임동확 등 시인 38명의 시와 5월노래, 대학생 및 광주시민들이 쓴 5월시가 수록된 '5월항쟁 대표시선' 『마침내 오고야 말 우리들의 세상』이 김남주, 김준태 편으로 한마당에서 출간되었다. 5월 중순에는 김남주 시인의 5월시 34

편을 한데 모은『학살』이 한마당에서 출간되었다. 김남주 시인은 이 시집의 머리말에서 "여기 실린 시들은 광주시민이 흘린 피의 교훈의 활자화 외에 아무것도 아니다. 새삼스럽게 이미 이 시집 저 시집에 실린 시들을 한데 모아 세상에 내놓는 것은 피의 이 교훈을 오늘에 되살려볼 만한 가치가 있다고 판단했기 때문이다."고 소회를 밝혔다.

5월작품 수집과 아카이브 작업의 추진과제

2000년 5월 초에 5·18 제20주년 기념 시선집으로『꿈, 어떤 맑은 날』(이룸)이 김사인, 임동확 편으로 출간되었다. 강인한, 강형철, 김선우, 김승희, 김용락, 김정란, 김지하, 김태수, 나희덕, 도종환, 이성복, 정희성, 최하림, 황학주 등 시인 100명의 5월시 100편이 수록되어 있다.

또한 5월 초에 황지우 시극집『오월의 신부新婦』(『실천문학』 1999년 가을호 발표작의 개작)가 문학과지성사에서 출간되었다. 시민군 대변인 윤상원과 조비오 신부 등의 실화를 바탕으로 5월항쟁 기간 중 광주 사람들이 겪어야 했던 수난과 상처를 시극화한 것이다. 2000년 5월 18일, 황지우 시인은 〈한겨레21〉과의 인터뷰에서 "광주가 살아남은 사람들에게 남긴 유산이라면 그때 목숨을 바친 그들 때문에 인간을 긍정할 수 있게 된 것이 아닐까. 도청의 비극은 초월에 대한 인간의 가능성을 놀랍게 보여준 사건이다. 인간에게 이런 경지의 높은 도덕성과 거룩함이 존재할 수 있다는 사실의 확인은 한국전쟁 같은 다른 역사적 대재앙들이 남기지 못한 유산이다."고 말했다. 이 작품은 시극과 뮤지컬로도 공연되기도 했다.

2012년 8월 하순, 5·18기념재단(이사장: 김준태)은 '5·18민주화운동기록물'의 〈유네스코세계기록문화유산〉 등재와 5월항쟁 32주년, 5·18기념재단 창립 18주년을 기념해 전4권 분량으로 『5월문학총서』를 기획하고 1차분으로 제1권 시, 제2권 소설을 문학들출판사에서 출간했다. 『5월문학총서』 1권에는 고은, 신경림, 문병란, 정희성, 이시영, 김준태, 송수권, 이영진, 나종영, 고정희, 하종오, 황지우, 조진태 등 169명 시인의 시 208편을 수록했다. 2권 소설에는 임철우, 윤정모, 한승원, 정도상, 홍희담, 송기숙, 최윤, 백성우, 박호재, 문순태, 공선옥, 심상대, 심영의의 5월소설 13편을 수록했다. 이어 2013년 4월에는 제3권 희곡과 제4권 평론이 간행되었다.

광주민중항쟁 38주년을 맞이한 시점에서 살펴보면 '5월'을 노래한 시편들은 거의 1만여 편에 이를 것으로 추정된다. 광주의 대표적인 5월시인인 문병란, 김준태, 박몽구 시인의 경우만 하더라도 1인당 적어도 100편에서 수백 편의 5월시를 창작했다. 그리고 〈5월시〉 동인에 참가한 시인들과 광주전남 지역의 많은 시인들, 〈광주젊은벗들〉에 참가한 여러 시인들도, 그리고 1980년 5월문학 세대들이 수많은 5월시를 썼다.

지난 2011년 5월 24일, '5·18민주화운동기록물'이 〈유네스코세계기록문화유산〉에 선정되었음에도 불구하고 아직껏 1980년 5월 이후 창작된 5월 시편들, 5월 소설들에 대한 원고(기록물) 수집과 그 통계가 정확히 이뤄지지 않고 있다는 건 매우 아쉬운 일이다. 광주전남작가회의나 5·18기념재단, 5·18민주화운동기록관이 사명감을 갖고 5월작품 제반 기록물의 수집 작업, 아카이브 구축 작업에 박차를 가해줄 것을 요청한다.

광주항쟁 38주년을 맞이한 오늘의 시점에서도 5월의 역사를 여전히 폄하하고, 왜곡하는 세력들이 도처에 잔존해 있다. 특히 광주학살의 최고책임자인 전두환이 자신의 과오를 전혀 뉘우치지 않고, 오히려 강변하고 있는 바 오월시, 5월문학이 무엇을 할 것인지 우리 모두 깊이 성찰해야 할 것이다.

5월의 소설적 재현과 임철우의 장편 『봄날』

1980년 5월 이후 2018년까지 5·18민중항쟁을 제재로 한 소설작품은 총 42편의 중·단편과 8편의 장편소설이 발표된 것으로 파악하고 있다.

전남대 국문과에서 『5·18민중항쟁 소설연구』로 박사학위를 받은 심영의 작가는 저서 『5·18과 문학적 파편들』에서 그동안 발표된 5월소설을 크게 보아 '역사 혹은 기억의 재현, 죄의식의 표출, 그리고 트라우마 치유 혹은 해원'이라는 3개의 범주에서 문학적 작업이 이루어졌다고 보고 있다.

'5월민중항쟁'을 다룬다는 것은 '다시 기억하기'라는 고통을 통과한 작가들의 열정의 산물로 하나의 문화적 실재이자 기억 공간이다. 무엇보다도 한국 현대사에서 가장 참혹한 비극적 실체의 현현이라고 할 수 있는 그 5월을, 그 역사적 외상을 소설로 형상화하기란 그리 쉬운 일이 아니다. 그러기에 오월시와 달리 오월소설은 항쟁이 4년이나 지난 시점이 되어서야 비로소 발표될 수 있었다.

광주학살의 최고책임자가 일국의 대통령이 되고, 그 학살에 동조했고 부역했던 군부집단이 권력 상층부를 장악하고 있던 1980년대는 '보도지침'에 의해 언로가 꽉 막히고, 언론이 제 역할을 하지 못할 때였다.

더구나 1980년 초중반에는 작가들이 간접적이나마 체험하고, 체득

할 수 있는 자료가 절대적으로 부족했다. 풍문과 소문, 단편적인 사실만으로 소설 작업의 총체성을 획득한다는 것은 결코 쉬운 일이 아니었다.

작가 임철우의 경우만 보더라도 그가 광주 출신이고, 5월항쟁의 전 과정을 목격하고 참여했던 작가이건만, 4년이나 지나고 나서야 비로소 소설 한 편을 써낼 수 있을 정도로 5월의 문학적 재현은 참으로 힘들고 고통스러운 일이었다. 전대 영문과에 다닐 때 국문과생 박효선(1954~1998년)의 친구이기도 했던 그는 1979년 광천동에서 〈들불야학〉을 이끌던 윤상원(5월 당시 '광주 시민군' 대변인)과 만나면서 사회의식에 점차 눈을 뜨게 된다. 등단 전의 문청 시절에 임철우는 〈극회 광대〉의 일원으로서 '마당굿' 공연이 있을 때 피켓을 들거나 단역을 맡는 등 1인 3역으로 출연한 적도 있었다.

임철우는 1980년 5월의 광주 현장을 누구보다도 생생히 지켜봤다. 〈극회 광대〉의 단원들인 박효선, 김윤기, 김선출, 김태종, 임철우 등은 황석영 원작소설 「한씨 연대기」를 연극무대에 올리고자 광주 YWCA 안의 양서조합 사무실에서 매일 연습을 했다. 1980년 5월 18일에도 그곳에 모여 연습 중이었는데, 〈광대〉 단원인 윤만식(전, 극단신명 대표)이 갑자기 뛰어 들어와 "시내가 지금 난리가 났다. 어서 피하라. 광대가 찍혀서 집에 있지 말고 다른 데로 가라!"고 외쳐댔다.

5월 22일부터 박효선은 '시민군 지도부 홍보부장'으로 일했다. 〈광대〉의 단원들과 〈들불야학〉의 강학과 학생들, 화가 홍성담 등은 5월항쟁 기간 동안 〈투사회보〉나 대자보, 현수막을 작성하여 광주시민군의 홍보선전을 담당했다. 그 당시 신문이나 방송으로 광주 소식을 일체 접할 수 없던 시민들은 전남도청 앞 인근 건물의 셔터 벽에 나붙은 〈투사회보〉나 〈대자보〉 등을 통해 광주 시내의 상황과 국내외 소식을 접할 수 있었다. 그때 임철우는 노트를 가지고 다니면서 광주 시내에 나붙은 각종 대자보나 벽보를 일일이 손으로 베껴 썼다. 훗날 그러한 체험은 그가 광주 소설을 쓸 때 큰 도움이 되었다.

'광주 5월'은 임철우에게 '기억'이기보다는 '삶', 그 자체였다. 그는 분노하며 그 열흘을 살았고, 장편소설『봄날』을 쓰기 위해 10년 동안 창작열을 지펴야 했다. 그는 청소년 시절부터 광주에서만 살다가 1982년 서강대 영문과 대학원을 다니기 위해 상경했다. 그때 그가 서울서 만난 교수들과 대학원생들은 광주 이야기가 나오면, "정말 그렇게 많이 죽었어요? 모두들 목숨 아까운 줄 알건데 어떻게 조직된 힘이 유도되지 않았어도 그리 자발적으로 뛰어드는 것이 가능하냐?"라고 반문할 때마다 그는 복창이 터질 것 같은 심정이었다. 그렇게 반문한 그들도 분명 이 나라 국민일진데 광주의 진실을 너무나 모른다고 생각한 임철우는 5월의 전모를 반드시 알려야 하겠다고 다짐했다. 광주 밖의 사람들과 대화하면서 겪은 간극과 불화를 줄이기 위해 그는 대하장편『봄날』창작에 매달렸고, 그것은 항쟁의 전 과정을 비교적 소상히 지켜본 자로서의 의무이자, 작가로서의 운명이기도 했다. 그리하여 1998년 2월에 완간된 임철우의『봄날』(전5권, 문학과지성사)에 대해 문학평론가 김형중은 다음과 같이 적극적으로 평가한 바 있다.

임철우의『봄날』은 '오월문학사'의 거대한 분수령이다. 1980년 오월 이후, 한국문학의 주요하고도 오래된 과제 중의 하나였던 오월항쟁에 대한 대하소설화 작업이 이 작품에 의해 이루어졌다는 점에서도 그렇고, '오월'에 대한 문학적 사실복원 작업의 정점에 이 작품이 있다는 점에서도 그렇다. 게다가 우연하게도 이 작품의 완간 시기는 '오월'의 제도화 과정과 맞물려 있었다. 임철우는 '오월'이 제도화되기 이전에 '오월'을 가장 극적으로, 가장 총체적으로, 가장 사실에 가깝게 형상화한 마지막 작가였던 셈이다.

항쟁 이후 발표된 5월소설과 한강의 장편『소년이 온다』

• **1984년 10월** 임철우 작가가 5월광주항쟁을 다룬 최초의 소설 「봄날」
을 무크『실천문학』제5권('드디어 민중의 바다로')에 발표하다. 이 작품
은 한국문학사상 최초의 5월소설이다.

• **1985년 6월** 윤정모 작가가 창비 12인 신작소설집『슬픈 해후』(염무
웅, 최원식 편)에 5월항쟁을 다룬 단편 「밤길」을 발표하다.

• **1987년 10월** 1980년 5월 이후 문예지에 발표된 작품과 신작을 한데
모아 '5월광주항쟁소설집'『일어서는 땅』이 인동출판사에서 출간되다.
한승원의 「당신들의 몬도가네」, 문순태의 「일어서는 땅」, 윤정모의 「밤
길」, 김중태의 「모당」, 임철우의 「봄날」, 「관광객들」, 이영옥의 「남으로
가는 헬리콥터」, 김남일의 「망명의 끝」, 김유택의 「목부 이야기」, 박호재
의 「다시 그 거리에 서면」, 정도상의 「십오방 이야기」 등 5월소설 11편이
수록돼 문단 안팎의 화제를 불러일으키다. 한승원, 문순태는 한국현대
사를 관통하는 모순의 연장선상에서 5월을 조망했고, 윤정모와 박호재
는 살아남은 자의 시선을 통해 광주의 참담함을 형상화하다. 신진작가
정도상은 광주항쟁의 표면적 가해자인 공수부대원을 등장시켜 5월의
진상을 조명하여 주목을 받다.

• **1988년 2월** 8년 만에 복간된 계간『창작과비평』1988년 봄호에 신
인작가 홍희담의 중편 「깃발」이 발표되다. 광주항쟁을 계급투쟁적 관점
에서 접근해 지식인 계급의 비겁성과 노동자 계급의 진실성을 대비시키
는 갈등구조로 5월문학의 새로운 영역을 개척한 것으로 평가받다.

• **1989년 3월** 광주일보사가 발행하는 문화예술매거진 월간『예향』이
1989년 3월호부터 1989년 9월호까지 '광주항쟁 주제 단편시리즈'를 게

재하다. 김신운의 「낯선 귀향」, 이삼교의 「그대 고운 시간」, 한승원의 「어둠꽃」, 정도상의 「저기 아름다운 꽃 한 송이」, 이명한의 「저격수」, 임철우의 「어떤 넋두리」, 백성우의 「불나방」 등 5월소설이 연속 게재되다.

• **1990년 5월** 5월항쟁 10주년을 맞아 '광주항쟁 10주년 기념작품집' 『부활의 도시』가 인동출판사에서 출간되다. 박몽구 시인의 해설을 겸한 서문과 한승원, 임철우, 이명한, 홍인표(「부활의 도시」), 박호재(「다시 그 거리에 서면 2」), 김신운, 이삼교, 정도상, 박원식(「방패 뒤에서」), 백성우 작가의 소설 10편이 수록되다. 수록 작품 중 한승원, 임철우, 이명한, 김신운, 정도상, 백성우의 소설은 월간 『예향』에 게재되었다. 이 작품집에 홍성담의 5월판화와 김진경, 김창규, 박남준, 김사인, 곽재구, 나종영, 황지우의 5월시가 함께 수록되다.

• **1995년 5월** 5월항쟁 15주년을 맞아 '5월광주 대표소설집' 『꽃잎처럼』이 풀빛출판사에서 출간되다. 공선옥(「목마른 계절」), 정찬(「완전한 영혼」), 이순원(「얼굴」), 최윤(「저기 소리 없이 한 점 꽃잎이 지고」), 홍희담(「깃발」), 정도상(「십오방 이야기」) 윤정모(「밤길」), 임철우(「봄날」) 작가의 소설 10편과 평론가 신승엽의 해설 「광주, 우리 문학의 '양심'의 마지막 보루」가 실려 있다.

• **1998년 2월** 자료와 증언을 바탕으로 광주민중항쟁을 다큐멘터리 형식으로 쓴 전5권 분량의 장편소설 『봄날』이 문학과지성사에서 완간되다. 소설 중간에 각주를 달거나 사건현장의 약도를 그려 사실성을 입증하려고 하다. 광주항쟁 발발 배경과 발단, 전개과정, 그 결말을 상세하게 그려냄으로써 5월문학의 정점을 이룩했다는 평가를 받다.

• **2000년 2월** 송기숙 작가가 5월항쟁을 주제로 한 첫 장편소설 『오월의 미소』를 창작과비평사에서 출간하다. 5·18 당시 〈수습대책위원회〉 일원으로 활동하다가 옥고를 치른 후 〈한국현대사사료연구소〉를 이끌

며 항쟁에 참여한 500여 명에 대한 구술 채록하여『광주5월민중항쟁사료전집』(풀빛, 1990년)을 출간한 바 있는 송기숙 작가가 자신의 5월 경험을 살려 쓴 장편소설이다. 광주항쟁에서 드러난 투쟁의 연속성을 강조하는 한편 5월항쟁의 의미를 되묻고자 했다. 송기숙 작가는『창작과비평』1988년 여름호에 장편「산 자여 따르라1- 우투리」를 1회 연재 후 중단한 바 있다.

• **2000년 5월** 문순태 작가가 광주항쟁 20주년을 맞아 쓴 첫 장편소설『그들의 새벽』(전2권)을 한길사에서 출간하다. 1987년『월간중앙』에「무등굿」이라는 제목으로 연재하다가 중단된 것과 1996~1997년에 〈전남일보〉에「5월의 그대」라는 제목으로 연재한 것을 바탕삼아 쓴 작품이다. 1980년 5월 27일 새벽, 최후까지 목숨을 걸고 전남도청을 지킨 300여 명의 무장시민군 대부분이 하층민이었다는 사실을 소설적 모티브로 삼아 구두닦이, 철가방, 술집 여종업원, 양아치, 공장 직공 등 하층민의 시각으로 광주항쟁을 재현하다.

• **2000년 5월** 5월항쟁 20주년 기념소설집『밤꽃』이 최인석, 임철우 작가의 편으로 이룸출판사에서 출간되다. 공선옥(「씨앗불」), 문순태(「녹슨 철길」), 박양호(「포경선 작살수의 비애」), 윤정모(「밤길」), 이삼교(「그대 고운 시간」), 이청해(「머나먼 광주」), 임철우(「어떤 넋두리」), 채희윤(「어느 오월의 삽화」), 한승원(「어둠꽃」), 홍희담(「깃발」) 작가의 5월소설 10편을 수록하다.

• **2005년 5월** 윤정모 작가가 5월항쟁을 주제로 한 청소년 소설『누나의 오월』을 산하출판사에서 출간하다. 이 소설은 5·18 당시 시민군 홍보부장으로 일했던 박효선 극작가로부터 전해 들은 실화를 모티브로 쓴 것이다.

• **2006년 4월** 박상률 작가가 광주항쟁을 청소년 눈높이에 맞춰 쓴 청

3부

타자로 향하는 길
– 역사적 폭력을 서사화한 문학의 윤리

심영의

1. 역사적 폭력과 문학의 정치성

문학은 단지 현실을 반영할 뿐 아니라 현실에 대한 우리의 감각을 창조하는 데 이바지한다. 그와 동시에 문학은 또한 다른 인식의 틀에 의존하고 그것을 반영하고 수정하며 반발하기도 한다. 그러므로 텍스트는 고립된 섬이 아니다.[1] 문학이 현실 그대로를 모사하는 것은 아니지만 문학의 매개가 언어라는 바로 그 사실 때문에 문학은 그 내적 자율성 못지않게 문학 바깥의 세계와 연결되어 있다.

랑시에르는 문학이란 애초부터 정치적인 것이라고 주장한다. 그러나 문학은 작가의 사회참여라는 측면에서 정치적인 것도 아니고 사회구조나 정치적 운동들을 표상한다는 측면에서 정치적인 것도 아니다. 문학은 오히려 "시간과 공간들, 말과 소음, 가시적인 것과 비가시적인 것 등

---

1) 리타 펠스키(Rita Felski), 『페미니즘 이후의 문학』, 이은경 옮김, 여이연, 2010, 28쪽.

의 구획 안에 문학으로서 개입"한다는 의미에서 정치적인 것이다.

이 글은 고통의 역사에서 동요하면서 '인간의 조건'이 무엇인지 탐색해 온 작가들—황석영 장편『오래된 정원』, 임철우 장편『백년여관』, 정찬 장편『발 없는 새』, 한강 장편『작별하지 않는다』, 박솔뫼 장편『미래 산책 연습』을 읽는다. 저들 작가들은 5·18 '이후' 문학의 책임 윤리를 숙고하는 데 매우 중요한 텍스트를 제공한다. 그것은 타인의 고통을 기억하고 증언하고 연대하는 인간의 모습을 제시하는 것으로 수렴된다.

이 글은 5·18이 과거의 역사(유물)가 아니라 현재에도 유효한 어떤 의미를 갖는 것이 분명하다면(김상봉의 언어로 말하자면 '타인의 고통에 대한 상상력')[2] 나아가 5·18을 경험하지 않은 미래 세대에게 넘겨줄 미래사회를 상상하고 구축하기 위한 힘과 지혜를 모으기 위한 매우 핵심적인 사건이라면 5·18 이후의 문학은 어떤 윤리적 태도를 취해야 마땅할 것인가 하는 문제의식을 견지한다.

이 글은 1980년대라는 시간과 광주라는 공간을 넘어 또 다른 역사적 고통 속으로 외연을 확장한 소설 읽기를 통해 역사적 폭력을 서사화한 문학이란 모름지기 '타자로 향하는 길'이어야 한다는 방향을 제시하고자 하는 목표를 갖는다. 그렇게 해서 우리는 과거의 5·18을 현재의 5·18로 다시 불러올 수 있는 문학적 윤리−태도를 재정립할 수 있을 것으로 생각한다. 5·18의 의미를 다시 되살리고 현재화하는 것은 미래사회를 상상하고 구축하기 위한 하나의 모색이기 때문이다.

이 글에서 분석하고 있는, 국가폭력을 경험한 소설의 인물(들)은 80년대와 광주를 넘어 제주 4·3과 베트남전쟁, 그리고 난징학살, 히로시마 원폭, 문화대혁명, 일본군 위안부 등 희생자들에게 공감과 연대의

---

2) 김상봉, 『철학의 헌정』, 길, 2015, 81쪽.

정서를 갖는다. 문제는 죽음을 목도한 생존자들의 무의식의 심층에 남아 있는 외상(trauma)의 완결에는 종착지가 없다는 것, 완성된 회복이란 없다는 데 있다. 그럼에도 불구하고 회복이 가능한 방향을 향해 나아가기 위해서 필수적으로 요구되는 것이 죽은 이들에 대한 산 자들의 애도라고 볼 때, 애도에 관한 철학적 사유는 이 글의 논의에서 중요한 메타포가 된다. 실로 우리가 함께 겪은 고통스러운 상실을 애도하지 않으면, 세상은 그저 견고하고 안전한 외양 아래 머물러 있을 것이고 그 안에서 성가신 '주체 같은 것'이 발명되는 일은 영영 일어나지 않을 것이다.

2. 기억과 서사- 황석영과 박솔뫼

황석영은 군부의 억압이 극심하던 1980년, 광주의 기록을 담은 『죽음을 넘어 시대의 어둠을 넘어』(창비, 1985)를 통해 광주의 진실을 알리고, 1989년 정부의 허락 없이 북한을 방문했다가 3년여 동안 유럽과 미국 등지를 떠돌다 귀국하여 5년 가까이 감옥생활을 했다. 그가 출옥 후 처음 발표한 작품이 장편소설 『오래된 정원』이다.

소설의 주인공 '오현우'가 운동권에 가담하게 된 환경적 계기는 "광주에서의 무자비한 양민학살을 보고 들었"던 데에 있다. 그는 광주항쟁이 발발하자 광주에서 몸을 피해 서울로 간다. 그는 서울에서 동료들과 함께 광주의 진실을 알리기 위해 전단을 제작하여 뿌리는 등의 활동을 하다가 광주항쟁이 진압된 후 당국의 검거를 피해 친구 소개로 시골(갈뫼) 학교의 미술 교사인 한윤희를 찾아간다. 6개월 동안 그녀와의 행복

한 시간을 보낸다. 그들이 동거하는 동안 그들의 보금자리를 만들어가
는 과정은 그가 도피 생활 중이라는 사실을 잊게 만들 정도로 평화롭고
목가적이다. 그러나 당국의 수배는 시골 마을까지 이어지고 그는 간첩
단 사건의 수괴로 발표된 신문기사를 읽고 그곳을 떠나기로 결심한다.
그들의 불안하면서도 짧았던 행복은 끝이 난다. 그가 검거되어 18년 동
안 감옥에서 온갖 폭행과 외로움과 굶주림과 추위에 싸울 때 한윤희에
게는 그의 면회가 단 한 번도 허락되지 않는다. 한윤희는 "우리에게는
여름 한 철이 두 사람의 모든 인생이었다."고 기억-회상한다. 그녀는
결국 암과 싸우다가 죽음을 맞게 된다. 출옥 후 '갈뫼'를 찾아간 오현우
는 한윤희가 남긴 일기와 편지를 통해 자신에 대한 그녀의 깊은 사랑을
이해한다.

그러니까 『오래된 정원』의 인물들에게는 광주에서의 가혹한 경험이
혁명에의 갈급과 결렬한 저항의 에너지의 원천이 되었고, 여기에 개인
적 사랑이 끼어들 여지가 없었다. 남은 시간이 별로 없다는 인식-조급
증이 지배했던 시대에 시간을 정지시키는 듯한 개인적 사랑은('갈뫼'에
서의 여름 한 철은 그 두 사람에게는 시간이 정지된 것) 기만적인 자유
에 머물게 하는 소시민적인 영역으로 취급될 수밖에 없었다. 그래서 오
현우는 갈뫼를 떠날 수밖에 없었고, 한윤희는 그의 아이를 가졌음에도
불구하고 그 말조차 꺼내지 못한 채 그를 보낼 수밖에 없었다. 오랜 시
간이 지나서야 그들은 함께 지냈던 여름 한 철을 그들 삶에서 가장 행복
했던 시간으로 기억하지만 이미 두 사람은 살아서는 만나지 못한다.

그럼에도 불구하고 한윤희는 그에게 남긴 편지에서, "당신은 우리
의 오래된 정원을 찾았나요? 당신은 그 안에서 나는 이쪽 바깥에서 한
세상을 보냈어요. 힘든 적도 많았지만 우리 이 모든 나날들과 화해해
요. 잘 가요. 여보."(하권, 308쪽)라고 말하며 지난 세월에 대해 화해의

손을 내민다. 그러나 그들을 둘러싼 사회적 환경–조건은 본질적으로든 현상적으로든 변하지 않았다. 한국 현대사에서 사회를 통제하는 가장 효과적인 방법은 반공 이데올로기를 이용하는 것이고, 이는 우리 사회가 전쟁과 분단체제의 지속이라는 이데올로기에 매몰되어 있는 한 그 변화 가능성은 거의 없다고 해도 무방할 것이다. 80년 광주의 5·18은 분단체제와 반공 이데올로기에서 기인한 것이고, 소설의 인물 오현우가 감옥에서 18년을 갇혀 지내고 있는 까닭도 다름 아닌 저 반공 이데올로기에 있지 않은가. 그런데 지난 시절과의 화해라니.

우리는 여기에서 한 가지 질문을 해 볼 수 있겠다. 80년 광주에서의 가혹한 경험으로부터 시작한 소설의 인물 오현우의 그 지난한 투쟁은 많은 시간이 흐른 후 어떻게 '기억의 변형'이 이루어졌는가 하는 점이다. 황석영은 "가치부정의 시대에 저항하고자 했던 방법론도 그 내부에 또 다른 도그마를 잉태하고 있다는 점을 인식하고 있다."고 보아야 할 것인데, 이종문의 경우 따라서 그 한계를 넘어서기 위해서는 새로운 대안들이 끊임없이 모색되고 있고, 그가 시도하고 있는 대안적 방법론으로는 "타자에 대한 화해와 변화 및 새로운 서사 형식과 하위주체들의 소통과 연대" 등으로 나타나고 있는가 하는 점을 묻는다.

이 글에서 황석영의 『오래된 정원』이전과 이후의 소설을 함께 검토하고 있지 못한 점은 그의 문학세계를 쉽게 평가하지 못하는 한계가 되겠으나 그럼에도 불구하고 이 글에서 5·18 이후의 소설들을 검토하면서 『오래된 정원』을 살펴보는 까닭은 이 소설이 다른 작가들의 텍스트에 비교하면 '너무 일찍' 80년대의 기억(문학의 정치성)에서 이탈해 버린 것은 아닌가 하는 질문 때문이다.

과거는 현재와 '함께 있다.' 물론 그것이 언제 어디서건 명시적으로 감각할 수 있는 형태로 상존하는 것은 아니다. 드러남으로써 은폐되어 있을 수도 있고, 반대로 다른 이미지들에 가려 은폐되어 있을 수도 있다. 하지만 그럼에도 불구하고 과거는 현재 속에 존재한다. 그러나 『오래된 정원』의 인물 오현우와 한윤희는 그 과거를 폐기하고 말았다.

과거는 기억 속에서 재구성되는 것이므로, 과거가 과거로 의식되려면(인물에게 절대적인 가치를 부여했던 80년대의 기억) 과거와 오늘의 차이가 존재해야 하며, 이런 맥락에서 연속성이나 전통의 단절에 대한 의식이 과거를 존재하게 한다고 말할 수 있다. 『오래된 정원』의 인물 오현우가 "무너진 건물 사이로 솟아나온 철골처럼 남아버린 몇 가지 명제가 소중해졌는지도 모른다."고 했을 때, 그 소중함의 새삼스러운 발견이란 일상의 행복일 것이다. 그는 18년 동안 감옥에 갇혀 있고, 감옥 안에서는 체제의 악랄한 폭력— 온갖 폭행과 외로움과 굶주림과 추위를 다만 감내할 수밖에 없었다. 더구나 한윤희를 비롯한 그 누구와의 면회도 허락되지 않았다. 그에게 이제 남아 있는 회상 기억이란 갈뫼에서 한윤희와 보낸 여름 한 철의 멈추었던 시간일지도 모른다.

황석영 장편 『오래된 정원』은 결국 빨치산 출신 아버지가 한윤희에게 한 말, "내 동료들이 꿈꾸었던 세상은 그저 허공 중에 빛나는 별에 지나지 않았다. 이제 양쪽을 보니까 서로 거울을 맞대어 놓은 듯이 그저 사람살이의 좌우가 바뀐 데 지나지 않았어."(상권, 147쪽)에서 보듯, "이념이란 덧없는 것이고 곧 이념이나 혁명에 의해서 세계를 변혁하는 것이 아니라 (한윤희로 표상되는) 영원한 모성과 같은 부드럽고 따뜻한 사랑으로 세계를 품는 것", 곧 일상의 강조라면, 그렇다면 한윤희의 아버지 세대(빨치산 투쟁)와 오현우로 대표되는 1980년대 저항운동에 참여했던 이들은 그들의 자유의지와 선택에 따라 주체적으로 움직이며 세상을 바꾸고자 했던 시대의 주체가 아니라 다만 '헛깨비'를 본 것에 지나지 않는다는 것일까. 아니라면 오현우가 "국가권력을 장악하려는 여러

가지 시도는 낡아버렸거나 불필요한 일이 되어버렸다."고 고백하고 있는 것으로 볼 때, 황석영은 지배담론의 폭력성과 함께 그것에 격렬하게 저항했던 저항담론(의 폭력성) 모두의 이데올로기를 비판하고 있는 것인가.

그가 태어나기 이전의 역사인 80년대를 바라보는 박솔뫼(1985년, 광주 출생)의 시선은, 황석영 장편『오래된 정원』을 원작으로 하면서도 황석영을 비롯한 거대담론을 관통하는 리얼리즘적 전형성을 냉소적 시선으로 바라보는 임상수 감독의 동명 영화에 나오는 '은결'(오현우와 한윤희 사이에서 태어난 딸)의 캐릭터와 매우 흡사하다. 영화에서 은결은 1982년생으로 현재(영화는 2007년 초 개봉되었고, 영화에서의 배경은 21세기 초)의 젊은 세대를 대표한다. 은결은 변화한 세상과 변화해야 하는 사유방식 모두를 함의한다.[3] 그는 아버지인 현우와의 통화에서 아버지가 행복하게 살았는지 묻는다. 현우가 그때는 "자기만 행복하면 아주 나쁜 놈이 되는 시대"라고 말하자 그녀는 "바보 같은 시대"라고 말한다. 그녀가 태어나서 처음으로 아버지를 만나던 날 그녀가 아버지를 바라보는 눈빛은 '자신과 상관없는 사람을 보듯' 무심하다. 이를 통해 그녀는 역사에도 관심 없고 혈연에도 연연하지 않고 오직 자기 세계만이 중요한 신세대의 모습을 보여준다.

이 소설에서 5·18의 기억을 말하는 것에 대한 '나'의 무덤덤한 태도를 '나와는 무관함'의 감정적 태도, 5·18 미체험 세대의, 나와는 무관한 일인 듯하는 태도가 아니라 '그들의 사건'을 '우리의 사건'으로, 인간의 역사로서 보편적으로 기억할 새로운 회로(분유分有: 경험 혹은 기억을 나

---

3) 박유희, 「"오래된 정원"—80년대를 소환하는 두 가지 방법」, 『사회비평』 제36권, 나남출판사, 2007, 169쪽.

누어 갖는 것)를 이 작가가 인식하고 있다는 것으로 이해해야 마땅하다.

저와 같은 소설 내 인물의 태도는 박솔뫼의 최근작『미래 산책 연습』에서는 조금 다르게, 그러니까 이전의 소설보다는 좀 더 명료하게 과거와 미래에 대해 말한다. 일기가 될지 소설이 될지 모를 무언가를 쓰고 있는 작가 '나'는 온천장 근처를 산책하던 중 우연히 들어간 목욕탕에서 60대 여성 최명환을 만나 그의 소개로 충동적으로 부산에 월세 아파트를 계약한다. 젊은 시절 최명환은 부산 미국문화원 앞의 회사에서 근무하며 돈을 모으고 모으며 그 돈을 이유로 모욕당한 과거가 있다. '나'는 글을 쓰거나 부산을 산책하고, 가끔 최명환의 사무실에서 차를 마시고, 친구들과 부산에서는 체험하기 드문 눈에 관한 대화를 나눈다. '결혼한 적도 아이를 낳은 적도 없고 당연히 재산을 물려줄 사람도 없는' 최명환이 자주 이야기하는 주제 중 하나는 "우리는 어떻게 살아왔고 앞으로 어떻게 살아갈 것인가"(14쪽) 하는 것이다. 살아온 기억에 관한 것. 그런데 최명환과 자주 만나 대화를 나누는 '나'는 "최명환의 말처럼 기후가 변화하고 동물들이 사라지고 지구의 끝이 가까워질 때 나는 그 창 너머를 '떠올리며' 내가 갖고 싶은 미래가 이제는 돌아올 수 없는 아름다운 과거로 여겨질 것이고 하지만 그것은 동시에 간절히 되살리고 싶고 만들어가고 싶은 미래이기도"(18쪽) 하다고 생각한다.

그들이 지나쳐온 과거의 내용에는 무엇이 담겨 있고 만들어가고 싶은 미래는 또 무엇인가를 확인하는 것이『미래 산책 연습』에서 매우 중요한 일이 될 것이다. 교도소에서 막 출소한 친척 언니 '윤미'가 부산에 있는 미문화원 방화사건과 연관되어 있다는 진술이 그들이 이야기 나누는 '과거'를 이해할 수 있는 단서가 된다. 미문화원 방화사건에 관한 사전적 기록[4]에는, 1982년 3월 18일 부산의 고신대 학생들인 문부식, 김은숙, 김화석, 박정미 등은 미국이 신군부의 쿠데타를 방조하고 광주학살을 용인한 것을 비판하면서 부산 미문화원에 잠입하여 방화하고 "미국은 더 이상 남조선을 속국으로 만들지 말고 이 땅에서 물러가라"는 내용을 담은 유인물을 살포한 일로 서술되어 있다. 이어서 "부산 미문화원 방화사건은 미국이 전두환 대통령과 신군부세력의 군사독재를 용인하고 지원하는 데 대한 항거였으며, 사건 관련자들을 체포, 구속하는 과정에서 천주교인들까지 탄압함으로써 종교계의 민주화운동을 촉발하기도 했다. 그러나 방화라는 '폭력적인 방법'을 사용하고, 그 와중에 무고한 대학생이 사망(부산 미문화원 안에서 책을 보던 동아대생 장덕술의 사망)하면서 이 사건은 큰 사회적 충격을 안겨주었다."고 서술되어 있다.

소설의 서술자는 그러나 "어디서 누가 무엇을 보고 있었을지 아무도 보지 못한 것이 나중에 무엇을 남기는지 우리는 결코 확신할 수 없을 것"(51쪽)이라고 말한다. 이는 "다른 방식으로 말할 자유, 혹은 다른 인물의 입으로 말할 자유는 정치적인 위반의 자유"인 것, 나아가 "이런 언어들이(소설의 내용이 아니라) 소설 장르 자체가 내포하는 정치성의 확대이자, 그것으로부터의 탈주"[5]라고 할 수 있다. 화자가 기억하는 그날은, "바람이 많이 부는 날"이었고, "무엇을 얼마나 뿌렸을 때 어느 정도의 결과가 발생하는지 그들은 정확히 예측할 수 없었을"(51쪽) 것으로, "그러므로 그것만으로 이후 누군가 죽고 다치는 것을 그들은 예상하지 못했다."고, "실제로 인화 물질을 들고 건물 일 층으로 들어갔던 이들은 스무 살 안팎의 젊은 여성 네 명이었고, 불을 붙인 사람도 그들이었다."고(51~52쪽) 말한다. 실제로나 소설 내에서나 그들의 (과거의) 행위에

---

4) 한국학중앙연구원이 발간한 『한국민족문화대백과사전』의 기록 중 김정한이 집필한 관련 부분.
5) 이광호, 「굿바이! 휴먼」, 『이토록 사소한 정치성』, 문학과지성사, 2006, 124쪽.

는 80년 5·18의 기억―열정과 연결되어 있을 것인데, 같은 기억에 대해 박솔뫼는 과거의 진정성 모델과 다른 종류의 미학 정치적 실험, 탐구, 실천을 자신만의 새로운 감각으로 수행(서사화)하고 있는 것이다.

소설 『미래 산책 연습』에서 학교 선생님은 언니(윤미)를 감시해야 한다고 수미에게 말한다. 같은 반 친구였던 '정승'은 예전에 용두산 근처 미문화원에 불을 내서 잡혀간 사람 중 한 명이 이모라고 알려준다. '나'는 "이미 어느 정도는 알고 있는 일이었지만 다른 사람의 이야기를 통해 들으니 그렇게 대단한 일인가"(39쪽)하고 생각한다. 이 짐짓 모른 체하는 태도는 앞에서 언급했던 「그럼 무얼 부르지」의 화자 '나'와 짝패를 이룬다. 그것은 프로이트식으로 설명할 때 '불쾌로부터의 심리적 도주'라 할 수 있다. 인간의 내면에 존재하는 '의식되지 않으면서도 작용할 수 있는 의도', 곧 불쾌의 감정과 결합되어 기억의 재생 시 불쾌를 다시 유발할 수 있는 어떤 것에 대한 기억의 거부[6]로 볼 수 있다.

소설 『미래 산책 연습』에서 출소한 윤미 언니는 집에 온 지 두 달 동안 매일 잠을 자다가 어느 날 광주에 가야겠다고 말한다. 한 번도 가 본 적 없는 광주, 한 번도 만나지 못한 친구를 만나러 가겠다고 나서는 윤미를 할머니와 엄마는 듣자마자 반대한다. 수미는 윤미 언니와 함께 광주에 간다. 윤미가 만나러 가는 이는 그와 같은 이름의 '조윤미'다. 광주의 고등학생 '조윤미'는 부산 미문화원 방화사건 뉴스를 보고 부산의 대학생인 '조윤미'에게 편지를 보냈던 것이다. 출소한 언니를 두고 언니의 인생은 망했고 시집도 가지 못할 것이라고 생각했던 수미는, 광주에 다녀온 후, '조윤미'라는 (언니와 같은 이름의) 광주시민이 1980년의 민주

6) 김현진, 「기억의 허구성과 서사적 진실」, 최문규 외, 『기억과 망각』, 책세상, 2003, 287쪽.

화운동에 대해 증언하는 장면을 TV를 통해 본다. 광주청문회 자리에서 조윤미는 그때 자신이 본 것을, 사람이 어떻게 죽었고, 자신의 눈앞에서 누가 죽었는지를 말하고 있었다. 거기까지가 과거의 기억에 관한 일이라면 '미래'란 어떤 의미일까.

소설의 화자는 예전 미문화원이었던 자리에 있는 부산 근대역사관에서, 이곳을 오갔을 미국이라는 곳을 새롭게 꿈꾸었을 학생들을 떠올리고 그들이 어디로 흩어졌을까 생각하다가 그러다 이곳에 불을 붙인 이들을 떠올린다. 그들은 80년 5월 광주에서 벌어진 일에 대한 미국의 책임을 물으며 미문화원에 불을 붙였다. 직접 불을 붙인 네 명의 젊은 여성 중 한 명은 후에 작가가 되고, 몇 권의 책도 번역했다. 화자는 그가 번역한 『밥 딜런 평전』을 읽는다. 그러다 생각한다. "현재와 미래를 생각하는 사람들, 와야 할 것들을 끊임없이 생각하고 지금에서 그것을 지치지 않고 찾아내는 사람들은 이미 미래를 위해 살고 있다고 생각"하는 것. 그래서 화자는 "나는 이 책의 번역자와 함께 미문화원을 방화했던 이들은 광주라는 사건을 끊임없이 자신에게 묻고 그 이후의 시간의 의미를 묻고 답하였을 것이라고 생각하기 시작한다."(91쪽)

다시 반복해서 말하자면, 과거는 현재와 '함께 있다.' 물론 그것이 언제 어디서건 명시적으로 감각할 수 있는 형태로 상존하는 것은 아니다. 드러나 있음으로써 은폐되어 있을 수도 있고, 반대로 다른 이미지들에 가려 은폐되어 있을 수도 있다. 하지만 과거는 현재 속에 존재한다. 그러나 누구 못지않게 치열하게 자신의 시대를 살았던 황석영 소설 『오래된 정원』의 인물 오현우와 한윤희는(그리고 작가 황석영은) 그 과거를 폐기하고 말았음을 앞에서 살핀 바 있다. 황석영 이후의 세대, 80년 이후의 세대 작가인 박솔뫼는 그러나 80년 광주의 기억을 다만 회상 기억으로서만 아니라 그것을 미래와 연결 짓는다. 지나간 과거의 사건을 역사적으로 표현한다는 것에 대해 발터 벤야민의 사유를 빌리자면, '그것이 도대체 어떠했던가'를 인식하는 것을 뜻하는 것이 아니다. 그것은 어떤 위험의 순간에 섬광처럼 스쳐 지나가는 것과 같은 "어떤 기억을 붙잡아 자기 것으로 만드는 것을 의미한다."고 할 때 박솔뫼는 5·18 '이후' 문학의 책임윤리를 숙고하는 데 매우 중요한 텍스트, 자기 고통을 넘어서서 타인의 고통으로 나아가는 윤리적 에토스, 곧 타인의 고통을 기억하고 증언하고 연대하는 인간의 모습을 제시하고 있다.

박솔뫼 소설의 인물은 그렇게 기억을 나누어 갖는 일에 함께 참여하고자 하는, 이를테면 '함께-있기(being-with)'의 바람 같은 것을 여전히 간직하고 있는, 과거와 현재와 미래를 잇는 진정한 의미에서의 5·18 '이후'의 작가라 할 수 있다.

3. 재현과 알레고리—정찬과 임철우

언어(문학)를 통한 역사의 복원은 사실의 복원이 아니라 사건의 실재와 마주하는 '접촉'의 복원과 그것의 공유가 된다.[7] 그런데 문제는 4·3이거나 5·18이거나 난징대학살이거나를 막론하고 어떠한 형태이든 학살의 재현은 항상 경험으로부터의 소외를 수반한다는 점이다.

정찬은 그동안 『기억의 강』(1989), 『완전한 영혼』(1992), 『아득한 길』(1995), 『광야』(2002) 등의 소설을 통해 '광주'로 은유되는 역사적 현실

---

7) 손정수, 「진행 중인 역사적 사건이 소설에 도입되는 방식들」, 『현대소설연구』 제66호, 현대소설학회, 2017, 187쪽.

의 비극에서 출발하여 권력과 언어의 본질에 대한 관념적 성찰로 나아가는 독특한 서술전략을 선보여왔다.[8] 그런데 정찬은 장편 『광야』에서, '절대는 일상의 무게를 견디지 못한다는 것, 꿈이 삶을 이길 수는 없다는 것'을 강조한다. 그는 절대적 신념(이데올로기)에 대한 회의로부터 출발하고 있는 듯 보인다.

소설집 『기억의 강』에 수록된 중편소설 「슬픔의 노래」에서 주요 인물인 연극배우 '박운형'은 오월의 기억에서 결코 벗어나지 못한다. 그가 최근에 펴낸 장편소설 『발 없는 새』(2022)에는 태평양전쟁 시기 일본군에 의한 난징학살과 중국공산당의 문화혁명기를 겪었던 인물들이 등장한다. 워이커싱과 첸카이거와 아오키, 그리고 그들과 만나 난징학살과 히로시마 원폭과 문화혁명이 개인에 끼친 관계성에 대한 본질적 질문을 던지는 서술자(베이징 특파원)가 그러하다. 이 소설에서 광주에 대한 직접적 언급은 없으나 위에 언급된 역사적 사건의 가해자인 일본군과 홍위병의 공통점을 그는 "신적 존재를 향한 숭배"(241쪽)라고 규정한다. 그렇다면 혹시 그는, 80년 5월 광주의 진압군과 그에 맞서 총을 들었던 시민군도 결국 각자의 신념을 위한 죽음과 죽임으로 보는 것은 아닐까. 『완전한 영혼』(1992)에 수록되어 있는 단편 「완전한 영혼」에서 그 실마리를 찾을 수 있다.

「완전한 영혼」은 순결한 한 영혼의 기억 속에 똬리를 틀고 있는 깊은 상처의 근원에 광주의 기억이 있음을 보여주는 작품이다. 이 소설에서 작가는 지성수라는 매우 신뢰할 만한 운동권 활동가를 통해 80년대 운동에 대한 반성 및 새로운 이념적 지평의 제시를 시도한다. 서사는 장

---

8) 진정석, 「고통의 환기와 구원의 모색 : 정찬의 "아늑한 길"을 중심으로」, 『문학과사회』 제9권 1호, 문학과지성사, 1996, 330쪽.

인하라는 인물의 삶과 죽음에 대한 지성수의 관심과 의미 부여를 축으로 전개되지만, 그것은 지성수의 새로운 변혁 이념을 드러내기 위한 하나의 장치로 기능한다. 그래서 지성수가 장인하를 그토록 소중히 여기는 이유가 단지 그가 자신의 생명의 은인이라는 것만 가지고는 설명되지 않는다. 그가 보기에 장인하는 "완벽한 무사상적 인간이며 식물적 정신의 소유자"다. 완벽한 무사상적 인간, 악의 힘을 알지 못하는 인간, 혼돈과 광기와 모순으로 가득 찬 세계를 볼 수 없는 인간이자, 악이 가하는 고통에도 식물적으로 순응하는 사람이다. 따라서 지성수에게 장인하는 "세계가 객관적으로 존재하며 이 세계를 진보의 방향으로 움직이게 하는 객관적 진리가 있다는 믿음을 보완해 줄 요소를 지닌 것"[9]으로 보는 것이다.

『발 없는 새』에서 난징학살과 문화대혁명을 겪으며 살아남았던 워이커싱은 "마오쩌둥의 홍위병이 느꼈던 절대적 자유와 일본 천황의 군인들이 느꼈던 절대적 자유"(229쪽)가 결국 다르지 않음을 암시한다. 정찬의, 역사적 폭력에 개입되어 있는 이념에 대한 불신과 혐오가 다시 한번 드러나는 대목이다. 그것은 작가의 역사를 보는 하나의 관점이기에 그 자체를 나무랄 것은 없겠다. 문학이 이러해야 한다는 규정이야말로 또 다른 억압이요 폭력이기 때문이다.

그런데 신이 사라진 자리에 모든 국가 모든 민족 위에 군림하면서 헤아릴 수 없는 많은 사람들을 벌레로 만들어버리는 것, 곧 자본이 신의 자리를 대체하고 있다는 결론에는 동의하기 어렵다. 왜냐하면 역사적 사실에 대한 작가의 해석적 판단과 윤리적 판단은 그 자체로 독자에

---

9) 방민호, 「광주항쟁의 소설화」, 『5·18민중항쟁과 문학·예술』, 5·18기념재단, 2006, 208 쪽.

게 강한 영향력을 행사하기 때문이다. "신념을 위해 아버지를 죽인 문화혁명의 폭력과 물질을 위해 아버지를 죽이는 새로운 이데올로기의 폭력 가운데 어느 쪽이 더 참혹한가"(241~242쪽) 하는 물음 끝에 소설의 화자는 '장자의 나비'를 상기한다. 장자와 나비 사이에는 존재의 경계가 없다는 것, 그 관계를 역사의 희생자와 가해자의 관계에 적용해 볼 수는 없을까 하는 것, 물론 전제가 없지는 않은데, "장자가 나비를 보듯이, 나비가 장자를 보듯이, 희생자가 가해자를 보아야 하고 가해자가 희생자를 보아야 한다"는 것(240쪽)이다.

이는 소설집 『기억의 강』에 수록된 중편소설 「슬픔의 노래」에서 80년 5월 광주에 진압군으로 파견되었던 '박운형'이 그날의 고통을 넘어서기 위해 시도하는 것과 같은 종류의 구원의 방식이 아닌가. 곧 가해자와 피해자의 경계를 허무는 것, "나는 희생자이면서 동시에 가해자"라는 아오키[10]의 고백(241쪽)이 명징하게 말하는 것은 폭력적인 역사적 사건이 인간들의 삶에 얼마나 깊이 연결되어 있는가를 천착하고 있는 정찬 소설(들)의 일관된 태도라 할 수 있다.

그런데 정찬의 소설 『발 없는 새』에서 제목이 내포하고 있는 알레고리는 무엇인가. 장국영(장궈룽) 주연 영화 〈패왕별희〉 중에서 한 대사를 인용하고 있는 소설은, "세상에 발 없는 새가 있다더군. 이 새는 나는 것 이외는 알지 못해. 날다가 지치면 바람 속에서 쉰대. 딱 한 번 땅에 내려앉는데 그건 바로 죽을 때지"(90쪽)라는 인용. 즉, 역사와 현실을 초월한 세계, 무구한 식물성의 세계 혹은 역사를 초월한 관념의 세

---

10) 그는 난징학살 때 일본 군인의 성폭행으로 태어난 중국 여인의 아들이다. 그러니까 정체(신원)를 알 수 없으나 그의 생물학적 친부는 일본 군인인 것. 그가 피해자면서 가해자라는 인식은 그러한 맥락에서 나온 고백이다.

계에 대한 은유라 할 수 있다. 그것은 오래전 발표한『아늑한 길』(1995) 속에 수록된 단편「아늑한 길」의 인물 김인철의 발화에서부터 반복되고 있는 알레고리적 수사임을 알 수 있다.

그는 세월의 흐름과 함께 지난날의 자신을 지탱해 주었던 절망, 증오, 치욕, 부끄러움과 열정 등이 모두 사라져버렸다고 고백하고 있다. 같은 소설집에 수록된 단편「새」에서도 광주에서 시위대의 일원으로 참여했던 박영일은 당시의 끔찍한 기억 탓에 오랜 시간 고통스러운 방황을 하지만 마침내 황폐한 정신을 만져주는 생명성에 동화됨으로써 치유에 이른다. 무구한 식물성의 세계 혹은 역사를 초월한 관념의 세계 속에서 그의 소설의 인물들은 평온에 이른다.

정찬은 역사와 인물을 단선적으로 재현하는 대신 역사적 폭력을 인간의 욕망의 문제와 결부해서(권력의 절대화와 언어의 함수) 그 복잡한 세계를 깊이 있게 들여다보는 드문 작가이기는 하지만, 그가 취하는 이데올로기 비판은 결국 이쪽과 저쪽의 경계를 무화하는 곧, 양비론적 세계관이라 하겠다. 구조적인 폭력의 문제뿐 아니라 일상화된 권력의 부조리에 대한 환기도 필요하고 그것은 그것대로 소중하지만, 사실에 대한 해석적 판단과 윤리적 판단으로부터 새처럼 자유롭고자 하는 그의 바람이 오히려 자신을 지나치게 억압하고 있는 건 아닐까.

야스퍼스는『책죄론』에서 "타인을 죽이는 행위를 막기 위해 생명을 바치지 않고 팔짱 낀 채 보고만 있었다면 그것은 바로 내 죄라고 생각한다. …… 그러한 일이 벌어진 뒤에도 아직 내가 살아 있다는 것은 씻을 수 없는 죄가 되어 나를 뒤덮는다."고 말한다.[11] 5·18의 기억을 원죄처럼 지니

---

11) 모치다 유키오,「전쟁 책임과 전후 책임」,『기억과 망각』, 타나카 히로시 외, 이규수 역, 31~32쪽에서 재인용.

고 살아가는 살아남은 사람들 역시 '아직 살아 있음에 대한 죄의식'에 시달린다. 이 죄의식—부끄러움이 문제가 되는 것은 그날의 피해자는 말할 것 없거니와 가해자들 못지않게 살아남은 사람들 역시 외상 변증법의 지배[12]를 벗어날 수 없다는 점 때문이다. 그렇게 5·18에 대한 소설적 재현과 윤리적 해석을 말하는 맨 앞자리에 임철우를 꼽지 않을 수 없다.

임철우 소설『봄날』은 공동체의 일원으로서 느끼는 부끄러움과 죄책감의 산물이다. 광주항쟁에 관한 기념비적 소설『봄날』다섯 권(문학과지성사, 1997)을 통해 5·18에 대한 충실한 기록을 남겼던 임철우의 소설 세계를 지배하고 있는 것은 그날에 함께하지 못했다는 살아남은 자의 죄의식이다. 그러한 정념을 뚜렷하게 보여주는 소설이『봄날』이전에 발표한 단편「봄날」(1987)이다.

임철우는 단편「봄날」로부터 장편『봄날』다섯 권의 완성을 보지만,『백년여관』에 이르러 비로소 제주 4·3의 비극과 만난다.『백년여관』의 서사는 "정체불명의 음성으로부터 시작한다." 서술자인 이진우는 "시간이 없어! 시간이!"라는 정체불명의 목소리를 듣고 홀리듯 영도의 갯가 모퉁이에 혼자 불쑥 돌출해 서 있는 해묵은 왜식 목조 적산가옥 한 채, 그리고 그 집 앞 흐릿한 골목 어귀에 내걸린 간판 하나, 백년여관을 떠올리고, 그곳에 가기로 결심한다.

『백년여관』의 주요 인물은 5·18뿐만 아니라 보도연맹사건, 제주 4·3, 베트남전 등의 사건과 관련된다. 백년여관은 이러한 여러 사건으로 인해 고통에 시달리는 인물을 끌어들이는 공간이다. 특히 백년여관을 운영하는 주인 강복수의 가족은 제주 4·3과 직접 관련된다. 이진우의 첫 번째 환청이 제주 4·3 특별법안이 가결된 1999년 12월 16일에 발

---

12) 주디스 허먼,『트라우마』, 최현정 옮김, 플래닛, 2007, 17쪽.

생했다는 점은 이진우를 비롯하여 고통에 시달리는 인물들이 이와 밀접하게 관련되어 있음을 말해준다. 환청과 연결하면 제주 4·3 특별법안 가결이 소설 속 각각의 환청이 발생하는 주요 동인으로 작용했다고 볼수 있다. 이와 관련을 지으면 "시간이 없어"는 시간 곧 때가 되었다는 말이 된다. 이 환청이 계기가 되어 이진우는 영도로 향한다.

백년여관의 또 다른 손님인 김요안도 "돌아와! 이젠 때가 되었다!"라는 환청이 계기가 되어 40년의 미국 생활을 접고 영도로 돌아온다(101쪽). 이들은 "그들을 부르는 소리" 즉 "무엇인가로부터 똑같이 호출되어" 백년여관에 이르렀다. 영도의 무당인 조천댁 또한 "서둘러야 해. 시간이 없어!"라는 말을 반복한다. 이렇듯 "시간이 없어!"라는 정체불명의 목소리는 『백년여관』 속 각 인물에게 행위의 동인으로 작동한다. 한국 현대사에서 제주 4·3은 오랫동안 말할 수 없는, 혹은 말해서는 안 되는 사건이었다. 이런 점에서 4·3은 말할 수 없음의 상징적 사건 중 하나였다. 2000년을 전후한 시기에 이르러서야 이에 대해 말할 수 있는 토대가 마련되었다. 말할 수 없고 말해지지 않은 것은 제주 4·3만이 아니다. 이 사건의 토대 전환은 그와 유사한 사건들을 재현의 차원으로 함께 이끌어 내는 역할을 했다. 그러하니 소설 속 인물들의 저 "시간이 없다"는 외침은 이들에 대한 이야기를 할 때가 되었다, 혹은 더 이상 미룰 수 없다는 의미로 읽힌다. 이는 외부에서 주어진 가능성(사회문화적 조건)에 힘입은 것이다.

소설에서 이진우를 비롯한 다양한 역사적 사건의 희생자와 각각의 사건은 무한히 확대될 수 있지만, 이는 동시에 5·18이라는 하나의 이름으로 상징화된다. 문제는 이것이 보여주는 자폐적 양상에 있다. 이를 드러내는 것이 '신지'의 자폐증인데, 이는 일련의 과정에서 획득한 이름으로서의 5·18의 상징화가 결국에는 실패하고 있음을 보여준다. 결국 임철우는 『백년여관』 쓰기를 통해서도 5·18을 비롯한 역사적 사건이 남긴 고통을 온전히 허구화하거나 상징화하는 데 이르지 못했다.[13] 신지의 자폐는 『백년여관』 전체 서사의 구조와도 맞물린다. 전체의 서사 구조 또한 자폐적이기 때문이다. 이는 『백년여관』의 프롤로그의 첫 문장과 에필로그의 마지막 문장이 동일하다는 데에서 찾을 수 있다. 즉 "섬이 하나 있다. 그림자의 섬, 영도. 그것은 결코 환상도 허구의 이름도 아니다." 이는 『백년여관』의 첫 문장이자 마지막 문장이다. 프롤로그는 이진우가 집에 돌아가 써야겠다고 생각한 에필로그의 마지막 문장으로 시작한다.

이처럼 『백년여관』의 프롤로그의 첫 문장과 에필로그의 마지막 문장은 동일하다. 첫 문장과 마지막 문장의 맞물림은 서사의 시간을 순환하는 고리 즉 원환 속에 가둔다. 이를 통해 『백년여관』의 서사는 시간의 원환에 갇혀 순환한다. 이진우는 이 시간의 사이클 속에 갇힌다. 그는 곧 잔여로서의 목소리를 쓰는 원환의 시간에 갇힌 시지프스이다. 이를 통해 『백년여관』 속 다양한 사건들 또한 반복되는 원환의 틀에 유폐된다. 이를 통해 드러나는 것은 데리다의 언어를 빌려 말하면, "비극적인 것의 필연적 반복성"이다. 즉 『백년여관』 속에서 다루어진 역사적 사건과 당시 그들이 겪은 고통은 고유한 일회적 사건이다. 하지만 이것이 외상(trauma)이 되는 순간, 이는 반복 가능한 일회적 사건이 된다. 사건이 발생한 날짜는 다시 돌아올 수 없는 고유한 시간이지만 달력이라는 틀을 상정하는 순간 그 날짜는 해마다 반복해서 돌아온다. 이는 한 번 일어난 사건으로서 절대 돌아오지 않을 것의 "유령 같은 귀환"이다. 데리다에게는 이와 같은 유령적 귀환을 통해서 기억은 탈구의 가능성을 얻는다.

---

13) 우미영, 「목소리, 죽은 자들의 비명과 5·18의 이름: 임철우의 "백년여관"을 중심으로」, 『민주주의와 인권』 제22권 4호, 전남대학교 5·18연구소, 2022, 77쪽.

소설 『백년여관』에서도 각 인물들이 겪는 고통과 기억은 이러한 방식으로 귀환한다. 이를 통해 각각의 사건이 서로 접합하지만 귀환은 원환의 시간 속에서 지속적 재래를 통해 반복된다. 즉 『백년여관』의 시간 속에서 계열체 속 비극은 되풀이하여 발생한다. 원환에 갇힌 시간은 흐르는 듯하지만 궁극적으로는 흐르지 않는다. 이를 통해 과거는 현재가 된다. 즉 『백년여관』의 다양한 역사적 사건은 과거가 아닌 현재 진행형의 사건이 된다. 동일한 비극적 사건이 부단히 재래하는 역사, 이것이 『백년여관』의 시간이요, 임철우가 백 년의 현대사를 바라보는 관점이요, 국가폭력 이후에도 여전한 통증으로 재현되고 있는 '이후'의 소설이다.

4. 애도와 연대 - 한강, 다시 임철우와 박솔뫼

삶이란 본질적으로 다른 사람과의 관계에서 자신을 경험하고, 다른 사람이 우리 안에서 그동안 불러일으켰고 거듭해서 불러일으키는 것을 종종 우리 자신으로 경험하며, 인간관계 특히 사랑의 관계에서 가장 내밀한 자기와의 관계를 만들어가는 것이다. 그런데 우리와 그렇게 연결된 사람을 잃게 되면 실제 우리의 한 부분도 함께 죽는다.[14] 5·18을 비롯한 국가폭력을 경험했던 이들에게 남겨진 죄의식을 극복하기 위해서는 죽은 이들에 대한 애도 행위가 필수적으로 요구된다. 애도는 시간의 기억과 밀접한 관련을 맺는다. 그것은 일종의 부채의식을 동반한다. 다만 무언가를 애도한다는 것이 그 무언가를 각별하게 생각하고 있었던 증거가

---

14) 베레나 카스트(Verena Kast), 『애도』, 채기화 옮김, 궁리, 2007, 17~18쪽.

된다면, 거꾸로 말해 아무것도 애도하지 않는 이는 상실한 것이 존재하지 않거나 상실한 것에 대한 각별한 감정이 사라진 존재라 할 수 있다.

임철우 소설 『백년여관』의 한 대목에서, 출판사 근처 한 카페, 대부분 이삼십 대의 젊고 낯선 얼굴들——출판사의 편집자, 신문사의 문학 담당 기자들은 "역사나 정치의식의 과잉이라는 것도 한참 지난 시절의 이야기"(20쪽)라거나, "요즘 젊은 친구들 사전엔 '우리'라는 어휘는 이미 존재하지 않는다고, '나'만 있다고, '우리'니 혹은 공유해야 할 무슨 엄숙한 가치니 따위는 말짱 헛것이라고, 우리 세대한테 현실이란 건 컴퓨터게임 배경만큼도 리얼하지 않다"(20~21쪽)는 대화를 주고받는다. 그러니까 그들은 "앞세대한테 빚진 것 없다고, 진짜 아무것도 없다고"(21쪽) 생각한다. 그들에게 "엄숙한 가치니 따위는 말짱 헛 거"(21쪽)다. 이들이 간과하고 있는 것은 전쟁이든 국가폭력이든 혹은 코로나바이러스와 같은 질병이든 어떠한 재난이라도 그것은 누구에게나 균질적이지 않지만 또 누구든 그것을 피해갈 수는 없다는 사실이다.

그래서, 그럼에도 불구하고 누군가는 "아직도 상처가 아물지 않았"으며, 그 "무서운 분노와 슬픔과 증오의 무게에 짓눌러" 있으며, 따라서 "세상의 이 놀라운 망각과 배반을 용서할 수가 없다"(336~337쪽)고, 무엇보다 그 자신 "스스로를 결코 용서할 수 없다"(337쪽)고 절규한다. 따라서 임철우 소설 『백년여관』의 인물들은 프로이트식으로 말하면 애도작업에 실패할 것처럼 보인다(애도의 불가능성). 프로이트식 애도란 떠나보낸 자에 대한 감정적 애착을 단절하고 리비도를 다시 회수해서 일상으로 복귀하는 것을 말한다. 그렇게 볼 때 임철우 소설 『백년여관』은 애도의 실패를 넘어선 타자를 기억하고 그와 연대를 향해 나아가는, 그렇게 함으로써 역사적 비극을 지나간 과거의 일이 아니라 현재적 사건으로, 그리고 무엇보다 5·18 '이후'의 미래사회를 상상하고 구축하기 위한 하나의 모델을 제시하고 있다. 그것은 나를 넘어 '타자로 향하는 길'이라 하겠다.

이는 앞에서 살핀 황석영 소설『오래된 정원』의 인물이 그에게 절대적인 가치를 부여했던 80년대의 기억, 곧 과거에 대한 폐기나, 정찬 소설『발 없는 새』에서 보이는 역사를 초월한 관념의 세계에 대한 지향과는 확연하게 다른 태도라 하겠다.

레비나스는 타자에 대한 윤리적 책임과 관련하여, "타자에 대한 책임은 타자의 요청에 의해 내가 타자를 대체하는 것"이라고 말한다. 소설『소년이 온다』(창비, 2014)를 통해 결코 삭제되지 않는 5월의 기억을 소환했던[15] 한강은 장편소설『작별하지 않는다』에서, 만주와 베트남 등에서 역사를 통과한 여성들이 1948년의 제주와 1980년의 광주에서는 또 어떤 상흔을 남겼는지 이야기한다.

『작별하지 않는다』의 등장인물 '경하'와 '인선'은 모험을 떠나기 전 죽음에 가까운 고통을 겪는다. 제주도의 집에서 목공 작업 중 손가락이 절단된 인선은 서울의 병원으로 후송되어 봉합수술 후, 손가락이 재생되고 혈관 속 피가 흐르도록 3분마다 바늘로 상처를 찌르는 시술을 받는다. 마치 삶이 매 순간 고통을 동반하듯. 한편 경하는 인선의 부탁으로 폭설이 내리는 제주에 도착해 길을 잃고 헤매다가 가까스로 인선의 집에 당도한다. 한 치 앞도 보기 힘든 폭설에 집을 찾는 여정은 진실로 향하는 구도의 길일까? 역사적 비극의 당사자들이 겪었던 고통에 동참하듯 이 작품은 비밀의 문을 열기 위한 통과의례로 인물들의 고통을 택한다. 고통에의 참여가 바로 사건 현장에 들어서는 패스워드가 된다.

---

15) 심영의, 「5·18소설에서 항쟁 주체의 문제─한강 소설 "소년이 온다"」의 경우, 『민주주의와 인권』 제1권 2호, 전남대학교 5·18연구소, 2015에서 재인용.

경하는 제주의 집에 도착한 후 자신이 집에 온 까닭을 '죽기 위해서'라고, '죽으러 이곳에 왔다'(172쪽)고 생각한다. 인선이 경하에게 제주의 집에 가 줄 것을 부탁한 이유는 집에 있는 앵무새 한 마리를 살리기 위해서였다. 하지만 막상 경하가 인선의 집에 당도했을 때 작고 약한 새는 이미 죽어 있었다. 경하는 새를 정성스레 묻어주지만 어찌 된 일인지 새는 그날 밤 다시 집에 나타난다.

『작별하지 않는다』에서 영혼처럼 나타난 앵무새는 어떤 메시지를 간절히 전달하려는 듯 보인다. 하얀 앵무새가 넋이 되어 다시 집에 찾아든 것은 어쩌면 경하가 이제 다른 차원의 세계로 이동했다는 암시가 아닐까? 실제로 인선의 집은 이 사건 즈음부터 낯선 시공간으로 변모한다. 눈에 파묻혀 순백색이 된 제주의 깊고 깊은 하룻밤, 공교롭게도 집은 정전이 되고 촛불에 의지해 주위를 둘러보면 바람 소리만 들리는 외딴 공간이 된다.

그런데 집으로 찾아든 것은 새뿐만이 아니다. 이번에는 서울의 병원에 있어야 할 인선이 나타난다. 동시에 두 공간에 존재할 수 없는, 존재의 물리적 속성을 위반한 인선이 등장하면서 소설은 우리를 일상의 공간 너머로 이동시킨다. 보이지 않는 존재를 만나 그들의 들리지 않는 소리를 듣기 위해 우리는 이제 '사이'의 시공간으로 들어간다. 어둠과 빛의 사이, 밤과 새벽 사이, 죽음과 삶 사이에서 비로소 진실의 기록은 봉인이 풀린다. 인선과 경하가 떠난 모험은 미래가 아닌 과거를 향한 것이다. 경하와 인선이 만난 과거를 통해 독자 역시 마침내 '강정심'이라는 여인과 마주하게 된다. 인선의 어머니인, 이미 저 세상 사람이 된 '강정심'에게 대체 어떤 일이 일어났던 것일까? 인선의 다음과 같은 이야기들. 정신이 흐려지고 난 후 인선의 엄마가 가장 많이 이야기한 것.

두 자매가 학교로 돌아왔을 때, 시신들은 국민학교 운동장이 아
니라 교문 건너 보리밭에서 눈에 덮여 있었어. 거의 모든 마을에
서 패턴이 같아. 학교 운동장에 모은 다음 근처 밭이나 물가에서
죽였어.(249쪽)

거기 있었어. 그 아이는. 팥죽에 담근 것같이 피에 젖은 한덩어
리가 되어서 세 자매가 집에 들어서니까… 당숙네에서 내준 옷으
로 갈아입힌 동생이 앓는 소리 없이 숨만 쉬고 있는데, 바로 곁에
누워서 엄마(인선의 엄마)는 자기 손가락을 깨물어 피를 냈대. 피
를 많이 흘렸으니까 그걸 마셔야 동생이 살 거란 생각에. 얼마 전
앞니가 빠지고 새 이가 조금 돋은 자리에 꼭 맞게 집게손가락이 들
어갔대. 그 속으로 피가 흘러 들어가는 게 좋았대. 한순간 동생이
아기처럼 손가락을 빨았는데, 숨을 못 쉴 만큼 행복했대.(251쪽)

그렇게 한 여인의 사연을 복원하는 것, 즉 그가 사랑했던 사람의 흔
적을 찾는 개인적 행위는 곧 역사적 비극을 되살리는 일이다. 어두운
밤 경하와 인선이 촛불 하나에 의지해 강정심이 걸어간 길을 따라 걸으
며 바스러지는 종이 한 귀퉁이에 적혀 있던 역사적 기록을 읽어내는 행
위는 곧 사람의 내면을 읽는 것이고 그 사람이 차마 발설치 못했던 증언
을 듣는 것이다.

소설은 역사의 한 페이지를 이야기하지만 역사에 대한 소설이라기보
다는 '여기 사람이 있었다'는 나직한 외침이다. 작품 속 한 장면을 빌려
인선의 다큐멘터리 영화가 '아버지를 위한 것도 역사에 대한 것도, 영상
시도' 아니라고 했던 것처럼 이 소설 역시 역사에 관한 이야기가 아니
라 '지극한 사랑에 대한 이야기'다.[16] 인선과 경하의 '읽어내기' 역시 뒤

를 돌아보는 행위다. 그리고 '읽어내기'는 '기억하기'와 '복원하기'를 거쳐 '애도하기'에 이른다. 한강 소설 『작별하지 않는다』 전체가 하나의 애도의식이다. 폭설은 모든 것을 덮으며, 물은 모든 것을 씻어내고 불은 모든 것을 태운다. 마지막 장면에서 인선과 경하는 희생된 백성처럼 서있는 통나무들을 심기로 한 땅으로 간다. 경하는 가지고 간 마지막 촛불이 꺼지자 성냥을 그어 작은 불꽃을 만들어낸다. 이 소설에서 인물들의 애도 행위를 다시 레비나스의 방식으로 말하면, 사랑하는 사람의 죽음은 얼굴과 얼굴이, 내 얼굴과 타자의 얼굴이, 서로 만나 비로소 "내가 내 자신이 되는" 지점이며, "내 자신을 그의 죽음에 포함시킬 정도로" 책임감을 느끼게 되는 지점이고, 그래서 타자의 죽음은 늘 "첫 죽음"이다. 레비나스에게 그런 것처럼, 데리다에게도, 이 소설의 인물들에게도, 죽음은 어떤 것이 종결되는 게 아니라 새로 시작되는 지점이다.

5·18 이후 '책임'은 가해자 몇 명의 '책임자' 표상으로 고정되었지만, 『소년이 온다』에서 묻고 있는 것은 고통하는 '우/리'의 삶을 변화시켜내는 타인을 향한 책임이다. 그렇듯이 한강은 『작별하지 않는다』에서 광주와 제주를 연결하고 있다. 그것은 애도를 넘어선 자리에서 가능한 타자와의 연대, 새로 시작되는 지점이다.

오카 마리는 전쟁과 학살이라는 폭력적 사건에 대해 이야기하면서, 우리는 여전히 그러한 폭력적인 사건 속에서 살아가고 있다고 말한다. 앞에서 살펴본 박솔뫼 단편소설 「그럼 무얼 부르지」의 화자는 김정환의 「오월곡五月哭」이라는 시 끝부분인 "은밀한 죄악의 밤조차 진저리쳤던 대낮이었습니다."라는 부분에 밑줄을 그으며, 김남주의 시 「학살 2」

---

16) 오세란, 「금기를 어기고 뒤를 돌아본 여인처럼 - "작별하지 않는다"를 읽고」, 『실천문학』, 실천문학사, 2021, 279쪽.

처럼 "꼭 광주의 이야기만은 아닐지도 몰라 이건 60년대 남미의 이야기일지도 모르지"(「그럼 무얼 부르지」, 『5월문학총서 2- 소설』, 272쪽)라는 생각을 한다. 그것은 작가가 5·18이라는 국가폭력을 우리만의 기억에서 제3세계의 보편적인 문제로 연결 짓고 있음을 알 수 있다. 소설에서 '나'가 숙소로 돌아가는 밤길에서 마주한 중년 백인 남자가 내게 중국인이니? 대만인이니? 일본인이니? 하고 묻고 같이 술을 마시러 가자고 했던 일은, 그러므로 '나'에게 폭력적 사건이 된다. 그것은 '나'에게는 30년 전에 일어났던, 내가 경험하지 못했던 5·18이라는 역사적 사건과 결코 분리할 수 없는 상징이다. 그것은 '밤길'이라는 시간과 '건널목'이라는 공간, 그리고 '중년의 백인 남자'라는 기표와 무관하지 않다.

그러나 소설에서 화자는 거듭 질문한다. "왜 들으면 안 돼요?", "그럼 무얼 듣지? 무얼 불러야 하지?"(「그럼 무얼 부르지」, 『5월문학총서 2- 소설』, 269쪽) 그것은, 노래를 통해 그날을 기억하고 추모하고 연결지으려는 바람마저 봉쇄되는 현실에 대한 한탄이면서, 다시 수치스러움과 죄스러움과 부채의식과 경멸과 분노의 복합적인 감정의 기표가 된다. 다시 그것은, 홀로코스트뿐만 아니라 팔레스타인 난민 캠프에서 죽어간 이들과 제주와 광주에서 죽어간 이들의 죽음이 결코 다르지 않다는 분유分有의 태도로 연결된다.

박솔뫼는 장편소설 『미래 산책 연습』에서 "현재와 미래를 생각하는 사람들, 와야 할 것들을 끊임없이 생각하고 지금에서 그것을 지치지 않고 찾아내는 사람들은 이미 미래를 위해 살고 있다고 생각"하는 것. 그래서 화자는 "나는 이 책의 번역자와 함께 미문화원을 방화했던 이들은 광주라는 사건을 끊임없이 자신에게 묻고 그 이후의 시간의 의미를 묻고 답하였을 것이라고 생각하기 시작한다."(91쪽)는 인식에 이르렀음을 확인한 바 있다.

5. 문학의 윤리 - 타자를 향하여

정치가 인간 개인끼리 '소통'하는 것이라면, 문학은 '인간'의 범주를 넘어서는 평등을 강조한다. 랑시에르가 볼 때, 이것이야말로 "문학의 형이상학"에 내재한 정치(politics)이다. 이런 정치는 사회에서 발생하는 인간 개인의 평등 문제를 분자적 차원으로 확장한다. 가난한 자나 노동자가 요구하는 평등보다 더 심오하고 진실한 존재론적 평등이 여기에 있다. 눈에 보이는 가식 너머에서 우주는 하나로 연결되어 있다. 이것을 랑시에르는 쇼펜하우어(Arthur Schopenhauer)의 개념인 공감(compassion)과 연결시킨다.[17]

다만 역사적 폭력을 서사화한 소설적 재현에서 "누구의 기억과 감정을 들을 것인지, 그리고 무엇을 정동의 이행 속에서 확인할 것인지 구별해야 하"며, "피해자, 희생자의 고통이 어떻게 전염, 접속, 공유하며 고통의 연대를 이루는지 하는 문제"에 대해 "좀 더 섬세한 말의 배치 속에서 판단되어야 한다."[18]는 지적은 경청해야 옳다. 아울러 『소년이 온다』에서 '우리들 곁에 타자가 있다'는 것과 같은 주제 인식은 조금은 위험해 보인다는 것. 대체 '우리'는 누구이고 '타자'는 누구인지 먼저 정리되어야 한다는 지적도 타당하다. '우/리'라는 공동체가 가능하기 위해 각각의 존재가 고통의 담지자로 등장해서 집합되는 '우/리'를 상상하는 것이 필요하다는 논지 역시 이 글에서 텍스트를 비교·분석하면서 좀 더 주의를 기울여 마땅한 지점이라고 본다.

---

17) 이택광, 「문학과 정치: 랑시에르의 문학론」, 『새한영어영문학회 학술발표회 논문집』, 새한영어영문학회, 2010, 182쪽.
18) 박숙자, 「5·18 '이후'의 문학: 고통과 책임: "소년이 온다"(한강)를 중심으로」, 『민주주의와 인권』 제22권 1호, 전남대학교 5·18연구소, 2022, 51쪽.

이 글에서 분석하고 있는, 국가폭력을 경험한 소설의 인물(들)은 80년대와 광주를 넘어 제주 4·3과 베트남전쟁, 그리고 난징학살, 히로시마 원폭, 문화대혁명, 일본군 위안부 등 희생자들에게 공감과 연대의 정서를 갖는다. 그러나 그렇게 모두를 '우리'로 묶어놓으면 같은 작가들의 텍스트는 물론 비교하고 있는 다른 작가들의 텍스트(들)과의 차이를 발견하기가 어렵게 된다. 그럼에도 불구하고 이 글은 1980년 5·18을 서사화했던 작가들의 최근의 소설에서 1980년이라는 시간과 광주라는 공간을 넘어선, 외연의 확장이 두드러지게 드러난 텍스트를 분석한 남다른 의의가 없지 않다.

우선적으로는, 역사적 폭력을 서사화한 문학은 '고통'의 기록이자 '고통하는' 장치라는 것, 고통은 수동적이고 부정적인 감정의 양태이기도 하지만, 바로 그 감정을 통해 역설적으로 '인간'의 공통성을 발견한 기제이기도 하다는 전제에서 출발한 이 글은 분석 텍스트들에서 '고통받는/고통하는' 사이에서 동요하면서 '인간의 조건'이 무엇인지 그 차이를 분별했다는 점이다. 한편 공통적으로는 5·18 '이후' 문학의 책임윤리가 자기 고통을 넘어서서 타인의 고통으로 나아가는 윤리적 에토스, 곧 타인의 고통을 기억하고 증언하고 연대하는 데 있다는 것을 새삼 확인한 것이라 할 수 있다.

- 『민주주의와 인권』 제16권 2호, 전남대학교 5·18연구소, 2016.

■ **심영의** 전남대학교 국문과에서 현대문학을 전공. 「5·18광주민중항쟁소설연구」로 문학박사 학위를 받음. 1994년 〈전남일보〉 신춘문예(소설), 2020년 〈광남일보〉 신춘문예(평론)로 등단. 장편소설 『사랑의 흔적』 『오늘의 기분』 평론집 『소설적 상상력과 젠더 정치학』 『5·18, 그리고 아포리아』 등. 광주박선홍학술상 수상. 아르코창작기금 및 서울문화예술재단 예술가 기금 받음. 조선대학교 교양학부 초빙교수를 지냈으며, 오랫동안 전남대학교 인문대학 등 대학 안팎에서 인문학을 강의함.

고통과 문학, 고통의 문학
 - 한강의『소년이 온다』와「눈 한 송이가 녹는 동안」을 중심으로

김영찬

1. 들어가며

한강의 장편소설『소년이 온다』는 광주민주항쟁에 대한 증언의 기록이다. 이 소설에서 한강은 계엄군의 총에 죽은 소년 동호에 대한 기억과 애도를 그 중심에 놓고 1980년 5월 광주의 상처를 환기하고 증언한다. 특히 항쟁의 마지막 날인 5월 27일의 패배와 죽음, 그 후로도 지속된 살아남은 자들의 고통은 소설을 이끌어가는 중요한 모티프다. 한강의『소년이 온다』는 그렇게 1980년 5월 광주를 통과해온 희생자들의 죽음과 고통의 기록이자 그들에 대한 문학적 애도의 제의祭儀다.

그런데 왜 지금 광주인가? 광주민주항쟁이 있은 지 30여 년이 흐른 지금, 수많은 이들의 노력과 희생에 힘입어 진상은 이미 상당 부분 규명되었고 그것에 대한 역사적 자료와 증언 들도 이미 방대하게 축적되어 있다. 또한 우리는 임철우의『봄날』(1997)처럼 광주항쟁의 진실을 정면으로 파헤치거나 아니면 적어도 중요한 모티프로 다룬 소설들도 적지

않음을 알고 있다. 그럼에도 여전히 광주에 대한 문학적 작업이 필요한 까닭은 무엇인가?『소년이 온다』의 에필로그에서 실제 작가를 연상시키는 화자 '나'는 광주를 찾아 30여 년 전 죽은 소년 동호의 형을 만나는데, 동호의 이야기를 써 보겠다고 하는 '나'에게 그가 건네는 다음의 당부는 그 질문에 대한 작가 자신의 우회적인 답변으로도 읽을 수 있다.

> 허락이요? 물론 허락합니다. 대신 잘 써주셔야 합니다. 제대로 써야 합니다. 아무도 내 동생을 더 이상 모독할 수 없도록 해주세요.[1]

"아무도 내 동생을 더 이상 모독할 수 없도록" 해달라는 동호 형의 당부는 광주항쟁과 그 희생자들에 대한 '모독'이 현재진행형인 사태임을 강력하게 암시한다. 공적·제도적 차원에서 이미 복권이 이루어졌음에도 불구하고 광주항쟁의 상징적 지위는 여전히 불안정하게 흔들리고 있음을 상기해 보면[2] 그러한 '모독'이 어디에서 기인하는 것인지는 사뭇 분명하다. 그리고 이는 광주민주화운동에 대해 한쪽에서의 끊임없는 이데올로기적 교란과 (일베식의) 혐오 발화가 아직도 아무렇지 않게 행해지고 있다는 데서도 드러나는 바다. 나아가 그러한 사태는 오늘날 5월 광주의 비극과 고통이 여전히 다른 형태로 반복되면서 지속되고 있는 것과도 무관하지 않다. 소설에서 "제대로 써야 합니다."라는 동호 형의 당부는 그런 현실에 맞서 '제대로 쓴다는 것'의 의미가 무엇인가를 되새

---

1) 한강,『소년이 온다』, 창비, 2014, 211쪽. 앞으로 이 작품을 인용할 때에는 쪽수만 표시한다.
2) 이에 대해서는 서영채,「광주의 복수를 꿈꾸는 일 - 김경욱과 이해경의 장편을 중심으로」,『문학동네』, 2014년 봄호, 230~235쪽 참조.

기는 작가의 성찰적 다짐이 투사된 진술로도 읽을 수 있다.

그렇다면 과연 1980년 광주를 '제대로 쓴다는 것'이란 무엇인가? 어쩌면 무엇보다도 도청에서 계엄군에 의해 살해된 소년 동호의 사연과 그 후 살아남은 사람들의 고통을 전달하기 위해 작가가 수행하는 "온갖 기법상의 탐구"[3] 자체야말로 이 물음을 마주한 작가의 진심 어린 싸움의 방증일 것이다. 마지막 장에서 작가인 '나'가 광주를 찾는 에피소드는 그런 측면에서 이 소설 전체가 그 물음에 대한 작가 나름의 응답임을 사후적으로 암시하는 장치로 기능한다고 할 수 있다.

문제는 '제대로 쓰기'에 대한 작가의 응답이 어떤 시각과 방법론을 통해 이루어지고 있는가 하는 것이겠다. 즉 이 소설이 1980년 광주에 접근하는 데서 다른 역사적 기록이나 사회정치적 해석과 차별화되는 문학으로서의 고유한 문제의식은 무엇인가? 그리고 그 문제의식은 어떤 방법론을 통해 관철되며 그 성취의 지점은 어디에 있는가? 이에 대해서는 이미 여러 논자들의 적절한 지적이 있었다. 가령 『소년이 온다』가 "광주를 역사화하는 과정이 여전히 놓치고 있는 지점"을 채우기 위해 "트라우마의 어둠을 응시할 것을 제안한 시도"[4]라거나 "광주를 익명의 집단적 비극으로 의미화·역사화하는 일에 저항하며 고통의 개별성에 주목하는 것이 『소년이 온다』의 성과"[5]라는 등의 평가가 대표적이다. 각기 초점은 다르지만 이런 평가들은 모두 한강의 『소년이 온다』가 과거에 대한 단순한 사실적 기록을 넘어 1980년 광주의 진실을 어떻게

3) 백낙청, 「제29회 만해문학상 심사평」, 『창작과비평』 2014년 가을호, 478쪽.
4) 황정아, 「'결'을 거슬러 역사를 솔질'하는 문학— '밤의 눈'과 "소년이 온다"」, 영미문학연구회, 『안과밖』 제38호, 2015, 77쪽.
5) 조연정, 「광주를 현재화하는 일— 권여선의 "레가토"(2012)와 한강의 "소년이 온다"(2014)를 중심으로」, 대중서사학회, 『대중서사연구』, 제33호, 2014, 134쪽.

기억하고 드러낼 것인가에 대한 중요한 문학적 탐구이자 응답임을 지적한 것이다.

이런 평가들에서도 공히 언급하는 바이지만, 한강의『소년이 온다』는 1980년 광주 이후의 고통 혹은 트라우마의 증언에 초점을 맞추고 있다. 그리고 그러한 작업은 참혹한 희생과 고통의 기록으로서, 그리고 그 속에서도 빛을 발하는 인간 존엄을 위한 싸움의 상징으로서 5월 광주의 현재성을 성공적으로 환기한다. 그러나 그것이 전부인가? 그렇지 않다.『소년이 온다』에 대한 평가에서 흔히 간과되는 것은 이 소설에는 그러한 과거의 기억과 증언에만 국한할 수 없는 보다 중요한 물음에 대한 탐구가 존재한다는 사실이다. 그렇다면 그 물음이란 무엇인가?

간단히 말하면 그것은 끊이지 않는 인간과 세계의 고통 앞에서 문학은 무엇을 해야 하는가, 또 어떻게 써야 하는가라는 메타적인 물음이다.[6] 1980년 광주의 희생자들이 겪었던 죽음과 고통을 이야기하는 이 소설의 문제의식을 근원에서 지탱하는 것은 바로 그러한 근본적인 물음이다. 그리고 이를 보다 분명하게 가시화하기 위해서는 한강의 또 하나의 소설을 그 위에 겹쳐놓는 것이 필요하다. 그 뒤에 발표된 단편「눈 한 송이가 녹는 동안」(2015)이 바로 그것이다. 이 소설은 실상 제재도 전혀 다르고 그래서 겉으로 잘 드러나지도 않지만, 전작인『소년이 온다』에 내재한 문제의식을 또 다른 각도에서 펼쳐놓은 작품이다. 어떤 측면에서 보면 한강은「눈 한 송이가 녹는 동안」의 글쓰기를 통해 사후적으로『소년이 온다』의 의미망을 1980년 광주의 기억과 고통의 증언

---

6)『소년이 온다』에서 감각적인 개인의 고통에 대해 쓰고 싶었다는 작가의 다음과 같은 진술은 그런 측면에서 의미심장하다. "타인의 고통 때문에 생기는 개인적 고통, 그 지극히 감각적인 고통에 대해서 쓰고 싶었어요."(김연수,「사랑이 아닌 다른 말로는 설명할 수 없는 — 한강과의 대화」,『창작과비평』, 2014년 가을호, 322쪽.

을 넘어서는 어떤 것으로서 확장하고 있다고도 할 수 있다. 이 글에서
는 그런 관점에서『소년이 온다』와「눈 한 송이가 녹는 동안」을 겹쳐 읽
으면서, 세상의 고통을 마주해 '제대로 쓴다는 것'이란 무엇인가라는 물
음에 대한 한강의 문학적 사유를 추적한다.

2. 고통을 쓴다는 것

작가의 표현처럼『소년이 온다』의 중심에는 개별적 인간들이 겪는
'지극히 감각적인 고통'이 있다. 그리고 한강은 그것을 쓰고 싶었다고
말하고 있다. 그렇다면 어떻게 쓸 것인가?『소년이 온다』의 서사는 그러
한 물음의 형식이자 그에 대해 가능한 하나의 소설적 응답이라고도 할
수 있다. 중요한 것은『소년이 온다』의 심층에는 과연 그 고통에 대해
쓴다는 것이 도대체 가능하기는 한 것인가라는 또 하나의 물음이 동시
에 존재한다는 사실이다. 그러한 물음은 따져 보면 인간의 고통을 마주
한 글쓰기의 (불)가능성과 쓸모에 대한 근본적인 질문과 맞닿아 있는 것
이기도 하다. 그리고 이 문제에 대한 한강의 접근 방식에 한 걸음 더 다
가가기 위해서는 먼저 단편소설「눈 한 송이가 녹는 동안」에서부터 이야
기를 시작할 필요가 있다.

「눈 한 송이가 녹는 동안」(이하「눈 한 송이」로 약칭)은 소박한 기대
와 희망조차 위협받으며 힘겹게 삶을 버티는 약하고 미미한 존재들의
불가피한 선택과 싸움, 그로 인해 저마다의 삶을 뒤흔드는 고통을 이야
기하는 소설이다. 소설은 오래전 함께 일했던 직장 상사였던 '그'(윤 선
배)가 '나'의 방을 방문하는 것으로 시작한다. '그'는 삼 년 전에 이미 죽

은 사람이다. 출판사를 그만두고 시사잡지 편집부를 들어갔던 '그'는 대기업에 대한 비판적인 기사가 인쇄 직전 삭제되는 일이 벌어지자 파업 투쟁을 벌이다 퇴사한 뒤 몇년 후 암으로 죽었던 터다. '그'의 방문을 계기로 '나'가 기억하게 되는 것은 십칠 년 전 수습으로 일하던 첫 직장에서 '그'와 함께 겪었던 일들인데, 결혼한 여사원에 대한 부당한 퇴사 권고와 출근 투쟁, 그로 인한 사원들 간의 반목과 갈등 등이 그것이다. 그 와중에 서로 다른 처지에 있었던 '그'와 경주 언니 사이의 미묘한 경계와 의심, 미미한 실망, 그럼에도 지속되던 조심스러운 우정 같은 것들을 '나'는 떠올린다. 그러던 경주 언니도 결혼 후 출근 투쟁을 벌이다 퇴사한 지 얼마 안돼 자동차 사고로 죽었던 것. 스물셋의 어린 '나'를 배려해주던 첫 직장의 상사였던 그들은 그렇게 모두 죽었다. "나만 살았어. 하마터면 그렇게 소리내 중얼거릴 뻔했다."[7]

그렇게 홀로 살아남은 '나'는 그들이 겪었을 고통과 죽음, 그리고 그들처럼 모든 연약한 존재들의 고통의 기척을 오래도록 더듬고 있었을 것이다. '나'가 지금 쓰고 있는 희곡을 결코 끝내지 못하리라는 예감을 갖는 것도 그와 무관하지 않을 터다. '나'는 '그'(유령)에게 희곡의 원래 구상과 그에 얽힌 고민을 토로한다. 길 잃은 여자로 변신한 관음보살을 씻겨준 승려가 황금 부처가 되고 그 여자를 씻겨준 물과 나무 욕조도 황금으로 변했다는 『삼국유사』의 이야기를 쓰려고 했으나 도저히 쓸 수 없었다는 내용이다. '나'에 따르면 "그 승려들이 황금 부처가 될 것 같지 않고, 길 잃은 여자가 관음보살일 것 같지 않았"(299쪽)기 때문이다. 즉 고통에서 해방되는 그런 식의 초월과 해피엔딩은 현실에선 결코 가능하

---

7) 한강, 「눈 한 송이가 녹는 동안」, 『창작과비평』 2015년 여름호, 306쪽. 앞으로 이 작품을 인용할 때에는 쪽수만 표기한다.

지 않다. '나'를 사로잡는 것은 오히려 피 흘리는 세상에서 고통받는 무력하고 미미한 존재들은 결코 고통에서 벗어나 평화를 얻을 수 없으리라는 비관이다. 그래서 '나'는 실패를 예감하면서도 희곡의 결말을 고쳐 보려고 하지만, 역시 쓸 수 없긴 마찬가지다. 가령 다음 대목.

> 소녀가 물 밖으로 걸어나온다. 젖은 옷에서, 팔뚝과 종아리에서 쉬지 않고 물이 흘러내리는데, 머리 위에 쌓인 눈만은 아직도 녹지 않았다. 무대 앞 객석을 향해 한발씩 다가오며 그녀가 말한다.
>
> 나는 잠을 잘 수 없어요. 당신은 잠들 수 있어요?
> 잠깐 잠들어도 꿈을 꿔요. 당신은 꿈을 꾸지 않아요?
>
> 언제나 같은 꿈이에요.
>
> 잃어버린 사람들.
>
> 영영 잃어버린 사람들.
>
> 거기서 멈췄다. 더 쓸 수 없었다. 고통 때문이 아니었다. 내가 그 고통의 바깥에 있다는 사실이 무섭도록 생생했기 때문이다.(319쪽)

'나'가 쓰는 희곡 속에서 소녀는 고통스러워하고 있다. '영영 잃어버린 사람들'이 잊히지 않아 꿈에 보이고 잠도 이룰 수 없기 때문이다. 소녀의 고통은 필시 잃어버린 사람들이 겪었을 고통을 떠올리는 데서 오는 고통일 것이다. 그렇다면 '나'는 어떤가? 오직 "상상 속 그녀의 고통만"(320쪽) 오롯이 선연할 뿐, 그것을 쓸 수 없다. 왜냐하면 "내가 그 고통의 바깥에 있다는 사실이 무섭도록 생생했기 때문이다." 다가갈 수도 짐작할 수도 없는 타자의 고통 바깥에서 '나'는 과연 그 고통에 대해 쓸 수 있는가? 그것이 이 장면의 심층에 숨어 있는 의문이다. 이것에 따르면 쓸 수 없는 것은 '나'가 타자의 고통 때문에 고통스럽기 때문이 아니라 오히려 반대로 그 고통의 바깥에 있다는 사실을 무섭도록 생생하게 자각하기 때문이다. 이때 중요한 것은 자신이 고통의 바깥에 있다는 사실에 대한 저 생생한 자각이 그 자체로 갖는 의미일 것이다.

그것은 고통의 절대성을 마주한 문학의 무력함에 대한 고백일 수 있지만 거꾸로 보면 역설적으로 글쓰기가 출발해야 할 지점에 대한 강력한 암시라고도 할 수 있다. 타자가 겪는 고통의 심연에 다가가려 해도 결코 다가갈 수 없음을 자각한다는 것은 곧 '나'의 글쓰기가 놓인 (불)가능성의 조건을 새롭게 발견한다는 것을 의미한다. 결국 쓸 수 없음에도 써야 한다면 그것은 그 고통의 심연에 다가갈 수 없다는 무섭도록 생생한 바로 그 사실에 대한 정직한 감각에서부터 시작되어야 하는 것이 아닌가? 쓸 수 없을 것이라는 무력감이 불가능한 재현에 그럼에도 한 걸음 다가가게 하는 윤리적 출발점으로 역전되는 것은 바로 이 지점에서다.

그럼에도 불구하고 다가갈 수 없는 타자의 고통에 어떻게 다가갈 것인가? 그리고 어떻게 쓸 것인가? 타자의 고통 앞에서 무력감을 토로하는 '나'의 고백을 통해 작가가 제기하는 것은 이러한 질문이다. 바로 이런 질문의 제기와 그에 대한 답변이야말로 고통으로부터의 (불)가능한 구원을 이야기하는 소설 「눈 한 송이」의 이면에 숨겨진 하위텍스트(subtext)다. 그런 맥락에서 자신이 타자의 고통 바깥에 있다는 사실이 생생하다는 '나'의 고백은 또다시 중요해진다. 그 고백을 통해 한강이 암시하는 것은 결국 '나'의 내부에 '자기'로서 머무는 한 자기 바깥의 그 고통에 결코 가닿을 수도 없고 이해할 수도 없으리라는 자각이다. 달리 말하면 이는 가령 타자의 고통에 대한 '연민'이나 '공감'이 그것을 재현하는 출발점이 될 수 없음을 함축하는 것이기도 하다. 왜냐하면 연민이나 공감은 타자를 동일화하는 주체 중심적인 정신운동일 뿐이기 때문이다. 이런 점을 염두에 둔다면 이 소설이 유령인 '그'의 뜻하지 않은 방문과 그와의 대화로 진행되어간다는 점은 의미심장하다. 그것은 '나'와 타자의 (불)가능한 만남이 갖는 성격을 그 자체로 함축한다. 거기에서 암시되는 것은 무엇보다 타자는 '나'의 의지나 사고와는 무관하게 바깥에서 '나'에게 도래하고 침투하고 스며드는 우연적인 어떤 것이라는 점이다. 언뜻 사소해 보일지도 모르는 「눈 한 송이」의 다음 대목은 그런 측면에서 징후적이다.

어쩐 일이세요?

반사적으로 나는 물었다. 그가 나에게 올 이유가 없었다. 나는 그의 가족이 아니고 친구도 아니었다. 잠시라도 연인이거나 그 비슷한 무엇이었던 적도 없었다. 하지만 내 질문이 무례하고 무정했다는 걸 깨닫고 얼른 덧붙여 말했다.

서 있지 말고 들어오세요.

그는 약간 어리둥절한 표정으로 문턱을 마저 넘어 방으로 들어왔다. 나는 책상 앞 회전의자를 문 쪽으로 돌려놓았다.

여기 앉으실래요?(289~290쪽)

이상해요, 라고 나는 중얼거렸다.

뭐가?

그가 묻는 음성이 아득히 멀어진 것 같았다.

늘 생각하던 경주 언니가 오지 않고, 선배가 오늘 저에게 왔다

는 게.(318쪽)

"늘 생각하던 경주 언니"는 오지 않고 반대로 "나에게 올 이유가 없"
는 '그'가 방문한다. 타자는 소설 속의 '그'(유령)처럼 그렇게 '나'의 의지
와는 무관하게 '나'가 생각지도 못한 순간 생각지도 못한 곳에서 우연
히 '나'에게 도래한다. 그런 맥락에서 '나'를 방문한 그 타자가 죽음– 유
령이라는 것은 중요하다. 유령은 현실의 경계 바깥에 있는, 보이지 않
고 들을 수 없는 타자다. 그럼에도 '나'는 뜻하지 않은 유령의 방문을 기
꺼이 받아들여 대접하고 그의 말에 반응한다. 이는 '나'의 실존과 의식
의 경계를 지우고 바깥을 향해 '나'를 열어놓았을 때나 가능한 일이다.
그럼으로써 '나'는 바깥에서 오는 타자에게 몸을 기울이고 귀를 기울인
다. 그렇게 타자의 고통은 서서히 '나'에게 전해지고 스며든다. 애초 삼
년 전에 죽은 유령이 우연히 '나'를 방문하고 그와 대화를 나눈다는 설
정 자체가, 이러한 다가갈 수 없는 타자(의 고통)에 귀 기울이는 글쓰기
에 대한 알레고리적 극화劇化로 읽을 수 있는 여지는 이런 측면에서 충
분하다 할 것이다.

3. 고통의 목소리

유령– 죽음은 현실의 앎과 지각 바깥에 존재하는, 알 수 없고 들을
수 없는 어떤 것이다. 한강의 단편 「눈 한 송이」는 그렇게 실체성이 없

는 유령과 대화를 이어가는 장면을 짐짓 무심한 듯 펼쳐 놓는다. 그러한 설정 자체에서 우선 암시되는 것은 보이지 않는 현실의 틈새에서 말을 거는 타자에게 귀를 기울여 들을 수 없는 그 목소리를 들으려고 하는, 자기를 그 불가능한 대화의 공간 속으로 밀어넣는 시도다. 고통의 바깥에 있다는 사실이 너무도 생생해 소설 속 '나'는 못다 쓴 희곡을 "더 쓸 수 없었다"고 말하지만, '나'는 그 불가능을 어떻게 가능한 것으로 만들 수 있는가를 유령과 눈을 마주치고[8] 이야기를 나눔으로써 스스로 실연實演해 보이고 있는 셈이다.

> 나는 생각했다. 죽은 사람의 손은 얼마나 차가울까. 거기 닿은
> 눈은 얼마나 오래 머물러 있을까. 눈 한 송이가 녹지 않는 동안,
> 우리가 얼마나 더 이야기할 수 있을까.(325쪽)

"눈 한 송이가 녹지 않는 동안"은 '우리'가 이야기를 나눌 수 있는 시간이다. 달리 말하면 눈이 녹지 않는 한, '우리'는 이야기를 나눌 수 있을 것이다. 보이지 않고 들리지 않는 타자의 목소리와 마주하고 이야기를 나누는 그 순간은 시간의 바깥에 존재하는 시간이다. 그 시간은 이야기를 들어달라는 타자의 간절한 목소리와 보이지 않고 들리지 않는 그 목소리에 응해 귀 기울이는 '나'의 움직임이 서로 만났을 때 생성되는 기적의 순간이랄 수 있을 것이다.[9] 「눈 한 송이」에서 한강이 말하는

---

8) "말없이 우리의 눈과 눈이 만났다."(326쪽)
9) 이 점은 '나'가 쓰고 있는 희곡의 내용에서도 어렴풋이 암시된다. "함께 있어주세요, 소녀가 말한다./젊은 승려가 멀찍이 서서 대답한다./그건 안된다./제발, 눈 한 송이가 녹는 동안만. (…) 왜 머리 위 눈이 녹지 않을까?/시간이 흐르지 않으니까요./하지만 우리는 이야기를 나누고 있는데./우리가 시간 밖에 있으니까요."(316~317쪽)

것은 결국 그 짧은 순간의 기적 속에서는 불가능한 '평화'가 어쩌면 가능할지도 모르겠다는 것이다. 그런 측면에서 화자가 죽음—유령을 맞이해 오래전 마음이 부서지는 고통을 겪었던 연약한 존재들의 기억을 떠올리며 이야기를 나누는 이 소설이 이런 구절로 마무리되는 것은 의미심장하다. "말없이 우리의 눈과 눈이 만났다. 평화를."(326쪽)

「눈 한 송이」에서 '그'(유령)와의 만남을 계기로 '나'가 떠올리는 고통은 "*시간에 갇혀서 서로 찌르고 찔리면서 꿈틀거리*"는 "*상처 난 벌레*"(314쪽)와도 같은 연약한 존재들의 고통이다. 한강은 소설 속에서 '나'가 쓰고 있는 희곡의 내용을 이것과 병치함으로써 저마다의 그 개별적인 고통들을 정치적 탄압과 학살로 점철된 한국의 사회정치적 상황을 연상시키는 고통의 맥락과 겹쳐놓는다. 예컨대 앞에서 보았듯이 '나'가 쓰고 있는 희곡 속에서 '잃어버린 사람들'이 잊히지 않아 잠들지 못하는 소녀의 고통이 그런 것이다. 그리고 그 고통의 목소리는 '나'의 희곡 속에만 존재하는 것이 아니다. 지금도 누군가 겪고 있을 고통 때문에 평화는 불가능하다고 이야기하는 다음 구절에서도 불현듯 그 고통의 목소리는 출현한다. "지금도 k씨는 평화로워 보여"라는 '그'의 말에 '나'는 반박한다.

> 아니요, 불가능해요. 이 세상에서 평화로워진다는 건. 지금 이 순간도 누군가 죽고.
> 나는 재빨리 입을 다물었다.
> 누군가 뒤척이고 악몽을 꾸고.
> 내가 입을 다물었는데 누가 말하는지 알 수 없었다.
> 누군가 이를 악물고 억울하다고, 억울하다고 말하고.
> 간절하다고 간절하다고 말하고.

누군가가 어두운 도로에 던져져 피흘리고.

누군가가 넋이 되어서 소리 없이 문을 밀고 들어오고.

누군가의 몸이 무너지고, 말이 으스러지고, 비판의 얼굴이 뭉개

어지고.(321쪽)

'나'가 입을 다물었는데도 알 수 없는 누군가가 말한다. 이것은 들리지 않는 목소리의 발원지로 자기를 내어주는 장면이다. 그럼으로써, '나'가 말하는 것이 아니라 어디에선가 고통스러워하는, 그러나 알 수 없고 보이지도 않는 타자가 말한다. 타자의 고통에 전이되고 그 들리지 않는 고통의 목소리에 귀 기울일 때, 타자의 목소리는 '나'에게 스며들어 '나'를 꿰뚫고 '나'의 안에서 울린다. 여기서 벌어지는 사건은 그런 것이다. 그리고 더 나아간다면 이 대목은 사실 고통에 대한 글쓰기가 어떤 것이 되어야 하고 또 어떻게 가능한가에 대한 한강의 사유를 상징적으로 극화하는 장면이라 볼 수 있다. '나'도 몰래 '나' 대신 타자가 말하는 이 비현실적인 장면에 숨어 있는 것은, 고통을 그리기 위해서는 자기 자신 및 자신의 어법과 스타일을 지워버리고 타자의 목소리에 자기를 내어주어야 하리라는 어떤 방법론적 자각이다.

여기에서 타자의 목소리에 귀 기울이는 행위(듣기)와 말하기는 하나로 겹쳐진다. 그 둘은 하나다. 그리고 이 지점에서 강조해야 하는 것은 그 이전에 한강이 『소년이 온다』에서 시도한 스타일과 서술방법이 바로 이와 무관하지 않다는 사실이다. 그런 측면에서 보면 『소년이 온다』의 창작과정에 대해 한강이 다음과 같이 말하는 것도 나름의 의미심장한 맥락이 있는 셈이다.

하지만 『소년이 온다』를 쓰면서는 저 자신이 별로 중요하지 않

았어요. 제 자의식을 지우고 최대한 그 목소리들이 되려고만 했어요.[10]

　이것은 자신이 직접 겪지 않은 오래전 1980년 광주의 진실에 어떻게 다가갈 것인가라는 물음에 대한 작가 나름의 결론이었을 것이다. 이때 중요한 것은 그 진실의 한가운데 있는 보이지 않는 타자의 고통을 기억하고 증언하는 일이었을 터, "자의식을 지우고 최대한 그 목소리들이 되려고만" 했다는 작가의 말은 그 기억과 증언의 방법론이 무엇이었는지를 암시한다. 그것은 곧 스스로를 저마다의 개별적인 고통의 목소리가 들어설 공간으로 개방하고 스스로 그 목소리의 발원지가 되는 것이다. 다른 각도에서 보자면 그것은, [다큐멘터리 영화 〈쇼아(Shoah)〉의 증언에 대한 쇼샤나 펠먼(Shoshana Felman)의 표현[11]을 잠시 빌리자면] 1980년 광주라는 고통의 장소의 안과 밖을 연결하고 서로 대화하게 하면서 안과 밖에 동시에 존재하는 불가능한 위치를 발견하려는 시도라고도 할 수 있겠다. 그런 측면에서 우리가 바로 앞에서 살펴본 「눈 한 송이」의 저 장면은 『소년이 온다』를 관통하는 작가 자신의 고심과 방법론적 선택의 핵심을 장면화하는 사후적인 소설적 주석으로 읽히기도 하는 것이다.

---

10) 김연수, 앞의 글, 326쪽.
11) 이에 대해서는 조르조 아감벤, 『아우슈비츠의 남은 자들』, 정문영 옮김, 새물결, 2012, 53쪽 참조.

4. 그리고, 고통의 연대

그렇다면 『소년이 온다』에서 한강은 1980년 광주의 고통을 어떻게 기억하고 또 증언하고 있었는가?

한강은 『소년이 온다』에서 1980년 5월 이후 살아남은 자들이 오래도록 겪어야 했던 고통의 사연을 들려준다. 항쟁 이후 살아남은 사람들은 모두 그날의 기억으로 인한 상처와 고통에서 벗어나지 못하고 있는데, 그런 점에서 그들은 모두 1980년 광주를 현재의 사건으로 앓고 있는 사람들이다. 한강은 과거 광주의 현장에서 시작해 30년 후의 현재에 이르기까지 시간을 건너뛰는 단절적인 구성 속에서 초점화자를 옮겨가며 살아남은 자들의 삶에서 지속되는 폭력과 억압, 끔찍한 고문의 고통과 수치심 등을 부각한다. 이들은 대학을 중도에 포기하고 출판사에 취직해 군사정권의 검열과 탄압을 겪으며 홀로 살아남은 수치심을 견디고 있거나(김은숙), 참혹한 고문의 후유증으로 고통받다 자살로 생을 마감한다(김진수). 또 노동운동을 그만두고 환경단체에서 상근하던 중 광주에 대한 증언을 요청받았지만 증언할 수 없는 고문의 고통에 몸서리치는 이도 있다(임선주). 작가는 이들의 몸과 마음에 트라우마로 각인되어 끊임없이 되살아나는 5월 광주의 기억을 소환한다. 이때 저마다의 그 기억을 하나로 연결해주는 것이 바로 항쟁의 마지막 날 계엄군의 총에 죽은 소년 동호에 대한 기억이다.

앞에서도 보았듯이 에필로그에서 작가인 '나'는 동호의 이야기를 "제대로 써야" 한다는 다짐을 한 바 있다. 한강이 선택하는 그 '제대로 쓰기'의 방법론은 바로 그렇게 고통받는 사람들의 기억 속에 끊임없이 되살아나는 트라우마로서 동호를 소환하는 것이었다. 김은숙과 김진수, 임선주 등의 후일담에서 이들의 고통을 더욱 견딜 수 없게 만드는 것은 어린 동호를 돌려보내지 않았다는, 혹은 그를 남겨두고 도청을 나왔다는, 그렇게 동호는 죽고 자기는 살아남았다는 자책과 죄의식이다. 한강은 그렇게 살아남아 고통을 겪는 자들이 죽은 자를 떠나보내지 못하고 내부화하는 그 슬픔과 죄의식의 고통을 세세하게 묘사한다. 그 고통은 불가능한 애도에서 비롯된 고통이다. 애도란 본시 상실한 대상을 떠나보내는 것이지만, 이들은 그럴 수 없다. 왜냐하면 1980년 5월의 트라우마는 이들에게 여전히 현재진행형인 고통이고, 그것에서 벗어나는 것은 불가능하기 때문이다. 이들에게 동호는 그 트라우마의 중핵이다.

소설의 제목에서도 암시되듯이 애초 『소년이 온다』의 기획은 어두운 죽음의 기억 속에 묻혀 있는 소년을 현재 속에 되살려내는 것이었다. 그것은 에필로그에서 '나'가 환상 속에서 듣는 다음과 같은 목소리에서도 분명하게 암시된다. "*이제 당신이 나를 이끌고 가기를 바랍니다. 당신이 나를 밝은 쪽으로, 빛이 비치는 쪽으로, 꽃이 핀 쪽으로 끌고 가기를 바랍니다.*"(213쪽) 그렇다면 소년 동호를 그렇게 되살려내기 위해 작가가 선택한 방법은 무엇인가? 그것은 살아 있는 인물들로 하여금 죽은 자를 떠나보내지 못하는 그 불가능한 애도와 죄의식의 고통을 끊임없이 반복하고 환기하게 함으로써 동호를 그 고통의 한가운데서 떠오르게 하는 것이다. 달리 말하면 그것은 살아남은 자들의 고통 속에서 트라우마적 기억으로 존재하는 동호를 그들의 목소리로 불러내는 것이다. 김은숙이 검열로 대사가 모두 삭제된, 5월 광주의 비극을 연상시키는 연극을 보는 장면에서 이 점은 분명히 드러난다.

업힌 아이처럼 바짝 붙어 걷던 소년이 객석을 향해 몸을 돌린다. 그 얼굴을 바로 보지 않기 위해 그녀는 눈을 감는다.

네가 죽은 뒤 장례식을 치르지 못해, 내 삶이 장례식이 되었다.

네가 방수 모포에 싸여 청소차에 실려간 뒤에,

용서할 수 없는 물줄기가 번쩍이며 분수대에서 뿜어져나온 뒤에,

어디서나 사원의 불빛이 타고 있었다.

봄에 피는 꽃들 속에, 눈송이들 속에, 날마다 찾아오는 저녁들 속에, 다 쓴 음료수 병에 네가 꽂은 양초 불꽃들이.

뜨거운 고름 같은 눈물을 닦지 않은 채 그녀는 눈을 부릅뜬다. 소리 없이 입술을 움직이는 소년의 얼굴을 뚫어지게 응시한다.(102~103쪽)

그녀는 무대 위 소년의 모습에 동호의 모습을 겹쳐놓는다. 그리고 "고개를 뒤로 꺾은 채 그 모습을 지켜보던 그녀의 입술이 자신도 모르게 달싹인다."(101쪽) 이 장면에서 '소리 없이 입술을 움직이는' 소년의 들리지 않는 목소리는 따라서 동호의 목소리인 동시에 그 목소리를 빌려 말하는 그녀의 목소리이기도 하다. 불가피하게도 이 대목은 우리가 앞서 보았던 「눈 한 송이」의 한 장면을 연상시킨다. 즉 이것은 그 자체로 들리지 않는 고통의 목소리에 귀 기울임으로써 타자의 목소리가 '나'에게 스며들어 '나'를 꿰뚫고 '나' 대신 말하는 그러한 사건이다. 소설에서 이 장면이 유독 기이한 울림으로 다가오는 것은, 실제 작가의 목소리를 포함해(어쩌면 독자의 목소리까지도) 고통에 전이되는 여러 주체의 목소리가 그 주인 없는 목소리 속에 겹쳐 울리는 효과를 불러일으키고 있기 때문이다.

고통의 목소리는 그렇게 하나로 겹쳐진다. 소설에서 동호는 그 고통의 목소리'들'을 통해 끊임없이 호명되는데, 이 장면은 그런 소설의 전

체 발상을 극적으로 장면화하고 있는 것이라고도 할 수 있다. 그런 맥락에서 다음의 구절은 소설 전체에 걸쳐 말없이 전이되는 고통의 목소리 속에서 동호가 환기되고 호명되는 방식을 그녀 스스로 실연實演하는 것이라고도 볼 수 있다. 그녀는, "배우들을 흉내 내듯 목구멍을 쓰지 않고 부른다. 동호야"(101쪽)

소설에서 동호는 인물들의 살아남음의 수치와 죄의식을 환기하는 존재이지만, 인물들 모두는 그를 잊지 않고 어떻게든 각기 다른 방식으로 자신의 삶 속으로 호명한다. 이때 인물들의 고통스런 죄의식이란 다름 아닌 살아남은 자들이 스스로의 고통을 죽은 자들의 고통과 겹쳐놓는 연대의 형식이라고 할 수 있을 것이다. 바로 앞의 장면에서 김은숙이 무대 위 소년의 모습을 통해 동호의 이미지를 불러들이는 것처럼, "직선으로 쓰러져 죽어 있는"(132쪽) 동호의 사진을 죽을 때까지 품고 있었던 김진수 또한 그러했다. 죽기 위해 그 도시에 다시 갔다가 고통스럽게 죽어 있는 동호의 사진을 우연히 보게 된 임선주도 마찬가지다. 그녀는 말한다.

내 책임이 있는 거야, 그렇지?
입술을 악문 채, 눈앞에서 일렁이는 파르스름한 어둠을 향해 당신은 묻는다.
"내가 집으로 가라고 했다면, 김밥을 나눠 먹고 일어서면서 그렇게 당부했다면 너는 남지 않았을 거야, 그렇지?"
그래서 나에게 오곤 하는 거야?
왜 아직 내가 살아 있는지 물으려고. (176쪽)

죄의식의 고통이 소년을 불러온다. 그리고 이 지점에서 우리는 『소년이 온다』에서 인물들이 모두 동호를 '너'라는 이인칭으로 호명하고 있다는 사실에 주목할 필요가 있다. '너'라는 이인칭은 그를 부르는 '나'와의 관계를 구조적으로 함축하는 인칭이다. 그런 까닭에 소설 속 인물들이 과거의 동호를 '너'라고 호명할 때 과거의 그는 비로소 그를 부르는 이들의 현재 속에 불려와 존재하게 된다.[12] 이는 한편으로 죽은 동호를 떠나보내지 못하는 인물들의 우울증적 태도의 표현이지만, 동호는 그럼으로써만 과거의 망각과 죽음의 어둠으로부터 현재의 한가운데로 불려나올 수 있게 되는 것이다. 즉 소년은 그렇게 죽은 자를 자기의 내부로 끌어안는 우울증적 태도 속에서 호명되고 또 그럼으로써만 되살아난다. 소설에서 임선주가 밤마다 자신을 찾아오는 누군가의 걸음 소리를 듣는 것도 동호를 자기 죄의식의 한가운데로 불러들여 되살려내려는 상상적 행위라고 할 수 있을 것이다.

앞에서도 언급한 것처럼, 이 소설의 애초 구상은 소년 동호를 현재 속에 떠올려 밝은 빛 속으로 이끈다는 것이었다. 달리 말하면, 학살에 희생된 소년을 망각의 어둠으로부터 되살려내 구원해내는 것이 이 소설의 지향점이다. 이때 동호를 구원한다는 것은 곧 살아남은 자 모두를 고통으로부터 구원하는 것이며, 그럼으로써 1980년 5월 광주를 구원하는 것이다. 그리고 작가가 고통을 견디고 그와 싸웠던 인물들 모두에게서 단순한 희생자의 고통을 넘어선 인간적 존엄의 증거를 소설 곳곳에서 확인하고 강조하는 것도 그와 무관하지 않은 것이다.[13] 중요한 것은

---

12) 한강의 다음과 같은 진술은 그러한 이인칭의 수행적 효과를 의식하고 있었음을 보여주는 발언이다. "동호는 죽은 소년이지만, 부르면 거기 어둠으로부터 떠올라서 존재하게 돼요. 호명하고 또 호명하면 현재 속에 가까스로 떠오르는 '너'예요."(김연수, 앞의 글, 324쪽)

13) 에필로그에서 '나'의 다음 진술도 그와 맥을 같이하는 것이다. "그들이 희생자라고 생각했던 것은 내 오해였다. 그들은 희생자가 되기를 원하지 않았기 때문에 거기 남았다."(213쪽)

이 소설의 이러한 작업이 무엇보다 과거 속에 묻혀 있던 고통의 목소리들을 가시화함으로써, 그리고 그것을 통과함으로써 이루어진다는 사실이다. 즉 동호는 그런 고통의 연대를 통해서만 되살아나고 구원받는다.

그런데 이 모든 일들이, 어떻게 가능하다는 것인가?

5. 고통의 안과 밖, 그리고 구원

이 지점에서 중요해지는 것이 바로 소설의 마지막 장으로 덧붙여진 에필로그다. 소설의 마지막 에필로그에는 동호의 이야기를 쓰려고 하는 실제 작가를 연상시키는 화자가 현재 시점으로 등장한다. 열 살 무렵 어른들의 대화를 통해 어렴풋이 알게 된 끔찍한 학살의 소식, '나'가 어린 시절 떠나온 광주 중흥동 옛집으로 이사와서 산 소년의 죽음에 얽힌 안타까운 사연, 세월이 흘러 그 소년의 이야기를 쓰기 위해 광주를 찾아 그 소년의 가족을 만나고 5·18에 대한 자료를 읽으며 빠져드는 슬픔과 고통, 그리고 그 소년의 무덤을 찾아 초를 태우는 '나'. 이런 내용들이 에필로그에서 서술된다. 실제 작가의 이야기임이 강하게 암시되는 이 에필로그는 언뜻 『소년이 온다』의 창작 동기를 이야기하기 위해 덧붙여진 부록처럼 보일 수도 있지만, 그렇지 않다. 소설의 끝에 하나의 독립된 장으로 삽입된 이 에필로그는 이 소설의 의미구조를 완성하는 데 실질적인 역할을 하는, 소설의 중요한 일부로 기능한다. 왜 그런가?

무엇보다 소설가인 화자 '나'가 1980년 광주의 이야기를 쓰게 된 동기와 소설 쓰기를 앞두고 겪은 일들을 바로 그 소설의 일부로 통합하는 독특한 구성은 글쓰기의 자의식을 감각적으로 극화劇化하는 효과적인 장치로 작용한다. 그 자의식이란 다름 아닌 5·18에 대해 쓴다는 것은 무엇인가, 또 그것은 어떻게 가능한가에 대한 성찰과 관련된 것이다. 그리고 그것은 5·18이란 '나'에게 무엇인가라는 물음과 뗄 수 없이 연결되어 있다. 1980년 광주의 이야기를 쓰기로 하면서 '나'가 겪는 내면의 분투와 고통의 전이가 자세하게 서술되는 것은 이런 맥락에서다. 그럼으로써 이 에필로그는 앞에서 서술된 내용 전체의 의미와 맥락을 그 사태의 바깥에 있는 '나'의 관점에서 사후적으로 구성하는 효과를 발휘한다. 소년의 이야기를 쓰기 위해 자료를 읽고 사람들을 만나는 '나'의 행적은 그런 측면에서 '나' 혹은 작가 자신에게 5·18에 대한 글쓰기가 어떤 의미를 갖는 것인지, 또 그것은 어떻게 가능한지를 묻는 바로 그 성찰의 궤적을 재연하는 것이라고 할 수 있다. 그렇다면 '나'에게 대체 광주란 무엇인가? '나'는 문득 용산참사의 현장을 영상으로 보던 날의 기억을 떠올리면서 이렇게 말한다.

> 2009년 1월 새벽, 용산에서 망루가 불타는 영상을 보다가 나도 모르게 불쑥 중얼거렸던 것을 기억한다. *저건 광주잖아.* 그러니까 광주는 고립된 것, 힘으로 짓밟힌 것, 훼손된 것, 훼손되지 말았어야 했던 것의 다른 이름이었다. 피폭이 아직 끝나지 않았다. 광주가 수없이 되태어나 살해되었다. 덧나고 폭발하며 피투성이로 재건되었다.(207쪽)

용산은 광주다. 이에 따르면 광주는 지금 이곳에서 수없이 다른 이름으로 되태어나 여전히 짓밟히고 훼손되고 있다. 반민중적인 권력에 의해 끊임없이 자행되는 폭력과 야만이 있는 한 1980년 광주는 그렇게 끊임없이 되살아나는 죽음과 고통의 다른 이름이다. 그리고 그 죽음과 고통은 '나'와 결코 무관하지 않은데, 에필로그의 전반부에서 그날 희생된 소년 동호가 교사였던 아버지가 가르쳤던, '나'가 살던 집에 새로 이사온 아이였다는 사실이 소개되면서 그 점이 암시된다. 5월 광주는 그렇게 끊임없이 반복되고 되살아나는 현재적인 고통이다. 그리고 작가인 '나'는 과거에도 그랬듯이 지금도 이 고통에 보이지 않게 연루되어 있고 그래서 그것을 외면할 수도 없다. 그래서 써야 한다. 그럼에도 불구하고 문제는 '나'가 그 고통의 바깥에 있다는 엄연한 현실이다. 소설에서 1980년 광주의 이야기를 쓰려고 하는 '나'가 직면한 그런 상황, 그리고 그 속에서 겪는 마음의 고투는 이렇게 묘사된다.

> 누군가에게 조그만 라디오를 선물받았다. 시간을 되돌리는 기능이 있다고 했다. 디지털 계기판에 연도와 날짜를 입력하면 된다고 했다. 그걸 받아들고 나는 '1980.5·18.'이라고 입력했다. 그 일을 쓰려면 거기 있어 봐야 하니까. 그게 최선의 방법이니까. 그러나 다음 순간 나는 인적 없는 광화문 네거리에 혼자 서 있었다. *그렇지, 시간만 이동하는 거니까. 여긴 서울이니까.* 오월이면 봄이어야 하는데 거리는 십일월 어느 날처럼 춥고 황량했다. 무섭도록 고요했다.(204쪽)

'나'는 그렇게 1980년 5월에 있었던 일을 쓰려면 거기에 있어 봐야 한다고 생각하지만 그럴 수 없다. 지금의 '나'는 그 고통에 다가갈 수 없음을 무섭도록 생생하게 자각할 뿐이다.[14] 그러면 어떻게 쓸 것인가?

---

14) 그런 측면에서 이 대목은 (앞에서 언급한) 자신이 고통의 바깥에 있음을 절감하고 그래서 쓸 수 없다고 절망하는 「눈 한 송이」의 '나'의 의식과 공명한다.

직접 광주로 내려가 상무관을 찾고 영상을 보고 자료를 읽는 등의 '나'의 행적 자체가 이미 그러한 물음을 좇아가는 행위라고 할 수 있겠지만, 그와 관련하여 주목해야 하는 것은 특히 다음 두 장면이다.

① 그러던 어느 날, 결혼식에 참석하기 위해 오랜만에 외출을 했다. 2013년 1월의 서울 거리는 며칠 전의 꿈속처럼 황량하고 차가웠다. 예식장의 샹들리에는 화려했다. 사람들은 화사하고 태연하고 낯설어 보였다. 믿을 수 없었다. 사람이 얼마나 많이 죽었는데. 평론을 쓰는 한 선배는 나에게 왜 소설집을 보내주지 않느냐며 웃으면서 항의했다. 믿을 수 없었다. 사람이 얼마나 많이 죽었는데.(204~205쪽)

② 한 무리의 군인들을 피해 나는 달아났다. 숨이 턱에 받쳐 뜀박질이 느려졌다. 그들 중 하나가 내 등을 밀어 넘어뜨렸다. 몸을 돌려 올려다보는 순간 군인이 총검으로 내 가슴을, 정확히 명치 가운데를 찔렀다. 새벽 두 시였다. 벌떡 일어나 앉아 손으로 명치를 짚었다. 오 분 가까이 숨을 제대로 쉴 수 없었다. 덜덜 턱이 떨렸다. 울고 있었던 줄도 몰랐는데, 얼굴을 문지르자 손바닥이 흠뻑 젖었다.(203쪽)

이것은 '나'가 자료와 영상을 통해 과거 5월 광주의 생생한 현장에 다가가기 시작하면서 겪는 고통스런 전이의 순간들이다. 이 장면들은 그런 측면에서 『소년이 온다』의 글쓰기가 어떤 과정을 거쳐 시작되는지를 상징적으로 극화하는 대목이기도 하다. 2013년 1월 서울에서 있은 누군가의 결혼식장에 갔다가 겪는 에피소드를 그린 ①에서, 현재 위에 과거를 겹쳐놓고 현재의 상황을 오히려 낯선 것으로 거리화하는 지각知覺의 혼란은 '나'가 과거 광주의 고통과 죽음을 생생한 현재적 사건으로 경험하고 있음을 보여주는 것이다. 다시 말하면 이것은 과거의 죽음과 고통의 현재적 전이가 발생하는 장면이다. 군인을 피해 달아나다가 총검에 가슴을 찔리는 꿈을 꾸고 깨어나 공포에 사로잡히는 장면 ②도 그런 점에서 같은 맥락에 있다.

이 장면들은 모두 자신의 의식과 감각을 지금 이곳의 현실로부터 분리시켜 들리지 않고 보이지 않는 죽은 자들의 고통과 겹쳐놓는 무의지적 사유 활동의 한 사례라고 할 수 있다. 따라서 이것은 그저 글쓰기를 앞둔 '나'의 갈등과 고통을 솔직하게 드러내는 장면쯤으로 이해되어서는 안 된다. 중요한 것은 이를 통해 발생하는 효과다. 이 장면들은 모두 과거 광주에서의 죽음과 고통이 '나'의 현실감각을 무력화하면서 '나'에게 전해지고 '나'의 내부로 스며드는 장면을 극화한 것이다. 이는 곧 『소년이 온다』의 글쓰기가 '나'에게 침투하고 스며드는 과거의 죽음과 고통의 목소리를 내부화하는 데서 출발한 것임을 암시한다. 그런 맥락에서 볼 때 이 장면들은 에필로그 앞의 이야기에서 펼쳐지는 인물들의 고통의 연대를 그 이야기의 바깥에서 작가인 '나'가 자기 스스로 실연實演하는 장면이라고 읽을 수 있다. 소설의 안과 밖은, 그리고 고통의 안과 밖은 그렇게 공명하고 연결된다.

앞에서 나는 『소년이 온다』의 글쓰기에는 1980년 광주라는 고통의 장소의 안과 밖을 연결하고 서로 대화하게 하면서 안과 밖에 동시에 존재하는 불가능한 위치를 발견하려는 시도가 존재한다고 말한 바 있다. 이는 애초 타자의 목소리와 관련한 지적이었지만, 사실 소설의 일부로 통합된 에필로그야말로 그것을 구조적으로 가능하게 하는 장치라고 할 수 있다. 무엇보다 이 소설을 쓰기로 작심한 후 작가 자신이 실제로 경험했으리라 짐작되는 고통의 전이를 에필로그 형식을 통해 그대로 소설의 안쪽으로 끌고 들어와 통합함으로써 소설 자체를 안과 밖의 전이와 대화의 공간으로 만들고 있는 셈이다. 그리고 동호를 호명해 밝은 빛속으로 되살려내려고 하는 글쓰기의 의도와 전략을 실현 가능한 것으로 보장해주는 것도 바로 이 구조다. 이 소설의 에필로그의 공간은 어둠과 망각 속에 갇혀 있던 동호가 밝은 빛 속으로 이끌려 나오는 공간이며, (소년의 무덤 앞에서 초를 밝히는 '나'의 행위에서도 암시되듯이) 그럼으로써 소년의 구원과 그에 대한 애도가 완성되는 공간이다. 즉 그 공간은 소설의 안과 밖에 동시에 존재하는, 그럼으로써 동호의 구원이라는 기적을 완성하는 공간인 셈이다.

6. 불가능한 기적을 위해

일찍이 테오도르 아도르노(Theodor Adorno)는 이렇게 반문한 바 있다. "만일 축적된 고통에 대한 기억을 떨쳐버린다면 역사 기술로서의 예술이 무슨 의미를 지닌단 말인가?"[15] 한강의 소설 「눈 한 송이가 녹는 동안」과 『소년이 온다』는 그러한 질문에 대한 가능한 응답이자 또 하나의 물음이다. 문학은 이 세계와 인간의 고통에 어떻게 다가가고 또 그것을 어떻게 쓸 것인가? 한강 소설의 심층에는 바로 이러한 물음이 존재한다. 한강의 소설이 다가가려고 하는 고통은 일차적으로 역사적 고통이지만, 다른 한편으론 각기 다른 개인의 고유한 기억과 신체에 저마다의 무

---

15) 테오도르 아도르노, 『미학이론』, 홍승용 옮김, 문학과지성사, 2005, 402쪽.

늬와 강도로 새겨지는 개별적 고통이기도 하다. 특히 장편소설 『소년이 온다』는 모든 고통받는 존재들의 연대를 통한 구원의 가능성, 그리고 고통의 연대 속에서 기어이 빛을 발하는 인간의 존엄을 이야기하는 소설이다. 이를 통해 한강의 소설이 묻고 있는 것은 결국 문학이 고통으로부터의 구원에 어떤 몫을 할 수 있는가라는 자기성찰적인 물음일 것이다.

그리고 이 지점에서 우리는 「눈 한 송이가 녹는 동안」의 질문으로 되돌아갈 필요가 있다. 세상의 모든 미미하고 연약한 존재들이 겪는 고통의 절대성으로부터 구원은 가능한가? 문학은 그 불가능한 구원을 응시하면서 또 무엇을 해야 하는가? 한강의 소설이 말하는 바에 따르면 문학은 타자의 고통 앞에서 무력하기 그지없지만, 쓴다는 것의 불가능을 끌어안고 그럼에도 불구하고 써야 한다. 그리고 이는 저 들리지 않는 고통의 목소리에 간절히 귀 기울이고 몸을 기울이는 것에서부터 시작되어야 한다. 그러나 한강의 소설에서처럼 문학을 통한 구원은 어쩌면 시간 밖의 시간, '눈 한 송이가 녹지 않는 동안'의 짧은 순간의 기적 속에서만 가능한 것인지도 모른다. 그럼에도 불구하고 스쳐 지나가는 순간의 그 불가능한 기적을 창조하기 위해 진심과 최선을 다해 싸우는 것, 어쩌면 그것이 무력한 문학에 주어진 가능한 한 줌의 몫일 수도 있을 것이다.

—『우리말글』 제72집, 우리말글학회, 2017.

■ **김영찬** 문학평론가. 저서로 『근대의 불안과 모더니즘』, 『비평극장의 유령들』, 『비평의 우울』, 『문학이 하는 일』 등, 역서로 『근대성의 젠더』(공역), 『성관계는 없다: 성적 차이에 관한 라캉주의적 탐구』(공역). 현대문학상, 대산문학상, 팔봉비평문학상 수상. 현 계명대 국문과 교수.

재현 너머의 증언

― 1980년대 임철우, 최윤 소설의 5·18 증언―재현 문제에 관하여

배하은

1. 1980년대 초 소설침체론의 함의― 리얼리즘적 재현의 한계

바야흐로 1980년대 초반 문단에는 소설침체론이 광범위하게 확산되었다. 이른바 '소설의 위기'까지 운위되며 여러 논자들에 의해 "소설의 시대는 가고 있는가?"하는 물음이 제기되고 있는 형편이었다.[1] 이때의 위기란 일차적으로는 발표되는 소설 편수의 감소, 그러니까 양적인 침체를 가리켰다. 문화예술진흥원의 집계에 따르면 1980년에 발표된 소설의 총 편수는 511편에 달했고, 한 편 이상 소설 작품을 발표한 작가의 수는 233명이었다.[2] 1980년도 문예연감의 소설편을 집필한 윤후명에 따르면 이는 그동안 꾸준히 증가해오던 추세에서 벗어나 240명의 소설

---

[1] 김정환, 「문학의 활성화를 위하여」, 『실천문학』 3, 실천문학사, 1982, 340쪽.
[2] 윤후명, 「소설」, 『1980년도판 문예연감』, 한국문화예술진흥원, 1981, 214쪽.

가가 활동했던 1978년 이전의 상태로 후퇴함을 보여주는 수치였다.[3]

그러나 소설침체론에서 보다 근본적으로 문제 삼고 있는 것은 일정한 수준이나 주목할 만한 혁신을 성취한 작품들이 부재한 상황이었다. 가령 1984년에 발간된 『14인 창작소설집』(창작과비평사, 1984) 서문을 참조하건대 소설은 장르적으로 시와 평론에, 시대적으로는 바로 직전 시대인 1970년대에 비해 '무기력'하다는 평가를 받고 있었다.

> 80년대에 들어와 소설이 침체되고 있다는 얘기는 이미 들린 지 오래다. 가령 시와 평론에서 많은 신인들이 새로 나타나 동인지 또는 무크 같은 다양한 지면들을 발판으로 왕성한 작품활동을 펴면서 강한 자기주장을 전개하는 데에 비하면 소설 쪽은 과연 한산한 느낌을 주는 것이 사실이다. 더구나 「객지客地」 같은 뜨거운 작품에 의해 70년대 소설사가 세차게 개막되고 이후 당대 현실의 핵심적인 문제들을 깊이 있게 그려낸 역작들이 줄을 이어 발표되었던 지난 연대를 기억하는 독자에게는 80년대 소설계의 움직임이 극히 무기력해 보이는 것은 너무나 당연한 노릇일 것이다. 그러나 물론 이것은 소설가 개인들의 무슨 직무태만에서 연유한 현상일 리 없으며, 사회적으로나 문학사적으로 그럴 만한 어떤 객관적 사정을 반영하는 현상일 것으로 짐작된다.[4]

이 소설집의 편집자들은 소설침체론이 부상하게 된 현상의 배경을 다음과 같이 두 가지 측면에서 진단한다. 먼저 시와 평론에서 신인들

---

3) 위의 글.
4) 「책 머리에」, 염무웅·최원식 편, 『14인 신작소설집 ─ 지 알고 내 알고 하늘이 알건만』, 창작과비평사, 1984, 3쪽.

이 나타나 동인지와 무크 활동을 활발하게 펼쳐나가고 있는 데 반해 소설은 그렇지 못하다는 점. 그리고 황석영의 「객지」와 같이 "당대 현실의 핵심적인 문제들을 깊이 있게 그려낸 역작"이 나타나지 않고 있다는 점이 그것이다. 실제로 당시 시단詩壇에서는 『반시』, 『5월시』, 『시와경제』, 『시운동』, 『목요시』 등의 동인지들이 폭넓은 스펙트럼에 걸쳐 질적·양적인 성과 모두를 보여주고 있었다. 그에 반해 소설 분야는 「객지」에 맞먹는 현실에 대한 진지한 문제의식과 문학적 수준을 갖춘 작품을 선보이지 못하고 있다는 것이 당대 논자들의 일관된 평가였다.

그러나 당시에 소설이 실제로 침체를 겪었던 것인지, 그렇지 않으면 비평가들의 속단 또는 과장된 주장이었는지는 좀 더 자세히 들여다볼 필요가 있다. 이동하는 소설침체론이 일종의 "80년대 문학의 자의식 과잉"에서 비롯된 강박이었다고 말한다.[5] 그에 따르면 1980년대 중반에 이르러서야 비로소 소설이 회복세를 얻기 시작했다는 주장은 대체로 김원우, 윤후명, 이인성, 임철우, 최수철, 현길언 등의 활동을 근거로 삼아왔다. 그러나 이동하는 이들이 이미 1980년대 초부터 중요한 작품들을 발표하고 있었으며, 그것들이 1980년대 중반 이후에 발표된 작품들과 비교할 때 양적·질적으로 결코 뒤떨어지지 않는다고 지적한다. 그렇다면 소설침체론은 어째서 등장한 것인가 하는 의문이 제기될 수밖에 없다. 이동하의 분석에 따르면 그것은 1970년대 문학에 대한 지나친 의식의 산물이다. 당시 비평가들은 "70년대와 구별되는 80년대적 특징을 찾아내야 한다는 내적 요구에 끊임없이 시달리면서도 최소한 80년대 초기의 몇 년 동안은 70년대에 정립된 가치 판단의 척도를 가지고 문학, 특히 소설을 재단하는 버릇에서 벗어나지 못하였으며, 그 결과가

---

5) 이동하, 「80년대 문학의 기본적 성격」, 『문학의 길, 삶의 길』, 문학과지성사, 1987, 218쪽.

'80년대 소설침체론'으로 나타났다"는 것이었다.[6] 헤럴드 블룸 식으로 환언하자면, 1980년대 문학은 1970년대 문학에 대해 일종의 '영향의 불안'에 시달리고 있었던 셈이다.

그렇다면 1980년대 문학, 특별히 소설은 1970년대 문학에 의해 수립된 어떤 가치 판단의 기준을 충족시키는 동시에 그것을 넘어서도록 요청받았던 것일까. 소설침체론의 등장 원인은 바로 이 질문에 긴박되어 있었다. 1980년대 전반기를 회고하는 자리에서 황석영은 소설침체론이 5·18광주민중항쟁(이하 5·18)을 비롯해 당시에 벌어진 긴급하고 충격적인 사건들에 대해 소설이 제대로 대응할 수 없었던 데서 비롯되었다고 말한다.

> 팔십 년대 전반기의 얼어붙은 것 같던 반동의 시기에 소설이 당대의 상황을 즉각적으로 받아내지 못한 점은 미처 당대를 소화할 수 없었던 작가들의 역량의 한계에도 원인이 있겠지만, 어느 사실이 소설로서 재구성되는 데는 일정한 거리와 시제의 차이가 불가피하다는 점도 있었겠지요. 그럼에도 불구하고 나로서는 당시에 소설 쓰기가 위축되었다고는 생각할 수 없군요. (…중략…) 당시 사정으로는 여러 사회운동권의 기관지나 팸플릿에 나온 파쇼정권의 폭로 기사며 르뽀가 당대를 감당하고 있었던 게 아니었나 생각해 봅니다. 이를테면 민언협의 『말』이라든가 활동가들의 현장수기 등입니다. 이들 르포, 수기, 선언문, 폭로기사는 급박하게 돌아가는 현실 속에서 매우 유용한 과도적 문학의 역할을 해냈습니다. 내 경우에도 칠십 년대부터 작품을 쓰는 한편으로 현장 문화운동

---

6) 위의 글.

에 참가하고 있었으므로 그런 종류의 글이며 현장 집체창작물들을 수없이 쓴 셈입니다만, 84년 겨울에 광주 '전사협'의 위촉으로 기록한 광주항쟁보고서는 당시의 상황을 대중적으로 격앙시키는 촉매가 되었다고 생각합니다.[7]

황석영 역시 소설 창작 자체가 위축되었던 것은 아니라고 말한다. 다만 그는 소설이 어떤 사건을 소설로 재구성하는 데는 일정한 시간적 거리가 필요한 장르라고 주장하며, 그러한 까닭에 1980년대 전반기에는 5·18과 같이 중대한 사건들을 소설 대신 르포, 수기, 선언문 등이 더 적극적으로 취급할 수밖에 없었다고 판단한다. 어떤 측면에서 이것은 황석영 자기 자신에 대한 진술이기도 했다. 1970년대 리얼리즘 소설의 가장 위대한 성과로 꼽혔던 『객지』의 작가 황석영 그 자신 역시 5·18에 대해서는 소설보다 논픽션 보고서인 『죽음을 넘어 시대의 어둠을 넘어』(풀빛, 1985)로써 반응했기 때문이다.[8]

종합해 볼 때, 소설침체론은 소설 창작이 위축된 현상을 지적하는 것 이상의 함의를 품고 있었으며, 소설이 1980년대 벽두에 벌어진 일련의 충격적인 사건들에 적극적으로 개입해 들어가지 못하는 상황 속에서 제기된 것이었음을 확인할 수 있다. 기실 당대 소설침체론이 던진 "소설의 시대는 가고 있는가? 그리고 시의 시대는 오고 있는가?"의 물음은 '5월 광주'를 적극적으로 노래하고 있는 시와 그렇지 못한 소설의 대조적

---

7) 황석영, 「항쟁 이후의 문학」, 『창작과비평』 16-4, 1988 겨울, 55쪽.
8) 물론 『죽음을 넘어 시대의 어둠을 넘어』는 황석영 개인의 고유한 창작물은 아니다. 이 기록물은 전남사회운동협의회가 시민들의 구술 자료 등을 모아 황석영에게 대표 집필을 위촉했고, 이 자료들을 황석영과 여러 청년들이 정리해서 발간한 것으로 알려져 있다. 자세한 내용은 다음을 참조. 황석영, 「"나의 문학 인생을 뿌리째 흔들려 하는가"-[기고] 〈신동아〉 의혹 제기에 답한다」, 〈프레시안〉, 2010. 11. 22.

인 상황이 낳은 산물이었다.[9] 앞서 창비 신작소설집 편집자들이 지적했던, 소설이 당대의 핵심적인 문제를 깊이 있게 그려내지 못하고 있다는 점 역시 이를 염두에 둔 것이었다. 그리고 여기에는 물론 1970년대 문학이 그 기준으로 자리하고 있었다. 1970년대를 위대한 리얼리즘 문학, 그리고 소설의 시대로 기억하고 있는 비평가들에게 1980년대 소설은 지나치게 무력해 보였다. 혁신은커녕, 소설이 5·18과 같은 미증유의 사건을 소설화하는 일조차 감당하지 못하고 있다는 사실은 1970년대 문학이 수립해 온 참여와 실천의 전통을 저버리는 것이었기 때문이다. 그리고 이때 그러한 1970년대 문학의 핵심이 리얼리즘이었다는 점을 상기해 볼 때, 1980년대 소설이 마땅히 이어받아야 할 책무란 결국 1980년 5월 광주에서 벌어진 사건을 사실주의적, 달리 말한다면 리얼리즘적으로 재현함으로써 역사와 사회현실에 개입해야 하는 것을 가리켰다.

주지하다시피 5·18은 1980년대라는 시대와 그 시대의 문학을 그 이전 시대와 근본적으로 다른 무엇이 되도록 만든 기원적인 사건이었다. "50년이나 100년이 지난 문학사에서 1980년대 문학사는 「님을 위한 행진곡」이란 노래 가사와 『죽음을 넘어 시대의 어둠을 넘어』란 수기가 시와 소설사의 첫머리를 장식할 것이라고 단언"할 수 있을 정도로 1980년대 문학에 대한 5·18의 규정력은 실로 대단한 것이었다.[10] 그러므로 "80년대 소설의 침체 현상"을 "광주항쟁을 괄호 치고 비통한 신음만 뿜어냈던" 소설의 "망명 상태"로 보는 시각이 문단을 지배했던 것은 일견 당연했다.[11] 그러나 문단의 간절한 열망은 쉽게 충족되지 않았다. 소설

---

9) 김정환, 앞의 글, 339쪽.
10) 김성수·서은주·오형엽, 「문학」, 한국예술종합학교 한국예술연구소 편, 『한국현대 예술 사대계V』, 시공사, 1999, 40쪽.
11) 최원식, 「광주항쟁의 소설화」, 『창작과비평』 16-2, 1988 여름, 287쪽.

이 5·18을, 당대 문단을 지배하고 있던 민족·민중문학론자들의 요구대로, 곧 '리얼리즘적으로 재현'하는 일은 거의 불가능에 가까웠다. 그리고 이 불가능은 재현적 문학 체제에서 정의하는 문학과 현실 간의 관계로부터 파생되는 문제였다.

통상적으로 문학에서 재현에 관한 논의는 미메시스론에 의해 전개되어 왔다. 아리스토텔레스의 『시학』에서 기원하는 미메시스 개념은 대상의 "예술적인 재현과 표상의 생산"을 의미한다.[12] 이때 아리스토텔레스가 말하는 포이에티케(poiêtikê)에서의 미메시스는 처음과 중간과 종말을 가진 완결되고 "전체적인 행동의 모방"을 가리킨다.[13] 즉 아리스토텔레스적인 의미에서 문학의 재현은 대상의 본질과 전모를 파악해 대상이 되는 사건 또는 인물의 행동이 전개되는 과정 전체를 필연성을 갖춘 플롯으로 재구성하는 것이다. 한편 미메시스론을 리얼리즘론으로 확립한 루카치는 리얼리즘은 현실을 객관적으로 반영해야 한다는 조건을 충족시킬 수 있는 "지각의 정확한 형식이며, 사회구조의 어떤 형식의 기능"이라고 말한다.[14] 아울러 재현의 결과로 수립된 미적 형상물은 객관적 현실의 반영물인 동시에, 그것의 가치는 그 형상물이 현실을 올바르게 파악하고 재생산하는지에 달려 있다.[15] 그러므로 이와 같이 리얼리즘적 재현의 개념을 따라 문학과 현실의 관계를 사유하게 되면 그것은 언제나 문학에 앞서 먼저 현실이 있고, 문학은 그것을 유사하게 모방하

---

12) 김헌, 「아리스토텔레스 『시학』의 세 개념에 기초한 인간 행동 세계의 시적 통찰과 창작의 원리」, 미학대계간행회편, 『미학대계제1권－미학의역사』, 서울대출판부, 2007, 99쪽.

13) 아리스토텔레스, 『시학』, 천병희 옮김, 문예출판사, 2002, 56~61쪽.

14) 이원숙, 「미메시스로서의 문학과 미술－루카치 미학의 리얼리즘을 중심으로」, 『철학논총』 59, 새한철학회, 2010, 230쪽.

15) 위의 글, 231쪽.

거나 객관적으로 반영하는 식이 된다. 동시에 문학이 재현할 사회현실에 대한 완결된 형태의 인식구조가 미리 전제되어야 한다. 요컨대 '재현적 문학 체제'라는 문학에 관한 개념적·감성적 인식과 창작, 평가 방식, 규범 및 이를 제도화한 체계 하에서, 문학과 세계(현실)는 전자가 후자에 종속되고, 후자가 전자에 선행하는 관계로 수립된다. 이 역은 결코 가능하지 않다.[16]

1980년대 초 소설이 5·18을 리얼리즘적으로 재현할 수 없었다는 사실은 5·18이 그 사건 자체의 실존과는 별개로 사회세계 내에서 재현될 수 있는 현실─또는 민족·민중문학론자들이 요구했던 '민중항쟁'이라는 혁명적인 사건으로 재현될 수 있는 실재─의 지위를 부여받지 못했음을 의미한다. 잘 알려진 대로 사건 초기부터 신군부 정권은 사건에 대한 언론 보도를 완벽히 통제했고, 이에 따라 1980년 5월 광주에서 공수부대의 시민학살과 이에 대한 민중들의 항거는 '일어난 적 없는 일'이 되었다. 다만 그때 그곳의 현실은 김대중 추종자들과 사회 불만세력 및 용공 간첩 등을 아우르는 이른바 '폭도'들에 의해 일어난 '폭력 사태'로 존재할 수 있을 뿐이었다.[17] 요컨대 신군부 정권에 의한 '학살' 내지는 '민중

---

16) 이 글에서는 자크 랑시에르가 정식화한 '재현적 예술 체제'를 번역해 '재현적 문학 체제'라는 용어를 사용한다. 랑시에르는 예술 작품의 '제작' 방식과 그것의 '존재' 방식이자 '감성적 인식' 방식인 미학과의 관계를 미메시스 법칙에 따라 하나의 질서, 규범으로 고정시키는 예술의 식별체제를 가리켜 '재현적 예술 체제'라고 부른다(자크랑시에르, 주형일 옮김, 『미학안의 불편함』, 인간사랑, 2008, 32~33쪽). 이를 바탕으로 이 글에서는 문학작품의 인식, 창작, 평가 방식을 특정한 관념에 대한 재현으로 고정시키는 질서와 규범, 이를 제도화한 문학장의 체계를 가리켜 '재현적 문학 체제'로 정의한다. 이는 특별히 1970~1980년대 문학장에서 리얼리즘 문학이라는 특권적인 형태로 나타났다. 오독을 방지하기 위해 이 글에서 문제 삼는 문학적 재현은 바로 이 리얼리즘문학의 재현 방식, 즉 리얼리즘적 재현임을 밝혀둔다.

17) 최정운, 「폭력과 언어의 정치─5·18 담론의 정치사회학」, 『5·18민중항쟁과 정치·역사·사회』, 5·18기념재단, 2007.

항쟁'으로 재현될 수 있는 5·18의 실재는 부재했던 것과 다름없다.

　그러나 이를 신군부 정권의 물리적인 언론 통제·검열에 의한 사건 은폐 차원으로 국한시켜 보는 것은 단순한 접근 방식이다. 5·18의 재현불능에 관한 문제는 그보다 훨씬 복잡하고 근본적인 어려움에 직면한다.[18) 아우슈비츠 수용소의 존재 자체를 부인했던 "홀로코스트 부인(Holocaust denial/negationism)" 문제를 두고 장 프랑수아 리오타르(Jean-François Lyotard)가 적절히 지적했듯, "실재라는 것은 주어진 것이 아니라, 실재와 관련된 확인 절차의 실행을 요구하게 되는 기회"다.[19) 이러한 논리에 따르면 1980년 5월 광주에서 일어났던 사건의 실재는 그것이 실제로 일어났다는 사실, 즉 실존 자체로는 획득되지 않는다. 그것이 실재임을 입증할/될 때 비로소 그것은 실재로서 구성될 수 있는 것이다.

　주지하다시피 5·18에 대한 공적 논의와 진상 파악이 이루어지기 시작한 것은 1985년 총선에서의 야당의 승리, 서울 미문화원 점거사태, 그리고 1987년 6월항쟁과 1988년 신군부 정권 인사들에 대한 청문회로 이어지는 오랜 투쟁과 사회 변화를 겪고 난 이후였다.[20) 그 이전까지 5·18에 어떤 실재를 부여할 것인가를 결정하는 절차와 권위는 모두 신군부 정권이 독점하고 있었다. 이러한 사실과 함께 민족·민중문학 진영에서

---

18) 이 글에서는 '재현불가능성' 대신 '재현불능' 또는 '증언-재현불능'이라는 용어를 사용한다. '재현불가능성'이라는 용어는 대상 자체에 재현될 수 없는 어떤 본질적인 속성이 내재돼 있는 것 같은 뉘앙스를 풍긴다. 그러나 이 글은 5·18이라는 사건의 증언-재현불능이 정치·사회·문화적인 상황 속에서 빚어진 하나의 사태라고 본다. 이 글의 분석 대상인 임철우와 최윤의 소설은 문학의 형식과 미학에 대한 모색을 통해 이와 같은 사태를 극복하기 위한 문학적 시도다.

19) 장 프랑수아 리오타르, 『쟁론』, 진태원 옮김, 경성대 출판부, 2015, 29쪽.

20) 최정운, 앞의 글, 402쪽.

5·18을 소설화한 작품 중 가장 획기적인 성과로 평가했던 홍희담의 「깃발」(『창작과비평』, 1988년 봄)이 등장한 때가 1988년이라는 점은 결코 시기적으로 우연히 일치한 것이라고 보기 어렵다. 이는 「깃발」이 성취하고 있다고 간주되는 민중, 특별히 노동자 계급의 혁명으로서의 5·18에 대한 '리얼리즘적 재현'이 ① 신군부 정권이 5·18의 실재에 대한 결정권을 모두 잃게 되고, ② 반대로 대항담론이 5·18의 실재를 입증·결정할 수 있는 권위를 획득하며, 역사가 메타언어의 위치에서 5·18을 취급할 수 있게 된 1987년 이후에 이르러서야 가능해졌음을 말해주는 까닭이다.

요컨대 1980년대 초, 5·18과 같이 그 실재를 주장하고 입증할 수 없는 특수한 문제 앞에서 리얼리즘적 재현은 일종의 한계를 드러내기 시작한 것이다. 그런 점에서 1980년대 초반 소설의 침체는 문자 그대로 소설 창작의 양적·질적 침체를 의미하는 것이 아니라, 재현적 문학 체제 하에서 특권적으로 주장되었던 리얼리즘적 재현의 한계가 징후적으로 드러난 현상이었다. 그 한계란 곧 재현할 실재의 문제가 선결되지 않으면 자립할 수 없는 재현적 문학 체제의 현실종속성을 가리킨다. 1987년에 발간된 '5월광주항쟁 소설집' 『일어서는 땅』의 편집자들이 고백한 대로, "5월이라는 명제는 그동안 수없이 거론되어 왔"지만 "아무도 5월의 전면적인 모습을, 총체적인 진실을 말할 수 없었다."[21] 실로 소설이 5·18을 증언하고 그 사건의 진실'들'에 대해 말하기 위해서는 리얼리즘의 '총체성'에 대한 강박에서 벗어나 재현적 사유를 넘어서는 어떤 미학적 갱신이 필요했다. 그러므로 문학사적으로 볼 때 5·18은 1980년대 소설미학의 갱신을 요청한 사건이었다고도 말할 수 있다.

그러나 당대 비평은 소설침체(론) 이면의 보다 근본적인 문제인 재

---

21) 「이 책을 펴내면서」, 한승원 외, 『5월광주항쟁소설집 – 일어서는 땅』, 인동, 1987, 8쪽.

현적 문학 체제의 한계에 대해서는 사유하지 못한 채 '리얼리즘적 재현'을 성취하지 못하는 소설을 나무라는 것으로 귀결되고 말았다. 백낙청은 "80년대 한국사회의 경우 다름 아닌 사실 확인의 차원에서조차 가장 예민한 쟁점이 되어 있는 것은 이른바 광주사태의 진상 문제"라며 "바로 그렇기 때문에 시인에 의한 열띤 고발 또는 기념의 낱말들이 많이 씌어졌으나 소설로 다뤄진 예는 5년이 넘은 이제까지 무척이나 드물다"고 일견 정확히 지적한다.[22] 그러나 그의 이러한 진단이 재현의 한계에 대한 인식으로 이어지지는 않는다. 그는 오히려 5·18을 다룬 임철우의 소설 속 "비사실주의적 요소"와 알레고리의 작위적인 측면을 비판하며, 다만 "진지한 현실을 반영해야" 한다는 특유의 당위론적인 리얼리즘론을 되풀이한다.

> 그러나 광주의 진실을 제대로 포착하고 작품화했느냐고 묻는다면 필자는 「직선과 독가스」나 대동소이한 수준, 곧 아직도 성공한 작품이라고 보기는 어려운 수준이라 말할 수밖에 없다. 이는 「사산하는 여름」(또는 「직선과 독가스」)의 비사실주의적 요소 자체를 탓하는 말은 아니다. 리얼리즘(내지 현실주의)이 우의적 요소를 처음부터 배격한다거나 사실성과 우의성의 일정한 비율을 고집하는 것은 아니다. 그러나 알레고리는 알레고리 나름의 논리가 있어야 하고 진지한 현실인식을 반영해야 되는데 「사산하는 여름」의 경우는 그게 아니다. (…중략…) 그러나 도대체가 1980년 5월 광주의 역사를 '상처'와 '병리'의 차원에서만 보는 것부터가 정말로 문제

---

22) 백낙청, 「민중·민족문학의새단계」, 『창작과비평』 부정기간행물 1호(통권 57호), 1985. 10, 35~36쪽.

다. 이는 광주의 진상을 다시 조사하는 게 그 상처를 아물리는 데 도움이 되느냐 안 되느냐라는 여야 간 공방의 차원이라면 모를까, 민중·민족문학에서는 극히 피상적인 민중인식이요 역사의식이다. 광주사태의 정확한 경위와 진상이 어떠했건, 무릇 다수 민중이 일거에 집단 행동으로 나선 역사적 사건에서는 민중의 희생과 상처가 큰 것에 못지않게 자신들도 몰랐던 엄청난 힘이 평범한 시민들 중에 폭발적으로 솟아남을 경험하는 법이다. 이러한 폭발적인 에너지는 당국이 '무장폭동'으로 규정하는 전투의 과정에 드러나기도 하고 '치안부재'로 규정된 시간에 뜻밖의 일상생활을 해내는 의연함으로 나타나기도 한다. 광주사태의 경우 그 폭발성에 한해서 만은 여야 간에 딴말이 없는 실정인데 「사산하는 여름」에서는 폭발성의 의미에 관한 통찰과 신념이 없을뿐더러 폭발성 자체가 '후유증'의 제시 속에 은폐되어버릴 위험이 있는 것이다.[23]

백낙청은 임철우의 「사산하는 여름」이 민중들의 항쟁으로서 5·18이 갖는 폭발성을 다루지 않았기 때문에 "광주의 진실을 제대로 포착하고 작품화"하는 데 "성공한 작품이라고 보기는 어려운 수준"이라고 평가한다. 그가 말하는 "광주의 진실"이란 신군부 정권과 싸운 민중들의 "폭발적인 에너지"다. 그러나 임철우의 소설은 "1980년 5월 광주의 역사를 '상처'와 '병리'의 차원에서만 보"고 있으며, 그것은 민족·민중문학의 측면에서 봤을 때 "극히 피상적인 민중인식이요 역사의식이다." 요컨대 백낙청은 소설이 "광주의 진실"을 민중의식과 역사의식에 바탕을 두고 재현할 때 강력한 힘을 갖게 되고, 그것의 상처와 고통, 병리, 후유증을

---

23) 위의 글, 36~37쪽.

제시하는 것은 그 강력한 힘에 대한 "통찰과 신념이 없을뿐더러" 그것
자체를 "은폐"시킬 위험을 갖는다고 보고 있다.

그러나 이른바 문학이 그 고유의, 흔히 말하는 문학적 진실을 창조
할 수 있으며, 그것이 아리스토텔레스가 말했던 것처럼 역사보다 고차
원적인 의미를 갖는 진실이라면, 역사가 사실 확인으로서의 증언을 실
패한 바로 그 지점에서 문학적인 방식으로 증언하는 진실은 시작된다.
실재를 입증하고 결정할 수 있는 권위적인 메타언어로서의 역사가 부재
할 때 그 공백을 메우는 것은 이른바 문학적 진실이 될 수 있다. 그리고
그러한 문학의 증언은 그 사건의 실제 사실이나 그 사건에 부여된 실재
와 얼마나 일치하는지, 현실정합적인지, '적절'하고 '타당'한지, 백낙청
식으로 말하자면 '진지한 현실인식 반영'했는지와 같은 역사적인 사실성
을 입증하는 기준과 무관하게 성립한다.

이런 측면에서 볼 때, 소설이 5·18의 상처와 병리적인 측면을 "비사
실주의적"으로 소설화한다는 것은 오히려 그 사건에 대해 증언하는 (현
실로의) 환원불가능한 언어를 창안한다는 점에서 객관적인 현실의 반
영인 리얼리즘적 재현의 한계를 돌파한다고 말할 수 있다. 어떤 증언이
사실성, 타당성, 실증성을 갖춘 특권적인 지위를 부여받는 까닭은 다
른 것과 분명하게 구분되는 그것의 고유한 차별성(distinctiveness) 때
문이다.[24] 데리다 식으로 말하면 증언이 갖는 권위는 그것의 "역설적인
대체불가능성(paradoxical irreplaceability)"에서 기인한다.[25] 이 글은
이러한 5·18의 증언—재현불능의 문제에 대해 사유하고 그것을 극복하

---

24) Richard Carter—White, "Auschwitz, ethics, and testimony : exposure to the
    disaster", *Envi-ronment and Planning D : Society and Spae*, volume 27, 2009,
    pp. 693~694.
25) Richard Carter—White, ibid., p. 694.

기 위해 벌이는 문학적인 모색을 임철우와 최윤의 소설 텍스트를 분석함으로써 보다 상세히 논의할 것이다.

2. 증언 – 재현불능의 죄의식

'오월작가'로 널리 알려진 임철우(1954~)가 5·18의 소설화라는 그의 길고 긴 여정을 시작한 때는 1984년으로 거슬러 올라간다. 임철우는 1984년에 발표한 「동행」(『14인 창작소설집』, 창작과비평사, 1984), 「봄날」(『실천문학』 5, 1984. 10), 「직선과 독가스」(『세계의문학』, 1984년 12월호)에서부터 본격적으로 5·18을 다루기 시작한다. 이 세 편의 소설은 공통적으로 1980년 5월 이후 삶과 존재방식의 근본적인 변화, 그리고 그 사건으로 인해 트라우마를 겪는 인물들을 세밀하게 살핀다. 그리고 이듬해 발표한 「불임기不姙期」(『그리운 남쪽』, 문학과지성사, 1985)와 「사산하는 여름」(『외국문학』 5, 1985. 7)에서는 알레고리 수법을 동원해 5·18 문제에 점근적으로 접근해가는 양상을 보여 준다.

1984년에 발표된 세 편의 소설은 모두 5·18 이후의 광주를 배경으로 그 학살에서 살아남은 자들의 죄의식에 관해 이야기하고 있다. 이때 그 죄의식은 크게 두 층위로 나뉘는데, 일차적으로 그것은 죽지 않고 살아남았다는 사실에서 비롯되는 죄의식이다.[26] 봄날의 상주가 겪는 트라우마의 밑바탕에는 이 죄의식이 깔려 있다. 성경 창세기에 등장하는 카인과 아벨의 모티프로 형상화되는 상주의 죄의식은 아벨의 죽음을 두고 카인의 죄를 물었던 여호와의 음성이 이제 홀로 살아남아 돌아온 상주 자신을 향해 들려오고 있다는 정신착란의 증상으로 나타난다. 상주가 자신의 생존을 죄스럽게 여기는 이유는 자신의 집 대문을 두드리던 명부를 죽도록 내버려두었다는 사실에 있다. 그리고 이 살아남은 자의 죄의식은 비단 소설 속 인물인 상주뿐만 아니라 작가 임철우 자신의 오랜 죄의식이기도 했다.[27]

그러나 이 글에서 보다 중요하게 다루려 하는 것은 두 번째 층위의 죄의식, 즉 죽은 자들의 죽음을 증언하지 못하는 데서 비롯되는 죄의식이다. 이 증언불능에 대한 죄의식이 중요한 것은 5·18에 대한 소설의 재현불능 문제가 이 지점에서 징후적으로 드러나는 까닭이다. 아울러 이 작은 균열에서부터 비로소 재현적 문학 체제의 한계가 가시화되기 시작한다는 점은 여기에 대한 특별한 주목을 요청한다.

……기억하라. 너는 이제 벙어리 아들을 낳으리라. 아벨을 묻은 피에 젖은 네 두 손의 업보로서, 그 배신의 증거로서, 내 손수 네 아들의 혀를 자르리라. 그리하여, 뭉툭하니 잘려나간 네 아들의 입속을 들여다보며 그날의 네 죄악을 기억하게 하여 주리라. 심중

---

26) 임철우의 소설에 나타나는, 그리고 임철우 작가 자신이 지니고 있던 살아남은 자의 죄의식을 '아직 죽지 못한 자들'의 죄의식으로 파악한 논문으로 다음을 참조. 서영채, 「죄의식과 1980년대적 주체의 탄생 – 임철우의 『백년여관』을 중심으로」, 『인문과학연구』 42, 강원대 인문과학연구소, 2014; 김정한, 「5·18학살 이후의 미사(未死)」, 『상허학보』 47, 상허학회, 2016.

27) 이와 관련해서는 다음의 산문을 참조. "그러나 그 열흘 동안 나는 끝내 아무 일도 하지 못했다. 공수부대의 잔혹한 살상 현장을 보면서 미칠 듯 분노하고 울고 치를 떨면서도, 정작 그래야 할 순간에는 죽음이 두려워 뛰어들지를 못했던 것이다. 최후의 날 새벽, 온 도시의 하늘과 땅을 찢어 발기며 폭포처럼 쏟아지는 총탄 소리와 살려 달라는 여학생들의 처절한 가두 방송을 들으면서도 다만 방 안에 웅크린 채로 통곡하던 기억…… . 그 이후 그것은 내 삶 속의 가장 고통스러운 악몽이 되었다. 아무일도 못했다는 사실, 비겁하게 살아 남아 있다는 죄책감과 부끄러움, 자기혐오감에 끝없이 시달렸다." 임철우, 「나의 문학적 고뇌와 광주」, 『역사비평』 51, 역사비평사, 2000.5, 294쪽.

의 진실을 전할 수가 없어서, 심장을 터뜨릴 듯 부릅뜬 눈을 터뜨릴 듯 먹먹하게 다만 바라보며 제 가슴팍만 맨주먹으로 두들기기만 하는 아들의 얼굴을 들여다보면서 네 가증한 배신의 흔적을 확인하게 하리라.[28]

상주의 일기는 죽은 자들과 그들의 죽음에 대한 진실을 증언할 수 없는 고통으로 가득 차 있는데, 그 고통은 혀가 잘린 아들을 낳으리라는 저주에 대한 은유로 대치된다.[29] 무릇 5·18과 같은 대규모의 학살이나 참사에서 살아남은 자들에게는 증언의 의무와 권리가 동시에 부여되기 마련이다. 임철우 본인도 살아남은 이상 스스로에게 "증언할 의무가 있다", "진실을 전달할 책임이 나한테는 있다"는 믿음으로 5·18에 대한 소설을 썼다고 고백한 바 있다.[30] 그러나 소설은 상주가 살아남은 자의

---

28) 임철우, 「봄날」, 『그리운 남쪽』, 문학과지성사, 1985, 157~158쪽.
29) 잘린 혀의 모티프는 「불임기」에서 다시 한번 등장한다. "'없다! 없어! 혀가 잘라져 버렸어.」 / 아이의 입안엔 뭉툭하니 뭉쳐진 살덩이의 흔적만 남아 있을 뿐이었다. 아직 까맣게 피멍울이 맺힌 그 끝은 분명히 누군가에 의해 잘려진 듯했다." 임철우, 「불임기」, 『그리운 남쪽』, 문학과지성사, 1985, 189쪽.
30) "나는 증언할 의무가 있다고 스스로 믿었어요. 나는 왜 그때 광주에 있었을까 살아남은 나에게 무슨 일이 남아 있을까. 나는 왜 하필이면 작가가 되었을까. 오월 광주 언저리에서 계속 살아온 내 개인사를 돌이켜 보면서 광주 사람만이 아는 진실을 전달할 책임이 나한테는 있다고 믿었죠." 임철우·황종연, 「대담─역사적 악몽과 인간의 신화」, 『문학과사회』 7-2, 1998 여름, 662~663쪽. 기실 5·18은 임철우를 소설가의 길로 이끈 근원적인 체험이었음을 작가 스스로 다음과 같이 회고한 바 있다. "그해 몇 달 동안의 기억을 더듬어 내는 건 고통스러운 일이다. 꽤 오랫동안 나는 아무 책도 읽고 싶지 않았고 아무것도 쓰고 싶지 않았다. 나는 무너진 거대한 담벼락 밑에 깔려 나자빠져 있었고, 반쯤 얼이 빠진 채 허우적거리고만 있었다. 그러다가 늦가을이 되었다. 어째서인지 모르지만, 그때서야 나는 별안간 소설을 써야 한다는 강렬한 욕구랄까 의무 같은 것에 사로잡히게 되었다. 누군가에게 뭔가를 전해주어야만 한다는, 뭔가를 이야기하고 뭔가를 소리치지 않으면 견딜 수 없을 것 같다는 그런 절박하고도 간절한 충동이 거의 강박관념으로 나를 몰아대었다." 임철우, 「펜 끝에 맨 나의 혼 '나의 습작시대'─눈치껏 비밀노트를 채우던 군대 시절」, 『문학사상』, 1990. 4, 108~109쪽.

"업보"이자 "배신의 증거로서" 증언할 수 없는 저주를 받았다고 언명한다. 그는 "심중의 진실을 전할 수가 없"고, "다만 바라보"기만 할 뿐이다. 이 증언불능에 대한 죄의식은 살아남았다는 것 이상으로 그를 더욱 고통스럽게 만든다.

상주는 왜 그날 벌어진 숱한 죽음들, 그러니까 그 학살에 대해 증언할 수 없는가. 임철우의 소설은 이 증언불능의 상황을 언어와 실재가 맺는 관계에 대한 다음과 같은 인식을 통해 드러낸다.

> 그동안에도 가상 적기에 피습당한 어느 방직 공장에서는 이천여 명의 종업원들이 신속히 방공호로 대피하고 있었으며, 한 고등학교 교정으로 투하된 종류 미상의 가상 화학무기에 대한 제독 작업이 학생들에 의해 실시되고 있었다. 적기의 내습으로 공장 일부가 파괴되고 사망 칠 명, 부상 이십오 명의 인명 피해를 냈지만 종업원들의 신속하고 일사불란한 행동으로 복구 작업은 무난히……. 젊은 아나운서의 매끄러운 음성은 쉴 새 없이 숱한 가상의 언어를 꽃집 안에 가득히 피워내고 있었다. 그 갖가지 낱말 하나하나는 수백 수천 마리의 벌떼가 되어 꽃내음 그득한 실내를 어지러이 맴돌게도 하고 더러는 유리창에 달라붙어 붕붕 날갯짓을 해대고 있는 듯했다. 그 가상의 언어들은 세상 어디에도 결코 존재하지 않는 전혀 가상의 상황을 구성하고, 또한 그 허구의 상황은 바로 이 순간, 꽃집 안에 갇혀 있는 우리들의 눈앞에서 놀랍게도 생생하고 확실한 현실로서 재생되고 있는 것이었다. 그것은 실로 기적 같은 언어의 변신이었다. 때문에 이 순간 살아 있는 우리들은 누구나 모두 그 가상의 언어에 포위된 채 다만 허구의 시간과 허구의 공간 속에 존재하는 허구의 인물에 지나지 않을 따름이었다. 기억하라.

카인아. 너는 벙어리 아들을 낳으리라. 내 손수 네 아들의 혓바닥
을 자르리라. 기억하라. 기억하라. 나는 문득 텅 빈 거리 어디에선
가 저주하는 듯한 상주의 목쉰 외침을 들었다. [31]

지금 '나'와 병주, 순임은 민방공 훈련을 진행하는 라디오 방송을 듣
고 있다. 아나운서는 실제로 벌어지고 있지 않은 일들, 가령 가상의 적
기에 의한 피습이나 화학무기에 의한 공격, 이에 따른 인명피해 등을
마치 지금 벌어지고 있는 실제 상황인 양 중계한다. 바로 그 순간 그 아
나운서가 발화하는 언어들은 실제 현실이 아닌 허구를 현실로 구성하
고, '나'와 병주, 순임은 그 허구가 오히려 "생생하고 확실한 현실로서
재생되고 있는 것"을 경험한다. 이 장면에서 소설은 언어가 실재를 가
리키거나 비추는 것이 아니라, 오히려 실재가 아닌 것을 실재로 구성하
는 사태가 벌어지고 있음에 대해 서술하고 있다. 바꿔 말하면 언어가
재현하는 실재란 어떤 사물과 현실에 대해 본디 주어진 본질이 아니라,
오히려 언어에 의해 인가되고 구성된 가상인 것이다. 언어를 통해 재현
될 수 있는 실재, 증언될 수 있는 사태의 진실의 자리는 공백으로 남겨
져 있는 것이다.

이와 같은 사태는 5·18이라는 사건을 둘러싼 특수한 상황으로 인해
극명하게 경험되고 인식되었다. 이는 위에서 인용한 민방공 훈련 장면
에 대한 서술이 실상 5·18 당시를 투사하고 있는 것이라는 점을 염두에
둘 때보다 명백해진다. 1980년 5월 당시 신군부에 완전히 장악당한 언
론이 광주에서 일어나고 있는 일들을 불순세력의 '폭동'으로 기사화하
기 시작했음은 주지의 사실이다. [32] 기실 계엄령이 내려졌던 당시 광주

---

31) 임철우, 「봄날」, 『그리운 남쪽』, 문학과지성사, 1985, 159~160쪽.

는 외부와 철저히 차단되었고, 공수 부대의 만행을 고발하고 시민들의 투쟁을 독려하는 목소리를 담은 '호소문', '선언문', 그리고 이후 시위대가 만든 「투사회보」와 「민주시민회보」 등 여러 형태로 제작된 유인물들은 물리적인 경계와 거리의 장벽을 넘지 못했다.[33] 따라서 당시 광주를 제외한 한반도 전역에서는 흡사 「봄날」의 민방공 훈련 장면에서 '나'가 진술하고 있는 것과 같은 "기적 같은 언어의 변신"이 벌어지고 있는 중이었다. "가상의 언어들은 세상 어디에도 결코 존재하지 않는 전혀 가상의 상황을 구성하고" 있었고, "갇혀 있는 [그들]의 눈앞에서 놀랍게도 생생하고 확실한 현실로서 재생되고 있는 것이었다."

상주의 일기에 적힌 "너는 벙어리 아들을 낳으리라"는 저주는 정확히 이러한 상황 속에서 벌어지는 5·18의 증언불능 사태를 비유적으로 진술하고 있다. 나아가 이를 보다 근본적으로 언어적 차원에서 파악할 때, 문제의 핵심은 살아남은 자들이 증언할 실재가 부재하다는 데 있다. 그들의 언어가 가리켜야 할 희생자들의 죽음과 저항으로서의 5·18은 존재하지 않(고 오직 폭도들이 벌인 무장폭동만이 존재하)기 때문에 그들의 증언은 증언으로 받아들여지지 않는다. 그들의 언어는 친구와 이웃, 시민들의 죽음을 입증할 수 있는 권위를 지니지 못했고, 따라서 그것을 실재로 구성시킬 수 없는 까닭이다. 이로써 그들의 증언 자체가 무력화되며, 오히려 그들이 증언할 때 역설적으로 그들 자신과 그들이 증언으로써 대변하고자 했던 희생자들을 배반하게 되는 결과를 낳는다.

---

32) 최정운, 앞의 글, 416쪽. 참고로 당시 텔레비전 방송에서는 광주에서 일어나는 일들에 대해서는 보도되지 않았고 "연속극이나 오락 프로만 아무 일 없었다는 듯이 방영되고 있었다"고 한다. 이는 5·18 당시 시민들의 분노가 MBC와 KBS 등을 향하게 되는 주요한 계기가 되었다. 전남사회운동협의회 편, 황석영 기록, 『죽음을 넘어 시대의 어둠을 넘어』, 풀빛, 1985, 77쪽.
33) 전남사회운동협의회 편, 황석영 기록, 위의 책, 53·78쪽.

따라서 상주의 저주대로 그들은 "벙어리 아들을 낳"거나, 스스로 벙어리를 자처하게 되는 사태에 처하게 되는 것이다.

리오타르가 지적했듯, 언어를 가지고 있으며 발화할 수 있는 능력을 가진 존재인 인간들이 말하지 않는 것은 "그들이 말할 경우 최악의 위험을 겪게 되기 때문에, 또는 일반적으로 본다면 그들이 지닌 말하기의 능력에 대한 직간접적인 침해가 일어나기 때문이다."[34] 여기에 따르면 증언불능의 사태는 그들의 말, 곧 증언의 역량에 가해지는 침해로 인해 발생한다. 5·18이 오직 '폭동'으로만 존재하는 상황 속에서 살아남은 자들의 증언능력은 부정되고—아무도 그들의 진실을 믿어주지 않기 때문에—, 따라서 그들은 자신들의 증언을 지키기 위해 역설적으로 증언하지 않는 편을 선택할 수밖에 없다. 이러한 연유로 택하게 된 침묵은 그들에게 증언해야 한다는 의무를 저버렸다는 죄의식을 갖게 만든다. 그러나 침묵과 그것을 둘러싼 죄의식을 단순히 부정적인 것으로 치부할 수 없는 까닭은, 그것이 그들이 경험한 대규모의 폭력과 학살, 그리고 희생자들의 죽음에 대한 부인이나 외면을 의미하지 않기 때문이다. 또한 침묵—그 사건의 참혹함이 언어를 초과하는 무게와 강도를 지녔다는 이유에서 쉽게 입에 올릴 수 없다는 의미의 침묵—을 통해 사건을 언어로 형상화할 수 없는 어떤 초월적이고 숭고한 것으로 박제하고 있는 것도 아니다. 그들의 침묵은 오히려 증언불능 사태의 임계를 가리키는 표지이자 그 임계점을 넘어 증언의 새로운 형식에 대한 발명·창조로 나아가는 어떤 과도적인 단계를 암시한다.

그와 같은 맥락에서 상주의 일기를 해석할 때, 벙어리의 저주 뒤에 이어지는 다음과 같은 예언의 목소리는 자못 의미심장하다.

---

34) 장 프랑수아 리오타르, 앞의 책, 32쪽.

구원을 외치며 새벽거리를 달리던 네 형제 아벨을 위하여, 끝
끝내 열리지 않는 너희 집 대문 앞에서 허물어져 버린 그의 통곡
을 위해, 빗장을 걸어 잠그고 이불 속에 드러누워 그의 외침을 부
인하던 너와, 그리고 더 많은 네 이웃들을 위해 내, 너로 하여금
벙어리 자식을 낳게 해 주마. 그리하여 네 스스로 아들에게 말하
는 법을 가르치도록 하여 주마. 말이란 세 치 혓바닥으로만 하는
것이 아님을, 그것은 손짓과 발짓과 몸짓으로, 온몸으로 전해야만
하는 것임을, 마침내 너희 스스로 깨닫게 될 때까지, 나는 너희로
하여금 벙어리의 수화를 가르치도록 하여 주마……. [35]

저주는 벙어리 자식을 낳는 형벌로 끝나지 않는다. 형벌에 수반되는
것은 벙어리 아들에게 말하는 법을 새롭게 가르쳐야 한다는 사명이다.
소설은 살아남은 자들이 "말이란 세 치 혓바닥으로만 하는 것이 아님
을, 그것은 손짓과 발짓과 몸짓으로, 온몸으로 전해야만 하는 것임을"
깨달으며 "벙어리의 수화"를 스스로 훈련하고 또 가르치게 될 것이라고
예언한다. 결국 살아남은 자들에게 주어진 사명은 5·18을 둘러싼 증언
불능의 사태 속에서 증언의 새로운 형식을 찾아내는 것이며, 문학의 맥
락으로 접속될 때 그것은 5·18을 "세 치 혓바닥"으로 전달할 수 있는 명
징한 메시지 대신, "손짓과 발짓과 몸짓으로, 온몸으로" 증언-재현할
수 있는 새로운 형식과 미학의 창조를 의미하게 된다.
　이러한 인식은 같은 해에 발표된 「직선과 독가스」에서 보다 본격화된
다. 「직선과 독가스」에서도 예의 증언불능의 사태가 봄날의 상주와 마찬

---

35) 임철우, 「봄날」, 『그리운 남쪽』, 앞의 책, 157~158쪽.

가지로 정신분열증에 시달리는 한 만화가의 독백을 통해 표출된다. 그런데 여기서는 5·18에 대한 증언불능과 소설의 재현불능이 결합되어 있는 지점이 보다 분명하게 드러나며, 이 증언—재현불능의 사태를 극복하고자 하는 작가의, 그리고 그와 동시에 소설의 것이기도 한 몸부림 또한 발견된다. 소설 속에서 주인공이자 화자인 '나'는 "그해 오월, 바로 저 광장을 돌아 길다랗게 열을 지어 사라져 버린 숱한 사람들의 행방"이나 "그 많은 사람들은 왜 아무도 돌아오지 않느냐"는 물음, 그리고 1980년 늦봄 평상시와 다를 바 없이 집을 나섰으나 결국 돌아오지 못한 "해남댁 늙은이의 외아들"에 대해서는 "끝내 아무 말도 해보지 못"한다.[36] 그리고 그것은 소설 역시 마찬가지다. 주인공인 '나'는 이처럼 5·18에 관한 명시적인 사실들은 입밖으로 발화하지 못하고, 다만 그것을 정체를 알 수 없는 독가스나 어떤 종류의 환영과 같은 불분명한 징후로서 포착할 뿐이다.

> 그런데 바로 그 순간에 난 보았습니다. 분명히 이 두 눈으로 똑똑히 목격했다니까요. 지금껏 내가 아무리 얘길 해도 만나는 사람마다 모두 거짓말이라고, 헛것을 본 것이라면서 믿어 주지 않았지만, 엠병할, 그건 진짜라구요. 분명히 보았단 말입니다. (…중략…) 하지만 말씀예요. 그게 환영일 뿐이라는 사실이 난 믿어지지가 않아요. 왜냐면 분명히 나는 보았기 때문이죠. 정말이라니까요. 사람들이었어요. 수많은 아이들과 젊은이들, 그리고 더 나이가 들어 보이는 남자와 여자들의 모습이 보이기 시작했습니다. 거

---

36) 임철우, 「직선과 독가스」, 위의 책, 141~142쪽. 최초 발표 지면인 『세계의문학』 1984년 겨울호에는 "그해 오월"이라는 표현이 없다.

기 칠흑 같은 어둠 속, 바로 그 광장 한가운데에서 말입니다. (…
중략…) 그해 늦은 봄 어느 날 바로 그 자리마다에 엉겨붙은 검붉
은 얼룩과 숱한 발자국과 고함 소리, 그리고 누군가의 식어 가는
마지막 숨결들까지도 하나하나 들춰내고 있었습니다. 하나·둘·
넷·다섯·열·열둘…… 어느덧 광장은 수십 수백의 그림자로 채워
지기 시작했는데, 그들은 한결같이 입에 빨간 꽃잎을 하나씩 물고
있는 채로였어요. 자목련꽃 이파리만큼이나 크고 넓적하면서도 훨
씬 곱고 선연한 붉은색 꽃잎은 그들의 입술과 뺨에도, 목덜미와
가슴과 옆구리와 허벅지에도 붙어 있었습니다. 그 때문에 온통 붉
게만 보이는 그들의 얼굴은 이윽고 한 덩어리가 된 채 천천히 움직
이기 시작했지요. 한 두름의 굴비처럼 길다랗게 꿰어진 그들이 한
줄로 길게 늘어서서 느릿느릿 걸음을 옮길 때마다 쩔걱대는 차꼬
소리와 땅에 끌리는 쇠사슬 소리가 들려오는 것 같았습니다.[37]

이 소설에서 가장 강렬한 이미지로 이루어져 있는 위의 장면은 '나'
가 금남로 근처에서 본 희생자들의 환영을 묘사하는 대목이다. 목격자
로서 그가 증언할 수 있는 것은 오직 이와 같은 환영뿐이다. 희생자들
은 선연한 붉은색 꽃잎을 물고 있는 그림자의 은유적인 이미지로 표현
되며, 그들의 행적이나 행방, 구체적인 사정은 언어화되지 않는다. 때
문에 이 소설에서 '나'는 목격자, 혹은 증인의 지위를 차지하지 못하고,
다만 그가 본 환영을 스케치북에 그려 목에 걸고는 "저는 지금 정체를
알 수 없는 독가스와 독극물로 인해 날마다 죽어 가고 있습니다. 제발
저를 살려 주십시오. — 단식 사흘째"란 표지판을 든 정신분열증 환자로

---

37) 임철우, 「직선과 독가스」, 『세계의문학』 34, 1984 겨울, 309~310쪽.

묘사될 뿐이다.[38]

임철우의 소설 속 인물들이 처한 이 증언불능의 상황은 소설 자체의 재현불능에 대한 일종의 비유이기도 하다. 「직선과 독가스」에서 '나'가 희생자들의 환영을 목격한 이후부터 만화를 그릴 수 없게 된 것은 증언과 재현의 불능이 상호교차하고 있는 상황을 드러낸다. 기실 그는 "텅빈 백지의 공간에 최초의 한 점을 똑 떨어뜨린다는 사실이 별안간 엄청난 의미"로 다가왔고, "세상의 모든 사물을 추호의 의심도 없이 두 쪽으로 날렵하고도 완전하게 갈라놓는 바로 그 강력하면서도 단호한 선"을 그릴 수 없게 되었다고 호소한다.[39] 여기서 말하는 직선이 세상의 모든 사물과 존재를 완전하게 재현할 수 있다고 믿어져온 언어에 대한 비유라면, 직선을 그리지 못하게 된 '나'의 불능 상태는 5·18에 대한 언어의, 나아가 소설의 재현불능 문제 위로 포개어진다. '나'가 그날 밤 목격한 희생자들의 행렬이 다만 환영에 불과한, 증언할 수 없는 대상인 것처럼 5·18은 소설이 재현할 수 없는 부재하는 실재이며, 따라서 소설은 부재하는 실재를 포착할 수 있는, 달리 말하면 재현을 대신할 다른 증언의 형식을 모색하는 일을 요청받게 되는 것이다.

재현적 문학 체제는 문학이 재현할 실재의 문제가 해결되지 않은 상황에서는 작동하지 않는 한계를 지닌다. 앞서 살펴본 것처럼 이와 같은 5·18의 증언-재현불능의 사태와 여기서 비롯되는 재현적 문학 체제의 한계에 대한 인식은 1984년을 전후로 한 시기의 임철우 소설 전반에서 확인된다. 또한 그 한계를 앞에 두고 증언의 새로운 형식을 창조하기 위한 몸부림들은 소설 속에서 예컨대, 정신분열에 시달리는 인물들

---

38) 위의 글, 316쪽.
39) 위의 글, 310쪽.

의 환영이나 환청에 대한 기록(「봄날」에서 상주의 일기)과 진술(「직선과 독가스」에서 '나'의 독백)로, 또는 작가로서 임철우가 실험한 알레고리적인 소설의 형태(「불임기」와 「사산하는 여름」)로 나타난다.[40]

증언—재현불능의 사태를 "쟁론"이라는 개념으로 정립한 리오타르에 따르면, "쟁론을 위한 관용어를 발견하여 쟁론을 증언하는 것은 문학과 철학의 쟁점일 뿐만 아니라, 아마도 정치의 쟁점"이기도 하다.[41] 증언—재현불가능한 어떤 대상과 사건을 증언하는 것, 다시 리오타르 식으로 말하면 "쟁론을 증언하는 것"은 "새로운 수신자, 새로운 발신자, 새로운 의미작용, 새로운 지시체를 설립한다는 것을 의미"하며 "이는 문장들의 형성과 연쇄를 위한 새로운 규칙을 요구"한다.[42] 그리고 문학이 이 과제를 수행하는 과정에서 창안할 "새로운 규칙"이란 결국 발신자와 수신자, 의미작용과 지시체를 완전히 새롭게 구성하는 새로운 형식과 미학의 수립일 것이다. 지금부터는 5·18을 증언하기 위한 문학의 형식적·미학적 실험에 관한 보다 구체적이고 세부적인 장면들을 최윤의 「저기 소리 없이 한 점 꽃잎이 지고」에서 확인하게 될 것이다.

---

40) 일반적으로 알레고리 기법은 검열을 피하기 위한 수단으로 사용된 것으로 간주된다. 임철우의 경우에도 그러한 의도를 배제할 수는 없지만, 한편으로 그것이 5·18을 다루는 소설 형식에 대한 작가의 고민과 실험의 일환이었음을 다음과 같은 글에서 밝히고 있다. "특히 1980년대 초반에는 5·18 자체에 대한 지독한 검열과 규제가 존재했어요. 알레고리는 그 빛을 피하기 위한 불가피한 수단이기도 했지만, 그렇다고 꼭 그런 의도로만 선택한 건 아닙니다. 알레고리는 현실의 세부적인 대상을 세밀하게 드러내기보다는, 외곽의 좀 더 넓고 총체적인 꼴, 전체적인 테두리를 어렴풋이나마 드러내는데 효과적인 기법이기도 합니다." 김정한·임철우, 「대담 — 역사의 비극에 맞서는 문학의 소명」, 『실천문학』 112, 2013 겨울, 98쪽.

41) 장 프랑수아 리오타르, 앞의 책, 36쪽.

42) 위의 책.

3. 살아남은 자들에 의한 기억과 추모

최윤(최현무, 1953~)의 등단작인 「저기 소리 없이 한 점 꽃잎이 지고」(『문학과사회』, 1988년 여름호, 이하 「꽃잎」)는 비슷한 시기 5·18의 소설화 작업에 매달렸던 임철우, 그리고 홍희담의 소설과 함께 5·18에 대한 "가장 뛰어난 증언의 문학의 하나"라는 평가를 받았다.[43] 그러나 이때 최윤의 소설은, 1980년대 후반부터 임철우가 「붉은 방」이나 장편소설 『봄날』의 밑바탕이 된 「불의 얼굴」(『문학과사회』, 1990 봄호~1992 봄호 연재)을 통해 시도하기 시작한 5·18의 총체적인 재현이나, 5·18을 계급적 관점에서 재구성하려는 홍희담의 「깃발」의 작업과는 뚜렷하게 구별되는 '문학적'이고 비의적인 방식, 즉 "고통의 아름다움화"라는 측면에서 주목받았다.[44] 이러한 평가를 뒷받침하는 근거는 대체로 이 소설이 주인공 소녀의 내면을 통해 5·18을 존재론적 비극으로 형상화하고 있다는 점에 있었다. 이에 따라 한동안 이 소설에 대한 비평과 연구는 트라우마에 시달리는 소녀의 의식과 내면에 주목하는 정신분석학적 분석에 할애되었다.[45] 또한 폭력의 대상이자 광기로 묘사되고 있는 주인공 소녀의 타자성을 규명하는 논의도 잇따랐다.[46]

「꽃잎」의 소녀가 부재하는 타자의 면모를 지니고 있음은 분명하다.

43) 김병익, 「해설―고통의 아름다움 혹은 아름다움의 고통」, 『저기 소리 없이 한점 꽃잎이 지고』, 문학과지성사, 1992, 304쪽.
44) 위의 글, 304·310쪽.
45) 권민정, 「최윤 소설의 정신분석학적 연구」, 연세대 석사논문, 2003; 김혜경, 「최윤 소설의 정신분석학적 고찰」, 『비교한국학』 16-1, 국제비교한국학회, 2008; 김정미, 「최윤 초기 단편소설의 인물 연구」, 가천대 석사논문, 2015; 유홍주, 「오월 소설의 트라우마 유형과 문학적 치유 방안 연구」, 『현대문학이론연구』 60, 현대문학이론학회, 2015.
46) 이혜령, 「쓰여진 혹은 유예된 광기」, 『작가세계』 15-1, 2003년 봄.

그러나 이 소설을 그와같이 소녀의 타자성에 국한시켜 보게 되면, 이 글에서 논의하는 문학적 추모의 정치성과 같이 문학이 대상의 타자화를 극복하기 위해 벌이는 시도 가운데 발견되는 가능성들은 독해되기 어렵다. 실제로 타자성에 주목한 비평은 소녀가 "사회적 제 관계의 결들이 지워진 순수한 혹은 신비한 실체로 현시"되고 있는 이 소설의 한계를 지적하는 데서 멈추고 있다.[47] 혹은 주인공 소녀를 "남성성의 세계로부터 유폐되었던 타자"로 분석하고, 소설에 대해서는 "오월에 대한 여성적 글쓰기의 절정에 있다"는 평가를 내리는, 여성성 및 여성적 글쓰기에 대한, 나아가 5·18에 대한 타자환원론적 해석으로 떨어진다.[48] 문학 비평과 연구에서 타자성에 관한 분석 작업이 차지하는 유리한 위치는 주체중심주의의 해체로 요약될 수 있다. 그것이 거둔 성과가 결코 가볍지 않다는 것 또한 주지의 사실이다. 그러나 그러한 작업은, 가령 5·18에 대한 문학적 접근과 관련해서 말하자면, 광주에서 일어난 학살을 체험한 자들과 체험하지 않은 자들 사이에 건널 수 없는 심연을 문학이 어떻게 극복할 수 있는지에 대해서는 답하지 않는다는 점에서 한계를 지닌다. 또한 이는 자칫 5·18을 불가해한 것의 영역에 남겨두며, 그리하여 증언될 수 없는 대상으로 고착화시킬 수 있다.

보다 긴요하게 요청되는 것은, 특히 5·18과 같은 문제에 관한 한, 문학이 타자(성)를 사유하고 그것과의 관계 맺음을 실천할 수 있는 가능성과 방식을 탐구하는 일일 것이다. 이와 관련해서 이 글은 이 소설의 주요한 모티프이자 그 자체로 서사의 구조를 이루는 기억, 그리고 추모

---

47) 위의 글, 121쪽.
48) 김형중, 「세 겹의 저주―최윤, '저기 소리 없이 한 점 꽃잎이 지고' 다시 읽기」, 『문학동네』 23, 2000 여름, 90~91쪽.

(commemoration)의 정치를 살펴본다. 본격적인 논의에 앞서 이 글에서 정의하는 추모는 개별적인 기억과 욕망을 억압하는 공통의 단일한 기억과 그와 같은 종류의 기억을 만들어내는 행위, 또는 의례화·제도화된 의식이 아님을 명확히 밝혀둔다.[49] 여기서 주목하는 것은 문학의 추모, 즉 문학적인/문학에 의한 추모이자 문학작품을 읽고 쓰는 체험을 통해 추모를 수행하는 양상이다. 5·18에 대한 소설의 증언—재현불능 사태를 해소할 수 있는 실마리가 발견되는 것은 이 지점에서다. 최윤의 소설은 증언불가능한 사태에 처한 5·18의 희생자들과 살아남은 자들에게 증언의 능력과 권한을 부여하는 방식의 추모를 수행한다. 이는 동시에 5·18에 관한 증언—재현불가능한 형태의 기억들이 소설 속에서 감각될 수 있는 형태로 재편됨에 따라 증언의 형식을 얻는 작업과 함께 이루어진다.

이 모든 과정은 「꽃잎」의 가장 기본적인 서사 구조이자 모티프인 기억에서부터 출발한다. 주인공이자 주요 화자 중 한 명인 소녀 '나'는 자신이 목격했던 엄마의 죽음을 기억해내야 한다는 강한 의지 내지는 강박에 사로잡혀 있다. 그것은 가령, "가장 깊은 수면의 시간에조차 그녀의 기억을 덮쳐 누르는 가위의 무게"가 되어 '나'를 압도한다.[50] 그러나

---

49) 1980년대는 5·18을 시작으로 민주화운동과 노동운동 과정에서 무수히 많은 이들의 죽음을 경험해야 했던 시대다. 열사를 기리는 추모제의 전통은 그러한 시대의 산물이었다. 그러나 이 논문에서 정의하는 추모는 문학에 의한 문학적인 것이라는 점에서 운동 사회에서 이루어진, 그리고 문민정부 출범 이후 국가에 의해 주도된 의례로서의 추모와 다른 맥락에 놓이는, 다른 결을 지닌 개념이다. 5·18의 사회적·국가적 추모 의례와 관련해서는 다음의 연구를 참조. 정근식, 「5월 운동과 혁명적 축제」, 김진균편, 『저항 연대 기억의 정치―한국사회운동의 흐름과 지형2』, 문화과학사, 2003; 김정한, 「1980년대 운동사회의 감성―애도의 정치와 멜랑콜리 주체」, 『한국학연구』 33, 인하대 한국학연구소, 2004.

50) 최윤, 「저기 소리 없이 한 점 꽃잎이 지고」, 『문학과사회』 2, 1988 여름, 743쪽.

'나'의 기억은 매번 어느 중요한 대목에 이르면 다음과 같이 갑작스레 "검은 휘장", "검은 장막"이라고 일컬어지는 것에 의해 중단되는데, 이는 일종의 방어기제에 해당된다. 소설의 뒷부분에 가서 밝혀지지만 "검은 장막"으로 인해 가려진/중단된 대목의 기억에는 '나'가 총에 맞아 쓰러진 엄마의 손을 뿌리치고 도망친 행위가 포함돼 있다. 그러한 까닭에 '나'에게는 기억하는 것 자체가 견딜 수 없는 고통이다. '검은 휘장'은 그 고통으로부터 자아를 지키기 위해 '나'의 무의식이 만들어낸 일종의 방어기제인 셈이다. 그럼에도 불구하고 '나'는 거듭 엄마가 죽임을 당한 그 순간을 기억해내기 위해, 그리고 기억을 방해하는 장막을 벗겨내기 위해 애쓰는데, 이는 임철우의 소설 속 살아남은 자들과 마찬가지로 '나' 역시 학살당한 희생자들 대신 증언해야 할 의무를 지고 있기 때문이다. 기실 소설 속에서 그려지는 '나'의 기나긴 여정은 "오빠한테 가서 모든 얘기를 해주어야" 한다는 일념 하에 시작된 것이기도 했다. 여기서 '나'의 기억은 그 자체로 오빠에게 증언할 내용을 구성한다는 점에서 증언을 성립시키는 필수 요건이다. 증언은, 어떤 의미에서, 기억이라는 행위를 수행하는 하나의 형식이다.[51] 그러므로 기억에 대한 집착은 사실상 증언을 향한 몸부림이다. 동시에 살아남은 자들의 증언이 죽임당한 자들은 더는 행사할 수 없게 된 말의 권리를 대행하는 행위라는 점을 염두에 둔다면, 또한 그들의 증언이 학살을 은폐·왜곡하는 지배권력의 담론에 맞서는 행위라는 사실을 고려한다면, 그러한 증언을 가능하게 하는 기억의 수행은 중대한 정치성을 갖는다.

그런데 기억이 일반적인 의미의 증언이 되기 위해서는 언어화·문장

---

51) Lawrence L. Langer, *Holocaust Testimonies - The Ruins of Memory*, New Haven, Yale University Press, 1991, p. 2.

화의 공정을 거쳐야 한다. 다시 말해, 일반적으로 법적 구속력을 갖는 증언은 목격한 것들에 대한 기억이 언어로 재현된 문장의 연쇄로서 일관된 서사를 구성한다. 그러나 '나'의 기억은 중요한 순간에서 끊기거나 어떤 장면들을 누락하고 있으며, 언어화되기 힘든 감각의 잔여물, 가령 '나'의 표현대로라면 "소리·몸짓·얼굴들"의 흔적으로 남아 있다.[52] '나'의 기억은 적절한 증언의 형식은 물론이거니와 문장의 연쇄조차 갖추기 어렵다. 따라서 '나'의 기억은 소설 속 인물들을 향해 단 한 차례도 '발화'되지 않는다. 사람들에게 '나'는 언제나 침묵하고 있거나 기껏해야 "이해할 수 없는 몇 마디 말"을 입안에서 굴리고, "섬뜩하게 하는 웃음"을 흘리는 모습으로 비춰진다.[53] 실제로 소설 속에서 '나'의 1인칭 시점을 빌려 서술되는 목소리는 모두 '나'의 내면과 의식의 흐름에 불과하며, 그것을 전달받는 이는 오직 소설 외부에서 소설 텍스트 전체를 아우를 수 있는 특권을 지닌 독자뿐이다. 원칙적으로 소설 속 현실을 구성하는 인물들과 '나' 사이에는 어떠한 언어적인 소통도 가능하지 않다. 다시 말해 '나'는 그들에게 증언할 수 없다.

이 지점에서 이 소설 텍스트가 기억을 취급하는 방식에 대한 분석이 중요한 이유를 언급할 필요가 있다. 그것은 이 소설이 5·18에 대한 기억을 완결된 서사의 형태로 재조직·재현하는 대신 감각할 수 있는 형태로 환기시킴으로써 사실적인(리얼리즘적) 재현을 넘어서는 증언의 토대를 만들고 있다는 점이다. 확실히 최윤의 소설에 나타나는 증언불능의 사태는 임철우 소설의 그것과는 다르다. 임철우의 소설이 언어가 증언-재현할 수 있는 실재, 또는 사건의 진실로서의 5·18이 부재한 상황

---

52) 최윤, 앞의 글, 740쪽.
53) 위의 글, 732쪽.

때문에 증언-재현불능의 사태에 직면해 있다는 인식을 드러내고 있다면, 최윤의 소설은 보다 근본적으로 언어 자체에 내재한 불능/무능에 초점을 맞추고 있다. 이 차이는 임철우와 최윤의 소설이 갈라지는 분기점이기도 한데, 예컨대 1990년대 임철우의 소설이 장편소설 『봄날』과 같은 5·18에 대한 역사적·총체적 재현의 길을 택하게 된 것은 소설이 부재하는 5·18의 실재를 승인하고 확립해줄 역사에 근접한 서사가 되어야 한다는 문제의식에서 기인한다. 즉 그에게 5·18에 대한 증언-재현불능의 사태는 소설이 메타언어로서의 역사의 역할을 대신 감당하는 방식을 통해 해결될 수 있는 문제로 파악되었던 것이다. 반면에 최윤의 「꽃잎」에는 언어가 실재를 완벽하게 구성할 수 없으리라는 불신이 깊이 각인돼 있다. 그것은 다른 어떤 것으로 환원해서 다룰 수 없는 —그리하여 언어에 의해 어떤 다른 특정한 형상으로 재현될 수 없는— 질료의 포획에 실패할 수밖에 없는 언어의 좌절이다.

학살과 같이 극도로 고통스러운 기억의 경우, 그 기억에 대한 증언의 수행은 종종 모리스 블랑쇼(Maurice Blanchot)의 표현대로 언어의 '위험한 문턱(perilous threshold)' 앞에서 부딪히게 되는 어떤 한계에 대해 더욱 민감하다.[54] 그 한계란 증언하는 대상의 실재를 오히려 감추거나 사라지게 하는 언어의 부정성에서 비롯되는 것이다. 여기에는 언어가 대상을 매개함으로써 전달하는 것은 대상의 본질인 실재가 아니라 대상에 대한 하나의 관념이라고 보는 언어학적 사유가 개입돼 있다. 5·18은, 대부분의 국가폭력에 의한 대량학살이 그러하듯, 사건의 진실을 은폐하고, 훼손·왜곡·축소하려는 힘에 오랫동안 시달려왔다. 여기에 비례해 사건의 진실에 대한 증언은 더욱 강력하게 요청되었다. 이때

---

54) Lawrence L. Langer, op. cit., p. 39.

그 증언의 언어가 갖는 적절성의 여부는 자연스레 사건의 진실에 해당되는 본질/실재를 포착할 수 있느냐에 의해 판단된다. 그러나 앞서 언급한 언어의 부정성에 관한 사유에 따르면, 역설적이게도 어떤 대상을 지시·재현하는 언어는 오히려 그 대상의 실재를 재현하는 동시에 파괴하게 될 것이다. 블랑쇼의 표현대로라면 "말은 사라지게 만들고, 대상을 부재하게 하며 소멸시킨다."[55] 또는 데리다 식으로 말하면, 사물에 대한 언어의 재현은 그 사물의 현전에 항상 어떤 것을 덧붙이는 까닭에 어떤 사물은 결코 그 자체로 우리에게 현전될 수 없다. 최윤의 소설에서 확인되는 증언–재현불능의 사태는 바로 이와 같은 언어에 의한 재현이 초래하는 실재(현전)의 파괴 또는 실재(현전)의 초과에 대한 인식에 토대를 두고 있다.

「꽃잎」에서 5·18의 기억은 언어가 포획하지 못하는 환원불가능한 질료로 묘사되고 있다. 이를테면 그날의 기억은 다음과 같이 강도와 속도로만 수용될 수 있는 감각을 통해 이미지인지 소리인지 분명하게 알 수 없는 희미하고 모호한 형태를 취한다.

> 그러나 작은 소리, 막연한 어떤 얼굴, 냄새, 잠깐의 침묵, 하찮은 무엇이 다시금 그녀를 벌떡 일어서게 하거나 혹은 그녀를 마비시킨 채 풀 수 없는 수수께끼의 속으로 내던진다. 늘 동일한 질문, 왜, 그날, 거기에. 왜 엄마를…… 늘 동일한 강도의 고통이 되살아났을 것이다. 이 고통 속에 어느 순간 얼굴들이 둥둥 떠오르고 사건이 거센 물살로 이해할 수 없을 정도로 빠르게 흐른다. 그 고통

---

55) Maurice Blanchot, trans. Charlotte Mandell, *The Work of Fire*, California, Stanford University Press, 1995, p. 30.

의 박동 속에서 그녀는 수많은 잊어버린 얼굴과 사건을 다시 만난다. 소리 지르는 얼굴, 쓰러지는 얼굴, 위협하고 구타하는 얼굴, 피 흘리고 쓰러지는 수많은 얼굴, 발가벗겨진 채 숭어처럼 팔짝거리며 경련하는 얼굴, 헉 하고 소리 지를 시간도 없이 사라져버리는 얼굴, 쫓기는 얼굴, 부릅뜬 얼굴, 팔을 내휘두르며 무언가를 외치는 얼굴, 굳어진 얼굴, 영원히 굳어진 보통 얼굴들. 깔린 얼굴, 얼굴 없는 얼굴, 앞으로 나아가는 옆얼굴, 빛나는 아름다운 이마의 얼굴, 꿈과 힘이 합쳐진 얼굴, 그리고 다시 모로 쓰러지는 얼굴, 뒤로 나자빠지는 얼굴, 다시 깔리는 얼굴, 그녀의 이름을 부르다 말고 꺼지는 눈빛의 얼굴…… 그녀는 가끔 오열도 눈물도 없이 맹맹한 눈자위로 어깨를 들먹거리는 습관이 있다고 옥포댁은 말했다. 그녀는 모든 얼굴들을 두서없이, 선택 없이 그녀의 핏속에 용해해서 녹음해가지고 있을지도 모른다. 그녀의 몸은 감당하기 힘든 많은 얼굴들을 녹음해두느라 피폐해버렸을지도 모른다.[56]

소녀에게 그날의 기억은 오직 "작은 소리, 막연한 어떤 얼굴, 냄새, 잠깐의 침묵, 하찮은 무엇"을 통해서 찾아오는 "동일한 강도의 고통"이다. 그 감각을 언어로 표현하는 것의 어려움을 소설은 "하찮은 무엇"과 같이 무엇을 지시하는 것인지 결코 알 수 없는 모호한 표현으로 드러낸다. 게다가 그날의 기억은 작고, 막연하고, 잠깐 지속되는 하찮은 무엇으로 서술될 수밖에 없을 만큼, 어떤 특정한 낱말이나 표현으로 지시되는 순간 금세 휘발되어버릴 수 있을 만큼 언어에 취약하다. 그러한 까닭에 소녀의 의식 속에서 그 사건은, 그러니까 사건에 대한 소녀의 기억은

---

56) 최윤, 앞의 글, 743~744쪽.

결코 잘 조직된 플롯이나 일관된 서사의 형태로 재현되지 않는다. 달리 말하면 그 사건에 대한 기억은 의식으로는 완벽하게 포착되지 않는 것이기도 하다. 소설은 소녀가 "고통의 박동 속에서" "얼굴과 사건을 다시 만난다"고 서술하고 있다. 고통의 감각만이 소녀가 그날 시각으로 감각한 얼굴들을 판별할 수 있게 한다. 게다가 그 얼굴들은 소녀의 핏속에 녹음된, 말로는 설명할 수 없는 불가해한 형태로 소녀의 감각에 기입되어 있다. 요컨대 그날의 사건은 소녀의 의식이 아닌 "고통의 박동 속에서", 그러니까 어떤 감각의 그물코로만 포획될 수 있는 종류의 것이다.

따라서 이 소설의 과제, 또는 목표는 명백하게도 언어에 의해 일관된 서사로 재현·환원·구축될 수 없는 소녀의 기억을 타인에게 전달 가능한 형태의 증언으로 만드는 일, 소설이 그러한 증언이 될 수 있도록 형식과 미학의 변화를 꾀하는 일이 된다. 엄밀하게 말하자면 이것은 결코 완벽하게 달성할 수 없는 목표이기도 하다. 왜냐하면 앞서 언급한 대로 언어가 실재를 초과하거나 유실함 없이 그대로 매개하는 것은 거의 불가능할 뿐만 아니라, 소녀의 기억과 같이 감각적인 체험의 구성물에는 의식·관념을 전달하는 일반적인 언어의 의사소통 메커니즘이 통하지 않기 때문이다. 최윤의 소설은 그 불가능한 목표에 근접해가기 위한 시도이자, 그 시도의 과정 가운데 본래의 목표를 거스르기도 하는 모순과 충돌하며 나아가는 분투이기도 하다.

그 구체적인 양상은 소녀의 독백에서 여실히 드러난다. 최윤의 소설은 소녀의 내적 독백을 통해 의식의 가장자리에 불안정하게 자리하고 있는 그녀의 기억을 드러낸다. 어떤 의미에서 그것은 의식에 자리하고 있다기보다는 흔들리거나 걸려 있다고 말하는 편이 더 정확한 표현일 만큼, 불분명하고 반쯤 지워진 흔적으로 그려진다. 소설이 이런 방식을 택하는 것은 소녀의 기억에 분명한 윤곽을 부여하는 순간 곧 사라지게 될,

그것이 아니게 될 위험을 인식하고 있는 까닭이다. 소설의 제목이 암시하고 있듯 존재 그 자체이기도 한 소녀의 기억은 언제나 '소리 없이 질한 점의 꽃잎' 같은 것이다. 실로 소녀에게 그날은 "그림으로 그려낼 수도, 말로 엮어낼 수도 없는 그날"로 기억되고 있다.[57] 소녀의 독백 부분에서 소설은 서사의 형태와 의미를 분명하게 파악할 수 없는, 관용적인 표현으로 바꿔 말한다면, 의식의 흐름 형식을 일관되게 고수하고 있다.

그러나 여기서 중요한 것은 의식의 흐름 형식이 아니라, 소설이 이형식을 빌림으로써 의도하는 바, 혹은 거두어들이는 효과다. 소설은 소녀의 기억이 언어를 매개로 감각과 의미 사이를 교차하며 환원·재환원/산화되는 찰나를 포착하려 한다. 이 소설의 절정이자 소녀가 마침내 엄마가 죽임을 당했던 그날의 기억에 가장 가까이 다가간 순간의 장면이이를 확인시켜준다.

마침내 나는 엄마 손목을 양손으로 꼭 쥐고 놓지 않았지. 그리고 엄마는 미친 학처럼 춤추러 갔어. 사람들의 함성의, 냄새의 홍수에 실려 그 물살에 뼈가 녹을 때까지 나도 물살에 섞였지. 점점더 물살이 높아졌어. 사방에 소리와 높은 벽이 앞으로 앞으로 나를 운반했어. 엄마는 내 손을 으스러지게 움켜잡고 내 가랑이가 찢어질 정도로 앞으로 앞으로 나갔다가는 밀물처럼 밀려오곤 했어. 귓속에 가득, 멀리 하늘에서 내려오는 것처럼 함성이 밀려오고 물살이 내 입안으로 들어오듯이 나는 숨을 쉴 수가 없었어. (…중략…) 갑자기 아우성이 터졌어. 저 앞에서 무슨 일이 일어나고 있었던 거야. 그리고 그 거대한 물살이 뿔뿔이 흩어지기 시작했

57) 위의 글, 781쪽.

어. 그 빛나던 얼굴이 일그러지고 찢겨지고 젖혀지면서 무더기로 바닥에 나동그라졌어. 그래 그 얼굴들을 똑같이 물들이고 있었던 피, 피. 빨간 피. 갑자기 그 큰 시가지가 비어지는 것처럼 사람들의 물살이 사방으로 흩어졌어. 악을 쓰면서, 신음하면서, 피를 토하면서, 엎어지고. 그 위로 떨어지는 광란의 막대기들, 번쩍이는 금속의 날들. 잔혹한 웃음을 낭자하게 흘리면서 도망가는 학 떼를 덮치는 얼굴들. 꺾이는 얼굴, 일그러진 얼굴, 얼굴들. 빛을 모두 잃은, 순식간에 비어버리는 얼굴들.[58]

이 대목에서는 두 개의 읽기가 교차·충돌하며 감각과 의미 사이를 진동한다. 여기서 소설은 금남로를 가득 메운 시위대가 갖는 역사적 의미를 읽어내는 독해와 사람들의 움직임과 소리를 나타내는 감각과 얼굴의 이미지 연쇄를 읽는 독해 사이를 오가며 의미의 너머와 감각의 이편으로 구획할 수 있는, 문학의 공간을 정초한다.[59] 이러한 읽기는 이 소설 텍스트로 하여금 5·18에 관해서, 먼저는 소녀의 감각적 구성물로서

---

58) 위의 글, 781~782쪽.
59) 데리다는 문학에 관해서 순수하게 선험적 읽기만을 수행하는 독해(의미 지향적), 반대로 순수하게 비선험적 읽기(텍스트 지향적)만을 수행하는 독해는 가능하지 않다고 말한다. 문학 텍스트는 선험적 읽기와 비선험적 읽기 양자에 모두 열려 있으며 그 두 읽기를 겹쳐 놓고 복잡하게 만드는 것이 중요하다. "이런 겹침의 유희 안에서 바로 문학들 사이의, 문학적인 것과 비문학적인 것 사이의, 상이한 종류의 텍스트들 혹은 비문학적 텍스트의 순간들 사이의 차이점이 새겨지는 것입니다." 자크 데리다, 「"문학이라 불리는 이상한 제도"-자크 데리다와의 인터뷰」, 데릭 애트리지 편, 『문학의 행위』, 정승훈·진주영 옮김, 문학과지성사, 2013, 64쪽. 아울러 데리다는 문학이 의미와 지시에 대해 일시 정지된 연관이 없을 수는 없지만, 동시에 그 일시 정지된 조건 속에서 스스로를 넘을 수 있다고 말한다. 이는 문학이 의미를 절대적으로 거부할 수 없지만 동시에 그 의미 안에 머물러 있는 것도 아닌 어떤 역설임을 시사한다. 데리다에 따르면 "문학은 이러한 '어려움'의 체험 또는 공간"이다. 자크 데리다, 앞의 책, 68쪽.

의 기억을 유실하지 않으면서, 동시에 금남로를 메웠던, 그곳에서 저항하고 학살당했던 시위대에 대한 역사로서의 기억을 초과하지 않는 증언을 수행할 수 있도록 만들어준다.

리얼리즘적 재현에 기초하는 일반적이고 관습적인 증언과 달리 이 새로운 형식과 미학의 증언은 낯설고 새로운 시도라는 점에서 필연적으로 일련의 저항에 부딪힌다. "사태의 본질에 정확하게 다가서지 않"는다는 비판과 함께 증언의 적합성과 유효성을 묻는 질문이 뒤따랐다.[60] 의미에 저항하면서 의미를 체현하는 일견 역설적인 방식의 증언이 가능한가, 실효성을 지니는가와 같은 의문은 이 소설이 해결해야 할 중요한 문제이기도 하다. 최윤의 소설은 그 질문에 대해 지극히 소설적인 방식으로 대답한다. 그것은 1인칭 화자 '나'—소녀와 초점화자이자 등장인물인 '장'의 관계 맺음, 그리고 또 다른 초점화자이자 제3의 인물들인 '우리'가 '나'와 '장'의 이야기를 듣는 장면으로 이루어진 소설의 결말을 통해서다.

어느 강변에서 소녀와 우연히 마주친 뒤부터 한동안 그녀와 함께 지낸 '장'이라는 인물의 변화는 자못 의미심장하다. 처음 '장'에게 소녀는 "예쁘다거나 추하다거나 느낌조차를 무화시키는 다른 어떤 것이 무어라고 말로는 되어 나오지 않지만 [그] 작은 몸뚱이가 머물러 있는 세상은 남자가 알고 있는 그것과는 전혀 다른 곳이리라는 결정적인 느낌"으로 다가왔다.[61] 소녀는 그 자체로 "육체적인 공포"를 불러일으켰고, 그 공

---

60) 이강은, 「광주민중항쟁에 대한 소시민적 문학관을 비판한다」, 「노동해방문학」, 1989. 5. 다음에서 재인용. 5월문학총서간행위원회, 「5월문학총서 4 – 평론」, 5·18기념재단, 2013, 223쪽. 기실 최윤의 이 소설은 민족·민중문학 진영으로부터 강도 높은 비판을 받았다. 그 주요한 공격대상이 되었던 것은 이 소설의 파편적, 정신병리학적인 형상화 방식과 이른바 '소시민성'이었다.

61) 최윤, 앞의 글, 733쪽.

포를 떨치지 못한 '장'은 "그녀의 빈곤한 신체를 공격했다."[62] 소녀의 불가사의한 침묵과 자해 행위에서 비롯된 공포, 즉 절대적 타자에 대한 공포를 체험한 '장'은 이유조차 알지 못한 채 그녀에게 폭력을 행사한다. 이는 일견 타자라는 기호가 초래하는 공포와 그러한 타자에게 가해지는 인식론적 폭력에 대한 한 편의 고통스러운 알레고리이기도 하다.

실로 '장'에게 소녀는 그 자체로 어떠한 의미 해석도 허락하지 않는 불가해한 기호처럼 일관한다. 소녀의 내면 독백을 접할 수 있는 독자와 달리, '장'에게 허락되는 것은 그저 "낮고 불분명해서 이해가 되지 않는 일련의 소리"와 그 사이로 섞여 나오는 고함, "억 같기도 했고 악 같기도 했고 으 같기도" 한 의미를 벌거벗은 원초적인 음성이자 "아주 빨리, 혀를 굴리는 바람에 각 단어들의 모서리가 마멸되어 형체를 분간하기 힘"든 언어 이전의 무엇이다.[63] 의미는 그를 비껴나가고 그는 오직 소녀가 내는 고함 또는 실성한 웃음소리 따위를 듣거나 소녀의 몸에 난 멍과 상처를 바라보는 것으로 그녀의 실존 일부를 감각할 수 있을 뿐이다. 그럼에도 불구하고 '장'은 그 침묵과 무의미에 가까운 기호로부터 소녀가 겪은 사건을 짐작해낸다.

언제부터인가 여자애의 상처들이 남자의 몸에 하나하나 구멍을 뚫어내는 것 같았다. 꼭 그녀의 상처가 눈에 거슬려서가 아니라 남자는 그녀를 대하는 매 순간이 고통스러웠다. 무엇이 고통스러운지도 모르는 채, 살이 타들어가는 것 같아 남자의 우악스럽고 단련되지 않은 가슴속에 연소되지 않는 불덩이가 늘상 울렁거렸다. 도

---

62) 위의 글.
63) 위의 글, 769쪽.

시마다 회오리처럼 퍼지는 소문의 물결, 입에서 입으로, 금기처럼 빠르고 세세하게 전달되는 가장 끔찍스럽고 믿기 어려운 그 소문의 한 자락을 귓바퀴에 걸칠 때마다, 남자는 왜 그 소문의 한 중간에서 그녀의 모습이 떠오르는지를 알 수 없었다. 더 정확히 말하자면, 남자가 그 악몽 같은 도시의 이야기를 들은 것은 단지 이 며칠 사이의 일은 아니었다. 그러나 그녀의 아물지도 않은 상처를 통해, 모든 의미가 비어버린 실성한 웃음을 통해, 흔적이 없이 지워져버린 인격의 모든 부재를 통해서 남자는 점점 더 자세히, 점점 더 강한 증폭과 깊이로 그녀가 겪었을지도 모르는 소문의 도시 전체를 보았다. (⋯중략⋯) 그녀가 바로 그 핏빛의 소용돌이의 도시, 그 소용돌이의 한중간에서 이곳에까지 내던져졌으리라는 것은 남자의 머릿속에는 이미 기정 사실이 되어 있었다. 애써 이 같은 가정을 뒤엎으려 하면 할수록, 몇 달 이래로 주변의 초췌하고 근심어린 얼굴들이 그에게 전해준 소식들이 어두운 밤을 내리치는 번개 속에 드러나는 경치처럼 수천 배 생생하게 기억에 떠올랐다.[64]

소녀는 자신이 겪은 일들과 그에 관한 기억을 '장'에게 말한 적이 없다. 마찬가지로 소설은 5·18의 학살현장을 구체적으로 서술한 적이 없다. 그러나 '장'은 어느새 "무엇이 고통스러운지도 모르는 채" 소녀의 고통을 느끼고, 마침내 "그녀가 바로 그 핏빛의 소용돌이의 도시, 그 소용돌이의 한중간에서 이곳에까지 내던져졌으리라는 것"을 직감한다. 그리하여 단 한 번도 (명시적인 언어로) 증언—재현된 적 없는 5월 광주의 기억은 "어두운 밤을 내리치는 번개 속에 드러나는 경치처럼 수천 배

---

64) 위의 글, 769~770쪽.

생생하게 기억에 떠올랐다." 소설은 소녀의 기억을 재현하기보다 차라리 체현하는 편을 택하고 있다. 그리하여 5·18의 기억을 둘러싸고 벌어지는 증언-재현불능의 사태는 감각적인 구성물로서의 기억이 특정한의미나 관념으로 환원되는 힘에 저항하는 동시에 의미를 체현할 수 있는 역설적인 증언의 방식을 창조하는 것으로 전환·극복된다. 나아가 다음과 같은 장면에서 확인할 수 있듯 소설은 '장'이라는 인물을 또 다른증언자로 재창조함으로써 그 증언의 지평을 확대시키려 한다.

> 그녀 뒤를 쫓는 지난 나흘간을 남자는 어떤 방법으로도 위로받을 수 없는 절망 속에서 지냈다. 그걸 어떤 말로 표현해 볼 수 있을까. 열에 들뜬 절망, 일상의 삶에 가끔 투정처럼 다가오는 무너지는 느낌들의 비슷비슷한 한계를 턱도 없이 뛰어넘는 절망. 그는 그녀 뒤를 쫓으면서 언뜻 지하 저 깊은 곳, 여자애가 거주하고 있는광기에 가까운 그 지대를 언뜻 보고야 말았다. 그곳에 이르는 길은무한할 것이다. 각기 다른 사연으로 묘지에 와 통곡하는 사람들이이 땅의 사방에서 수만 갈래의 다른 길을 통해서 몰려들 수 있는것처럼 남자는 이렇다 할 계기도 없이, 그녀에 대해 더 알아낼 것도 없이, 서서히 광인들만이 사는 지하지대로 미끄러져 내려가는느낌이었다. 그녀의 행동이 이상해 보이지도 않았고, 그녀가 중얼거리는 말을 듣지 않아도 무조건 받아들일 수 있었다고나 할까.[65]

소설의 도입부에서 처음 소녀를 마주쳤을 때의 '장'과 같은 사람이라고 생각하기 힘들 정도의 변화가 일어났다. '장'은 이제 소녀에게서 실

---

65) 위의 글, 774~775쪽.

존을 초월하는 절대적인 타자가 불러일으키는 공포감 같은 것을 느끼지 않는다. 그 공포감을 이겨내기 위해 폭력을 가하는 일도 없다. 다만 그녀를 이해할 수 없음에 대한 슬픈 절망을 헤쳐 나가다가 "언뜻", "이렇다 할 계기도 없이" 우연히 "여자애가 거주하고 있는 광기에 가까운 그 지대를" 목격했다. 그리하여 이제 '장'에게는 "그녀의 행동이 이상해 보이지도 않았고", 오히려 "말을 듣지 않아도 무조건 받아들일 수 있"는 경지, 언어로 매개되지 않아도 소녀의 존재를, 소녀의 존재와 동격이기도 한 그날의 기억을 받아들일 수 있게 되었다.

이러한 '장'의 변화는 그를 또 다른 증언자로 만든다. 그는 소녀를 증언함으로써 소녀의 기억을 증언하는 증언의 연쇄를 만들어내고, 이로 인해 소설 말미에는 그 연쇄를 매듭 짓는 추모의 순간이 창조된다. 그는 소녀의 사진을 찍어 신문의 심인 광고란에 싣는다. 이를 매개로 소설의 또 다른 주요한 초점 화자인 '우리'는 '장'을 만나게 된다. '장'의 심인 광고를 발견하기 전까지 '우리'는 "잘못된 과거에 매일 조금씩 물을 주면서 온실 속에 괴물을 키우며 자위하는 김씨의 퇴폐성"에 물들어 점차 무기력 속으로 빠져 들어가고 있는 중이었다.[66] '김'은 소녀에게 과거 자신이 사랑했던 연인의 모습을 투사해 상처를 위무받고자 했다. 그는 소녀에 대한 이해나 증언으로 나아가지 못하고 소녀를 '자기화'하고자 했다는 점에서 '장'이나 '우리'와 동일선상에 놓일 수 없는 인물이다. 기실 '김'으로 인해 '우리'는 소녀를 찾아 친구의 죽음, 그리고 그날 그 도시에서 벌어졌던 무수한 죽음들을 추모하고자 했던 여정을 잠시 중단했다. 방향 감각과 목표를 상실한 결과, 자학과 죄의식이 착종된 혼란에 빠져 괴로워하고 있던 순간, '우리'는 '장'이 낸 심인 광고를 발견하고

66) 위의 글, 784쪽.

그를 방문함으로써 중단되었던 그들의 여정을 재개한다.

우리는 신문에 적힌 주소로 찾아갔다. (…중략…) 남자는 강변 공사장에서 일하는 장이라고 자기 소개를 했다. 남자는 조금 말을 더듬었다. 우리가 그를 찾아온 이유를 말하자 이미 남자는 제정신이 아니었다. 그녀는 결국 다시 돌아오지 않은 것이 분명했다. 남자는 처음보다 더 심하게 말을 더듬거리면서 띄엄띄엄 그녀에 대한 얘기를 시작했다. 남자가, 어떻게 해서 그녀가 귀가하는 자기의 뒤를 무작정 쫓아왔는가를 어렵게 설명했을 때, 우리는 그 남자를 보는 순간 우리를 사로잡던 이상한 친근감이 어디서 오고, 왜 그녀가 난데없이 강변을 지나는 수많은 사람 중에서 그 남자의 뒤를 쫓았는지를 이해했다. 남자의 옆얼굴과 큰 체격의 어딘가에는 이미 일 년 전에 우리 곁[을] 떠난 친구의 모습이 서려 있었다. 남자의 이야기는 몇 시간에 걸쳐 계속되었다. 우리는 그가 말을 중단하지 않도록 되도록 질문을 삼가면서, 거의 오열 섞인 독백에 가까운 남자의 이야기를 무한히 깊은 심연을 뛰어내리는 기분으로 들었다. (…중략…)

그리고 며칠 뒤에 있을 친구의 기일에, 친구의 조촐한 제상에 올릴 서한을 작성하기 위해 마주 앉았다.

우리는 오랫동안 침묵했다.

우리가 한번도 직접 본 적이 없는 그녀의 미소가 우리 주변에 떠돌고 있었고, 머리에 시든 꽃을 꽂고 꽃자주색 치마를 팔랑거리면서 오빠의 있지 않은 무덤 앞에 가볍게 내려앉는 한 소녀의 영상이 아주 잠시 우리의 뇌리에 스쳤다.[67]

'우리'를 만난 '장'은 소녀에 대해 이야기한다. '장'이 소녀로 인해 또 다른 증언자가 되는 순간이다. 동시에 그렇게 '우리'는 단 한 번도 만난 적 없는 소녀를 '장'을 통해 마주하게 된다. 이제 증언의 연쇄는 추모의 순간에 가까워진다. 몇 시간에 걸쳐 계속된 '장'의 증언을 "무한히 깊은 심연을 뛰어내리는 기분으로" 듣고 난 후, '우리'는 친구의 기일에 제상에 올릴 서한을 작성하기 위해 모인다. 그러나 그 자리에서 그들은 "오랫동안 침묵"한다. 그들에게는 친구의 죽음을 기릴 그 어떤 미사여구도 필요하지 않다. 말과 언어의 부재 가운데 "우리가 한번도 직접 본 적이 없는 그녀의 미소가 우리 주변에 떠돌고 있었고, 머리에 시든 꽃을 꽂고 꽃자주색 치마를 팔랑거리면서 오빠의 있지 않은 무덤 앞에 가볍게 내려앉는 한 소녀의 영상이 아주 잠시 우리의 뇌리에 스쳤다." 그리하여 비로소 그들은 무덤조차 마련되지 않은 채 세상으로부터 잊혔던 친구의 죽음을 정당하게 애도하고 추모할 수 있게 된다. 그날의 "악몽"을 잊고 싶은 망각에의 유혹, 미성숙한 자학과 죄의식, "경박한 인도주의"에서 빠져나와 마침내 그날 그곳에서 싸웠던 무수한 사람들의 죽음 또한 마주할 수 있게 된다.

 무엇보다 중요한 것은 이와 같은 과정 전체가 바로 이 소설 작품이 수행하는 추모라는 사실이다. 소녀의 기억을 증언가능한 형태로 재편함으로써, 그 기억들에 증언의 형식을 부여함으로써, 작품은 누가/무엇이, 어떻게, 누구에게 기억되고 증언되어야 하는지(망각되어서는 안 되는지)에 대한 논쟁에 개입한다. 그리고 이 소설이 만들어낸 증언 형식을 통해 소녀가 간직하고 있었던 그날의 기억, 그리고 명명되지 않은 무수한 5·18 희생자들의 싸움과 죽음에 증언의 역량과 몫이 부여됨

---

67) 위의 글, 787~788쪽.

으로써, 이 소설은 기억의 정치를 수행하는 동시에 증언불능 사태를 해결하는 정치를 수행하고 있는 것이다. 이 지점에서 논의의 초점은 다시 소설의 첫 장면으로 되돌아가야 한다. 작가일 수도, 작품일 수도 있는, 소설 텍스트의 경계를 초월해서 들려오는 목소리가 '당신'을 호명한다.

당신이 어쩌다가 도시의 여러 곳에 누워 있는 묘지 옆을 지나갈 때 당신은 꽃자주 빛깔의 우단치마를 간신히 걸치고 묘지 근처를 배회하는 한 소녀를 만날지도 모릅니다. (⋯중략⋯) 그녀를 무서워하지도 말고, 그녀를 피해 뛰면서 위협의 말을 던지지도 마십시오. 그저 그녀의 얼굴을 잠시 관심 있게 바라보아주시기만 하면 됩니다. 그리고 바쁜 당신에게 약간의 시간 여유가 있다면, 번진 분 자국과 입술의 윤곽을 무참히 벗어난 자줏빛이 범벅이 된 뺨을 그저 가볍게 만져주시면 됩니다. 언성을 높이지도 말고 더더욱, 당신의 옷자락에 감히 때 낀 손가락을 대고자 하는 그녀에게 냉소적인 야유나 욕설을 삼가주십시오. 음지에서 양지를 갈망하다 시들어버린 그 소녀를 섣불리 동정하지도 말고 당신의 무관심, 혹은 실수처럼 일어난 당신의 미소와 손짓에 온순히 멀어져가는 그녀의 뒤에 대고 액땜하듯, 입안의 농축된 침을 힘껏 모아 그녀가 남긴 발자국 위에 퉤 내뱉지도 마십시오. 당신의 길을 잠시 막아서는 그녀를 구타하고 넘어뜨리고 짓밟고 목을 졸라 흔적도 없이 없애버리고 싶은 무지스런 도피의 욕구가 일어난다 해도 말입니다. 설령 당신이 그렇게 한다 해도 또 다른 수많은 소녀들이 여전히, 언젠가는, 실성한 시선과 충격에 마모된 몸짓으로 젊은 당신의 뒤를 쫓아와 오빠라 부를 것이기 때문입니다.[68]

호명되는 '당신'이 독자들이라는 사실은 비교적 자명하다. 독자들이 본격적으로 소녀에 대한 이야기를 읽어 내려가기에 앞서 이 목소리는 그들이 만나게 될 소녀에 대해 예고한다. 그리고 그들의 읽기 속에서 만나게 될 소녀와의 관계 맺음에 대한 길잡이를 제시한다. 그것은 "위협의 말"이나 "냉소", "야유", "욕설", "동정", "구타"와 같은 타자에 대한 폭력을 삼가는 대신, "잠시 관심 있게 바라보아주"거나 "뺨을 그저 가볍게 만져주"어 환대하는 것이다. 그리하여 이 소설은 기억과 추모의 정치를 비단 스스로 수행할 뿐만 아니라 독자들을 그것에 '참여'시킨다. 그들이 읽기를 통해 소녀를 제대로 바라보고 소녀의 뺨을 만져주는 것이 곧 5·18에 대한 기억과 추모의 정치를 수행하는 것임을 주지시킨다.

이와 같이 이 소설이 수행하는, 그리고 작품을 통해 독자들이 수행하게 되는 추모의 정치는 "복수적(plural) 수행성"이 가능해질 수 있는 더 넓은 지평을 연다.[69] 소설의 2장에서 소녀가 '장'의 뒤를 쫓아와 그날, 그 도시에서 일어난 일을 체험하지도, 목격하지도 못했던 그를 또 한 명의 증언자로 만들었던 것처럼, "또 다른 수많은 소녀들이 여전히, 언젠가는, 실성한 시선과 충격에 마모된 몸짓으로 젊은 당신의 뒤를 쫓아와 오빠라 부를" 때 독자인 '당신(들)' 또한 5·18을 기억하고 증언하게 될 것이기 때문이다. 최윤의 소설이 임철우의 소설과 대별되는 또 다른 주요한 분기점이 여기 있다. 임철우의 소설에서는 살아남은 자들이 사건에 대한 목격자로서 5·18에 대해 증언할 수 있는 유일한 위치를 차지하고 있으며, 그들이 증언하지 못하는 상황/현실에 대한 강도 높은 (자

---

68) 위의 글, 730~731쪽.
69) '복수적(plural) 수행성'의 개념과 예술작품을 통해 그것이 가능해질 수 있는 계기에 대해서는 다음을 참조. 주디스 버틀러·아테나 아타나시오우, 『박탈─정치적인 것에 있어서의 수행성에 관한 대화』, 김응산 옮김, 자음과모음, 2016, 277~292쪽.

기)비판과 죄의식이 소설 전반을 지배하고 있다. 이는 임철우의 소설이 이후 장편소설 『봄날』을 통해 5·18을 총체적으로 재현하는 작업으로 수렴된 이유를 짐작할 수 있게 한다. 반면에 최윤의 소설에서 증언의 역량과 몫은 소녀를 비롯해 '장'과 '우리', 그리고 독자인 우리들 모두에게 배분됨으로써 그 증언에 대한 책임과 의무를 복수적으로 수행할 수 있는 토대가 마련된다. 두 작가의 작품에서 발견되는 이 차이는 어떤 측면에서 볼 때 작가가 처한 조건의 차이이기도 할 것이다. 5·18 당시 그곳에 있었던 임철우와 그곳에 있지 않았던 최윤 사이의 거리는 두 작가가 짊어져야 하는 의무의 선명한 차이를 만들어냈다. 실제로 어느 대담에서 최윤은 「저기 소리 없이 한 점 꽃잎이 지고」를 두고 "광주를 직접 경험하지 않은 사람으로서, 꼭 쓰지 않으면 안 되었던 작품"이라고 고백했다.[70]

이제 논의를 마무리하며 앞서 언급했던 「저기 소리 없이 한 점 꽃잎이 지고」의 '당신'을 호명하는 목소리와 그 서술 시점의 문제로 다시 되돌아가 본다. 이 논문에 앞서는 여러 비평과 연구 역시 이 문제에 주의를 기울인 바 있다.[71] 그 가운데 이 소설에 대한 '다시 읽기'를 표방한 어느 비평은 소설이 그 목소리를 통해 5·18에 대한 고통과 원죄, 부채

---

70) 최윤·최성실, 「대담—굳은살 빼기로서의 소설」, 『문학과사회』 10-4, 1997 겨울, 1708쪽.

71) 김병익, 「해설 : 고통의 아름다움 혹은 아름다움의 고통—최윤의 소설들」, 앞의 책; 김형중, 앞의 글; 장혜련, 「'삭제된 말'의 복원을 위한 여정—최윤의 "저기 소리 없이 한 점 꽃잎이 지고"를 중심으로」, 『현대문학이론연구』 34, 2008. 김병익은 '당신'을 호명하는 이 목소리를 소설 내부의 서술자 '우리'의 목소리로 파악한다. 장혜련은 1장의 목소리를 남자 '장'의 것으로 파악한다. 반면에 김형중은 이 시점을 작가 최윤이기도 하고 예언자이기도 한 내레이터 일반으로 본다. 이 논문은 김형중의 해석과 마찬가지로 이 목소리가 소설 내부 인물의 것이 아니며, 그 목소리의 발화 지점은 소설 바깥에 있다고 본다. 그러나 본문에서 설명하고 있는 대로 이 목소리의 역할과 의미에 대한 해석은 전혀 다르다는 점을 밝혀둔다.

의식을 소설 밖의 독자 일반에게 감염시키고 있다고 해석했다.[72] 그러나 지금까지의 논의를 통해 밝힌 것처럼 최윤의 소설이 수행하는 기억과 추모의 정치는 확실히 5·18에 대한 원죄의식과 부채의식을 넘어서는 지점에 있다. 5·18에 대한 섣부른 접근과 쉬운 화해가 결코 허용될 수 없다는 점은 분명하지만, 그렇다고 해서 5·18에 대한 정당한 반응이 반드시 죄의식의 문제로 수렴되어야 하는 것도 아니며, 죄의식의 문제에서 그치는 것으로는 충분하지 않다. 죄의식의 윤리와 함께, 말과 언어의 몫을 갖지 못한 자들에게 정당한 몫을 갖게 하는 정치의 지평에 대한 문학적 사유를 읽어내는 것이야말로 5·18을 증언하고자 하는 소설에 대한 정당한 '다시 읽기'가 될 것이다. 최윤이 말한 대로 "소설이 해내야 하고, 또 해낼 수 있는 중요한 것"은 "말로 할 수 없는 현실에 말을 들려주는 일"일 것임이 분명한 까닭이다.[73]

4. 결론

지금까지 이 논문은 5·18의 충격으로 인해 1980년대 문학에 나타난 변화, 즉 현실과 그에 관한 특정한 관념을 총체적으로 재현할 수 있다는 리얼리즘의 믿음에 발생한 균열, 그리고 그 균열을 봉합하는 대신 소설미학에 대한 혁신으로 나아간 움직임들을 살펴보았다. 아울러 이 새로운 미학이 구현하는 문학의 정치성을 증언 형식과 미학의 (재)창조

---

72) 김형중, 앞의 글, 87~88쪽.
73) 최윤·최성실, 앞의 글.

라는 측면에서 분석했다. 당대 비평은 이러한 측면을 제대로 짚어내지 못한 채 거듭 리얼리즘적 재현을 특권적인 소설 창작방법으로 주장하는 오류를 범했다. 그러나 문학을 통해 어떤 사건에 개입해 들어간다고 말할 때 중요한 것은 문학이 그 사건을 얼마나 '사실적(리얼리즘적)'으로 재현할 수 있는지를 가늠하는 문제가 아니라, 그 사건을 증언할 수 있는 말과 언어의 몫을 마련할 수 있는 특유의 역량과 권리다. 임철우와 최윤의 소설은 그런 점에서 재현을 넘어서는 문학의 증언을 고민하고 시도한 1980년대 소설 형식과 미학의 갱신이라고 말할 수 있다.

– 『상허학보』, 제50집, 상허학회, 2017.

참고문헌

1. 기본 자료

임철우, 봄날 , 『실천문학』, 1984. 10.
_____, 「동행」, 『14인 신작소설집』, 창작과비평사, 1984.
_____, 「직선과 독가스」, 『세계의 문학』, 1984 겨울.
_____, 『그리운 남쪽』, 문학과지성사, 1985.
최윤, 「저기 소리 없이 한 점 꽃잎이 지고」, 『문학과사회』, 1988 여름.
「광주사태에 대한 계엄사 발표 전문」, 〈경향신문〉, 1980. 5. 31.
「계엄사 발표 광주사태」, 〈동아일보〉, 1980. 5. 31.
「계엄사 발표 광주사태 전문」, 〈조선일보〉, 1980. 6. 1.

2. 논문

권민정, 「최윤 소설의 정신분석학적 연구」, 연세대 석사논문, 2003.

김민환, 「누가, 무엇을, 어떻게 기억할 것인가」, 김진균 편, 『저항, 연대, 기억의 정치』, 문화과학사, 2003.

김병익, 「해설 : 고통의 아름다움 혹은 아름다움의 고통」, 『저기 소리 없이 한 점 꽃잎이 지고』, 문학과지성사, 1992.

김성수·서은주·오형엽, 「문학」, 한국예술종합학교 한국예술연구소 편, 『한국현대예 술사대계Ⅴ』, 시공사, 1999.

김영범, 「집합기억의 사회사적 지평과 동학」, 한국정신문화연구원 사회학연구실 편, 『사회사 연구의 이론과 실제』, 한국정신문화연구원, 1998.

김정미, 「최윤 초기 단편 소설의 인물 연구」, 가천대 석사논문, 2015.

김정한, 「5·18학살 이후의 미사未死」, 『상허학보』 47, 상허학회, 2016.

김정한·임철우, 「대담 – 역사의 비극에 맞서는 문학의 소명」, 『실천문학』 112, 실천문학사, 2013 겨울.

김정환, 「문학의 활성화를 위하여」, 『실천문학』 3, 실천문학사, 1982.

김　현, 「아리스토텔레스 "시학"의 세 개념에 기초한 인간 행동 세계의 시적 통찰과 창작의 원리」, 미학대계간행회 편, 『미학대계 제1권 – 미학의 역사』, 서울대 출판부, 2007.

김형중, 「세 겹의 저주 – 최윤, 저기 소리 없이 한 점 꽃잎이 지고 다시 읽기」, 『문학동네』 23, 2000 여름.

김혜경, 「최윤 소설의 정신분석학적 고찰」, 『비교한국학』 16-1, 국제비교한국학회, 2008.

백낙청, 「민중·민족문학의 새 단계」, 『창작과비평』 부정기간행물 1호(통권 57호), 1985. 10.

서영채, 「죄의식과 1980년대적 주체의 탄생 – 임철우의 "백년여관"을 중심으로」, 『인문과학연구』 42, 강원대 인문과학연구소, 2014.

유홍주, 「오월소설의 트라우마 유형과 문학적 치유 방안 연구」, 『현대문학이론연

　구』60, 현대문학이론학회, 2015.

윤후명, 「소설」, 『1980년도판 문예연감』, 한국문화예술진흥원, 1981.

이강은, 「광주민중항쟁에 대한 소시민적 문학관을 비판한다」, 5월문학총서간행위
　　원회, 『5월문학총서 4-평론』, 5·18기념재단, 2013.

이동하, 「80년대 문학의 기본적 성격」, 『문학의 길, 삶의 길』, 문학과지성사,
　　1987.

이혜령, 「쓰여진 혹은 유예된 광기」, 『작가세계』15-1, 작가세계사, 2003 봄.

임철우, 「펜 끝에 맨 나의 혼 〈나의습작시대〉-눈치껏 비밀노트를 채우던 군대시
　　절」, 『문학사상』, 1990.4.

＿＿＿, 「나의 문학적 고뇌와 광주」, 『역사비평』51, 역사비평사, 2000.5.

임철우·황종연, 「대담-역사적 악몽과 인간의 신화」, 『문학과사회』7-2, 문학과
　　지성사, 1998 여름.

장혜련, 「'삭제된 말'의 복원을 위한 여정-최윤의 "저기 소리 없이 한 점 꽃잎이
　　지고"를 중심으로」, 『현대문학이론연구』34, 현대문학이론학회, 2008.

최원식, 「광주항쟁의 소설화」, 『창작과비평』16-2, 창작과비평사, 1988 여름.

최윤·최성실, 「대담 : 굳은살 빼기로서의 소설」, 『문학과사회』10-4, 문학과지성
　　사, 1997 겨울.

최정운, 「폭력과 언어의 정치-5·18 담론의 정치사회학」, 『5·18민중항쟁과 정치·
　　역사·사회』, 5·18기념재단, 2007.

황석영, 「항쟁 이후의 문학」, 『창작과비평』16-4, 창작과비평사, 1988 겨울.

＿＿＿, 「나의 문학 인생을 뿌리째 흔들려 하는가'-[기고] "신동아" 의혹 제기에
　　답한다」, 〈프레시안〉, 2010.11.22.

Carter-White, Richard., "Auschwitz, ethics, and testimony : exposure
　　to the disaster", *Environment and Planning D: Society and Spae*,
　　volume 27, 2009.

3. 단행본

나간채·정근식·강창일 외, 『기억 투쟁과 문화운동의 전개』, 역사비평사, 2004.

아리스토텔레스, 『시학』, 천병희 옮김, 문예출판사, 2002.

염무웅·최원식 편, 『14인 창작소설집-지 알고 내 알고 하늘이 알건만』, 창작과비평사, 1984.

자크 데리다, 데릭 애트리지 편, 『문학의 행위』, 정승훈·진주영 옮김, 문학과지성사, 2013.

자크 랑시에르, 『미학 안의 불편함』, 주형일 옮김, 인간사랑, 2008.

장 프랑수아 리오타르, 『쟁론』, 진태원 옮김, 경성대 출판부, 2015.

황석영 기록, 전남사회운동협의회 편, 『죽음을 넘어 시대의 어둠을 넘어』, 풀빛, 1985.

주디스 버틀러·아테나 아타나시오우, 『박탈-정치적인 것에 있어서의 수-행성에 관한 대화』, 김응산 옮김, 자음과모음, 2016.

한승원 외, 『5월광주항쟁소설집-일어서는 땅』, 인동, 1987.

Blanchot, Maurice., trans. Charlotte Mandell, The Work of Fire, California, Stanford University Press, 1995.

Langer, Lawrence L., Holocaust Testimonies University Press, 1991.

The Ruins of Memory, New Haven, Yale

■**배하은** 서울대학교 영어영문학과를 졸업, 동 대학 국어국문학과에서 석사·박사 학위를 받음. 주요 논문으로 「'시민'적 주체와 이념의 문학사적 재구성-김윤식·김현의 『한국문학사』 연구」, 「역사의 틈새를 증언하기-1980년대 말 5·18 광주항쟁 증언록 발간 양상과 증언의 윤리」 등. 저서로 『문학의 혁명, 혁명의 문학』 등. 현 대구경북과학기술원 교양학부 교수.

폭력적 역사의 계보와 5·18의 기억
- 임철우의 『백년여관』을 중심으로

김요섭

1. 들어가며

1980년대 말은 사회적 기억의 세계사적 전환점이었다. 국가권력에 의해서 은폐되었던 광주 5·18민주화운동의 진상처럼, 말할 수 없는 기억들이 폭발처럼 분출했다. 국가폭력의 역사에 대한 기억을 억누르던 냉전의 구조는 1980년대 말에 들어서 급격하게 흔들리게 된다. 이는 국내적으로는 1987년 6월항쟁을 거치며 성취하게 된 정치적 민주화의 결과였다. 그리고 동시에 동구권의 내부 붕괴로 인한 냉전 세계체제 자체의 붕괴 역시 주요한 원인이었다. 냉전체제가 붕괴하던 1980년대는 한국뿐 아니라 아시아와 아프리카, 라틴아메리카, 유럽의 권위주의적 정권이 무너지고, 국가폭력의 과거사를 기억하고 증언할 수 있는 사회적 조건이 형성되는 시기였다. 국내에서는 '과거사 청산'이라 부르고 해외에서는 '이행기 정의(Transitional Justice)'라고 부르는 과정이 이 시기부터 시작되었다. 이행기 정의는 폭력적 과거사 문제에 대한 역사적 규명과 피해자 명예회복, 책임자 처벌 등이 이루어지는 사회적 과정이었다. 민주화 직후 폭발적으로 급증했던 광주 5·18민주화운동에 대한 소설적 재현은 기억을 억눌러온 정치적 금제가 사라진 영향만은 아니었다. 금지된 기억의 문학적 재현은 폭력적 과거사를 통해서 만들어진 기성 사회를 변혁하려는 이행기 정의의 요구[1]와 맞물려서 등장했다.

민주화 이후 폭력적 과거사의 복원은 시급한 사회적 과제였다. 군부정권에 의해 강제폐간되었다가 1988년에 복간된 문예지들은 연이어서 광주 5·18민주화운동, 제주 4·3, 한국전쟁기 학살사건 등과 같은 과거사 문제를 다룬 작품과 작가들을 선보인다.[2] 과거사 소재 작품 중에서 가장 많은 비중과 관심을 차지했던 것은 역시 광주 5·18민주화운동을 재현하는 소설들이었다. 복간된 『창작과비평』과 『문학과사회』가 복간 후 처음 배출한 신인 작가가 「깃발」의 홍희담과 「저기 소리 없이 한 점 꽃잎이 지고」의 최윤이라는 점은 광주 재현에 대한 당시 문단의 관심을 잘 보여준다. 광주 5·18민주화운동을 다룬 소설들은 민주화 이후 재현을 제약해온 정치적 억압이 일정 부분 극복됨에 따라 새로운 국면을 맞이하고 있었다. 광주의 기억과 진상규명 운동은 한국문학이 과거사 재현을 새롭게 갱신할 수 있는 중요한 기반이었다. 국가폭력의 과거사를

---

1) 이행기 정의는 단순히 폭력적 과거사에 대한 처벌이나 배상에 한정되지 않고 폭력으로 인해서 분열되었던 사회의 회복과 민주적인 사회를 수립하고자 하는 사회적 기획이다(최철영, 「한·일 과거사 청산과 이행기 정의 개념의 적용」, 『성균관법학』 제23권 2호, 2011, 239쪽). 국내에서는 '과거사 청산'이라는 표현과 혼용돼서 사용되기도 한다. 과거사 청산이라는 용어를 사용할 때도 이는 국가와 사회 체제의 이행기를 중요한 지점으로 본다는 데서 동일하다(이재승, 「이행기의 정의」, 『법과사회』 22집, 법과사회이론학회, 2002, 52쪽). 본고에서는 새로운 사회체제로의 전환이라는 지점을 강조하기 위해 과거사 청산 대신에 이행기 정의라는 용어를 사용할 것이다.
2) 민주화 직후 문예지의 복간과 과거사 소재 작품들의 등장 양상에 대해서는 김요섭, 「이행기 정의와 서사─민주화 이후 문예지 복간과 재현의 정치」(『상허학보』 64집, 상허학회, 2022) 참조.

새롭게 바라보는 데 광주의 영향은 문학에만 한정되지 않았다. 1988년에 국회에서 진행된 광주청문회로 대표되는 광주의 과거사 진상규명 모델은 국가폭력 사건들에 주요한 참조점이었다. 제주 4·3 피해자들에게 광주청문회는 문제 해결을 위해 참고해야 할 대상[3]이었다. 또한 이후 다른 국가폭력 사건의 진상규명과 명예회복을 위한 일련의 과거사특별법과 위원회 모델이 광주의 경험에서 파생되었다. 광주는 80년대 민주화운동을 가능하게 했던 강력한 계기일 뿐 아니라 민주화 이후 한국사회의 이행기 정의의 진행 방향을 결정한 핵심적인 사건이었다. 이 때문에 광주 5·18민주화운동은 다른 국가폭력의 과거사를 매개하는 중심적인 기억으로 소환되고는 한다. 광주를 통해서 한국현대사의 비극적 역사를 묶어내려고 했던 임철우의 장편소설 『백년여관』이 대표적이다.

소설가 임철우는 1990년대에 10년에 걸쳐서 광주 5·18민주화운동의 전개 과정을 사실적으로 재현한 『봄날』을 집필했다. 그런 그가 몇 년간의 침묵 끝에 전과는 전혀 다른 방식의 글쓰기를 선보인 작품이 『백년여관』이었다. 작가 본인의 표현처럼 '다큐멘터리'적으로 집필했던 대하소설 『봄날』과 달리, 『백년여관』에서는 시공간적인 구성이 명확하지 않으며 유령과 같은 환상적 요소들의 사용이 두드러진다. "여태까지 임철

---

3) 80년대 후반에 발표된 일련의 제주 4·3 구술 자료집에서는 광주와의 비교나 광주청문회에 대한 높은 관심과 4·3의 문제의 해결을 위해 광주의 사례를 참조하자는 의견이 반복해서 등장한다. "사람들이 생전에 죄가 없이 죽었다 하는 말만, 요 광주 사태처럼 하면 얼마나 좋겠"느냐는 생존자의 말(오성찬 채록, 『한라의 통곡소리』, 소나무, 1988, 74쪽)이나 광주청문회를 보았느냐에 대한 채록자의 질문이 반복되는 사례(제주 4·3연구소, 『이제사 말햄수다』1, 도서출판 한울, 1989, 105쪽) 등을 통해 이를 확인할 수 있다. 광주에 대한 높은 관심은 제주 4·3 피해자들에 한정되지 않았는데, 거창양민학살 유족회가 광주청문회 등과 비교했을 때 거창사건의 문제 해결 과정이 불공평하게 진행되고 있다는 인식을 보였던 사례도 있었다(김동춘, 『이것은 기억과의 전쟁이다』, 사계절출판사, 2013, 155~156쪽).

우의 세계 안에서 소설은 공적인 매체로 존재하고 있었는데, 이번에는 사적인 것들을 위한 소설적 장치들"[4]이 적극적으로 사용되었다는 문학평론가 서영채의 평가처럼, 『백년여관』은 과거사 재현의 양상에서 임철우의 전작들과 상당한 차이를 보였다. 환상성을 전면에 내세운 『백년여관』의 형식이 가장 눈에 띄는 차이로 지목되지만, 더 중요한 차이는 작품이 역사적 사건들을 연결하는 방식이다.

임철우의 소설에서 가장 중요한 역사적 원체험은 광주 5·18민주화운동과 나주부대사건[5]이다. 이 두 사건은 임철우의 초기 작품활동부터 반복적으로 소설화되었다. 그러나 『백년여관』 이전에는 이 두 사건을 한 작품 안에서 연결한 경우를 찾아보기 어렵다. 물론 그 이전에도 이를 연결하려는 시도는 있었다. 『문학과사회』의 1988년 가을호에 연재하기 시작한 임철우의 첫 장편소설 『붉은 산 흰 새』는 나주부대사건과 광주 5·18민주화운동을 연결하는 작품으로 기획되었다. 그러나 임철우는 『붉은 산 흰 새』에서 "연재를 시작하기 직전까지만 해도, 팔십년 오월 며칠 동안의 기간만을 다루어 볼 생각"이었으나 계획된 1부와 2부 중, 고향섬을 배경으로 한 1부 이야기만 연재하여 출간한다.[6] 처음 계획한 소설의 2부 내용은 1998년에야 완간이 되는 대하소설 『봄날』로 발표되었다. 나주부대사건과 광주 5·18민주화운동을 연결하려고 했던 임철우

---

4) 서영채, 임철우, 은희경, 「임철우 은희경, 고향에 가다」, 『문학동네』 봄호, 문학동네, 2005, 174쪽.
5) 1950년 7월 22일에 '영광작전'에 실패하고 퇴각하던 완도, 해남 지역의 나주부대는 7월 26일에 인민군으로 위장하여 완도중학교에서 주민들을 대량학살했으며, 1950년 10월에서 1951년 봄까지 완도군 일대에서는 피난민 등을 부역자로 몰아가 경찰과 의용경찰, 대한청년단 등이 자행한 학살이 이어졌다(김원, 「1950년 완도와 1980년 광주 : 죽음과 기억을 둘러싼 현지조사」, 『구술사연구』 3권 2호, 한국구술사학회, 2012, 137쪽).
6) 임철우, 「작가 후기」, 『붉은 산 흰 새』, 문학과지성사, 1990, 290~291쪽.

의 노력은 『붉은 산 흰 새』 이후 14년이 지난 뒤에야 『백년여관』으로 결실을 볼 수 있었다.

『백년여관』은 나주부대사건과 광주 5·18민주화운동뿐 아니라 제주 4·3, 베트남전쟁 등 한국사회가 경험한 역사적 비극들을 하나의 서사로 묶어낸다. 폭력의 역사를 계보화하겠다는 의도는 작품의 배경이자 제목이기도 한 '백년여관'이라는 이름에서 확인할 수 있다. 1999년의 세기말을 배경으로 100년에 한 번 큰 일식을 통해 이승을 떠나가는 원혼들의 세계를 보여주는 『백년여관』은 20세기 한국사의 비극들을 종합한다. 그리고 이 비극들을 소설 속의 청자('당신')로 설정된 작가, '이진우'에 의해서 소설로 기록하고자 한다. 주목해야 할 점은 소설 속의 사건이 이진우에 의해서 기록된 것이 아니라, 앞으로 쓰여질 것으로 남겨졌다는 사실이다. 서영채는 『백년여관』에서 '이진우'가 짊어지고 있던 광주에 대한 죄의식을 주체화를 위한 과잉윤리로 진단한다.[7] 그리고 그 윤리적 주체는 광주만이 아니라 한국사의 모든 비극적 사건들을 아우르는 글쓰기의 주체이기도 하다. 『백년여관』에서 소설가 이진우는 광주에 대한 죄의식을 통해 다른 역사적 사건을 하나로 묶어내는 주체로 거듭난다. 임철우는 이렇게 소설가라는 주체의 회복을 통해 광주의 기억을 폭력적 과거사의 계보를 연결하는 자리에 위치시킨다.

임철우는 『백년여관』을 매개로 해 광주의 기억과 다른 국가폭력의 역사를 연결한다. 이러한 폭력의 계보를 그리는 작업은 임철우의 전작들에서도 시도된 것이었지만, 사실주의적이었던 전작들과는 극명하게 다른 『백년여관』의 글쓰기를 통해 달성될 수 있었다. 그렇다면 그는 왜 폭력적 역사의 계보를 쓰기 위해서 원혼과 무속의 세계를 향해야 했는가?

---

7) 서영채, 『죄의식과 부끄러움』, 나무나무, 2017, 339쪽.

그가 '다큐멘터리적 형식'으로 써야만 했던『봄날』[8] 이후 몇 년간의 침묵 끝에 도달한 곳이 전작과 극명하게 대비되는 환상적 세계라는 점을 주목하고자 한다. 본고는 임철우가『봄날』이후 광주를 재현하는 방식이『백년여관』에서 어떻게 변화했는가를 살피기 위해 국가폭력의 과거사를 계보화하는 과정과 무속적 세계라는 환상성의 활용이라는 두 측면을 중심으로 검토하고자 한다. 이를 통해서 임철우의 작품세계에서『백년여관』이 자리한 위치를 규명하고, 역사의 계보를 구성하는 매개 기억으로서의 광주라는 상상력이 그의 소설에서 어떻게 등장했는가를 살필 것이다.

2. 교차하는 역사와 혼합된 지역성

『백년여관』의 배경이 되는 '영도'는 임철우의 고향인 전남 완도군 평일도를 모티프로 한 공간이다. 임철우의 소설에서 고향 평일도는 한국전쟁기의 비극적 역사를 간직한 공간으로 재현된다. 초기작인「곡두 운동회」를 시작으로 단편「물 그림자」, 장편『붉은 산 흰 새』와『백년여관』등 임철우의 작품 속에서 평일도와 완도 일대에서 자행된 '나주부대사건'이 반복해서 등장한다. 한국전쟁 중 퇴각하던 경찰 부대가 국민보도연맹원을 대상으로 자행한 대규모 학살이었던 나주부대사건은 어린 임철우에게 고향의 어른들이 들려주던 이야기를 통해 추체험된 과거였

---

8) 김정한, 임철우, 「역사의 비극에 맞서는 문학의 소명」, 『실천문학』 겨울호, 실천문학사, 2013, 80쪽.

다. 전쟁을 직접 경험한 세대는 아니었지만, 임철우에게 한국전쟁 중 그의 고향에서 자행되었던 일련의 폭력적 사건들은 그에게 역사적 상상력의 기원이었다.[9] 그가 전쟁 미체험세대 작가의 첫 번째 주자로 평가[10]받을 만큼 한국전쟁에 대한 소설을 반복해서 써왔던 데는 이러한 유년기의 경험이 적잖은 영향을 끼쳤다. 그러나 임철우 소설 연구는 한국전쟁 문제보다는 광주 5·18민주화운동의 영향을 설명하는 데 집중되었다. 이는 전쟁 미체험 세대라는 임철우의 세대적 위치와 대비되는 광주에 대한 그의 비극적 체험과 죄의식의 문제가 연구의 핵심적인 전제로 인식되었기 때문이다.[11] "(비극적 사건들을 묶어내는―인용자) 줄기를 이어주는 연결고리에 현재진행형으로서의 '5·18'과 그 원체험에 있는 '한국전쟁'이 있다는 것을 인지할 때 임철우의 작품세계를 이해할 수 있다."[12]는 손미란의 지적처럼 한국전쟁이 남긴 상처는 임철우의 문학에서 해명되어야 할 중요한 문제였다. 임철우에게 한국전쟁은 광주만큼이나 힘겹게 견뎌내야 했던 역사의 무게였다. 아버지의 좌익 혐의로 임철

---

9) (완도 일대에서 자행된 나주부대사건 등) "그런 얘기들은 어린아이 특유의 상상력에 힘입어 추체험된 탓인지, 마치 제가 직접 겪은 현실처럼 느껴질 정도였습니다. (중략) 어린 저한테 한국전쟁은 원체험 같은, 그러니까 현재형이었어요. 어쩌면 저의 최초의 상상력은 그 섬과 바다의 아름다운 풍경과 함께 끔찍하고 무시무시한 전쟁의 기억에서부터 시작되었는지 모르겠습니다." 김정한, 임철우, 위의 책, 84쪽.

10) 김윤식은 한국전쟁을 소재로 삼는 작가들을 전쟁체험 시기를 구분으로 나누었는데, 전쟁기에 성인이었던 이들은 '체험세대', 어린 나이에 경험한 이들은 '유년기 체험세대' 그리고 전후 세대 작가는 '미체험세대'로 분류했다. 그는 임철우를 미체험세대의 대표작가로 꼽았다. 김윤식, 「6·25전쟁문학―세대론의 시각」, 『문학사와 비평』 1집, 문학사와 비평학회, 1991, 38쪽.

11) 손미란, 「유산되는 상처, 유산되는 트라우마」, 『인문연구』 82호, 영남대학교 인문과학연구소, 2018, 218쪽.

12) 손미란, 「5월 18일까지의 시간과 공간, '봄날'의 정치학―임철우의 장편소설 "봄날"을 중심으로」, 『어문학』 142, 한국어문학회, 2018, 338쪽.

우 자신도 연좌제로 묶여 있었기 때문이다.[13]

　나주부대사건의 전모를 다루는 임철우의 작품들은 민주화 이후인 1980년대 말엽부터 본격적으로 발표된다. 1977년에 가상의 간첩침투사건을 배경으로 한 『붉은 산 흰 새』에서는 '낙일도'라는 이름으로 나주부대사건 당시 지역의 위기를 사실적으로 재현했다. 그리고 임철우가 당시 학살사건에 참여한 경찰을 만난 뒤에 발표한 단편 「물 그림자」(1990)에서는 가해자의 입을 통해 사건의 전모에 다가간다. 이처럼 그의 소설에서 반복해서 등장한 나주부대사건은 『백년여관』에서도 국민보도연맹 학살사건의 주요한 사례로 등장한다. 하지만 이러한 연속성에도 불구하고 『백년여관』에서 평일도를 모티브로 한 영도는 다른 작품 속 '고향 섬'과는 이질적인 공간으로 그려진다. 그곳이 더는 작중 주인공의 고향이 아니기 때문이다.

　『백년여관』에서 소설가 임철우 자신을 투영한 인물은 소설가 이진우다. 작품 속 이진우는 임철우 본인의 삶을 그대로 반영하고 있다. 분단과 5·18을 자신의 주된 소설 소재로 쓰면서 1990년대 말에는 『봄날』에 해당하는 작품을 발표한 뒤 몇 년간 작품활동을 하지 못하고 있다. 그는 대학 동기이자 광주 5·18민주화운동에 대한 희곡을 강박적으로 쓰다가 40대의 나이에 병사한 친구 '케이'를 1980년 광주에서 몇 번이나 외면했었다는 죄의식에 시달린다. 이는 『봄날』을 완성한 직후 임철우가 그의 자전적 소설인 「낙서, 길에 대하여」에서 자신의 친구인 극작가 박효선을 외면하며 가져야 했던 죄의식의 서사와 정확하게 일치한다. 이처럼 이진우는 임철우의 분신으로 그려지지만, 정작 그는 영도에서는 철저한 외부인이다. 오히려 영도에서 유년기를 보내고, 그곳을 고향으로 생각하는 인물은 박효선을 모티프로 한 케이다. 영도는 케이의 아

---

13) 현기영 외, 『기억과 기억들』, 씽크스마트, 2017, 141~146쪽.

버지와 할아버지의 고향이며, 아버지를 따라와서 유년기를 보냈던 그는 "난 왠지 여기가 내 진짜 고향처럼 느껴"[14]진다고 말한다. 케이가 광주 태생의 박효선을 모델로 한 인물이라는 점을 고려한다면 주목해야 할 대목이다. 그에 반해 임철우를 모델로 한 이진우에게는 영도가 반년 남짓 투옥되었던 케이가 바다를 보고 싶다고 해서 함께 찾았던 여행지일 뿐이다. 영도는 임철우의 작품세계에서 주요한 모티프였던 나주부대 사건이 자행된 평일도에 대응되지만, 정작 이진우와 영도의 관계는 단절되어 있다. 그 섬을 케이의 정신적 고향으로 설정함으로써, 박효선과 임철우의 성격이 한 인물 안에서 뒤섞이게 된다.

영도의 공간성이 평일도와 달라지는 지점은 작가와의 관계만은 아니다. 소설에서 상당한 분량을 차지하는 것은 제주 태생이자 4·3생존자인 '강복수'와 그의 가족이 경험한 4·3 당시의 수난사다. 『백년여관』 속 영도의 등장인물 중 상당수는 강복수나 무당인 조천댁처럼 제주 4·3을 경험한 제주 태생의 인물들이 등장한다. 이는 『백년여관』과 마찬가지로 평일도를 모델로 한 소설인 『붉은 산 흰 새』 속 지역민들의 구성과 비교하면 극명하게 드러나는 차이점이다. 『붉은 산 흰 새』는 전쟁과 학살로 인해 상처 입은 지역 내부의 관계를 집중적으로 조망한다. 소설 속에 등장하는 학살은 경찰 부대와 인민군 등 외부에서 온 이들의 힘이 결정적이었다. 그러나 작품에서 가해자를 대표하는 인물은 마을의 내부자였던 경찰 '최판돌'과 '최달식' 부자이며, 이들 역시 마을 안에서 자행된 살육의 보복에 나선 이들로 그려진다. 『붉은 산 흰 새』에서 낙일도의 비극은 "거의 모두가 서로 친척이자 이웃이었던 섬사람들은 이젠 거기에 또

---

14) 임철우, 『백년여관』, 문학동네, 2017, 104쪽. 이후 『백년여관』 인용 시에는 괄호 안에 쪽수만 표시한다.

다른 숙명적인 원한 관계로써 묶여져"15)버렸다는, 공동체 내부의 끔찍한 분열과 상처로 그려진다. 반면 영도는 외부에서 온 4·3피난민과 전쟁피난민들을 괴롭히는 끔찍한 폭력의 기억이 그 공간을 규정하는 특성이었다.

영도는 일제 강점기 강제동원과 일본군 '위안부', 제주 4·3과 한국전쟁기 학살, 베트남전쟁과 광주 5·18민주화운동 등 한국현대사 100년의 비극적 사건들이 교차하는 공간이다. 이를 위해서 임철우는 평일도의 고유한 지역사를 강조하는 대신 여러 역사적 경험들이 교차하는 장소로 만들었다. 『백년여관』에서 나주부대사건으로 인해서 가족을 잃은 인물 역시 전쟁 중 피난민이 되어 영도에 왔었던 '요안'이다. 『붉은 산 흰 새』에서 가장 중요한 지역적 경험으로 제시되었던 나주부대사건도 『백년여관』에서는 지역사회만의 경험으로 한정하지 않는다. 영도를 이처럼 복합적 공간으로 설정하는 과정은 역설적으로 뚜렷한 동일화의 과정이기도 하다. 나주부대사건을 다루었던 전작들이 지역사회 내부가 서로 피해자이자 가해자라는 복합적인 갈등으로 분열되는 것과 달리 『백년여관』에서는 이진우가 섬에서 조우하는 인물은 모두 국가폭력의 피해자들이다.16) 『붉은 산 흰 새』의 최달식이나 「물 그림자」의 '김억만'처럼 수십

---

15) 임철우, 『붉은 산 흰 새』, 문학과지성사, 1990, 14쪽.

16) 물론 베트남전 참전자인 '허문태'의 경우 선임들의 강요로 학살에 가담하기도 했고, 점차 그 폭력의 구조에 적응한 인물이다. 그러나 폭력에 동원된 병사들 역시 피해자로 바라보는 임철우의 시각["저들이 과연 진짜 우리의 '적'이 맞는 건가? 자기 의사와 무관하게 징집되어 지금 저 포위망 바깥에서 총을 겨누고 있는 저 군복 차림의 청년들이?"(341쪽)]을 고려할 때 그 역시 피해자형 인물로 분류할 수 있다. 그리고 그는 영도 안에서 가해자로서 대립하는 명확한 인물을 가지지 않는다. 또한 전투로 인해서 그가 입은 신체적 장애는 임철우의 소설에서 훼손된 신체가 피해자성을 구성하는 재현의 장치(한순미 「주변부의 역사 기억과 망각을 위한 제의- 임철우의 소설에서 역사적 트라우마를 서사화하는 방식과 그 심층적 의미」, 『한국민족문화』 38, 부산대학교 한국민족문화연구소, 2010, 171쪽)라는 점을 고려할 때 같은 맥락에서 설명될 수 있다.

명의 빨갱이를 자기 손으로 죽였다고 하던 경찰 출신인 '황씨 영감'이라는 인물이 언급되기는 하지만, 그는 이미 작중의 시간에서는 수년 전에 다른 지역으로 떠난 사람이다. "이 소설엔, 피해자만 있지 가해자는 없"기 때문에 "자기의 내면, 자기와 자기 자신과의 사이에 존재하는 화해"[17]만이 가능할 것이라는 임철우의 말처럼, 영도에 모여든 사람들은 지역과 사건이 다양하지만, 피해자 정체성을 공유한다는 점에서는 극도로 동질적이다.

지역적 특성을 해체하고 상이한 사건을 경험한 인물들을 국가폭력의 피해자라는 동질적인 정체성으로 묶어내려는 『백년여관』의 재현 전략은 임철우의 문학적 원체험인 나주부대사건과 광주 5·18민주화운동을 안정적으로 연결한다. 이를 통해 두 역사적 사건뿐 아니라 한국사의 다른 비극적 사건들까지 백 년간의 역사적 계보로 이어진다. 역사의 피해자라는 단일한 정체성을 부여받은 인물들의 통합적 관계는 산 자들에게만 적용되지 않는다. 영도의 바다 주변을 떠도는 혼령들은 각각의 사건들로 나뉘지 않고 한반도 100년의 비극에 의해 희생된 원혼의 무리가 되어 고통에서 해방될 수 있는 백 년에 한 번뿐인 제의의 순간을 기다린다. 산 자만이 아니라 죽은 자들의 땅이기도 한 영도의 무속적 공간으로서의 특징 역시 사건들을 통합하는 기능을 한다. 환상성을 전면화하면서 전작들과 차별화되는 『백년여관』의 서술적 특징은 광주뿐 아니라 한국사회의 폭력적 역사를 계보화하려는 소설의 문제의식과 긴밀하게 연결되어 있다.

---

17) 서영채, 임철우, 은희경, 앞의 책, 177쪽.

3. 무속과 이야기로 매개된 역사

임철우가 『봄날』을 집필하기 위해서는 그 자신의 노력뿐 아니라 사회적으로 선행되어야 할 과제가 산적해 있었다. 일차적으로 광주의 5월을 전면적으로 소설화해도 작가의 안전을 보장받을 수 있어야 했다. 이는 87년의 6월항쟁을 거치면서 가능해졌다. 그러나 광주에 대한 소설을 안전하게 발표할 수 있다는 것만으로는 부족했다. 그는 광주의 5월을 허구적 상상력이 아니라 역사적 진실을 다큐멘터리적으로 그리고자 했고, 이를 가능하게 해준 것은 광주청문회 과정에서 접할 수 있게 된 계엄군 내부의 자료들이었다.[18] 임철우가 『봄날』을 쓰는 과정에서 의존한 역사의 실증적 자료들은 적잖은 수가 공문서와 같은 국가의 공식기록을 구성하는 요소들이었다. 그러나 광주 5·18민주화운동을 비롯해 대다수의 국가폭력 사건들은 국가의 공식기억에서 배제되어 망각을 강요받았거나, 반공주의 국가의 논리로 재구성된 것이었다. 민주화운동과 깊게 결합하여 정치적 파급력을 가지고 있었던 광주의 사례와 달리 대다수의 국가폭력 희생자들은 정치적·사회적으로 고립되어 있었다. 80년대 말에서 90년대 초에 들어서면서 폭력적 과거사 문제에 대해 언론인, 학자, 예술인 등이 적극적으로 과거의 자료를 발굴하고 증언을 공식적으로 기록하면서 폭력에 대한 기억을 문서화할 수 있었다. 그러나 그 이전까지 국가의 공식기억에 대항하는 역사적 기억과 기록은 공식적 자료의 형태로 존재하기 어려웠다. 이러한 경향은 특히 한국전쟁을 전후한 시기의 사건들에서 더욱 두드러지는데, 4·19혁명 직후 전국 단위 유족회 활동과 국회조사 등을 통한 공식적 진상규명 활동을 5·16쿠데타로

---

18) 김정한, 임철우, 앞의 책, 87쪽.

집권한 군부세력이 잔인하게 탄압했기 때문이다.[19] 공식적 기록으로 남겨질 수 없는 폭력의 기억을 보존하고 이를 전달하는 대안적 공론장으로 기능한 것은 무속의 세계였다.[20]

국문학계에서 전쟁을 소재로 한 문학작품에 등장하는 무덤과 제사와 같은 망자에 대한 가족의례는 근대적 이데올로기 대립으로서의 전쟁을 직시하지 못하는 한국소설의 근대성 미달을 보여주는 지표로 인식되어 왔다.[21] 하지만 제사와 매장과 같은 망자의례를 단순히 반근대적 전통주의로 단순화해서 설명할 수는 없다. 권명아는 한국전쟁에 대한 소설들에 "빈번히 등장하는 소위 샤머니즘적 제의, 전통에 대한 집착, 고향에 대한 가치 부여 등"이 전쟁과 근대화에 대한 반발의 의미만이 아니라 "본질적으로 과거를 교정함으로써 새로운 주체의 모델을 창출하려는 시도의 결과"로 조명되어야 한다고 주장[22]했다. 그의 주장처럼 한국전쟁 등 국가폭력에 대한 기억과 죽은 자에 대한 매장과 의례는 근대에 대한 전통의 반발만이 아니었다. 죽은 자에 대한 매장과 의례는 그 자체로 근대적 수단이었기 때문이다. 국가폭력과 죽음에 대한 사회적 의례의 독점은 (반공)국민을 창출하려는 반공국가가 사용할 수 있는 정치적 수단이며 동시에 근대 국민국가 모델 일반에서 나타나는 공통의 특질이

---

19) 군부세력은 진상규명에 나섰던 피학살 유족들을 기소하고, 그들이 만든 자료와 위령비, 무덤들을 파괴했을 뿐 아니라 가족을 매장하고 추모하려는 그들의 행위를 범죄시했다. 한성훈, 『가면권력』, 후마니타스, 2014, 307~323쪽.

20) 김성례, 「제주 무속」, 『종교신학연구』 4권, 서강대학교 신학연구소, 1991, 21쪽.

21) 김윤식, 「6·25와 우리 소설의 내적 형식」, 『현대문학』 6월호, 한국문학사, 1985, 286쪽. 김윤식은 또한 임철우의 「아버지의 땅」을 근대성에 미달한 민화적 세계로 회귀하려는 한국소설의 계보에 속한 작품이라고 규정했다(김윤식, 「우리 문학의 샤머니즘적 체질 비판 : 세 가지 도식과 관련하여」, 『운명과 형식』, 솔, 1992, 217쪽).

22) 권명아, 『한국전쟁과 주체성의 서사 연구』, 연세대학교 대학원 국어국문학과 박사학위논문, 2002, 202쪽.

었다.[23] 국민국가는 국민상에 반하는 죽은 자의 형상을 의례적 질서 외부로 밀어내고, 의례의 기반을 독점하고자 했다. 국가폭력 희생자들이 방치된 주검과 훼손된 무덤에 대한 서사적 재현은 매장의례를 둘러싼 국민국가와의 근대적 경합을 반영한다.[24]

죽은 자에 대한 공적인 의례를 독점한 국민국가에 맞서는 대항기억의 장은 다양한 문화 영역에 의해 지탱되었다. 문학 역시 대항기억의 주요한 장이었지만, 가족의례와 무속이라는 매장과 추모의 민간 문화가 주요한 기능을 담당했다. 제주 4·3은 심방(무당)들이 희생된 망자들과 생존자들을 대화적 관계로써 기억을 재구성함으로써 반공국가의 공식기억에 대항하는 사회적 역할을 수행했다.[25] 국민보도연맹원 학살을 비롯한 한국전쟁기의 국가폭력의 경우도 죽은 자에 대한 의례는 국가폭력에 의해서 훼손된 망자의 사회적 권리와 위상을 회복하는 수단[26]으로 사용했다. 제사와 같은 민간의 망자의례는 대항기억을 형성하고 유지하며 고유한 정치적 작용을 하였다. 이와 같은 제사의 정치성은 문화적 차원에 한정되지 않았다. 추모제와 제사 등은 한국의 민주화 과정에서 민중운동과 시민운동의 정치적 의례로 기능했으며, 민주화 이후 국가폭력 사건에 대한 추모의 의례 역시 자연스럽게 민주화·인권운동·여

---

23) 프랑스 대혁명 이후 등장한 근대 국민국가는 익명인 다수의 병사를 국가적 기념의례의 핵심 대상으로 삼았으며, 이들에 대한 기념의례의 체계인 '전사자 숭배(Cult of War Dead)'를 통해 창출하고자 하는 국민의 모델을 형성했다(조지 L. 모스, 『전사자 숭배』, 오윤성 옮김, 문학동네, 2015, 108쪽). 이러한 경향은 한국도 다르지 않았는데 한국전쟁 이후 한국사회의 전사자 숭배의 형성과정에 대해서는 강인철의 『전쟁과 희생』(역사비평사, 2019) 참조.

24) 국가폭력 희생자에 대한 가족의 매장과 국가의 전사자 숭배 사이의 경합이 문학적으로 나타난 사례에 대한 연구로는 김요섭, 「무덤 없는 자들—임철우, 문순태 소설의 매장 모티프 연구」(『현대문학이론연구』 제82집, 현대문학이론학회, 2020)가 있다.

25) 김성례, 「근대성과 폭력— 제주 4·3의 담론정치」, 『근대를 다시 읽는다 2』, 역사비평사, 2006, 522~523쪽.

성운동 등 근대사회의 정치적 의제들과 결부되었다.[27] 이러한 대항기억을 형성하는 공론장으로서 무속과 같은 전통적 의례들은 반공국가에 맞서는 주요한 문화적 자원이었으며, 한국문학에서 이를 소설적 소재로 쓰는 것 역시 의례의 정치성을 반영한 것이었다.

『백년여관』에서 핵심적인 소재가 되는 무속적 세계는 제주 4·3과 한국전쟁기 학살 등 국가폭력에 대한 대항기억을 형성하는 문화의 핵심이었다. 『봄날』의 다큐멘터리적 구성이 공식문건과 언론 보도, 영상물 등과 같은 근대적 기록물에 기반했지만, 『백년여관』의 소설 형식은 구술적인 무속의 세계와 결부되어 있었다. 당시 진상규명 작업이 본격화되지 못했던 한국사의 다른 비극적 사건[28]들을 아우르기에는 『봄날』과 같은 다큐멘터리적 구성을 시도하기 어려운 조건이었다. 『백년여관』에서 무속적 세계가 전면화된 데는 광주 5·18민주화운동의 기억과 연결되어야 했던 다른 한국사의 비극들이 무속과 의례의 체계를 통해 대항기억을 형성했던 것이 한 원인이었다. 그러나 한편으로 무속과 의례의 세계는 임철우의 전작들에서도 자리하고 있었다.

---

26) 전쟁 중 집단적 죽음에 의해 조상신이 될 수 있는 죽음을 겪지 못한 망자의 자격을 회복하기 위해 양자를 들여 제사를 지내거나 망자혼사굿 같은 의례적 수단을 사용한 사례를 꼽을 수 있다(표인주, 「전쟁경험과 공동체문화」, 『전쟁과 사람들』, 한울아카데미, 2003, 154~166쪽). 망자에 대한 가족의례를 국가폭력 희생자의 사회적 자격을 회복하기 위한 의례적 수단으로 사용한 것은 한국만이 아니었다. 베트남 전쟁기 민간인 학살 사건을 연구한 인류학자 권헌익은 이처럼 근대적 폭력을 경험한 전통사회가 의례적 질서를 변형하여 비극적 역사에 대항하는 수단을 창안하는 양상이 나타나는 것을 전통공동체가 현대화되는 사례로 설명한다(권헌익, 『베트남전쟁의 유령들』, 박충환 외 옮김, 산지니, 2016, 178쪽).

27) 권헌익, 『또 하나의 냉전』, 이한중 옮김, 민음사, 2013, 129쪽.

28) 광주 5·18민주화운동과 제주 4·3, 거창 등 일부 사건을 제외하고는 본격적인 진상조사 작업이 이루어지지 못했으며, 국가 차원에서 종합적으로 과거사 사건들을 다루게 된 것은 2005년에 '진실화해를위한과거사정리위원회'가 설립된 이후였다.

임철우의 소설에서 '무덤'은 나주부대사건으로 대표되는 한국전쟁에 대한 기억을 환기하는 중요한 소재였다. 그의 등단작인 「개도둑」에서 객사한 아버지의 무덤은 가문의 선산에 위치할 수 없었으며, 그의 아들인 화자의 어린 시절 실수로 인한 산불과 갑작스러운 홍수 등으로 인해 훼손당하고 끝내는 사라진다. 이처럼 온전히 매장될 수 없는 아버지의 시신은 「아버지의 땅」에서 가매장된 좌익 아버지의 시신처럼 정치적 불온성으로 인해 박탈된 사회적 자격을 보여주는 서사적 장치였다.[29] 희생된 좌익이나 그 가족 등에 대한 국가의 매장 금지나 사라진 시신, 그리고 이러한 비극적 사건을 기억하게 하는 집단적 제사의 기억 등은 「곡두운동회」, 「아버지의 땅」, 『붉은 산 흰 새』 등 임철우의 주요 작품에서 반복적으로 등장했다. 그중 『붉은 산 흰 새』에서 반공주의적 기독교 세계관과 '낙일도'의 전통신앙의 상징물인 당집 사이의 대립 구도는 특히 주목할 필요가 있다.

『봄날』의 전작인 『붉은 산 흰 새』와 「붉은 방」에서 반공주의와 기독교는 친연적 관계로 재현된다. 한국의 기독교가 반공주의 전선에서 주요한 세력이었고, 또 월남민 중 상당수를 묶어내는 구심점으로 기능했었다는 사실을 고려할 때 이는 상당히 익숙한 도식일 수 있다. 하지만 주목할 점은 작품 속의 반공주의적 기독교가 무속을 공산주의만큼이나 위협적인 존재로 여기며 적대시한다는 사실이다.

마귀떼가 여러분들까지도 모두 눈뜬 장님으로 만들어버리고 만 때문입니다. 첫 번째, 눈에 안 보이는 마귀는 바로 공산주의, 빨

---

29) 김요섭, 「무덤 없는 자들ㅡ 임철우, 문순태 소설의 매장 모티프 연구」, 『현대문학이론연구』 제82집, 현대문학이론학회, 2020, 90~93쪽.

갱이 물이 든 사람들입니다. (중략) 달숙은 그 다음 두 번째, 눈으로 볼 수 있는 마귀의 정체에 대해 말했다. 그녀는 손을 들어 창밖을 가리켰다. 그러고는 바로 저 골짜기 건너 맞은편 산기슭에 있는 당집이야말로 마귀가 숨어 있는 소굴이노라고 외쳤다. 얼마나 많은 섬사람들이 아직도 하나님을 경멸하고 저주하고 침을 뱉으며 욕을 퍼붓고 있는가. 얼마나 많은 사람들이 당할머니라는 마귀를 섬기면서, 그곳에 제사를 지내고, 절을 하고, 소원 성취를 빌면서 하나님을 욕되게 하고 있는가고, 그녀는 앙칼진 목소리로 저주와 증오와 분노의 판결을 내렸다. (『붉은 산 흰 새』, 253~254쪽)

　신실한 기독교 신자인 '달숙'은 『붉은 산 흰 새』에서 반공주의 국가의 폭력을 대표하는 인물인 경찰 최달식의 여동생이다. 달숙은 그의 가족들만큼이나 광적인 반공주의자였다. 달숙은 낙일도 사람이 수백 년간 모셔온 당집을 불태우는데, 이는 이교도에 대한 종교적 반감에서 비롯된 것이 아니었다. 한국전쟁 중 월북한 것으로 알려진 낙일도 출신의 지식인 '조성태'가 1977년에 간첩으로 남파되고, 그를 붙잡기 위해 최달식과 경찰들이 섬에 포진한다. 그 과정에서 조성태 일가는 간첩 혐의로 붙잡혀간다. 이때 보도연맹원 출신이었던 '천진수'가 조성태의 지인이라는 이유로 경찰에게 붙잡혀가서 심문을 받고, 정보원으로 포섭된다. 오빠인 달식에게 이 사실을 듣게 된 달숙은 같은 교회 집사로 있으면서 연정을 품었던 천진수가 좌익이었다는 사실에 강한 혐오감을 느낀다. 그리고 그 '빨갱이' 천진수에 대한 욕망과 혐오로 몸부림치던 달숙은 계시를 받은 것처럼 당집을 바라보면서 "저 사탄의 소굴에 불벼락을 내리"(『붉은 산 흰 새』, 224쪽)겠다고 다짐한다. 당집을 향한 달숙의 적대감은 좌익에 대한 증오와 등치된다. 임철우의 소설 속에서 무속과 의례의 영역은 반공주의와 대립적 관계로 상상되어 온 것이다. 그리고 이 무속과 의례의 세계는 반공주의 국가가 은폐하고 망각하고자 했던 폭력적 과거사의 기억을 보존하고, 그 희생자의 삶을 복원하기 위한 대항담론장으로 기능했다. 『백년여관』에서 폭력적 과거사에 맞서는 무속의 위치는 이러한 역사적 맥락과 임철우 소설 안에서의 무속의 이미지가 결합한 결과였다.

4. 기억과 역사를 다시 쓰는 주체

『봄날』에 실려 있는 광주 5·18민주화운동 진행 과정을 정리한 연표는 1997년에 전두환과 노태우의 석방으로 끝을 맺는다. 민주화 직후 발표한 소설의 1부인 『붉은 산 흰 새』에서 시작했던 『봄날』의 작업은 쿠데타 세력의 수장인 전직 두 대통령이 석방되는 시기에 끝이 난다. 이는 민주화 이후 광주 5·18민주화운동에 대한 진상규명과 책임자 처벌의 과정이 형식적으로 일단락되는 시기였다. 여전히 밝혀져야 할 광주의 진실은 끝없이 산재해 있었으나, 광주의 정의를 바로 세우기 위한 사법적 절차는 종결되었다. 광주의 가해자들을 단죄하지는 못했지만, 그 과정에서 '5·18민주화운동 등에 관한 특별법'이 제정되면서 광주와 광주 시민들의 명예가 회복되었다. 그리고 이는 동시에 더는 광주의 기억이 국가의 공식기억에 맞서는 대항기억이 아니라, 한국사회가 공유하고 인정하는 사회의 공통기억으로 자리 잡았음을 의미한다. 바로 이 지점에서 『백년여관』에서 해결되어야 할 기억하기의 곤경이라는 문제가 발생한다.

『백년여관』에서 작가 이진우는 과거를 망각하는 이들에 맞서서 계속 소설을 쓰려고 한다. 하지만 광주의 기억이 민주화 이후 국가적 공식 기억으로 자리를 잡았고, 임철우가 『봄날』을 이미 완결한 시점에서 망각에 맞서는 글쓰기의 필요성이 더는 대중에게 명료하게 설명되지 않는다. 김영삼은 임철우의 『백년여관』은 기억과 망각의 틀만으로는 쉽게 설명될 수 없으며, 소설 속에서 강조되는 글쓰기의 행위란 주체로 하여금 '나-돌아보기'를 반복하게 하는 반성적 행위임을 주목해야 한다고 지적한다.[30] 그는 케이에 대한 이진우의 죄의식과 광주에 대한 케이의 죄의식이 그들이 글쓰기를 반복하게 하는 동기이지만, 이 글쓰기의 핵심은 증언 자체가 아니라 윤리적 주체가 '나-돌아보기'라는 반성적 행위를 지속할 수 있는가에 있다고 지적한다.[31] 이러한 입장은 서영채가 『백년여관』을 죄의식을 통한 윤리적 주체화의 과정으로 설명한 것과 같은 맥락이다. 『백년여관』에서 글쓰기는 작가가 타자를 공감하고 응대하는 윤리적 주체로 거듭나는 핵심적 방법이다. 그러나 이 글쓰기의 위력은 자기 내면세계를 만드는 일에 한정되지 않는다.

　김영삼과 서영채의 논의에서 임철우의 글쓰기는 작가가 윤리적인 주체로 거듭나기 위한 과정이었다. 이는 과거사에 대한 증언과 재현의 글쓰기만으로 해결할 수 없던 죄의식이 그의 소설과 결부되어 있기 때문이다. 그들의 논의 속에서 이 윤리적 주체가 타자와의 관계를 통해 획득하는 것은 개인의 윤리다. 그러나 주목해야 할 것은 『백년여관』 속 이진우의 위치가 완벽하게 임철우 개인과 동일시될 수 없듯이 영도라는

---

30) 김영삼, 「재현 너머의 5·18, '타자-되기'의 글쓰기-임철우의 "백년여관"을 중심으로」, 『한국문학이론과 비평』 제79집, 한국문학이론과 비평학회, 2018, 121~124쪽.
31) 김영삼, 위의 책, 127쪽.

공간과 그곳의 사람들 역시 온전히 타자가 아니라는 점이다. 앞서 살펴보았듯이 평일도가 영도로 재구성되는 과정에서 그 공간의 고유한 지역성을 일정 부분 해체하고 서로 다른 지역적 경험들의 통합이 이루어졌다. 한국현대사 100년을 아우르기 위해서 영도에는 평일도와는 다른 역사의 경계와 맥락이 부여되었다. 이는 임철우에서 이진우로, 박효선에서 케이로 인물이 전환되는 과정과 마찬가지다. 케이가 영도의 내부자가 되고 이진우가 영도의 외부자가 된 이 작은 변화는 실제의 임철우와 박효선 사이의 경계선을 새롭게 긋는다. 영도라는 공간 내부의 사람들의 관계성 역시 다르게 설정되면서 피해와 가해의 대립적 구도가 사라진다.『백년여관』속의 글쓰기는 윤리적 주체로 자신을 갱신하는 과정이지만 동시에 타인들이 서 있는 역사적 위치 역시 새롭게 재구성하는 일이기도 하다.

『백년여관』의 윤리성이 타자와 맺는 관계에서 주목해야 할 점은 타자와 자신이 맺은 관계를 재구성한다는 점이다. 광주 5·18민주화운동과 제주 4·3, 국민보도연맹원 학살이 별개의 사건이 아니라, 하나의 역사적 계보로 묶이는 것처럼 각기 다른 상처를 입은 이들이 영도에서 하나의 제의를 통해 상처를 극복해간다. 이렇게 연결된 타인들이 짊어진 것은 자기만의 죄의식일 수 없다. 김주선은 임철우의 초기 소설들에서 책임성이 강조되고 있음을 지적한다. 그에 따르면 임철우의 소설에서 구조적 폭력에 직간접적으로 연루될 수밖에 없었던 이들의 책임 문제가 반복해서 다루어지는데, 이는 적극적 동조가 아니더라도 묵인과 외면, 무지까지 포함한다.[32] 아이리스 매리언 영에 따르면 이러한 구조적 책임성은 전체 과정의 인과적 관계를 추적할 수 없고, 그래서 이 구조에

---

32) 김주선, 「임철우 초기 중·단편 소설연구」, 『인문학연구』 55, 인문학연구원, 2018, 249쪽.

참여한 개인은 자신이 저지른 잘못의 정도에 대응하는 책임을 질 수 없다. 그는 구조적 책임을 감당하는 방식은 부정의한 구조를 바꾸는 일이며, 이러한 변화의 책임은 그 구조의 피해자들 역시 공유하고 있다고 보았다.[33] 이처럼 구조적 책임을 짊어진 주체는 폭력의 구조를 바꿔야만 한다. 여기서 망각에 대한 임철우의 저항이 가지는 의미가 무엇인지 분명해진다.

김주선은 임철우의 소설 속에 등장하는 망각을 구조적 폭력에 연루되어 있는 자가 책임을 거부하기 위해 사용하는 전략이라고 지적한다.[34] 책임을 회피하기 위한 망각은 과거의 기억이 국가권력에 의해 말해질 수 없는 상태에 놓여 있는 것과는 다르다. 폭력적 과거사에 대한 기록과 재현, 증언에 어렵지 않게 접근할 수 있는 사회라 하더라도 대다수의 사람들은 이를 외면할 수 있다. 사회학자 스탠리 코언이 '문화적 부인(Cultural denial)'이라고 부른 외면과 망각은 국가에 의해 시작될 수도 있지만, 사회 안에서 문화적인 자생력을 가지고 확장하면서 인권침해가 지속되는 사회를 만들기도 한다.[35] 『백년여관』에서 이진우가 마주한 사회적 망각 역시 이와 다르지 않다. 망각을 강요하는 폭압적 반공국가가 종식된 뒤에도 "세상은 그해 봄을 그렇게 간단히 뭉뚱그려 치워내고 있"(291쪽)기 때문이다. 반공국가의 억압은 사라졌을지언정 문화적 부인이 지속되는 사회는 폭력이 언제든 반복될 수 있는 구조를 유지한다. 그렇다면 이러한 망각에 대항하는 주체에게 필요한 역량은 과거를

---

33) 아이리스 매리언 영, 『정의를 위한 정치적 책임』, 허라금 외 옮김, 이화여자대학교출판문화원, 2018, 195~200쪽.
34) 김주선, 앞의 책, 250쪽.
35) 스탠리 코언, 『잔인한 국가 외면하는 대중 : 왜 국가와 사회는 인권침해를 부인하는가』, 조효제 옮김, 창비, 2009, 64~65쪽.

기억하고 말하는 능력만이 아니라, 이를 통해 사회를 바꾸려는 의지다.

『백년여관』은 이진우가 다시 소설을 쓸 수 있는 주체로 회복되는 과정을 보여준다. 그의 글쓰기가 회복되는 과정에서 두 가지를 주목할 필요가 있다. 하나는 삼 년간 글을 쓰지 못했던 이진우가 다시 글을 쓰고자 하는 욕망에 사로잡힌 계기가 과거를 망각하려는 이들에 대한 강한 분노 때문이라는 점이다. 전쟁과 과거사에 대한 소설들이 이미 시효가 다했다는 작가와 평론가의 말에 이진우는 그 사건들이 "온 생애이거나 평생의 족쇄일 수밖에 없는 사람들"(22쪽)이 있다며 분노한다. 그때부터 소설 쓰기의 욕망이 되살아나고 자신을 영도로 부르는 환청이 들리기 시작한다. 이진우의 소설 쓰기는 사회적 망각과 부인의 문화에 맞서는 대척점에 서 있다. 두 번째 지점은 영도에서 이진우가 체험한 모든 역사적 사건과 고통의 기억이 그가 앞으로 소설로 쓰게 될 것이라 남겨져 있다는 사실이다. 『백년여관』의 화자의 목소리를 듣는 청자인 '당신'은 작중 소설가인 이진우다.[36] 청자 이진우는 등장인물로서 그의 행보에서는 경험할 수 없는 사건들과 이야기를 모두 들을 수 있었다. 그래

---

36) 『백년여관』의 주요한 서술전략으로 평가되는 '중음(中陰)'의 문제는 산 자와 죽은 자의 세계가 겹쳐져 있는 공간성을 보여준다. 이는 『백년여관』에서는 무당 조천댁을 통해서 연결되는 무속적 세계이기도 하지만, 동시에 청자로서의 작가가 듣게 되는 세계이기도 하다. 『백년여관』 속 중음의 세계는 무속적 외형을 취하고 있으나 동시에 소설가 주체에 의해 종합된다는 점에서 일반적인 무속적 대화의 구조와는 이질적이다. 무속에서 무당의 입을 통해 발화하는 망자의 목소리는 가족 등에게 자신에 대한 기억을 요청하면서, 집단 내 주변적인 이들의 소통채널에서 공식 기억의 외부에 있는 구술 문화적 특징을 가진다는 점(김성례, 『한국 무교의 문화인류학』, 소나무, 2018, 177쪽)에서 소설가 주체에 의해 기술되기 위해 종합되는 『백년여관』의 중음의 전개 방식과 구분된다. 소설가 주체가 핵심적 청자로 설정되어 있다는 점은 망자와 그 가족들 사이의 대화적 관계를 중시한 다른 무속 소재 소설들과 『백년여관』이 뚜렷하게 갈라지는 지점이다. 특히 비슷한 시기에 발표된 작품으로 '황해도 진지노귀굿'의 형식을 가져왔던 황석영의 장편 『손님』의 소통 구조와 비교한다면 그 차이는 더욱 분명해진다.

서 "소설은 당신의 머릿속에 거의 완벽하게 정리되어 있고, 이젠 그것을 문장으로 옮기는 작업만 남아 있을 뿐"(377쪽)이다. 『백년여관』에서 재현된 모든 사건들은 소설가 이진우에 의해서 다시 쓰여야만 한다. 이는 『백년여관』에서 나타난 역사의 계보화 작업이 글쓰기의 주체에 의해 앞으로 수행되어야 할 과제로 주어진다.

『백년여관』에서 이진우가 글쓰기의 주체가 되어가는 과정은 사회적 망각에 대항해서 '백년여관'으로 모여든 그 모든 국가폭력의 역사적 계보를 그가 다시 쓸 수 있는 역량을 획득하는 것이다. 랑시에르는 "모든 주체화는 탈정체화이고, 어떤 장소의 자연성에서의 일탈이며, 아무나 자기 자신을 셈할 수 있는 주체의 공간의 개방"[37]이라고 규정한다. 주체화가 탈정체화인 까닭은 사회가 고유한 질서를 통해 그어놓은 삶의 경계로 인해서 정해진 볼 수 있는 것과 볼 수 없는 것의 나눔을 새롭게 할 수 있는 것이 주체의 힘이기 때문이다. 주체는 그를 정체화해놓은 사회의 경계를 새롭게 나눌 수 있는데, 이는 자신뿐 아니라 공동체 자체를 변화시키는 정치를 실행한다.[38] 주체로서 이진우의 역할은 자기 자신을 회복할 뿐 아니라, 영도에 모여든 사람들과 역사적 사건들의 관계를 새롭게 나눈다. 이를 통해 개별의 사건과 경험들이 백 년의 역사적 계보로 묶일 수 있다. 그렇기에 『백년여관』에서 주체의 글쓰기는 사회의 나눔을 새롭게 하면서 기성의 사회적 질서, 인식과 경합한다.

『백년여관』에서 계보화된 폭력적 역사와 이를 망각하려는 사회의 경합은 소설의 후반부에서 동시적으로 진행된 두 개의 의례를 통해 확인된다. 무당인 조천댁은 백 년 만에 혼령들이 해방될 수 있는 일식을 맞

---

37) 자크 랑시에르, 『불화』, 진태원 옮김, 길, 2015, 73쪽.
38) 자크 랑시에르, 『정치적인 것의 가장자리에서』, 양창렬 옮김, 길, 2013, 225쪽.

이해 위령의 굿판을 준비한다. 그런데 같은 시각에 영도 역사상 최대 규모의 축제가 열리는데 영도항 신부두 공사를 축하하기 위해서다. 망자에 대한 위령의 의례와 지역개발을 위한 축하의 의례가 동시적으로 진행되고, 위령굿이 끝나고 자유를 찾은 혼령들이 떠나며 빛나는 작은 불빛은 축제에서 터뜨린 폭죽의 굉음과 불빛에 가려진다. 정명중은 조천댁의 굿이 가졌어야 할 의례적 완결성이 축제에 의해 침해받았다는 사실을 지적하면서, 이를 "역사의 반복과 야만을 떠올리기 충분한 불길하고 흉한 조짐"으로 읽어낸다.[39] 이 두 의례의 대립은 축제의 소음과 빛 때문에 의해서만 발생하지 않는다. 오히려 신부두 공사로 상징되는 개발주의가 임철우의 소설 속 국가폭력과 깊게 관련되어 있기 때문이다.

영도항 신부두 공사로 상징되는 개발주의는 하나의 사회적 기획이다. 이는 폭력의 역사를 망각해온 사회를 변화하게 하려는 위령의 굿판과 새로운 사회의 모습을 두고 경합한다. 『봄날』을 완결한 직후 임철우가 발표한 자전소설 「낙서, 길에 대하여」에서는 그가 거주하는 신도시의 인공적이고 직선적인 공간성에 대한 강한 반감을 토로하면서 이야기를 시작한다. 임철우는 직선과 직각이 "언제나 뭔가를 지시하고, 명령하고, 구속하고, 규제하고 억압하고, 규격화시키고, 획일화시키려는 음흉한 의도를 지니고 있다."면서 "그것들에게서는 폭력과 독재와 파시즘의 냄새가 은밀하게 풍긴다."[40]고 말한다. 이러한 폭력적인 직선성은 그의 해안가와 논둑, 돌담벽같이 고향의 공간성과 대비된다. 「낙서, 길에 대하여」의 서두에 등장하는 직선에 대한 임철우의 강력한 반감을 주목해

---

39) 정명중, 「지속의 시간 그리고 고통의 연대- 임철우의 "백년여관"론」, 『작문연구』 제 12집, 한국작문학회, 2011, 134쪽.
40) 임철우, 「낙서, 길에 대하여」, 『문학동네』 봄호, 문학동네, 1998, 210쪽.

야 하는 것은 이 자전소설이 『백년여관』에 등장하는 핵심적 사건들을 다루고 있기 때문이다. 직선에 대한 비판에 뒤이어서 임철우는 자신이 친구 박효선을 광주에서 몇 번이고 외면했던 일에 대한 죄책감을 토로하는데, 이는 『백년여관』에서 이진우와 케이의 서사의 모티브가 된 이야기이기도 하다. 직선에 대한 반감과 광주에 대한 기억이 겹쳐 있는 장면은 80년대 임철우의 초기 단편에서도 확인할 수 있다.

임철우의 1984년작 단편 「직선과 독가스」에서 광주에 대한 만평을 그린 것으로 추정되는 만화가인 '그'는 광주에 대한 죄의식을 사회에 퍼져 있는 독가스 냄새로 맡게 된다. 그가 겪는 증상은 독가스 냄새를 맡는 환후幻嗅만이 아니다. 그는 독가스 냄새를 맡게 된 이후부터는 직선을 그리지 못하게 된다. 그에게 직선이란 "세상의 모든 사물을 추호의 의심도 없이 두 쪽으로 날렵하고도 완전하게 갈라 놓는 바로 그 강력하면서도 단호한 선"[41]이다. 「직선과 독가스」에 나타난 직선의 속성은 「낙서, 길에 대하여」의 "지시하고, 명령하고, 구속하고, 규제하고 억압하고, 규격화시키고, 획일화시키"는 직선과 같다. 「직선과 독가스」의 직선은 광주에서의 만행을 자행하고 억압적 사회를 만든 폭력적 국가권력의 속성을 반영한다. 그런데 직선을 국가권력의 속성으로 본 것은 임철우만이 아니었다. 건축가 '르코르뷔지에'에게 직선은 인간 이성을 상징하는 것이었으며, 그의 대규모 도시개발의 정신은 직선과 그 직선에 의해서 명확하게 분절된 공간적 분할을 의미했다.[42] 직선을 통한 도시 공간의 분할은 사회의 전통과 자율적 주체를 인정하지 않는 계획의 독재였다. 르코르뷔지에의 직선적 도시개발의 철학은 제임스 C. 스콧이 '하이

---

41) 임철우, 「직선과 독가스」, 『그리운 남쪽』, 문학과지성사, 1985, 136쪽.
42) 제임스 C. 스콧, 『국가처럼 보기』, 전상인 옮김, 에코리브르, 2010, 173~177쪽.

모더니즘'이라 명명한 근대적 세계관을 대표한다. 하이 모더니즘은 과학적·기술적 진보에 대한 신념을 통해 사회를 합리적으로 조직화고 관리하고자 하는 근대적 기획이었으며, 근대국가는 이를 통해 "새로운 사회를 만들기 위한 포괄적인 '처방'"을 강요할 수 있었다.[43] 스콧은 하이 모더니즘을 근대국가의 개발주의뿐 아니라 공산주의의 혁명론, 식민주의와 홀로코스트 같은 국가폭력에서 공통적으로 발견되는 근대성으로 설명한다.[44] 직선적 공간의 구조화와 이를 통해 실행되는 개발주의는 새로운 사회에 대한 전망을 독점하는 근대국가와 하나의 이미지로 겹쳐진다. 한국사회의 하이 모더니즘은 식민지 경험과 냉전 세계질서의 교차 속에서 권위주의 국가의 내적 질서로 자리했다. 사회학자 한석정은 박정희 체제와 같은 권위주의 정권의 개발주의적 성격의 역사적 기원으로서 만주국의의 사례를 주목하면서, '하이 모던'의 경향이 식민지 경험을 통해서 한국에 확산되었음을 지적한다.[45] 한석정은 모던과 하이 모던의 영향은 식민지기에 끝나지 않고, 냉전기에 더욱 치열하게 서구 모더니즘 간의 경쟁이 전개되었다고 지적한다.[46] 냉전기 서구 모더니즘의 대립은 각자의 국가가 발전시킨 근대성의 논리를 통해서 세계질서와 국가들을 재구성하려고 했던 미국과 소련의 경합, 그리고 서구적 근대성을 통해 국가를 재편하려는 신생 독립국의 엘리트 집단에 의해 전개되

---

43) 제임스 C. 스콧, 위의 책, 147쪽.
44) 이러한 스콧의 관점은 홀로코스트와 제노사이드 같은 극단적 국가폭력이 그 내적 원리에서는 사회공학의 기술과 구분되지 않는다는 지그문트 바우만의 연구와 유사한 입장을 보인다(제노사이드를 근대국가의 사회공학으로 설명하는 논의는 지그문트 바우만, 『현대성과 홀로코스트』, 정일준 옮김, 새물결, 2013 참조). 스콧 역시 하이 모더니즘을 설명하는 자신의 책에서 이러한 바우만의 논의를 참조했다.
45) 한석정, 『만주 모던』, 문학과지성사, 2016, 44~45쪽.
46) 한석정, 위의 책, 53쪽.

었다.[47] 한국의 반공주의 개발국가 역시 이러한 하이 모더니즘의 경향을 반복했다. 하이 모더니즘을 상징하는 직선적 세계는 식민지와 개발독재, 냉전을 가로지르며 반복되고, 또 다른 개발의 이름으로 다시 나타날 수 있는 위협의 표지였던 셈이다. 그렇기에 『백년여관』에서 위령굿은 임철우의 전작들에서 나타난 직선적 세계, 개발주의와 국가폭력을 관통하는 하이 모더니즘과 충돌한다.

하이 모더니즘을 상징하는 직선의 세계는 자신과 사회를 새롭게 갱신하려는 주체와 대립한다. 글쓰기의 주체는 자신뿐 아니라 사회를 새롭게 나누고자 하지만, 직선의 세계는 독단적으로 특정한 사회적 경계를 강제하기 때문이다. 『백년여관』에서 개발주의와 무속의 의례가 출동하는 장면은 과거사 진상규명이 법적 처벌의 단계를 지나간 이후 폭력적 과거사의 기억이 어떤 정치적 상상력과 연결되어 있는가를 보여준다. 과거사 문제의 해결을 넘어서 폭력적 구조가 반복되지 않을 사회를 만들어야 하는 이행기 정의의 과제는 새로운 사회와 역사의 관계를 구성할 수 있는 주체를 요구한다. 그리고 『백년여관』에서 광주 5·18민주화운동을 매개로 한국현대사 100년의 비극의 계보를 만들어내는 글쓰기의 주체는 바로 이러한 정치적 상상력과 연결되었다.

---

47) 냉전기의 대립, 특히 탈식민 신생 독립국들이 경험했던 냉전의 과정 속에서 서구 모더니즘 간의 경쟁 양상을 잘 보여주는 연구로는 오드 아르네 베스타의 『냉전의 지구사』(옥창준 옮김, 에코리브르, 2020)가 대표적이다. 베스타는 제임스 C. 스콧의 '하이 모더니즘' 개념을 주요한 분석의 틀 중 하나로 삼아서 냉전기 미국과 소련, 제3세계의 움직임을 설명했다. 또한 냉전기 반공주의적 한국사회에 강력한 영향을 끼쳤던 미국의 냉전기 대외 정책을 반공 이데올로기로서의 '근대화'라는 모델로 설명하는 마이클 레이섬의 『근대화라는 이데올로기』(권혁은 외 옮김, 그린비, 2021) 역시 한국사에서 하이 모더니즘과 냉전, 반공주의가 깊이 연관된 경험임을 보여주는 연구로 참조할 만하다.

5. 맺으며

　『백년여관』은 오월의 소설가였던 임철우가 『봄날』 이후의 새롭게 자신의 소설세계를 갱신할 수 있게 한 작품이었다. 임철우는 『백년여관』을 통해서 그의 문학적 원체험이었던 나주부대사건과 광주 5·18민주화운동을 한 편의 작품 안에서 연결하고자 했던 노력의 결실을 맺을 수 있었다. 『백년여관』을 통해 형성된 임철우의 후기 소설의 성격은 이후 「연대기, 괴물」이나 『돌담에 속삭이는』과 같은 최근의 작업에서도 이어지고 있다. 광주 5·18민주화운동을 중심으로 폭력적 과거사를 계보화하는 작업은 「연대기, 괴물」에서는 가해의 역사를 연속적으로 묶어내는 방식으로 확장되었다. 무속적 세계와 환상성을 통해 비극적 역사를 바라보는 '무당으로서의 소설가'의 시선은 『돌담에 속삭이는』에서는 제주 4·3의 상처를 어루만지는 손길이 되었다. 이처럼 『백년여관』은 임철우의 소설에서 중대한 전환점이었지만 동시에 그의 오랜 문학적 고민의 연장선에 있는 작품이기도 하다.

　『백년여관』이 전작들과 가장 극명하게 대비되어 보였던 환상성은 한국전쟁기의 문제들에 대한 작품에서 주요한 모티프였던 무덤과 매장의 의례, 그리고 이를 대표하면서 국가의 금지에 맞서는 무속적 세계를 재현하기 위한 핵심적인 전략이었다. 무속과 구술의 세계는 당시 공적기록을 통해 진상규명이 이루어지지 않은 대다수의 과거사 사건들에서 대항기억을 형성하는 공론장을 이루고 있었다. 무속적 세계는 이러한 사건들과 광주 5·18민주화운동의 역사를 연결할 수 있는 공통의 언어였다. 이를 통해서 형성된 역사적 계보는 반공국가가 만들었던 사회적 경계를 새롭게 나눌 수 있는 정치적 가능성을 내포하고 있었다. 『백년여관』 속의 소설가는 국가권력이 만들어 놓은 역사의 경계를 넘어서 폭력의 역사를 연대와 회복의 과정으로 구성할 수 있는 사회적 관계를 새롭게 형성한다. 임철우의 전작들에 그림자를 드리웠던 반공국가의 직선적 세계에 맞설 수 있는 문학적 논리를 만들어내는 과정이 그동안 충분히 조명받지 못했던 『백년여관』의 중요한 성과였다.

임철우가 『봄날』 이후 『백년여관』을 써야만 했던 데는 그의 문학적 여정뿐 아니라 과거사를 해결하기 위해서 한국사회가 밟아온 이행기 정의의 과정과도 연결되어 있었다. 국가폭력에 대한 사법적 처벌이 가해자에 대한 사면으로 불가능해진 상황에서 광주에 대한 기억은 새로운 접근이 필요해졌다. 임철우는 광주의 기억을 한국사의 다른 비극들을 가시화하는 매개로 발전시킴으로써 과거를 망각하지 않고 새로운 사회적 관계를 상상할 수 있게 했다. 그러나 한편으로 가해와 피해가 중첩된 사회적 관계의 갈등을 피해자의 서사로 통합하는 재현의 양상은 많은 아쉬움을 남긴다. 임철우는 피해자를 단순한 희생자로 남겨두지 않고, 오히려 역사의 계보를 써낼 수 있는 주체로 거듭나게 했다. 그러나 피해자 정체성의 강조는 『붉은 산 흰 새』의 월북한 좌익 지식인의 '조성태'의 경우처럼 탈이념적인 피해자상에 부합하지 않는 이들을 재현하는 데 분명한 한계를 보였다. 이는 같은 시기 소설가 김원일이 이행기 정의 국면을 통해 이념적 재현의 한계를 점차 벗어나, 좌익 지식인을 해방기 한국사회를 만들어갈 다른 상상력을 가진 주체로 형상화한 것과 비교할 때 분명 많은 아쉬움을 남긴다. 『봄날』 이후 임철우가 『백년여관』의 세계를 만들어가는 과정에서 얻은 성과와 한계는 오월문학이 이룬 성취뿐 아니라 도래할 오월문학이 도달해야 할 지점이 어디인가를 가늠하게 해줄 것이다.

— 광주전남작가회의 〈오월문학 심포지엄〉 자료집, 2021.

참고문헌

1. 기본자료

임철우, 「직선과 독가스」, 『그리운 남쪽』, 문학과지성사, 1985.
_____, 『붉은 산 흰 새』, 문학과지성사, 1990.
_____, 「낙서, 길에 대하여」, 『문학동네』 봄호, 문학동네, 1998.
_____, 『백년여관』, 문학동네, 2017.

2. 국내논저

김동춘, 『이것은 기억과의 전쟁이다』, 사계절출판사, 2013.
김성례, 「제주 무속」, 『종교신학연구』 4권, 서강대학교 신학연구소, 1991.
_____, 「근대성과 폭력-제주 4·3의 담론정치」, 『근대를 다시 읽는다 2』, 역사비
        평사, 2006.
김영삼, 「재현 너머의 5·18, '타자-되기'의 글쓰기- 임철우의 "백년여관"을 중심
        으로」, 『한국문학이론과 비평』 제79집, 한국문학이론과 비평학회, 2018.
김 원, 「1950년 완도와 1980년 광주 : 죽음과 기억을 둘러싼 현지조사」, 『구술사
        연구』 3권 2호, 한국구술사학회, 2012.
김요섭, 「무덤 없는 자들- 임철우, 문순태 소설의 매장 모티프 연구」, 『현대문학이
        론연구』 제82집, 현대문학이론학회, 2020.
김윤식, 「6·25와 우리 소설의 내적 형식」, 『현대문학』 6월호, 한국문학사, 1985.
_____, 「6·25전쟁문학- 세대론의 시각」, 『문학사와 비평』 1집, 문학사와 비평학
        회, 1991.
_____, 「우리 문학의 샤머니즘적 체질 비판 : 세 가지 도식과 관련하여」, 『운명
        과 형식』, 솔, 1992.
김정한, 임철우, 「역사의 비극에 맞서는 문학의 소명」, 『실천문학』 겨울호, 실천문

학사, 2013.

김주선, 「임철우 초기 중·단편 소설 연구」, 『인문학연구』 55, 인문학연구원, 2018.

권명아, 『한국전쟁과 주체성의 서사 연구』, 연세대학교 대학원 국어국문학과 박사 학위논문, 2002.

서영채, 임철우, 은희경, 「임철우 은희경, 고향에 가다」, 『문학동네』 봄호, 문학동 네, 2005.

서영채, 『죄의식과 부끄러움』, 나무나무, 2017.

손미란, 「5월 18일까지의 시간과 공간, '봄날'의 정치학- 임철우의 장편소설 "봄 날"을 중심으로」, 『어문학』 142, 한국어문학회, 2018.

_____, 「유산되는 상처, 유산되는 트라우마」, 『인문연구』 82호, 영남대학교 인문 과학연구소, 2018.

오성찬 채록, 『한라의 통곡소리』, 소나무, 1988.

이재승, 「이행기의 정의」, 『법과사회』 22집, 법과사회이론학회, 2002.

정명중, 「지속의 시간 그리고 고통의 연대- 임철우의 "백년여관"론」, 『작문연구』 제12집, 한국작문학회, 2011.

제주 4·3연구소, 『이제사 말햄수다』 1, 도서출판 한울, 1989.

최철영, 「한·일 과거사 청산과 이행기 정의 개념의 적용」, 『성균관법학』 제23권 2 호, 2011.

표인주, 「전쟁경험과 공동체문화」, 『전쟁과 사람들』, 한울아카데미, 2003.

한석정, 『만주 모던』, 문학과지성사, 2016.

한성훈, 『가면권력』, 후마니타스, 2014.

한순미 「주변부의 역사 기억과 망각을 위한 제의- 임철우의 소설에서 역사적 트 라우마를 서사화하는 방식과 그 심층적 의미」, 『한국민족문화』 38, 부산 대학교 한국민족문화연구소, 2010.

현기영 외, 『기억과 기억들』, 씽크스마트, 2017.

3. 국외논저

권헌익, 『또 하나의 냉전』, 이한중 옮김, 민음사, 2013.

_____, 『베트남전쟁의 유령들』, 박충환 외 옮김, 산지니, 2016.

마이클 레이섬, 『근대화라는 이데올로기』, 권혁은 외 옮김, 그린비, 2021.

스탠리 코언, 『잔인한 국가 외면하는 대중 : 왜 국가와 사회는 인권침해를 부인하
          는가』, 조효제 옮김, 창비, 2009.

아이리스 매리언 영, 『정의를 위한 정치적 책임』, 허라금 외 옮김, 이화여자대학
          교출판문화원, 2018.

오드 아르네 베스타, 『냉전의 지구사』, 옥창준 옮김, 에코리브르, 2020.

자크 랑시에르, 『정치적인 것의 가장자리에서』, 양창렬 옮김, 길, 2013.

_____, 『불화』, 진태원 옮김, 길, 2015.

조지 L. 모스, 『전사자 숭배』, 오윤성 옮김, 문학동네, 2015.

지그문트 바우만, 『현대성과 홀로코스트』, 정일준 옮김, 새물결, 2013.

제임스 C. 스콧, 『국가처럼 보기』, 전상인 옮김, 에코리브르, 2010.

■ **김요섭** 문학평론가. 박사학위 논문으로 「한국 이행기 정의 국면의 제노사이드 문학연구」를 집
필. 역사적 기억과 소설적 재현의 문제를 공부하고 있음. 신동엽문학상 수상.

4부

시는 여전히 물음이 될 수 있을까

―『오월문학총서』(2024) 시 부문 해설

정민구

> 오월문학에서 '노래'는 언어 너머의 공백을 보존하면서 증언의
> 영역을 열어놓는 불가능한 언어의 형식이다. 그리고 형식이 사람
> 보다 강한 법이다. 더 많은 형식이 복수하게 하라.[1]
>
> ― 김형중, 「총과 노래: 2000년대 이후 오월소설에 대한 단상들」에서

2012년에 출간된 『5월문학총서』 시편에는 총 169명의 시인들의 이름과 그들의 시 208편이 수록되어 있다. 오월 광주를 노래하(려)는 수많은 시인들과 조우하고 방대한 분량의 시편들을 죄다 읽은 뒤, 평론가 황현산은 소감을 밝히는 글의 끝을 이렇게 맺는다. 오월 광주를 노래하(려)는 "시인들은 역사 속에서 시적 자아의 자리를 정립해야 했으며, 한 사회의 가장 깊은 곳과 자아의 가장 내밀한 곳이 어떤 목소리를 지녔는

---

1) 김형중, 「총과 노래」, 『무한텍스트로서의 5·18』, 문학과지성사, 2020, 365쪽.

가를 끊임없이 물어야 했다. 그리고 이 질문은 여전히 계속된다."[2] 한 평론가가 남겨둔 '여전히 계속되는 질문'에 대한 끊임없는 응답의 시도로서 오월 광주를 노래하(려)는 시인들과 그의 작품들이 2024년 『5월문학총서』 시편에 새롭게 수록되었다. 분명한 사실은 여전히 시인들은 오월 광주와 관련하여 자신의 '개성적인' 목소리를 발화하기 위해 고군분투하고 있으며, 그 과정에서 산출된 시의 내용과 형식은 풍요와 이채를 보다 더해가고 있다는 점이다. 오월 광주, 그날로부터 40여 년이 지난 지금 여기에서도 여전히 저 질문은 유효한 것으로 남아 있으며, 여전히 응답의 시도 또한 지속되고 있다는 것, 이 글은 그렇게 오월 광주를 노래하(려)는 시인들의 그칠 줄 모르는 지난한 시적 여정에 대한 한 장면을 기록하기 위한 차원에서 다만 씌어졌을 뿐이다. 그렇기에 이 글은 '여전히 계속되는 물음'을 염두에 두고, 새롭게 묶인 오월 광주의 시편들을 목전에 두면서, 한 권의 책으로서 역사적 운명을 짊어지(려)는 시들에 대한 긴 기록을 미루어 둔 채, 눈에 밟힌 시들에 대한 짧은 기록으로 순순히 읽힐 줄 안다.

봄을 앓는 남도 자락
무등산 옆구리에
접어둘 게 무예 많아
깎아지른 저 서석대

돌 첩첩
시름도 첩첩

---

2) 황현산, 「광주 5월시의 문학사적 위상」, 『5월문학총서4- 평론』, 문학들, 2013, 50쪽.

제 살을 발라냈다

온 산에 꽃불 번져
등뼈까지 이글대고
잊혀진 전설로도
몸살을 앓고 있는

바람도
시든 고랑에
봄꽃 향을 사른다

– 정용국, 「첩첩 무등(無等)」 전문

    시인은 근원적 통일성에 관한 시의 본령을 떠올리고 있는 것처럼 보인다. 대상/세계와 기필코 분리되어 있지 않(으려 하)는 감각적 의식, 혹은 의식적 감각이 그것이다. 깎아지른 시름, 돌기둥이 첩첩 봄을 앓는 '남도의 무등산'은 오월 광주를 노래하(려)는 시에서 이미 하나의 상징적 대상에 해당한다. 이글대며 번지는 봄의 꽃불과 잊혀진 전설, 아니 잊히면서 번져가는 전설로 몸살을 앓는 '무등산' 또한 오월 광주를 노래하(려)는 시에서 이미 하나의 상징적 세계에 해당한다.

    그런데 '무등산'이라는 익숙한 상징적 대상/세계를 호명하면서 시인은 자신의 존재를 감춘다. 그럼으로써 시적 언어가 발화하는 순간 필연적으로 발생하게 되는 시적 언어와 대상/세계 사이의 분열을 지연시킨다. 시인은 대상/세계를 자신이 고안한 시적 언어로 주조해 보려는 대신 무등산과의 근원적 통일성을 이루어 보려는 길을 택한다. "시든 고랑"을 지나가던, 곧 희미해진 (광주의 기억, 그) 기억의 주름―골짜기를

정민구·시는 여전히 물음이 될 수 있을까   377

지나가던 "바람"조차도 그것의 "시름"과 "전설"을 기려 "봄꽃 향"을 사르지 않을 수 없다는 언술은, 그러므로 오월 광주에 대한 시인의 관념을 의식적으로 드러내려는 발화로 들리기보다는 대상/세계 안에서 대상/세계 자체에 의해 자연적으로 발화發話/發話되고 있는 것으로 여겨진다. 첩첩의 서석대는 광주의 갈비뼈, 등허리로 이어지고, 다시 광주의 주름, 골짜기로 연결된다. 시인은 광주를 노래하면서 자신이 담고 있던 오월에 대한 기억, 그리고 그것에 대한 망각의 회한을 '부끄러움'이나 '죄책감'의 언어를 끌어다가 토로하는 형식이 아니라, '봄-무등-서석대'의 이미지를 서로 연결하여 기억과 회한을 형상화함으로써 대상/세계와 하나로 융화하는 형식을 택한다. 이는 오월 광주에 대한 익숙한 노래를 어떻게 새롭게 변용할 것인가라는 지난한 물음에 대한 답을 모색하려는 시도로서 의미가 있다.

물론 오월 광주를 노래하(려)는 시는 새로워야 하고 달라져야 한다는 의식에 입각한 변용의 모색은 그것을 시도하는 자체에 의미가 있다. 그러나 그러한 시도가 이전의 노래의 형식을 송두리째 배제하는 방식으로 개진될 필요는 없어 보인다. 주지하다시피 오월 광주에 관한 진실과 감각은 오늘날에도 여전히 해방되지 못한 채로 남아 있기 때문이다. 그러므로 여전히 우리는 이전의 형식을 품으면서, 그것이 담고 있는 진실과 감각의 해방에 관해 더 잘 노래할 수 있는 방식을 모색하지 않을 이유가 없다. 말하자면, 시인은 '빨갱이'라는 여전히 해방되지 못한 낙인에 대해 다음과 같은 여전한 형식으로, 그러면서도 새로운 방식으로 노래하지 않을 수 없는 것이다.

그럼요, 어머님. 당장 가셔야지요. 하지만 총보다 무섭다는 빨갱이라는 손가락질, 그 철벽부터 우선 깨라는 말씀이시지요. 생각

의 자유 도려내는데 어찌 평화겠어요. 떠올리기만 해도 끔찍하네
요. 오금저립니다. 차라리 어머님. 우리가 먼저 박차고 나갈까요.
영령조차 가로막는 모든 굴레 부숴버리라고. 날선 감시에 베이고
찢기더라도

훨훨 나는 저 두루미들처럼
앞으로 앞으로.

- 정우영, 「훨훨」 부분

오월 광주에서 '그들'은 무서운 총을 들었다. 그리고 또 다른 '그들'은
무섭게 총을 회수했다. 무서운 총을 든 '그들'과 무섭게 총을 회수한 '그
들'은 동일한 형식이면서 동시에 상이한 형식이기도 했다. 동일한 것이
면서 상이한 것이라는 역사적 모순은 분명해야 할 증언의 언어, 그 공
간을 외려 텅 비어 있게 만들었다. 말하자면 무서운 일에 대한 증언의
자리가 일종의 공백으로서 남겨지게 된 것이다. 그러나 아이러니하게
도 지금, 저 공백의 자리를 가득 채우고 있는 것은 어쩌면 무서운 '총'의
증언보다 더 무서운 '빨갱이'라는 낙인일지도 모른다. 오월 광주에서 '그
들'은 총보다 더 무서운 낙인을 쏴버렸고, 회수되지 않은 낙인은 또 다
른 '그들'의 몸에 철석같이 박혀버렸다. 그로부터 지금까지 무서운 총의
진실이 규명되기가 무섭게, 더 무서운 낙인의 거짓이 진실의 규명과 증
언의 언어를 철벽같이 가로막아 왔던 것이다. 그렇다면 지금 여기에서
오월 광주를 노래하(려)는 시인에게 무엇보다도 먼저 긴요한 것은, 바
로 여전히 오월 광주에서 산화한 진실의 해방과 오월 광주에서 체득한
감각의 자유를 가로막는 저 낙인의 철벽, 저 낙인의 굴레를 박차고 "훨
훨" 날아갈 수 있는 새로운 비상飛上/非常의 몸짓, "앞으로 앞으로" 나아

가려는 새로운 전위의 감각에 대해 사유하고 노래하는 일이 될 것이다.

그날 밤은 무슨 아름다움이었다

놀라운 것은
윤상원의 총은
단 한 발도 쏜 적 없이
총탄 장전 그대로
방아쇠 당긴 적 없이
오는 죽음을 그대로 맞아들였다

윤상원의 총은 총이 아니라
5월의 상징
5월 광주 의미 그것
그것은 끝까지 쏴버리지 않은 아름다움이었다 바다 파도였다

― 고은, 「바다 파도」 부분

짐짓 오월 광주를 노래하(려)는 시인이 반드시 처절한 사유의 대상
으로 삼아야만 하는 것은 손에 잡히지 않는 관념뿐만이 아니다. 그것은
손에 잡히는 사물이어도 무방하다. 단 그럴 때에도 사물을 향한 사유의
형식이 관념을 향한 처절함과 등가를 이루는 한에서다. 그런데 무엇보
다도 먼저 처절한 사유의 대상이 되어야만 하는 사물, 그 중심에 다른
것이 아닌 '총'이 놓여 있다면 어찌할 것인가? 총과 관련하여 흥미로운
언급이 이루어진 한 대목을 맞아들여 본다. "총의 소지를 수락한다는
것은 국가 전체를 부인한다는 의미이고, 그것을 거부한다는 것은 설사

시민을 학살한 국가라고 하더라도 그 국가의 권위를 어떻게든 인정한다는 의미이다… 해방광주 기간 내내 총기 반환이 시민군 간 내부 갈등의 가장 중요한 쟁점이었다는 사실은 그런 의미에서 의미심장하다. 절대공동체는 확실히 총 때문에 성립 가능했고, 동시에 바로 그 총 때문에 최초의 위기를 맞았던 셈이다."[3] 총은 무엇인가를 성립하게 하고, 무엇인가를 해체하게 한다. 그런 점에서 총은 모순적이며 이중적인 사물이다.

모순적이며 이중적으로 회자될 운명에 처한 '만인보'의 클리셰를 적어도 감당할 수 있다면, 「바다 파도」는 총의 속성과 함께 사유할 수 있는 시로 읽힌다. 몇 개의 물음이 저 총이라는 사물이 놓인 맥락을 추정하게 하고, 동일하게 몇 개의 물음이 또한 저 총이라는 상관물에 결부된 시적 사유를 촉발하게 한다. 몇 개의 물음의 형식은 이렇다. "오월 광주에서 총이란 무엇인가?", "총을 든 윤상원은 왜 총을 쏴버리지 않은 것인가?", "윤상원의 총은 어떻게 오월 광주의 상징이 될 수 있는가?" 이러한 몇 개의 물음을 통해 총이 놓인 맥락과 총에 대한 시적 사유를 펼쳐가는 여정 속에서 시인은 마침내 단 하나의 물음의 형식과 마주하게 된 것으로 보인다. "그날 밤은 무슨 아름다움이었다… 그것은 끝까지 쏴버리지 않은 아름다움이었다"는 시적 발화가 환기하고 있는 물음, 즉 '오월 광주에서 우리가 발견한 아름다움이란 과연 무엇인가'라는 물음이 그것이다. 시인이 촉발한 물음을 따를 때, 우리는 '무엇이라고 절대적으로 규정할 수 없는' ("무슨", "끝까지 쏴버리지 않은") 아름다움의 정동이 발생한 오월 광주의 대상/세계를 '절대공동체'로 인식해야 하는 것인지 아니면 '바다 파도'로 인식해야 하는 것인지에 대한 사유를 다시 시작하지 않을 방도가 없어진다.

---

3) 김형중, 「총과 노래」, 『무한텍스트로서의 5·18』, 문학과지성사, 2020, 348쪽.

오월 광주를 노래하(려)는 시인이 시적 대상/세계에 대한 인식적 (재)사유를 피할 수 없는 것과 마찬가지로 오월 광주를 노래하(려)는 시인은 필연적으로 자신의 내밀한 시적 자아와 (재)대면하지 않을 수 없다.

> 사실, 한 생 시를 쓰는 이유가 당신을 위한,
>
> 당신에게 보내는 모르스였다는 것
>
> 이 사실을 당신만 모르고 모두 안다
>
> 그러나 당신은 누군지 어디 있는지 이제 누가
>
> 5월 너머 5월에서 핏빛 답신이라도 보내주면 좋겠다
>
> — 박철, 「사랑하면서도− 길 잃은 혁명에게」 부분

시인의 곁에는 (혹은 시인의 '내밀한 속내'에는) "길 잃은 혁명"이 자리하고 있다. 시인은 잃어버린 혁명의 길을 노래하려 한다. 잃어버린 길이거나 잊어버린 혁명이거나 그것이 사랑에 정초한 것이라면 그 노래는 어떤 곳("누군지 어디 있는지")을 향해도 상관이 없을 것이다. 오로지 오월 광주를 향한 노래, 바로 사랑하는 대상의 답신을 받기 위한 행위의 실천, 그 자체에서 시인은 자신의 한생을 노래에 바쳐야 하는 까닭을 비로소 찾을 수 있게 될 것이기 때문이다. 그러면서 당신만 모르는 시인의 "모르스 부호"를 (괄호 안에 놓인 시인의 '내밀한 속내'까지를) 우리가 알고 있다는 것, 그리하여 우리 모두가 길을 잃은 혁명을 바라보면서도 끝끝내 길을 잃지 않으려는 노래를 들으면서 당신을 향한 시인의 기다림이 한생 동안 그치지 않을 것임을 함께 알고 있다는 것, 그것은 다분히 비극적인 일이면서 동시에 시적인 일이 아닐 수 없는 것이다.

괜찮아, 사랑했잖아
별빛이 빛으로 번지는 새벽
모든 풀이 꽃으로 피는 혁명
지루하고 잔혹한 모든 사랑은 혁명

— 김응교, 「지루하고 잔혹했는데」 부분.

그러므로 오월 광주와 그에 대한 사랑을 위해 한생을 노래하(려)는 시인은, 지금까지도 그러했고 여전히 그러하고 앞으로도 그러할 터이지만, 설령 지루하고 잔혹한 억겁의 밤이 찾아온다고 할지라도, 부끄럽고 비참한 무한의 밤이 지속된다고 할지라도, "별빛이 빛으로 번지는 새벽"과 "모든 풀이 꽃으로 피는 혁명"에 대해 마침내 인정할 수 있는 순간 또한 도래할 것이니, 오월 광주와 그에 대한 사랑을 위해 자신의 한생을 기꺼이 노래에 바치고자 하는 시인은 혁명의 형식에 덧대어 자신을 향한 작은 위로의 형식("괜찮아, 사랑했잖아.")을 또한 여전히 마련해 둘 필요가 있을 것이다.

파도는 밀려갔다
다시 밀려온다.

80년 그해 오월
도청을 앞에 두고
우리는 파도였다.
…
파도는 모든 것을 삼키고

오히려 맑아진다.

80년 그해 오월
피 묻은 태극기를 앞에 두고
우리는 파도였다.
…
해방 세상
오월 광주
죽음 앞에서도 기꺼이
우리는 넘실거렸다.

– 장우원, 「우리는 파도였다」 부분

　주관의 양식인 시의 본래적 속성에 따르면 시인은 한사코 밀려오는
자신의 정념에 대한 토로에 매달릴 수밖에 없다. 오월 광주를 노래하
(려)는 시 또한 이러한 시의 본래적 속성에 관여되어 있을 수밖에 없다.
정념을 분출하는 시들이 너무 많다는 데에 우리는 늘 동의해 왔던 것이
다. 그러나 시인이 자신의 넘실거리는 정념을 제어하면서 '나'의 정서를
'우리'의 정서로 기어이 확장해 낼 수 있을 때, 대상/세계와 관계를 맺는
시의 울림은 더욱 커질 수밖에 없게 된다. 그럴 때 넘실거리는 것은 더
이상 개별의 정념이 아니라 보편의 정념이 될 것이다. 그리하여 과거형
의 파도가 미래형이 되어 여전히 계속해서 밀려갔다 밀려올 시적 대상
으로 형상화될 때, 오월 광주를 노래하(려)는 시는 '무한하게' 밀려갔다
밀려오며 모든 정념의 찌꺼기를 맑게 정화하면서, 비로소 얻게 된 자신
의 맑은 백지 위에 역사의 진실을 또렷하게 묻혀낼 수 있는 시의 형식을
또한 확보하게 될 것이다.

아직도

검은 원을 그리며

내 가슴에 붙어 있는

그날 그 탄착점

– 김윤환, 「탄착점」 부분

　여전히 오월 광주를 노래하(려)는 시인의 가슴에는 검은 원이 그려진 "탄착점"이 붙어 있다. 앞서 언급했던 것처럼, 총을 겨누는 시선, 총을 거두는 시선, 총에 관한 사유가 충분히 이루어지지 않는 한, 총에서 파생된 시선, 그것은 영원히 끝나지 않는 오점으로 남게 될지 모른다. 누군가 총을 겨누고 있고, 누군가 총을 거두고 있고, 누군가 총으로 상처를 주고 있고, 누군가 총에 상처를 입고 있다. 그 누군가에서 누군가와 누군가를 지우는 누군가의 시간 동안에도 시인은 떨어질 줄 모르는 탄착점이 제 가슴에 여전히 달라붙어 있는 것을 감각하고 있다. 시간의 흐름에도 불구하고 사라지지 않는 탄착점이 존재한다는 것, 그리고 그것을 여전히 생생하게 감각하지 않을 수 없다는 것, 그것은 오월 광주에서 물려받은 모반母斑의 흔적과 국가폭력이 자행한 모반謀反의 상흔에서 그다지 멀지 않은 사거리 안에 여전히 오월 광주가, 오월 광주를 노래하(려)는 시가 놓여 있다는 것을 뜻하는 것이 아닐까.

　누군가의 가슴이 현무암처럼 뚫린 채 버려져 있다.

– 장숙희, 「505 사진전」 부분

　그래서일까? 오월 광주를 노래하(려)는 시인은 제 자신이 그날의 현장 가까이에 여전히 서 있다는 것을 안다. 그날을 담은 오월 광주의 사진전은 늘 시인의 가슴을 먹먹하게 한다. 시인은 그날, 왜, 어떻게, 누군가의 가슴이 그리도 새카맣게 타 버렸는지를, 그날, 왜, 어떻게, 누군가의 가슴이 그리도 숭하게 구멍이 뚫린 채로 버려졌는지를 무심하게 직유한 "현무암"이라는 보조관념을 통해 감정을 효과적으로 절제하면서 동시에 기억을 서정적으로 응축해 내고 있다. 그날, 그 현장에서 검게 그을리고 구멍이 뚫린 채 버려져 있던 것은 비단 누군가의 가슴만이 아닐 것이다. 그날, 그 현장에 있던 모든 것의 가슴이 또한 그러했을 터이니, 오월 광주의 사진전에 걸린 사물로부터 시인이 동일한 감각을 발견하게 되는 까닭을 구태여 다른 연유에서 덧댈 필요는 없을 것이다.

나는 도망가다 끌려가다 벗겨진 신발
흙먼지 속에 나뒹굴면서도 몸을 숨겨야 했지
발길에 채어 제멋대로 풀린 끈
모두가 흩어진 깊은 밤
나를 흘리고 사라진 이를 생각하며
뜬눈으로 밤을 새우면
다시 거리에 쏟아지는 오월의 햇살이
부서진 뼈들을 염하는 하루 이틀 하루

나는 죽지 않는 몸으로 견뎌야 하는 증인
오래된 것들은 더 이상 늙지 않아
여기 아무도 찾지 않는 산그늘에도
흰 꽃이 무성한 계절
망자들은 오늘도 제 신발을 찾아 떠돌다

부르튼 발을 내게 한 번씩 넣어 보곤 해
그걸 따라 하는 바람도 있고 고라니도 있어

네 꿈속을 찾은 내 이야기가
이상한 꿈이었다 생각 말기를
셀 수 없는 이름들, 이곳의 초록은 시퍼렇다

– 박인하, 「나는 여기에 있어요」

나경택이 촬영한 오월 광주의 사진 한 장이 시의 형상으로 걸려 있다. 5월 21일 도청 앞. 시민들을 향한 집단 발포가 끝난 뒤, 일군의 무장 군인들은 시민들이 쓰러진 현장에서 맹목적으로 등을 돌리고, 그 순간 모든 시선에서 배제된 채, 침묵이 내려앉는 금남로 포도 위에는 주인을 잃어버린 신발들이 아무렇게나 널브러져 있다. 과연 저 신발들은 제 주인을 찾아갈 수 있을까? 아니 주인들은 제 신발을 찾아올 수 있을까? 주인을 잃어버린 신발들은 끝끝내 증언할 수 있을까? 오월 광주의 사진 한 장이 말할 수 없는 사물에 대한 물음을 피워 올리고, 그 순간 사물의 목소리를 빌려 (불)가능한 대답을 띄워 올리려 하는 존재는 바로 시인이 된다. 그리고 "나는 여기에 있어요." 가장 단순한 주어와 부사와 서술어로 구성된 짧은 대답 하나가 제출된다. 그러나 그것이면 모든 것이 충분해 보인다. 오월 광주에서 주인을 잃어버린 "셀 수 없는 이름들"이 제 목소리를 되찾기 위해서는, 되찾기 위한 시작始作/詩作을 위해서는, 그것이면 충분해 보인다. 말할 수 없는 존재들이 자신의 목소리를 얻게 되는 바로 그때 비로소 증언은 시작될 수 있는 것이다.

　　거울 속에는

주름 사이로 접힌 내 시간을

오래 바라보는 네가 있다

금 간 거울 앞에서 단장하는 나

더는 늙지도 못하는 너는

뜨거웠던 가슴을 거울 속에 박제하고

냉소하며 사는 나의 오늘을 본다

— 문귀숙, 「중첩」 부분

그러나 증언이란 결코 쉽지 않은 발화의 형식이다. 직접적인 증언이
아닌 간접적인 증언은 언제든지 중첩의 난관에 부딪히기 마련이다. 오
월 광주를 노래하려는 시에서도 사정은 마찬가지로 보인다. 사물의 되
찾은 목소리는 다만 거울 속에서 울리고 있는가? 거울 밖으로 울려 퍼
지고 있는가? 사물의 되찾은 시간은 다만 거울 속에서 흐르고 있는가?
거울 밖으로 흘러 나가고 있는가? 사물의 되찾은 진실은 거울 속에서
박제되고 있는가? 거울 밖으로 약동하고 있는가? 시적 언술은 여전히
중첩의 목소리, 중첩의 시간, 중첩의 진실에 갇혀 온전히 발화되지 못
하고 있는 것은 아닌가? 거울 속에 박제된 오월 광주, 사진 속에 박제된
오월 광주, 시 속에 박제된 오월 광주는 일상 속에 박제된 오늘의 우리
들과 어떻게 중첩되고 있는가? 과연 냉소에 이르기 전에 중첩이 깨어지
는 순간은 언제, 어떻게 도래할 수 있는 것인가?

찔레꽃 피는 오월이면

무등산에서 날아든

저 비둘기들
총성에 벗겨진 신발들 같아

금남로의 기억을 깨우고 가네
시든 풀잎들 깨우고 가네

찔레꽃 피는 오월이면
망월동에서 날아든
저 비둘기들
함성에 벗겨진 신발들 같아

금남로의 눈물을 깨우고 가네
시든 풀잎들 깨우고 가네

아, 저 비둘기들
오월의 벗겨진 외짝이여
총성에 날아간 넋이여
함성에 솟구친 깃발이여

금남로의 기억을 깨우고 가네
금남로의 눈물을 깨우고 가네

– 유은희, 「오월의 비둘기」

　　사진 속에 박제된 "총성에 벗겨진 신발들", "함성에 벗겨진 신발들"을 물끄러미 바라보며 물음을 던지는 시인이 있다. 신발들은 무엇을

의미하는가? 그러나 이것은 사진에 관한 물음이 아니다. 지금 여기에
서 오월 광주, 그날의 현장을, 총성을, 함성을 기억하는 사람을 찾아보
는 일은 사진을 바라보는 일보다 어려운 일이다. 과연 기억의 힘이 강
한가? 시간의 힘이 강한가? 이것은 결코 논쟁이 될 수 없는 물음이어
야 한다. 논쟁이 힘에 부치는 사이 우리는 어느덧 "시든 풀잎들"이 되고
마는 까닭에서이다. 그럼에도 "찔레꽃 피는 오월이면" 일상에 박제되어
버린 회색 비둘기들을 다시 한번 눈여겨볼 일이다. "오월의 비둘기"가
"무등산"에서 "망월동"에서 "시든 풀잎들"의 머리 위로 날아드는 순간
을 기다려 볼 일이다. 그들이 날아들기만 한다면, 날아드는 그 비상의
순간을 감각할 수만 있다면, "금남로의 기억"과 "금남로의 눈물"이 일순
우리들의 가슴속에서 왈칵 깨어나는, 그야말로 중첩이 깨어지는 딱 그
순간이 도래할지도 모르는 일이므로 말이다.

> 딱 이런 날이었어요
> 그러니까 손꼽아 기다렸던 어린이날
> 동물원 소풍 약속은 온데간데없이 사라지고
> 몇 날 며칠 눈이 퉁퉁 붓도록 울며불며 생떼를 부렸지요
>
> 며칠에 며칠이 지나고
> 어린 눈치에도 뭔가 이상했는지
> 동물원 가잔 말 못 했지요
> 이상한 게 한두 가지가 아니였지요
> 내가 너무 씨게 떼써 그런당가 생각했지요
>
> 할머니는 곗날에도 데려가지 않으시고

흰 수건 두르고 양동시장 밥하러 가신다고 했지요
아버지는 막둥이 삼촌이랑 연락이 끊겼다고
도청에 가 봐야겠다며 집을 나섰지요

긍께 니들은 집밖에 나댕기지 말라고
빗자루를 거꾸로 잡아 흔들며 잡도리하셨지요
아버지는 저녁을 훌쩍 넘겨 감자볶음이 눅눅해질 때쯤 돌아오
셨고
여름 마麻바지에 핏물이 흥건했지요

미친 놈들 그런 미친 놈들은 첨 봤당께
마구 쏴대고 대검으로 찌르고
오메 내 옆에 있던 아가씨가 크게 다친 거 같은디
나도 기독병원에서 간신히 지혈하고 왔당께

술도 안 취했는데 아버지는 도무지 이해할 수 없는 화를
누구한테 퍼붓는지 알 수 없었으나
확실히 나는 아닌 것 같았고 막둥이 삼촌도 아니었지요
국군의 날도 아닌데 낮에 손 흔들어 줬던 군인 아저씨들 얘기
같기도 했지요

이상한 일은 잠자리에서도 계속되었지요
갑자기 할머니가 엄니한테 겨울 솜이불을 가져오라 하시더니
나를 애벌레 고치 말 듯 둘둘 마는 게 아니겠어요

할머니, 덥고 답답하당께

잉~ 아가, 옹삭스럽드라도 오늘은 그러케 자라잉

엄니, 야가 답답하다혀요

아야, 모르는 소리 말그라잉, 동란 때 니들도 다 이맹키로 했응
께

그날밤 콩 볶는 소리와 전설의 고향에서 들었던 귀신 울음소리는

밤새 놀란 다람쥐를 실타래처럼 돌돌 휘감았지요

할머니는 화단에 올라가 지전을 태우며 홰치듯 손을 저었지요

그러자 눈이 내리기 시작했지요

구멍 난 창호 틈새로 펑펑 내렸지요

달도 없는 어둠 속에서 별처럼 내렸지요

– 유진수, 「눈 내린 오월」

중첩이 딱 깨어지는 그런 순간에 오월 광주는 다시 하나의 이야기가
될 수 없을까? 할머니가 손자에게, 다시 손자가 제 자손과 손자에게 들
려주는, 그렇게 다시 구전되는 이야기가 될 수 없을까? 시인은 오월 광
주의 그날을 구전되는 이야기로서 다시 바라보게 해준다. 할머니는 손
자에게 현실의 제전祭奠을 이야기의 형식과 동화同和하여 들려주고, 손
자는 이야기된 현실을 통해 '이상한' (비극과 희극이 어지럽게 춤을 추
는 제의祭儀의 현장이야말로 어린아이에게는 실로 이상한 것이 아닐 수
없는) 현실에 대한 감각을 간접 체험하게 된다. 이렇게 이상한 현실을
이상한 그대로 감각할 수 있게 해주는 형식으로서, 오월 광주를 노래하
(려)는 시는 구전되는 하나의 이야기가 될 수는 없는 것일까?

상여 따라 도로가 광장이 되는 순간

옆 사람과 어색한 인사를 나눈다

반가움이 울컥 일다가 금방 멋쩍어진다

금남로 찻길에 앉으면 늘 이렇다

우리 밀을 사랑했던 농부, 흥이 많았던 할아버지

먹먹하게 노제를 마치고

운구차를 따라 금남로를 걸었다

영정 속 동그란 미소

함께 걷는 알 만한 얼굴들 낯익은 깃발

슬픔보다 부끄러움으로

40년을 살아 온 도시가 늘 버겁다

금남로에서 망월동으로 가는 길은 언제나 멀다

수십 년 몇 번이나 똑같은 일이 반복된다

서방 사거리에서 옆길에 앉았다

골목마다 차마 돌아서지 못해 서성이는 발들이 많다

그래도

무거워진 다리를 살금살금 디디고

팔랑이며 마르는 저 옥상의 빨래처럼

부드럽게 가벼워져야 한다

아직은 이 거리를 걸어야 한다

늦가을 햇빛도 은행잎을 허공에 띄운다

— 정양주, 「금남로를 걸었다」 전문

그날로부터 40여 년이 지났지만, 금남로에 새겨진 오월 광주에 대한 기억은 그 길을 걷는 사람들과 시인의 발걸음을 여전히 더디게, 무겁게 만든다. 더디고 무거운 기억의 감각은 지금까지 반복되어 온 것처럼 앞으로도 무한하게 반복될 것이다. 역사의 반복에서 우리가 체득한 절망적 인식이 또한 없지 않으니, "역사의 반복이란 흉터 위에 또 상처를 내는 것"(윤기묵, 「역사의 반복」 부분)이라는 인식이 그것이다. 그러나 중요한 것은 그러한 역사의 반복을, 그 무한의 역사를 어떻게 반복할 것인가 하는 데에, 즉 반복의 형식에 있을 것이다. 그런 의미에서라면 "그래도" 다행이다. 적어도 금남로를 걷는 무한의 반복 속에서, 시인은 반복의 형식 하나를 '새롭게' 발견해 내고 있기 때문이다. "팔랑이며 마르는 저 옥상의 빨래처럼/ 부드럽게 가벼워져야 한다"는 것, 즉 감당할 수 없는 기억의 무게를 버텨낼 수 있는 힘이 다른 곳이 아니라 바로 일상의 리듬 안에 내재한다는 것을, 시인이 기어이 발견해 내고 있는 까닭이다. 이 발견 덕분에 "금남로를 걸었다"는 범속하고 반복적인 일상의 행위가 더 이상 기억의 무게에 더디게, 무겁게 짓눌려지지 않게 되었다. 마치 늦가을 햇빛에 띄워 올려져 허공의 춤을 추는 은행잎처럼 그렇게, 부드럽게 가볍게, 일상의 단상을 넘어 무한의 감각으로 나아갈 수 있는 실마리 하나를 발견할 수 있게 되었으니, 40여 년을 살아온 세월의 무게 속에서, 오월 광주를 노래해야만 하는 기억의 무게 속에서, 그토록 버거운 두 겹의 무게 속에서 그러한 발견은 참으로 다행스러운 일이 아닐 수 없는 것이다.

> 획일을 추구하는 혁명은 하지 마라
> 혁명은 우리의 산술적 평균을 깨는 결단이어야 한다
> 졸업 후에도 문득문득 돌아가는 그날의 교실
> 다시 듣는, 다시 읽는 구절들
>
> — 박홍점, 「제대로 된 혁명을 읽는 동안」 부분

시인은 언젠가 읽었던 D. H. 로렌스의 시 구절을 다시 듣고, 다시 읽는다. 제대로 된 혁명을 읽는 동안, 시인은 그날로 돌아간다. 이것은 결코 상징이 아니다. 이것은 단지 알레고리일 뿐이다. 제대로 된 오월 광주의 시를 읽는 동안, 우리는 다시 오월 광주로 돌아갈 수 있게 된다. 그런 희망 아닌 희망에 대한 알레고리를 제시하고 있는 무수한 시들이 이미 존재하고 있지 않은가? 그렇다면 '제대로 된' 오월 광주의 시란 무엇인가? 물음에 대한 대답의 하나를 시인은 다시 로렌스의 시 구절을 따라 옮겨 오고 있다. '획일을 추구하는 시는 쓰지 마라.' '시는 우리의 산술적 평균을 깨는 결단이어야 한다.' 이렇게 시 구절을 다시 옮겨 쓰는 동안, 시인은 결단한다. 혁명이란, 오월 광주란 산술적 평균으로 귀결되는 알레고리가 아니라 다만 산술적 평균에서 산종하는 상징이어야 한다고 결단한다. 이럴 때 우리는 상징이 단지 관념을 전달하는 수단이 아니라 그 자체가 관념을 생성하는 역동적인 기법이라는 점을 다시 염두에 두게 된다. 계산된 원관념을 상정하지 않는 상징, 그럼으로써 무한의 혁명을 촉발하게 하는 상징의 시, 그것이야말로 "제대로 된 혁명"의 시가 될 수 있으며, 그러한 시를 읽을 때 우리는 계산된 '그날'의 교실(획일화된 시)뿐만 아니라 계산되지 않은 '모든 날'의 교실(다양화된 시)로 되돌아가게 된다고, 시인은 말하고 있는 것처럼 보인다.

　　그는 잘 다듬어진 계단을 따라 오붓한 동산을 뒤에 두고 거울처
　럼 햇빛을 반사하며 멀리 무등산을 깎아지른 대리석 기둥과 미끈
　한 앞마당을 뽐내고 있었다.

　　산벚나무 이팝나무 진달래 환한 옛길 걸어

얼마간은 회한도 있을 사람 몇

얼마간은 분노를 다스리지 못해 발걸음이 바쁜 사람 몇

그리고 얼마간은 걸어온 길 돌아보며 아득한 눈길 적시는 사람
몇

그렇게 초여름을 지나며 항상 그의 발치가 촉촉하게 젖어있던
곳

회색의 새 한 마리가

사람들 발자국을 지우며 부리나케 날고 있는데

삐비꽃은 낮게 눕고

뛰노는 아이들 소리 쟁그랑거리고

하늘은 광활하다

— 조진태, 「기억은 힘이 될 수 있을까」 전문

그러므로 우리가 돌아가게 되는 '그날의 교실'은 오월 광주의 그 거리이거나, 그 장소이거나, 망월동의 계단이거나, 기둥이거나, 앞마당이거나, 혹은 아무 곳이거나 등과 같이 어느 곳이든지 될 수 있다. 자유와 평등, 민주와 인권, 사람과 사람, 생명과 생명에 대해 기억할 수 있는 곳이라면, 아니 차라리 낮게 펼쳐진 풀밭이거나, 아이들의 뛰노는 소리라거나, 광활한 시공간이 흐르는 하늘 아래 드리워진 어느 곳이라면, 일상의 풍경과 소리와 시공에서, 그날의 기억을 함께 떠올리고, 함께 나눌 수 있는 곳이라면 어느 곳이든, 그 이름을 '그날의 교실'이라 불러도 무방할 것이다. 시인에게 '그날의 교실'은 단지 오월 광주의 현장에 한정된 공간이 아니라, 어떤 경계와 범주에 제한됨이 없이 무한하게 개방된 공간으로 상정되고 있다. 말하자면 시인은 오월 광주를 노래하

(려)는 시에서 클리셰가 되어 버린 '그날'과 '교실'에서부터의 해방을 시작하려고 한다. 그리하여 시인을 따라 '그날의 교실'로 불리는 곳에 우리가 서게 된다면, 그곳에서 어쩌면 우리는 "기억은 힘이 될 수 있을까"라는 저 어렴풋한 물음의 답이, 우리의 덧없이 반복되는 무한한 일상 속에 이미 내재되어 있다는 덜 어렴풋한 확신과 조우하게 되는지도 모른다.

그렇다면 지금까지 그래왔거니와 앞으로도 오월 광주를 노래하(려)는 시인에게 내밀하게 남겨지고 던져질 물음은 여전히 이것이 될 것이다. 지나온 시간 동안 시인에게 맡겨진 부끄러움과 죄책감이 어렴풋한 물음과 덜 어렴풋한 확신의 형식으로 자유롭게 조우하고 교착할 때까지, 오월 광주를 노래하는 시가 종국終局이 아니라 시작始作/詩作으로서 무한텍스트의 시적 형식을 자유롭게 반복할 때까지, "시는 힘이 될 수 있을까"라는 물음, 그 물음 자체를 여전히 지속해 나가는 것 말이다.

– 미발표 신작 원고(2024년)

■ **정민구** 전남대 문학박사. 저서로 『문병란의 시와 세계』(공저), 『남도의 시인과 시학』(공저), 『범대순의 시와 시론』(공저) 등. 논문으로 「기호화된 시인의 얼굴 읽기」, 「문병란의 오월시와 문학적 증언」, 「조태일의 민중시 담론 연구」 등. 현 전남대 국어국문학과 교수.

절대 신화 너머의 자리, 포스트−광주

−『오월문학총서』(2024) 소설 부문 해설

김영삼

1. 세 가지의 '절대광주'

1980년 5월 26일 19시 10분, 시민군 지도부는 계엄군이 침공할 것이라는 정보를 발표한다. 도청의 공기는 일순간 무거워졌고, 지도부는 학생들과 여성들의 귀가를 권유했다. 그럼에도 누군가는 남았고, 또 누군가는 역사의 증언을 위해 도청을 떠났다. 23시경부터 공수여단 특공조의 침투작전이 실시되었다. 24시, 광주 전역의 시내전화가 일시에 두절되었다. 외곽 지역에서부터 총소리가 들린 것은 27일 새벽 03시부터였다. 이윽고 04시 46분, 전일빌딩이 계엄군에 점령되었다. 05시 06분에는 광주공원이, 05시 21분에는 도청이, 06시 20분에는 YWCA가 총격전 끝에 점령되었다. 07시 25분 계엄군은 작전 완료를 선언했다. 이 과정에서 시민과 학생 17명이 총상으로 사망했고, 295명이 체포되었다.[1]

---

[1] 〈형사재판 판결문〉, 서울고등법원 1996. 12. 16. 선고 96노1892 판결.

그렇게 '오월 광주'는 막을 내렸고, 그날의 새벽 도청은 현대사의 비극이 상연된 '절대적 장소'가 되었다. 형사재판 판결문의 상세한 기록조차 결코 도달할 수 없는 그 절대적 시공간에서 고정간첩, 불순분자, 공산주의자가 아님을 증명하기 위해 기꺼이 목숨을 바친 이들은 (죄스러운 표현이겠으나) 그렇게 '완전한 죽음'에 이르렀다. 결코 재상연 되지 않는(되어서는 안 되는) 이 비극의 시퀀스는 이후 오월 광주의 기준치가 되었다. 죽음을 무릅써야만 가능했던 절대적 사건의 시공간, 영원히 예외적인 시간성과 장소성으로 각인된 그때 그곳, 그리하여 '오월 광주'는 신화의 자리에 봉인되었다. 오랫동안 오월의 문학은 이 절대성과 대결해야 하는 과제에서 자유롭지 못해서, 오월의 소설들이 소환했던 감정들(부끄러움, 수치심, 죄책감 등)은 대부분 바로 이 시점과 장소에 집중되어 있었다.

당연하게도 살아남은 자 누구도 그 '완전한 죽음'의 자리에 이르지 못했다. 신화시대 이후 어떤 인류의 서사도 황금시대의 아우라에 근접할 수 없었던 것처럼, 어떠한 재현의 언어도 실재를 복원할 수 없는 것처럼, 어떤 남겨진 삶도 기꺼이 죽음으로써 도달한 그 정동의 꼭대기에 오르지 못했다. 오월 주체들의 정신병리적 증상은 신화 이후 서사들이 겪은 근본적 좌절 또는 불안과 다르지 않다.

또 다른 절대기준이 있다. 바로 최정운이 이름 붙인 '절대공동체'. 이 명명은 분명히 매력적이지만, 공수부대가 퇴각했던 해방 광주의 그 며칠은 사건 이후 한국사회가 다시는 도달할 수 없었던 시공간이라는 점에서 절대적 예외 상태에 대한 표현이기도 하다. 이 절대공동체의 경험은 역설적으로 생존주의의 덫에서 자유롭지 못한 소설 주체들을 항구적인 결핍 상태에 놓이게 했다. 시민, 학생, 간호사, 시장 상인 등 모든 사람이 하나의 결기로 결집되었던 그 절대공동체의 시간은 먹고 살기 위해 망각의 경로에 접어든 현실의 삶을 비참하게 인식하는 과정으로 이행한다(생존주의가 요구하는 망각과 신경증적 강박으로 소환되는 기억 사이의 전장에서 보고된 작품들이 여기에 해당한다. 어쩌면 오랫동안 오월문학은 임철우의 단편 「봄날」의 자장 안에 머물렀는지도 모른다. 오월을 망각하는 주체들에게, 그 절대성의 자리에서 자꾸만 멀어지는 주체들에게, '벙어리 아들을 낳으리라'는 저주의 주문을 남긴 오월의 마스터플롯. 이번 두 번째로 엮는『오월문학총서』에 실린 소설들 중 전성태의 「지워진 풍경」, 신수담의 「기억의 유통기한」, 범현이의 「가죽가방」도 이 목록에 포함될 수 있다. 그리고 손홍규의 「최후의 테러리스트」의 주인공이 끝내 복수에 실패할 수밖에 없던 이유도 절대공동체의 경험에서 멀어져버린 현재의 삶에서 기인한다).

그리고 하나 더. 1980년대 비평담론이 요구했던 이데올로기적 민중 주체, 이를 '절대주체'라고 명명해 보자. 당시의 민중문학 또는 민족문학 담론은 노동자 주체가 생산하는 노동현장의 이야기, 변증법적 역사 발전의 필연성을 담지한 지식인 주체의 성장 투쟁사, 오월의 총체적 진실을 증언하는 투쟁적 주체들의 재현 서사 등을 요청했었다. 당시 문학계의 사회과학적 패러다임을 지금의 눈으로 재단할 수는 없겠지만, 김형중의 진단(「"봄날" 이후」)처럼 그것이 '오월문학'이 아니라 '오월의 사회과학'이었음을 부인하기 어렵다(이번『오월문학총서』의 소설들로 보자면, 당시의 민족문학 담론의 가능성을 보여주었다는 찬사를 받았던 홍희담 작가의 다른 작품 「그대에게 보내는 편지」와 오월의 대표적 르포『죽음을 넘어 시대의 어둠을 넘어』의 저자 전용호의 「마지막 새벽」의 인물들이 절대주체에 이르고자 한 시도로 보인다). 이러한 절대주체가 기실 사회과학이 요청한 낭만적 환상에 가깝다는 점을 상기하면, 도달 불가능한 절대신화의 지점에 응전했던 오월 주체들의 근본적 죄책감과 결핍을 이해할 수도 있겠다. 어쩌면 오래전 쓰인 김현의 진단은 '절대광주'에 도달할 수 없는 문학의 고뇌를 표현한 것일지도 모른다.

> 광주 체험은 그러나 너무나 압도적이어서 그것을 시화시키는데,
> 시인들은 큰 고통을 겪는다. 광주를 노래하는 순간, 그 노래는 체험
> 의 절실함을 잃고, 자꾸만 수사가 되려고 한다. 성실한 시인들의 고
> 뇌는 거기에서 나온다. 광주에 대해 눈을 감을 수 없다. 그렇다고
> 절실하게 느껴지지 않는 시를 시라고 발표할 수도 없다. 그 고뇌를
> 예술적으로 현명하게 헤치고 나온 시인들은 불행하게 많지 않다.[2]

한국문학은 이미 첫 번째 『오월문학총서』의 작업을 통해 이 절대성에
도전하는 서사들의 한계를 진단한 바 있다. 그래서 '절대광주'와 '절대현
실' 사이의 협곡을 지나 '포스트-광주'의 가능성을 모색한다면, 아마도
그것은 다음에 살펴볼 몇몇의 소설들이 던지는 질문과 응답에서 그 씨
앗을 찾을 수 있을지도 모르겠다.

2. 'May, 18th' 또는 '코슈 시티' : 박솔뫼의 「그럼 무얼 부르지」, 김승희의 「회색고래 바다여행」

사건 이후 40여 년의 시간이 흐른 지금, 이런 말을 하고 싶지 않지
만, 1980년 오월 광주는 더 이상 뜨겁지 않다. 박솔뫼의 표현을 빌리자

---

2) 김현, 「보이는 심연과 안 보이는 역사 전망」, 『전체에 대한 통찰』, 나남, 1990, pp.
416~417.

면 그것은 '장막' 때문이겠다.

> 나는 그런 **명확한 세계**에 없었다. 마치 아주 복잡한 지도를 보고 있는 것처럼 거기는 어디지? 하고 들여다보아야만 했는데 그렇다고 무언가가 보이는 것도 아니었다. 나는 그렇게 들여다보는 사람이었으므로 당사자는 아니며 또한 **명확한 세계의 시민도 아니었다. 내 앞에는 장막이 있고 나는 장막을 걷을 수 없으므로.**
>
> — 「그럼 무얼 부르지」[3], 272쪽. 강조 인용자

> **다만 내 앞으로는 몇 개의 장막이 쳐져 있고 나는 그 앞으로 직선으로 나아갈 수 없다는 것, 그것만은 확실하다는 이야기다.** 나는 3년 정도의 시간은 하나로 볼 수 있으며 3년 전은 3년 후의 시선으로 볼 수 있으며 그러므로 나는 모든 시제를 지울 수 있으며 그렇게 볼 수 있는 시간들은 점점 늘어나지만 나의 시선은 김남주가 이야기한 "광주 1980년 오월 어느 날"에는 가닿지 않는다는 말인데 이건 좀 신기할 수도 있지만 실은 당연한 이야기다. 확실한 이야기이다. 어떤 같은 밤들이 자꾸만 포개지는 나의 시간 속에서도 말이다. 몇 번의 5월의 밤이 포개지는 나의 시간 속에서도 말이다.
>
> — 「그럼 무얼 부르지」, 277쪽. 강조 인용자

인용문의 저 '장막'은 '절대시간·절대장소'로서의 '오월'과 그 시공간에 도저히 도달할 수 없는 '지금—여기' 사이에 놓여 있는 어떤 불가능성에 대한 표현이다. 이 메울 수 없는 간극 때문에 박솔뫼의 이 장면은 최

---

3) 박솔뫼, 「그럼 무얼 부르지」, 『오월문학총서 2— 소설』, 문학들, 2024.

근 '오월'에 대한 비평에서 가장 빈번하게 소환되었다. 그럴 수밖에 없는 또 하나의 이유는 이것이 이른바 후체험세대의 솔직한 고백이기 때문이다. 오랫동안 오월의 광주는 국가폭력의 증언 장소, 절대적 상징성을 보존한 채 화석화되어 가는 장소, 누군가에게는 죄책감을 환기하는 장소, 함부로 언급하기 부담스러운 장소, 그래서 어떤 자격 증명을 요청하는 장소였음을 부정하기 어렵다. 그 절대적 시공간의 외부(광주 바깥 또는 광주 내 다른 장소)에서 함께 죽지 못한 채 남겨진 사람들은 이 가혹한 자격 증명에서 자유롭지 못했다. 오랫동안 오월문학이 죄책감의 서사 또는 기억 의지를 표명한 재현 서사에 머물렀던 것도 같은 이유겠다.

그러나 후체험세대에게 광주는 더 이상 그러한 기념비적 장소가 아닐 터, 어쩌면 후체험세대라는 말은 자격 증명을 요청받지 않는 세대라는 말로도 변환할 수 있을 것이다. 세계사적 사건의 장소에서 태어나고 자랐다는 것이 그 장소의 절대성을 내면화하고 있어야 한다는 당위가 되지는 못할 테니까 말이다. 그렇게 볼 때 박솔뫼의 화자 '나'가 '장막'으로 표상한 '오월 광주'에 대한 솔직한 고백은 (표면적으로는) 이런 말이 되겠다. '죄송하지만, 잘 알지 못해요.'

절대적 시공간으로의 '오월'은 이제 '장막' 너머에서 흐릿해지고, '나'에게 '오월'은 '명확한 세계'로 드러나지 않는다. 하지만 이렇게만 박솔뫼의 소설을 읽는다면, 이 솔직한 고백의 행간을 오독하는 길이 될 것이다. 익히 알고 있듯 소설의 화자는 의외의 장소에서 소비되는 '오월 광주'와 대면한다. 그곳의 '오월'은 의외로 명확하다. 샌프란시스코의 버클리대학 인근 카페에서 열리는 한국어 모임에서 '오월'은 'May, 18th'로 번역되었고, 일본 교토의 시조역 근처 바에서 광주는 '코슈 시티'라는 노래 제목으로 호명되고 있었다. '나'에게는 명확하지 않은 사건이 그곳의 사람들에게는 반복되는 역사적 사건 중 하나로 인덱스 처리되어 있었다. 텍스트화된 자료들과 사진 속에서 '오월 광주'는 아일랜드의 피의 일요일, 칠레의 피노체트, 게르니카, 오키나와, 천안문 등의 세계사적 사건 중 하나로서 객관적 시선으로 조망된다. 즉 고유명사 '오월 광주'는 국가폭력의 한 사례로서 일반화되었다. 그래서 소설은 차라리 비밀리에 유통되었을 때 훨씬 뜨거웠을 오월의 온도가 세계사의 한 챕터 속에서 차갑게 응결되는 느낌을 전달한다. 이러한 박솔뫼 소설의 대립적 배치는 다음과 같은 말로 번역하 수 있겠다.

'그런데요, 오월이 그렇게 번역될 수 있기는 한 건가요?'

박솔뫼의 소설에서 오월이 더 이상 뜨겁지 않은 것은, 선배 세대들만큼 절실하지 않아서가 아니라, 이미 오래전 피의 냄새가 세척되어서가 아니라, 적절한 언어를 찾지 못했기 때문이다. 그런 의미에서 박솔뫼의 소설은 현재의 '오월'에 던지는 질문이다. 〈임을 위한 행진곡〉 제창이 금지된 '지금', 다른 노래로는 도저히 그것을 대체할 수는 없을 것 같은데, '그럼 무얼 부르지?'라는 질문처럼. '그럼 이제 우리는 오월을 어떤 언어로 써야 하지?'라고 후체험세대가 선배세대에게 던지는 질문.

박솔뫼는 명확하고 명백하게 해석, 소비, 유통되는 장소 반대편에 침묵하는 광주를 배치한다. 세계의 다른 곳에서 광주가 명백한 세계로 분석될 때, "의외로 이곳에서 무언가를 말하는 사람은 없었다."(266쪽) 그리고 "아무 말도 하지 않았다 대개는."(266쪽) 이 대립은 'May, 18th' 또는 '코슈 시티'가 '오월 광주'(사실 나도 어떤 명명이 그 절대성에 가닿을 수 있는 표현인지 모르겠다)를 정확하게 지시하는 표현인지 의문을 제기하면서, 그것이 오히려 다른 의미의 장막일 수도 있음을 침묵으로 보여준다. 이러한 사실은 박솔뫼의 소설을 후체험세대의 솔직한 고백으로 읽는 지나친 담백함을 넘어서게 한다. 시제를 지우고, 언어의 국적을 지우고, 유사한 사건들을 중첩시켜 바라보아도 '오월 광주'는 대체되거나 복원되지 않는다. 우리에게 게르니카와 아일랜드의 피의 일요일이 그렇게 뜨겁지 않은 것처럼 말이다. 그러니 정작, "정말로 이곳에서 무슨 일이 있었는지 아는 사람들은 다른 이야기를 해 줄지도 모른다. 이제까지의 이야기와 다른 이야기를 말이다."(266쪽) 그게 아니라면 차라리 침묵이 나을 것이다.

그렇다고 해서 박솔뫼의 소설이 침묵을 종용하는 것은 아니다. 흥미로운 지점은 말할 수 없는 빈 기표의 자리를 음식에 대한 이야기들이 메운다는 점이다. 버클리에서 마셨던 커피, 도쿄에서 먹었던 무, 그리고 광주의 한 술집 사장님이 들려주는 떡과 죽과 국수 이야기가 서술된다. "마치 이야기가 끊어지면 안 될 것처럼"(275쪽), 그렇게 쉬지 않고 다른 말이라도 해야만 '오월 광주'가 다른 이름으로 불리는 오독을 막는 방법인 것처럼 음식 이야기가 이어진다. 장에 조린 무의 "짙은 갈색"(264쪽)을 설명하려 해도 그토록 많은 언어의 불능이 드러나는데, 하물며 '오월 광주'는 얼마나 많은 등가교환의 폭력을 거쳐야만 하는지 묻는 듯하다. 따라서 무한히 이어질 것 같은 '떡과 죽과 국수 이야기'는 '오월 광주'라는 고유명사가 일반명사로 치환되는 명명 작업에 대한 거부감을 잡담에 가까운 언어 포화로 되돌려주는 박솔뫼의 방식이다.

여기서 잠시 김승희의 「회색고래 바다여행」[4]의 한 장면을 경유해 보자. 오래전 발표된 이 소설의 한 장면은 언어의 불능과 "설명할 수 없는 것을 설명해야 하는 지옥"을 묘사하고 있다는 점에서 겹쳐 읽을 만하기 때문이다. 김승희의 소설은 1980년대 군부독재를 뒤로하고 미국 특파원으로 간 한 기자가 그곳에서 오월의 이야기를 듣게 되는 과정을 서사화한다. 물론 1997년에 발표된 김승희의 소설은 기억의 당위성과 이를 외면한 화자의 부끄러움을 표면 서사로 한다는 점에서 앞서 말한 기

---

4) 김승희, 「회색고래 바다여행」, 『오월문학총서 2- 소설』, 문학들, 2024.

억서사의 범주로 분류될 수 있다. 그러나 아래의 장면은 박솔뫼와 같이 '오월'의 절대적 시공간에 대한 언어의 무기력을 지시하고 있다는 점에서 재독의 가치가 있어 보인다. 조금 길지만 오래전에 미리 보고된 장면을 소환해 본다. 인용 부분은 '채청'이라는 한국계-미국인 화가가 자신이 스케치한 그림에 대한 메모이다.

광주민중항쟁 사망자 명단 54번: 손옥례. 여 19세. 여고 졸. 취업준비. 사망 일시 및 장소: 80. 5. 21. 장소 불상. 사인: 총상 및 자상. 비고: 유방 자상 희생자.

그리고 공책의 다음 페이지엔 한없이 옥례라는 이름의 변주곡들이 밤의 무도회를 열 듯이 어지럽게 춤을 추고 있었다. 옥례를, 옥례가, 옥례야, 옥례처럼, 옥례는, 옥례만이, 옥례들이, 옥례만큼, 옥례 때문에, 옥례로부터, 너의 옥례, 나의 옥례, 옥례에게, 옥례를, 옥례가, 옥례야, 옥례처럼, 옥례는, 옥례만이, 옥례들이, …… 다음 페이지, 그리고 그 다음 페이지에도 옥례의 이름을 변주한 추상화의 축제였다. 종이 위의 제사. 오늘은 회색의 흐린 이월인데 채청에게는 아직도 그 참혹한 오월이구나. 그것은 종이 위에 차려진 성찬의 제사였다. **자, 이것을, 이 한글을 타인에게 이방인에게 어떻게 설명하여 채청의 아픔과 이 한글과의 연관을 밝힌단 말인가.** (…중략…)

설명할 수 없는 것을 설명해야 하는 지옥. 손옥례 양의 죽음에 대한 나와 경파의 진지하긴 하지만 한없이 서투른 설명을 다 듣고 난 남자(레이, 미국인- 인용자)는 한참을 깊이 생각하더니 **"그럼 보스니아 같은 거로군요."** 라고 동의를 구한다. 보스니아와 같은 것이라고? 글쎄, 보스니아와 같은 것일까? 아니 그것이 더 나

은지도 모르지. 적어도 그들은 인종이 다르고 종교도 다르지 않은
가 말이다. 눈동자가 뿌옇게 흐려지면서 힘없이 눈물이 괜히 흘러
내리기 시작한다. 그것은 보스니아가 아니다. 세르비아도 아니다.
보스니아도 세르비아도 아니고 대체 그럼 무엇이란 말인가…….

— 「회색고래 바다여행」, 202~204쪽. 강조 인용자)

끊임없이 변주되고 반복되는 '옥례'에 대한 추상 작업은 언어가 도달
할 수 없는 사건의 지점을 맴돌고 있다. 이 중 어떤 것이 '오월의 옥례'
에 닿을 수 있을지 알 수 없지만, 김승희의 소설은 이런 방식의 차이와
반복으로라도 오월이 새로운 의미의 지점으로 도달할 수 있기를 바란
듯하다. 그러나 아무리 설명을 해도 설명할 수 없는 것은 설명할 수 없
다. 한글로 쓰인 추상은 한국어로도 설명될 수 없다. 그래서 그 의미는
미끄러지면서 '보스니아'로 오독된다. 옥례의 오월과 보스니아의 거리
는 박솔뫼의 소설이 말하는 'May, 18th'·'코슈 시티'와 '오월 광주' 사이
의 거리감만큼이나 멀다. 어쩌면 박솔뫼의 '장막'은 김승희가 먼저 도달
한 지점에 대한 의도하지 않은 복습인지도 모른다.

이제 그렇다면 우리는 어떻게 '오월'을 이야기해야 할까? 박솔뫼는
모든 시간들이 "끊어지지 않고 하나의 공기로 흐르는" 밤, 수없이 "겹쳐
지는 밤"(271쪽)에서 그 가능성을 타진하는 듯하다. 물론 소설은 그 대
답 대신 질문을 건네는 것에 더 가깝다[박솔뫼는 「그럼 무얼 부르지」 이
후 『미래 산책 연습』(문학동네, 2021)을 통해서 스스로의 질문에 답하고
있다. 그리고 이후 살펴볼 한정현의 소설 또한 시간의 장막을 통과하
는 하나의 방법으로 박솔뫼의 질문에 답하고 있다]. 다만 3년 전과 3년
후를 하나의 시간으로 보는 능력이 가능하다면, 더 먼 시간을 겹쳐보는
것도 가능할 것이다. 아마도 이러한 형식은 오월의 소설이 증언의 문학

에서 픽션의 문학으로 이행하는 방식에 대한 힌트일지도 모른다.

3. 숭고한 환상에서 현실로 : 손병현, 「민주유해자」

많은 오월의 소설들이 기억과 망각 사이의 전장에서 쟁투를 벌이고 있을 때, 손병현의 소설 「민주유해자」[5]는 남겨진 자들의 현재가 지난 오월의 절대성에 과연 값하고 있는지를 자문하면서 '절대광주'의 배면에 시선을 던진다. 손병현의 작업은 광주에 거주하면서 국가폭력이 지나간 장소에 남겨진 사람들의 삶을 추적하고 서사화한다. 또 이 작가의 인물들이 대개 지식인, 대학생, 재야운동가, 노동자 등과 같은 민중 주체로 호명되지 않는 존재들이라는 점도 주목할 만하다. 손병현의 소설들[6]은 '오월' 이후의 장소성과 현재성을 표상한다는 점에서 오월문학의 새로운 항목으로 재조명될 가치가 충분해 보인다.

특히 그의 문제작이라 할 만한 「민주유해자」의 경우 구속부상자회 동료들의 연이은 자살과 우울한 삶을 조명한다는 점에서, 이 소설은 그동안 광주라는 장소와 광주시민들에 대한 관습적 사고를 정면으로 깨뜨린다. '절대장소'에서 함께 죽음에 이르지 못했다는 사실과 당시 문학계가 호명한 이데올로기적 주체가 아니라는 두 가지의 결핍이 「민주유해자」의 인물에게 수치심을 촉발한다.

---

5) 손병현, 「민주유해자」, 『5월문학총서 2 - 소설』, 문학들, 2024.
6) 손병현의 『동문다리 브라더스』(문학들, 2017)와 『순천 아랫장 주막집 거시기들』(문학들, 2022)이 여기에 해당하는 작업들이다.

이미 생을 마감한 구속부상자회 동료들의 얼굴이 얼비쳤다. 지금까지 **스스로 생을 마감한 숫자가 얼추 50여 명**이었다. 한때는 투사였지만 생을 마감하는 순간에는 세상으로부터 단절된 **부랑자**일 뿐이다. 동지들은 정신과 치료를 받거나 배우자의 도움으로 겨우 연명하다 스스로 구차한 생을 마감했다. …(중략)…

아무도 비겁하다고 하지 않았지만 동지들은 스스로 죄인의 굴레를 덧씌웠다. 죽어가는 사람을 외면한 채 구차하게 건진 목숨은 이미 산목숨이 아니었다. 살아남았다는 것은 안도가 아니라 형벌이었다. 홍철은 살아남은 자의 덫에 걸릴 때면 달리는 차에 뛰어들고 싶은 충동이 불현듯 솟구치곤 했다. 그 죽어가는 찰나의 무연하고 선한 눈망울을 도저히 떨쳐 낼 수가 없었던 것이다.

— 「민주유해자」, 487~488쪽

주인공 '홍철'을 비롯한 구속부상자회 동료들은 상무대 영창에 수감되어 "수치와 치욕"(484쪽)을 견뎌야 했다. 참혹했던 기억은 대인기피증, 불안, 분노조절장애, 무력감 등의 정신적 외상으로 남았다. 이러한 지점들은 그동안 오월소설들이 소환했던 신경증적 주체들의 증상과 다르지 않다. 하지만 군인들의 폭력이 연상되는 순간마다 스스로의 육체가 폭력성을 재현하는 기계가 되어 급기야 아내의 죽음까지 야기한 강박적 폭력에 이를 때, 소설은 계몽적 위치에서 기억의 필요성을 당위적으로 주장했던 인물들의 전형성을 벗어난다. 협회 몫으로 주어진 자판기 사업의 적은 수익금에 의존하면서 라면으로 끼니를 떼우는 동지들의 우울한 낯빛 또한 생존을 위해 "사회의 기생충"(490쪽)으로 전락한 항쟁주체들의 가혹한 현재성을 적나라하게 드러낸다. 그래서 "민주유공자가 아니라 민주유해자로 살아온 지난날이 아쉽고 부끄러웠다."(498~499쪽)는 고해와 함께 자살에 이르게 된다.

스스로를 "민주유해자"(498~499쪽)로 지칭하는 이 수치심의 근원에는 어떤 숭고함으로 기념비화되는 오월의 절대성이 자리 잡고 있다. 그 첫 번째는 자신이 '절대주체'로 환원될 수 없다는 사실에 기인한다. 자신이 오월 담론이 요청하는 민주투사가 아니었다는 사실, 헌혈을 독려하는 한 간호사의 모습을 보고 시위에 참가하게 되었다는 우연성, 그래서 자신이 변증법적 역사발전의 필연성에 의해 소환되는 주체가 될 수 없다는 사후의 자각, 그런 자신이 과연 누군가를 대신해서 살아남아도 되는 존재일까라는 자기 증명 요청이 '민주유해자'라는 결과값으로 도출된 것이다.

두 번째는 '사회의 기생충'으로 전락해버린 비참한 현재의 민낯에서 기인한다. 한때 세상의 변화를 위해 투신했지만 정작 남은 것은 불편한 신체와 피폐해진 정신과 가난뿐이라는 비참한 현실은 혹여 '국가권력에 대항하는 행위는 결국 초라한 삶으로 귀결될 수밖에 없다.'는 패배주의적 명제를 정당화하는 수단으로 오용될 수 있다. 이 오독에 대한 위기감과 수치심이 자살이라는 비극으로 수렴되었다. 차라리 그때 함께 죽지 못함으로써 소설의 인물은 오월의 절대성으로부터 점점 멀어져 간다.

도청 최후의 순간 절대적 죽음에 이른 자들이 보통의 시민들과 분리된 특별한 존재가 아니었던 것처럼, 살아남은 자들도 특별한 소수로서 영웅주의적 대상으로 치환되지 않는다. 또 이들 모두 숭고한 역사의식을 광주라는 장소에 투사한 이데올로기적 주체로 환원되지도 않는다. 오월의 죽음들이 숭고함으로 호명될수록 함께 죽지 못한 채 남겨진 자들의 참혹한 삶은 그 숭고함에서 점점 멀어진다. 1980년 5월 광주에서의 사건이 숭고한 희생의 특별한 장소성으로만 환원될 때, 오월문학의 주체들이 겪는 비극은 끝나지 않을 가능성이 농후하다. 지난 '오월'이

'특별한 사건의 장소'로 기념비화 될수록 광주는 완전성에 대한 환상에서 벗어날 길이 요원해지고, 광주는 분리의 폭력에서 자유로울 수 없게 된다. 손병현의 「민주유해자」는 이러한 낭만적 환상을 해체하면서 오월의 문학을 '지금-여기'의 자리로 긴급히 호출한다.

4. 소외된 오월 : 공선옥의 「은주의 영화」, 이현석의 「너를 따라가면」

공선옥의 소설 「은주의 영화」[7]는 역사의 논공행상에 초대받지 못한 소외된 존재들의 상처와 죽음에 주목하면서 '오월' 문학의 확장성에 기여하고 있다. 1980년 당시 아버지와 함께 토종닭과 보양탕을 팔던 어린 '상희 이모'(은주의 이모), 그리고 1989년 짧은 시간 인연을 맺은 북쪽방의 어린 소년 '박철규'가 바로 소외된 오월의 주체들이다. 더불어 서사의 주된 장소가 무등산 중턱(금남로도 도청도 아닌)의 오래된 토종닭집이라는 설정도 이 소설이 절대성으로 표상되는 '오월'의 바깥을 응시하고 있다는 점을 시사한다.

먼저 상희 이모의 사연에 주목해 보면, 절름발이 딸을 본 한 손님의 의문에 답하는 아버지(은주의 외할아버지)의 진단은 참으로 공교롭고 '소소하다.'

오일팔 때 그랬습니다, 오일팔 때.

---

7) 공선옥, 「은주의 영화」, 『5월문학총서 2- 소설』, 문학들, 2024.

아, 그럼, 총 맞았어요?

어어어, 그것이 아니고오, 맥없이 맥없이 그랬단게애. 그냥 군인들이 퇴각험시로 뽈따구가 좀 났던개비여어. … 그래서 화풀이를 한다고 한 것이 지나는 길에 장독아지도 좀 깨고 총질도 좀 하기는 했제이. 시내서는 뭐 많이 죽기도 죽었지마는 우리 동네서는 **그저** 닭 몇 마리, 개새끼 몇 마리 죽고 거 머시냐, 하여간 그뿐이여. **소소허다면 소소허제.** 아, 근디 저것이 방에서 나오다가 달구새끼 죽는 것을 좀 봤던 모양이여. 그것이 뭐이 어쩐다고 심적 타격을 좀 얻었던 모양이라. 한창 예민한 사춘기 때라이. 그럴 수도 있어. 충격을 먹었는가, 그 뒤로 저러요 안.

…(중략)…

오일팔 피해자구먼, 피해자여.

아따, 그런 말 하지들 마쑈. **저 아래 누구 집, 누구 집 해서 죽은 사람들이 얼매나 많은디.** 우리 집 가시내는 직접적 피해를 입은 것도 없고 단지 달구새끼 때문에 충격을 좀 먹은 것 가지고 무슨 피해자는 피해자여. 어어어, 당최로다가 그런 말은……

— 「은주의 영화」, 308~309쪽. 강조 인용자

광주 시내의 '저 아래 누구 집, 누구 집'들에서 죽어간 목숨들에 비하자면, 산 중턱의 외진 곳에서 직접적 피해를 입은 것도 아닌 딸의 외상쯤이야 '오일팔 피해자'라고 자처하고 나서기엔 소소하다면 소소할 수도 있겠다. 그럼에도 5공청문회를 보면서 "장꽝 깨지고 닭 죽고 개 죽은 사연 가지고 따지는 국회의원은 없다냐?"(324쪽)라고 말하는 외할아버지의 탄식을 나란히 놓고 보면, 오월에 대한 사후 평가에서 소외된 주체들의 상처를 직시하고자 하는 작가의 의도를 충분히 짐작할 수 있다. 절름발이가 된 '상희 이모'의 신체는 이웃한 타자들의 죽음이 각인된 흔적이며 '광주'가 사회의 육체에 남긴 상처의 은유임이 분명하기 때문이다. 직접적인 피해가 아니라는 이유로 공적 영역에서 언급되지 않은 채, '그저' 우연한 불행으로 개별화되는 소외된 오월들을 공선옥은 이 소설에 기입하고 있다.

다음으로 박철규는 어린 은주를 가끔 보살펴주던 북쪽방의 셋집 아이였다. 그의 엄마가 어린 아들을 내버려두고 사내와 여행을 간 사이, 학교 선생님의 부당한 폭력을 피해 학교를 가지 못하던 그 며칠 사이(어린 상희와 어린 철규가 위험에 처하는 동안 소설의 어른들은 한결같이 가해자 또는 방관자의 위치에 있다), 혼자서 산을 헤매다 경찰에 쫓겨 죽음을 맞이했다. 경찰이 쫓던 인물은 어린 국민학생 박철규가 아니라 조선대학교 학생 이철규였지만, "잡아라, 철규 이 쌍놈의 새끼"(352쪽)를 외치던 경찰들의 목소리를 선생님이 보낸 사람들로 착각하면서 어린 박철규는 벼랑으로 몰려 실족사했다는 것이 소설의 사연이다. 이 또한 소소하다면 소소한 것일까.

시내에서 학생들이 철규를 살려내라, 고 데모를 해. 우리 철규를 왜 살려내라고 하나, 왜 그러느냐고, 우리 철규를 당신들이 아냐고, 왈칵 물었지. 대학생들도 울어. 울면서 나한테 물어. 이철규 누나냐고. 아니라고, 나는 박철규 에미라고 했지. 말하자면, 죽은 애가 **철균데 우리 철규가 아냐.** ……

대학생 철규가 부럽더라고, 그때는. 우리 철규는 어떻게 죽었는지, 열한 살 우리 철규의 죽음을 밝혀내라는 사람은 아무도 없었어. 내가 혼자 어떻게 해. **우리 철규는 대학생도 아닌데.** 그래도 이상해. 철규를 살려내라는 말이 꼭 나한테 하는 말 같아. 나보고

철규 살려내라고 사람들이 종주먹을 들이대는 것 같아.

－「은주의 영화」, 350～351쪽. 강조 인용자

소설은 다분히 의도적으로 '단순 추락사한 국민학생 박철규'와 '고문 치사 당한 대학생 이철규' 사이의 유사성과 차별성을 배치하고 있다. 이름의 유사성은 오월의 죽음들이 특별한 주체들의 죽음이 아니라는 사실과 누구라도 그럴 수 있었다는 보편성으로 확장된다. 반면 애도의 차이는 열사 또는 민주투사 등으로 호명되지 못하는 수많은 이름 없는 자들의 죽음이 충분한 애도의 종결을 맺지 못했다는 점을 직시하게 한다. 동시에 소설은 부모와 사회의 보살핌 바깥에 놓인 박철규의 죽음을 통해 오월 광주의 거리에서 죽고 다치고 사라진 모든 '이름 없는 자들'의 고통을 환기하게 한다.

약간의 선언 어투가 허락된다면, '오월 광주'는 거대담론이나 거대서사로 환원되지 않는 영역에 있을 때 『봄날』을 넘어설 수 있다. 그곳에 사회에서 제 몫을 가지지 못했던 사람들과 역사적 영웅의 이름으로 호명되지 않는 수많은 상처들이 존재하기 때문이다. "우리 닭만 죽은지 아냐 (…) 우리 장꽝만 깨진지 아냐"(319쪽)라는 자위적 탄식을, '우리 아들만 그란 것이 아닌디'라는 광주 엄니들의 탄식을, 상처뿐인 영광의 잔치상에 놓일 숟가락 개수를 결정하는 기준에서 제외할 때 '오월'의 문학은 도그마에서 빠져나오기 요원해진다는 점을 공선옥은 강조하고 있다.

공선옥 소설을 마무리하기 전에 오월소설의 형식적 가능성 측면에서 한 가지 사실을 덧붙이려 한다. 「은주의 영화」가 특별한 이유는 소설의 전략이 기억의 재생작업에만 머물지 않기 때문이다. 이 소설의 가치는 카메라를 찍고 있는 주인공 오은주가 카메라의 영상 안으로 빨려 들어가는 순간에 있다. 소설의 카메라는 연출자－연기자－관객의 경계선을 지우고, 프레임의 경계를 뚫고 들어가 과거의 시간과 현재의 시간을 겹쳐 놓는 복원 기계로 기능한다. 그래서 오은주가 빙의된 카메라 안에서는 제 딸의 불행을 지키지 못했던 외할아버지의 회환의 눈물과 외롭게 산채를 지키며 살아야 했던 이모의 외로움이 현재로 소환되고 있다. 또 은주의 카메라가 박철규의 엄마이자 호프집 주인 박선자를 영상에 담을 때, 어린 철규의 목소리가 영상 밖으로 전송되고 한 치의 망설임 없이 카메라 안으로 들어간 박선자가 어린 철규의 마지막 며칠을 목도하면서 울음으로써 20년의 시간을 되돌리고 있다. 공선옥 소설의 복원작업은 그러므로 재현이 아니라 '주체와 객체의 마주침'이라는 빙의의 방식에 가깝다. 주체와 객체의 자리가 지워진 공간, 산 자와 죽은 자 사이의 시공간이 무화되는 지점, 죽은 자의 목소리가 삶의 공간으로 재기입되면서 산 자들은 제 몫의 죄책과 회한을 목놓아 토해내는 지점, 바로 그곳이 카메라(즉 오월문학)가 서 있어야 할 위치라는 점을 공선옥의 소설은 말하고 있다. 그리고 이때 소설은 과거와 현재를 만나게 하는 영매靈媒가 된다.

은주의 카메라가 피사체(subject)를 오브제(objet), 즉 객체(object)로만 대상화했다면 소설은 새로운 의미생산의 지점에 닿지 못했을 것이다. 피사체(subject)가 곧 주체(subject)가 될 때, 예술은 관객을 주체(subject)로 만들 수 있다. 공선옥 소설은 주체와 객체를 무화하는 방법으로 재현의 장막을 통과하면서 포스트-광주로 나아가는 듯하다.

이현석의 「너를 따라가면」[8]은 젠더 차별을 경유하면서 소외된 오월의 서사를 한 발 더 밀고 나간다. 소설은 1980년 광주 시내의 한 병원에서 근무하는 간호원 '정혜'의 시선을 통해 그날의 참상으로 접속한다.

---

8) 이현석, 「너를 따라가면」, 『5월문학총서 2- 소설』, 문학들, 2024.

공선옥의 소설이 '이름 없는 자'들의 소외된 상처에 주목한 것처럼, 이현석의 소설이 먼저 보여주는 것 또한 고유명사가 지워진 존재들이다. 가령 '파추하(파란색 추리닝 하의)'와 같은 이름들. 야전으로 변한 병원 로비에 실려 온 수많은 부상자들에게 붙여진 그와 같은 이름들.

> 그런 환자들이 꼬리에 꼬리를 물고 로비로 밀려들었다. 하얀 블라우스에 청원단 원피스를 입은 환자는 **청치마**, 여, 복부 총상, 일반외과. 정장 바지 허리춤에 묵직한 열쇠고리를 찬 환자는 **열쇠뭉치**, 남, 사지 관통상, 정형외과. 검은 바탕에 파란 줄무늬가 들어간 티셔츠를 입은 환자는 **검파상**, 남, 우측 흉부 총상, 흉부외과.
>
> **의식을 잃으면 이름도 잃었다.**
>
> — 「너를 따라가면」, 424쪽. 강조 인용자

이와 같은 "임시의 이름"(424쪽)은 특별한 영웅이나 투사가 아닌 모든 시민들의 이름에 값한다. 그리고 소설은 이름을 잃어버린 이들의 모습을 경유해 정혜의 내면으로 접속한다. 그곳에는 과거 정혜가 어렸을 때 만났던 이름도 몰랐던 한 사람, 동네 사람들의 온갖 추문의 당사자였던 한 언니를 떠올리게 한다. 간호원이 되어 독일로 떠나고 싶었던 '그 언니', 항상 수선한 간호복을 입고 출근하던 '그 언니', "몸매가 훤히 드러나는 유니폼"(418쪽)이 거슬렸던지 병원장 오 박사의 내연녀가 되어야만 했던 '그 언니', 간혹 헝클어진 옷차림 때문에 동네 사람들에게 "도화살 낀 것 같은 애"(418쪽)로 불리던 '그 언니', 간호보조원에 불과한 신분 때문에 "저렇게 다니면 저가 정말 간호원이라도 된 거 같나."(418쪽)라는 비아냥의 대상이 되었던 '그 언니'.

전쟁고아라더라, 작부였다더라, 약쟁이라더라, 라는 최초의 소
문들은 오 박사가 제 버릇 개 못 주고 또 저가 뽑은 보조원이랑 정
분이 났다는 소문으로 이어졌다. 마을 사람들은 오 박사의 아랫도
리 일에는 식상해 하면서도 언니가 오 박사네 의원에서 오 박사의
애를 뗐다는 소문에는 광적으로 흥분했다. 말은 돌고 돌아 오 박
사네 사모님 귀에도 들어갔다는 말도 들려왔고, 그 말은 사모님
보는 앞에서 애를 뗐다는 말로 바뀌기도 했다. 그렇게 한껏 부풀
어 오른 말은 언니가 사라지면서 편리하게도 진실이 됐는데 사람
들은 진실로 바뀐 소문에 더는 관심을 두지 않았다.

– 「너를 따라가면」, 427쪽

가해자보다 피해자에게 더 가혹한 소문은 그대로 '오월 광주'에 대한
1980년 당시의 추문들을 연상하게 한다. 온갖 소문에 의해 사회의 비정
상적 요소로 제거되어야만 했던 광주 사람들의 사정은 '그 언니'에게 붙
은 온갖 악의적 표현들과 그대로 등치된다. 당시 언론들에 의해 증폭된
소문 속에서 광주시민들은 폭도, 불순분자, 간첩이 되어야만 했으며,
'그 언니'에 대한 비아냥처럼 광주도 '그런다고 세상이 바뀌기라도 하나'
와 같은 조롱의 대상이 되었으니까 말이다. 그래서 생각해 보건대, 소
설에서 그녀가 그저 '그 언니'인 이유는 고유성이 상실된 텅 빈 기표에
누구라도 포함될 수 있기 때문이다. 이러한 작가의 의도는 국가폭력과
유언비어들에 의해 파괴되고 소외되어야만 했던 '그 도시'가 반드시 광
주가 아닐 수도 있었다는 사실로 확장된다.

그녀가 그저 '그 언니'인 또 다른 이유는 '정혜'의 사정도 크게 다르지
않았기 때문이다. 아버지의 사업 실패로 가정환경이 어려워진 당시에도

오빠는 장남이니 재수학원에 보내야 했고 막내는 막내에 아들이라 직접 양육해야 했지만, 정혜는 "덜어내야 할 입"(417쪽)이었다. 그런 정혜를 맡아주던 외숙모는 "우리 정혜, 행여 **저런 것들**이랑은 말도 섞지 마라"(418쪽. 강조 인용자)라고 우려했으나, 정작 정혜는 '저런 것들'에 속한 그 언니와 함께 대마를 피우거나 당시 유행했던 김추자나 양희은이 아니라 트윈폴리오를 같이 들으며 외로운 처지를 공유했었다. '그 언니'를 따라 간호원이 되어 독일로 가겠다는 정혜에게 엄마는 "**일손이나 거들다 시집이나 가야 할 년**이 헛꿈 꾸지 마라, 아프레걸입네 비트니크입네 떠들어대니 **너 따위 계집**이 뭐라도 될 것 같으냐."(421~422쪽. 강조 인용자)라며 딸을 젠더 차별의 영역에 묶어버렸다.

소설은 '그 언니'의 목록에 헌혈을 위해 병원으로 달려간 "역전 유흥가의 작부들"(435쪽)을 덧붙인다. 몇몇 사람들에 의해 헌혈이 제지된 그녀들이 "내 피가 더러워, 더럽냐고!"(435쪽)라며 항의하는 장면의 삽입에는 명확히 오월의 소설을 차별과 혐오로 얼룩진 젠더의 영역으로 확장하려는 작가 이현석의 의도가 개입되어 있다.

그러니까 오월 광주를 배경으로 한 이현석의 소설에 등장하는 '그 언니'라는 기표에는 다음과 같은 의미들이 기입될 수 있다. 가부장 중심의 가족 담론에서 제외된 '덜어내야 할 입' 정혜, 정상 가족 담론의 잠재적 윤락녀이자 파괴적 용의자로 지목된 '저런 것들'인 '그 언니', 헌혈에도 자격 증명을 요구받아야 했던 '더러운 피' 유흥가의 언니들, 그리고 이들처럼 제 이름값대로 호명되지 못한 채 병원에 실려 온 신원불상의 '파추하' 또는 '검파상' 같은 시민들, 온갖 유언비어에 의해 빨간 밑줄이 그어진 어떤 도시, 폭도가 되어야만 했던 그 도시의 어떤 시민들 등등. 모두 같은 이름들이다. 이 목록들의 상단에 '소외된 오월의 이름들'이라는 명명을 붙이고 싶었던 것이 이현석 소설의 의도인 듯하다. 이현석의 소설은 국가폭력과 젠더 폭력을 나란히 병치하고 그동안 '오월'의 담론에서 호명되지 못했던 이름들을 소환하면서 오월문학의 영역을 역사 바깥의 지평으로 열어내고 있다.

5. 새로운 공동체, 확장되는 오월 : 한정현, 「쿄코와 쿄지」

한정현의 소설 「쿄코와 쿄지」[9]는 젠더 차별과 소외된 오월의 지점에서 한 발 더 나아가 '스스로의 공동체'를 기획하는 영역으로 전진한다. 박솔뫼의 소설이 오월 이후 세대의 질문을 통해 포스트-광주에 대한 입구를 열었다면, 한정현의 소설은 이에 대한 하나의 답변으로 읽히기에 충분해 보인다. 이것이 하나의 답변이 될 수 있는 이유는 특히 국가 이데올로기와 젠더 차별에 의해 억압된 존재들에게 목소리를 부여하면서 '오월'의 절대성 이면에 소실점을 맞추기 때문이다. 한정현의 작품들에 빈번하게 등장하는 연구자 인물들은 과거를 문화사적으로 복원하는 작업에 천착한다. 「쿄코와 쿄지」 또한 오월 광주를 연구하는 인물(영소와 경아, 그리고 연구자는 아니지만 증언자로서의 경자)을 통해 '소외된 오월'을 복원하는 작업에 해당한다.

특히 오키나와라는 장소성은 배제와 차별의 꼬리표에서 자유롭지 못했던 수많은 소수자들의 이야기를 발굴하고 복원하는 한정현 소설의 입

---

9) 한정현, 「쿄코와 쿄지」, 『5월문학총서 2- 소설』 문학들, 2024. 「쿄코와 쿄지」에 대한 이 글의 일부는 졸고, 「소수자-퀴어-청년이 역사와 만나는 방식」(『문학들』, 2021년 여름호)의 내용을 참고했음을 밝힌다.

구라는 점에서 주목할 만하다. 오키나와에는 옷차림과 노래가 당시 한국의 풍토와 맞지 않아서 "풍기문란이라는 꼬리표"가 달렸던 김추자와(「괴수 아키코」), "위안부라는 꼬리표" 때문에 "고향이 아닌 섬"으로 갈 수밖에 없었던 노인들과(「대만호텔」10)), '광주'와 '빨갱이'라는 꼬리표를 떼기 위해 이곳으로 온 '경자'(「쿄코와 쿄지」)가 있다[미리 말하자면 「쿄코와 쿄지」를 읽을 때에는 특히 이름에 유의해야 한다. 경자의 본명은 '경녀'였으나 가부장 질서에 대한 저항의 의미로 아들 자子를 쓴 '경자京子'로 바꾸었다가, 굳이 아들이어야 할 필요성에서 벗어나 스스로 자自를 쓴 '경자京自'로 바뀌었다. 그렇게 그(녀)의 친구들도 모두 혜숙이 아니라 혜자, 미선이 아니라 미자가 되었고, 성소수자였던 영성은 영자가 되었다. 따라서 그(녀)의 일본식 발음도 '쿄코 아니고 쿄지'여야 한다. 그렇게 그들은 "아들들의 공동체를 통과하여 최종적으로는 스스로의 공동체"(453쪽)가 되었다] 오키나와는 과거 끊임없는 자기 증명이 요구되는 곳이었다. 가령 다음과 같은 서술을 보자.

> "근데 갑자기 일본이 섬을 지배하면서 그런 질문들을 하기 시작한 거야. 넌 일본인이냐 오키나와인이냐, 설마 조선인이야 이런 거. 그때 오키나와 사람과 조선인은 거의 같은 취급을 당했다고 하거든. 오키나와인들의 시신을 수습해준 것도 조선인들이고 아무튼 그래서, 거기 사람들은 살려면 자기가 일본인이라는 걸 어떻게든 증명해야 했대. 모두가 마음만은 일본이 싫었겠지만 그렇다고 모두가 용기 있고 정의로운 사람이 될 순 없으니까 말이야."
>
> ―「쿄코와 쿄지」, 457쪽

---

10) 이상의 작품은 한정현, 『소년 연예인 이보나』, 민음사, 2020.

1879년 메이지 정부에 의해 오키나와현으로 복속되기 전까지 '류큐 왕국'이었던 오키나와는 제국의 식민지가 된 이후 제2차 세계대전 당시에는 미국과 일본의 치열한 전투가 치러진 최후의 장소이기도 했다. 「괴수 아키코」에는 "오키나와 원주민들 중 표준어를 제대로 발음하지 못하는 자들을 골라 첩자를 색출"(26쪽)한 일본 제국의 역사가 기술되어 있다. 비제국의 언어는 유다의 별과도 같아서, 폭력은 항상 연약한 존재에게 자기를 파괴하는 방식으로 자격의 증명을 요구했다. 제국과 식민 어디에도 속하지 않는 이중적 배제의 장소로서 오키나와는 국가, 인종, 언어, 젠더 등 수많은 배제와 혐오의 생산지였고, 일본과 미국이라는 제국 사이에서 지속적으로 자기증명을 요구받았던 국가폭력의 장소였다. 따라서 한정현의 소설 「쿄코와 쿄지」에서 오키나와는 '오월 광주'를 동아시아사의 지평으로 확장하는 특별한 장소성으로 기능하고 있다.

그러나 이곳에는 "소바도 있고 맥주도 있고 고구마"(「쿄코와 쿄지」, 473쪽)도 있으며, 서로 싸우다가도 웃고 음식을 나누는 삶도 있다. 국적에 상관없이 모든 죽은 영혼들을 위해 "모두의 결혼식"(「대만호텔」)이 열리는 곳이기도 하며, 수많은 소수자들의 삶을 연구하고 복원하는 '영소'와 '경아'가 있으며, 무엇보다 '오월'의 공적기록에서 누락된 친구들의 삶을 기억하는 '경자'가 있는 곳이기도 하다. 이런 점에 주목하면 오키나와는 한정현 소설에서 소외된 죽음들의 상처를 복원하는 곳이자 동시에 치유의 입구라는 이중적 장소성을 지니고 있다. '경자'가 '영소'(혜자의 아이)를 데리고 오키나와에 온 이유가 여기에 있다.

한정현은 '경자'가 오키나와로 오기 전, 광주에서 그(녀)의 친구들이 어떻게 역사에서 지워졌는지에 대해 많은 분량을 할애한다. 그것이 중요한 이유는 이들의 '소외된 오월'이 한정현이 열고자 하는 포스트−광주의 한 지점을 암시하기 때문이다. 따라서 조금 길더라도 이들의 이야기에 주목할 필요가 있다.

「쿄코와 쿄지」의 네 인물들은 모두 1958년 전라도 태생들이다. 이 주인공들의 삶은 한국 사회의 경제권력과 정치권력의 중심부로 성장하면서 '아버지들의 전성시대'를 이루었던 베이비부머 세대(58년 개띠)의 역사와 다르다. 전라도 사투리로 이들은 한국사회의 '한비짝'에서 태어나고, 자라고, 그리고 지워졌다. 그들이 만든 '스스로의 공동체'는 '오월'의 공적기록 어디에도 쓰이지 못했다.

"남자와 여자 둘 모두의 염색체"(449쪽)를 가지고 태어난 '영자'는 가부장의 명령으로 '소영성'의 삶을 살 수밖에 없었다. 그리고 '영자'는 '소영성'의 이름으로 광주에 투입된다. 국가폭력의 주체로 동원된 '소영성'은 불명예제대 후 조금씩 무너져갔다. 그리고 "경자야, 너는 아무것도 보지 못한 거야. 다 잊어. 다 잊고 살아가. 나도, 그 무엇도"(464쪽)라는 유서를 남겼다. '소영자'로서의 공식적인 기록은 어디에도 존재하지 않는다. 아버지의 율법과 법과대학으로 상징되는 성공의 방정식은 국가폭력에 의해 한 줄도 쓰이지 못한 채 지워졌다.

오빠의 질투와 폭력에 노출되었던 '혜숙' 아니 '혜자'는 아들이 되고 싶었다. 그래서 '혜자'는 "자애로운 어머니 신사임당의 땅"(451쪽)인 강원도의 의대에 진학했지만, 다시 광주로 돌아와 "양서협동조합과 들불야학"(447쪽)에 헌신했다. 전남대 법대에 다니는 운동권 남자친구와 자주 거리에 나섰던 '혜자'는 그해 오월 이후 아이(영소)만 남기고 지워졌다.

'미선' 아니 '미자'는, "신부가 되고 싶었지만 수녀가 될 수밖에 없"(466쪽)었던 베로니카 자매님 '미자'는, 그해 오월 군인들로부터 도망친 사람들을 위해 성당 문을 열어주었던 미자는, 유인물을 제작하면서 군부의 만행을 알리기도 했던 미자는, 아무도 모르게 사라졌다가 어느 정신병원에서 젊은 나이에 "죄 없는 백발의 노인"(462쪽)이 된 채 발견되었다. 오월에 대한 공적 기록은 신부님들 외에 베로니카 수녀와 같은 이들의 이야기를 전하지 않았다. 그렇게 '미자'는 지워졌다.

그리고 '경녀' 아니 '경자'는, "여자의 인생은 좋은 남편을 만나는 것으로 결정된다고 믿었기에 딸을 영부인과 대학 동기로 만들고자 했던 아버지의 뜻"(460쪽)에 따라 서울 광화문의 재수학원에 있어야 했던 경자는, 그곳에서 광주의 소식을 들은 경자는, "전라도에서 왔다고 하면 빨갱이라는 말"(465쪽)을 들을까 봐 사투리 대신 서울말을 써야 했던 경자는, 광주에서는 굳이 사투리를 감추지 않아도 됨에도, 광주에서는 총상을 감추지 않아도 됨에도, 광주에서는 5월에 흰 옷을 입고 검은 리본을 달아도 하나도 이상하지 않음에도 불구하고, '혜자'가 남긴 아이를 데리고 오키나와로 떠났다. 다시 말하건대 이곳에서는 누구도 자기 증명을 요구하지 않을 것 같았기 때문이다.

이들의 삶에는 모두 젠더 차별의 흔적이 새겨져 있다. 한정현은 가부장 질서로 표상되는 젠더 권력과 '오월'의 피 묻은 국가권력을 나란히 병치함으로써 앞서 이현석이 가려했던 길을 복습하고 있다. 그런데 한정현은 여기에서 멈추지 않는다. 이를 설명하기 위해 아래의 인용문들보다 여러 갈래로 얽힌 차별을 명확하게 보여주는 방법은 없을 듯하다.

미자의 어머니는 **무당**입니다. 그리고 할머니는 **일본인**이래요. 일제 강점기 때 일본의 집이 너무 가난해서 한국으로 돈을 벌러 온 거라고 해요. 그렇게 온 일본인 중에 가난한 여자들은 대부분 **현지처**가 되거나 카페나 호텔의 **여급**으로 일했는데, 일본이 철수할 때 이들은 데려가지 않았대요. 미자의 외할머니도 조선에 온 일본 남자의 현지처가 되어서 미자의 어머니를 낳았는데 그 일본 남자 혼자 본국으로 돌아가고 외할머니와 미자의 어머니는 데려가지 않았대요. 일본에서는 재조 일본인과 조선 현지처 사이에 태어난 아이를 인정하지 않는 사회 분위기가 있었다던데 사실 정확히는 모르겠어요.

— 「쿄코와 쿄지」, 459쪽

"어릴 적 외할머니가 **재조 일본인**이라 한국에서는 **친일파**라고, 또 일본인들에게는 **현지처 자식**이라고 **더러운 피**라고 욕을 먹었는데 이제는 광주 사람이라고 **빨갱이**라고 욕을 먹는다고요."

— 미자의 경우. 「쿄코와 쿄지」, 475쪽

반에서 따돌림을 당하던 사람은 총 네 명, 나와 **재일 조선인** 아이, 그리고 **동성애** 스캔들을 일으킨 아이, 자기가 남자라고 주장하던 아이. "**더러운 피.**" 사람들은 나를 보고, 나와 함께 따돌림당하던 아이들을 보며 종종 그런 말을 했다.

— 영소의 경우. 「쿄코와 쿄지」, 491쪽

하루는 여기 넘어와서 **혐한시위대**를 마주친 거죠. 그들이 지나가길 기다리며 길 한쪽에 서 있었는데 어떤 사람이 저를 똑바로 보고 말하더라고요. '한국인, 더러운 피.' 그때, 생전 나를 본 적도 없는 사람이 나를 증오하고 혐오하고 있다는 걸 알았어요. 그날 집에 돌아와 이유도 없이 샤워를 내가 몇 번이나 했는지 몰라요. 이상했죠. 그러다가 그 다음엔 나도 처음 보는 그 남자를 붙잡아 욕을 하고 싶다는 생각에 잠이 오지 않을 정도였어요. 그런데 내 말

에 남편은 그저 한숨을 내쉬더니 이렇게 말하더군요. 이제 그런
말에 익숙해져야 할지도 모른다고 말이에요.

– 경자의 경우. 「코코와 쿄지」, 475쪽. 이상 강조 인용자

'미자'는 '재조일본인-무당'이라는 모계의 혈통만이 선택적으로 차용
되어 차별과 혐오의 대상이 되었다. '영소'와 '경아'는 '재일조선인'이라
는 이유로 차별받는다. 재조일본인과 재일조선인이라는 엇갈린 차별의
화살표는 혐오의 근거가 다분히 자의적 선택에 불과하다는 점을 지시한
다. '영소'의 친구는 성정체성 때문에 따돌림의 대상이 되었다. 이들은
모두 '더러운 피'이다. 인용문의 강조 표시들만을 모아 놓아도 한정현의
소설이 향하는 방향을 짐작할 수 있다. 여기에는 민족주의, 출생지, 인
종, 종교, 이념, 근대 가정담론 등 다양한 혐오의 잣대들이 얽혀 있다.
한정현 소설의 의지는 국가폭력의 피해장소인 '오월 광주'에 젠더를 비
롯한 소수자 정체성을 겹쳐놓으면서 여러 겹의 차별에 놓인 오월의 주
체를 생산한다. 언어, 성별, 인종, 국가, 젠더, 직업 등등 차별의 목록이
끝도 없다.

그러므로 한정현의 소설은 퀴어 서사나 '오월 광주'에 대한 소설로
국한되지 않고, 역사의 '한비짝'에서 제 목소리를 부여받지 못했던 수많
은 소외된 오월에 대한 연구에 가까워진다. '영소'와 '경아'를 비롯한 한
정현 소설의 주인공들이 역사나 문화사 연구자라는 점은 포스트-광주
를 위한 서사 형식에 있어 중요한 지점으로 보인다. 이들의 취재와 연
구과정은 누락된 소수자들의 삶에 사실성을 부여하고, 그것을 공적 영
역의 역사 기록으로 승화시킨다는 점에서 오월 광조의 새로운 마스터플
롯의 가능성을 보여주기 때문이다.

6. 다음의 자리

　'오월'의 감정정치는 '절대광주'로 표상되는 완전성에 대한 환상에 기대고 있다. 군부의 환상은 국가 이데올로기에 배치되는 비동일적 존재들에게 혐오와 오염(불순분자, 빨갱이 등)의 낙인을 찍으면서 동일성을 확장하는 방식이었다. 그리고 오월문학도 군부의 강박만큼이나 강력한 오월의 절대성에서 자유롭지 못했다. 도청 최후의 날 함께 죽지 못함으로써 살아남은 자 누구도 그 절대성의 자리에 도달하지 못하게 되었고, 오월문학은 이를 죄책감의 서사와 재현의 서사로만 표현할 수밖에 없었다. 이 절대성을 넘어설 때 포스트－광주의 문이 열린다. 그곳에 젠더, 인종, 언어, 국가, 종교, 지역 등과 얽힌 이름 없는 존재들이 문학의 언어로 소환되기를 기다리고 있을 것이다. 그 만남이 소설이 역사와 정치 그리고 증언을 넘어 포스트－광주의 픽션으로 이행하는 시작일 터, 이 글에서 다소 고양된 언어로 강조한 작품들이 이후의 오월문학을 더욱더 첨예하고 문제적인 자리로 이끄는 마중물이라는 점에 의심의 여지가 없다.

－ 미발표 신작 원고(2024년)

■ **김영삼** 1976년 전남 출생. 전남대 문학박사. 2019년 〈문화일보〉 신춘문예 평론 당선. 저서로 『문학과 기억』 등. 현 전남대 국문과 강사.

재현에서 증언으로

− 5·18연극의 변화

김소연

1. 난폭한 침입

『김군을 찾아서』는 영화 〈김군〉의 제작과정을 다룬 책이다. 책의 첫 장 "2014년"은 영화에도 등장하는 주옥 씨를 만나는 장면이 기록되어 있다. 당시 강상우 감독은 국립아시아문화전당 예술극장이 제작하는 리미니 프로토콜의 〈100% 광주〉 제작과정을 기록하는 촬영스태프로 광주에 있었고 이 공연에 참여하는 광주시민들의 일상을 기록하는 일을 맡는다. 주옥 씨도 그 과정에서 만나게 된다. 조선대학교 병원 근처에서 20여 년간 세탁소를 운영해온 주옥 씨에게 '평소 혼자 있을 때처럼' 일해 달라고 부탁하고 촬영한다. 그런데 주옥 씨는 곧 카메라 뒤에 선 이들에게 말을 건다. 관조적인 촬영 원칙을 흔든 그의 목소리가 당황스러웠지만 이내 주옥 씨의 말에 빠져들었다고 한다. 그의 이야기는 1980년 소금 간을 한 주먹밥을 빚어 시민군들에게 전했던 항쟁에 대한 이야기며, 조선대학교에서 축제 때면 들려오는 폭죽 소리가 총소리처럼 느껴져 이불을 뒤집어쓰고 운 일 등등을 처음 본 낯선 이들에게 들려준다. 감독은 "영화 〈김군〉의 촬영 방식은 주옥 씨가 우리에게 말을 건 이 날, 우리도 모르는 사이에 결정된 것 같다"고 한다.[1]

영화 〈김군〉의 제작과정에 등장하는 〈100% 광주〉는 베를린, 런던, 파리, 비엔나 등으로 이어지는 리미니 프로토콜의 도시 연작 프로젝트의 하나다. 성별, 나이, 가족 형태 등 인구통계학적 수치에 따라 100명의 표본을 만들고 그들에게 질문을 던져 100명의 답의 분포를 보여준다.[2] 연작 프로젝트인 만큼 표본 구성이나 질문에서 공통된 틀이 반복되지만, 도시마다 몇몇 질문들이 새롭게 추가되기도 한다.

빈 무대 후면을 가득 채우는 둥근 원, 100명의 사람들이 각자 자신을 소개하며 등장, 무대 천장에서 수직으로 찍고 있는 실시간 영상으로 분포를 이미지화하는 것, 환한 조명 아래 자신을 드러내고 이루어지는 선택과 암전 상태에서 익명으로 이루어지는 선택의 대비 등 분포를 보여주는 화려한 미장센과 일상의 파고드는 질문들로 도시의 삶을 보여준다. 그러나 사실 이 공연은 다큐멘터리씨어터의 방법론이 어떻게 허구

---

1) 당시 강상우 감독은 2014년 3월 10일부터 광주에서 해당 공연의 기록촬영에 참여한다. 촬영 진행 중 4월 16일 세월호 참사가 일어나는데, 이후 광주시민들의 일상이 이전 같지 않았다는 기록이 이어진다(강상우, 『김군을 찾아서』, 후마니타스, 2020, 16~17쪽). 한편 최근 영화 〈김군〉이 추적한 사진의 인물이 영화의 결말과 달리 실존하고 있음이 밝혀졌지만, 이 영화가 5·18광주민주화운동을 재구성하고 그 기억을 기록하고 있는 의미는 달라지지 않는다.

2) 기사에 따르면 〈100% 광주〉는 2012년 광주 인구통계조사에 따라 참여자를 구성했다. 예를 들어 70대 이상 노인 인구의 비율은 광주 전체의 6%이고, 외국인 인구는 1%를 차지한다. 이에 따라 '100% 광주'에 참여하는 시민 100명 중 6명은 70대 이상 노인이어야 하고, 100명 중 1명은 외국인이어야 한다. 캐스팅은 제작팀이 찾아낸 최초의 1명이 구심점이 되어 자신의 지인 중 통계학적으로 적합한 사람을 추천하게 되고, 이 사람은 또 다른 지인을 추천하면서 100명의 구성원이 완성된다. '도시'를 구성하는 사람들의 사회적 '관계 맺기'의 시스템을 무대 위에 그대로 구현해 내는 시도라고 한다. "'100% 광주' 시민 주인공 100명을 모십니다", 〈광주드림〉 2014. 2. 9.

를 만들어내는가를 보여주는 작품이기도 하다. 100%라는 제목은 통계 수치를 바탕으로 정확하게 구현된 표본집단을 의미한다. 공연에서도 '우리가 광주다'라는 대사를 반복함으로써 이 공연의 전제를 환기한다. 통계라는 수단을 사용하여 엄격하게 현실을 재현하는 것처럼 보이게 하고 따라서 공연에서 드러나는 분포란 이 도시를 대표하는 것이라는 믿음을 은연중 강요한다. 하지만 정작 이 공연에서 던져지는 질문은 무대 위 참가자들의 표본을 선정하는 5가지 기준과 거의 무관한 것일뿐더러 한 도시의 특정한 장소성을 드러내기에는 일반적이다. 이 공연의 마지막에는 출연자들이 직접 객석을 향해 질문을 던진다. 이 공연이 5·18에 대한 이야기일 것이라고 생각했느냐는 질문이 있었는데, 관객들은 그렇다고 대답한다. 하지만 이 공연에서는 광주항쟁에 대한 질문은 없었다.[3]

길게 〈100%광주〉에 대해 이야기하는 것은, 광주가 이제 더 이상 항쟁의 기억에 사로잡혀 있지 않은 도시임을 보여주는 이 공연의 제작과정에서 영화 〈김군〉이 시작되었다는 아이러니 때문이다. 이 도시 연작 프로젝트가 의도하는 것처럼 (광주) 시민의 평범한 일상을 촬영하는 순간에 내내 세탁소 빨래감을 다림질하던 주옥 씨는 항쟁에 대한 자기 기억을 풀어놓았던 것이다. 〈100% 광주〉가 담아내지 못함으로써 지워버린 기억이 무엇인가를 보여주는 에피소드이다. 대도시를 투어하는 유럽 아방가르드 공연집단의 제작과정에서 1980년 광주항쟁의 한 인물을 추

---

3) 이에 대해서는 별다른 비평적 논의가 없었다. 인터파크 전문가 20자 평에서는 "간단한 아이디어로 광주의 진모습을 보여준다. 그들이 광주다."(박병성, 별 다섯) "광주에 대한 질문들이 피상적이어서 중간엔 지루해진다."(장지영, 별 셋)으로 엇갈린다. 이외 SNS 에서 광주를 비장소로 그리고 있는 데에 대한 짧은 논의가 있었다.
학술논문으로는 리미니프로토콜의 창작방법론을 다룬 이예은의 「포스트-브레히트 연극의 환원불가능성 구현 - 리미니 프로토콜의 〈100% 광주〉를 중심으로」(한국연극학회, 2017)가 있다.

적하는 다큐멘터리가 시작된 것이다.

그리고 2014년은 한강의 소설『소년이 온다』가 발표된다.『소년이 온다』는 광주항쟁에 참여했던 사람들의 이야기이고 그들이 겪은 죽음의 이야기다. 죽음을 지키다가 죽음을 맞는 동호와 주검이 되어 자신의 죽은 몸을 바라보고 있는 정대의 이야기이고, 말들이 지워지고 침묵을 강요당하는 은숙의 이야기이자, 어제의 동료를 증오의 살덩어리가 되도록 하는 폭력 속에서 부서져 갔던 진수의 이야기다. 참혹한 폭력 속에서 살아남았지만 그 폭력을 증언할 말을 아직 갖지 못한 선주의 이야기이고 아이를 잃은 엄마의 이야기다. 소설은 생명이 빠져나간 몸에 대한 낱낱의 진술로 시작된다. 동호와 정대는 처참하게 훼손된 몸, 썩어 부풀어가는 몸, 역한 시취를 내뿜는 몸들에 둘러싸여 있다. 살아남은 이들의 고통도 훼손당하는 몸과 연관된다. 은숙의 부풀은 뺨, 진수와 남자의 짓이겨지는 손가락, 선주의 짓밟힌 내장, 한여름 아스팔트의 열기에 몸을 덮히는 엄마의 냉기 등등. 살아남은 이들의 고통은 몸에 각인되어 있다.

『소년이 온다』에 대해서는 이미 비평에서나 연구에서 여러 논의가 있어왔다. 김미정은 소설이 발표될 당시 일간베스트 저장소 등 5·18광주민주화운동에 대한 5·18펌훼를 '기억-정동' 전쟁으로 분석하면서 이 소설이 안팎으로 정동의 네트워크를 구성하고 있음을 밝힌다("'기억-정동' 전쟁의 시대와 문학적 항쟁", 인문학연구, 2017) 조성희는 레비, 아메리 등 홀로코스트 문학과 대비하면서 증언의 공백과 증언의 불가능성 문제, 육체적 정신적 고통과 치욕의 양상을 살핀다(「한강의 "소년이 온다"와 홀로코스트 문학-고통과 치욕의 증언과 원한의 윤리를 중심으로」, 세계문학비교연구, 2018). 김미정은 한강이 항쟁을 직접 경험한 당사자가 아니라는 점에 주목하여 작가의 몸을 매개로 "1980년 5월 광주,

1983년 여름 수유리, 2009년 겨울 용산"이 늘 연결되어 있었던 사건이었다는 것, 이 소설에서 두드러진 "오감과 관련되는 감각의 묘사"에 주목하면서 이는 곧 "몸의 부딪침", 관계를 통해 생성되는 "정동"으로 분석한다. 조성희는 지금까지 이 작품에서 논의되어온 증언 불가능성에 대해 살피고, 육체의 죽음과 함께 목소리를 잃어버린 정대에게 작가가 자신의 목소리를 빌려주고, 살아남은 인물들로 하여금 동호와 진수를 대신해서 증언하게 함으로써 증언의 공백을 메우는 작품이라고 분석한다. 두 논의 모두 증언의 불가능성에 주목하여 이 소설이 감행하고 있는 증언에 대한 분석에서 감각적인 생생한 묘사에 주목한다.

이러한 논의들이 주목하는 것처럼 『소년이 온다』에서는 무엇보다 폭력의 참혹한 양상이 세세하게 묘사된다. 소설이 출간되었을 당시 책을 펼쳤을 때 죽은 몸들의 참혹함, 살아남은 자들의 살이 짓이겨지는 고통에 사로잡혀 읽어내려가는 것조차 숨이 막힌다. 하나하나의 문장들은 나도 역시 그들처럼 그 참혹한 주검들을 마주하고 있는 것 같았다. 마치 80년대 5월이면 대학가에 전시되던 적나라한 폭력의 증거들을, 몇 차례나 복사해서 흐릿한 이미지로 전해지던, 그 흐릿한 이미지마저도 대면할 수 없었던 그 모습이 30여 년이 지나 역한 시취를 풍기며 눈앞에 펼쳐져 있는 것이다. 그 충격은 그동안 광주항쟁에 대한 서사가 노력해온 무언가를 되돌리고 있는 것 같았다. 일방적인 학살의 참혹함을 벗어나고자 했던, 그 참혹함 속에서도 그에 맞섰던 연대와 저항의 이야기를 만들어내고자 했던 노력을 되돌려놓는 것은 아닐까. 물론 소설의 모든 이들은 마지막까지 도청을 지켰던 이들이지만, 그들의 현재는 죽거나 살아 홀로 고통 속에 있다. 왜 광주항쟁은 죽음과 고통의 증언으로 돌아온 것일까.[4]

2. 저항, 기억, 기념[5]

1) 억압에 대한 저항으로서의 광주항쟁의 재현

지금은 5·18민주화운동이 국가기념일로 지정되고 국가의례로 기념식이 거행되지만 88년 국회청문회가 합의되기 전까지 1980년 5월 18일의 사건을 말한다는 자체가 폭력적인 억압과의 싸움이었다. 1980년대 광주 지역 민족극 단체들의 활동은 항쟁의 재현 자체가 싸움을 치러내는 것에 가까웠다. 예를 들어 1981년 5월 9일 「극회 광대」가 항쟁의 현장인 금남로에 있는 YMCA 무진관에서 공연한 〈호랑이 놀이〉에 대한 다음과 같은 기록에서 그러한 점을 확인할 수 있다.

> 모두가 잠들어 있고 모든 것이 얼어붙어 있던 81년 5월 9일. 광주 YMCA 체육관에서는 수천의 눈동자가 긴장감 속에서 빛나고 있었다. 광주민중항쟁 1주년이 되는 때 항쟁의 현장 YMCA 체육관에서 바로 '5월'을 다룬 마당굿이 관객들의 숨막힐 듯한 열기 속에서 공연되었던 것이다.[6]

---

4) 이에 대해 김미정은 조연정(「광주를 현재화하는 일- 권여선의 "레가토"(2012)와 한강의 "소년이 온다"(2014)를 중심으로」, 『대중서사연구』, 2014. 12.)과 서영인(「집단기억과 개별성의 고통 사이- 한강, "소년이 온다"(창비, 2014)」, 「삶이 보이는 창」, 2014년 가을)의 평가를 인용하면서 2014년이라는 시점과 『소년이 온다』 사이의 미학적 이질감을 지적한다. 그리고 이는 "『봄날』(1997)에서 이미 완료되었다고 진술된 "문학적 진상규명 작업"이 『소년이 온다』에서 다시 주제화되었다는 심증을 강화시켜준다."고 지적한다.

5) 이 절은 「국가기념서사 만들기와 5·18연극」(5·18민주화운동 40주년 기념 학술 심포지엄 『과거청산과 시민의 정치적 책임』 자료집, 2020)을 바탕으로 고쳐 썼다.

6) 박영정, 「광주 전남 지역의 마당굿 운동에 대하여」, 『전라도 마당굿 대본집』, 1989, 13쪽. 「극회 광대」는 80년 결성된 창작집단으로 구성원 다수가 항쟁 기간 동안 대중연설, 홍보 등으로 참여한다. 같은 글, 12~13쪽 참조

〈호랑이 놀이〉는 코커국의 호랑이와 그 졸개 만만국의 이타거, 전귀, 금귀, 분귀 등이 등장하는 우의극으로 해방 이후부터 당시까지 현대정치사를 풍자하는 작품이다. 연극은 코커국의 새로운 대리인인 칼돌이와 포수가 대결을 벌이고 결국 포수가 죽음을 맞는 것으로 끝을 맺는다. 남아 있는 대본으로 볼 때, 이 작품에서 5·18광주항쟁을 떠올리기는 쉽지 않다. 그러나 풍물놀이의 진풀이를 응용하여 춤으로 표현된 대결과 죽음은 바로 전해에 벌어진 항쟁이라는 것이, 공연 현장에서는 직접적으로 환기되었을 것이다. 1982년 제작된 노래극 〈넋풀이굿〉에서도 사건에 대한 재현은 없다. 알려진 대로 이 작품은 윤상원과 1979년 노동운동 중 과로사로 쓰러진 박기순의 영혼결혼식으로 전개된다. 사전에 창작동기를 미리 알지 않는다면 이 영혼결혼식의 두 남녀가 누구인지, 그들은 왜 죽었는지, 대본만으로는 알 수 없다. 이러한 양상은 한편으로는 항쟁을 직접적으로 재현할 수 없는 억압적 현실에서 비롯되는 것이면서 다른 한편 생생한 학살의 기억이 재현의 거리를 가질 수 없을 만큼 압도적이기 때문이다. 그러나 한편 이러한 내외적 억압과 더불어 우의극에 남겨진 여백이 항쟁의 주체들을 강하게 결속하는 효과도 갖는다. 즉 이 작품들은 80년 5월에 무슨 일이 있었는지, 그 사건의 의미는 무엇인지를 묻는다기보다는 항쟁을 함께 치러낸 이들의 공통경험을 확인하는 것에 가깝다.

광주항쟁에 대한 재현에서 항쟁에 직접 참여했던 이들의 재현과 광주 밖에 있던 이들의 재현에서는 갈라서는 점이 있다. 예를 들면 기국서의 〈햄릿〉 연작이 그렇다. 기국서는 1981년부터 1990년까지 〈햄릿〉 연작을 발표한다. 1981년 4월 국립극장 소극장에서 공연된 이 작품은 셰익스피어의 〈햄릿〉을 재구성한 작품이다. 선왕을 시해한 클로디어스가 진압복을 입고 연설하고, 70여 명의 대학생들이 군인들에게 진압당한다. 유령, 시역 사건 등 햄릿의 주요 사건과 대사를 따르면서도 장면들이 재구성되면서 1979년 10월 26일 박정희 대통령 저격사건, 전두환 신군부의 군사쿠데타, 5·18광주항쟁 등을 환기시켰다고 한다.[7] 셰익스피어 희곡을 우회한다는 점에서 비슷한 시기에 광주에서 올려진 〈호랑이 놀이〉나 〈넋풀이굿〉의 우의극을 떠올릴 수 있지만, 후자가 항쟁에 참여했던 이들을 재현하고자 한다면 기국서의 〈햄릿〉은 부정한 폭력에 대한 탐구에 가까우며 연작의 후반부로 가면 이러한 문제의식이 더 뚜렷하게 드러난다.

폭력의 고발에서 멈추지 않고 저항의 서사를 구축한다는 것은 광주지역 민족극 단체들의 작품에서 두드러지는 경향이다. 1988년 제1회 '민족극한마당'에서 공연된 놀이패 신명 〈일어서는 사람들〉과 극단 토박이 〈금희의 오월〉은 5월항쟁의 전모를 다룬 첫 작품이라 할 것인데, 이 두 단체는 모두 광주에서 활동하고 있는 단체들이다. 놀이패 신명 〈일어서는 사람들〉은 전반부가 곰배팔이와 꼽추의 긴 춤극으로 전개된다면 후반부는 광주항쟁에 참여했다가 죽음을 맞는 아들 오일팔을 찾아 나서는 과정으로 전개된다. 그 과정에서 항쟁의 주요 국면들이 장면화된다. 작품의 전반부와 후반부가 대비되는 이러한 구성은 광주에서 자행된 학살을 직접적으로 재현하지 않으면서도 생의 의지와 죽음의 대비를 통해 사건의 폭력성을 드러낸다.[8] 극단 토박이의 〈금희의 오월〉은 금희가 오

---

7) 김옥란, 「5·18 서사로서의 〈햄릿〉과 기국서의 연극사적 위치」, 『한국극예술연구34』 2011, 245쪽.
8) 전반부의 춤극은 곰배팔이와 꼽추가 만나 사랑을 하고 아이를 낳아 기르는 과정을 그린다. 민속연희 병신춤의 맥락에 있는 춤사위들로 구성된 전반부는 불구의 몸을 희화화한다기보다는 불구의 몸에서 분출하는 생의 의지가 충만하다.

빠 이정연의 행적을 따라 10일 간의 항쟁을 회상하는 액자틀 구성으로 전개된다. 〈일어서는 사람들〉이 설화적 전개를 보이는 반면 〈금희의 오월〉은 항쟁의 재현에 충실하다. 실제 항쟁에 참여했다가 죽음을 맞는 당시 전남대생 이정연의 동선을 따르는 이 작품은 영상자료, 해설 등을 삽입하여 항쟁의 전모를 충실히 재현하고자 노력한다. 한편 이 작품에서 가장 인상적인 장면은 '제3장 시장 사람들'이다. 이 장면은 공수부대의 무차별한 학살에 대항하여 시민들이 돌과 화염병으로 반격을 시작할 즈음, 시장 사람들이 주먹밥과 화염병, 피켓을 만들어 리어카에 싣고 금남로로 출발하는 과정을 그리고 있다. 질펀한 남도말과 해학적인 인물들은 이때까지 각인되어왔던 광주항쟁의 압도적인 비극성과는 전혀 다른 것이었다. 홍성담의 판화 〈대동세상〉(1984)에서 보았던 해방광주가 활인화로 되살아나는 듯 한 장면이다.[9]

이 두 작품이 발표된 1988년은 국회 '5·18광주민주화운동진상조사특별위원회'가 구성된 해로 그에 따라 이듬해 국회청문회가 시작된다. 국회청문회는 70여 명의 증인들이 출석하여 증언했으며 5·18민주화운동의 실상이 제도적으로 기입되는 시작이었지만, 여전히 가해자들이 권력의 핵심을 차지하고 있던 상황이었다. 사법권을 갖지 않은 입법부가 진상을 밝히는 데에는 한계가 있었다.[10] 그러나 당시 국회청문회가 중

---

9) 광주의 민족극 단체들을 중심으로 광주항쟁을 피해의 서사가 아닌 저항의 서사로 구축하는 경향은 2000년대 이후 본격화된 상업영화에서 광주항쟁을 재현하는 방식과는 구별되는 접근이다. 영화 〈화려한 휴가〉는 광주항쟁의 전모를 다룬 최초의 상업영화라 할 것인데, 이 영화에서는 5월 21일 도청 앞 발포 장면이 재현된다. 최근 작인 〈택시운전사〉에서도 뿌연 최루탄 가스가 자욱한 가운데 계엄군의 폭력적 진압이 묘사된다. 두 영화 모두 시민군의 장면이 없는 것은 아니지만 계엄군의 폭력적 진압 장면이 작품의 중심을 이룬다.

10) 오픈아카이브, 광주특위 https://archives.kdemo.or.kr/photo-archives/view/00755073

계되면서 40%가 넘는 시청률을 보이는 등 국민적 관심이 높았고 항쟁의 실상을 알리는 데에는 크게 기여한다. 국회청문회 이후 가해자와 책임자 처벌을 위한 여러 노력에도 불구하고 여전히 발포 책임자가 특정되지 않음으로써 진상규명을 위한 제도적 투쟁이 계속된다. 이후 5·18민주화운동의 재현은 한편으로는 기억투쟁이면서 다른 한편으로는 진상규명에 대한 요구이기도 하다.

1993년 발표된 극단 토박이의 〈모란꽃〉(박효선 작·연출)은 이 극단의 전작인 〈금희의 오월〉과 뚜렷이 대비된다. 〈모란꽃〉은 5·18민주화운동이 80년 5월에 완료된 사건이 아니라는 점을 분명하게 보여주지만 다른 한편 〈금희의 오월〉에서 보여주었던 저항의 서사는 뒤로 물러선다. '주인공'은 광주항쟁에 참여했다가 체포되어 모진 고문을 당하고 여전히 그 후유증에 시달리고 있는 인물이다. 그가 겪고 있는 후유증은 정신적 외상만이 아니라 육체적 고통까지 수반하는 것이다. 게다가 계속되는 탄압과 '폭도들'이라는 사건의 왜곡과 은폐는 가족 관계마저도 파괴한다. 연극은 주인공이 겪고 있는 고통의 세세한 증언으로 전개된다. 그렇다고 해서 이 연극이 피해의 서사로 직진하는 것은 아니다. 이는 심리극이라는 장치 때문인데, 증언은 자신의 고통에 대한 객관화의 과정이다. 또한 연극의 전개에서 관객들은 이 증언의 조력자로 종종 불려나온다. 주인공의 말하기를 돕기 위해 관객 중 한 사람을 시어머니, 다른 한 사람을 시누이라고 정해주는 것이다. 그렇다고 역할을 부여받은 관객들이 상황에 대한 어떤 액션이나 리액션을 하는 것은 아니다. 그저 주인공의 말을 듣는다. 이러한 연출은 단지 심리극의 형식을 차용하는 데에 멈추는 것이 아니라 이 고통의 서사에서 듣는 자, 지켜보는 자의 역할을 환기한다.[11]

한편 1988년 청문회 이후 1990년대에 이르면 광주 이외의 지역에서도 광주항쟁을 다룬 작품들이 폭넓게 등장하기 시작한다. 광주 지역 민족극운동 단체들이 광주항쟁의 전 과정을 다루어낸 것과 달리 서울의 연극계에서 다뤄지는 광주항쟁은 기국서의 〈햄릿〉이 보여주는 것처럼 1980년대라는 억압적 시대를 드러내는 사건으로, 또는 한 인물의 기억과 경험 속에서 파편적으로 등장한다. 황지우의 동명의 시집에 수록된 시를 저본으로 하여 구성된 〈새들도 세상을 뜨는구나〉(김석만 연출)는 마치 한 편 한 편의 시를 읽어가듯 장면들이 분절적으로 전개되는데, 그중 한 장면은 무대 바닥에 인형들이 놓여 있고 말이 되지 못한 소리들만이 떠돌면서 인형들을 수습한다. 장면의 전후에는 "오늘은 일요일 즐거운 일요일 오늘은 아무 일도 없었습니다."라는 당시 유명한 앵커의

---

11) 〈모란꽃〉에 대해서는 '여성 재현'의 관점에서 분석한 강현아와 김옥란의 글이 있다. 강현아는 〈모란꽃〉의 여성주인공을 통해 광주항쟁에서의 여성의 경험이 여성수난의 서사로 광주항쟁의 피해가 재현된다는 점을 분석한다(강현아, 「5·18연극의 폭력과 성, 그리고 여성의 재현-〈모란꽃〉과 〈청실홍실〉 분석을 중심으로」, 『한국사회역사학회』, 2005). 김옥란은 강현아의 분석을 토대로 김정희의 〈일어서는 사람들〉과 박효선의 〈모란꽃〉을 대비하면서 작가의 젠더의식을 분석한다(김옥란, 「5·18을 재현하는 방식」, 『여성문학연구』17, 2007). 두 필자가 지적하는 바와 같이 〈모란꽃〉은 주인공의 고통을 치유하기 위한 과정으로 주인공의 증언, 상황의 재현이 전개된다. 그 과정에서 항쟁의 피해는 여성수난사의 양상으로 펼쳐지기도 한다. 또한 이 심리극을 주도하는 감독 역을 남성이 연기하면서 무대 위에서는 고통받는 여성과 여성을 구원하는 남성이라는 젠더 구도가 형성된다. 이러한 분석은 하나의 작품을 좀 더 복합적인 층위에서 드러낸다는 점에서 의미 있는 분석이다. 그러나 다른 한편 정리된 텍스트 분석에 갇혀 있다는 한계도 갖는다. 특히 두 글 모두 심리극의 형식을 주목하고 있지 않은데, 심리극은 피해서사를 직조하는 드라마터지적 발상으로만 제한되지 않는다. 심리극이라는 형식으로 관객의 역할을 적극적으로 부여함으로써 관객에게는 목격한 자의 의무가 만들어진다. 연극의 마지막 장면에서 내내 가리워져 있던 후면의 막이 열리면 빼곡이 광주항쟁 희생자들의 영정이 걸려 있다. 이 마지막 장면에서 심리극의 서사는 한 개인의 내밀한 경험을 넘어 광주항쟁에 대한 증언으로 확장된다. 한편 작가의 젠더에 주목하여 젠더에 따른 재현의 양상을 비교하는 김옥란의 글은 창작과정에서 주도적 역할을 하는 작가의 존재를 주목한다 하더라도 공동창작의 과정을 생략한다는 점, 광주 민족극 집단의 5·18연극은 항쟁 이후의 투쟁과 연계된 창작활동이라는 점을 생략한 텍스트 분석이라는 한계를 갖는다.

뉴스의 클로징 멘트가 등장하면서 광주항쟁이라는 폭력적 사건과 그것을 은폐하는 1980년대의 억압적 상황을 그린다. 동명의 소설을 각색한 〈슬픔의 노래〉에서는 폴란드에서 그로토프스키의 '가난한 연극'에 심취해 있는 박운형을 통해 광주항쟁의 가해자의 기억이 재현된다. 원작이 그리고 있는 것처럼 박운형의 고백은 가해자로서의 죄의식만이 아니라 극단적 폭력에 희열을 느끼며 무력하게 동화되어갔던 것까지를 포함한다. 그런가 하면 현대사를 되돌아보는 작품들에서 한 장을 이루며 다뤄지기도 한다[〈천년의 수인〉(오태석 작·연출), 〈점아 점아 콩점아〉(김명곤 작·연출)]. 2000년 광주항쟁 20주년 기념공연으로 오른 〈오월의 신부〉(황지우 작, 김광림 연출)는 항쟁의 열흘의 시간을 다루고 있지만 학살 이후 살아남은 자의 죄의식이 앞선다. 이러한 경향성은 1980년대 광주 민족극 집단에서 이루어지던 광주항쟁에 대한 재현이 저항의 서사를 구축하고 있는 것과는 사뭇 다른 점이라 할 수 있다. 제도의 기입이 시작되면서 광주항쟁에 대한 다양한 경험과 기억이 등장하는 것이지만, 항쟁의 재현보다는 이 참혹한 폭력에 연루되어 있다는, 무기력과 죄의식의 고백이 앞선다.

2) 제도 기입 이후의 기억투쟁

2000년대 이후에 등장하는 작품들은 이러한 경향성에서의 선회를 보여준다. 다시 1980년 5월 광주로 되돌아간다. 예를 들어 〈짬뽕〉(윤정환 작·연출)은 5월 18일 항쟁이 시작되기 직전 허름한 중국집 춘래원에서 시작되는데 주문이 오고 배달을 다녀오고 이런저런 손님들의 소소한 에피소드가 희극적 활기 속에 전개된다. 이러한 출발로 인해 이 작품이 광주항쟁의 전모를 재현한다거나 진실을 밝히고자 하는 데에 큰 관심이 없는 것처럼 보인다. 실제로 연극의 상당 부분은 1970~1980년대 복고 스타일의 희극적 재현, 어리숙한 하층민 캐릭터의 좌충우돌이다. 사건의 전개 역시 상황에 대한 사소한 작은 오해가 계속 오해를 불러들이면서 복잡화되는 전형적인 희극 플롯이다. 그런데 관습적인 희극이 도달하는 해피엔딩과 달리, 도무지 역사의 격랑과는 아무런 관계도 없는 것 같은 이 작은 중국집의 주인장 오누이와 이들의 연인들은 어느새 항쟁의 한복판에 들어서게 되고 죽음을 맞는다. 〈짬뽕〉은 평범한 그리고 약한 사람들의 삶과 5·18광주항쟁이라는 폭력적 역사가 어떻게 조우하는가를 소박하지만 설득력 있게 그려간다. 이 작품은 2006년 초연 이래 매년 5월이면 관객들과 만나고 있다.

평범한 일상에서의 출발은 5·18광주항쟁에서의 폭력의 참혹함을 돋을새김하는 극적 전략이라 할 수 있다. 영화 〈화려한 휴가〉는 진압군의 무자비한 폭력을 상당히 구체적으로 재현하는데 다큐멘터리나 르뽀 등을 통해 이미 알고 있는 사실들임에도 재현된 사건은 충격적이다. 영화는 폭력의 잔인함 그 자체에 밀착된 재현을 보여준다. 그런데 이렇게 항쟁 중에 진압군이 자행한 폭력에 천착하는 이 영화의 시작은 평범한 휴일의 데이트 장면이다. 영화의 이러한 출발은 영화에서 전개되는 진압군의 폭력적 사건의 비극성을 부조한다.

2008년에 공연된 〈충분히 애도되지 못한 슬픔〉(최치언 작, 박상현 연출)은 환타지를 끌어들임으로써 진상규명 등에서 정치적 교착상태에 빠진 현실을 드러낸다. 〈짬뽕〉에서와 마찬가지로 이 작품에서도 세수, 띨빡, 타짜 등 밑바닥 인생들이 광주항쟁에 휘말려 들어가는 과정이 전개된다. 정신병을 앓고 있는 띨빡은, 자신을 외계인의 침략을 막기 위한 우주평화자위단이라고 믿고 있는데, 지금 벌어지고 있는 현실을 외계인의 침략으로 믿는다. 연극은 어느 순간 점점 환상으로 빠져들고 마지막에 이르러서는 띨박의 믿음처럼 정말 외계인이 등장한다. 오인과 환상이 뒤엉키면서 빠져드는 미궁은 현실적 사건들을 재현하는 작품들이 미처 말하지 않았던 불가해한 폭력적 현실을 드러낸다. 이 연극이 도달하는 미궁은 지금 광주항쟁이 놓여있는 역사적 현실과 잇닿는다. 학살은 있었지만, 학살의 책임자는 없는 미궁 같은 현실 말이다.

2000년대 이후 기억투쟁의 과정에서 가장 주목되는 작품은 2011년 초연된 〈푸르른 날에〉(정진경 작, 고선웅 각색 연출)이다. 이 작품은 항쟁을 증언하고 해석하고자 한다기보다는 항쟁이 남긴 상처의 치유에 더 큰 관심이 있는 작품이다. 앞서 언급한 〈모란꽃〉도 상처에 대한 치유를 이야기하지만 〈모란꽃〉의 치유는 마주할 수 없는 폭력을 마주 보는 것이다. 반면 이 작품에서 치유는 온갖 번뇌의 끈을 끊어내는 종교적 깨달음으로 그려지고, 갈등은 화해에 이른다. 이 작품의 주목되는 시선은 도청에서의 마지막 밤 장면이다. 한밤중의 정적 속에서 한 사내가 〈빨간 구두 아가씨〉를 낮은 목소리로 느리게 부르며 등장한다. 계엄군의 진압이 예고되어 있는 고요한 밤의 정적과 굵은 저음의 노랫소리가 대비되고 그 긴장감은 무대를 가득 채우고 있는 두려움과 절망감으로 이어진다. 광주항쟁을 재현하는 많은 작품들에서 그랬던 것처럼 패배에도 불구하고 역사의 당위를 토로할 바로 그 순간, 무대 위의 배우들은 두려움과 절망에 휩싸여 있는 인물을 빠져나와 김남주의 「학살」을 낭송한다. 한 구절 한 구절을 나누어 낭송하는 목소리와 바닥을 쿵쿵 울리는 발구르는 소리는 점점 모여들어 극장 가득 차오르고, 극장을 흔들면서 차오르는 소리는 어느새 어떠한 폭력과 은폐와 왜곡도 꺾을 수 없는 분노가 되어 객석을 압도한다. 이제까지의 많은 작품들이 폭력의 잔혹함, 희생의 비극, 역사 앞에서의 비장함을 그려왔다면 〈푸르른 날에〉의 이 장면은 잔혹한 폭력에 대한 분노야말로 그 수많은 희생에도 불구하고 총을 들고 싸웠던 항쟁의 동력이라는 것을 명료하고도 강력하게 환기하는 한편, 제도적 기입의 시간들에도 불구하고 여전히 밝혀지지 않는 진상에 대한 분노를 드러낸다.

한편 이러한 교착상태, 제도적 기입이 시작되었지만 진상규명은 지지부진하고 국민통합의 이름으로 학살의 책임자는 사면을 받는다. "왜 쏘았지? 왜 찔렀지? 트럭에 실려 어디갔지?"라는 노래에 대한 답은 없다. 놀이패 신명의 〈언젠가 봄날에〉(2010)에서는 여전한 교착상태를 증언하기 위해 망자들이 등장한다. 이 작품은 광주항쟁에서 행불자가 된 아들을 기다리는 어머니의 서사와 암매장당한 채 발굴되지 못한 영혼들의 이야기로 전개된다. 한편으로는 여전히 해결되지 못한 행불자와 암매장 진상규명에 대한 기억투쟁이기도 하면서 다른 한편으로는 광주항쟁 진상규명의 교착상태를 드러낸다. 영혼들은 30년 동안 광주사회를 지켜본 목격자이자 증언자들인 것이다. 그러나 이들의 목격은 여전히 목소리가 없다. 애타게 기다리는 어미를 찾아갈 수도 없고 현재의 사건들에 어떤 영향도 미칠 수도 없다. 한편으로는 저항서사를 구축해온 광주 창작집단의 경향성의 연장이면서 광주항쟁의 저항서사가 육신을 잃은 영혼으로 전개되는 것이다.

3) 정치적 교착과 기념서사가 드러내는 결여

2020년에는 5·18광주민주화운동 40주년을 기념하는 여러 행사들이 있었다. 아시아예술극장이 제작한 〈나는 광주에 없었다〉와 문화체육관광부와 광주광역시가 주최한 뮤지컬 〈광주〉는 그 제작의 주최에서 드러나듯이 40주년 기념사업으로 대규모 공적 자금이 투여된 작품들이다. 물론 이 작품 외에도 기념사업의 일환으로 여러 공모사업, 기획사업들이 개최되었지만 작품의 규모나 직접적인 제작 주최로 나선 면면을 보자면 40주년 기념사업의 대표적 작품이라 할 수 있다. 제작 주최가 행정부처나 광역시도라고 해서 펀딩 외에 작품에 직접적 영향을 미치는 것은 아니고 이러한 대규모 작품들에서는 다양한 창작자들의 협업으로 작품이 완성된다는 점에서 이 작품들의 시선이 곧 국가의 시선이라 할 수는 없다. 그럼에도 이러한 대규모 작업, 거기에 '5·18민주화운동 40주년 기념'이라는 제작 의도에서 창작자들이 온전히 자유로울 수도 없다.

이 두 작품은 공교롭게도 〈푸르른 날에〉의 고선웅이 쓰고 연출했다. 〈푸르른 날에〉는 차범석희곡상 공모 당선작인 정경진의 희곡을 고선웅이 대폭 고쳐 써서 완성한 작품이다. 고선웅의 창작목록에는 또 하나의 5·18 관련 작품이 있는데 〈들소의 달〉이다. 〈들소의 달〉은 자신이 대표로 있는 극단이 제작한 작품인데, 한 남자의 우여곡절의 삶과 5·18광주민주화운동이 교차한다. 고선웅의 스타일이 두드러지지만, 〈박하사탕〉이 5·18광주민주화운동을 재현하는 방식과 유사하다. 워낙 다작의 작가 연출가이고 근래의 세 작품은 의뢰를 받아 수행한 작업이긴 하지만 광주 창작집단 외에 광주항쟁을 다루는 작업을 이렇게 지속적으로 하고 있는 창작자는 고선웅이 유일하다 할 수 있다.

두 작품은 우선 기존의 고선웅의 개인적 스타일이 두드러지지 않는다. 고선웅은 극작에서나 연출에서 시간과 공간을 뒤섞고, 비장과 키치적 표현을 잇대어 놓고, '연극'이라는 허구의 공간을 불쑥불쑥 환기시키면서 자신의 스타일을 구축해왔다. 이러한 스타일은 정경진의 희곡을 고쳐 쓴 〈푸르른 날에〉에서도 도드라지는데 이 두 작품에서는 개인의 스타일이 전면화되지 않는다. 〈나는 광주에 없었다〉는 블랙박스 극장인 아시아예술극장 극장1에서 공연되었는데 객석과 무대 공간의 경계를 지우고 극장 전체를 항쟁의 현장으로 연출하면서 관객들을 항쟁의 현장에 있는 시민군으로 설정한다. 이러한 연출적 시도가 기존의 자신의 스타일을 압도한다. 뮤지컬 〈광주〉 역시 뮤지컬의 장르적 특징을 따름으로써 작가 연출자로서의 개인의 스타일을 물러세운다. 두 작품은 모두 작품을 열고 닫는 프롤로그와 에필로그 외에는 10일간의 항쟁을 그려간다. 참여형 공연을 시도한 〈나는 광주에 없었다〉가 오지 않는 아이를 기다리는 한 엄마의 시점에서 출발해서 항쟁의 과정을 전개해간다면 뮤지컬 〈광주〉는 항쟁의 거리와 들불야학이 주요한 공간이다. 전자가 평범한 일상에 침입한 폭력이 강조된다면 후자는 광주민족극집단들이 그런 것처럼 저항에서 출발한다. 그리고 10일간의 항쟁의 전개가 연극의 전개를 이룬다는 점에서 2000년대 이후 항쟁의 재현을 우회하던 작품들의 경향성과 차이를 둔다. 10일간의 항쟁이 연극의 전개를 이루고 있는 데에는 '40주년 기념'이라는 제작 의도의 영향일 것이다. 2000년대 이후 제도 기입의 교착상태에서 항쟁의 재현에 어려움을 겪었던 것과는 갈라서는 점이다. 그리고 2000년대 이후 피해서사, 희생서사가 강조되는 것과 달리 10일간의 항쟁은 저항서사가 중심축을 이룬다. 〈나는 광주에 없었다〉에서는 〈금희의 오월〉의 '제3장 시장 사람들'을 떠올릴 만큼 해방광주의 활달함과 연대를 그려낸다. 또한 광주항쟁 이후에 발표되고 불리워진 투쟁가를 80년 5월항쟁의 순간에 삽입함으로써 80년 5월의 항쟁과 이후 진상규명을 위한 투쟁을 겹쳐놓는다. 뮤지컬 〈광주〉에서는 광장을 점령한 시민들의 군무가 압도적이다. 화려한 세트의 무대 위에 찢어진 깃발과 낡은 손수레가 등장하고 계엄군이 물러난 후 시민들의 기쁨이 당대 대중문화의 춤을 활용한 안무로 활달하게 전개된다. 이 장면은 기존 다큐멘터리나 창작물의 이미지를 바탕으로 두면서도 당대의 대중문화를 차용함으로써 새로운 이미지를 구축하는데 화려한 군무는 기존 작품들에서는 매우 낯선 것이다. 이는 뮤지컬의 관습적 장면 만들기라고도 할 수 있지만 다른 한편 항쟁에 참여한 시민들의 평범함, 그들이 파괴당한 일상을 뮤지컬의 관습적 극작술로 포착하고 있다고 할 수 있다. 이처럼 두 작품은 기존 저항서사를 받아들이면서 참여형 공연(이머시브 씨어터)과 뮤지컬이라는 장르적 변환을 통해 기존의 저항서사를 대중적인 장르와 스타일로 재구성한다.

그러나 빈 부분은 여전히 남는다. 2000년대 이후 제도 기입이 교착 상태에 빠지면서 항쟁의 재현이 우회적 접근으로 나아갔다면 이 두 작품은 80년대의 재현으로 다시 되돌아갔다고 할 수 있다. 제도 기입의 교착 국면은 뮤지컬 〈광주〉의 드라마터지에서 '결여'로 드러나는데, 광주항쟁 당시 여론 조작 임무로 투입된 편의대에 대한 증언을 토대로 한 이야기의 한 축이 극적 정당성을 확보하지 못한다.[12] 결여는 두 작품의 도청 장면에서도 드러난다. 〈푸르른 날에〉의 도청 장면에서 극장을 꽝꽝 울려대던 분노는 이 두 작품에서 침묵으로 변했다. 두 작품 모두 도청의 마지막 밤 진압군이 들이닥치기 전 장면은 침묵에 휩싸인다. 그리고 그들은 하나둘 꽃잎처럼, 낙엽처럼 쓰러진다.

---

12) 광주항쟁에 투입된 '편의대'는 그간의 연구자료에 토대를 두고 창작되었지만 논란을 불러일으킨다. 자칫 광주항쟁의 저항이 가해자에 의해 의도된 폭력으로 격하될 수 있기 때문이다. 몇 차례의 개작을 거치면서 '편의대' 장면이 축소되었고 항쟁을 가까이에서 지켜보는 물러서 있다. 그 뮤지컬 〈광주〉에서 편의대에 대한 논란은 사실 여부의 문제만은 아니다. 광주에서 왜 그렇게 끔찍한 학살이 자행되었는가에 대한 진상규명 없이 가해자의 재현은 불가능하다. 40주년 기념공연에서 '가해자'를 등장시켰던 데에는 가해자에 재현 없이 광주항쟁의 재현이 불가능하기 때문일 것이다. '편의대' 논란은 이 난제를 비껴서지 않으면서 벌어진 논란이라 할 수 있다. 〈나는 광주에 없었다〉에서 진압군은 거대한 인형으로 등장한다. 가해자의 재현은 인격 없는 물리적 크기로만 이루어진다. 결여이고 공백이다.

3. 말의 증언, 몸의 증언[13]

〈휴먼 푸가〉(공연창작집단 뛰다, 배요섭 연출)는 2019년 초연, 2020년 재공연되었다. 〈나는 광주에 없었다〉 뮤지컬 〈광주〉와 같은 시기다. 이 작품은 한강의 『소년이 온다』를 원작으로 한다. 공연은 원작의 전개를 그대로 따른다. '6장 꽃 핀 쪽으로'는 세 장으로 나뉘어 '일곱 개의 뺨', '쇠와 피', '밤의 눈동자' 사이사이에서 전개된다. 배우들의 대사는, 그것이 인물이 직접 발화하는 것이건 화자의 서술이건, 원작에서 발췌된 것이다. 원작의 제목을 따로 두고 〈휴먼 푸가〉라고 제목을 고쳐 짓고 있지만 완강하리만치 원작을 그대로 따르는 셈이다. 하지만 이 공연은 『소년이 온다』가 그리고 있는 인물이나 사건을 재현하지 않는다. 『소년이 온다』가 말의 증언이라면 〈휴먼 푸가〉는 몸의 증언이다. 이것은 장르나 표현에 대한 이야기가 아니다.

〈휴먼 푸가〉는 남산예술센터에서 2019년, 2020년 두 차례 공연되었다(이외 2020년 광주 빛고을시민문화회관에서도 공연되었다). 이 공연을 말하기 위해서는 극장을 먼저 환기해야 한다. 이 공연은 객석이 무대를 둘러싸고 있는 아레나형 무대 위에 객석과 무대를 모두 올렸다. 무대는 극장의 객석을 정면에 두고 무대 안으로 깊게 뻗어 후면 벽에 이르면 벽을 타고 수직으로 높게 서 있는, 나무로 된 바닥과 벽이다. 나무의 색과 질감이 극장의 검은벽 검은 바닥과 도드라지게 대비된다. 두 평면이 수직으로 이어져 있는, 어떤 경계를 가시화하지 않는, 단순하다면 단순한 무대다. 그러나 공간의 폐쇄성이 두드러진다. 폐쇄성은 무대

---

13) 이 글의 3절과 4절은 〈휴먼 푸가〉 창작과정을 기록한 『고통을 기억하는 방식, 휴먼 푸가』에 수록된 「말의 증언, 몸의 증언」을 바탕으로 고쳐 쓴 것이다.

디자인에서 비롯되는 시각적 환기가 아니다. 배우들은 무대를 내달려와 수직으로 뻗어올라가는 벽에 온몸을 부딪친다. 달리는 몸의 격렬함, 그 격렬함이 급작스럽게 중단되는 부딪침, 격렬한 부딪침에도 완강하게 서 있는 벽은 더 나아갈 수 없는 폐쇄성을 환기한다. 이 폐쇄성은 공연의 시작과 함께 강조된다. 관객들이 입장을 마치고 평상복을 입은 배우들이 무대에 등장하면서 이것이 연극의 시작일까, 하는 생각이 들 즈음 굉음이 울리고 무대를 밝히고 있던 빛이 급작스럽게 어두워진다. 무언가가 부셔지는 것 같은, 아니 어떤 소리인지를 가늠하는 것보다 세기 자체가 관객들을 아니 극장 전체를 압도한다. 인지와 감각을 넘어서는 소리의 크기가 먼저 다가오는 굉음이다. 소리는 단절을 만들어낸다. 각자의 일상에서 극장에 모여든, 내 일상의 연장으로 연극을 기다리고 있는 우리에게 이 압도적인 소리는 이전과 이후의 시간과 공간을 나눈다. 내 일상의 시간과 공간의 문을 닫고 무대에서 펼쳐질 시간과 공간으로 우리를 밀어 넣는다. 관객들은 이 소리로 어떤 특별한 시간과 공간에 갇힌다. 다시 무대가 밝혀지면, 소리와 함께 잠시 정지했던 배우들의 움직임이 이어진다. 잠시 잠깐의 멈춤 후에 움직임이 다시 이어지는 것 같지만 극장은 이미 전혀 다른 시공간이 되었다. 이제 우리는 어떤 세계에 갇혔다.

이러한 폐쇄성은 소설의 첫 두 장 '어린 새'와 '검은 숨'에서 폭력의 잔혹함으로 독자를 끌어당기는 것 같은 역할을 한다. 『소년이 온다』는 첫 두 장, 동호와 정대의 이야기만이 1980년 5월항쟁 당시의 시공간에 있고, 나머지 네 장에서 인물들은 항쟁 이후의 시간에 있다. 그 두 장의 주인공들은 모두 죽음에 휩싸여 있다. 동호는 상무관에서 시신들을 지키고 있고 정대는 주검이 되어 다른 주검들과 함께 있다. 이 첫 두 장에서는 물론 인물들의 회상을 통해 광주항쟁의 여러 장면들이 묘사되지만, 무엇보다 압도하는 것은 썩어가고 있는 몸들이다. 역한 시취를 풍기며, 부풀어 오르고, 검게 변하고 있는 몸. 소설은 가장 어린 두 주인공이 죽음에 휩싸여 있는 데에서 시작된다. 마치 그 주검들이 눈앞에서 시취를 풍기며 놓여 있는 것처럼. 항쟁의 가장 참혹한 장면에 대한 세세한 묘사에서 시작되는 소설의 이러한 전략은 이 소설이 당사자의 목소리가 아니라 목격자의 목소리라는 것을 생각할 때 독자 역시 목격자의 자리에 놓는 것이기도 하다. 소설의 에필로그에서 밝히고 있듯이 한강은 직접 항쟁을 경험한 자가 아니다. 한강에게 광주항쟁은 어렴풋한 "해석되어야 할 경험"[14]으로 남아 있다. 한강의 소설은 그동안 발간된 증언집, 연구조사 그리고 인터뷰를 통해 쓰였다. 그 자신이 이러한 여러 자료들을 통해 광주항쟁을 목격한 자이며, 소설은 목격한 자의 증언이라 할 수 있다. 연극은 시공간의 단절을 통해 관객들을 외면할 수 없는 목격자의 자리에 놓는다.

〈휴먼 푸가〉는 소설의 문장들을 고스란히 발췌했지만 소설의 인물이나 사건을 재현하지 않는다. 소설의 말들은 그대로 발화되지만 같은 인물의 말들도 여럿의 배우로 흩어진다. 화자의 말 역시 마찬가지다. 그리고 이 말들은 여러 겹의 상황이나 눅진한 감정을 드러내지 않는다. 그렇다고 배우들의 '말'이 그저 문장을 소리로 전하는 것은 아니다. '말'들은 배우들의 움직임에 실려 있는데 움직임도 상황이나 감정을 재현하는 것은 아니다. 움직임은 구체적인 행위를 떠올리게도 하지만 그렇다고 해서 행위를 재현하는 것은 아니다. 어떤 움직임은 여러 장면에서

---

14) 김미정, 같은 글. "작가 한강과 비슷한 나이(8~13세)에 '1980년 5월 광주'를 경험한 이들의 기억은 당시 어른들의 서사화된 기억과 달리 대부분 해석과 의미화를 기다리는 기억들이다."

여러 배우들에 의해 반복된다. 검지를 세운 손을 몸 가까이로 당겼다가 목에서 턱을 거쳐 포물선을 그리며 앞으로 뻗어나가면서 출렁 상체를 접는다든가, 양팔을 몸에서 떨어지게 아래로 늘어뜨리고 손가락을 벌리고 손바닥을 앞으로 한 채 몸을 살짝 숙이고 걷는다. 또 손바닥으로 몸을 쓸면서 얼굴에 이르러 입과 귀를 가린다. 재현적 움직임은 아니지만 어떤 상황에서는 구체적인 행위를 떠올리게 하고 또 다른 상황에서는 어떤 감정을 떠올리게 하기도 하며 또는 '말'과의 어긋남 그 자체가 도드라져 보이기도 한다.

배우들의 움직임은 부드럽고 조용하며 멈춤 없이 이어진다. 물론 정지의 순간도 있고 무대 밖으로 사라지는 때도 있다. 그러나 무대 위에서는, 마치 대사와 대사 사이 침묵이 말을 머금고 있는 것처럼, 정지의 순간에도 몸은 지워지지 않는다. 연극의 시작 '1장 어린새'는 부드럽고 조용한 움직임이 두드러진다. 배우들은 무리지어 있고, 한 배우가 무리에서 떨어져 나와 있다. 무리에서 떨어져 나와 있는 배우는 소설에서 발췌된, 동호의 시선을 따라 상무관의 처참한 시신들을 묘사하는 문장들을 '말'한다. 그 말들은 팔을 뻗고 몸을 감싸고 무대를 가로지르는 움직임에 실려 있다. 한편 무리를 지은 배우들은 천천히 움직이며 나란히 바닥에 눕고 일어나고 걷고 다시 눕는다. 무리의 움직임은 마치 조용히 흐르는 물처럼 부드럽게 끊김 없이 이어진다. 무리에서 떨어져 있는 배우의 '말'을 지우고 본다면 아름답다고 느껴질 만큼이나 부드러운 움직임이다. 그러나 무리의 움직임에 '말'이 포개지면서 무리의 부드러운 움직임은 몸을 벗은 혼 같고, 움직임이 끊김 없이 이어지면서 혼들의 조용하고 단호한 아우성 같기도 하다. 이처럼 말과 움직임은 어긋나면서도 포개져 있다.

어긋나고 포개지는 것은 말과 움직임만이 아니다. 이 공연에서 피아노와 오브제는 배우만큼이나 존재가 뚜렷하다. 피아노 선율이 공간과 이야기를 감싸기도 하지만, 선율을 지운 채 건반이 현을 때리는 소리를 들려주는가 하면 아예 몸체를 두드리거나 현을 직접 문지르고 두드리는 소리를 낸다. 피아노는 음을 지운 소리, 거칠고 강한 소리로, 소리 그 자체가 마치 행위인 양 무대에 개입한다. 오브제도 그렇다. 검은 그림자들과 하얀 가루(2장 검은 숨), 검은 잉크로 칠해진 책들, 낱장으로 흩어져 있는 종이들(3장 일곱 개의 뺨), 빼곡하게 놓여 있는 유리병들 사이에 의자를 놓고 마주 보고 있는 두 남자는 서로를 증오하다가 끌어안고(4장 쇠와 피), 증언을 담아야 할 테이프를 차곡차곡 쌓아올리는가 하면 테이프의 케이스를 도미노 패처럼 줄지어 세우고, 젖은 소창이 물을 뚝뚝 흘리며 줄에 널려 있다(5장 밤의 눈동자). 아들을 잃은 엄마는 흰 소창을 다듬어 고를 만들어 쌓는다(6장 꽃 핀 쪽으로). 이 공연에서 오브제는 매우 적극적으로 무대 위에 존재하는데 그 자체로 상황이나 감정을 환기하는 이미지로 기능하기보다는 배우들의 행위 속에서 그 물성을 드러내면서 그 감각을 통해 상황과 감정에 개입한다.

연극은 소설의 사건을 재현하지 않지만 소설의 인물이나 사건이 지워지는 것은 아니다. '말'과 '움직임'과 '오브제'가 나란히 중첩되면서 인물과 사건에 대한 또 다른 시점이 열린다. 오브제는 특정한 관념의 이미지로 등장하지 않는다. 유리병은 투명하고 부서지기 쉬운 물성 그대로 무대 가장자리에 놓는다. 그것들이 다시 옮겨져 무대 한편에 무더기를 이루고 빼곡한 유리병 사이에 의자가 놓이고 두 남자가 앉을 때도 유리병은 여전히 유리병이다. 두 남자는 빼곡한 유리병 사이에 앉아 있고 그들의 행동은 제한되지만 동료를 향한 증오는 점점 격렬해진다. 그 격렬한 감정은 몸을 떨게 하고 빼곡한 유리병은 흔들리고 어느 것은 쓰러지기도 한다. 투명하고 가벼운 유리병이니까, 유리병이 흔들리고 부딪히고 쓰러지면서 나는 소리는, 유리병의 물성 때문이다. 유리병은 유리병으로 존재하고 유리병의 물성이 두 남자가 겪고 있는 증오의 격렬함과 위태로움을 동시에 쌓아간다. 하여, 두 남자가 들었던 유리병을 내려놓고 서로를 당겨 안을 때 증오의 위태로움은 위태로움 속의 절박함이 된다.

'유리'는 소설의 문장에서 발췌된 오브제라고 할 수 있다. '6장 쇠와 피'는 진수와 함께 도청에서 체포되어 수감되었다가 형을 살고 풀려났던 한 남자가 전하는 자신의 이야기이자 진수의 이야기다. 두 사람은 도청에 남았고 체포된 후 혹독한 고문과 학대를 겪었다. 인터뷰에 응하고 있는 것처럼 전개되고 있지만, 누가 묻는 것인지 질문은 무엇인지 답하고 있는 남자는 누구인지 밝히고 있지 않다. 남자의 진술은 체포 후 겪었던 고문과 학대 그리고 풀려난 후에도 계속되는 고통에 대한 이야기다. '쇠와 피'의 후반부 남자는 진수가 목숨을 끊기 전 마지막으로 자신을 찾아왔던 밤에 대해 이야기하며 다음과 같은 진수의 말을 전한다. 소설은 말과 서술을 구분하고 있지 않지만, 몇몇 말들은 이탤릭체로 쓰여 있는데 이 '말'도 그렇다.

> *그러니까 형, 영혼이란 건 아무것도 아닌 건가.*
> *아니, 그건 무슨 유리 같은 건가.*
> *유리는 투명하고 깨지기 쉽지. 그게 유리의 본성이지. 그러니까 유리로 만든 물건은 조심해서 다뤄야 하는 거지. 금이 가거나 부서지면 못 쓰게 되니까, 버려야 하니까.*
> *예전에 우린 깨지지 않은 유리를 갖고 있었지 그게 유린지 뭔지 확인도 안 해 본, 단단하고 투명한 진짜였지. 그러니까 우린, 부서지면서 우리가 영혼을 갖고 있었단 걸 보여준 거지. 진짜 유리로*

만들어진 인간이었단 걸 증명한 거야.

'말'들은 소설에서 발췌된 것이지만 연극에서 문장들은 재배치되고 말과 서술의 전후가 생략된다. 소설에서는 진수와의 마지막 만남에 대한 진술에서 등장하는 이 말이 연극에서는 '피와 쇠'의 전반부에 등장한다. 유리병 더미에 앉은 두 남자의 장면은 연극의 후반부에 등장한다. 연극에서 진수의 이 말은, 도청이 진압되고 항복의 뜻으로 손을 들고 줄지어 나오던 아이들을 향해 계엄군 대위가 총을 쏘는 장면에 대한 이야기에 이어진다. 대위는 아이들을 향해 정조준했고 줄지서 있던 그대로 쓰러진 아이들이 주검이 되어 가지런히 누워 있다. 남자와 진수는 도청이 진압되던 그때 그 현장에서 아이들의 죽음을 목격했다. 그 아이들 사이에 동호가 있었다. 아이들은 주검은 사진으로 남아 있다. 선주는 다시 내려온 광주의 길거리에서 그 사진을 본다. 선주는 사진 속에서 동호의 주검을 목격했다.

연극은 도청에서 그들이 목격한 아이들의 죽음에 대한 남자의 진술과, 아이들의 주검을 찍은 사진을 왜 진수가 간직하고 있었는지 알 수 없다는 진술로 끝난다. 이어지는 장면은 영대에 대한 이야기다. 수차례 손목을 그었던 영대는 다시 정신병원에 들어갔고 이번에 들어가면 다시 나오기 어려울 것이라고, 진수는 남자에게 이야기한다. 영대의 이야기를 전하는 진수의 말은, 후면 벽을 내리치는 소리와 벽을 밀고 벽에 밀리는 움직임과 나란히 전개된다. 이때 진수의 말을 듣고 있는 또 한 남자는 의자를 머리 위로 높이 올렸다가 바닥에 내리치는 행위를 반복한다. 나무 벽에 몸이 부딪히는 소리와 의자가 바닥을 내리치는 소리가, 감옥에서 풀려난 후 스스로 제 몸을 긋는 영대의 이야기에 겹친다.

벽을 밀며 진수의 말을 전하던 배우가 돌아서 남자 역의 배우를 본다. "그러니까, 형"이 첫 마디에 남자 역의 배우가 진수 역의 배우에게 시선을 던진다. 이어지는 진수의 말에는 다음과 같은 움직임이 포개진다. 벽을 밀던 배우는 돌아서 팔을 양쪽으로 벌렸다가 빠르게 교차하고 늘어뜨린다. 다시 팔을 들고 두 손의 검지를 세우고 몸을 살짝 올렸다 내리면서 세웠던 팔을 감싸고 한 팔로 다른 팔을 감으며 몸을 왼쪽으로 비틀어 숙였다가 일으킨다. 오른 팔꿈치를 감싸고 있는 왼팔을 감아 올리며 검지를 세우고 입에서부터 포물선을 그리며 앞으로 떨어뜨린다. 엄지와 검지를 한껏 벌려 제 가슴을 가로지르다가 양 주먹으로 가슴을 세게 치면서 포갠다. 뒷걸음으로 물러서다가 선다. 두 팔을 접어 세우고 오른손이 왼손 바닥을 쓸면서 좌측에서 우측으로 가로지른다. 왼손을 앞으로 뻗어 차례로 손가락을 쥐어 주먹을 만들고 가슴을 친다. 오른손은 손가락을 펴 앞으로 뻗어 옆으로 가로지고 팔을 내리며 차례로 손가락을 접어 주먹을 쥔다. 두 팔을 내린다. 다른 남자를 향해 서서 그를 가리킨다. "진짜 유리로 만들어진 사람이란 걸 증명한 거지." 이렇게 장면은 마무리되고 진수의 말을 전하던 배우는 돌아서 벽으로 가 검지 손가락으로 벽에 무언가를 쓴다. 문장을 나누었지만 움직임은 계속 이어진다. 사이가 없는 것은 아니다. 숨을 머금듯이 멈추었다가 멈춤에서 다음의 움직임이 이어진다. 가슴을 치고 검지가 포물선을 그리며 떨어지는 등 여러 장면에서 반복되고 변주되는 동작들도 있다. 하나하나의 동작이 진수의 말에 대응하는 것은 아니다. 움직임은 움직임대로 감고 뻗고 숙이고 비틀고 물러섰다가 앞으로 나아간다.

소설에서 '쇠와 피' 후반부에 있는 '유리로 만들어진 인간'에 대한 진수의 말을 연극은 '쇠와 피' 전반부에 놓았다. 이때 유리병은 무대 가장자리, 무대의 빛과 객석의 어둠 사이에 있다. '유리'는 소설의 문장이 그런 것처럼, '단단하고' '투명하고' '부서지는' 영혼의 다른 말이다. 그런데 이 장면에서 뚝 떨어져 이 장의 후반부에 이르러 무대 위에 유리병이 직접 등장한다. 무대 가장자리의 유리병은 무대 한 곳에 더미를 이루며 옮겨진다. 진수와 남자는 그 더미들 사이에 의자를 놓고 마주 앉는다. 함께 도청을 지켰던 동료였던 그들이, 계엄군을 향해서도 총을 쏘지 않았던 그들이, 배고픔 때문에 함께 먹는 식판의 마지막 콩나물 때문에 서로를 증오한다. 그때 그 격렬한 감정에 유리병이 흔들리고 쓰러진다. '단단하고' '투명하고' '부서지는' 영혼은 이렇게 구체적이고 직접적이다. 단단하고 투명하지만 부서지는 인간이라는 존재는 배고픔에 증오를 불태우는 살덩이이기도 한 것이다.

프로그램북과 제작 다큐멘터리를 보면 이 공연을 준비하는 과정에서 직접 광주항쟁의 현장을 방문하고, 증언을 듣고, 관련한 자료를 찾고, 몸과 움직임과 오브제에 대해 탐색하는 오랜 시간을 함께 보낸다. 물론 소설은 이 연극의 중요한 출발점이지만, 공연이 보여주는 것처럼 연극은 소설로 온전히 수렴되지 않는 여백과 잉여를 남겨둔다. 소설의 문장들 역시 말, 움직임, 오브제, 소리와 마찬가지로 무대 위에서 배우의 몸을 통해 재구성된다. 그래서 극장에 모인 우리 앞에 펼쳐지는 것은, 80년 5월 광주와 그 후의 오랜 시간의 고통이 아니다. 우리 앞에 펼쳐지는 것은, 소설을 경유하여 80년 5월의 항쟁과 그 후의 고통에 대한 '가닿을 수 없는' 증언이다. 배우의 몸을 통해, 극장이라는 공간을 경유하여, 전해지는 '이야기'인 것이다. 그들이 보고 들은 것, 사유한 것, 그러나 여전히 알 수 없는 것으로 남겨진 것. 우리가 보고 있는 것은 바로 그것이다.

4. 목격한 자의 윤리

그러고 보면 소설이 다시 되돌아가는 80년 5월 광주의 참상과 그 후의 고통은, 어쩌면 '5·18민주화운동'이라는 서사가 어느새 놓쳐버린 고통에 대한 이야기를 다시 시작하는 것일지도 모른다. '광주항쟁'은 물론 일방적인 희생의 사건이 아니다. 그러나 80년 5월 고립된 도시에서 죽음을 무릅쓰고 연대하며 저항했던 그 사건이 우리에게 전해오기까지 그들은 내내 고통 속에서 싸워왔다. 그 고통은 스스로 제 손목을 긋고, 목숨을 끊고, 한여름에도 냉기에 시달리며, 말을 갖지 못하는 것이다. 소설이 그리고 있는 고통을, 연극은 애써서 전하고자 한다. 그러나 이들은 연극과 현실의 간극을 안다. 이들의 애씀은 무대 위에 현실을 그려내기 위한 애씀이라기보다는 연극과 현실의 간극을 드러내는 애씀에 가깝다. 말과 움직임, 오브제와 소리 그리고 소설의 문장들은 어떤 순간 참혹한 고통으로 다가오지만, 그것은 목격한 자 역시 피할 수 없는 증언에 대한 동참이지 현실은 아니다. 극장은, 우리가 함께 고통을 목격하는 장소이지 고통을 경험하는 장소가 아니다. 배우는 증언을 전하는 자이자, 증언하는 자이고, 그에 앞서 목격자이다. 관객은 증언의 목격자이다. 극장은 무대와 객석에서 목격자의 윤리를 공유한다.

한편, 최근 발표되고 있는 광주항쟁을 다룬 연극들의 특징이라면 현재의 시점에서 출발한다는 것이다. 광주항쟁의 현장이 재현되지만 드라마의 중심은 '현재'의 갈등이다. 〈버스킹버스〉(박정운 작)는 광주항쟁의 현장을 돌고 있는 시내버스가 무대다. 버스에 오르는 이들은 오늘을 살고 있는 이들이다. 매일 매일 지각하는 학생, 오디션을 보러가는 젊은 배우, 결혼이주여성, 매일매일 아이를 보기 위해 국립5·18민주묘지를 찾는 어머니 그리고 진압군으로 광주에 있었던 이들이다. 항쟁의 현장에서 그날의 기억들이 되새겨지고 가해자의 참회가 있지만 오늘을 살고 있는 이들의 고민과 갈등도 항쟁의 기억과 나란히 전개되면서 광주항쟁의 아픈 기억을 오늘의 삶으로 감싼다. 〈오월의 석류〉(양수근 작)는 세 남매의 갈등의 한복판에 광주항쟁이 있다. 광주항쟁에 참여했다가 도청 진압 직전 도청을 빠져나온 순철의 죄의식, 광주항쟁 이후 위태로워진 가족의 삶에 대한 순영의 회한, 순철을 기다리다가 총상을 입었던 엄마에 대한 순심의 애틋함이 엄마의 제삿날 모인 세 남매의 갈등을 폭발시킨다. 이 작품 역시 이러한 갈등의 연원으로서 항쟁이 재현된다. 그러나 갈등의 화해 역시 다시 항쟁의 진실을 마주하는 것에서 이루어진다.

이처럼 현재의 갈등 한복판으로 광주항쟁의 기억을 되불러들이는 작품들에서 광주항쟁의 재현은 개인의 기억에 각인된 항쟁의 어떤 국면이다. 한편으로는 항쟁의 전모는 물러선 채 사건은 부서진 조각으로 등장한다고 할 수 있지만 다른 한편으로는 광주항쟁이 80년 5월 열흘간의 투쟁 이후의 시간들로 계속 이어지고 있음을 그린다. 이는 과거를 잊지 말자는 기억투쟁의 국면을 넘어 광주항쟁의 기억을 오늘의 삶으로 되불러들이는 작업이기도 하다. 그러나 개인의 삶에 각인된 광주항쟁의 기억이 매일 매일을 1980년 5월을 살고 있는 서사로 전개되기도 한다. 물론 참혹한 폭력의 고통을 환기하기도 하지만 1980년 5월 이후 지난 40년 간 꾸준히 이어져왔던 진상규명의 노력을 비롯한 우리 사회의 연대가 지워진다는 우려도 있다.

물론 1980년 5월, 10일간의 항쟁을 재현하는 작품들도 꾸준히 창작되고 있다. 〈안부〉(이당금 작)는 오랫동안 꺼내놓을 수 없었던 기억을 꺼내놓는다. 회고라는 액자틀 속에서 광주항쟁에 참여했던 여성노동자들의 이야기가 전개된다. 총을 든 '시민군', 김밥을 건네는 '시장사람들', 계엄군의 진압을 알리는 '목소리' 등 정형화된 광주항쟁의 서사에서 가리워져 있던 주체를 드러낸다. 새롭게 발굴되는 이야기들을 통해 광주항쟁의 재현을 넓혀가는 것이다.

1981년 〈호랑이놀이〉가 보여주는 것처럼 광주항쟁을 다루는 연극들은 연극의 창작과 연행이 진상규명을 위한 저항 그 자체였다. 이후 제도화의 과정을 거치면서 더 다양한 목소리들을 길어올리는 한편 정치적 교착상태에 대한 연극적 재현으로 질문을 넓혀왔다. 그리고 『소년이 온다』와 〈휴먼푸가〉가 보여주는 것처럼 폭력의 목격자이자 증언자로서의 우리의 역할을 묻는다. 이는 단지 광주항쟁이라는 사건을 넘어 우리 사회가 겪어왔던 그리고 겪고 있는 폭력적 현실에 대한 연극적 질문을 갱신하는 것이면서 극장을 넘어 사회구성원으로서의 폭력에 대한 성찰로 이끈다.

– 미발표 신작 원고(2024년)

■ **김소연** 연극평론가. 한국예술종합학교 연극원 전문사 졸업. 공저로 『세월호 이후 한국연극』, 『문화정책리뷰』 편집장. 한중연극교류협회 이사.

오늘, 광주는 어디에 있는가

—『오월문학총서』(2024) 평론 부문 해설

강형철

1.

"생태학살, 기후재앙, 혈세착취, 새만금신공항, 철회하라!"라는 구호 밑에 '새만금신공항백지화저지공동행동'이라는 단체의 이름이 적힌 플래카드가 건널목에 걸려 있다. 길을 건너기 위해 서 있는 행인 중 한 명은 휴대전화를 보고 있다. 지금 그가 보고 있는 휴대전화의 기사는 무엇일까? 이스라엘이 하마스 대원을 사살하기 위해 폭격을 하고 중무장한 수색조가 찾아낸 하마스 비밀기지일까? 아동병원 밑에 숨겨져 있었다는, 도망치면서 채 챙겨가지 못했다는 서류 뭉치일까? 아니면 순간순간 변화한다는 주식시장 뉴스일까? 그도 아니라면 카톡이나 텔레그램의 소식일까? 그 곁의 또 한 사람은 고개를 들어 허공을 보고 있다. 아니 신호등의 불빛을 식별 중이다. 시간과 공간의 모든 것이 한덩어리로 엉켜 실시간으로 흐르고 있는 공간의 옆으로는 수많은 자동차들이 신호에 따라 쉼없이 움직이면서 내는 소리가 또 다른 소리의 등에 엎어지면서 지금 한 세계가 작동되고 있다.

순간 1980년 5월 계엄령이 떨어진 날 정문 앞에 장갑차를 세워두고 병사가 착검한 소총을 들이민 채 정문 밖을 내다보고, 그 풍경을 모르는 척 마치 지나가는 행인처럼 무심하게 걸었던 스물다섯의 비겁한 학생이 하나 떠오른다. 그 굴욕감과 치욕을 불현듯 생각한다. 그것은 지나간 세월의 한 풍경일까? 그러고 난 뒤 그는 얼마나 많은 세월을 보냈던가?

그리고 그때 무고한 시민들을 살육한 군인들과 수괴가 결국 내란죄로 단죄되어 감옥살이를 하고 출옥하였다. 그러다가 시간이 흐르면서 그는 자연사를 하고, 그 뒤로도 새로운 정권이 섰다가 바뀌었고 또 변했다. 벌써 44년이 훌쩍 지났다. 그동안 모든 문제가 식민지로부터의 해방이 주체적 힘에 의한 것이 아니었기에 발생했다는 분단모순의 문제, 그런 문제의 해결을 위한 주체의 문제로 크게는 민중, 나아가 계급모순의 문제를 제기하였고 그 인식은 심화·확산되어 나아가 현세기 인류 전체인 문제인 생태위기, 생태철학의 문제가 숨막히게 제기되고 있다.

그러나 그런 큰 문제는 여전히 멀고 먼 과제로 밀쳐지고 당장 부닥친 현안 문제로 싸우면서 일반 민중의 생계 문제는 뒷전으로 밀리고 기후위기 등등 수많은 난제는 점차 멀어진 채 모두 다 쩔쩔매고 있는 형국이 지금 이 시절의 풍경이 아닐까? 더구나 겨레의 염원인 통일국가의 염원은 '추후 과제'로 밀쳐두고 반쪽 국가로 현상을 유지하면서도 일반 국가의 기본적 권리인 '전시작전권'도 없는 상태로 그 국가는 유지되고 여전히 미합중국의 요구에 공항 부지를 순순히 양도해줄 지경에 이른 지금의 현실은 수없이 많은 다른 현실의 한 모습일 뿐일까? 80대 중반의 노신부가 지금 도시의 한 귀퉁이에 서서 "생태학살 기후재앙 새만금신공항 철회하라!"는 구호판을 들고 이른바 캠페인을 하고 있는 현실은 무엇인가?

2013년 『5월문학총서』를 간행할 때 편집위원으로 참여한 이후 다시 10년이 지나, 그 후의 문학 논의를 묶어 두 번째 『5월문학총서』 편집위원으로 참여하면서 문득 그날 80년 5월을 떠올린다. 지금 내 앞의 현실을 대비해 보며 "혁명은 선이 아니라 면이며 혁명은 한 시절의 사건이 아니라 과정"이란 도올 김용옥의 말을 생각한다. 광주 5월은 오래전에 일어난 사건이 아니라 여전히 오늘의 문제 속에서 다시 제기되는 당대의 모든 문제이기도 하고 그것은 앞으로도 우리 모두에게 각자의 자리에서 그날의 비극을 다시 재연해서는 안 되는 사건임을 상기하라고 가르쳐주고 있는 것은 아닌가. 그런 점에서 80년 5월의 풍경과 우리는 시간적으로 멀리 떨어져 있지 않은 것이고 지금도 여전히 살아 있는 현실로 느끼고 행동하라 채근하는 독전관임에 분명하다.

그런저런 생각을 하면서 나는 평론가 오창은과 함께 '오월문학 아카이브 사전조사 자료'를 보았다. 이 자료는 기왕에 발간한 『5월문학총서』 발간(2013년 4월) 이후에 새로이 씌어진 각종 문예지, 개인 평론집, 확회지 등에 발표된 글들을 모은 자료집이다. '5월문학총서간행위원회'에서는 5월문학을 중심 테마로 삼아 광범위한 자료를 축적해왔다. '광주전남작가회의가 주최한 〈오월문학제〉 및 '5·18재단'과 관련한 행사와 멀지 않은 자료들이 중심이었지만 많은 양이 축적되어 있었다.

우리는 자료집 전체를 읽고 각자 선정한 논문이나 평론 중 5·18에 대한 근본 문제를 중심에 둔 총론에 해당하는 글과 문학 장르를 중심으로 시, 소설, 복합영역으로 나누어 토론한 후 고심 끝에 11편의 글을 선정하였다.

이들 선고된 글 가운데에서 총론에 해당하는 글로 김동춘의 「오월정신과 아시아 민주주의」, 배하은의 「재현 너머의 증언」, 심영의의 「타자로 향하는 길」을 선정하였다. 소설을 중심으로 논의한 글 중 김요섭의 「폭력적 역사의 계보와 5·18의 기억」, 김형중의 「총과 노래」, 김영찬의 「고통과 문학, 고통의 문학」을 선정하였다. 시 분야에는 심선옥의 「1980년대 시 동인지 운동과 '5월시'」, 박철영의 「80년 광주 5월, 문학적 범주와 위의」, 이성혁의 「오월 시문학의 흐름과 전망」, 이승철의 「오월문학의 흐름과 전망」, 그리고 이런 작업을 보완하는 작업으로 조진태의 「오월 기억투쟁, 슬픔의 힘」을 선정하였다.

편의상 총론, 시, 소설로 나누어 편집했지만 그 모든 글이 80년 5월을 생각하면서 우리가 하는 문학 행위가 과연 그날의 항쟁과 얼마나 가깝고 또 멀어졌는가, 그날 죽거나 다친 사람들의 비극에 옳게 답하고 있는가? 못 하고 있다면 무엇을 중심으로 다잡아 미래를 향해 갈 것인가를 물으면서 그 나름으로 고투하며 씌어진 글들이라 판단되었다.

그렇지만 우리는 이번에 뽑은 글들이 많은 글들 중 최선의 글만을 선정했다고는 말할 자신이 없다. 생각해야 할 문제를 다양하고 깊게 논의한 작품들이 많았다. 그렇지만 오월 그날 이후 시간이 많이 지났다는 점을 유념하며 그로 인해 전체적인 흐름을 상기해야 할 필요나 새로이 제기되어 오월문학 논의를 더 깊고 풍요롭게 할 수 있다고 생각되는 글들을 모으는 데 노력을 기울였다.

물론 선정되지 못한 많은 글들 또한 같은 문제를 심도 있게 논의하고 고민한 글이었지만 1권으로 펴내야 하는 실무적인 한계나 분야의 적정성 등의 이유로 더 많은 글들을 싣지 못했다는 점에 양해를 구하고 싶다.

2.

　그럼『5월문학총서- 평론』부문에 수록된 글들에 대해 몇 가지 쟁점을 중심으로 간략하게 소개함으로써 독자들의 이해를 돕고자 한다.

　먼저 김동춘의「오월정신과 아시아 민주주의」를 본다. 이 글은 문학을 직접 논의한 글은 아니다. 이 글은 2021년 '오월문학 심포지엄 기조발제문'이다. 5월문학 심포지엄의 발제문으로 채택된 이유는 해당 심포지엄이 열린 시점이 5·18이 발발한 지 40여 년이 지난 시점이다. 그러므로 5·18은 이미 역사의 지평을 가진 '확정된 과거'로 인식될 수가 있다. 새로이 논의에 참여하는 사람들이 대부분이었고 문학인들이었기 때문에 사회과학자의 눈으로 정리된 이른바 '광주항쟁 40년사'가 필요해서 선정되었을 것으로 판단된다.

　이미 80년 5·18은 '광주민주화운동'으로 명칭이 법적으로 정해진 시점이지만 또한 그렇기 때문에 1980년 5월 18일 이후에 전개된 사회상황을 사회과학자의 눈으로 거시적으로 점검하면서 새롭고 다양한 문학논의에 기여하기 위해 작성된 글은 여전히 유효하다.

　『전쟁과 사회』,『미국의 엔진, 시장과 전쟁』등을 비롯한 많은 저서들을 통해 사회과학자로서의 확고한 업적을 지닌 김동춘 교수는 이 글에서 5월정신이 현재 분단된 우리의 조국 경계선을 넘어 아시아 지역까지 확장되어 전개되고 있음을 밝히고 있다. 즉 광주민주화운동이 서구의 침략 혹은 식민지 지배를 당한 혹은 당하고 있는 아시아 제국에까지 확장되었고 발표 시점은 특히 미얀마에서 민주화운동 세력이 미얀마 군부에 저항하고 있던 시점이었다.

　김동춘은 광주 5월정신은 문학 분야 한 부분으로만 논의될 수 없는 아시아 제국의 민주주의 혹은 민주사회를 견인하는 활화산 같은 폭발력을 발휘하고 있다고 밝힌다. 수많은 나라의 정치·경제·사회·문화 등과 관련되지 않는 것이 없다고 볼 수 있다. 따라서 5·18과 관련한 문학의 문제가 작품으로 형상화되거나 수용될 때 한 개인의 문제가 아니라 해당 시점의 총체적 사회 문제와 관련되지 않을 수 없으며 특히 문학을 지탱해가는 문학의 정신에는 핵심적 동력을 이룬다는 관점에서 우리는 우리 사회의 문제 특히 광주5·18민주화운동을 역으로 살펴볼 수 있다는 장점이 있다.

김동춘은 5·18을 민주화운동이라는 공식명칭에 가두지 말고 심층적으로 인간의 존엄성 보장을 주창한 주체들의 형성, 이러한 인권보장 투쟁에 의해 재조명되는 민주주의의 질적 심화, 민주화가 신인권의 확장에 갖는 세계적 지구정치적 함의도 새롭게 천착할 필요가 있다는 제언을 하고 있다. 자유권으로서의 인권, 시민권 보장을 포함하되 그것을 넘어서는 21세기적 민주주의와 세계 시민권 문제를 동시에 제기하고 있다.

배하은의 「재현 너머의 증언」은 '1980년대 임철우, 최윤 소설의 5·18 증언─ 재현 문제에 관하여'라는 부제를 달고 있다. '아우슈비츠 수용소의 존재 자체를 부인했던 홀로코스트 부인否認 문제를 두고 실재라는 것은 주어진 것이 아니라 실재와 관련된 확인 절차의 실행을 요구하게 되는 기회다.'라는 리오타르의 『쟁론』한 귀절을 인용하면서 1980년 5월 광주에서 일어났던 사건의 실재는 그것이 실제로 일어났다는 사실, 즉 실존 자체로는 여전히 획득되지 않았다고 말하면서 80년대 초반 문학(소설)의 부재를 설명한다.

80년 5·18 직후 이를 문학으로 특히 소설로 쓴다는 것은 먼 후일의 일이었다. 그 죽음의 순간을 목격하거나 들은 이들은 모든 언어를 잃었다. 문학이 수행하는 최소한의 재현도 불가능한 상황이었다. 신군부에 의한 학살 혹은 민중항쟁으로 재현될 수 있는 5·18의 실재는 부재했던 것과 다름없다.

그러나 1985년 총선에서의 야당의 승리, 서울 미문화원 점거사태, 1987년 6월항쟁과 1988년 신군부 정권 인사들에 대한 5공청문회로 이어지는 오랜 투쟁과 사회 변화를 겪고 난 이후에야 광주 5월항쟁 소설집 『일어서는 땅』이 출간될 수밖에 없을 만큼 5월의 전면적인 모습이나 총체적인 진실은 말할 수 없었다.

그렇지만 그런 상황 속에서도 임철우는 1984년 「동행」, 「봄날」, 「직선과 독가스」, 1985년 「불임기」, 「사산하는 여름」 등의 단편소설을 썼다. 그러나 작가는 죽지 않고 살아남았다는 죄의식과 죽은 자들의 죽음을 증언하지 못하는 데서 비롯하는 죄의식에서 벗어나지 못했음을 밝힌다. 정체를 알 수 없는 '독가스'나 어떤 종류의 '환영'과 같은 불분명한 징후로서 포착할 뿐이었다는 것이다.

그런 문학적 암중모색의 피어린 고투를 지나서야 임철우는 장편 『봄날』을 완성했고, 홍희담의 「깃발」이 계급적 관점에서 재구성될 수 있었으며 최윤의 「저기 소리 없이 한 점 꽃잎이 지고」가 문학적이고 비의적인 방식으로 '고통의 아름다움'이라는 측면에서 주목받았음(김병익)을 적고 있다.

배하은의 이 글은 문학이 5·18을 증언한다는 것은 그것을 사실적으로 재현하는 문제를 떠나 살아남은 자들에게 증언의 능력을 부여해줄 수 있는 형식과 미학을 창조하는 일이다라고 말한다. 임철우나 홍희담의 소설문학은 창작자 개인의 수많은 모색과 피어린 고투가 당연히 수반하였지만 그에 못지않게 당대 사회 전체가 5월 이후 그날의 승리를 미학적 전범 아니 미학적 틀로 일반화될 수 있을 때까지 확장되지 않으면 안 된다고 주장하고 있다.

심영의의 『타자로 향하는 길』은 부제로 '역사적 폭력을 서사화한 문학의 윤리'를 붙이고 있다. 심영의는 '1980년대라는 시간과 광주라는 공간을 넘어 또 다른 역사적 고통 속으로 외연을 확장한 소설들- 역사적 폭력을 서사화한 문학이란 모름지기 '타자로 향하는 길' 이어야 한다는 방향을 제시하고 있다.

그는 과거의 5·18을 현재의 5·18로 다시 불러올 수 있는 윤리-태도를 재정립하기 위해 국가폭력을 경험한 소설의 인물(들)은 1980년대의 광주를 넘어 제주 4·3항쟁과 베트남전쟁 그리고 난징학살, 히로시마 원폭, 문화대혁명, 일본군위안부 등 희생자들에게 공감과 연대의 정서로 확장할 것을 주장한다.

그는 황석영의 장편 『오래된 정원』과 박솔뫼의 장편 『미래 산책 연습』 분석을 통해 5·18을 '그들의 사건'이 아닌 '우리의 사건'으로, 우리가 기억해야 할 보편적인 역사경험으로 인식하고 있는지를 묻고, 과거와 현재와 미래를 잇는 진정한 의미에서의 5월작가의 존재의미를 '기억'과 '서사'로 분석한다.

이어 「기억의 강」, 「완전한 영혼」, 『광야』를 쓴 정찬과 『봄날』, 『백년여관』을 쓴 임철우 소설의 분석을 통해 '말할 수 없고 말해지지 않는 것'을 작가가 어떻게 재현과 알레고리 형식으로 추출해내는지 살피고 있다.

또한 한강의 『소년이 온다』와 『작별하지 않는다』, 임철우의 『백년여관』, 박솔뫼의 『미래 산책 연습』들의 분석을 통해 애도와 연대라는 카테고리를 통해 이들의 성과를 종합적으로 정리하고 있다.

심영의는 이 글에서 역사적 폭력과 그로 인해 고통받는 이들과 공감하면서 사건 '이후'의 인간이란 어떠한 존재여야 하는가를 분별한다. 그리고 5·18 '이후' 문학의 책임윤리가 자기 고통을 넘어서서 타인의 고통으로 나아가는 윤리적 에토스, 곧 타인의 고통을 기억하고 증언하고 연대하는 것임을 밝히고 있다.

김요섭의 「폭력적 역사의 계보와 5·18의 기억」은 '임철우의 『백년여관』을 중심으로'라는 부제를 달고 있다. 이 글은 각종 비극적 사건들의 집대성을 통해 임철우 소설의 규명에 나서고 있다. 그는 87년 6월항쟁을 "한국사의 폭력적 기억을 가두고 있던 기억의 장벽을 무너뜨린 사건이었다."로 글을 시작하여 광주 5·18민주화운동, 제주 4·3, 한국전쟁기의 학살사건을 소설화하는 작업이 활발하게 이루어지는 현상을 짚는다.

김요섭은 임철우의 『백년여관』의 배경이 되는 영도가 실은 전남 완도군 평일도를 모티프로 한 공간임을 밝히고 그곳이 한국전쟁기의 비극적 공간으로 재현되고 있음을 밝힌다. 임철우의 초기작인 「곡두 운동회」, 「물 그림자」 등에서 '나주부대사건'이 등장하는데, 한국전쟁 중 퇴각하던 경찰 병력이 보도연맹원을 대상으로 대규모 학살이 저질러진 장소임을 밝힌다. 임철우가 10여 년에 걸쳐 80년 광주 5·18민주화운동의 전개과정을 사실적으로 집필하고 몇 년간의 침묵 끝에 장편 『백년여관』을 발표하는데 '다큐멘터리' 형식을 가미하여 집필했던 『봄날』과는 달리, 『백년여관』은 시공간적인 구성이 명확하지 않고 유령과 같은 환상적 사용들이 두드러진다는 특징이 있음을 밝힌다.

이렇게 환상적인 장치를 통해서 실은 임철우가 우리의 근대사 100년에 걸친 수많은 비극을 작품의 중심으로 불러오고 그 아수라의 현장을 짚어 보면서 한반도에 살고 있는 이 현실에서 실제적인 삶이란 여전히 먼 일이고 자신의 정주지를 갖지 못하고 여관에서 살아간다고 볼 수 있는 것이 아닌가 하는 통 큰 깨달음에 도달하는 것이다.

그런 점에서 그동안 비극으로만 여겨져 왔던 수난의 현대사는 거꾸로 진정한 삶의 여정에 도달해가는 과정이 아닌가. 아니면 그런 현장을 찾아내기까지 우리는 여전히 여관에서 기숙하는 신세가 아닌가 하는 슬프고도 잔혹한 현실 인식에 도달해가는 통로로 유령들을 불러오는 것이라 주장하고 있다.

아버지의 좌익 혐의로 자신이 연좌제로 묶여진 속사정이 주는 역사의 무게가 작가 임철우에게는 그가 겪은 5·18과 복합적으로 겹쳐지는가 하면 그러한 내면의 고통을 통해 비극적 상황으로 오히려 삶의 희망을 찾아내고자 하는 문학적 여정은 과거사를 해결하기 위해 한국사회가 밟아온 '이행기 정의'의 과정과도 연결되어 있음을 탐사한다. 아울러 '5월문학'이 이념적 재현의 한계를 벗어나 한국사회와 역사를 만들어갈 주체적 상상력으로 도달해야 할 지점이 어디인지를 설파한다.

김형중의 「총과 노래; 2000년대 이후 오월소설에 대한 단상들」(2016)은 '김경욱의 「야구란 무엇인가」와 공선옥의 「그 노래는 어디서 왔을까」를 중심으로'라는 부제를 달고 있다. 그는 두 작품 외에도 손홍규, 이해경, 영화 〈26년〉 등의 작품들을 같이 거론하면서 그들의 무기로 군용 대검, 저격용 장총, 칼과 청산가리 등으로 복수를 꾀하는 양상을 짚은 뒤 종국적으로는 실패하고 마는 소설의 결론을 추출한다. 법의 판결이나 역사의 평가에 호소하지 않고 학살자를 직접 물리적으로 단죄하려는 주체들의 서사, 곧 공적 처벌이 아닌 사적 복수가 오월소설의 중요한 소재가 된 현상은 소설 창작 당시 학살주범 전두환이 버젓이 살아 있다는 현실에 대한 분노와 좌절감의 표현일 뿐이라고 냉정하게 밝힌다.

현실에서 국가는 항상 연쇄대응을 불러일으키게 마련인 복수를 금지하는 대신 등가교환의 원칙에 따라 공정한 법적 처벌을 행사하도록 폭력을 위임받는다. 그런데 국가가 그렇게 위임받은 폭력을 올곧게 행사하지 않았다. 이유는 간단하다. 국가의 수장이 바로 학살자 자신이었고, 이후로는 그의 일파였고, 또 그 이후로는 그의 추종자이거나 최소한 심정적 동조자이거나 방관자일 때, 법은 공적 복수의 기능을 완전히 상실한다.

피의자, 그가 바로 최고의 권력자이고 법의 집행자일 때, 공적 복수로서의 법의 실효성은 행사되지 못한다. 그런 의미에서 학살자에 대한 증가하는 복수심은 실은 법에 대한 배신감과 다르지 않다. 그를 저대로 자연사하게 내버려 둘 수 없다는 창작 주체의 조바심과 억울함이 사적 복수를 정당화한다. 작가들이라고 해서 복수심에서 자유로워야 할 이유는 없는 것이다. 그리하여 많은 소설이 복수를 기획하고 실행하려 하지만 거론하는 모든 소설에서 복수는 실패하고 만다. 그러므로 거론하는 소설들의 결과 즉 복수담은 실은 모두 다 복수의 실패담일 수밖에 없고 비극의 일종일 수밖에 없다.

아이러니하고 억울하지만 전두환(그는 2021년 11월 23일 사망했다. 언급된 소설들은 전두환 사망 이전에 발표된 작품이다)의 생존 자체가 그를 복수의 대상으로 삼은 소설 속 인물들의 실패한 이유이기도 하다고 김형중은 짚는다. 야구를 비롯한 복수의 남성 서사들이 그 도발적인 문제제기에도 불구하고, 최윤의 「저기 소리 없이 한 점 꽃잎이 지고」나 한강의 『소년이 온다』, 공선옥의 「그 노래…」에 비해 그 문학적 성취에서 미치지 못한다는 평가를 받을 수밖에 없는 이유가 여기에 있다고 주장한다.

'말로는 더 어떻게 해 볼 수 없을 때, 발화된다기보다는 터져나오는 소리가 노래'이다. 김형중은 공선옥의 노래는 언어 이전의 노래가 아니라 언어 이후의 노래이고, 공동체의 노래가 아니라 그것이 파괴되어버린 뒤에 완전히 의미로부터 박리되어버린 노래이기 때문이다라고 그 연유를 밝힌다. 오월문학에서 "노래는 언어 너머의 공백 그것은 현실에서 이루어지지 않은 비극감을 보존하면서 증언의 영역을 아직 이루어지지 않은 현실을 열어놓는 불가능한 언어의 형식이다."라고 결론짓는다.

김영찬의 「고통과 문학, 고통의 문학」은 부제로 '한강의 『소년이 온다』와 「눈 한 송이가 녹는 동안」을 중심으로'라는 부제를 달고 있다. 그는 두 작품을 겹쳐 읽으면서 고통이 어떻게 소설로 형상화되는지를 밝히고 있다. 세상의 고통과 마주한 문학이 그 고통을 제대로 쓰기 위해서는 먼저 그 고통에 대한 근원적 질문이 선행되어야 하고 이를 가시화하기 위해 거기에 걸맞는 '형상화 과정과 방법'을 찾아야 한다고 주장한다.

그는 이 글을 통해 문학은 무엇을 해야 하는가, 또 어떻게 써야 하는가, 라는 메타적인 물음에 어떻게 접근해야 하는지를 모색하고 있다.

한강이 『소년이 온다』를 발표하기 전에 「눈 한 송이가 녹는 동안」을 먼저 발표했는데, 김영찬은 이 작품이 『소년이 온다』를 쓰기 위한 예비 작업이었다고 추정한다. 두 작품이 5·18이 가한 고통의 문제를 다루고 있는데 「눈 한 송이가 녹는 동안」을 집필하는 과정 자체가 고통의 실체를 탐정처럼 추적하고 있는 글이라는 것이다. 두 작품이 엄연히 다른 작품임에도 그런 추정이 가능한 것은 고통의 형상화란 그만큼 어렵다는 이야기를 대신하는 것이라고 볼 수 있다는 것이다.

타자가 겪는 고통의 심연에 다가가려 해도 결코 다가갈 수 없음을 지각한다는 것은 곧 '나'의 글쓰기가 놓인 (불)가능성의 조건을 새롭게 발견한다는 것을 의미한다. 그럴 경우 처음 출발점은 고통에 대한 연민이나 공감이 그것을 재현하는 출발점이 될 수 없다. 그것은 연민이나 공감은 타자를 동일화하는 주체 중심적인 정신의 운동이기 때문이다. 김영찬은 그래서 이 소설이 유령의 방문과 대화로 진행한다고 밝힌다.

한강이 「눈 한 송이가 녹지 않는 동안」은 '우리가 이야기를 나눌 수 있는 시간'이다. 김영찬은 이를 '기적의 순간'으로 명명하고 있다. 그리고 그 고통의 실체를 형상화할 수 있는 방법은 자기 자신을, 자신의 어법과 스타일을 지워버리고 타자의 목소리에 자기를 내어주는 일을 통해서만 가능한 것임을 밝히고 있다. 창작방법론이 아니라 창작의 순간에 대한 묘사라고 할 수 있을 것 같다.

3.

심선옥의 「1980년대 시 동인지 운동과 〈5월시〉」는 80년대 사회 문화적 배경이었던 '운동으로서의 문학'이 제기된 과정을 살피면서 그 전의 시기인 1970년대 시의 대중화 현상을 짚고 있다. 그는 80년대의 동인지 운동의 특징으로 시에서 민중성을 구현하는 문제, 시 동인지와 무크의 연대, 지역문화운동에서 시 동인지 운동의 위치 다양한 형식실험 등을 학자적 관점에서 면밀히 살핀다. 특히 〈5월시〉 동인이 주장했던 리얼리즘 시론과 지역문화론의 의미, 새로운 양식으로서의 판화시집과 서사적 장시의 창작 등에 대해 깊이 있게 분석하고 있다.

그는 광주항쟁을 통해 표출된 이슈들 즉 역사주체로서 민중의 세력화, 제국주의 비판과 분단문제 해결, 변혁운동의 상징적 거점으로서의 '광주'의 의미 등을 시에서 어떻게 표현할 수 있는가 하는 것과 그것이 리얼리즘 시론과 지역문화론으로 구체화되었는가를 소상하게 살피고 있다. 그러한 〈5월시〉의 활동은 서사적 장시의 창작과 판화시집으로 변환 발전되는 계기가 되었다는 점을 밝혀 문화 장르의 복합적 전개와 실현으로도 이어졌음을 밝힌다.

심선옥의 이 글은 그동안 수많은 논쟁과 쟁점들을 학자적 시각에서 보편적인 언어로 정리하여 균형적인 쟁점 정리가 돋보인다.

이성혁은 「오월 시문학의 흐름과 전망」에서 항쟁 초기부터 이에 대응한 시편인 김준태의 시 「아아, 광주여 우리나라의 십자가여!」라는 시편으로 광주항쟁 직후 진실의 말이 유언비어로 둔갑되어 단죄되고, 항쟁 주체가 '폭도'로 매도되는 상황에서 처음으로 광주항쟁의 비극적 의미와 실상을 알렸다고 글을 시작한다. 김준태는 학살이 일어난 직후 광주 신안동 자택에서 "광주여 무등산이여/아아, 우리들의 영원한 깃발이여/꿈이여 십자가여/세월이 흐르면 흐를수록/더욱 젊어갈 청춘의 도시여"라고 썼으며, 그것은 '광주는 부활할 것이며, 그래서 언제나 젊은 청춘의 도시가 될 것이며 (…)광주항쟁에 대한 기억은 근본적인 데로 우리를 다시 이끌어서 자칫 부패해버리곤 하는 삶을 젊게 만드는 힘이 있다'고 말한다.

이제는 상식이 돼버린 그 같은 주장에 이어 1981년 '〈5월시〉 동인'의 결성에 핵심적 역할을 한 이영진의 「단 한 줄의 시도 쓸 수가 없다」를 인용하면서 "서정시를 쓰는 것은 불가능하다. 친구들이 무참하게 학살당한 상황에서 살아 있는 자에게 남은 것은 '그대들의 분노와 슬픔으로' 함께 '타는 가슴일 뿐'이다. 이 '분한'을 칼로 갚을 뿐"이라 말하면서 투쟁의 길에 시가 함께했다고 말한다. 이후 80년대 중반의 시인들을 개관하면서 김정환의 시를 검토하고 또한 당시 옥중시인이었던 김남주의 시와 박노해, 백무산의 시들을 일별한 후 황지우, 이승철 등의 시들이 지닌 의미를 천착한 뒤에 1990년대 중반에서 2000년대에 시작활동을 활발히 시작한 김근과 문동만 등의 시인들의 시를 검토하며 5·18의 의미가 일상의 삶 속에 어떻게 체화되었는가를 밝히고 있다.

이 글에서 특히 주목할 부분은 2006년 이후 2015년까지의 '5·18문학상'의 수상 시인들의 시를 꼼꼼하게 살피고 있다. 그들 중 송기역과 이병일의 시를 상세하게 분석하면서 80년 5월 광주 이후 그로부터 30여 년의 시차에도 광주 5·18정신은 살아 전승되면서 변화된 현실에 대응하고 있는 모습을 보여주고 있다고 설파한다.

그는 "80년 오월 광주를, 현재 배제된 자들, 고통받는 자들, 희생된 자들의 고통과 분노, 저항의 목소리와 연결함으로써 현재화하"고 있고 "지금 신자유주의 지배체제에 저항하면서 생성되고 있는 공동체의 역량을 연결하여 사유하고 그 형상을 찾아내는 작업"을 하고 있다고 말한다. 특히 2014년 발생한 '세월호'에 수장당한 아이들을 호명하면서 모든 죽어가는 이들과 함께 "죽임의 사회를 넘어 생명을 살리는 절대적 공동체─공통체─를 구축하는 사회로 나아가고 있다."고 밝히고 있다.

박철영의 「80년 광주 5월, 문학적 범주와 위의」는 〈5월시〉 동인 열한 명의 시를 일반시민 누구나 이해할 수 있도록 소개하는 글이다. 또한 해외 동포들에게 소개할 목적으로 각 시인들의 시 한 편을 매개로 〈5월시〉 동인들이 쓰고 있는 대중친화적인 시 한 편을 각각 선정하여 차분하게 설명하는 글이다.

아무리 심오한 내용을 시로 쓴다 해도 일반 독자에게 읽히지 않으면 안 된다는 생각으로 동인지 7권, 판화시집 2권에 실린 동인들의 시들 중에서 각 시인이 시의 근원적 모티브를 드러냄직한 시를 쉽고 평이하게 소개하면서 평범한 일상 속에 숨어 있는 깊은 의미를 추적하고 있다. 각 시인이 함장하고 있는 시적 주제를 탐구하기보다 그 깊은 주제에 도달해갈 수 있는 각 시인의 시를 대중성을 겨냥하면서 차분하게 소개 안내하고 있다.

김진경의 시 「바람」, 윤재철의 「수유리에서」, 박주관의 「남광주」, 나종영의 「천사마을의 김작은이」, 곽재구의 「대인동 부르스」, 박몽구의 「서시」, 나해철의 「영산포 9」, 고광헌의 「이태원」, 이영진의 「5월은 내게」, 최두석의 「공릉천 멧비둘기」, 강형철의 「포일리에서」를 인용하고 그 시를 인용, 해설하면서 해당 시인의 시가 지닌 서정성과 대중성에 초점을 맞추어 설명하고 있다.

이 글에는 80년 5월 광주 이래 〈5월시〉가 일으킨 동인지 운동이나 그들이 중심을 이루어 사회문화운동, 특히 교사운동에 핵심적 역할로 전국교직원노동조합의 성립에 큰 힘을 보탰던 문학사적 이면의 〈5월시〉 동인의 역할에 대한 얘기는 없다. 그러나 일반시민들 누구에게라도 문학에 마음을 두고 있는 이들이 〈5월시〉 동인들의 시로 진입해갈 수 있는 소중한 길을 트고 있다고 할 수 있다.

이승철의 「5월문학의 흐름과 전망」은 2018년 '광주전남작가회의'가 주최한 〈오월문학심포지엄〉에서 발표한 글이다. 그는 이 글에서 5월문학의 범주를 문학 특히 시의 뿌리를 광주와 전남 문단의 구체적인 계보와 성과 등을 종합하여 살피고 있다. 이 글이 발표된 시점에는 우리 사회 전반에 40여 년이 경과된 시기였기에 광범위한 반성이 필요했고, 특히 5월문학의 뿌리를 우선 광주·전남 문단사에서 살펴보는 것은 문학이 발원된 구체적 인물과 장소를 점검한다는 점에서 소중한 일이었다.

소상한 보고서 풍의 글을 통해 광주를 중심으로 전남 일원에서 활동한 문인들의 역사를 정밀하고 폭넓게 살펴보고 있다. 이미 일반적인 사실이 되어 놓치기 십상이지만 그런 소상한 사실들에 배어 있는 소중한 분투와 희생적인 문학활동들을 살펴봄으로써 거대한 담론이나 역사가 밝히지 못하는 실체를 드러내주고 있다.

다형 김현승의 시정신과 1970년대 '자유실천문인협의회'(자실) 문인들의 문학운동, 1980년 전후 광주 문인들의 활약, 광주민중항쟁과 〈투사회보〉, 5월항쟁 기간 광주시민들이 쓴 5월시, 1980년대 첫 필화사건의 주역 김준태, 조진태의 5월시, 1980년대 문학운동을 선도한 〈5월시〉 동인, 5월의 진실 속으로 찾아간 〈광주젊은벗들〉의 시낭송운동, 광주항쟁 시선집과 김남주 시인의 5월시, 5월의 소설적 재현과 『봄날』의 작가 임철우 등등의 소제목에서 알 수 있듯이 광주·전남의 문단 계보와 80년 이후의 젊은 시인들의 활동상을 마치 탐사기자처럼 꼼꼼하고도 명쾌하게 살핀다. 특히 1984년부터 2014년까지 발표된 주요 5월소설 연보를 붙여 광주·전남 문인들의 활약상을 소개하는 등 80년 5월 관련 소설연구자에게 도움을 준다.

알고 보면 우리는 이른바 '유명' '저명'이란 말들에 포획되어 한 줄의 시, 한 편의 소설들 속에 깃들어 있는 광대한 민중의 성실한 노력들을 간과하고 사는지도 모르며 그런 망각의 집적으로 오늘날의 반동적 정치·사회·문화의 행태가 자행되고 있는지도 모른다. 시의 한 구절 소박한 산문의 행간 사이에도 문학적 고투가 배어 있음을 새삼 깨닫게 하는 생생하고 정밀한 보고서라 할 수 있겠다.

조진태의 「오월 기억투쟁, 슬픔의 힘」은 새로운 방법으로 추적한 '오월의 감정학'이다. 시인에게 기억은 생동하는 것이다. 지구라는 행성에서 가장 탁월한 생물로 진화한 인류가 지닌 특징이 기억일 것이며, 그것의 또 다른 이름이 역사이자 사기史記라고 말한다. 그는 이 글에서 프리모 레비, 김형중의 글을 거론하면서 서정춘 시인의 5월시 「울면서」를 전문 인용한다.

나에게는/광주의 사기史記, 책 한 권이 있습니다/1980년 5월 광

주항쟁 이후/1990년에 간행한 책,/아, 『광주5월민중항쟁사료전
집』 말입니다/나는 그 첫장에/한 줄의 별행으로 씌어진/리영희 선
생의 등대지기 같은 글/"피로 씌어진 역사를 잉크로 쓴 역사로 가
릴 수 없다"를 되뇌이며/광주항쟁으로 희생된 영령들/그 영웅들의
혼이 담긴 책/이 한 권의 책 앞에서/해마다 5월마다 고개 숙입니
다/흑!/흑!

조진태는 이어 1990년대에 '한국현대사사료연구소'가 펴낸 『광주5월
민중항쟁사료전집』에 실린 당사자들 구술증언들은 구체적이며, 특히 500
명에 이르는 항쟁 참가자의 원고지 25,000매 분량의 한마디 한마디는 매
우 생생하다고 밝힌다. 구술자료는 주요 사건 현장의 교차증언을 포함하
고 있어 혹여 정치가 민중항쟁 역사를 배신한다 하더라도 항쟁정신이 훼
손되지도 않고, 그 자체로 빛이 바래지는 것도 아니라는 점을 밝히고 있
다. 조진태는 80년 "오월기억의 신체는 이로써 생동해졌다."고 평가한다.
그렇지만 이 글이 씌어진 2016년의 5월 공간은 그 흔적들이 담겨 있
는 물리적 공간은 변화하였다. 5월 27일 박용준이 끝까지 지켰던 광주
YWCA는 철거되었고 옛 전남도청을 중심으로 분수대를 축으로 금남
로와 충장로, 동명동과 황금동을 잇는 도로는 너무 많이 변했다고 말한
다. 백주 대낮에 수십만 명이 손에 태극기를 들고 「아리랑」과 「애국가」
를 부르며 금남로 거리에 쏟아져 나와 밤이 새도록 시위를 했었다는 이
야기는 '마술적이다'라고도 말한다. 불타버린 방송국과 세무서 앞에 나
무처럼 서서 "아무도 살아 있지 않은 세기"를 "까맣게 타버린 눈물"을
안고 "백 년이 단 며칠 사이에 흘러가"는 것을(이영진, 「백 년이 단 며칠
사이에 흘러가는 것을 보았다」) 보고 있는 것이다.
조진태는 이러한 외형적 변화를 넘어 그날 그 순간의 비극을 현재화

하는 일이 중요한데, 유재영의 시 「어머니에게 보내는 망월동 편지」, 나희덕의 「그는 먹구름 속에 들어 계셨다」와 김양우의 현장 증언 「시민군 계엄군」 등의 글로 이를 예증한다.

그러나 이런 기억과의 싸움의 내면은 만만치 않다. 피해(참상)의 진원지에서 멀리 떨어진 사람일수록 피해의 진실에 스스로의 상상력을 발휘하려고 노력했고, 피해의 진원지에서 가까운 사람일수록 용기를 내어 가혹한 진실을 직시해야 하는 아이러니에 처하기 때문이다(서경식의 「증언 불가능성의 현재」, 『시의 힘』).

두 분의 형님이 재일동포 유학생 간첩이란 죄목으로 수감돼야 했던, 쓰라린 가족사의 비극을 지닌 서경식의 사례를 들어 깊은 성찰을 통해 슬픔의 힘을 내면화하는 일이 필요함을 역설하고 있다. 또한 조진태는 분단체제하의 국가폭력이 어느 정도로 시스템 속에 내재되어 있는가를 제대로 밝히지 못하는 까닭에 오월의 기억이 여전히 참상과 함께 회상될 수밖에 없는 뼈아픈 현실을 지적하고 있다.

4.

평론 부문으로 선정된 글에 대한 간략한 안내와 주요 쟁점에 대한 소개를 통해 독자들에게 도움을 줄 수 있는 글을 써 보자는 취지의 글이 거꾸로 혼란스럽게 할 수도 있겠다 생각하기도 한다. 그렇지만 이번 평론선집이 새로운 논의의 출발점이 됐으면 좋겠다는 생각도 가진다.

그런 마음으로 이번 『5월문학총서』 평론 부문에 글이 실리지 않았지만 지난 2020년 〈오월문학 심포지엄〉에서 발표된 임헌영 선생의 「증언의 문학에서 평화의 역사로— 5월항쟁 문학의 진로모색」이란 기조발제문의 앞부분을 살피면서 이 글을 마무리하고자 한다.

임헌영은 "광주항쟁정신은 한국 근현대사에 나타났던 제반 운동, 항쟁, 혁명을 포함한 반외세 민족주체성 추구와 민주주의적 인권사상을 통섭하고 있어 현재는 물론이고 미래에도 영원히 세계사의 찬연한 평화의 등대로 승계되어야" 한다고 말한다. 그는 광주 5·18민주화운동의 진정한 실현을 위해 세계사의 보편적인 과거사 청산의 공식을 다섯 가지로 요약하여 제시한다.

"1. 철저한 진상규명 2. 범죄자에 대한 법률적 및 사회, 역사, 문화적인 처벌 3. 희생자에 대한 복권과 명예회복 및 배상 4. 사회문화적으로 정당한 평가에 의한 인식의 공유 및 그 방해(반대)세력에 대한 비판의식의 공유 5. 역사적인 인식의 일반화를 통해 헌법정신에 반영시킴과 동시에 이에 위배되는 허위 날조 행위를 제어할 수 있는 법률적 장치 마련"이라는 5개 단계가 그것이다.

임헌영은 철저한 진상규명이라는 첫 단계와 범죄자에 대한 법률적 사회·문화·역사적인 처벌이 너무나 어설프고 애매하게 얼버무린 채 희생자에 대한 복권과 명예회복 및 배상에 집중함으로써 아직 4항과 5항으로 비약할 날개를 펴지 못하고 있는 현실을 진단한다. 40여 년의 세월이 흘러갔다는 객관적 상황에도 5·18에 대한 날조나 비난이 공공연하게 유포되고 있는 것은 물론이고 4, 5항에서 말하는 사회문화적으로 정당한 평가가 이루어지지 못했으며 그러한 평가에 기반한 인식의 공유가 널리 이루어지지 못했다고 평가한다.

그는 이어 5월문학예술의 논의가 아직까지는 문학예술의 근본 정조의 하나인 '비극론', 희생자의 아픔에 초점이 고착되어 있음을 부인하기 어렵다는 지적을 하고 있으며, 5·18이 낳은 감동적인 인간상이 언뜻 떠오르지 않는 것에 아쉬움을 표하고 있다. 5월문학이 추구해야 할 성역으로서의 '평화의 문학'에 우리가 더욱더 가까이 다가가야 한다고 주장한다.

이러한 말에서 보듯 그동안의 수많은 문학적 공업攻業에도 불구하고 여전히 오늘 우리에게 이룩해야 할 문학적 성취가 미완의 숙제로 남아 있음을 밝히고 있는 셈이다.

광주의 학살이 자행된 지 44년의 세월이 지났다.

무엇이 변했는가?

그 학살을, 그 아픈 희생을 이제는 광주민주화운동이라는 이름으로 부른다. 그때 죽고 다치고 행방불명된 사람들에게 얼마간 명예회복이 이루어졌다고 할 수 있으나 그때 그 사람들이 꿈꾸었던 세계는 여전히 미완의 대지와 꿈으로, 분단된 민족공동체의 살 아픈 현실로 남아 있다. 그때 그 사람들이 꿈꾸었던 세상은 여전히 더 깊고 아픈 현실로 다시 되돌아오고 있으며 그때 모든 사람이 꾸었던 꿈은 심지어 도달할 수 없는 꿈의 영역으로 멀어지고 있다고 말할 수도 있겠다.

다시 우리에게 5월의 문학이 이룰 수 있는 자리를 찾아가라고 독촉하고 있다.

— 미발표 신작 원고(2024년)

■ **강형철** 숭실대 철학과와 동 대학 국문과 대학원을 졸업. 1985년 『민중시』 제2집에 작품을 발표하며 등단. 시집 『해망동 일기』, 『야트막한 사랑』, 『도선장 불빛 아래 서 있다』, 『환생』 등과 평론집 『시인의길 인간의길』 등. 고산문학상, 아름다운작가상 수상. 〈5월시〉 동인, 한국작가회의 상임이사, 부이사장, 한국문화예술진흥원 사무총장, 숭의여대 교수를 역임.

5월, 죽음이 삶이었던 시의 시대

– 〈5월시〉 동인 운동을 중심으로

이영진

1. 무등산

오늘도 무등산은 광주를 내려다보고 있다. 80년 봄, 무등산은 죽음의 깊이와 높이를 한눈으로 동시에 꿰뚫어 보고 있었다. 무등산은 학살이 일어나던 1980년 5·18의 참혹한 대지와 죽음으로 이를 뚫고 나가던 민중들의 장엄한 투쟁을 동시에 꿰뚫어 보며 거기 그 자리에 서 있었다. 무등산은 수평(대지)과 수직(하늘)을 불멸의 무시간성으로 통합해내며 그 현장의 순간들을 지켜보고 있었다. 그날 이후 무등산은 영원의 앞과 뒤를 모두 응시하는 한반도의 제일 높은 누각이 되었다. 동학 이후 한국근현대사에 투영된 죽음을 무등산보다 더 잘 지켜보는 파수꾼의 자리는 더 있을 수 없었다.

보라
산은 무등산 그대가 앉으면 만산이 따라

앉고

보라

산은 무등산 그대가 일어서면 만파가 일어선다

— 김남주, 「무등을 위하여」 부분

무등산은 이 땅의 구성원 모두가 하나의 운명을 겪는 동시적 존재라
는 것을 깨닫게 한 민중성의 실체였다. 그것은 한없이 높으면서 한없이
낮은 민중의 상징, 그것이었다.

김남주 시 「무등을 위하여」는 세계의 주인(민중)만이 뿜어낼 수 있
는 기세와 스스로 죽음의 경계를 무너뜨린 자의 압도적인 존엄을 눈앞
에 펼쳐 보이는 산이었다. 무등은 80년 5월 삶과 죽음을 넘어 절대공동
체를 이루었던 사람들 모두를 상징하는 전체성의 형상, 그것이었다. 그
의 움직임에 따라 '만산이 따라 앉고, 만파가 일어서는' 거대한 출렁임
을 입증해 보인 실체이자 상징이었다.

5월 27일 공수11여단이 학살을 마치고 20사단 병력에 도청을 인계
하고 물러났을 때 도청 앞 상무관 바닥에는 수백 구의 시신이 흰 천에
덮여 있었다. 어머니들은 관 뚜껑을 부여잡고 비통하게 울부짖었다. 온
도시가 울고 있었다.

장동 로터리, 광주 세무서와 MBC 광주 방송국이 불에 검게 탄 채 무
겁게 그림자를 드리운 채 침묵하고 있었고 경찰서 한 블록 뒤 금남로 입
구에는 총탄 자국이 선명한 전일빌딩이 무덤 곁의 비석처럼 서 있었다.
죽음과 살육이 지나간 거리, 산 채로 영혼이 빠져나가버린 사람들은 허깨
비처럼 둥둥 떠다니고 있었다. 연등이 걸린 가로수 밑을 말없이 걸으며

'오지 않는 막차를 기다리는' 대합실의 미귀가자들처럼 침묵하고 있었다.

계엄군은 시민들에게 '거리로 나오지 말라'고 선무방송을 해대고 있었지만 아침 햇살은 어느 때보다 찬란했다. 하지만 아무도 입을 열어 말을 하지 않았다. 지상에 이보다 더 황폐한 봄은 없었다. 하얗게 핀 수선화의 흰빛이 아파 붉은 눈을 감아야 했다.

잔인한 학살의 봄은 1980년 5월 27일로 끝나지 않았다. 팽팽한 긴장 속에서 수배령이 떨어진 사람들이 곳곳에서 체포돼 투옥되었다. 상무대 영창과 문흥동 광주교도소는 수감자들로 넘쳐났다. 살아남은 자, 부상자 할 것 없이 알 만한 이름들은 모두 그곳에 수감되었다. TV에선 연일 광주시민을 폭도로 몰아갔다. 학살에 이은 조작과 왜곡이 도시의 숨통을 조여 댔다. 분노와 공포가 겹겹이 쌓여갔다. 그러나 싸움은 그 뒤로도 오랫동안 끝나지 않았다. 오히려 시작이었다. 학살의 주범인 전두환, 노태우 그리고 유신잔당들과 신군부 추종세력들의 공격은 멈추지 않았지만 죽음으로 항거하는 대열 또한 행진을 멈추지 않았다. 1987년 6월항쟁 후 9년 만에 신군부의 수괴들이 피의 권좌에서 물러나 감옥으로 갈 때까지 전국은 자욱한 최루가스와 화염병, 짱돌이 난무하는 전선이었다.

2. 신군부를 향해 터진 '시 폭탄'

80년 6월 2일 공수특전단의 도청 탈환작전이 끝난 후 정확히 6일 만에 계엄의 삼엄한 감시를 뚫고 한 방의 폭탄이 터졌다. 신문에 실린 한 편의 '시'가 바로 그 폭탄이었다. 온 나라의 입과 귀와 눈을 틀어막고 자신들의 범죄를 묻어버리기 위해 모든 수단을 동원했던 신군부의 은폐 시도는 이 시 한편으로 막아두었던 둑이 터져 버리고 말았다. 이 시는 그들이 죽여 땅속에 암매장한 시체(진실)들을 세상 밖으로 끌어냈다.

> [⋯중략⋯]
> 정말 우리는 죽어버렸나
> 더 이상 이 나라를 사랑할 수 없이
> 더 이상 우리들의 아이들을
> 사랑할 수 없이 죽어버렸나
> 정말 우리들은 아주 죽어버렸나
> [⋯중략⋯]
> (여보 당신을 기다리다가
> 문밖에 나아가 당신을 기다리다가
> 나는 죽었어요…… 그들은
> 왜 나의 목숨을 빼앗아 갔을까요
> 아니 당신의 전부를 빼앗아 갔을까요
> [⋯중략⋯]
> 그런데 나는 당신의 아이를 밴 몸으로
> 이렇게 죽은 거예요 여보!
> 미안해요, 여보!
> [⋯중략⋯]
>
> — 김준태, 「아아, 광주여 우리나라의 십자가여」 부분

이 시는 소문으로 떠돌던 공수부대의 대규모 민간인 학살과 임산부 학살 등이 모두 사실임을 만천하에 폭로해버렸다. 티브이 뉴스나 신문

기사가 진실을 조작하는 동안 시인 김준태의 입과 가슴은 학살당한 사람들의 감정을 생생하게 토해 놓고 있었다. 시는 직접 보지 않았다면 '느낄 수 없는' 현장의 실감을 전하고 있었다. 시인의 언어는 어떤 뉴스보다 빠르고 강하게 퍼져 나갔다. 시는 진실을 전하는 매체가 되었다. 세계가 어둠에 잠겨 캄캄할 때 어둠 속에서 풀벌레가 울 듯 시는 세계의 야만을 울었다. 현실이 상상보다 더 커져 이를 언어가 따라갈 수 없을 때, 수천 개로 조각난 사실은 더 이상 진실을 전하기 어려웠다. 이 때 적막한 무덤이 입을 열 듯 시가 입을 열어 외치기 시작했다. 급박한 상황을 전하는 데 시보다 더 빠른 언어는 없었다. 인간은 생각 이전에 느끼고 반응하는 존재다. 살아 꿈틀대는 생명 활동의 매 순간에 반응하는 주관적 감정이 서정이다. 서정이 말하는 풍경이란 객관 세계의 자연만을 말하는 것이 결코 아니다.

> 5·18 당시 광주시민들의 첫 번째 담론은 논리적인 언어가 아니었다. 그들의 첫 번째 언어는 산문이나 논문이 아니라 시였다.
>
> — 최정운, 「오월의 사회과학— 5·18담론의 정치사회학」

김준태는 〈전남매일신문〉 편집부국장 문순태의 청탁을 받자 불과 45분 만엔 105행에 이르는 시를 써내려갔다. 그는 이 순간을 "죽은 자들에 빙의되어 있었기 때문"이라고 고백했다. 80년 6월 2일자 신문 1면에 실린 시는 제목이 반토막 났을 뿐만 아니라 본문 역시 검열관들에 의해 산산조각나 불과 34행만 남겨졌다. 그러나 붉은 펜으로 갈갈이 찢긴 이 시는 윤전부 직원들에 의해 원본 10만 부가 그대로 인쇄되어 국내외에 뿌려졌다.

김준태는 당시 전남고등학교 동료 교사의 임신한 부인이 M16에 머리가 날아가버린 참혹한 시신을 보았다. 그는 "나는 그녀에게 빙의되어 시를 단숨에 써내려갔다."고 고백했다. 동료의 부인은 망월동에 묻혔다. "당신은 천사였오 천국에서 만납시다"라는 묘비명 아래 그녀가 누워 있다. 편집부국장 문순태(1975년 『한국문학』 신인상에 소설 「백제의 미소」가 당선되어 데뷔한 소설가)는 김준태의 시뿐만 아니라 1981년 〈5월시〉 동인지 1집 『이 땅에 태어나서』 또한 신문사 인쇄소에서 몰래 찍어주었던 용기 있는 기자이자 작가였다. 당시 문순태는 김준태의 시로 인해 출판국으로 쫓겨나 있었음에도 위험을 아랑곳하지 않고 〈5월시〉 동인지 1집을 인쇄해 말없이 후배들의 등을 두드려 주었다. 동인지 1집 1,000부를 제작했으나 사전에 발각되어 500부만을 몰래 빼돌려 세상에 〈5월시〉를 선보일 수 있었다.

김준태의 시와 〈5월시〉 동인지 1집이 처했던 급박한 상황은 5공 정권 내내 '시'가 겪어야 할 운명 같은 것이었다. 압수, 파기, 구속, 해직, 감시, 검열, 소외 등이 시가 견뎌야 하는 기본적인 환경이었다. 그러므로 5월 광주와 함께 시작된 〈5월시〉는 이미 신군부 통치하의 제도권과는 태생적으로 '함께하기' 어려운 것이었다. '언어는 존재'라 부르짖는 문학지상주의와도 같은 길을 갈 수 없었다. 5월시 동인들은 '목소리만 클 뿐 서정성이 부족하다'는 비판을 받았지만 이는 곧 헛소리라는 것이 증명되어버렸다.

노동자, 농민, 지식인, 학생, 교사, 종교인, 예술가 등이 모두 뛰어든 80년대의 전선을 일거에 일깨우는 함성이 교도소 담벼락 너머에서 들려왔기 때문이다. 그것은 김남주 시 「학살」로부터 시작된 진정한 언어의 진군 그것이었다.

한 나라의 대통령이란 자가

외적의 앞잡이이고

수천 동포의 학살자일 때

살아남은 사람들이 있어야 할 곳

그곳은 어디인가

전선이다 감옥이다 무덤이다

도대체

동포의 살해 앞에서 저항하지 않고

누가 있어 한낮의 태양 아래서 자유로울 수 있단 말인가

누가 있어 한밤의 잠자리에서 편할 수 있단 말인가

동지여

제국주의에 반대하여 싸우지 않고

압제와 착취에 시달리는 민중들을 옹호하며

무기를 들지 않는다면

혁명의 새벽을 어디서 찾을 것인가

– 「살아남은 자들이 있어야 할 곳」 전문,

김남주 시집 『조국은 하나다』 초판에는 「학살」로 수록됨

3. 김남주의 「학살」과 '민중적 민중문학론'

감옥에서 은박지에 눌러쓴 김남주의 「학살」이 교도소 밖으로 흘러나
왔을 때 세상은 모두 전율하고 말았다. 김남주의 우렁차고 명쾌한 노래
는 어떤 담론이나 주장보다 당당하고 힘이 넘쳤다. 그의 시는 시가 곧

존재의 이행이자 행동이며 실천임을 분명히 했다. 격리된 감옥 속에서 그의 시는 무기처럼 힘차게 빛나고 있었다. 시의 서정성 논란이나 아우라 타령은 더 이상 힘을 쓸 수 없었다. 일체의 기교와 수사가 배제된 몽둥이가 망설이는 나약한 자들의 등줄기들을 후려쳤다. 그의 시는 통쾌함을 넘어 아름다웠다. 너무나 쉽고 명증하여 아무도 몰래 자라난 내면의 비겁을 한 방에 날려버렸다. 계몽적 논리나 당위, 담론 같은 건 그의 시 앞에 설 자리가 없었다. 그는 정확히 '무기를 들지 않는다면'이라고 말했다. 1980년 5월 27일 새벽 4시 광주 도청은 혁명이자 당위이며 생명에 대한 존엄을 확인하는 불멸의 공간이었으며 김남주가 노래한 「학살」의 현장이었다. 80년 5월 이후 시는 비로소 객관세계에 의해 환기된 주관적 감정 즉 논리와 계몽을 뛰어넘는 생명의 함성(시)이 될 수 있었다.

70년대 노동자 전태일의 분신 이후 쏟아져 나온 노동자들의 수기와 일기, 편지 등은 어떤 소설보다 핍진한 실감으로 다가왔다. 이러한 실감은 80년대로 고스란히 이어져 5월항쟁과 내면적 흐름을 이어갔다. 감동은 전복의 동력이다. 그래서 문학적 감동이란 세계를 뒤집어 놓는 힘 중의 하나다. 80년 5월 이후 시의 시대를 이끌었던 대표적인 평론가 고故 채광석의 '민중적 민족문학론'은 소시민성(김남주의 시에 비춰 보면 아주 극명해지는 것이 바로 이 소시민성 혹은 조각난 개인의 자의식이다)을 극복하지 못하고 비판받는 앞 세대의 민족문학론과 충돌하는 대신 문학적 '실천론'으로 문학이 모든 계급과 '함께 가는 길'을 모색하게 되었다.

"기존의 문학은 민중으로부터 소외되어 있으며 민중은 문학으로부터 소외되어 있는 현상을 극복"하기 위해 서로의 경계를 무너뜨려야 한다는 것이 그의 주장이었다. 그에게 노동자·농민·지식인·예술가들의 공동작업과 연대와 협업은 반드시 필요한 단계일 수밖에 없었다. 생활

세계 안에서 서로를 배우는 것이야말로 이를 극복할 수 있는 기본적인 방법이다. '가자 민중의 바다로!'는 구호가 아니라 당위였다. 대학을 다니는 아들이나 대학을 나와 회사원이 된 아들이 공장의 누이나 콩밭을 매는 어머니를 배신하거나 착취하지 않는 방법은 오직 그들과 함께하는 길뿐이었다. 80년 5월 이후 '민중적 민중문학론'의 큰 흐름은 모든 부문 운동과 지역운동의 핵심담론이 되었다.

민중운동의 모든 전선에 흥과 역동성을 부여하는 노래와 춤과 민예의 여러 형식 또한 80년대 문학과 함께하게 된 새로운 힘이었다. 문학 담론과 시창작 등을 통해 이를 주도한 인물은 김지하였다.

> 황톳길에 선연한
> 핏자욱 핏자욱 따라
> 나는 간다 애비야
> 네가 죽었고
> 지금은 검고 해만 타는 곳
> 두 손엔 철삿줄
> 뜨거운 해가
> 땀과 눈물과 모밀밭을 태우는
> 총부리 칼날 아래 더위 속으로
> 나는 간다 애비야
> 네가 죽은 곳
> 부줏머리 갯가에 숭어가 뛸 때
> 가마니 속에서 네가 죽은 곳
>
> — 김지하 「황톳길」 부분

김지하는 민족분단이 벌어지기 이전의 거대한 민중투쟁 즉 동학농민혁명에 천착했으며 조동일은 근대에 훼손당하기 이전의 민중적 형식을 재발견하고 이를 살아 있는 현장의 양식으로 부활시켜 갔다. 민족문학담론의 흐름 중 하나인 '민족 고유의 형식'에 바탕을 둔 여러 장르(마당극, 춤, 민요)의 발견은 식민적 잔재로 가득 찬 근대와 제국주의적 침습에 대한 반성이었다. 이는 1978년 김남주가 프란츠 파농의『자기 땅에서 유배당한 자들』을 번역하면서 심화시켜간 작업과도 궤를 같이하는 것이기도 했다. 80년대의 문학담론은 민예의 재발견을 통해 드러난 장르들과의 공동작업을 통해 장르 확산이 이루어져야 한다고 믿었다. 83년 〈5월시〉 동인지 3집에 김진경이 주장한 '제3 문학론'은 민족적 형식과 내용이 가져야 할 리얼리티를 어떻게 찾아가야 하는지를 고민하는 과정에서 쓰여졌던 담론이었다. 당연히 민족문학론과 민중문학론이 갖는 한계를 극복하기 위해 제기된 문제들을 '80년 5월'의 관점에서 바라보고자 한 모색이었다.

장기 수배 중이었던 노동자 시인 박노해의『노동의 새벽』, 백무산의『만국의 노동자여』, 박영근의『취업공고판 앞에서』등 노동자 출신들의 빼어난 시들 역시 80년대 시의 시대를 힘차게 떠받치는 근거가 되었다.

80년대 시는 문학이나 존재의 몫이 아니라 역동적인 현장의 몫이었다. 시로 발언하고 여러 장르 및 부분 운동과 함께하는 것은 당대의 유일한 실천방법이었다.

4. 동인지 1집 『이 땅에 태어나서』와 동인들

1981년 7월 〈5월시〉 첫 동인지 『이 땅에 태어나서』에 김진경의 시 「진혼」의 부분이다.

> 삶은 죽음보다 기나긴 어둠
> 참음으로도 다할 수 없었네

5·18을 겪은 후 대부분의 사람들은 '살아 있는 것'이 "죽음보다 긴 어둠"이라고 자책할 수밖에 없었다. 그것을 참아내야 하는 삶이란 "참음으로도 다할 수 없"는 것이었기 때문이다. 신군부와 자본가들 그리고 신자유주의 세계질서가 제공하는 '다 보이지만 하나도 보이지 않는' 투명한 감옥은 그 자체로 출구 없는 막막한 세계였다. 하지만 이런 진단과 현실인식은 5·18을 깊이 이해하지 못한 데서 비롯된 전망 부재의 결과이기도 했다. 10일간의 항쟁 기간 동안 나타난 대동세상−절대공동체가 무엇이었는지, 27일 새벽, 죽음의 항쟁이 무엇을 의미하는지, 어떤 전망을 향해 열려 있는지 명확하게 꿰뚫어 보지 못했다.

김진경은 충남 당진 산이다. 대전고를 나와 서울대 사대 국어교육과를 졸업하고 1973년 『한국문학』 신인상에 「갈문리의 아이들」로 데뷔했다. 그가 출신지가 다르면서도 광주 지역의 젊은 시인들이 참여하는 〈5월시〉 동인의 구성원이 된 것은 필자와의 개인적인 인연 때문이라기보다 5·18로 인한 분노와 절망 때문이었다.

졸업 후 김진경은 양정고등학교 교사로 재직 중 대학원에서 박사과정을 밟고 있었는데, 그는 동인이라기보다 내겐 선생과 같은 존재였고 조련사였다. 동인지 2집부터 참여하게 된 윤재철은 김진경의 고등학교

대학 동기이자 『민중교육지』 출판사건으로 함께 옥고를 치르기도 한 평생에 걸친 지기다. '술을 마실 수 있다면 원수와도 대작할 놈'이라고 할 만큼 술을 사랑하는 술꾼이다.

담양 출신인 최두석은 광주일고 출신으로 박몽구, 곽재구, 나해철과 동기인데 나는 광주가 아니라 서울에서 김진경을 통해 그를 만났다. 그는 김진경과 함께 문학 담론에 취약한 동인들을 보완해 줄 단단한 재원이었다. 그는 동인지 4집에 문학평론 「시와 리얼리즘」을 발표했다. "시의 대상을 감정이나 이미지에만 붙잡아 매는 것은 역사의 진보에 기여할 수 있는 시의 서사적 가능성을 제한하는 것이다. 그러므로 우리는 제3세계의 열린 리얼리즘 양식으로 시를 변화시켜 가야 한다."고 최두석은 주장했다. 그는 자신의 시론을 발전시켜 '이야기 시'라는 독보적인 시론을 구축했다. 3,300행에 이르는 장시 「임진강」을 동인지 5집에 발표해 스스로 자신의 시론을 작품으로 개진시키기도 했다. 서정시에 서사(이야기)의 힘을 결합하고자 하는 시도는 한국현대시가 뚫고 나갈 하나의 출구를 제시하는 것이지만 많은 토론이 필요한 부분이기도 했다. 앞선 세대의 리얼리즘 논쟁과 동인지 3집에 발표된 김진경의 「제3문학론」에 이은 그의 「시와 리얼리즘」은 이론과 담론의 수준을 훨씬 상회하는 5·18을 어떻게 수용하고 전개시켜 갈 것인지 많은 고민을 갖게 했다.

그의 길 찾기는 그만의 고민이 아니라 동인 전체의 문제이기도 했다. 최두석이 쓴 「임진강」은 『한국노동운동사』를 쓴 김낙중 선생의 일대기를 바탕으로 삼고 있다. 서사의 주인공이자 실존 인물인 김낙중은 분단된 현실을 돌파하고자 자신의 '중립국 통일안'을 들고 임진강 군사분계선을 넘었던 인물이다. 통일 문제에 개인의 존재 전체를 내던진 문제적 인물이 바로 그다. 그를 통해 분단 현실의 총체적 모순을 드러내고자 한 것이 최두석의 시도였다. 80년 5월은 분단모순과는 떼려야 뗄 수 없는 문제였다. 5월시 동인들에게 이 문제는 잠재된 무의식과도 같은 문제였다. 그러나 분단의 문제는 너무 거대한 크기를 갖는 것일 뿐만 아니라 진행 중인 현실이었던 만큼 3,300행의 분량으로 그 총체성을 드러내기는 쉽지 않았다.

동인지 5집을 준비하는 85년 무렵 〈5월시〉 동인들은 동인운동의 방향에 있어 근본적인 변화에 직면해 있었다. 따라서 5집은 새로운 모색을 위해 김진경의 「지역문화론」과 전남대 비나리패가 공동창작한 「들불야학」 그리고 최두석의 장시 「임진강」, 박몽구의 연작 장시 「십자가의 꿈」 제2부가 실렸다. 당시로서는 동인들이 가진 역량 모두를 쏟아부은 것이었다.

'5월시'가 운동성의 방향을 선택할 때 그 근거로 마련해야 할 것은 무엇인가? 우리는 그것이 지역문화의 매체로서 지역의 분야별 운동에 깊이 뿌리를 내려가는 길이라 믿는다. 1980년대 초반에 '5월시'가 맡고 있던 몫은 '5월'을 중앙으로 끌고 오는 것이었다. 체제 쪽에서 '5월'에 대한 정보를 차단하고 '5월'을 광주의 특수한 문제로 호도하려는 상황에서 이것은 우리 동인에게 부여된 필연적인 몫이었다. 그러나 운동조직이 부활되고 어느 정도 논리적 방향성이 드러난 상황에서 '5월시'의 몫은 지역으로 내려가 지역문화의 매체로서 뿌리를 내리는 것이다. 1980년대 전반에는 '5월'로 상징되는 상황에 대한 부분적 직관적 파악이 전위적 역할을 할 수 있었지만 이제는 그렇지 않다. 지금은 그것에 대한 논리적 총체적 파악이 요구되고 있다. 이 논리적 총체적 파악을 위한 작업의 성격 자체가 '5월시'로 하여금 지역의 모든 운동에 깊이 뿌리내릴 것을 요구하고 있

다. 개인의 부분적인 체험이나 막연한 인상으로 상황에 대한 총체
적 파악이 이루어지는 것은 아니다. 그 지역의 다양한 집단들의 삶
에 깊이 뿌리를 내리어 그 다양한 삶의 양태들의 전형을 추출하고,
그 전형을 한민족의 삶의 전형으로, 더 나아가 제3세계적 삶의 전
형으로 밀고 나갈 때 비로소 총체적 인식은 가능한 것이다.

– 김진경, 「지역문화론」 부분

그의 「지역문화론」은 "그 지역의 다양한 집단들의 삶에 깊이 뿌리를
내"리는 것이 유일한 출구라 판단하고 있다. 〈5월시〉 동인들에게 지역
은 당연히 5·18로 상징되는 광주 혹은 호남을 말한다. 그는 광주=지역
이라는 범주를 중앙과 지역의 지배 관계 등식과 동일하게 바라다보고
있다. 그는 광주와 5·18을 중앙과의 관계에 있어 종속적 관계로 파악해
버렸다. 광주와 5·18은 중앙과 지방으로 일반화될 수 있는 범주가 아니
다. 광주와 5·18을 말하면서 분단과 통일을 말하는 것, 제국주의와 3세
계의 전형을 말하는 것은 광주가 한 지역의 생활 생태계로서의 일반성
을 넘어서는 '성격'을 지녔음을 스스로 자각하고 있는 셈이다.

광주와 5·18은 당대 역사의 최전선으로 이미 중앙과 지역의 등식을
넘어서 있었다. 지역의 생활 세계에 뿌리를 내려야 한다는 그의 주장은
그가 은연중 교육운동을 염두에 두었기 때문일 수 있었다. 그러나 조직
화된 교사집단과 교육현장만이 지역일 수는 없었다. 오히려 〈5월시〉는
80년 5월의 광주로 더 깊이 내려가 문학적 형상화 작업에 힘을 기울였
어야 한다. 임철우의 장편 『봄날』과 한강의 『소년이 온다』가 있지만 아
직 아무도 5·18의 서사가 충분히 문학적 형상화에 이르렀다고 인정하
는 사람은 없다. 이 미완의 자리가 5월문학이 뿌리내려야 할 곳이다.

다만 반드시 짚고 가야 할 부분은 김진경의 담론이 광주의 청년 조직

을 '전청련'을 건설하고 6월항쟁을 이끄는 데 결정적인 역할을 한 신영일의 '지역운동론'과 매우 닮아 있다는 점이다. 지역의 생활세계에 뿌리를 내려 그 전형성과 총체성을 확보해야 한다는 김진경의 주장과 "지역운동의 독자성과 차별성을 강조함으로써 지역운동 내부의 동질성과 동일성을 강화해 나가는 것이 곧바로 전체운동이 생명력을 잃지 않을 수 있는 것이라고 믿는다."는 신영일의 주장은 같은 맥락의 실천론이라 할 수 있다. 신영일은 86, 87년 '전국교사협의회'와 '전국교직원노동조합' 결성과정 또한 잘 알고 있었으며 교사 미발령 투쟁에도 적극적으로 지원활동에 나섰다. 역설적이게도 김진경의 「지역문화론」은 청년운동과 교사운동에 더 큰 영향력을 발휘했다. 80년대는 시인들에게 시 쓰는 자로서의 정체성과 조직 활동가로서의 정체성을 묻는 것은 부질없는 일이다. 교사를 꿈꾸며 사범대를 다녔던 신영일은 기타를 치고 노래하며 곡도 쓰고 시도 썼던 젊은 혁명가였다. 안타깝게도 그에게 시를 쓸 시간은 주어지지 않았다. 그는 31세의 젊은 나이에 과로사로 영면에 들었다.

5. 박몽구의 「십자가의 꿈」과 5·18 전초전

박몽구는 동인지 4집에 이어 5집에 장시 「십자가의 꿈 2」를 연재했다. 그는 1977년 월간 『대화』로 등단해 작품 활동을 시작했다. 동인들 중 박몽구는 전남대 송기숙 교수가 주도한 1978년 〈우리의 교육지표선언〉사건의 주역이었다. 이 사건은 80년 5·18민주화운동의 전초전이라 불린다. 필자와 박몽구, 박석면(박석무 선생의 막냇동생)은 고등학교 시절부터 양성우, 김준태, 김남주 등 선배 시인과 박석무, 이강, 김정길 등 학생운동권 관련자들을 수시로 접하며 성장했다. 이때의 이야기를 '오월의 책'이 기획한 광주모노그래프 『발자국이 쌓여 길이 되었다』에 비교적 상세히 기술한 바 있다. 난 그 글을 점검하다 놀라운 점을 발견했는데 그것은 글에 등장하는 거의 모든 인물들이 5·18민주화운동과 직간접적으로 이어져 있다는 사실이었다.

전남대 출신들이 속칭 '6·29'라고 부르는 〈우리의 교육지표〉사건은 1978년 6월 27일, 외신을 통해 발표되었다. 선언 다음 날인 6월 28일, 서명에 참여한 전남대학교 교수 11명 전원이 당국에 체포됐다.

이에 분노한 전남대생들이 중앙도서관으로 몰려가 점거농성을 시작했다. 전경 중대가 최루탄을 쏘며 진입을 시도했으나 학생들은 밤늦게까지 격렬하게 싸우며 중앙도서관을 지켜냈다. 결국 6월 29일, 이 투쟁으로 인해 100여 명 이상의 학생들이 경찰에 체포되었다. 다음 날에는 7월 5일까지 일주일간 휴교령이 내려졌다.

박석삼, 문승훈, 박기순 등은 가두시위를 모의, 지휘해나가며 6·29의 불꽃을 일주일 내내 이어 갔다. 이들의 전설적인 가두시위로 상황은 보다 극적으로 확대되었다. 윤한봉은 '우리의 교육지표사건 상황일지'를 서울로 보냈다. 박석삼은 서울로 올라가 백낙청, 성내운 교수를 만나 해당 문건을 전달했다. 이후 그는 수배되어 도피 생활을 시작했다.

'우리의 교육지표' 발표 이후 1주일간 이어진 전남대, 조선대 학생들의 끈질긴 시위로 500여 명이 연행되었다. 1980년대 최대 규모의 가두시위였다. 김윤기, 김선출, 노준현, 안길정, 문승훈, 박병기, 박몽구, 박현옥, 신일섭, 이택, 이영송, 정용화, 최동열, 한동철 등 전남대생 14명과 박형중, 양희승 등 조대생 4명, 광주YMCA 김경천 간사 등 20명이 구속되었다. 박기순, 신영일, 양강섭 등 10명은 학교에서 제적되었다. 전남대학교 교수 11명은 전원 해직되었으며 송기숙 교수는 8월 28일 재판에 회부되어 징역과 자격정지 각각 4년형에 처해졌다.

1주일간 500여 명이 연행되어 가면서도 끈질기게 저항을 지속해간 학생들의 6·29는 딱 2년 후에 벌어질 5·18민주항쟁의 리허설과도 같았다.

실제로 2년 후 박몽구는 도청 앞 광장 분수대의 민족·민주화 대성회에서 문건을 쓰고 사회를 진행하는 등 주도적으로 항쟁을 이끌었다. 예비검속으로 광주 운동권의 지휘부가 거덜이 난 상황에서 전남대 박효선(시민군 홍보부장)을 비롯한 연극패 〈광대〉 팀과 윤상원, 전용호를 비롯한 〈들불야학〉 팀들은 「투사회보」를 만들며 항쟁의 중심을 이끌어 갔다. 6·29에 참여했던 전남대, 조선대 학생들 대부분이 도청 지휘부에서 5월 항쟁을 맞이한 것을 보면 김남주, 이강의 〈함성〉지 사건에서 '민청학련'을 거쳐 '교육지표사건'과 '6·29'로 이어진 이 대장정은 유신독재체제를 막다른 곳으로 몰아갔을 뿐만 아니라 신군부와의 충돌을 예견하게 한 전초전이었다.

우리가 동인지를 내려고 할 무렵 박몽구는 5·18 시위 주도 혐의로 수배 중이었다. 지원동 배고픈 다리 인근에서 동인지에 게재할 시 10편을 받아 돌아오면서 당시 나는 '수배시'라는 장르를 만들면 좋겠다고 생각하며 농장 다리를 건너왔다. 「보고 싶은 사람에게 갔다가도」는 5·18 수배자가 쓴 최초의 수배시였다.

> 보고 싶은 사람에게 갔다가도
> 돌아오고 만다.
> 으슥한 데 숨어서 지켜보는 눈들을 피해
> 어두컴컴한 다리 밑을 지나 뻘밭을 건너
> 첩첩한 고개를 넘어
> 도라지꽃 붉어진 마음으로 갔다가도

그의 모습을 눈앞에 번히 둔 채

차마 부르지 못하고 발길을 돌린다.

부르기만 하면

팔이 가는 내 사람은

날개를 단 듯 달려올 텐데

떨어지지 않는 눈길을 돌려

돌아오고 만다.

내가 몰고 가는 새벽을 내내 기다리는

내 사람에게 갔다가도

나를 기다리는 사람의 불같은 희망마저 부서질까 봐

돌아오고 만다.

안타까운 정서가 가득하다. 사랑의 애절함까지 불러일으킨다. 이 사랑의 시는 박몽구의 시로는 매우 이례적인 시다. 도청에서 산화해간 동지들을 가슴에 담은 채 수배자가 되어 숨어 다니던 당시의 외로움이 만져질 것 같다. 5·18의 긴장과 공포가 바탕에 두껍게 깔린 이 시를 80년 5월에 쓴 최고의 사랑시라고 나는 지금도 생각하고 있다. "으슥한 데 숨어서 지켜보는 눈들을 피해" 다니던 이 무렵 그는 사랑과 혁명, 죽음과 고독이 깊게 스며든 명편의 시를 생산했다. 이 무렵 그의 짧은 시들은 부드러운 서정의 힘을 전하고 있었지만 84~85년부터 동인지에 연재되던 장시 「십자가의 꿈」 1, 2부는 그의 압도적인 현장 체험에도 불구하고 당시 상황이 지닌 죽음의 가마득한 높이에 육박해 들어가지 못했다. 물론 폭도, 무장 투쟁 등의 불온 이미지가 10년 넘게 계속되었을 뿐만 아니라 제도권 매체들의 의도적인 외면 또한 박몽구의 장편 연작시들을 제대로 쓰고 읽는 데 방해가 되었을 수 있다. 제도권 언론들은 광주를 의도적으로 소외시켰고 광주는 자신들이 겪은 실감과 진실에 와 닿지 못하는 문학을 외면했다. 그러나 제도권 엘리트들이 원하는 시란 피 냄새가 나는 격렬한 언어들이 아니었음을 잊지 말아야 한다.

80년대 내내 잘 다듬어진 액자 속의 시들이 대중들의 환호와 상업성에 편승해 서점가를 장악하고 있었다. 5월의 시들은 이런 소외와 부당한 밀어내기에 연연해하지 않았지만 신군부와 싸우는 모든 전선에선 외롭지 않았다.

6. 「지역문화론」과 「들불야학」

〈5월시〉 동인지 5집에는 김진경의 「지역문화론」과 공동창작된 「들불야학」이 실렸다. 들불야학에는 5·18 당시 도청 정문과 100m쯤의 거리에 있던 YWCA 사이를 오가며 선전선동대의 역할을 수행했던 들불야학과 놀이패 광대의 활동 또한 부분이나마 그려지고 있었다. 〈투사회보〉를 제작 배포했던 야전요원들의 투쟁기가 바로 「들불야학」이다. 전남대 문학 동아리 '비나리패'의 공동창작으로 집필되었고 대표집필은 고 故 윤정현 군이 맡았다. 여러 기록이나 증언에 들불야학 구성원들의 활동에 대한 이야기가 소개되고 있지만 그것은 정말 빙산의 일각일 뿐 윤상원(시민군 대변인), 김영철(시민군 상황실장) 등과 함께 끝까지 남아 죽음을 맞이한 17인의 최후엔 아직도 문학의 앵글이 가닿아 있지 않다. 구성원의 상당수가 야학 학생들이었던 점 역시 다시 접근해 봐야 할 문제다. 아무도 모르는 그들 생애의 커다란 행간을 채울 만한 문학적 형상화 작업은 아직 아득한 너머에 묻혀 작가를 기다리고 있다.

1988년 『창작과비평』 봄호에 홍희담의 소설 「깃발」이 발표되었는데 야학에 나가는 순분과 미숙, 형자 등 어린 여성 노동자들의 눈을 통해 26, 27일 도청 상황실의 긴박한 숨소리가 그려지고 있다. 특히 형자가 스스로 "나도 싸우겠다 총을 달라!"고 요구하며 끝까지 도청에 남아 죽어간다. 이 장면은 사건이 벌어지는 상황을 함께 공유하지 않은 자는 쉽게 접근조차 어려운 '절정을 포착하고 있다'고 평가받았다.

소설가가 그리는 모든 장면이 작가 자신의 실제 체험이어야 한다거나 체험한 것이어야 한다는 말은 아니다. 작가의 상상력은 체험보다 넓고 깊게 상황을 들여다보도록 재구성해 낼 수도 있다. 다만 실체가 은폐되고 왜곡되거나 접근조차 통제되었을 때, 더구나 소설 속 상황에 등장하는 인물들이 아직 지상에 살아남아 그 글을 읽을 수 있을 때 어떤 작가도 온전히 상상력과 취재만으로 이 문제에 접근하기 어려워진다.

들불야학의 학생들과 교사들인 강학과 학강 등 구성원들이 어떻게 도청 지도부를 형성하고 저항군의 중심이 되어 갔는지, 특히 총으로 무장하는 순간 죽음은 필연적인 과정일 수밖에 없는데 왜 그들은 무장을 했으며 끝내 살고자 투항하지 않았는지 필자의 과문한 취재에 의하면 여기엔 시민수습위의 일부 견해와 박석무, 윤한봉, 이강 등 광주 운동권을 오랫동안 이끌어 오던 사람들(나는 이들을 혁명가라고 불러야 한다고 믿는다)의 판단 역시 크게 작동하고 있었다.

들불야학을 만들고 윤상원, 신영일, 전용호 등과 함께 이를 이끌어가다 연탄가스 사고로 세상을 떠난 박기순은 도청에서 산화한 윤상원과의 '빛의 결혼식'으로 널리 알려졌지만 두 사람은 모두 시인 김남주와 만만치 않은 인연과 사상적 유대감이 이어지고 있었다.

들불야학에서는 교사를 강학이라고 불렀다. 가르칠 강講 배울학學이라고 하여 노동자들에게 학문은 가르치지만 역사의 주체로서 노동자계급인 그들에게 다시 배워야 한다고 규정하여 붙인 이름이다. 이것은 교육학의 기본교재로 채택한 제3세계의 학자 파울로 프레이리의 『페다고지(피억압자의 교육학)』의 내용을 정리한 개념이다. 그 책에서는 억압자와 피억압자가 모두 비인간화된 상태에 놓여 있기 때문에 억압받지 않은 자의 '의식화' 교육을 통한 인간해방만이 억압자의 비인간화 상태—억압행위—까지도 해방시킬 수 있다고 기술한다. 변증법적 철학 원리를 기초로 계급혁명과 이를 위한 민중교육의 필요성을 쉽게 정리하고 있어 당시 들불야학의 주요 지침이 되었다.

— 전남대 5·18연구소

가르치는 자(강학)와 배우는 자(학강)가 서로 역할을 바꿔 배우는 방식은 '역사의 주체'가 민중이라는 것을 가장 빠르게 체득시킬 수 있는 방법이다. 뿐만 아니라 독선에 빠지기 쉬운 자아의 경계를 넓혀 "함께" 주체를 이룰 수 있는 상생의 교육 방법이기도 하다. 김남주는 파울로 프레이리의 『페다고지』와 프로푸트킨의 『상호부조론—협력 공유 사회』, 프란츠 파농의 『자기 땅에서 유배 당한 자들—폭력에 대한 사유』 등 많은 사상서들을 박기순을 비롯한 들불야학의 후배들에게 가르쳤다. 들불야학에서 광주항쟁으로 이어지는 통로에는 수많은 사상의 교량이 이어져 있는 것이다.

이들의 관계와 생각이 서사의 씨줄과 날줄이 되어 더 촘촘해진다면 5·18민주화운동은 가해와 피해, 일방적 폭력과 저항이라는 일방향의 사건사나 인물사에서 벗어나 과정 자체의 필연성을 함께 공유할 수 있는 사상사의 지평을 얻을 수 있을 것이다.

〈투사회보〉를 맡은 들불야학 팀과 광대 팀의 학강과 강학들은 당시의 사상적 지도력과 어떻게 닿아 있었는지 그들의 조직과 사상, 운동 방식, 인과관계 등 복합적인 측면이 더 밝혀져야 한다. 최근 김형수의 『김남주 평전』과 『신영일 평전』은 이런 점에서 중요한 부분들을 복원해 내고 있다.

　더 자세한 측면은 보다 본격적인 지면에서 다시 다루어져야 할 성격인 만큼 여기에선 우선 「들불야학」과 함께 5·18의 실감에 가까이 다가갔다는 평가를 받는 홍희담의 「깃발」 중 80년 5월 27일 새벽 4시의 상황을 그린 한 부분과 고은의 『만인보』에 나오는 시 한 편을 소개한다.

　　도청 전체에 비상이 걸렸다. 김두칠이 M1 소총을 꼭 보듬어 안으며 소리쳤다.
　　"개새끼들, 본때를 보여줘야지."
　　시민군들은 급히 제 위치로 치달려갔다.

　　도청은 탱크를 앞세운 계엄군에 의해 완전히 포위되었다. 김두칠은 은폐물 뒤에 엎드려 마른침을 삼켰다. 검은 장막 속에 숫자를 헤아릴 수 없는 많은 탱크와 장갑차가 희끗희끗 보였다. 갑자기 장갑차 위에서 빛이 번쩍했다. 써치라이트였다. 칼날 같은 빛이 눈 깊숙이 파고들었다. 눈을 감고서도 한동안 망막이 아른거렸다. 김두칠은 깊은 물속에 잠기는 것처럼 공포가 확 밀려왔다. 앞을 볼 수가 없어 옆으로 눈을 돌렸다. 동지들은 은폐물 뒤에서 숨소리도 없이 웅크리고 있었다. 써치라이트에 도청은 완전히 모습을 드러내었고, 손가락 움직임조차 확연하게 보였다. 은폐물 사이, 골이 패인 곳곳에 총구멍이 적들을 향해 겨눠지고 있었다. 옆의 동지가 마른침을 삼켰다. 그들은 공격명령이 떨어질 때를 가슴 죄며 기다렸다. 총알이 부족해서 정확한 사정거리 안에 적이 들어 왔을 때 총을 쏘기로 이미 약속이 되어 있었다.

계엄군은 항복 권유의 최후통첩을 방송했다.

"폭도들에게 경고한다. 너희들은 현재 완전히 포위되었다. 열 셀 때까지 무기를 버리고 투항하라."

하나.

김두칠은 총을 써치라이트 쪽으로 조준했다.

– 홍희담, 「깃발」 부분

얼핏 수없이 반복된 전투 장면의 하나처럼 읽힐 수도 있다. 5·18이 라는 맥락을 모두 제거하고 읽는다면 그렇다. 하지만 이 장면은 국가와 국가가 군대를 동원하여 전투를 하는 전형적인 장면이 아니다. 잘 훈련 된 공수특전단의 압도적인 병력들이 광주 시내 한복판에 자리한 '전남 도청'에서 80년 5월 27일 새벽 4시에 민간인들을 학살하는 장면이다. 김두칠은 많아야 20살 어림의 청년이다. 이 소설 속 장면이 전개되는 동안 실제로 19살의 재수생 김종연 군과 14살의 서광여중 3학년 김명숙 양 등 10대 11명이 김두칠이나 형숙이처럼 도청 현장에서 공수부대원의 총에 의해 함께 죽어갔다. 시민군 대변인 윤상원은 죽어 가면서도 공수 부대원들을 향해 총을 쏘지 않았다. 그들이 총을 쏘지 않고 죽어간 이 유는 오직 하나 그들이 "사람으로 보였기 때문"이었다고 기록이 증언하 고 있다.

윤상원의 총은

단 한 발도 쏜 적 없이

총탄 장전 그대로

방아쇠 당긴 적 없이

오는 죽음 그대로 맞아들였다

– 고은, 「바다 파도」 부분

김형수는 그의 평론집 『흩어진 중심』에서 이 문제가 어떻게 새로운 문학적 에너지에 가닿아 있는지를 명증하게 짚고 있다. 윤상원이 가고자 한 것은 영토인가? 국가인가? 민족인가? 아니면 인류의 보편적 가치인가? 항쟁의 현장에서 간첩을 제척했던 것은 국가주의인가? 학살에 나선 군대에게 방아쇠를 당기지 않게 한 것은 민족주의인가?…… 5·18의 심연 속에는 아직 접근조차 되지 않은 수많은 인식의 지평들이 거대한 퇴적층을 이루고 있다.

객관적 거리를 두고 상황을 대상화하는 눈으로는 끝내 진실이 뿜어내는 광휘에 이를 수 없다. 전후 독일의 아도르노는 사건이나 사실의 현상 '깊은 곳'에 '침전'된 것들을 포착해야 한다고 말한 바 있다. 게슈타포들의 체포를 피해 피레네 산맥을 넘다 권총 자살한 발터 벤야민도 '기록된 역사적 사건이나 사실보다 그 행간에 숨겨진 이름 없는 사람들의 더 많은 이야기'가 진짜 기록되어야 할 것들이라고 말했다.

일기나 증언 수기나 평전 등 수많은 자료가 40여 년이 넘도록 쌓여가고 있다. 실감으로 가득 찬 80년 5·18 서사는 아직 작가들을 기다리고 있다. 5월문학은 여전히 미완이다.

7. 부메랑- 군부에서 검찰로

기억에 두껍게 굳은살이 져 가지만 오래된 '얼굴과 이름들'은 우리의 눈앞에서 쉽게 사라지지 않는다. 그들은 침묵 속에 있지만 오늘을 응시한다. 뒤집힌 채 되돌아오는 폭력의 부메랑을 그들은 결코 용납할 수 없다고 말한다. 돈과 법과 진실의 왜곡으로 사람을 파괴하는 것들은 여전히 5월의 적이다.

적들은 날마다 돌아오고 있다. 우리는 뉴스에서, 여의도에서, 검찰과 법원에서, 세월호를 집어삼킨 맹골수도에서, 이태원 용산 길바닥에서, 당진 공장 컨베이어벨트에서, 공사장 비계 밑에서, 대추리나 강정에서, 군산 수라 해변 위를 나는 미군전투기들의 폭음 속에서 되돌아오고 있는 적들의 형상을 확인한다.

죽을 때까지 반성도 진정한 사과도 없었던 전두환과 그 추종 세력들은 여전히 당당하게 거리를 누빈다. 다양한 가면으로 얼굴을 바꾼 채 되돌아와 중얼거린다. "우리는 쉽게 사라지지 않는다!"고. 이것이 내 안의 샤먼이 견디고 있는 오늘의 불길함이다.

문재인과 김정은이 휴전선 앞에서 한 걸음씩 남북으로 발을 내딛는 순간 나는 그 극적인 장면이 '기만'이 되리라곤 생각하지 못했다. 정말 그걸 믿었느냐고? 트럼프와 문재인과 김정은이 등장하는 국제적인 리얼리티 정치쇼만은 아닐 거라고 믿고 싶었다. 나는 아메리카합중국의 대통령과 남북의 정상이 모두 등장하는 이 버라이어티한 대형 이벤트가 정치쇼라고 말하는 자들의 주둥이를 꿰매버리고 싶었다. 70년 넘게 계속되는 분단 현실에 작은 변화라도 일어나기를 간절히 원했기 때문이다.

'한반도의 분단'을 접시 위의 스테이크처럼 가지고 노는 제국주의자들과 그 주구들 그리고 그에 편승하는 정치 세력들과 눈먼 대중들, 선거 때마다 '전라도'를 마치 제 주머니의 적금통장처럼 주물럭거리려 드는 연고주의자들과 금뺴지들, 나는 5월의 거울에 비춰진 그들의 얼굴에 침을 뱉고 싶다. 변한 것은 아무것도 없는데 '잔치는 끝났다'며 전선에서 퇴각해버린 가방끈 긴 학자들과 '작가들' 역시 마찬가지다.

그때나 지금이나 입을 닫고 있는 자들은 모두 묵시적 동조자들이다. 검찰, 언론, 재벌 연합정권을 승인한 자들이다. 그들은 걱정스런 얼굴로 묻는다. "요즘 어디서 어떻게 사느냐고?" 하지만 나는 그들에게 알려줄 거주지가 없다. 내 주민번호, 내 현주소는 여전히 그해 5월 도청 2층 창가(현 국립아시아문화전당)의 그 어둠 속에 있다.

그렇다고 피로 지켜낸 광주(이 지명은 특정한 행정구역상의 지명을 지칭하는 것이 아니라 한국현대사의 중심이자 '사상의 거처'를 가리키는 보통명사다)의 저력을 믿을 수 없다고 말하는 것은 아니다. 믿음 혹은 신념은 물리적으로 계량, 계측이 되는 것이 아니기 때문이다. 설령 우물에 물이 다 빠져나갔다고 하더라도 다시 우물을 파면 된다. 5월은 그런 것이다.

나는 요즘 MZ세대라 부르는 젊은 사람들이 5·18을 어떤 느낌으로 바라보는지 정말 궁금해질 때가 많다. '오래된 먼지' 정도의 기억일까. 우리 세대가 4·19세대를 바라보던 존경과 혐오, 어쩜 그들은 두 가지 시선 모두를 갖고 80년대를 바라보고 있을지도 모른다. 5월은 어느 날 공수특전단이 하늘에서 뚝 떨어지듯이 공격해 왔기 때문에 벌어진 수동적이고 즉흥적인 사건이 아니다. 5·18은 4·19와 식민 치하 무장 투쟁의 전통, 그 전 세대 동학농민전쟁의 흐름과 맥락 속에서 일어난 전쟁이다. 민주주의를 위한 운동이나 특정 정권을 반대하는 정치투쟁 따위가 아니다. 광주는 총을 들고 생명과 도시를 사수한 무장투쟁의 큰 흐름을 상징하는 어휘다.

새로운 세대들 또한 이 흐름 속에서 예외일 순 없다. 이 흐름은 도시와 대지를 통과해 바다에 이르는 강과 같은 것이다. 결코 단절될 수 있는 것이 아니다. 그것은 근원을 향해 흐르는 태생적인 힘이기 때문이다.

동상을 세우고 평전을 써 기록하고 기념사업회를 만들어 추모하고 '열사'라 이름하여 기억의 선반 위에 고이 모셔두는 것은 그들의 분신에 값하는 것이 아니다. 그들은 언제나 살아 있는 현재다. 부메랑이 되어 되돌아오는 권력과 언론과 재벌들, 부패한 기득권자들 모두 되돌아오는 5월의 적이다. 분신은 5월 이후 '적'들과 싸우는 '혁명의 현재'였다. 80년 5월 이후 시간은 그렇게 이어졌다.

80년 이후 거리는 방패를 든 전투경찰과 최루가스, 짱돌과 화염병, 학생과 노동자들이 부당한 권력과 대치한 전선이었다. 전국 어디나 전선이 되었다. 사람들은 미문화원을 비롯한 학교 옥상, 철탑 크레인, 건물 등을 점거한 채 분신과 투신마저 마다하지 않았다. 저항의 힘이 온 나라에 가득 차 버렸다.

신군부의 군사적 물리력이나 재벌들의 거대 자본, 제국주의자들의 보이지 않는 전략 따위로는 폭발하는 민중의 에너지를 넘어설 수 없었다. 5월의 영혼을 진혼하는 죽음의 행렬은 멈춰지지 않았고 1987년 박종철, 이한열에까지 이어졌다. 6월 시민혁명은 또 다른 5월이었다. 결국 청문회를 거쳐 전두환, 노태우 등 신군부의 학살 주범들을 법정에 세웠다.

그러나 우리의 미지근한 현대사는 그들을 사형대로 보내는 대신 물 좋고 산 좋은 백담사로 안치시키는 데 그치고 말았다. 준엄한 역사의 징벌이라는 모범을 제대로 세우지 못하고 만 것이다.

8. 척결되지 않은 5공 세력 – 적이 돌아오는 통로

5공 세력의 척결은 단순히 정권을 교체하는 수준의 문제여서는 안되는 것이었다. 5월 광주는 분단에 그 근본적인 원인이 있었던 만큼 적어도 한반도를 둘러싼 제국주의적 구조를 바꾸는 길로 들어섰어야 한다. 미국도 중국도 남북의 정권 담당자들도 아닌 바로 이 땅에서 태어나 이 땅에서 살아가는 "민이 주인이 되어 이루는 통일"(문익환)을 향해 나아갔어야 했다. 그렇게 5공 청산이 실패한 것은 5월과 6월혁명을 이끈 민중의 힘을 새로운 정치 구조로 조직하지 못한 결과였다. 그 결과 두고두고 적이 되돌아오는 통로를 열어 놓고 말았다. 교훈의 결여와 '대통령 뽑기'라는 선거 제도의 허구성만 확인하고 말았다.

기성 정치권의 기득권에 흡수된 운동권 명망가들은 곧 배신의 아이콘들이 되어 갔다. 그들은 더 이상 함께 거리를 누볐던 열사들의 친구가 아니었다. 5월의 정신을 이어가는 최전선의 이름은 더더욱 아니었다. 그들은 스스로의 지위를 혁명가에서 거물 정치가로, 민중의 지도자에서 일개 국회의원으로 자신을 전락시켜갔다. 그들은 어느새 역사진보의 짐이자 걸림돌(촛불혁명 당시 금뺴지들은 결코 현장의 환영을 받지 못했음을 기억해야 한다)이 되어버렸다.

그들에게 역사적 징벌에 관한 모범을 완성하지 못했다고 질책하는 것이 아니다. 살아 움직이는 민중의 역동성 즉 혁명을 이끈 힘을 현실 정치라는 이름으로 희석시켜버렸다는 점을 지적하는 것이다. 타협해선 안 될 역사의 필연적 흐름을 '터무니없는 화해'로 방기해버림으로써 역사는 나아간 거리만큼 후퇴해버렸고 반복되는 반동의 프레임을 우리 역사에 심어 놓게 되었다.

그것은 80년 5월 도청을 출발해 6월항쟁과 촛불혁명으로 이어지던 장엄한 행렬을 흩트려 놓는 일이었다. 미진한 역사적 정리는 필연적으로 반동의 시간을 불러온다. 그것은 피를 먹고 자라는 민주주의의 필연이다. 김대중, 노무현 시대를 거쳐 반동적인 이명박, 박근혜 정권이 등장해 다시 분단을 영구화하는 반공프레임이 역사의 전면에 재등장했다.

본질이 사적 욕망이자 독점자본의 증식, 권력의 장악에 있는 적들의 재등장은 너무도 간단히 지난 수십 년의 희생과 노력을 물거품으로 만들어버렸다. 일방적 친미 정권을 자처했던 이명박, 박근혜 정권은 촛불혁명을 거쳐 감옥에 이르렀다. 미국이나 이명박이 착각한 것은 한반도의 문제가 기껏 '소고기 몇 덩이'인 줄 알았다는 데 있다.

80년대의 분신 하나하나는 백만 개씩의 촛불로 부활했다. 촛불의 본질은 "우리 목숨을 담보로 돈을 벌기 위해 사기를 치지 말라! 우리를 핵우산의 볼모로 삼지 말라! 자국민의 질 좋은 우유와 빵을 위해 우리에게 무기를 강매하지 말라!" "곧은 소리가 곧은 소리를 부르듯"(김수영) 촛불이 촛불을 불렀다. 촛불이 겨냥한 것은 소고기가 아니라 기만과 그런 기만을 가능케 하는 시스템과 그 시스템을 이용해 돈을 버는 재벌들 그리고 그걸 나누어 향유하는 부패한 자본가들의 상업전략 자체였다.

문재인 정권은 처음부터 촛불의 본질을 이해하지 못한 정권이었다. 스스로 촛불정권임을 자처했지만 철저하게 기만적인 모습만 보이고 얌전히 퇴진했다. 역사의 진보에 목숨을 걸기보다 끝까지 정파적 이해에 빠져 스스로를 속이고 말았다. 촛불이 말한 것은 통합이니 화해니 하는 것이 아니라 '민이 주인'인 정치였다.

출발부터 동료들을 파렴치범으로 내몰아 제거하는 일부터 시작한 그들의 정권 재창출은 검찰 정권이었다. 자신들의 내부에서 잉태된 배반과 퇴행이 검찰 정권에 이르는 궤적은 예고된 것이었는지도 모른다. 아무런 정치적 과정도 검증도 비전도 없는 '듣보잡'에게 권력을 가져다 바침으로써 아무런 미래도 기대할 수 없는 세계를 만든 문 정권의 퇴행은 대의 민주주의, 공정, 복지 등을 내세운 선거제도 자체의 퇴행이 되어버렸다.

이것은 역사의 흐름을 외면한 세대들의 타락이다. 점잖게 말해 정치 기술자들의 집권 당위론 때문이다(정치 9단이라 불리는 인물들도 전혀 다르지 않다). 정치와 혁명 그리고 문학은 각기 다른 범주의 틀로 사용되지만 결국 '인간'의 문제를 말하는 것들일 뿐이다. 이 모든 반동은 5월의 결과를 미진하게 끝낸 김대중 정권과 노무현 정권으로부터 시작된 것임을 잊지 말아야 한다.

정치가 혁명의 원칙을 잃을 때 '동냥 벼슬 늘리기'에 불과해진다(180석의 의원으로 아무것도 하지 못했다는 것은 두고두고 기억해야 할 대의민주주의의 제도적 한계다)는 것을 잊으면 안 된다. 이 원칙에 공짜란 없다. 반드시 대가가 따르는 것이 목숨이라고(수백 명을 바다에 수장해놓고도 내가 직접 지시하지도 기획한 바도 없다. 단지 억울할 뿐이다) 생각하는 무뇌아들— 그들은 지금도 목숨 값을 모른다.

9. 죽음의 값을 모르는 검찰정권

용산 참사의 집단적 죽음이 무엇을 의미하는지 조금치도 알지 못한다. 그들이 어떻게 5월을 알겠는가. 단지 자신들의 이해를 위해 '민'을 파괴하는 '적'일 뿐인 그들이 진영이 다르거나 학연, 혈연, 지연이 달라 적이 된 것이 아니라 '생명을 기르고 지키는 일에 대한 감수성의 차이'임을 그들은 알까.

다시 '삶은 죽음보다 긴 어둠'이 되었다. '참음으로도 다할 수 없'는 시간이 밀려와 눈앞에서 출렁거린다. 우리는 불과 30여 년 만에 군사정권에서 검찰정권으로 회귀하고 만 것이다.

5·18 이후 이 땅에서 살아가는 사람들에게 국가란 무엇인가?라는 물음은 필연적인 것으로 다가왔다. 국가, 이념, 동족, 분단, 미국, 남과 북, 민주주의 등등 우리를 둘러싼 '움직일 수 없는 근원적인 조건'들을 되짚어 묻지 않을 수 없었다. 국가가 자국민을 향해 상상하기 어려운 폭력을 휘둘렀을 때 왜? 무엇 때문에? 그러했는지 묻지 않고는 '국가'라는 집단은 다음 단계로 나아갈 수 없다. 왜? 무엇 때문에 이런 일이 벌어졌는가? 이 땅에서 '함께 산다'는 것이 도대체 어떤 의미인가? 이런 문제에 대답할 수 없다면 우리는 스스로 누구인지를 말할 수 없다. 하지만 누구도 자신 있게 이에 대답하지 못했다. 서로가 서로에게 자신이 누구인지 대답할 수 없었다. '왜?'에 대한 답을 몰라서가 아니었다. 그것은 언어나 문자로 답할 수 있는 것이 아니었기 때문이다. 죽음에 대한 물음은 오직 죽음밖에 없었기 때문이다. 바로 "이 말로 답할 수 없음"이 문학의 근원이었다.

눈앞에서 펼쳐진 일들이 모두 상상력을 넘어서는 '잔인한 것들'이었을 때 사람들은 그 경악을 표현할 길을 잃고 만다. 격렬한 분노와 증오의 감정을 소리(노래—시)에 담아 쏟아낼 수밖에 없다. 외침 혹은 함성이 80년대를 '시의 시대'라 부르게 된 이유다. 그러므로 한국 문학사에서 '시의 시대'라 불리는 명칭은 대량학살을 저지른 국가폭력에 맞선 대척점에서 외친 노래를 말한다. 군인들의 총알에 맞선 민중(시인)들의 노래, 이것이 시의 시대의 본질이다.

5·18은 총칼로 무장한 군인들과 시민군들이 총구를 겨누고 교전한 전쟁이다. 민중들이 6·25 이후 처음으로 무장투쟁에 나선 것은 이때뿐이다. 훈련된 군 특수부대와 총을 들고 싸우다 죽음으로써 투쟁 이후

를 열어 놓은 것도 80년 5월이다. '5월의 사회과학'이란 이름으로 80년 5월을 정리한 사회학자 최정운은 2012년에 출간된 이 책의 서문에서 5·18이 우리 사회를 어떻게 바꿔 놓았는지 진단하고 있다.

5·18이라는 사건은 수많은 사람들이 죽고 다쳤다는 피해의 규모 외에 특이한 차원이 있다. 5·18은 모든 사람들에게 자신의 인생을 처음부터 되돌아보게 한다. 5·18은 우리 역사에서 하나의 사건이 아니라 우리 역사를 다시 시작하게 만든 사건이며, 아울러 우리 모두에게 각자 새로운 역사를 시작하게 만드는 사건이다. 단적으로 5·18은 구조주의적으로 이해할 수 있는 사건이 아니라 구조를 만든 사건이었고 모든 인간적 사회적 요인들을 다시 배열시킨 사건이었다.

5·18 이후 한국사회가 전혀 다른 단계로 들어선 것은 어쩜 당연한 일이다. 문학적 감수성이나 상상력 역시 기존의 '문예적 전통'에 기대어서는 실감을 얻기 어려운 상황을 맞게 되었다. 80년대 이전의 세계관과 문학적 감수성으로는 자신이 살아가는 당대의 딜레마에 접근하기 어려워졌기 때문이다.

〈5월시〉의 등장과 거의 동시에 채광석, 김정환, 홍일선, 김사인, 황지우 등이 주도하는 〈시와경제〉 동인들이 출현했고(이 동인들에 의해 박노해 등이 발굴되었다) 뒤이어 이은봉, 김흥수, 이은식, 이재무 등 충청권의 젊은 시인들에 의한 〈삶의문학〉 동인이 출범했고, 대구와 청주를 기반으로 하는 〈분단시대〉 동인들이 줄줄이 뛰쳐나와 '시의 시대'에 합류했다.

이들의 등장은 '문학의 장'이 관습처럼 유지하고 있던 기존의 체질을 바꾸어 놓기에 충분했다. 시 쓰기 자체는 물론 등단 제도나 시집 출간과 유통 방식, 문학작품에 대한 평가 방식 등 많은 부분에서 기존의 방식과는 결을 달리했다. 문학 논쟁에 있어서도 식상한 모더니즘과 리얼리즘 논쟁 대신 민족문학론과 민중적 민족문학론 등 첨예한 담론이 치열하게 펼쳐졌다. 동인지로 유입된 꽤 많은 시인들은 문학운동에만 머물러 있지 않았다. 민중문화운동 전반에 걸쳐 중요한 인적 자원이 되었으며 서로 부문 운동을 연결하는 계기가 되기도 했다. 〈시와경제〉 동인이었던 김정환은 문익환 목사가 의장으로 있던 '민통련'의 주요 활동가이자 '자유실천문인협의회'의 사무국장이기도 했고 '민족예술인총연합'에도 깊이 개입하고 있었다. 서울대 운동권 출신인 김정환은 채광석, 김사인, 김도연 등과 함께 문인운동을 조직운동 차원으로 끌어올렸다. 특히 민중적 민족문학론으로 80년대 평단을 뜨거운 논쟁의 장으로 이끈 평론가이자 시인이었던 채광석은 민통련, 민청련, 자유실천문인협의회, 민중미술협의회, 민중교육운동협의회, 민요연구회, 출판인협의회, 민예총, 노동운동, 빈민운동 등 광범위한 재야 운동단체들을 조직하고 연결하는 리더였다. 1980년대 그가 중심이 되어 '자유실천문인협의회'를 재출범시킨 것은 재야운동 전체에 큰 동력이 되었다. 고은, 신경림, 백낙청, 염무웅, 임헌영, 구중서, 황석영, 김지하, 양성우, 문익환, 백기완 등 70년대 반유신 반독재투쟁을 했던 선배 문인들과 80년대 동인지운동 등을 통해 등장한 시인, 작가들을 묶어 '자유실천문인협의회'를 부활시킨 것은 조직 운동과 부문 운동 전체에 큰 변화를 가져왔다. 이 구조 속에서 민통련이 만들어져 4·13호헌조치 반대 투쟁, 6월항쟁 등으로 이어지는 대장정이 이루어졌다. 그는 박현채 선생이 내놓은 사회구성체 논쟁을 토대로 각종 노선 투쟁에도 뛰어들어 재야운동 전체를 확장시켜 나갔다. 백만 학도라고 부르는 학생운동과 민통련, 민청련 등을 중심으로 한 재야운동, DJ·YS로 대별되는 정치투쟁이 신군부 5공정권과 목숨을 건 투쟁을 이어갔다. NL(National Liberation)이니 PD(People's Democratic)니 CA(Constituent Assembly)니 하는 노선 투쟁은 당대의 운동 주체와 전망에 따른 필연적인 과정이었다. 80년대의 이런 분위기를 두고 "안(감옥)에는 김남주, 밖에는 채광석!"이란 말이 나올 정도로 두 사람의 영향력은 부문, 지역운동 가릴 것 없이 절대적인 것이었다. 두 개의 수레바퀴가 끌고 가는 80년대는 시의 시대, 그 이상의 변혁을 향해 맹렬히 굴러가고 있었다.

10. 동인지 시대를 격발한 〈5월시〉 그리고 시의 시대

필자는 82년 12월, 〈5월시〉 동인지 2집을 출간키 위해 서울로 근거지를 옮겼다. 도서출판 청사의 편집장으로 일하게 되자 곧바로 '민중시선' 시리즈(첫 번째 시집이 김남주의 『진혼가』였다)와 사회과학 무크 『민중』, 『민중교육』, 『민중시』(백무산, 강형철, 이학영, 조진태, 고규태, 김형수, 강형철 등이 이 지면을 통해 문단에 발을 들여 놓았다)을 부정기적으로 출간하기 시작했다. 1980년 7월 『창작과비평』, 『문학과지성』 등 진보문학 진영의 모든 필드가 신군부에 의해 해체되어 발표 지면이 사라져버렸기 때문에 스스로 필드(동인지나 부정기 간행물 무크)를 만들어 활동할 수밖에 없었다. 시인으로 공인 받는 엄격한 등단 절차 즉 필드에 뛰어들어 활동할 수 있는 자격을 갖추는 일 역시 기존의 문단 엘리트들을 생산하던 방식과는 달리 주변에 역량 있는 재능이 보이면 바로 동인에 합류시켜 함께 활동했다. 마치 전선에 투입되는 신병들처럼 수많은 재능들이 문학운동의 동료가 되었다. 선반공이건 엘리베이터 수선공이건 고구마를 기르는 농부이건 일선 교단의 교사건 현장 경험을 통해 생생한 삶의 감수성을 획득한 예비시인들을 젊은 동인지들은 과감하게 받아들였다. 시 형식의 세련성이나 미학적 호소력도 중요했지만 5공 정권의 폭력과 싸우고자 하는 맹렬한 정신과 열정 또한 무엇보다 소중한 문학적 재능이자 자산이었기 때문이다.

5·18 이후 미문화원이나 대학의 건물 옥상, 남영동이나 남산의 고문실 앞 그리고 시위와 노동현장 등등, 많은 전선에서 분신과 투신이 이어졌고 고문과 조작, 그로 인한 억울한 죽음 또한 끊이지 않았다. 문학의 미학 타령이나 서정성 운운은 '목숨을 건' 상황의 치열성과는 동떨어진 한가한 주장들이었다. 그런 주장들은 대부분 목숨을 건 투쟁의 절대성을 폄하하는 것이 되곤 했다. 5공의 신군부에 의해 해체된 문학 혹은 문화공간을 새로운 유격적 감수성으로 무장한 재능들이 채워갔다.

〈5월시〉 동인의 김진경이 '민중교육'에 천착한 것은 매일 마주하는 학생들에게 옳은 문학수업을 할 수 없다는 데서 시작된 것이다. 5월과 5월을 노래한 시들을 제대로 가르칠 수 없는 교실을 그는 더 이상 용납할 수 없었다. 〈5월시〉 동인과 〈삶의문학〉 동인, 〈분단시대〉 동인 등 문학운동에 뛰어든 각 지역의 시인들은 대부분이 교사로 구성되어 있었다. 빠르게 논의가 진전되었고, 아이들에게 무엇을 어떻게 가르쳐야 할 것인가는 '참 교육'이란 무엇인가로 이어질 수밖에 없었다. 기만적인 교육 현실을 바꿔나갈 매체가 절실히 필요해졌다. 김진경, 윤재철, 고광헌 등이 교사들과 논의를 해 가는 동안 나는 현장 교사들의 글을 모으고 편집했다. 그리하여 무크지 『민중교육』이 송기원(시인·소설가) 선배가 주간으로 있던 『실천문학』에서 출간되었다. 이 무크의 출간은 곧 『민중교육』지' 사건으로 비화되어 김진경, 윤재철, 송기원은 구속되어 징역살이를 해야 했다. 이 사건은 곧 민중교육운동으로 '전교조'의 탄생으로 이어지게 되었고 한국사회의 교육운동에 거대한 구조적 변혁을 불러오게 되었다. 〈5월시〉 동인들의 활동은 의도와는 상관없이 전국적인 '동인운동 시대', '시의 시대'를 열었고 문학운동, 민중교육운동, 출판운동, 문예운동 등으로 진화해 갔다.

근대화와 함께 심화된 미학적 식민성을 돌파하기 위해 서구 근대로부터 소외된 우리 고유의 민족 형식과 내용에 천착할 것을 주장한 조동일, 김지하의 담론은 민족문학론의 리얼리즘 갈래와도 궤를 같이하는 것이었다. 민중 속으로는— 지역의 생활 속으로, 민족적 형식과 내용은 지역민중의 전형성과 총체성 확보로 변주되고 있었지만 큰 범주에선 기존의 담론과 방향을 같이하는 것이었다.

김진경의 고민은 동인들이 운동 조직에서 성장한 사람들이 아니라 문학청년기를 거쳐 전문 문인이 된 '광주 사람들'이라는 데 있었던 것 같다. 채광석은 김지하와 임진택, 채희완 등과 어울려 '민족적 형식에 민족적 내용을 담아야 한다.'는 주장이 우리 문학의 장르 확산에 매우 필요하다고 판단했다. 소위 민예장르(탈춤, 마당굿, 민요, 판소리, 전통놀이 등)가 민중적 민족문학론의 실천론(민중 속으로!)과 결합된다면 좀 더 운동성을 강화할 수 있다고 생각했다.

11. 화가 김경주, 또 한 사람의 동인 그리고 2권의 판화시집

〈5월시〉 동인들은 1983년과 1986년 두 권의 판화시집을 제작했는데 이는 문학운동의 담론 속에서 자주 거론되던 실천론과 장르확산론 등의 주장과 어느 정도 움직임을 함께하는 것이었다. 1983년 동인지 3집을 청사 출판사에서 출간한 다음 〈5월시〉는 시판화집을 기획했다. 편집, 기획, 제작에 이르는 모든 과정에 당시 〈시와경제〉 동인이던 황지우 시인이 참여했다. 그는 친구인 최권행(황지우의 광주일고 동기다. 선배인 김남주와도 매우 가까운 후배로 김남주가 '남민전'에 뛰어들기 위해 서울로 올라왔을 때 모든 뒷바라지를 했다. 김남주가 번역한『자기 땅에서 유배당한 자들』의 번역원고를 청사출판사에 연결했던 사람도 최권행이었다. 〈5월시〉 판화집을 낼 무렵 그는 한마당출판사를 책임지고 있었다)의 도움을 받았다. 판화시집『가슴마다 꽃으로 피어 있어라』는 황지우가 표지 디자인을 했다. 판화시집에 참여한 김경주는 필자의 오랜 지기로 장르만 다를 뿐 시 대신 판화로 참여한 5월시 동인인 셈이다. 김경주는 "복제 가능한 장르인 판화로 하여금 '전달'이라는 기능의 확산을 수행토록" 해 보고자 했다고 말했다. 실제로 그의 목판화는 80년대 재야의 거의 모든 운동 단체와 대학가의 유인물 등에 사용되며 수없이 복제되었다.

김진경은 서문에서 "예술은 이 관계로서의 삶을 진정한 관계의 비전속에서 그려냄으로써 세계를 수정하려는 실천적 행위이다. 이 실천적 행위의 주체는 그러므로 한 개인이 아니다. (…중략…) 따라서 시가, 문학이, 예술이 얼마만 한 힘을 발휘할 수 있을까라는 질문은 시가, 문학이, 예술이 얼마나 가열된 우리와 우리 이웃들과의 만남의 광장일 수 있는가로 고쳐져야 한다. 이 질문에 대한 하나의 조그만 대답으로 우리는 시와 판화의 만남의 자리를 마련했다."고 밝혔다. 연대와 협력, 공동작업을 통해 운동성을 강화하고자 한 노력은 3년 후에 한번 더 이루어졌다. 윤재철과 김진경이『민중교육』지 사건으로 징역을 살고 있을 때였다. 홍성담, 홍선웅, 김경주, 김봉준, 이철수, 박진화, 정진석, 류연복, 이상호, 이준석, 전정호 등 이미 민중미술운동에서 뛰어난 성과를 거두었던 화가들이 판화작업에 참여했다.

두 번째 판화시집『빼앗길 수 없는 노래』에서 우리 동인들은 "화가들의 작품이 일부 몰지각한 인사들에 의하여 반예술로 매도된 끝에 작품 활동의 자유를 크게 위협받고 있는 요즈음, 이 책자는 그 같은 편견과 매도에 대한 치열한 반격의 뜻"이 담겨 있음을 밝혔다. 시와 함께 무한 복제가 가능한 흑백 목판화도 무기일 수 있었다.

12. 강형철의 새로운 반제투쟁

강형철은 1986년 〈5월시〉 동인에 참여하기로 하여 제6집 『그리움이 끝나면 다시 길 떠날 수 있을까』(1994년) 간행 때 동참했다. 민족문학작 가회의 사무국장, 상임이사 등을 거쳐 한국문화예술진흥원 사무총장을 역임했고, 한국문화예술위원회로 조직을 개편하는 데 일조했다. 강형철 은 1983년 '남조선민족해방전선(남민전)'의 전사로 감옥에 수감된 김남 주의 첫 옥중시집 『진혼가』와 백무산의 첫 시집 『만국의 노동자여』를 출 간한 청사의 시 전문 무크 『민중시』로 등단했다.

그가 등단한 이 부정기 매체는 『창작과비평』 등 기존의 매체들이 군 부에 의해 폐간 당해 정상적인 문학의 필드가 사라진 때였다. 시 무크 『민중시』는 이런 시대의 황폐를 뚫고 가기 위해 시도된 젊은 세대의 문 학운동이자 매체운동의 일환이었다. 그의 등단 지면이 놓인 지평은 시 작부터 문학운동 혹은 지식인 운동의 전위에 놓여 있었고 이는 그를 빠 르게 그 운동의 중심부로 이끌었다. 그는 86년부터 5월시 동인에 참여 했으나 94년에야 동인지 활동을 함께하게 되었다. 한편 그는 87년 6월 항쟁 직후 출범한 '민족문학작가회의'('한국작가회의'의 전신) 실무 책임 자로 소위 전체 민족민중운동의 대열에 합류했다. 격렬한 학생운동이나 노동운동의 현장이 아닌 문화운동의 근거지를 중심으로 싸우는 자리였지만 이 위치 역시 그리 안전하고 만만한 자리는 아니었다.

동료들은 물론 노동자·농민·학생·지식인들의 분신과 투신, 이념조작과 보안법 몰이가 끝없이 계속되는 가운데 밤샘 농성과 연대 투쟁, 최루탄이 터지는 거리에서의 시위, 연행과 수배로 이어지는 세월이 계속되던 시절이었다. 특히 노동자들의 분신과 투신, 동료나 선배 후배들의 투옥과 고문 사건들을 만날 때마다 그의 육체와 정신에 가해지는 피로는 쉽사리 떨쳐내기 어려운 것이 되어갔다. 그런 와중에도 1980년대의 시운동에 가해지는 비판은 가혹하기 그지없었다. 소위 서정성 결여와 문학성 결여 같은 지적들은 당파성에도 불구하고 그냥 지나치기 어려운 것이었다.

비평가로도 활발하게 활동하던 강형철은 자신의 계급적 정체성과 자신만의 미학적 돌파구를 찾는 데, 전력을 기울이지 않을 수 없었다. 그는 선배들인 김수영이나 김지하가 보여주었던 전투적 풍자나 해학의 길 대신 '당대의 평범한 사람'들이 견디고 있는 딜레마에서 희망과 낙관의 근거를 찾는 데 주력했다.

그의 감수성이 가닿은 곳은 '살아 있는 사람들'의 얼굴 그것도 '웃음'이었다. 그가 시를 통해 구현하는 '웃음'은 의미도 논리도 아닌 자리에서 무의식적으로 발현되는 '사회적 제스처'와는 근본적으로 다른 것이었다. 그는 스스로 웃는 사람(민중)이 되어가고 있었다. 그는 이것을 '환생'이라고 말한다.

대학에서 퇴직한 뒤 군산 고향에 터를 잡은 강형철은 요즘 집에서 하제 가는 버스를 타고 군산미군비행장 근처로 자주 발걸음을 한다. 하제 마을에 계시는 '팽나무 어른(팽나무를 지칭하지만 문정현 신부를 의미하기도 한다)'의 안부가 궁금해서다.

군산비행장 활주로 사용료 인상 문제로 한미 간에 운용되던 주둔군
지위협정(SOFA)의 불평등 내용이 불거지고 이에 대해 격렬하게 다투
던 사람들이 SOFA협정의 불평등성을 맨 처음 제기한 문정현 신부를
중심으로 〈군산미군기지 우리 땅 찾기 시민운동〉을 결성하여 다양한
활동을 전개하고 있다. 2020년 이후에 하제 600년 팽나무 지킴이 활동
도 그런 운동의 하나다. 군산시 옥서면 선연리 산 205번지의 팽나무 아
래에서 매월 셋째 토요일에 집회가 열린다. 강형철은 그 모임에 일원으
로 합류하면서 새로운 길을 가고 있다. 그의 시처럼 "끝난 사랑은 없다
고" 중얼거리면서 또 다른 전선을 향해 가고 있다.

13. 망월동에 바치는 곽재구의 「사평역에서」

곽재구의 시 「사평역에서」는 유명한 시다. 〈5월시〉 동인지 1집을 준비
하던 1981년 〈중앙일보〉 신춘문예에 당선되자마자 그는 동인으로 합류
했다. 박몽구, 나해철, 최두석이 모두 그와 광주일고 동기다. 이 시는 발
표될 때부터 많은 사랑을 받았다. 시가 서정을 바탕으로 하는 장르이자
언어를 재료로 하는 예술이라는 상투적인 이야기를 하지 않더라도 이 시
의 빼어남과 아름다움은 따로 덧붙일 말이 필요치 않다. 다만 시가 운동
이자 변혁의 에너지가 되어야 한다고 했을 때 이 시의 감동은 어디쯤에
자리를 해야 할까.

이 시에서 흘러나오는 쓸쓸함이 어디서 비롯되는 걸까. 이 시 속에
등장하는 사람들은 어디 사는 누구이며 무얼 하는 사람들일까? 몇 가지
의 궁금증이 사실은 하나도 궁금하지 않다. 굳이 알고자 한다면 다 알

만한 사람들이지만 그래야 할 이유가 없다. 이들은 모두 전라도 사람들이다. 구례나 순천, 해남이나 영암, 강진 어디쯤 아니면 무안 어디쯤, 전라도 땅 어디라도 쉬 볼 수 있고 만날 수 있는 사람들이다. 그만큼 익숙하고 친숙한 사람들이다. 이들은 어딘가를 떠돌다 집으로 돌아가는 사람들이다. 그러나 그들은 양복을 차려입고 뒷주머니에 빵빵한 지갑을 찬 잘 나가는 사람은 아니다.

"오래 앓은 기침소리와/쓴 약 같은 입술 담배 연기"를 뿜어내고 있는 사내는 혹 수배자나 감옥에 오래 갇혀 있던 사람은 아닐까. 이 시 속에 등장하는 인물들은 화자 자신이면서 화자가 바라보는 사람이기도 하다. 이들은 무슨 이유인지 모르지만 약간씩 쓸쓸하고 적막하다. 말도 없고 움직임이라고 해야 톱밥을 난로에 던져주는 정도다. "할 말들은 가득해도", "침묵해야 한다는 것을", "모두들 알고 있었다".

어쩌면 이 사평역은 지상에 존재하는 어떤 역사가 아닐지도 모른다. 어쩌면 이 사평역이라는 공간은 5·18의 학살이 벌어진 지 5~6개월쯤이 지난 '광주'일지도 모른다. 필자는 이 시 속에 등장하는 모든 인물들이 말없이 울고 있는 것처럼 느껴진다. 시의 첫줄인 "막차는 좀처럼 오지 않았다"는 막막함 그 자체다. 사실 이 역사에서 기차를 기다리는 사람들은 '막차'를 놓친 사람들이면서 막차가 오지 않는다는 것을 아는 사람들이다.

1980년 12월 곽재구가 이 시를 써 투고할 때 광주는 철저히 고립된 섬이었다. 그는 이 시를 투고하는 날 우체국 우편함 앞에서 단숨에 이 시를 썼다고 했다. 충분히 이해가 가는 일이다. 5·18 당시 그는 전남대 학생으로 많은 친구들이 죽어가는 것을 보았다. 역사 안에서 울고 있는 화자는 "그리웠던 순간들을 생각하며 나는/한 줌의 톱밥을 불빛 속에 던져 주었다"고 고백하고 있다. 한 줌의 톱밥을 불빛 속에 던져 주었다

고 하는 이 고백은 마치 유골을 화장하는 마지막 순간의 의식을 연상시
킨다. 곽재구는 이 시로 혼자서 죽은 영혼들을 전송하고 있었는지도 모
른다.

전두환의 5공정권은 학살을 은폐하기 위해 강력하게 온 국민의 입과
귀와 눈을 차단하고 있었다. 그러므로 광주 사람들을 싣고 원하는 곳으
로 데려다 줄 막차는 오지 않는다는 것을 모두들 알고 있었다(5·18 당
시 미국 7함대 항공모함이 온다는 소문이 있었지만 아무것도 오지 않았
다). 총으로 무장한 폭도들의 도시에 들어와 사람들을 구해 줄 어떤 손
길도 없었다. 필자는 이 시를 읽을 때마다 첫 줄을 입속으로 읊어 본다.
그리고 울지 않기 위해 이를 악물곤 한다. 이 시를 감상적인 서정시로만
읽는다면 이는 서정의 진정한 힘을 모르는 것이다. 저항시가 눈물이면
안 된다는 법이 있는가. 나는 이 시를 광주의 영령들에게 다시 헌화한
다.

막차는 좀처럼 오지 않았다.
대합실 밖에는 밤새 송이눈이 쌓이고
흰 보라 수수꽃 눈시린 유리창마다
톱밥 난로가 지펴지고 있었다
그믐처럼 몇은 졸고
몇은 감기에 쿨럭이고
그리웠던 순간들을 생각하며 나는
한 줌의 톱밥을 불빛 속에 던져 주었다
내면 깊숙이 할 말들은 가득해도
청색의 손바닥을 불빛 속에 적셔 두고
모두들 아무 말도 하지 않았다

산다는 것이 때론 술에 취한 듯

한 두름의 굴비 한 광주리의 사과를

만지작거리며 귀향하는 기분으로

침묵해야 한다는 것을

모두들 알고 있었다

오래 앓은 기침 소리와

쓴 약 같은 입술 담배 연기 속에서

싸륵싸륵 눈꽃은 쌓이고

그래 지금은 모두들

눈꽃의 화음에 귀를 적신다

자정 넘으면

낯설음도 뼈아픔도 다 설원인데

단풍잎 같은 몇 잎의 차창을 달고

밤 열차는 또 어디로 흘러가는 지

그리웠던 순간들을 호명하며 나는

한 줌의 눈물을 불빛 속에 던져 주었다.

― 「사평역에서」 전문(『사평역에서』, 창작과비평사, 1983)

■ **이영진** 1956년 전남 장성 출생. 1976년 『한국문학』에 「법성포」 등으로 '한국문학 신인상'을 수상하며 등단. 시집으로 『6·25와 참외씨』, 『숲은 어린 짐승들을 기른다』, 『아파트 사이로 수평선을 본다』 등. 1981년 '오월시(五月詩)' 동인 결성. 1987년 자유실천문인협의회 사무국장. 국립아시아문화전당기획단장 역임.

편집자의 말

2013년 『오월문학총서』 1차분을 간행할 때 편집위원으로 참여한 이후 다시 10년이 지나갔다. 그 후의 오월문학에 대해 심도 깊은 공부나 연구를 하지 않은 상태에서 새로이 『오월문학총서』 편집위원으로 참여하면서 80년 5월이 벌써 40여 년을 훌쩍 넘겼음을 상기하고 많이 부끄러웠다. 그날 이후 삶의 어떤 고비에 이를 때마다 광주에 부끄럽지 않는 삶을 선택하며 살겠다고 다짐하곤 했으나 살아온 세월은 그렇지 못했다는 자괴감과 부끄러움은 끝나지 않는다.

그러면서도 "혁명은 선이 아니라 면이며, 혁명은 한 시절의 사건이 아니라 과정"이란 도올 김용옥의 말을 생각한다. 광주 오월은 오래전에 일어난 사건이 아니라 여전히 오늘의 삶의 문제 속에서 다시 제기되는 당대의 문제이기도 하고 그것은 앞으로도 우리 모두에게 각자의 삶의 자리에서 그날의 비극이 다시 재연돼서는 안 되는 사건임을 상기하라고 깨우쳐주고 있는 영원한 화두일 것이다. 40여 년이 지났지만 80년 5월의 풍경과 우리는 시간적으로 멀리 떨어져 있지 않고, 지금도 여전히 살아 있는 현실로 느끼고 행동하라 채근하며 잘 살아내라고 깨우쳐주는 독전관임에 분명하다.

우리는 우선 '오월 문학 아카이브 사전조사 자료집'을 살펴보기로 하였다. 5·18재단에서 모은 방대한 자료집은 기왕에 발간한 『오월문학총서』 1차분(2013년 4월) 이후에 새로이 쓰인 논문과 각종 문예지, 개인 평론집, 학회지 등에 발표된 글들을 축적하여 이루어진 것이었다. 5·18재단과 관련한 행사와 관련된 많은 자료들은 물론 연구원들의 노고가 집적되어 많은 양이 축적되어 있었다. 우리는 각자 자료집 전체를 읽고 개별로 선정한 논문이나 평론 중 5·18에 대한 근본 문제를 중심에 둔 총론에 해당하는 글과 문학 장르를 중심으로 시, 소설, 복합 영역으로 나누어 선정하여 토론한 후 이를 종합하여 선정했고, 이를 다시 총서간행책임편집위원과 논의한 뒤 기왕의 발표작 중에서 11편의 글을 확정하였다.

또한 그럼에도 빠진 부분이 있을 수 있어 새로운 논의를 해줄 수 있는 필자 5명을 선정해 신작 원고를 수록했다.

기왕의 발표작 중 선고된 글 가운데에서 총론에 해당하는 글로 김동춘의 「오월정신과 아시아 민주주의」, 배하은의 「재현 너머의 증언」, 심영의의 「타자로 향하는 길」을 들 수 있겠다. 소설을 중심으로 논의한 글 중 김요섭의 「폭력적 역사의 계보와 5·18의 기억」, 김형중의 「총과 노래

: 2000년대 이후 오월 소설에 대한 단상들」, 김영찬의 「고통과 문학, 고통의 문학」을 선정하였다. 시 분야에는 박철영의 「80년 광주 5월, 문학적 범주와 위의」, 이성혁의 「5월 시문학의 흐름과 전망」, 이승철의 「5월 문학의 흐름과 전망」, 그리고 이런 작업을 보완하는 작업으로 조진태의 「오월 기억투쟁, 슬픔의 힘」을 선정하였다.

편의상 총론, 시, 소설로 나누어 기술했지만 그 모든 글이 80년 5월을 생각하면서 우리가 하는 문학 행위가 과연 그날의 항쟁과 얼마나 가깝고 또 멀어졌는가, 그날 죽거나 다친 사람들의 비극에 옳게 답하고 있는가? 못 하고 있다면 무엇을 중심으로 다잡아 미래를 향해 갈 것인가를 물으면서 나름으로 고투하며 쓰인 글들이라 판단하였다.

그렇지만 우리는 이번에 뽑은 글들이 많은 글들 중 최선의 글만을 선정했다고 말할 자신이 없다. 생각해야 할 문제를 다양하고 깊게 논의한 작품들이 많았다. 그렇지만 그날 오월 이후 시간이 많이 지났다는 점을 유념하며 그로 인해 전체적인 흐름을 상기해야 할 필요성에 부합하는 자료나 새로운 시각에서 제기되어 오월문학 논의를 더 깊고 풍요롭게 할 수 있다 생각되는 논의를 모으는 데 나름의 노력을 기울였다는 점은 부기하고 싶다.

또한 여기에 선하여 내는 작품들이 최상의 논의라고 말할 자신은 없다. 선정되지 못한 많은 글들 또한 같은 문제를 심도 있게 논의하고 고민했다. 그러나 단행본으로 내야 하는 실무적인 한계가 있었고, 논의 분야의 적정성 등 많은 이유로 싣지 못했다는 점. 부분적으로 여전히 많은 쟁점을 제기하고 올바른 길은 어디 있는가를 묻는 글이었으나 가능하면 한 필자의 한 편의 글로 제한하자는 생각에 다른 주제나 관점으로 쓴 별도의 의미 있는 평문도 부득이 제외되기도 했다는 점을 부기한다.

더하여 특별하게 언급하고 싶은 사항은 어린이문학 분야의 논의를 선정하고도 싣지 못했다는 점, 오월문학의 다양한 분야나 새로운 장르로 길을 트고 있는 글들을 싣지 못했다는 점에 양해를 구한다.

모쪼록 이번 선집이 더 깊고 너른 오월문학에 대한 사유와 실천에 기여하고 그날의 광주를 넘어 우리 사회의 민주주의, 분단의 극복, 나아가 지구 전체의 생태주의적 삶으로의 변환에 기여할 수 있기를 소망하며 선후 소감을 남긴다.

2024년 5월

오월문학총서간행위원회 평론 부문

책임편집위원 강형철, 오창은

오월문학총서◀4

평론

초판 1쇄 찍은 날 2024년 5월 14일
초판 1쇄 펴낸 날 2024년 5월 18일

엮은이 오월문학총서간행위원회

펴낸곳 (사)5·18기념재단
주소 61965 광주광역시 서구 내방로 152(쌍촌동) 5·18기념문화센터 1층
전화 062-360-0518
팩스 062-360-0519

만든곳 문학들
주소 61489 광주광역시 천변우로 487(학동) 2층
전화 062-651-6968
팩스 062-651-9690
전자우편 munhakdle@hanmail.net
등록 2005년 8월 24일 제2005 1-2호